BASTEI
LÜBBE
STARS

Von Wolfgang Hohlbein sind bei Bastei Lübbe Taschenbücher lieferbar:

13228 Geisterstunde
13421 Die Moorhexe
13453 Die Hand an der Wiege
13871 Der Widersacher
14478 Dunkel
14612 Das Jahr des Greifen (mit Bernhard Hennen)
15074 Intruder
15560 Anubis
20130 Die Heldenmutter (mit Heike Hohlbein)
20554 Von Hexen und Drachen
21204 Die Kinder von Troja

Der Hexer-Zyklus

14336 Bd. 1: Der Hexer von Salem
14337 Bd. 2: Neues vom Hexer von Salem
14338 Bd. 3: Der Dagon-Zyklus
14339 Bd. 4: Die sieben Siegel der Macht
14340 Bd. 5: Der Sohn des Hexers
14341 Bd. 6: Das Labyrinth von London/Auf der Spur des Hexers

Der Drachen-Zyklus

20152 Bd. 1: Die Töchter des Drachen
20306 Bd. 2: Der Thron der Libelle

Charity

23243 Bd 1-3: Charity – Die beste Frau der Space Force
23248 Bd. 4-6: Charity – Die Sonnenbombe
23262 Bd. 7-9: Charity – Die Herren der Schwarzen Festung
23270 Bd. 10-12: Charity – Das Erbe der Moroni

WOLFGANG
HOHLBEIN

WOLFSHERZ

THRILLER

BASTEI
LÜBBE
STARS

BASTEI LÜBBE STARS
Band 77210

Vollständige Taschenbuchausgabe
der im Gustav Lübbe Verlag erschienenen Hardcoverausgabe

Bastei Lübbe Stars und Gustav Lübbe Verlag
in der Verlagsgruppe Lübbe

Umschlaggestaltung: Nadine Littig
Titelbild: © getty-images / Bob Elsdale
Satz: KCS GmbH, Buchholz/Hamburg
Druck und Verarbeitung: GGP Media GmbH, Pößneck
Printed in Germany, September 2007
ISBN 978-3-404-77210-0

Sie finden uns im Internet unter
www.luebbe.de

Der Preis dieses Bandes versteht sich einschließlich
der gesetzlichen Mehrwertsteuer.

Teil 1

»Niemals«, sagte Wissler. »Er bekommt das, was ausgemacht war und keinen Pfennig mehr. Sagen Sie ihm das. Und fügen Sie ruhig hinzu, daß er den Bogen besser nicht überspannen sollte. Ich kann das Geschäft auch mit jemand anderem machen.«

Die Worte waren an den hochgewachsenen, dunkelhaarigen Mann auf der anderen Seite des Tisches gerichtet, eine ungepflegte Erscheinung mit Dreitagebart, fleckigen Tarnhosen und einem zerrissenen grünen Pullover aus alten NATO-Beständen, bei dessen bloßem Anblick Mewes bereits einen heftigen Juckreiz verspürte. Der Partisan hatte die schmutzigsten Hände, die Mewes jemals gesehen hatte, und hätte man seine Kleidung einer etwas gründlicheren Inspektion unterzogen, hätte man daraus vermutlich seinen Speiseplan der letzten drei Monate rekonstruieren können. Dem Geruch nach zu urteilen, der ihn umgab, schien er allerdings zum überwiegenden Teil aus Knoblauch und Urin bestanden zu haben. Das einzig Saubere an dem Burschen waren seine Waffen: eine Pistole, deren Griff aus seinem Hosenbund hervorsah, und eine seit zwanzig Jahren veraltete, aber garantiert hundertprozentig funktionstüchtige Kalaschnikow, die er über den Knien liegen hatte.

Seine abgebrochenen Fingernägel verursachten unangenehme, scharrende Geräusche, während sie über den Schaft der Waffe strichen. Der Anblick der gesamten Erscheinung löste in Mewes eine Mischung aus Ekel und Furcht aus, wobei der Ekel überwog. Wenigstens im Moment noch.

»Übersetzen Sie!« verlangte Wissler, als sich der Partisan nicht rührte, sondern ihn nur abschätzend aus seinen unangenehm stechenden Augen ansah. Es folgten zwei, drei weitere Sekunden, in denen die vollkommen unterschiedlichen Männer ein stummes Blickduell ausfochten, aber schließlich bequemte sich der Partisan, sich halb auf seinem Stuhl herumzudrehen und Wisslers Worte auf russisch zu einem der beiden Männer zu wiederholen, die in den Schatten im hinteren Teil des Raumes saßen.

Wenigstens vermutete Mewes, daß er es tat. Er verstand nichts von dem, was er sagte, denn er war des Russischen ebensowenig mächtig wie Wissler. Ein Fehler, wie er längst eingesehen hatte. Sie hätten darauf achten sollen, einen Führer zu haben, der Russisch sprach. Immerhin hatten sie diesem Mann ihr Leben anvertraut. Aber das war nicht der einzige Fehler in ihrer Planung gewesen. Diese ganze hirnrissige Aktion war ein einziger Fehler gewesen.

Er trat mit zwei Schritten neben Wissler und senkte die Stimme zu einem Flüstern, von dem er wenigstens hoffte, daß der Mann auf der anderen Seite des Tisches es nicht verstand. »Warum geben Sie ihm das verdammte Geld nicht?« fragte er. »Es sind umgerechnet nicht einmal fünfzig Mark!«

Wisslers Reaktion überraschte ihn total. Der Österreicher wirbelte auf dem Absatz herum, hob die Hände, als wollte er ihn am Kragen packen und schütteln, und fuhr ihn an: »Halten Sie sich gefälligst da raus! Ich weiß schon, was ich tue!«

»Aber …«

»Bitte!« Wisslers Zorn erlosch so abrupt, wie er aufgeflammt war, aber dafür erschien etwas anderes, Neues in seinen Augen, das Mewes fast noch mehr erschreckte. Er sprach etwas leiser weiter, aber in einem solchen Ton erzwungener Ruhe, daß Mewes instinktiv einen halben Schritt vor ihm zurückwich. »Ich weiß schon, was richtig ist und was nicht. Bitte mischen Sie sich nicht ein, okay? Warum gehen Sie nicht nach nebenan und trinken einen Kaffee oder beruhigen Ihre Frau. Ich regele das schon.«

Ungefähr eine Sekunde lang spürte Mewes nichts als fassungslosen Zorn. Was bildete sich dieser Kerl eigentlich ein, ihn wie einen dummen Jungen aus dem Zimmer schicken zu wollen? Aber dann sah er noch einmal in Wisslers Augen, und er gewahrte darin noch immer dieses sonderbare, warnende Funkeln. Es war nicht der Moment für eine Kraftprobe.

»Wie Sie meinen«, murmelte er. Eine weitere Runde, die an Wissler ging. Er drehte sich herum, bewies auch noch dem letzten im Zimmer, wie unsicher er in Wirklichkeit war, indem er ein paar Sekunden lang nervös an seinen Kleidern herumzupfte, und verließ schließlich mit übertrieben schnellen Schritten den Raum.

Rebecca schlief. Sie hatte sich auf einer der beiden unbequemen Liegen vor dem Kamin zusammengerollt und so viele Decken über sich gehäuft, daß er im ersten Moment beinahe Mühe hatte, sie in dem graubraunen Gewusel überhaupt zu entdecken. Der Anblick erinnerte ihn wieder an eine weitere der zahllosen Sorgen, mit denen er sich im Moment herumzuplagen hatte. Rebecca war krank. Sie war natürlich viel zu stolz, um es zuzugeben, und Mewes kannte sie viel zu gut, um es ihr zu sagen, aber sie wußten beide, daß es so war. Seit zwei Tagen schlief sie sehr viel, und ihre Gespräche waren immer einsilbiger und kürzer geworden. Sie hatte praktisch ununterbrochen Durst, und man mußte nicht extra die Hand auf ihre Stirn legen, um zu erkennen, daß sie Fieber hatte. Mewes selbst erging es nicht viel besser. Sein Kopf fühlte sich an wie ein aufgeblasener Heißluftballon, und in seinem Mund war ein widerwärtiger Geschmack, der sich mit nichts hinunterspülen ließ. Sie waren beide krank. Sie hätten nicht herkommen sollen.

Die Tür fiel hinter ihm ins Schloß, und das Geräusch weckte Rebecca. Während sie sich schlaftrunken aus dem Durcheinander von strohgefüllten Kissen, Wolldecken und ausgebreiteten Kleidungsstücken hervorarbeitete, ging Mewes zum Kamin und ließ sich davor in die Hocke sinken. Seine Gelenke knackten, als wäre er zweiundneunzig

Jahre alt, nicht knapp zweiundvierzig. Aber im Moment fühlte er sich auch wie ein uralter, schwacher Mann.

Dabei vermittelte sein Äußeres normalerweise eher den gegenteiligen Eindruck. Obwohl er die kritische Grenze von vierzig bereits überschritten hatte, hätte er selbst einem skeptischen Beobachter glaubhaft weismachen können, keinen Tag älter als fünfunddreißig zu sein. Er hielt sich mit verschiedenen Sportarten körperlich fit, ohne eine davon exzessiv zu betreiben, und die meisten seiner Freunde und Bekannten waren tatsächlich gute zehn Jahre jünger als er, so daß er manchmal wirklich das Gefühl hatte, mit einem falschen Personalausweis in der Tasche herumzulaufen. Er war muskulös, ohne wie einer jener Bodybuilding-Typen zu wirken, die einem von Filmplakaten und den Titelseiten einschlägiger Hochglanzmagazine entgegenlächelten und trug das Haar zu einem modischen Bürstenschnitt frisiert. Mewes zählte durchaus zu jenen Menschen, die Freude am Leben haben: Er trank mäßig, aber gern; erzählte allen, die es hören wollten, daß er sich zehn Zigaretten am Tag gestattete – die Wahrheit lag eher bei dreißig –; und sein Beruf als Fotojournalist ermöglichte es ihm, öfter in der Welt herumzureisen, als seine finanziellen Möglichkeiten eigentlich erlaubt hätten.

Im Moment jedoch fühlte er sich alles andere als lebenslustig, und ungefähr so fit wie ein Hummer in der Tiefkühltruhe. Seine Hände zitterten heftig, als er sie nach der verbeulten Kaffeekanne ausstreckte, die an einem Draht über dem offenen Feuer hing. Natürlich verbrannte er sich an dem heißen Metall. Aber er verbiß sich jeden Laut, trug die Kanne zum Tisch und steckte dann die schmerzenden Fingerspitzen in den Mund. Scheiß-Wildwestromantik.

»Wie lange … habe ich geschlafen?« fragte Rebecca stockend. Ihre Stimme klang matt.

»Nicht lange«, antwortete Stefan. Er nahm die Finger aus dem Mund, ging zum Schrank und fragte: »Kaffee?«

»Den letzten Kaffee habe ich vor einer Woche bekommen«, antwortete Rebecca. Er konnte hören, wie sie sich weiter unter dem Deckenstapel hervorarbeitete und aufsetzte. »Aber wenn du das hellbraune Zeug meinst, das sie hier *Kaffee* nennen … warum nicht?«

Stefan nahm zwei Blechtassen aus dem Schrank, die genauso zerbeult und alt waren wie die Kanne, trug sie zum Tisch und goß sie voll. Der Kaffee war nicht ganz so schlecht, wie Becci getan hatte, aber hinreichend scheußlich, um nur heiß überhaupt genießbar zu sein. Stefan sparte sich die Mühe, nach Zucker und Milch zu suchen. Es gab keine. Noch vor einer Woche hätte er schwarzen Kaffee empört abgelehnt; jetzt nahm er einen großen Schluck, ehe er die beiden Tassen ergriff und damit zu Becci hinüberging. Es war schon erstaunlich, wie rasch man bescheiden wurde, wenn es die Umstände verlangten.

»Hier«, sagte er. »Er ist zwar scheußlich, aber heiß.«

Rebecca schwang die Beine von der Liege, griff nach der Tasse und schmiegte beide Hände um das heiße Metall. Sie zitterte ganz sacht, aber am ganzen Leib. Die Vibrationen setzten sich über die Kaffeetasse fort und erzeugten rasche, regelmäßige Wellenkreise auf der Oberfläche der schwarzen Flüssigkeit.

»Wo ist Wissler?« fragte sie, nachdem sie an dem Kaffee genippt und gebührend das Gesicht verzogen hatte.

»Nebenan«, antwortete Stefan, Er setzte sich auf die Bettkante, hielt aber fast einen Meter Abstand zu ihr. »Er schachert gerade wie ein marokkanischer Marktschreier um die Riesensumme von fünfzig Mark. Und er hat mir ziemlich deutlich klargemacht, wer hier das Sagen hat. Vollidiot.«

Rebecca sah ihn schräg an. »Er wird wissen, was er tut.«

»Ja«, maulte Stefan. »Genau dasselbe hat er auch gesagt. Ich hoffe nur, daß er recht hat. Wenn nicht …«

»Wenn nicht?« fragte Rebecca, als er nicht weitersprach. Sie klang ein bißchen alarmiert.

Stefan zuckte mit den Schultern und gewann noch einmal zwei oder drei Sekunden damit, daß er an seiner Kaffeetasse nippte. Becci hatte recht: Der Kaffee *war* grauenhaft. »Dann haben wir ein Problem«, sagte er.

»Was für ein Problem?«

»Zum Beispiel das, daß diese ganze Aktion dann möglicherweise unter dem Stichwort ›Fehlschlag‹ abgelegt werden könnte«, antwortete Stefan.

»Ah ja«, murmelte Rebecca. »Ich vergaß: mein Mann, der Pessimist.«

»Dein Mann, der *Realist*«, korrigierte er sie. Er würgte tapfer den Rest seines Kaffees hinunter und stand auf, um die Tasse wieder auf den Tisch zu stellen. Er hätte sich ebensogut vorbeugen und das im Sitzen erledigen können, aber er hatte plötzlich das Gefühl, sich einfach bewegen zu *müssen*. Das Problem, das er eigentlich meinte, war ein ganz anderes. »Wir sind jetzt seit beinahe zwei Wochen hier, und im Grunde sind wir keinen Schritt weitergekommen. Wissler ist ein Idiot, der nichts tut, als sich aufzuspielen, und uns geht allmählich das Geld aus. Das Material, das wir bisher gesammelt haben, reicht nicht einmal für eine Postkartenreihe über das romantische Bosnien-Herzegowina, und da draußen lungert ein halbes Dutzend Gestalten herum, gegen die Ali Baba und die vierzig Räuber wie die Jahresversammlung englischer Butler erscheinen. Und du meinst, ich wäre ein Pessimist?«

Rebecca lächelte flüchtig. »Ich wette, das kannst du nicht noch einmal sagen«, sagte sie.

Stefan blieb ernst. »Weißt du eigentlich, wieviel uns dieses Unternehmen bisher gekostet hat?«

»Auf den Pfennig genau«, antwortete Rebecca.

»Dann ist dir hoffentlich ja auch klar, daß wir ruiniert sind, wenn das hier schiefgeht. Wir sind total pleite. Ich habe unser Konto bis zum absoluten Limit überzogen, um die Reise und den ganzen anderen Kram zu finanzieren; von dem, was seit unserer Abreise vermutlich schon wieder alles abgebucht worden ist, will ich lieber gar nicht reden. Wenn wir ohne eine Story zurückkommen, dann haben wir mehr als nur *ein* Problem.«

»Jetzt siehst du aber wirklich zu schwarz«, sagte Rebecca. »Zur Not kannst du immer noch den Posten in der Firma meines Bruders annehmen.«

Stefan schluckte die scharfe Antwort hinunter, die ihm auf der Zunge lag; zumal ihm das verhaltene Funkeln in Rebeccas fiebertrüben Augen klarmachte, daß sie das nur gesagt hatte, um ihn zu ärgern. Er hatte längst aufgehört, die Anlässe zu zählen, bei denen sie sich über *dieses* Thema gestritten hatten.

»Ich meine es ernst«, sagte er. »Hören wir auf, uns etwas vorzumachen, Becci. Das ganze war eine Schnapsidee, von Anfang an.«

»Wenn ich mich richtig erinnere, war es *deine* Schnapsidee.« Stefan war fast enttäuscht, daß es nur wie eine Feststellung klang; nicht im entferntesten wie ein Vorwurf.

»Als Idee klang es ja auch gut«, sagte er, »Das ist vielleicht der Unterschied zwischen Theorie und Praxis.«

Rebecca zuckte nur mit den Schultern. Es war nicht das erste Mal, daß er versucht hatte, das Gespräch behutsam in diese Richtung zu lenken, und daß sie es abblockte, und er wußte auch, daß es sinnlos war, den Versuch fortzusetzen. Becci und er kannten sich jetzt seit nahezu zwanzig Jahren, und es war ihm in all der Zeit niemals gelungen, sie zu irgend etwas zu überreden, das sie nicht wollte, oder von etwas abzubringen, was sie sich einmal in den Kopf gesetzt hatte.

Diese Reise war ein gutes Beispiel: Ursprünglich war sie tatsächlich *seine* Idee gewesen, aber Rebecca hatte diese sehr schnell okkupiert und bei ihrer Realisation genau jenes erschreckende Maß an Energie entwickelt, das er schon vor zwanzig Jahren so sehr an ihr bewundert hatte – was vermutlich letztendlich der Grund dafür gewesen war, daß sie geheiratet hatten, aller Vernunft und allen äußerlichen Widrigkeiten zum Trotz. Es war auch bei weitem nicht das erste Mal, daß diese überschäumende Energie sie in Schwierigkeiten brachte. Aber vielleicht das erste Mal, daß sie es so *gründlich* getan hatte. Die Liste der Probleme, die er gerade aufgezählt hatte, war nicht vollständig. Es gab da noch eine Kleinigkeit, die er Becci gegenüber wohlweislich verschwiegen hatte: Er nahm es nicht mehr als vollkommen selbstverständlich an, daß sie diesen Teil der Welt lebend und unversehrt wieder verlassen würden.

Er begann unruhig im Zimmer auf und ab zu gehen; schon, um die Kälte zu verscheuchen, die dem prasselnden Kaminfeuer zum Trotz immer unangenehmer wurde. Der Raum war nicht besonders groß, und er hätte sowohl von seiner Ausstattung als auch seiner Bauweise her aus dem vergangenen Jahrhundert stammen können, oder auch dem vorletzten: eine primitive Blockhütte mit niedriger Decke und winzigen Fenstern. Die Wände bestanden aus roh bearbeiteten Baumstämmen, deren Zwischenräume mit Lehm oder vielleicht auch einem etwas unappetitlicheren Dichtungsmaterial gefüllt waren. Es gab nur wenige Möbelstücke, die mit Ausnahme der beiden rostigen Feldbetten ebenfalls roh aus kaum bearbeiteten Brettern zusammengezimmert zu sein schienen. Das Haus hätte gut in die Dekoration eines Wildwestfilmes gepaßt, und möglicherweise stammte sie sogar dorther: Es war vielleicht ein wenig vor seiner Zeit gewesen, aber Stefan wußte, daß in dieser Gegend früher eine große Anzahl von Western- und Abenteuerfilmen gedreht worden war. Aber das war, bevor ein Teil der Welt vollends den Verstand verlor und eine Handvoll Verrückter damit begonnen hatten, *wirklich* Krieg zu spielen.

Die Tür ging auf, und Wissler kam herein, begleitet von einem Schwall durchdringenden Knoblauchgeruchs und durcheinanderschwirrender Stimmen. Sie schienen zu streiten, aber Stefan war nicht ganz sicher. Für jemanden, der diese Sprache nicht sprach, hörte sich Russisch eigentlich immer ein bißchen so an, als wäre gerade ein Streit im Gange. Wissler schloß die Tür und sperrte die Stimmen aus, ehe Stefan sicher sein konnte.

»Nun?« fragte Rebecca. »Alles in Ordnung?«

Wissler nickte. Er ging zum Tisch, angelte sich Stefans Tasse und goß sie halb voll. Er leerte sie in einem Zug, ehe er antwortete. »Ja. Sie bringen uns hin.«

»Wann?« fragte Stefan. Er hätte erleichtert sein sollen, aber eigentlich war er nur überrascht. Er hatte eigentlich fest damit gerechnet, daß Wissler mit einer schlechten Nachricht zurückkam.

»Sofort«, antwortete Wissler, machte trotzdem eine abwehrende Bewegung mit beiden Händen, als Rebecca aufstehen wollte. »Immer mit der Ruhe. Sie holen noch den Wagen und müssen die eine oder andere Vorbereitung treffen. Eine halbe Stunde wird es schon noch dauern.« Er lächelte flüchtig. »Sofort bedeutet in diesem Land nicht unbedingt *sofort*.«

»Stefan sagte, es gab ein paar Probleme«, sagte Rebecca.

»Nicht der Rede wert«, antwortete Wissler mit einer wegwerfenden Handbewegung. »Schließlich bin ich hier, um so etwas zu regeln. Hören Sie, Stefan, es … tut mir leid, daß ich Sie gerade so angefahren habe. Aber es mußte sein. Sie kennen diese Leute hier nicht.«

»Schon gut«, sagte Stefan – aber das war offensichtlich die falsche Antwort. In Wisslers Augen blitzte es fast feindselig auf, und seine Stimme klang plötzlich um mehrere Nuancen schärfer.

»Nein, es ist nicht ›schon gut‹«, sagte er. »Sie scheinen das Ganze immer noch für eine Art Spiel zu halten, aber das ist es nicht. Sie kennen diese Leute hier nicht. Sie haben vielleicht eine Menge über sie gelesen, aber das bedeutet gar nichts. Sie können sich hier eine Menge Fehler erlauben, aber einen niemals: Sie dürfen nie Schwäche zeigen.«

»Ich habe es verstanden«, antwortete Stefan. Er klang sehr ruhig, aber innerlich brodelte er vor Zorn. »Muß ich Sie erst daran erinnern, wer Sie bezahlt, Herr Wissler?«

»Nein«, antwortete Wissler. Er sah nicht sonderlich beeindruckt aus. »Aber vielleicht muß ich *Sie* daran erinnern, *wofür* Sie mich bezahlen. Sie haben mich engagiert, damit ich Sie und Ihre Frau heil hierher und wieder aus diesem Land herausbringe. Aber das kann ich nicht, wenn Sie sich nicht an ein paar ganz einfache Grundregeln halten.«

»Wie zum Beispiel die, Ihnen nie zu widersprechen?«

»Nicht, solange wir nicht allein sind«, bestätigte Wissler. »Es ist vollkommen egal, ob Sie recht haben oder ich. Wenn diese Männer dort draußen merken, daß wir uns nicht einig sind, haben wir verloren. Ihnen ist offensichtlich nicht klar, womit wir es hier zu tun haben.«

»Bleiben Sie auf dem Teppich«, sagte Rebecca. »Wir sind hier nicht im Dschungel, und diese Männer dort draußen sind schließlich keine Kannibalen.«

»Nein. Aber Mörder. Diebe, Räuber und alle möglichen anderen Verbrecher. Sie nennen sich Partisanen, aber in Wirklichkeit sind sie nichts als eine Räuberbande. Das einzige, was sie interessiert, ist Geld. Und das einzige, was sie respektieren, ist Stärke. Wenn wir jetzt hinausgehen und in diesen Jeep steigen, dann werden Sie, verdammt noch mal, nichts tun oder sagen, was ich Ihnen nicht vorher gestatte.«

»Sind Sie verrückt?« fragte Stefan fassungslos.

»Nein. Aber Sie sind ziemlich naiv, mein lieber Junge«, antwortete Wissler. Er war gut fünf Jahre jünger als Stefan, aber die Worte wirkten in diesem Moment kein bißchen lächerlich. »Sie haben's immer noch nicht begriffen, wie? Sie und Ihre hübsche Frau sind anscheinend immer noch der Meinung, daß das hier nichts anderes als eine Art verlängertes Wochenende ist, inklusive ein bißchen Abenteuerurlaub. Aber das ist es nicht. Das da draußen sind Killer. Denen gilt ein Menschenleben gar nichts!«

»Warum sind Sie dann überhaupt mitgekommen, wenn es wirklich so gefährlich ist?« fragte Stefan.

»Weil Sie mich dafür bezahlen«, antwortete Wissler.

»Nicht gut genug, um Ihr Leben zu riskieren«, erwiderte Stefan.

Das Gespräch bereitete ihm immer größeres Unbehagen. Er fühlte sich von Wissler in die Enge getrieben, und auf eine heimtückische Art überrascht. Er hatte gewußt, daß dieser Streit früher oder später kommen würde, und natürlich hatte er gewußt, daß er als Sieger daraus hervorgehen mußte. Schließlich war Wissler nichts als ein Abenteurer, der aussah wie eine billige Imitation von Indiana Jones und sich normalerweise so benahm, daß man es sich sogar zweimal überlegt hätte, ihn zu einem Essen bei McDonalds einzuladen. Er hatte keine Chance in einem Disput gegen einen Mann wie Stefan Mewes, es sei denn, dieser wurde mit Fäusten und Stiefelspitzen ausgetragen. Wenigstens hatte Stefan das gedacht. Jetzt kam er sich vor wie ein Boxer, der zu einem vierzig Pfund leichteren Gegner in den Ring gestiegen war und schon nach den ersten Sekunden so mit Schlägen eingedeckt wurde, daß er nur noch Sterne sah. Er konnte vermutlich von Glück sagen, wenn er nur nach Punkten verlor, und nicht zu Boden ging.

»Niemandem von uns wird etwas passieren, wenn wir uns an ein paar simple Spielregeln halten«, antwortete Wissler. »Ich habe ihnen die vereinbarte Summe gegeben, und keinen Pfennig mehr.«

»Wer sagt Ihnen, daß sie uns nicht trotzdem umbringen?« wollte Rebecca wissen. Sie klang ein bißchen nervös, aber eigentlich nicht wirklich ängstlich. »Wenn diese Männer wirklich so gefährlich sind, wie Sie behaupten – was hindert sie dann daran, uns umzubringen und sich zu nehmen, was sie haben wollen?«

»Sie sind vielleicht skrupellos, aber nicht dumm«, antwortete Wissler. »Man macht auf die Dauer keine guten Geschäfte, wenn sich herumspricht, daß man dazu neigt, alle seine Geschäftspartner umzubringen. Und ich kenne die Regeln. Das da draußen *sind* Wilde, Frau Mewes, auch wenn Sie es nicht glauben. Sie respektieren Stärke, und sie verachten Schwäche. Sie bringen Sie für eine Zigarette um, ohne mit der Wimper zu zucken, aber wenn es Ihnen einmal gelungen ist, ihren Respekt zu erringen, können Sie mit einem Sack voller Diamanten in der Tasche seelenruhig schlafen.«

Stefan fragte sich, aus welchem Groschenroman Wissler diesen Satz aufgeschnappt hatte, aber er verbiß sich jede entsprechende Bemerkung. Der Kampf war vorbei und entschieden, und es brachte nichts mehr, ihn fortzusetzen, nur um noch ein paar Punkte gutzumachen. Außerdem hatte er Angst, sich vielleicht eingestehen zu müssen, daß Wissler recht hatte.

»Ziehen Sie sich jetzt besser an«, sagte Wissler. »Die wärmsten Sachen, die Sie mithaben. Wir werden ziemlich lange unterwegs sein, und es sieht nach Schnee aus.«

Stefan ersparte es sich auch jetzt, zu antworten. Sie trugen bereits die wärmsten Sachen, die sie eingepackt hatten: blau und orange gestreifte Skianzüge im Partnerlook, die sie für ihren ersten – und einzigen – gemeinsamen Schneeurlaub vor fünf Jahren gekauft hatten, dazu passende Schneestiefel und farblich abgestimmte Handschuhe. Rebecca hatte sich eine spöttische Bemerkung nicht verkneifen können, als sie vor zwei Wochen ihre Koffer gepackt hatten, und er darauf bestand, die sperrigen Kleidungsstücke mitzunehmen. Mittlerweile waren sie beide heilfroh, sie dabeizuhaben. Ohne die gefütterten Anzüge wären sie vermutlich schon vor Tagen im Schlaf erfroren. Das Wort Zentralheizung stand vermutlich nicht einmal in den Wörterbüchern dieses Landes; dafür aber eine ganze Anzahl neuer Definitionen des Begriffs *Winter*.

Er ging zu der großen Truhe am Fenster, in der sie ihre Habseligkeiten verstaut hatten, klappte den Deckel auf und nahm die Tasche mit seiner Fotoausrüstung und Rebeccas Tonbandgerät heraus. Als er den Apparat öffnete, um die Batterien prophylaktisch gegen einen Satz frischer auszutauschen, sagte Wissler:

»Sparen Sie sich die Mühe.«

Stefan ließ das Tonbandgerät sinken und starrte Wissler an. »Wie?«

»Das Tonbandgerät. Sie können es nicht mitnehmen. Und die Kamera auch nicht.«

»Was soll das heißen?« fragte Stefan.

»Das soll heißen: keine Fotos«, antwortete Wissler. »Und keine Tonbandaufnahmen. Das waren die Bedingungen.«

»Wessen Bedingungen?« fragte Stefan fassungslos. Er weigerte sich beinahe zu glauben, was er hörte.

»Barkows«, antwortete Wissler. »Sie können mit ihm reden – aber ohne das ganze Zeug da.«

»Sind Sie übergeschnappt?« keuchte Stefan. »Falls Sie es vergessen haben: Wir sind hier, um eine Reportage zu drehen. Ich bin Fotograf, und meine Frau ist Journalistin.«

»Es tut mir leid«, sagte Wissler – auf eine Weise, die die Behauptung zu einem schlechten Witz werden ließ. »Aber genau das waren Barkows Bedingungen. Sie können ihr Interview haben. Aber keine Fotos, und kein O-Ton. Wenn Sie das nicht akzeptieren, können wir gleich wieder zurückfahren.«

»Sie wissen nicht, was Sie da reden!« empörte sich Stefan. »Das können wir sowieso, wenn wir ohne Material zurückkommen. Ein Interview mit Major Barkow? Phantastisch! Aber wir können es uns genausogut auch aus den Fingern saugen, wenn wir ohne irgendeinen Beweis dastehen! Kein Mensch wird uns glauben!«

»Das ist Ihr Problem«, sagte Wissler gelassen. Er hob die Schultern. »Ich habe die Bedingungen nicht gemacht. Ich teile sie Ihnen nur mit.«

»Ein bißchen spät, nicht?« Becci seufzte, schüttelte niedergeschlagen den Kopf und zog die Decke fester um die Schultern, ehe sie aufstand. Wissler zuckte erneut mit den Schultern und schwieg.

»Ich denke ja nicht daran!« fuhr Stefan auf. »Wir sind nicht den ganzen Weg hierhergekommen, um –«

»Laß gut sein.« Rebecca legte ihm besänftigend die Hand auf den Unterarm. »Immerhin können wir mit ihm reden. Besser als gar nichts.«

Stefan starrte sie vollkommen fassungslos an. Für ein paar Sekunden war er hin und her gerissen zwischen Wut, Fassungslosigkeit und … noch etwas, das er nicht richtig benennen konnte, vielleicht aber schlimmer als beides zusammen war. Aber dann fiel ihm das verhaltene Funkeln in Beccis Augen auf, ein nur angedeuteter warnender Blick, den Wissler nicht einmal dann registriert hätte, hätte er ihr in diesem Moment direkt in die Augen gesehen. Für ihn war diese Botschaft so deutlich, als hätte sie sie laut ausgesprochen.

»Gut, daß wenigstens einer von Ihnen vernünftig ist«, sagte Wissler. »Wenn es etwas nützt: Ich bin gerne bereit, alles zu unterschreiben, was ich höre oder sehe … gegen ein kleines Honorar, versteht sich.«

»Versteht sich«, sagte Stefan im feindseligsten Tonfall, den er nur aufbringen konnte.

Wissler zuckte mit den Schultern. »Man muß sehen, wo

man bleibt. Sie haben es selbst gesagt: *So* gut bezahlen Sie mich nun auch wieder nicht.«

Stefan spießte ihn mit Blicken regelrecht auf, aber er hatte keine Lust, das Geplänkel fortzusetzen. Mit wütenden, viel zu kraftvollen Bewegungen warf er seine Fototasche und den Recorder wieder in die Truhe zurück und knallte den Deckel zu. »Darüber reden wir noch«, murmelte er. Wissler verzichtete auch diesmal auf eine Antwort.

Er schlüpfte in die Stiefel, zog die Handschuhe aus der Jackentasche und streifte sie halb über, zog sie aber dann doch noch nicht an, sondern ging zu Rebecca zurück, um ihr zu helfen. Ihre Bewegungen waren präzise und zielgerichtet, aber auch langsam genug, um Stefan erkennen zu lassen, wieviel Mühe sie ihr abverlangten.

»Bist du okay?« fragte er. »Vielleicht wäre es besser, wenn du –«

»Hierbleiben würdest?« fiel ihm Rebecca ins Wort. Sie schüttelte heftig den Kopf »Nur über meine Leiche.«

Stefan blieb ernst. »Das könnte schneller wahr werden, als du glaubst«, sagte er. »Du bist krank. Und wir haben einen ziemlich anstrengenden Weg vor uns.«

»Ein bißchen Fieber«, antwortete Rebecca achselzuckend. »Ich habe schon Schlimmeres überstanden.«

Stefan machte ein besorgtes Gesicht. Becci hatte mehr als *ein bißchen Fieber*. Ihre Augen waren trüb, und sie roch schlecht; was sicher zum Teil daran lag, daß sie seit drei Tagen nicht mehr aus ihren Kleidern gekommen war. Ihr Haar hatte seinen natürlichen Glanz verloren und sah aus wie braungefärbtes Stroh, und ihre Hände zitterten ganz leicht. Als Stefan sie ergriff, stellte er erschrocken fest, wie heiß und trocken sich ihre Haut anfühlte.

»Du hast *hohes* Fieber«, sagte er ernst. »Nicht ›ein bißchen‹. Es könnte eine Lungenentzündung sein.«

»Dafür hat man das Penicillin erfunden«, sagte

Rebecca. »Reg dich ab. Wir bringen das hier hinter uns, und danach kannst du mich meinetwegen zu sämtlichen Ärzten schleifen, die du findest. Aber erst will ich dieses Interview!«

Wissler räusperte sich. Das Gespräch begann ihm sichtbar unangenehm zu werden. »Ich ... warte dann nebenan«, sagte er stockend. »Beeilen Sie sich ein bißchen, okay?«

Sie warteten, bis er das Zimmer verlassen hatte. Dann ging Rebecca zu der Truhe, klappte sie auf und grub einige Sekunden lang hektisch darin herum.

»Was hast du vor?« fragte Stefan.

Rebecca richtete sich auf und schwenkte triumphierend ein winziges, silberfarbenes Kästchen, das kaum größer war als ein Feuerzeug. Es war ein Aufnahmegerät; das elektronische Äquivalent zu einem Kassettenrecorder, das über eine knappe halbe Stunde Aufnahmekapazität verfügte und ein extrem empfindliches Mikrofon besaß, Man konnte es zum Beispiel in der geschlossenen Jackentasche eines Skianzugs tragen und trotzdem jedes Wort aufnehmen, das im Umkreis von zehn Metern gesprochen wurde. Becci hatte es anläßlich eines Besuches in England vor zwei Jahren gekauft; in einem jener total schrägen Yuppie-Läden, wie man sie nur in London findet und in denen man angefangen von einer kompletten Spionageausrüstung bis hin zu Kaffeetassen, die bei jedem Schluck die Melodie von Big Ben spielten, so ziemlich alles erstehen konnte; nur nichts Sinnvolles. Soweit er wußte, hatte sie dieses Gerät noch nie benutzt.

»Bist du sicher?« fragte er.

»Es funktioniert«, antwortete Rebecca. »Ich habe es vor unserer Abfahrt noch getestet. Es funktioniert. Und die Batterien sind neu.«

»Das meine ich nicht«, sagte Stefan. Er machte eine Kopfbewegung zur Tür. »Vielleicht hatte Wissler recht, weißt du? Diese Männer *sind* gefährlich. Wenn Barkow merkt, daß du das Gespräch mitschneidest …«

»Das wird er nicht«, versicherte Rebecca. »Ich werde es an einer Stelle verstecken, an der er bestimmt nicht nachsieht.«

Stefan resignierte endgültig. Es war ohnehin nur seine *Vernunft* gewesen, die protestieren wollte. Beccis Vorhaben war riskant, leichtsinnig und ziemlich unvernünftig – und er konnte es hundertprozentig verstehen. Er selbst hätte an ihrer Stelle kein bißchen anders reagiert. Ja, er hatte sogar einen kurzen Moment lang mit dem Gedanken gespielt, selbst eine Kamera mitzunehmen; vielleicht die kleine Pocket, die er durchaus in der Jackentasche verstecken und versuchen konnte, doch noch ein paar Schnappschüsse zu ergattern – ohne Blitz und auf das Risiko hin, nur einen schwarzen Filmstreifen aus der Entwicklerdose zu ziehen.

Und auf das Risiko hin, erschossen zu werden. Er wußte nicht, was an Wisslers Gerede über die Partisanen dran war – aber wenn auch nur die Hälfte von dem stimmte, was sie über Barkow gehört hatten, dann war diesem Mann ein Menschenleben wirklich vollkommen egal. Man konnte es drehen und wenden, wie man wollte, dachte er, es blieb dabei: Sie hätten nicht herkommen sollen.

Aber diese Erkenntnis kam ein bißchen zu spät.

Obwohl Wissler sie zur Eile gemahnt hatte, verzögerte sich ihre Abfahrt schließlich um beinahe eine Stunde. Es begann dunkel zu werden, als sie in den Wagen stiegen und in östlicher Richtung davonfuhren, und mit der hereinbrechenden Dämmerung breitete sich eine sonderbare, fast mystische Stimmung über den Bergen aus.

Das war das erste gewesen, was ihm nach seiner

Ankunft in diesem Land aufgefallen war: die sonderbare Art der Dämmerung, wie er sie noch an keinem anderen Ort auf der Welt erlebt hatte. Es schien zweimal zu dämmern – zuerst verblaßten die Farben, bis die ganze Welt zu einer Schwarz-Weiß-Fotografie mit krassen Schatten und hart gezeichneten Umrissen geworden war, ohne daß es dabei wirklich dunkler wurde. Erst dann, nach einer unbestimmten, zumindest subjektiv aber längeren Zeitspanne, begann es *wirklich* zu dämmern. Er hatte in den letzten Tagen mindestens ein halbes Dutzend Filme verschossen, um diese magischen Augenblicke festzuhalten, aber er bezweifelte insgeheim, daß es ihm gelungen war. Es gab Momente, in denen die Kamera dem menschlichen Auge überlegen war, Bilder, die man nicht sehen, sondern nur auf einer Fotografie erkennen konnte. Aber das galt umgekehrt ganz genauso: Es gab Dinge, die ließen sich nicht fotografieren, und Augenblicke, die man zerstörte, wenn man versuchte, sie auf Papier zu bannen.

Die Dämmerung in diesem Land gehörte zweifellos dazu. Vielleicht fand der geheimnisvolle Zauber, den er spürte, auch nur *hinter* seinen Augen statt, nicht davor. Er hatte versucht, Becci darauf aufmerksam zu machen, aber nichts als einen verständnislosen Blick geerntet, und er hatte diesen Versuch nicht wiederholt, um sich nicht nach diesem Blick auch noch ein paar spöttische Bemerkungen einzuhandeln. So gut sie sich auch vertrugen, gab es doch ein paar Bereiche, in denen sie niemals zu einem Konsens gelangen würden, und dieser Bereich gehörte dazu: In ihrer Partnerschaft war eindeutig *er* der Romantiker, und sie der pragmatische Typ. Beruflich ergänzten sie sich in dieser Hinsicht hervorragend. Privat nicht ganz so gut; vorsichtig ausgedrückt.

Die beiden Jeeps näherten sich dem Fuß eines Hügels und damit dem Waldrand, und Stefan drehte sich noch einmal im Sitz herum und sah zum Haus zurück, ehe es vollends aus ihrem Blickfeld verschwand. In der hereinbrechenden Dunkelheit war es jetzt schon kaum mehr zu erkennen: ein Schatten unter vielen, der sich nur durch seine geometrischen Umrisse von denen der Hügel dahinter unterschied. Ihm war nicht sehr wohl bei dem Anblick. Die kleine Blockhütte war in den vergangenen drei Tagen nicht nur zu ihrem Zuhause geworden; sie hatten auch praktisch ihr gesamtes Gepäck darin zurückgelassen. Allein der Wert seiner Fotoausrüstung überstieg den eines Mittelklassewagens, von dem *potentiellen* Wert ihrer Aufzeichnungen, die zusammen mit seiner Fotoausrüstung in der Truhe lagen, ganz zu schweigen. Er mußte plötzlich wieder daran denken, was Wissler über die Leute hier erzählt hatte. Das Wort ›Räuberbande‹ klang romantisch und aufregend, wenn man es aus einem Fernseher hörte, vor dem man in einem gemütlichen Sessel saß und Erdnüsse knabberte. In einem zugigen Jeep, der bei Temperaturen um den Gefrierpunkt in die Nacht hineinfuhr, klang es nicht mehr ganz so komisch.

»Ich habe das Gas abgestellt«, sagte Rebecca. Sie hatte seinen Blick bemerkt, und offensichtlich war er besorgter, als ihm selbst bewußt war. »Und das Bügeleisen habe ich auch herausgezogen, keine Sorge.«

»Ich mache mir Sorgen um unser Gepäck«, antwortete er, aber auch leise genug, damit nur Becci seine Antwort verstand. Sie waren nicht allein im Jeep.

»Du siehst zu schwarz«, sagte Rebecca. »Außerdem, wenn wir mit dem Interview zurück sind, kaufe ich dir zwei neue Ausrüstungen, wenn du willst.«

Stefan lächelte. Wenn man Becci so reden hörte, konnte man meinen, daß sie den Pulitzerpreis schon so gut wie in der Tasche hatte, zusammen mit einem Scheck über eine siebenstellige Summe, für die sie die Reportage an den Meistbietenden verkauft hatte. Vielleicht kam er der Wahrheit damit sogar ziemlich nahe; nicht unbedingt, was den

Preis anging. Aber diese Reportage *war* ihre große Chance. Sensationen verkauften sich im Moment ziemlich gut. Falls sie lange genug am Leben blieben, um einen Käufer zu finden.

»Niemand wird Ihr Eigentum anrühren«, sagte Wissler plötzlich.

Stefan war im ersten Moment nicht sicher, ob er überrascht oder zornig sein sollte. Die beiden Jeeps fuhren trotz der Kälte mit offenem Verdeck, so daß das Motorengeräusch seine Worte eigentlich hätte verschlucken müssen; zumal er sehr leise gesprochen hatte. Trotzdem hatte Wissler ihn offenbar verstanden, was bedeutete, daß er sie ganz ungeniert belauschte.

»Sind Sie sicher?« fragte er übellaunig.

»Hundertprozentig.« Wissler drehte sich auf dem Beifahrersitz herum und sah erst Rebecca, dann ihn an. »Solange alles planmäßig läuft, wird niemand Ihr Eigentum anrühren. Und wenn nicht ...« Er zuckte mit den Schultern. »Ich schätze, dann müssen Sie sich keine Sorgen mehr um ein paar Fotoapparate machen.«

Stefan warf einen raschen, mahnenden Blick auf den Mann hinter dem Steuer, aber Wissler schüttelte nur den Kopf. »Keine Angst. Er versteht kein Wort unserer Sprache.«

»Sind Sie sicher?«

»Ja. Und selbst wenn ... es spielt keine Rolle. Sie verachten uns sowieso.«

»Ich dachte, sie respektieren uns?« fragte Rebecca.

»Das eine schließt das andere nicht aus«, behauptete Wissler. Er wandte sich wieder im Sitz um und zündete sich mit einiger Mühe eine Zigarette an. Es war deutlich, daß er nicht weiterreden wollte. Wahrscheinlich, dachte Stefan, war es auch besser so. Seine Worte klangen ziemlich markig, aber Stefan war mittlerweile sicher, daß sie allesamt aus einschlägigen Romanen und Actionfilmen stammten. Kein sehr beruhigender Gedanke, bei einem Mann, dem sie ihr Leben anvertraut hatten.

Sie fuhren mittlerweile einen schmalen Waldweg entlang, und es war dunkel genug, um ihre Umgebung in einen schwarzen Tunnel ohne Konturen oder Grenzen zu verwandeln. Stefan hätte gerne auf die Uhr gesehen, aber dazu hätte er den Handschuh ausziehen müssen, was ihm viel zu mühevoll erschien. Außerdem ... wozu? Er konnte vielleicht die Entfernung schätzen, aber nicht die Richtung, in die sie fuhren. Selbst wenn sie sich nicht im Wald aufgehalten hätten, hätte er das nicht gekonnt. Der Himmel war vor einer Woche hinter einer kompakten Wolkendecke verschwunden, aus der es abwechselnd regnete und schneite, und seither nicht wieder aufgetaucht. Darüber hinaus bezweifelte Stefan, daß auch nur irgendeine der Straßen, die sie in den letzten Tagen befahren hatten, auf einer Karte verzeichnet war.

Er schätzte, daß sie seit einer guten Viertelstunde unterwegs waren, bis sich der Wald endlich wieder lichtete. Die Bäume traten beiderseits des Weges zurück, und vor ihnen lag ein karstiger, fast unbewachsener Hügel. Die beiden Jeeps quälten sich eine Straße hinauf, die im Grunde keine war; Stefan vermutete, daß es sich um ein ausgetrocknetes Bachbett handelte, zumal auf halber Höhe die Böschung einfach verschwand und sich die Wagen schaukelnd und schnaufend ihren Weg zwischen herumliegenden Steinen und durch trockenes Gebüsch und heruntergefallene Äste bahnen mußten.

»Wohin bringen Sie uns?« fragte Rebecca. »Auf die Rückseite des Mondes?«

Wissler lachte. »Eine ziemlich ungastliche Gegend, ich weiß. Aber Barkow hat darauf bestanden, daß wir diesen Weg nehmen.«

»Welchen Weg?« maulte Stefan. »Ich sehe keinen Weg.«

Die Wagen näherten sich der Hügelkuppe. Ihr Fahrer

nahm ein wenig Gas weg, damit der zweite Jeep aufholen konnte, so daß sie das letzte Stück nebeneinander fuhren. Auf der Kuppe des Hügels hielten sie an und schalteten die Motoren aus, ließen die Scheinwerfer aber brennen.

Der Anblick verschlug Stefan die Sprache.

Der Hügel war kein Hügel, sondern ein Berg, der zusammen mit der Flanke eines zweiten Höhenzuges auf der gegenüberliegenden Seite die Begrenzung eines langgezogenen, sehr tiefen Tales bildete, das sich rechts und links vor ihnen in der Dunkelheit verlor. Der Talboden und der größte Teil des gegenüberliegenden Hanges waren dicht bewaldet, aber Stefan konnte hier und da ein silbernes Funkeln erkennen, vermutlich ein Fluß oder ein breiterer Bach, der sich seinen Weg durch das Tal hindurch gesucht hatte. Trotz – oder vielleicht auch gerade wegen – des schwachen Lichtes bot sich ihnen ein phantastisches Panorama: ein aus Schatten und Dunkelheit zusammengesetztes Bild, von dem etwas Düsteres, Uraltes auszugehen schien. Es war ein Gefühl, das Stefan kaum in Worte fassen konnte, zugleich aber auch so intensiv war, daß man es fast anfassen zu können schien.

»Was ist das?« fragte Rebecca.

»Die Einheimischen nennen es *Wolfsherz*«, antwortete Wissler. »Unheimlich, nicht? Ich war zwei- oder dreimal hier, aber mir geht es jedesmal wieder so: Man hat ständig das Gefühl, beobachtet zu werden. Als ob dort unten etwas ist.«

»Erwartet Barkow uns etwa *hier*?« fragte Rebecca. So, wie sie das sagte, schien ihr die Vorstellung Unbehagen zu bereiten. Stefan ebenfalls, wenn er ehrlich war. Es fiel ihm schwer, es zuzugeben, aber Wissler hatte ziemlich genau in Worte gefaßt, was er selbst beim Anblick des Tales gespürt hatte.

Der Österreicher schüttelte jedoch den Kopf und deutete auf den gegenüberliegenden Hügelkamm. »Dort drüben«, sagte er. »Aber wir müssen noch warten …«

»Worauf?«

Wissler seufzte. »Auf das Zeichen, weiterzufahren«, erklärte er. »Sie wollen sich davon überzeugen, daß wir auch wirklich allein gekommen sind. Was haben Sie erwartet? Barkow ist ein mißtrauischer Mann. Wahrscheinlich beobachten sie uns, seit wir das Haus verlassen haben.«

Rebecca fuhr sichtbar erschrocken zusammen, und auch Stefan sah sich instinktiv nach allen Seiten hin um. Natürlich sah er nichts außer Dunkelheit und Schatten, hinter denen sich alles oder auch nichts verbergen konnte, aber als er sich wieder umwandte, begegnete er Wisslers spöttischem Blick.

»Was ist so komisch?« wollte er wissen.

Wissler zog seine Handschuhe aus und zündete sich eine filterlose Zigarette an. Rebecca und Stefan schüttelten unisono den Kopf, als er ihnen die Packung hinhielt. »Sie«, sagte er, nachdem er seinen ersten Zug genommen hatte.

»Wir?«

Wissler nickte mehrmals hintereinander. »Sie sollten sich selbst sehen«, sagte er. »Sie versuchen den coolen Typen zu spielen, aber Sie sind aufgeregt wie ein kleiner Junge, der darauf wartet, in das Zimmer mit dem Weihnachtsbaum gelassen zu werden. Sie wissen nicht wirklich, worauf Sie sich da eingelassen haben, wie?«

»Barkow ist –«, begann Rebecca, wurde aber sofort von Wissler unterbrochen.

»Ich rede nicht von Barkow«, sagte er. »Nach allem, was ich über ihn gehört habe, ist er nichts als ein kleiner Ganove. Ziemlich verrückt und ziemlich gefährlich, aber trotzdem nur ein kleiner Gangster, der zufällig im richtigen Moment am richtigen Ort war, um seinen Profit zu machen. Ich meine dieses Land.«

»Sie meinen dieses … dieses Tal?« fragte Rebecca.

Wissler schüttelte den Kopf. »Nein. Alles. Die Menschen hier, ihre Art zu leben. Ihr Denken. Ich weiß, es geht mich nichts an, aber … was glauben Sie erreichen zu können?«

Stefan verstand die Frage nicht. Aber sie beunruhigte ihn. »Erreichen?«

»Verändern, bewirken, verbessern …« Wissler machte eine wedelnde Handbewegung. »Nennen Sie es, wie Sie wollen. Sie wollen doch irgend etwas erreichen, oder? Oder haben Sie das alles wirklich nur auf sich genommen, weil Sie hoffen, ein fettes Honorar für dieses Interview zu bekommen?«

»Natürlich nicht«, widersprach Rebecca heftig. »Aber –«

»Aber Sie denken tatsächlich, Sie würden irgend etwas verändern, wenn Sie einem kleinen Kriminellen wie Barkow das Handwerk legen.« Wissler seufzte. »Sie werden nichts ändern, glauben Sie mir. Nicht, solange Sie nicht versuchen, dieses Land und seine Menschen wirklich zu verstehen. Ich dachte, Sie wären anders als die, die vorher hier waren. Aber Sie sind auch nur auf eine Sensation aus.«

»Und was sollten wir tun – Ihrer Meinung nach?« fragte Stefan. Das Gespräch verwirrte ihn immer mehr. Er verstand nicht, worauf Wissler hinaus wollte, aber er verstand sehr wohl, daß dieser plötzlich nicht mehr wie der Mann redete, als den er ihn bisher kennengelernt hatte.

»Warum interessiert sich niemand für dieses Land?« fragte Wissler. »Für seine Menschen und ihr Leben?«

»Aber das tun wir doch!« protestierte Rebecca. »Warum, glauben Sie, daß wir hier sind? Wir berichten seit Jahren –«

»– über den Krieg«, fiel ihr Wissler ins Wort. »O ja, ich weiß! Die Zeitungen und Fernsehprogramme sind voll davon. Wer gerade mit wem verbündet ist, welche Seite wieder einmal einen Waffenstillstand gebrochen hat, welche Stadt seit wann unter Feuer liegt.« Er zog erregt an seiner Zigarette. »Sie zählen die Granaten, die explodieren, und Sie zeigen Bilder von Kindern, die von Querschlägern getroffen wurden. Und ab und zu holen Sie sich eines dieser verletzten Kinder in eines Ihrer modernen Krankenhäuser und pflegen es gesund, und das ist dann auch wieder eine Story wert, wie? Wissen sie was? Ich finde das alles zum Kotzen. Bunte Bilder und möglichst viel Blut, das ist es, worauf Sie scharf sind. Kein Schwein interessiert sich für dieses Land und für seine Menschen.«

»Vielleicht müssen wir einige Kinder weniger in unsere modernen Krankenhäuser bringen, nach dieser Reportage«, sagte Rebecca. Ihre Stimme klang unerwartet schroff, obwohl Stefan eigentlich sicher war, daß Wissler weder sie noch ihn persönlich angreifen wollte und daß Becci das auch wußte. Aber er hatte unbewußt eine andere noch lange nicht vernarbte Wunde berührt.

»Kaum«, sagte er abfällig. »Schalten Sie einen Waffenhändler aus, und ein anderer nimmt seinen Platz ein. Sie sind wie Kakerlaken – Sie können so viele zertreten, wie Sie wollen, es kommen immer neue.«

Rebecca wollte auffahren, aber Stefan sagte rasch und mit lauterer, leicht erhobener Stimme: »Und worüber sollten wir berichten – Ihrer Meinung nach?«

»Über dieses *Land*«, antwortete Wissler betont. »Hat sich irgendeiner von Ihren Kollegen jemals die Mühe gemacht, mit offenen Augen durch dieses Land zu gehen?«

»Ununterbrochen«, antwortete Stefan. »Hier gibt es mancherorts mehr Journalisten als Soldaten.«

»Das meine ich nicht«, antwortete Wissler unwirsch. »Der Krieg zählt im Grunde nicht.«

»Wie?« fragte Rebecca. Sie klang regelrecht empört, und Stefan begriff, daß Wissler sich ihren Zorn zugezogen hatte; auch wenn er mit Sicherheit selbst nicht einmal wußte, womit.

»Sie wissen doch nicht einmal wirklich, worum es in diesem Krieg geht«, behauptete Wissler.

»Das ist lächerlich!«

»Es ist die Wahrheit«, sagte Wissler. »Das Problem ist nicht dieser sogenannte Bürgerkrieg. Die Serben gegen die Kroaten, die Kroaten gegen die Moslems, und alle zusammen abwechselnd gegen die NATO oder die Russen … wen interessiert das? Die meisten von den armen Schweinen, die darin ihr Leben verloren haben, wußten wahrscheinlich nicht einmal, wer sie umgebracht hat. Geschweige denn, warum.«

»Aber Sie wissen es«, sagte Rebecca, mit dem bösesten Spott, den sie nur in ihre Stimme legen konnte.

»Vielleicht besser als Sie«, antwortete Wissler ernst.

»So? Und warum lassen Sie uns dann nicht an Ihrer großen Weisheit teilhaben?«

Wissler schüttelte traurig den Kopf. »Ich fürchte, das hätte keinen Sinn«, sagte er. »Wenn man diese Frage stellen muß, kann man die Antwort wahrscheinlich nicht verstehen.«

»Wie praktisch«, spottete Rebecca.

»Sie sind seit zwei Wochen hier«, antwortete Wissler. »Hätten Sie sich in dieser Zeit einfach nur umgesehen, dann wüßten Sie, was ich Ihnen zu sagen versuche. Sie glauben, hier herrscht seit fünf Jahren Krieg? Das stimmt nicht. Er herrscht seit fünfzig Jahren, und vielleicht schon länger.«

»Was ist denn das nun schon wieder für ein Unsinn?« fragte Rebecca.

»Wir sind hier in der Herzegowina«, antwortete Wissler. »Bis vor ein paar Jahren hat es Jugoslawien geheißen, und davor Bosnien. Fahren Sie fünfzig Kilometer weiter, und Sie sind in Serbien, oder wie immer es die Verrückten nennen, die gerade darüber herrschen.«

»Wir kennen die Geschichte dieses Landes«, unterbrach

ihn Rebecca unwillig. »Es war ein Fehler, mit Gewalt einen künstlichen Staat schaffen zu wollen, aber –«

»Und er ist es noch!« sagte Wissler erregt. »Die Situation wird sich nicht ändern, auch wenn dieser Krieg aufhören sollte. Nicht, solange die Welt nicht aufhört, sich in Dinge zu mischen, die sie nichts angeht. Sie können aus diesem Land hier keinen Staat machen, mit einer einheitlichen Regierung und Sprache ... all diese Dinge, die für Sie und mich richtig sein mögen, haben hier keinerlei Bedeutung. Die Menschen hier denken nicht so wie wir. Gehen Sie ins nächste Dorf, und Sie sind in einer anderen Welt, in der sogar eine andere Sprache gesprochen wird, deren Menschen eine eigene Geschichte haben, eigene Legenden ...«

»Ich verstehe«, sagte Rebecca spöttisch. »Sie meinen: mit Volldampf zurück ins Mittelalter. Vielleicht sollten wir die Zeiten der Stadtstaaten und autarker Königreiche wieder ausrufen.«

»Vielleicht sollten wir versuchen, die Mentalität dieser Menschen hier zu verstehen«, antwortete Wissler. »Das hier ist nicht Frankfurt am Main oder Wien oder New York. Das hier ist der Balkan.«

»Die Heimat von Graf Dracula, ich weiß«, sagte Rebecca höhnisch.

»Es ist kein Zufall, daß solche Geschichten in *diesem* Teil der Welt spielen«, sagte Wissler ernst. »Wissen Sie – ich glaube, daß dieses Land etwas Besonderes ist. Etwas Einmaliges, das es auf der ganzen Welt vielleicht nicht noch einmal gibt. Vielleicht etwas Heiliges.«

Aus dem Mund eines Mannes wie Wissler hätten diese Worte lächerlich klingen sollen, wenigstens komisch – aber das Gegenteil war der Fall. Stefan fühlte sich auf sonderbare Weise berührt, und auch Rebecca blieb die spöttische Bemerkung schuldig, die er eigentlich von ihr erwartet hatte.

»Sehen Sie nur dieses Tal«, fuhr Wissler fort.

»Wolfsherz?« fragte Rebecca.

Wissler nickte. Er deutete in die Dunkelheit hinab, und obwohl Stefan dort unten nichts anderes erkennen konnte als Schwärze und ein unregelmäßiges silbriges Funkeln, hatte er beinahe Hemmungen, mit seinem Blick der Bewegung zu folgen. »Ich bin sicher, daß Sie es auf keiner Karte finden. Die Menschen hier in der Umgebung erzählen sich sonderbare Geschichten darüber.«

»Was für Geschichten?« wollte Rebecca wissen.

»Sie würden Ihnen nicht gefallen«, behauptete Wissler. »Wahrscheinlich würden Sie darüber lachen. Es spielt auch keine Rolle. Was wichtig ist, ist, daß die Menschen hier dieses Land *respektieren*. Sie gehen niemals in dieses Tal. Es führt nicht einmal eine Straße hinunter.«

»Eigentlich schade«, sagte Becci. »Es ist sehr schön gelegen.«

Wissler sah sie auf eine sonderbare Weise an. »Nicht alles, was uns gefällt, ist deshalb auch automatisch gleich unser Eigentum«, sagte er. »Ich weiß, was Sie meinen. Die Leute hier könnten ein Vermögen machen, wenn sie dieses Tal für den Tourismus erschließen würden. Aber damit würden sie es auch binnen kürzester Zeit zerstören.«

»Warum nennen Sie es ›Wolfsherz‹?« fragte Rebecca, und noch bevor Wissler auf die Frage antworten konnte, drang ein unheimlicher, langgezogener Laut aus dem Tal herauf. Sowohl Becci als auch Stefan wußten sofort, worum es sich bei diesem Laut handelte – obwohl es gar kein richtiges Wolfsheulen war. Wenigstens nicht jene Art von Heulen, wie man sie aus zahllosen Wildwest- und Gruselfilmen kannte, denn dieser Laut hatte nichts mit Romantik zu tun, oder dem Ruf der Wildnis. Er beschwor nicht das Bild einer Wolfssilhouette herauf, die auf einer Klippe stand und den Mond anheulte, sondern andere, ältere und ungute Dinge; Gefühle, die sich nicht in Bilder fassen ließen, und Empfindungen, die fremd und verwirrend und gleichzeitig auf eine beunruhigende Weise vertraut waren. Es war auch kein wirkliches Heulen, sondern ein langgezogener, an- und abschwellender Laut, der zugleich klagend wie herausfordernd klang, vage verängstigt und im gleichen Maße drohend. Und er enthielt eine Warnung, die nicht zu überhören war.

»War das Antwort genug?« fragte Wissler.

»Es gibt dort unten tatsächlich noch Wölfe?« fragte Rebecca. Sie klang ein bißchen erschrocken.

Auch Stefan war ein wenig beunruhigt – aber weniger wegen des Wolfsheulens, falls es sich überhaupt um ein solches handelte. Er sah den Mann neben Wissler an, und dessen Reaktion war sehr sonderbar. Er hatte sich stocksteif hinter dem Steuer aufgerichtet, und auf seinem Gesicht lag ein Ausdruck, den Stefan trotz der herrschenden Dunkelheit nur als Entsetzen bezeichnen konnte. Stefan verstand das nicht. Der Wolf mußte Kilometer entfernt sein, und mit großer Wahrscheinlichkeit würde er es sich fünfmal überlegen, hierherzukommen und sich den beiden Autos und ihren sonderbaren Insassen zu nähern. Und selbst wenn – sie waren zu acht, und mindestens fünf von ihnen waren bis an die Zähne bewaffnet. Es gab nicht den mindesten Grund, Angst zu haben. Trotzdem sah der Mann aus, als wäre er nur noch eine Winzigkeit davon entfernt, in Panik auszubrechen. Seine Hände hatten sich so fest um das Gewehr geschlossen, daß das Blut aus seinen Fingern wich.

»Es gibt hier so manches, von dem Sie nichts ahnen«, antwortete Wissler. Diesmal schien er es jedoch nicht bei einer geheimnisvollen Andeutung bewenden lassen zu wollen, sondern setzte unverzüglich dazu an, weiterzureden. Der Kroate legte ihm die Hand auf den Unterarm, sagte ein einzelnes, halblautes Wort in seiner für Stefan noch immer unverständlichen Sprache und deutete mit der anderen Hand nach vorne, zu den Hügeln auf der anderen Seite des Tales.

In der Dunkelheit glommen zwei winzige, gelbweiße Sterne auf und erloschen wieder, flammten erneut auf und verblaßten wieder in der Schwärze. Stefan erinnerte der Anblick an ein Paar leuchtender Dämonenaugen, die dort drüben blinzelten. Natürlich wußte er auch zugleich, was es wirklich war: ein Scheinwerferpaar, das ihnen von der anderen Seite des Tales aus ein Signal gab.

»Barkow?« fragte er.

»Ja.« Wissler rutschte unbehaglich auf seinem Sitz hin und her, während ihr Chauffeur bereits den Motor anließ und die Scheinwerfer einschaltete. »Es sieht so aus, als hätten wir den Sicherheitscheck bestanden.«

Aus einem Grund, den Stefan selbst nicht benennen konnte, gefiel ihm dieses Wort nicht. Nicht aus Wisslers Mund. Hinter ihnen erwachte der Motor des anderen Jeeps zum Leben; stotternd und erst nach dem dritten Versuch. Stefan blinzelte, als der Wagen hinter ihnen herumschwenkte und ihn die Scheinwerfer für einen Moment blendeten, aber er unterdrückte den Impuls, die Hand vor die Augen zu heben. Eine unbestimmte Furcht hatte ihn ergriffen, die ebenso substanz- wie grundlos zu sein schien, aber trotzdem sehr intensiv war. Er hatte mit einem Mal fast Angst, sich zu bewegen, ja, auch nur zu blinzeln; als fürchte er, dadurch die Aufmerksamkeit von etwas Unsichtbarem, Dunklem zu erregen, das irgendwo in der Nacht lauerte.

Er sah nach rechts, als reiche ein Blick in Beccis vertrautes Gesicht, um diese widersinnige Furcht zu vertreiben, doch er sah auch auf ihren Zügen die gleiche Furcht. Zumindest etwas, das er im ersten Moment für Furcht hielt.

Sie spürte seinen Blick und erwiderte ihn. Er wartete auf ein Lächeln oder irgendein anderes Zeichen ihres normalerweise so unerschütterlichen Optimismus, aber es kam nicht. Statt dessen streckte sie die Hand aus und versuchte, die seine zu ergreifen, was aber von den dicken Handschuhen beinahe unmöglich gemacht wurde.

»Falls Sie es mit der Angst zu tun bekommen«, sagte Wissler plötzlich, »dazu ist es ein bißchen zu spät. Es gibt jetzt kein Zurück mehr.«

Stefan drehte verärgert den Kopf und begegnete Wisslers Blick im Innenspiegel. Er begriff, daß der Österreicher sie wahrscheinlich die ganze Zeit über beobachtet hatte, und das ärgerte ihn über die Maßen. »Warum sehen Sie nicht nach vorne und passen auf, daß wir nicht mit einem Wolf zusammenstoßen«, fragte er spitz.

Wissler grinste, aber der Mann hinter dem Steuer fuhr so heftig zusammen, daß sich die Bewegung auf das Lenkrad übertrug und der Wagen einen Schlenker machte, der ihn für einen Moment bedrohlich nahe an die Böschung heranbrachte.

»Seien Sie vorsichtig mit dem, was Sie sagen«, sagte Wissler.

»Ich dachte, der Typ versteht uns nicht?« antwortete Stefan nervös.

»Das eine oder andere offensichtlich doch«, erwiderte Wissler mit einem Achselzucken. »Wir sollten besser über das Wetter reden oder Ihr Lieblingsgericht.«

Stefan ersparte sich eine Antwort, sah den Mann hinter dem Steuer aber noch einige Sekunden lang mißtrauisch an, ehe dieser sich – nur äußerlich beruhigt – wieder zurücksinken ließ. Er war ziemlich sicher, daß der Kroate ihn verstanden hatte. Das Seltsame war nur, daß er eigentlich gar nichts Verfängliches gesagt hatte.

»Warum fahren wir eigentlich hier oben entlang?« fragte er mit einem nervösen Blick nach links. Der Berghang fiel dort sehr steil ab, nicht unbedingt senkrecht, aber doch steil genug, daß der Wagen sich garantiert überschlagen würde, falls sie vom Weg abkamen – sofern man von einem solchen überhaupt reden konnte.

»Weil Barkow auf der anderen Seite auf uns wartet«, antwortete Wissler. »Ich sagte Ihnen doch: Es gibt keinen Weg durch das Tal. Wir müssen die große Runde drehen. Aber keine Sorge. Die Männer kennen sich hier aus. Und es ist nicht sehr weit. Eine halbe Stunde, schätze ich.«

Das war genau eine halbe Stunde mehr, als Stefan ertragen zu können glaubte. Der lichtlose Abgrund neben ihnen beunruhigte ihn immer mehr, und längst nicht nur, weil die Reifen des Jeeps sich der Böschung manchmal bis auf dreißig Zentimeter näherten. Irgend etwas darin machte ihm angst.

Vielleicht war es das Geräusch, das sie gehört hatten: das Heulen eines Wolfs. Stefan war einem solchen Tier niemals in freier Wildbahn begegnet, aber er hatte zumindest genug darüber gehört und gelesen, um auch nicht besonders scharf auf eine solche Begegnung zu sein. Und die Reaktion des Fahrers deutete darauf hin, daß die Wölfe dieses Tal vielleicht doch öfter verließen, als Wissler zugegeben hatte. Er bedauerte es jetzt fast, keine Waffe mitgenommen zu haben, begriff aber auch im gleichen Moment schon, wie närrisch dieser Gedanke war. Wenn es ihren sechs Begleitern mit Maschinenpistolen und Handgranaten nicht gelingen sollte, einen Angriff zurückzuschlagen, dann würde *ihm* eine Pistole oder irgendeine andere Waffe auch nichts mehr nützen.

Wahrscheinlich waren es in Wirklichkeit aber gar nicht die Wölfe, die ihn nervös machten, und auch nicht das Tal mit seiner gefährlichen Böschung. Sie waren nur ein bequemer Vorwand, auf den er seine Angst projizieren konnte. Die wirkliche Gefahr erwartete sie auf der anderen Seite. Barkow. Wenn auch nur die Hälfte dessen stimmte, was er über diesen Mann gehört hatte, dann war er zehnmal gefährlicher als alle Wölfe, die dort unten leben mochten. Wissler hatte ihn als Waffenhändler bezeichnet, aber das war nur ein Teil der Wahrheit, vielleicht sogar nur der *allerkleinste* Teil.

Barkow – Major Gregorij Barkow, um genau zu sein – hatte bis vor drei Jahren in der Roten Armee gedient, und er war nicht nur *irgendein* Soldat gewesen, sondern der Kommandeur einer Spezialeinheit, die sich schon während des Afghanistan-Feldzuges und später dann in der Ukraine durch besondere Brutalität hervorgetan hatte. Es war ihnen trotz intensiver Recherchen nicht gelungen herauszubekommen, was damals *wirklich* geschehen war. Vielleicht hatte Barkow den Bogen einfach überspannt, und sein Vorgehen war selbst seinen Vorgesetzten zu brutal geworden. Es gab Gerüchte von Massakern an der Zivilbevölkerung, aber das waren nur Gerüchte, mehr nicht. Möglicherweise war man im Kreml etwas sensibilisierter geworden, was die Meinung der Weltöffentlichkeit anging, oder man hatte einfach einen Sündenbock gesucht, und für diese Rolle waren Männer wie Barkow geradezu prädestiniert: perfekte Werkzeuge, die hundertprozentig funktionierten, und die man im richtigen Moment sogar noch publikumswirksam fallenlassen konnte. Vielleicht war die Erklärung aber auch völlig anders und viel banaler – gleichwie, vor ungefähr drei Jahren war Major Barkow jedenfalls in Ungnade gefallen und sollte seines militärischen Ranges enthoben und verhaftet werden.

Gregorij Barkow reagierte etwas anders, als seine Vorgesetzten scheinbar erwartet hatten. Statt auch diesem letzten Befehl zu gehorchen, tötete er die beiden KGB-Agenten, die gekommen waren, um ihn nach Moskau zu bringen, und setzte sich ab; wobei er mehr als die Hälfte seiner Einheit und alle Waffen und alles militärische Material mitnahm, das sie tragen konnten. Seither traten er und seine Männer als Waffenhändler, Söldner und in Ausübung anderer einschlägiger ›Berufe‹ in Erscheinung, an den verschiedensten Orten der Welt, aber immer da, wo es Ärger und schmutziges Geld zu verdienen gab. Es hatte Stefan kein bißchen überrascht, daß er schließlich auch hier in Bosnien-Herzegowina aufgetaucht war,

Und dieser Mann wartete nun dort drüben auf Rebecca und ihn. Und er wunderte sich, daß er nervös war? Er hatte allen Grund dazu.

Wissler hatte von einer halben Stunde gesprochen, und vermutlich war es in Wirklichkeit auch nicht viel mehr, aber Stefan kam es vor wie eine halbe Ewigkeit. Sicherlich lag es zum allergrößten Teil an seiner Nervosität – man hätte das Gefühl auch schlichtweg *Angst* nennen können, aber er war noch nicht soweit, das zuzugeben –, aber es kam auch noch etwas anderes hinzu, das im ersten Moment fast unmerklich war, aber stärker und stärker wurde: Es war, als ob sich ihre Umgebung allmählich veränderte, und zwar nicht nur im *sichtbaren* Bereich der Dinge. Die Wagen rumpelten hintereinander auf dem Grat entlang. Es gab keinen Weg, nicht einmal eine Fahrspur – und wenn, so war Stefan nicht in der Lage, sie im blassen Licht der ausgeglühten Scheinwerfer zu erkennen –, so daß die Wagen über Felsen, durch Schlaglöcher und gefrorene Büsche rumpelten, die unter den mahlenden Reifen zersplitterten wie Glas. Manchmal lösten sich kleine Geröllawinen unter den Reifen und verschwanden in der Dunkelheit auf der linken Seite, und ein- oder zweimal antwortete ein unheimliches, langgezogenes Heulen auf das Geräusch. Stefan vermutete, daß es Wölfe waren, hütete sich aber, eine entsprechende Frage an Wissler zu richten; wie er sich selbst einredete, schon um Rebecca nicht zu beunruhigen.

Die Dunkelheit auf der anderen Seite war kaum weniger undurchdringlich. Der Wald war hinter einer Mauer aus Schwärze verschwunden, die den beständig fallenden Schnee einfach verschluckte, so daß er mehr und mehr das Gefühl hatte, durch einen schmalen Tunnel zu fahren, dessen Wände einfach aus Nichts bestanden. Vor seinem inneren Auge entstand ein bizarres Bild, das direkt aus einem Science-fiction- oder Horrorfilm hätte stammen können: Er sah die Jeeps hintereinander über eine schmale, geländerlose Brücke fahren, die über einen kolossalen Abgrund führte, eine Schlucht, tief genug, um ganze Welten zu verschlingen. Es gehörte nicht mehr sehr viel Phantasie dazu, um das Bild zu vervollständigen: mit dem zerborstenen Ende der Brücke, zerbröckelndem Beton und verdrehten Moniereisen, hinter denen das Nichts lauerte.

Stefan verscheuchte das Bild, indem er sich mit einer bewußten Anstrengung klarmachte, wie lächerlich es war, aber nun schlug seine Phantasie in die entgegengesetzte Richtung um. Aus den Bäumen, die dann und wann schattenhaft aus dem Schneetreiben zur Rechten auftauchten, wurden geisterhafte Wächter mit dürren Spinnenfingern, die nach ihnen zu greifen versuchten. Sie befanden sich auf dem direkten Weg zu Draculas Schloß. Er wäre kaum noch erstaunt gewesen, wäre plötzlich eine von sechs schwarzen Pferden gezogene Kutsche vor ihnen aufgetaucht, die mit funkenschlagenden Hufen ihren Weg kreuzten.

»Was hast du?«

Rebeccas Stimme drang wie durch Watte an sein Bewußtsein, und Stefan begriff im letzten Moment, daß er tatsächlich auf dem besten Weg gewesen war, den Bezug zur Wirklichkeit zu verlieren. Die Erkenntnis hätte ihn erschrecken müssen, denn er war eigentlich durch und durch Realist, aber er erinnerte sich wieder an Wisslers Worte, nach denen dies das Land der Legenden und Mythen war. Vielleicht war daran mehr gewesen, als er vorhin schon begriffen hatte. Er zwang sich zu einem Lächeln. »Nichts. Warum?«

»Du siehst … erschrocken aus.«

Offenbar sah man ihm seine Gedanken deutlicher an, als ihm lieb war. Das war nicht gut. Wenn sie Barkow gegenüberstanden, war ein perfektes Pokerface vielleicht ihre einzige Lebensversicherung. »Mir ist nur kalt«, antwortete er. »Und wie fühlst du dich? Was macht dein Fieber?« Angriff war in diesem Fall vielleicht die beste Verteidigung.

»Es ist fast weg«, log Rebecca. Nicht besonders überzeugend. Trotz des praktisch nicht vorhandenen Lichtes konnte er sehen, wie erbärmlich sie aussah. Er hätte nur die Hand auf ihre Stirn legen müssen, um ihrer Behauptung jede Glaubwürdigkeit zu nehmen, aber das wollte er nicht. Außerdem hätte es bedeutet, den Handschuh auszuziehen; eine Vorstellung, die angesichts der herrschenden Temperaturen nicht besonders verlockend war.

Nachdem er Rebecca hinlänglich angestarrt hatte, fühlte sie sich zu einem entschuldigenden Lächeln und einem begleitenden Achselzucken genötigt und sagte: »Ein bißchen Kopfschmerzen, das ist alles. Die Aufregung.«

Wissler drehte sich auf dem Beifahrersitz herum und sagte: »Möchten Sie eine Kopfschmerztablette? Ich habe welche dabei.«

»Nicht nötig«, antwortete Rebecca. »Ich sagte doch, ich *habe* bereits Kopfschmerzen. Warum sollte ich eine Tablette nehmen?«

Wissler blinzelte und hatte offenbar Schwierigkeiten, den – zugegeben – lahmen Kalauer zu verstehen. Schließlich zuckte er mit den Schultern und drehte sich wieder herum. Becci lächelte matt, aber vielleicht hätte sie es besser nicht getan. Ihre Blässe, die dunklen Ringe unter ihren Augen und ihre spröden, aufgesprungenen Lippen machten eine Grimasse daraus, und Stefans Phantasie schoß einen Giftpfeil in seine Gedanken: Sie waren nicht nur auf dem Weg zu Draculas Schloß, eines seiner Opfer saß bereits neben ihm.

»Wie weit ist es noch?« fragte er.

Wissler zuckte die Achseln, antwortete aber trotzdem. »Nicht mehr weit. Zehn Minuten. Vielleicht eine Viertelstunde.«

Stefan war nicht sicher – selbst seine Erinnerungen begannen ihm in dieser surrealistischen Welt aus Schwärze und fallendem Schnee zu entgleiten –, aber er hätte schwören können, daß Wissler auf dieselbe Frage vor einer Viertelstunde bereits die gleiche Antwort gegeben hatte. Aber er sparte es sich, zu widersprechen. Reden war mühsam. Außerdem tat die kalte Luft im Hals weh, wenn er den Mund öffnete und atmete.

Für eine geraume Weile – für Stefans subjektives Zeitgefühl das Mehrfache einer Viertelstunde – versanken sie wieder in brütendes Schweigen, aber plötzlich richtete sich Rebecca neben ihm kerzengerade im Sitz auf.

»Was?« fragte Stefan erschrocken. Auch Wissler fuhr herum und sah Rebecca an. Er wirkte alarmiert.

»Da ... ist etwas«, sagte Rebecca zögernd. Der Blick ihrer weit geöffneten Augen war in die Dunkelheit zur Linken gerichtet. Sie blinzelte nicht.

Auch Stefan drehte für einen Moment den Kopf, sah nichts als alles verschlingende Schwärze und wandte sich wieder seiner Frau zu. »Da ist nichts«, sagte er.

»Aber natürlich!« protestierte Rebecca. »Hör doch! Da ... da weint ein Kind!«

Stefan lauschte einen Moment angestrengt. Im allerersten Augenblick hörte er nichts außer dem Heulen des Windes und dem gleichmäßigen Geräusch, zu dem sich das Brummen der Motoren und das Knirschen der groben Reifen auf Schnee und Stein vermengten, aber nach einigen Sekunden glaubte auch er einen dünnen, klagenden

Laut zu vernehmen, so leise, daß er unter der Geräuschkulisse der entfesselten Naturgewalten eigentlich hätte verschwinden müssen. Er hörte ihn trotzdem. Er schien ganz im Gegenteil immer intensiver zu werden, wie ein dünnes weißes Licht in einem Chaos aus düsteren Farben, das immer nachdrücklicher sein Recht verlangte.

»Das ist ein Kind!« sagte Rebecca aufgeregt. »Großer Gott, irgendwo dort draußen weint ein Kind! Wir müssen sofort anhalten!«

»Das ist kein Kind«, antwortete Wissler.

»Aber selbstverständlich«, widersprach Becci erregt. »Hören Sie doch! Es ist ganz deutlich! Wir müssen anhalten!« Sie erhob sich halb aus dem Sitz und wollte nach der Schulter des Fahrers greifen, aber Wissler fiel ihr in den Arm und stieß sie grob zurück. Stefan protestierte empört, aber der Österreicher ignorierte ihn einfach.

»Setzen!« sagte er scharf, nur einen Deut davon entfernt, wirklich zu schreien. »Sind Sie wahnsinnig? Diese Kerle hier warten nur auf einen Vorwand, über uns herzufallen, begreifen Sie das immer noch nicht?«

»Aber das Kind –«

»Da ist kein Kind!« unterbrach sie Wissler wütend. Auch Stefan war mittlerweile felsenfest davon überzeugt, das klagende Weinen eines Säuglings zu hören, aber er hatte nicht den Mut, Wissler zu widersprechen. »Was Sie hören, sind die Wölfe.«

»Blödsinn!« widersprach Rebecca, aber Wissler machte erneut eine Handbewegung, die ihr abrupt das Wort abschnitt. Es hätte auch der Ansatz dazu sein können, sie zu schlagen.

»Es *sind* Wölfe«, fuhr er fort, in etwas leiserem, nunmehr aber sehr bestimmten Ton. »Glauben Sie mir. Ich kenne diese Gegend, und ich weiß, wie sich Wölfe anhören. Sie heulen den Mond an, das ist alles.«

Rebecca schwieg. Zwei, drei Sekunden lang starrte sie

Wissler an, dann drehte sie sich zu Stefan um, und ihr Blick wurde flehend. Irgend etwas erschien darin, das Stefans Herz wie eine eisige Faust zusammendrückte. Wissler wußte nicht, wie sich Wölfe anhörten, aber sie und er wußten, wie ein weinendes Kind klang. Und er hatte verdammt noch mal die Pflicht, ihr beizustehen. Schließlich war sie seine Frau. Er raffte all seinen Mut zusammen, legte sich ein paar schlagkräftige Argumente zurecht und drehte sich ganz zu Wissler herum. Als er ihm in die Augen sah, brachte er kein Wort heraus.

»Es *sind* Wölfe«, sagte Wissler noch einmal. Und sein Blick fügte hinzu: *Und selbst wenn nicht, werden wir nicht anhalten.*

Aber vielleicht hatte er ja recht, dachte Stefan. Er kannte sich hier hundertmal besser aus als sie. Er wußte, wie Wölfe klangen. Dort unten *konnte* kein Kind sein. Das wenige, was sie von der Böschung erkennen konnten, war so steil, daß sie eine Bergsteigerausrüstung gebraucht hätten, um hinunterzukommen. Sie konnten dort nicht hinunter.

»Bitte beruhigen Sie sich«, sagte Wissler in versöhnlichem Ton. Er warf dem Mann hinter dem Steuer einen raschen, sehr nervösen Blick zu, dann lächelte er und wandte sich wieder an Becci. »Ich kenne das. Ich bin selbst schon darauf reingefallen, glauben Sie mir. Dort unten gibt es keine Menschen. Seit Jahrhunderten hat niemand dieses Tal betreten. Es gibt keinen Weg hinein und auch keinen hinaus. Dort unten gibt es nur Wald – und Wölfe.«

Rebecca schwieg. Ihr Gesicht war wie aus Stein gemeißelt. Stefan wollte etwas sagen, aber er brachte immer noch keinen Laut hervor.

Wie auch? Er konnte nichts sagen, was es nicht schlimmer machen würde. Die alte Narbe war wieder aufgebrochen, und die Wunde darunter war so tief und blutete so heftig wie eh und je.

Sie hatten ein Kind gehabt, vor vier Jahren. Es war noch nicht geboren, sondern ein erst sieben Monate altes, schlummerndes Leben, das noch wohlbehütet im Leib seiner Mutter auf das Erwachen wartete. Sie beide hatten dieses Kind geliebt, mehr, viel mehr, als ihnen beiden auch nur bewußt gewesen war. Becci war in diesen Monaten aufgeblüht, sowohl seelisch als auch körperlich. Sie war niemals so fröhlich und lebenslustig gewesen wie in dieser Zeit; und niemals so schön. Und sie beide zusammen waren niemals so glücklich gewesen.

Es endete in einer einzigen Minute. Ein betrunkener Autofahrer, eine Reaktion, die den Bruchteil einer Sekunde zu spät erfolgte, vielleicht seine Schuld, vielleicht die des anderen ... ein gnädiges Schicksal hatte es arrangiert, daß sich Stefan nicht mehr an Einzelheiten erinnerte. Das Bersten von Glas, der sonderbar dumpfe, knisternde Laut von auseinanderreißendem Metall, der so ganz anders war, als man ihn aus Filmen und Action-Streifen kannte, das war alles. Ihm war klar, daß er sich nicht erinnern *wollte,* und er hatte es auch niemals wirklich versucht. Und er hatte sogar ein zweites Mal Glück gehabt: Dem Schock war eine Phase sehr tiefer, aber normaler Trauer gefolgt, aber er war irgendwie damit fertiggeworden.

Becci nicht.

Der normale Mechanismus, der dem Schock Schmerz und dem Schmerz Betäubung und dann ein ganz allmähliches Akzeptieren des Unausweichlichen folgen ließ, funktionierte bei ihr nicht. Sie hatte es scheinbar gefaßt aufgenommen. Keine hysterischen Anfälle, kein Schreien, kein Hadern mit dem Schicksal. Für eine Weile hatte er geglaubt, daß sie wie er damit fertig geworden wäre, aber das war, *bevor* er die ganze Wahrheit kannte. Sie hatte nicht nur ihre ungeborene Tochter verloren. Sie konnte nie wieder Kinder bekommen. Der betrunkene Cabrio-Fahrer hatte ihnen mehr genommen als nur ein Kind. Er selbst war bei dem Unfall ums Leben gekommen, was Stefan als einen Akt höherer Gerechtigkeit empfand, der ihn zwar nicht mit Befriedigung erfüllte, aber auch nicht die Spur von Mitleid in ihm wachrief. Aber auch in Becci war damals etwas gestorben. Sie sprachen niemals darüber. Stefan hatte es ein einziges Mal versucht und dann nie wieder. Aber die Wunde war da, und sie war tief und schmerzhaft und würde vielleicht niemals verheilen. Es waren Momente wie diese, in denen Stefan immer wieder begriff, daß sie bis heute noch nicht einmal aufgehört hatte zu bluten.

Das Haus hockte wie ein aus Stein gemauertes Krähennest auf dem Grat; ein anderthalbgeschossiges, strohgedecktes Versatzstück aus einem Hammer-Film, der irgendwo in Transsylvanien spielte. Zweifellos stand hinter einem der unbeleuchteten Fenster im Erdgeschoß eine Gestalt in einem schwarzen Cape, die den nächtlichen Besuchern aus roten Augen entgegensah und alle Spiegel aus dem Haus entfernt hatte, und ebenso zweifellos gab es unter dem Haus einen düsteren Gewölbekeller voller Särge, in die sich seine Bewohner vor dem ersten Sonnenstrahl zurückziehen würden.

Stefan lächelte, während er hinter Wissler und vor Rebecca aus dem Wagen stieg. Es war ein alberner Gedanke, aber obwohl er sich nahtlos an die Bilder anschloß, die ihn vorhin so gequält hatten, half er ihm jetzt, mit seiner Nervosität fertigzuwerden.

»Was ist so komisch?« fragte Wissler.

»Nichts«, antwortete Stefan. »Ich finde nur dieses Haus … sonderbar.«

»Barkow ist ein sonderbarer Mann«, bestätigte Wissler. »Er liebt dramatische Auftritte und pittoreske Kulissen.«

Stefan runzelte die Stirn, sagte aber nichts. Für seinen

Geschmack war dieses Haus nicht pittoresk, sondern einfach selbstmörderisch. Es mußte vor sehr langer Zeit einmal hier auf dem Grat errichtet worden sein, um das Tal zu beobachten. Auch wenn jetzt zur Linken nichts als undurchdringliche Schwärze lastete, mußte man tagsüber einen guten Ausblick über das Wolfsherz haben. Aber vor einer nicht annähernd so langen Zeit war ein Teil des steinernen Grates weggebrochen, so daß ein gutes Fünftel des Hauses über die neugeformte Klippe hinausragte. Wahrscheinlich war der Abgrund nur wenige Meter tief, denn aus der Dunkelheit wuchs ein ganzes Gewirr schrägstehender, ineinander verkeilter Stützbalken und Streben. Trotzdem wurde Stefan schon bei dem bloßen Gedanken mulmig, dieses Haus zu betreten.

Wissler sog scharf die Luft ein, um seine und Rebeccas Aufmerksamkeit zu erregen. Stefan war es ganz recht, nicht mehr an die abenteuerliche Statik dieses Hauses denken zu müssen, aber Becci reagierte nicht sofort. Sie sah zwar in Wisslers Richtung, aber ihr Blick ging ins Leere, starr auf einen Punkt gerichtet, den nur sie erkennen und den Stefan allenfalls erahnen konnte.

Wissler räusperte sich, und diesmal sah Rebecca auf. »Alles in Ordnung?« fragte er.

Becci nickte mit einer Sekunde Verspätung. »Ja. Natürlich«, sagte sie; auf eine Art, die ganz klar machte, daß absolut *nichts* in Ordnung war.

Falls Wissler es bemerkte, zog er es vor, diese Tatsache zu ignorieren. »Gut«, sagte er. Er wirkte sehr nervös. »Wir gehen jetzt hinein. Nur wir drei. Sie lassen *mich* reden, ist das klar? Ganz egal, was passiert, Sie überlassen mir das Reden, bis ich Ihnen etwas anderes sage. Und wenn Sie Barkow treffen, vergessen Sie bitte keine Sekunde, mit wem sie es zu tun haben. Der Kerl ist vielleicht so verrückt wie eine Scheißhausratte, aber er ist auch so etwas wie ein Gott, zumindest für seine Männer und in dieser Gegend hier.«

Irgend etwas in Stefan war irritiert. Da war etwas in Wisslers Worten, das ... nicht paßte. Aber er wußte nicht, was.

»Er war mit diesem Interview einverstanden«, erinnerte Becci.

»Das bedeutet gar nichts«, antwortete Wissler. »Barkow bedeutet ein Menschenleben nichts. Er hat Hunderte von Menschen töten lassen und vermutlich Dutzende mit eigenen Händen umgebracht. Vergessen Sie das nie! Keine Sekunde lang!« Er atmete hörbar ein, als hätte er etwas gesagt, was ihm sehr schwer fiel, aber zugleich auch zu wichtig war, um es für sich zu behalten. Dann drehte er sich mit einer ruckartigen Bewegung herum und deutete auf das Haus.

Sie folgten ihm, aber Stefan warf zuvor noch einmal einen aufmerksamen Blick in die Runde. Die Jeeps standen nur wenige Meter hinter ihnen. Ihre Begleiter waren bei den Fahrzeugen zurückgeblieben, rauchten und unterhielten sich in rohem Ton. Einige lachten, und alle bemühten sich krampfhaft, nicht in ihre Richtung zu blicken. Natürlich erreichten sie damit das genaue Gegenteil. Stefan war klar, daß Rebecca, Wissler und er keinen Atemzug taten, der nicht von einem halben Dutzend Augenpaaren registriert wurde.

Die Haustür wurde von einem Mann in einem weißen Tarnanzug geöffnet, gerade als Wissler die Hand danach ausstrecken wollte. Er war nicht bewaffnet. Anders als ihre Begleiter trug er nicht die sonst allgegenwärtige Kalaschnikow über der Schulter, und seine bauschige weiße Jacke stand offen, so daß sie erkennen konnten, daß er auch keinen Pistolengürtel trug. Aber vielleicht war es gerade das, was ihn auf eine schwer greifbare Art drohender wirken ließ. Während Stefan an ihm vorbeiging, wurde ihm der Unterschied bewußter: Die Kerle dort draußen nannten sich vielleicht Partisanen, aber sie waren nichts anderes als ein zusammengewürfelter Haufen von Räubern und Mördern. Dieser Mann hier war ein Soldat. Vermutlich war er allein gefährlicher als der gesamte Haufen dort draußen.

Wissler wechselte einige Worte auf russisch mit dem Soldaten. Dieser antwortete in derselben Sprache, schloß die Tür hinter Rebecca und ging dann voraus. Das Haus war im Innern nicht nur erstaunlich groß, sondern beinhaltete noch eine weitere Überraschung: Es gab elektrisches Licht. Unter der Decke hing eine nackte Glühbirne, die von einem daumendicken Kabel mit Strom versorgt wurde. Irgendwo in einem anderen Teil des Hauses tuckerte ein Generator.

Ihr Führer ging einige Schritte voraus, dann blieb er stehen, deutete auf eine niedrige Tür am Ende des Korridors und trat gleichzeitig einen Schritt zur Seite. Wissler öffnete kommentarlos die Tür und trat hindurch.

Stefans Herz begann zu klopfen, als er ihm folgte. Er war sehr aufgeregt, und er hatte nun *wirklich* Angst, und er gestand es sich sogar ein. Er gestand sich noch etwas ein: Sie hätten niemals hierherkommen sollen. Großer Gott – riskierte er tatsächlich sein und Beccis Leben, nur um mit einem Psychopathen zu reden?

Besagter Psychopath war allerdings nicht anwesend. Der Raum war nicht besonders groß und leer bis auf einen einfachen Holztisch mit einem halben Dutzend dazu passender Stühle. In der gegenüberliegenden Wand gab es drei überraschend große Fenster, die zwar mit Brettern vernagelt waren, früher aber einen Panoramablick über alles, was dahinter lag, geboten haben mußten. Es hätte des hohlen Klanges, den ihre Schritte auf dem Boden hervorriefen, nicht mehr bedurft, um Stefan begreifen zu lassen, wo sie waren.

Er sah beunruhigt nach unten. Die Dielen waren größtenteils neu und machten einen äußerst massiven Eindruck, aber sie waren nicht sehr sorgsam verlegt. Durch die zum Teil fingerbreiten Ritzen quoll Dunkelheit wie ein schwarzer Sirup, begleitet von einem eisigen Luftzug, in dem vereinzelte Schneeflocken tanzten. Die Bretter sahen stabil genug aus, um einen Panzer zu tragen. Trotzdem hatte er das Gefühl, sich auf einer dünnen Eisdecke zu bewegen, die unter seinen Schritten hörbar knisterte.

»Barkows Lieblingszimmer«, sagte Wissler, der seinen Blick richtig gedeutet hatte.

Stefan sah ihn stirnrunzelnd an. »Ich dachte, Sie wären noch niemals hiergewesen?«

»Das bedeutet nicht, daß ich nichts über ihn weiß, oder?« Wissler machte eine Geste, das Thema zu wechseln, als auf der anderen Seite der Tür Schritte laut wurden, und trat zur Seite. Wenige Sekunden darauf wurde die Tür geöffnet, und Barkow trat ein, gefolgt von dem Mann in der weißen Jacke.

Auch ohne die makellose Majorsuniform hätte Stefan sofort gewußt, wen er vor sich hatte. Barkow entsprach so sehr dem Klischee eines Offiziers der Roten Armee, daß es schon fast grotesk wirkte: Er war ein Riese, ungefähr eins neunzig groß und so massig, daß ihn allerhöchstens noch ein Pfund von der Fettleibigkeit trennte. Sein Gesicht war breit und sehr grob gezeichnet, und seine Wangen waren die reinste Kraterlandschaft aus tiefen Aknenarben. Er hatte buschige Augenbrauen und graues, streng zurückgekämmtes Haar, das bereits vor vier Wochen einen Friseur gebraucht hätte.

Barkow wartete, bis sein Begleiter die Tür hinter sich geschlossen und mit vor der Brust verschränkten Armen davor Aufstellung genommen hatte, um dem Klischee vollkommen Genüge zu tun. Dann trat er mit gemessenen Schritten um den Tisch herum und beugte sich leicht vor, wobei er sich mit den Fingerknöcheln auf der Platte abstützte.

»Herr Wissler, Herr und Frau Mewes«, begann er. Er

sprach Deutsch mit einem schweren russischen Akzent, aber gut verständlich. »Bitte, nehmen Sie doch Platz.« Er wartete nicht, bis sie der Einladung gefolgt waren, sondern ließ sich selbst auf einen der groben Stühle fallen und faltete die Hände auf der Tischplatte zu einer großen, zehnfingrigen Faust. Nachdem sie zögernd Platz genommen hatten, fragte er: »Kann ich Ihnen etwas anbieten? Etwas Warmes zu trinken, eine heiße Suppe?«

Wissler und Stefan schüttelten die Köpfe, aber Rebecca sagte: »Wenn ich rauchen dürfte?«

Barkow runzelte die Stirn. »Eine sehr ungesunde Angewohnheit, wenn Sie mir diese Bemerkung gestatten, Frau Mewes«, sagte er. »Und eine wenig damenhafte dazu. Aber bitte.«

Stefan sah völlig verwirrt zu, wie Rebecca sich umständlich ihrer Handschuhe entledigte und mit klammen Fingern eine Packung Zigaretten und ein silberfarbenes Feuerzeug aus der Jackentasche zog. Wenigstens sah es aus wie ein Feuerzeug. Stefan wußte, was es wirklich war. Er betete, daß Barkow es nicht wußte. Becci mußte vollkommen den Verstand verloren haben. Er wandte sich hastig an den Mann auf der anderen Seite des Tisches.

»Sie sind also der berühmte Major Barkow«, begann er, »der –«

»Der Schlächter von Tuszla«, unterbrach ihn Barkow ruhig. »Sprechen Sie es ruhig aus. Ich weiß, wie man mich nennt.«

»Herr Major, ich –«

»Herr und Frau Mewes sind nicht hier, um Sie zu beleidigen, Major Barkow«, mischte sich Wissler ein. Er sprach schnell und sehr nervös, und seine Augen waren in ununterbrochener Bewegung. »Und auch nicht, um irgendwelchen Vorurteilen Vorschub zu leisten.«

Barkow lächelte dünn. Er beantwortete Wisslers Bemerkung, aber er sah Stefan dabei an; etwas, das sehr irritierend wirkte. »Ich denke, ich weiß ziemlich genau, warum die Herrschaften hier sind«, sagte er. »Ein Interview mit dem Schlächter von Tuszla dürfte eine Menge Geld einbringen, nicht wahr?«

Stefan schwieg. Rebecca hatte endlich ihre Zigarettenschachtel geöffnet und griff mit steifgefrorenen Fingern nach dem Feuerzeug, benahm sich dabei aber so ungeschickt, daß es ihr entglitt und zu Boden polterte. Sofort wollte sie sich danach bücken, aber Barkow war schneller. Stefans Herz machte einen erschrockenen Sprung in seiner Brust, als Barkow das Feuerzug aufhob und es Rebecca reichte. Gleichzeitig machte er mit der freien Hand eine Geste zu dem Wachtposten. Der Mann zog ein betagtes Benzinfeuerzeug aus der Tasche, setzte den Docht in Brand und gab Rebecca Feuer. Sie nahm einen Zug aus ihrer Zigarette, blies den Rauch durch die Nase wieder aus, ohne zu inhalieren, und verbarg ihr eigenes Feuerzeug in der linken Hand. Stefans Herz raste. Er glaubte zu fühlen, wie ihm am ganzen Leib der Schweiß ausbrach. Großer Gott, er hatte nicht gewußt, daß er mit Mata Hari verheiratet war!

»Ich finde das in Ordnung«, setzte Barkow das unterbrochene Gespräch fort. »Jeder von uns muß sehen, wo er bleibt. Ich töte Menschen, um Geld zu verdienen, und Sie interviewen Menschen, die Menschen töten, um Geld zu verdienen. Wo ist der Unterschied?«

Er lächelte, aber seine Augen blieben dabei vollkommen kalt. Stefan war klug genug, nicht zu antworten. Barkow wollte ihn aus der Reserve locken, aber Stefan war noch nicht ganz klar, in welche Richtung.

»Nun?«

»Ich denke, es ist einer«, antwortete er schließlich widerwillig.

Barkow lächelte. Einen Moment lang sah er Rebecca zu, wie sie an ihrer Zigarette sog, ohne zu inhalieren, und Stefan glaubte einen schwachen Funken von Mißtrauen in seinen Augen zu erkennen, so daß er hastig fortfuhr: »Es ist ein Unterschied, Major. Aber Sie haben uns doch dieses Interview bestimmt nicht genehmigt, um *darüber* zu reden.«

Barkow tat ihm nicht den Gefallen, den Blick von Rebecca zu wenden. Aber er antwortete: »Nein. Ich wollte nur wissen, ob Sie ehrlich sind.«

»Haben Sie jemals einen ehrlichen Journalisten getroffen?« fragte Rebecca. Sie spielte nervös mit dem Feuerzeug, und Stefan konnte sehen, wie Wissler blaß wurde. Er selbst, vermutete er, auch. Barkow wirkte irritiert, ein bißchen verunsichert und auch ein ganz kleines bißchen verärgert. Dann lachte er, nicht vollkommen überzeugend, aber auch nicht völlig aufgesetzt; eher so, als hätte ihn diese Antwort positiv überrascht.

»Eigentlich nicht«, gestand er. Er sah Stefan an. »Sie haben eine sehr intelligente Frau. Und eine sehr mutige.«

»Ich weiß«, sagte Stefan, und Rebecca fügte hinzu: »Das können sie mir auch direkt sagen. Oder ist es in Rußland üblich, Komplimente an die Männer der Frauen zu machen, denen sie gelten?«

»Und sie ist auch sehr selbstbewußt«, fuhr Barkow ungerührt fort. »Vielleicht etwas zu sehr. Sie sollten irgendwann einmal mit ihr darüber reden.«

Rebecca setzte schon wieder zu einer Antwort an, aber Stefan warf ihr einen so scharfen Blick zu, daß sie es bei einem Achselzucken beließ und an ihrer Zigarette zog. Versehentlich atmete sie den Rauch ein und begann zu husten.

»Sie haben einen weiten und vermutlich sehr anstrengenden Weg auf sich genommen, um hierherzukommen«, sagte Barkow. »Also sollten wir nicht noch mehr Zeit verschwenden. Stellen Sie Ihre Fragen.«

»*Ich* bin die, die die Fragen stellt«, sagte Rebecca. Sie

kämpfte immer noch gegen den Husten, was den beabsichtigten Effekt ziemlich verdarb. Immerhin reichte es noch, um Barkow diesmal *wirklich* ärgerlich zu machen.

»O ja, ich vergaß«, sagte er kühl. »Bild und Ton, nicht wahr? Wo ist Ihre Kamera?«

»Verzeihung, Major«, sagte Wissler. »Sie selbst haben darauf bestanden, daß keine Aufzeichnungen gemacht werden. Keine Fotos, kein Tonbandgerät. Das waren Ihre Bedingungen.«

»Das stimmt.« Barkow machte wieder eine Geste zu dem Mann an der Tür. Stefan widerstand der Versuchung, sich zu ihm herumzudrehen, aber er hörte, wie er das Zimmer verließ und die Tür hinter sich schloß.

»Major Barkow«, begann Rebecca. »Wir sind Ihnen äußerst dankbar, daß sie uns dieses Interview gewähren, aber gestatten Sie mir trotzdem die Frage, warum?«

»Warum?« Barkow legte den Kopf auf die Seite.

Rebecca sah sich eine Sekunde lang hilflos um, dann drückte sie ihre Zigarette an der Tischkante aus, stopfte die Kippe in die Zigarettenschachtel zurück und legte das Feuerzeug auf den Tisch. »Ungefähr hundert unserer Kollegen haben in den vergangenen fünf Jahren versucht, zu Ihnen vorzudringen«, sagte sie. »Keinem ist es gelungen. Und einige waren weitaus … prominenter als wir.«

»Und jetzt fragen Sie sich, warum ich ausgerechnet Sie auserkoren habe«, sagte Barkow. Er lächelte. »Nehmen wir an, daß ich Ihnen vertraue. Oder Sie mir einfach sympathisch sind.«

»Aber Sie kennen uns doch gar nicht.«

Barkow lächelte. Er sah Wissler an, als er antwortete: »Das bedeutet nicht, daß ich nichts über Sie weiß, oder?«

Stefan hatte sich nicht gut genug in der Gewalt, um sich nicht zu Wissler herumzudrehen. Wisslers Gesicht blieb unbewegt, aber ihm konnte nicht entgangen sein, daß Barkow die gleichen Worte benutzte wie er vorhin. Vielleicht war elektrisches Licht nicht die einzige Errungenschaft der technischen Zivilisation, die ihren Weg in diesen abgelegenen Winkel der Welt gefunden hatte.

»Ich fürchte, das beantwortet meine Frage nicht«, sagte Rebecca. Stefan sah sie verwirrt an.. Was sollte das? Hatte sie plötzlich alles vergessen, was sie auf der Journalistenschule und in mehr als zehn Berufsjahren gelernt hatte?

»Sagen wir, daß ich Ihnen tatsächlich vertraue«, antwortete Barkow. »Nicht Ihnen persönlich. Sie haben recht: Ich kenne Sie gar nicht. Weder Sie noch Ihren Mann. Ihr Hiersein zeugt möglicherweise von großem Mut. Möglicherweise aber auch einfach nur von Dummheit. Warum ich Sie und keinen ihrer berühmten Kollegen ausgesucht habe, hat zwei Gründe: Das, was ich Ihnen zu sagen habe, wird *Sie* berühmt machen. Vielleicht werden Sie Ihren – wie heißt er noch? Pulitzer-Preis? Ja – Pulitzer-Preis dafür bekommen, vielleicht aber auch nur sehr viel Ärger.«

Stefan tauschte einen überraschten Blick mit Rebecca, aber sie nahm ihn kaum zur Kenntnis. Fieber hin, Nervosität her, sie war plötzlich zu hundert Prozent wach, und zu zweihundert Prozent Reporter. Früher war sie immer so gewesen, aber in den letzten Jahren hatte er sie nur noch selten so erlebt.

»Ich brauche jemanden wie Sie«, fuhr Barkow fort. »Die Informationen, die ich Ihnen geben werde, werden für Aufsehen sorgen. Man wird vielleicht versuchen, sie unter Druck zu setzen. Sie zu bedrohen.« Er hob die Hände, als Rebecca etwas sagen wollte. »Verschonen Sie mich mit irgendwelchen Vorträgen über Ihre vielgerühmte westliche Pressefreiheit. Damit ist es nicht viel weiter her als mit der im Osten, auch wenn Sie das nicht wahrhaben wollen. Ihre berühmten Kollegen haben nicht genug zu verlieren, um jedes Risiko einzugehen. Sie schon.«

»Und der andere Grund?« fragte Stefan.

Die Tür ging auf. Der Soldat kam zurück und legte eine

abgewetzte braune Aktentasche vor Barkow auf den Tisch. Der Major wartete, bis er seinen Platz an der Tür wieder eingenommen hatte, ehe er antwortete:

»Zeit.«

»Zeit?«

»Ich mußte mich schnell entscheiden«, sagte Barkow. »Die Auswahl war nicht groß, in der Kürze der Zeit. Bitte nehmen Sie das nicht persönlich.« Er schob mit der Linken die Aktentasche über den Tisch, ließ die Hand aber darauf liegen, als Stefan danach greifen wollte.

»Was ist das?«

»Beweise«, antwortete Barkow. »Fotografien, Tonbänder, Kopien von Schriftstücken ... alles, was Sie brauchen, um das, was ich zu erzählen habe, zu untermauern. Der Schlüssel zu Ihrem Pulitzer-Preis. Oder Ihr Todesurteil.«

Stefan starrte die Mappe wie betäubt an. Er hatte nicht die geringste Ahnung, was sie wirklich enthalten mochte – oder doch; aber er *wagte* nicht, zu hoffen, daß das alles wahr sein könnte –, aber eines begriff er sehr deutlich, und jenseits aller Zweifel: Es war ganz anders, als sie beide geglaubt hatten. Barkow hatte ihnen dieses Interview nicht gewährt, um seinem eigenen Ego zu schmeicheln, oder aus einem Anfall von Größenwahn heraus. Er hatte sie hierherzitiert, weil *sie* etwas für *ihn* tun konnten. Seltsamerweise machte ihm diese Erkenntnis den Russen eher sympathischer. Sie beantwortete eine Menge Fragen.

»Sagen Sie mir, Frau Mewes«, fuhr Barkow fort, jetzt wieder an Becci gewandt, »wofür halten Sie mich? Für einen Verbrecher? Für einen Söldner? Oder einfach für einen Wahnsinnigen?«

Rebecca bewegte sich unbehaglich, streckte die Hand nach der Zigarettenpackung aus und zog sie wieder zurück, ohne sie zu berühren. »Nun, ganz so –«

»Es ist die Wahrheit«, fuhr Barkow ruhig fort. »Ich bin all das: Ein Söldner. Nach Ihren Gesetzen sicher ein Verbrecher. Und wahrscheinlich auch wahnsinnig, weil ich in einer Zeit wie dieser noch an etwas glaube.«

»Und was ist das?« fragte Rebecca.

Barkow antwortete nicht direkt, sondern ließ sich in seinem unbequemen Stuhl zurücksinken, so weit es ging, nahm die Hand aber noch immer nicht von der Aktentasche. »Ich bin nicht sicher, ob Sie das verstehen können«, sagte er. »Sie und ich stammen aus verschiedenen Welten, Frau Mewes. Grundverschiedenen Welten.«

»So verschieden sind sie gar nicht«, sagte Rebecca, aber Barkow schüttelte heftig den Kopf.

»Ich rede nicht von Ost und West«, sagte er scharf. »Ich bin Soldat, mein Kind. Ein guter Soldat. Ich stamme aus einer Soldatenfamilie, und ich bin in einer Welt aufgewachsen, in der das Militär alles war: Vater, Mutter, meine Familie, meine Geliebte …« Er lächelte, aber nur für eine Sekunde oder weniger. »Sie denken jetzt bestimmt, das klingt schwülstig. Lagerfeuerromantik, Männerphantasien. Vielleicht haben Sie sogar recht, von Ihrem Standpunkt aus. Aber es ist alles, was wir hatten.«

»Wir?«

Barkow machte eine Kopfbewegung zu dem Posten hinter ihnen. »Meine Männer und ich. Wir dienten in der Roten Armee, aber wir waren mehr als nur Soldaten. Jeder einzelne von uns hat an das geglaubt, wofür er gedient hat. Wir alle hätten unser Leben gegeben, für unsere Heimat, aber viel mehr für das, woran wir geglaubt haben.«

»Und das gibt es heute nicht mehr?«

»Die Ideen, ja. Das Land …« Er hob die Schultern. »Es gibt keine UdSSR mehr. Was an ihre Stelle getreten ist …« Er sprach nicht weiter.

»Sind Sie deshalb desertiert?« fragte Rebecca. Die Direktheit der Frage erschreckte Stefan, aber Barkow lächelte nur.

»Das bin ich nicht«, sagte er.

»Nicht?« Rebecca legte fragend den Kopf schräg. »Die offizielle Version jedenfalls lautet so.«

»Sie sagen es«, bestätigte Barkow. »Die offizielle Version.«

»Was soll das heißen?« fragte Stefan.

Barkow machte ein abfälliges Geräusch. »Muß *ich* es *Ihnen* erklären? Sie haben doch gewiß mindestens hundertmal mehr von diesen amerikanischen Agentenfilmen gesehen als ich: ›Wenn ihnen etwas zustößt oder Sie in Gefangenschaft geraten, müssen wir leugnen, Sie zu kennen.‹«

Für einige Sekunden wurde es sehr, sehr still. Selbst der Wind schien in seinem ununterbrochenen Heulen für einen Moment innezuhalten. Stefan verspürte ein Gefühl von Unglauben, das sich schwer in Worte fassen ließ; nicht einmal wirklich in Gedanken. Wisslers Gesicht verlor die Farbe, und Rebecca starrte den Russen aus ungläubig aufgerissenen Augen an.

»Sie ... wollen damit sagen, daß Sie immer noch für die Russen arbeiten?« murmelte sie.

»Ich will damit sagen, daß ich kein Deserteur bin«, antwortete Barkow, was nur indirekt eine Antwort auf ihre Frage war. Und eigentlich nicht einmal das, sondern Worte, die jede beliebige Deutung zuließen.

»Warum?« fragte Stefan. »Ich meine. Warum sollten Sie so etwas tun? Die russische Regierung hat sich offiziell von Ihnen distanziert. Sie sind unehrenhaft aus der Roten Armee ausgestoßen worden. Sie und Ihre Männer gelten als Kriegsverbrecher.«

»Man hat sogar einen Preis auf meinen Kopf ausgesetzt«, bestätigte Barkow gelassen. »Natürlich nicht offiziell, aber auch wieder nicht inoffiziell genug, daß nicht durchsickert wäre, wer die Belohnung ausgesetzt hat.«

»Aber ... wieso?« fragte Stefan verstört.

Barkow sah ihn nur durchdringend an, und Wissler

sagte mit leiser, tonloser Stimme: »Weil es immer Dinge gibt, die man nicht offiziell erledigen kann, nicht wahr? Die Männer fürs Grobe, die die Dinge erledigen, bei denen sich die hohen Herren nicht die Finger schmutzig machen wollen.«

»Das … ist schwer zu glauben«, sagte Rebecca zögernd.

Barkow sah sie durchdringend an. »Sie haben solche Männer auch.«

»Vielleicht«, antwortete Rebecca. »Ein paar. Zwei oder drei Fanatiker, die wahnsinnig genug sind, sich für irgendwelche kruden Ideen verheizen zu lassen, aber –«

»Becci!«sagte Stefan scharf.

»Sie täuschen sich, meine Liebe.« Barkow öffnete das Schloß der Aktentasche und legte die Hand mit gespreizten Fingern darauf. »Ich kann jedes Wort beweisen. Sie finden alles, was Sie dazu brauchen, in dieser Mappe. Nebenbei, Sie täuschen sich auch in anderer Hinsicht. Ihre großen Freunde, die Amerikaner, haben sehr wohl Einheiten wie die meine. Auch dort gibt es Männer, die sich für das, woran sie glauben, ›verheizen‹, lassen.«

»Ich wollte Sie nicht beleidigen«, sagte Rebecca. »Aber –«

»Das haben Sie nicht«, unterbrach sie Barkow. »Aber es gibt diese Einheiten, mein Wort darauf. Ich bin mehr als einer begegnet.«

»Und selbst wenn«, widersprach Rebecca. »Diese Männer wären nicht so verrückt, sich selbst als Deserteure hinzustellen. Sie … sie wären vogelfrei, überall auf der Welt!«

»*Da*«, bestätigte Barkow. Es war das erste russische Wort, das er in ihrer Gegenwart sprach, und Stefan stellte leicht verwundert fest, wie anders seine Stimme selbst bei dieser einzelnen Silbe in seiner Muttersprache bereits klang. Als er weitersprach, hörte er sich beinahe amüsiert an. »Jeder amerikanische Briefträger kann mich aus dem Hinterhalt erschießen, und er bekäme noch einen Orden dafür. Doch das Risiko ist nicht so gewaltig, wie Sie glauben. Ich kann damit leben.«

»Sie behaupten also, das alles wäre im Auftrag Ihrer Regierung geschehen?« Rebecca klang erschüttert. »Die Bomben auf Tuszla, die Massaker an den beiden Dörfern, die –«

»Ich habe nicht von *meiner* Regierung gesprochen«, unterbrach sie Barkow. »Ich sagte, daß ich kein Deserteur bin und in offiziellem Auftrag handelte. Das ist ein Unterschied. Die Welt hat sich verändert, meine Liebe. Aus alten Feinden sind plötzlich Verbündete geworden, und es ist für beide Seiten praktisch, jemanden zu haben, der die Drecksarbeit macht.«

Rebecca starrte ihn an. »Das ist grotesk«, sagte sie.

»Ich habe nicht erwartet, daß Sie mir glauben«, antwortete Barkow. »Aus diesem Grund habe –«

Die Tür wurde aufgerissen, und ein zweiter Mann im weißen Tarnanzug kam herein. Mit schnellen Schritten umrundete er den Tisch, beugte sich zu Barkow hinab und raunte ihm etwas ins Ohr. Barkow hörte wortlos und mit unbewegtem Gesicht zu. Dann nickte er und machte eine knappe Handbewegung, woraufhin sich der Soldat rückwärts gehend bis an die vernagelten Fenster zurückzog. Anders als Barkow und der Mann an der Tür war er bewaffnet; mit einer kurzläufigen Maschinenpistole, auf die er nun in einer ganz bestimmt nicht zufälligen Geste die Hände legte. Irgend etwas war passiert. Etwas ganz und gar nicht Gutes.

»Ist … irgend etwas nicht in Ordnung?« fragte Stefan zögernd.

Barkow sah ihn auf eine Art an, die einen Eisriesen aus der nordischen Mythologie auf der Stelle zum Gefrieren gebracht hätte. »Ja. Es ist in der Tat etwas nicht in Ordnung.«

Er rutschte lautstark mit seinem Stuhl zurück, griff langsam in die Innentasche seiner Uniform und zog ohne Hast einen sechsschüssigen Revolver hervor, den er direkt auf Stefans Gesicht richtete.

»Was –?!« keuchte Stefan.

»Wer von Ihnen hat es?« fragte Barkow.

»Was?« fragte Stefan. »Wovon reden Sie überhaupt? Sind Sie verrückt geworden?«

»Das Peilgerät.« Die Pistole schwenkte herum und deutete nun auf Becci. »Den Sender. Oder was immer es ist.« Die Waffe bewegte sich weiter und wies nun auf Wissler.

»Sie *sind* wahnsinnig«, murmelte Stefan. »Keiner von uns hat einen Sender mitgebracht!«

»Sie enttäuschen mich«, sagte Barkow. Er zog den Hahn der Waffe zurück und zielte nun wieder direkt auf Stefan. »Der Westen ist nicht der einzige Teil der Welt, der das Rad erfunden hat und elektronische Geräte besitzt. Ich wäre schon lange nicht mehr am Leben, wenn ich mich nicht zu schützen wüßte.«

»Dann täuschen sich Ihre Meßgeräte«, sagte Wissler. Seine Stimme zitterte. Er war sehr blaß. »Wir haben keinen Sender mitgebracht. Warum auch? Außerdem sind wir keine Selbstmörder!«

Barkow schwieg eine Sekunde. »Das klingt vernünftig«, sagte er dann. »Das Problem ist nur, ich glaube Ihnen nicht. Einer von Ihnen ist ein Lügner, und ich hasse es, belogen zu werden. Ich könnte Sie jetzt zwingen, sich vor meinen Augen auszuziehen und Ihre Kleider untersuchen. Auf diese Weise würden wir bald Klarheit haben, nicht wahr?« Er legte eine Kunstpause ein, in der er sie der Reihe nach durchdringend ansah; Rebecca deutlich länger als Stefan und Wissler.

»Aber ich bevorzuge eine andere Lösung. Ich werde Sie erschießen, einen nach dem anderen. Vielleicht lügen Sie alle drei, dann tragen Sie selbst die Schuld an Ihrem Schicksal. Vielleicht lügt auch nur einer von Ihnen. Dann hat er – jetzt noch – die Möglichkeit, die beiden anderen zu retten.«

Er hob seine Waffe, schwenkte sie drei-, vier-, fünfmal von links nach rechts und wieder zurück und zielte schließlich genau auf Wisslers Stirn. »Also?«

»Halt!« sagte Rebecca.

Stefan fuhr entsetzt in seinem Stuhl herum und erstarrte mitten in der Bewegung, als der Mann hinter Rebecca seine Maschinenpistole auf ihn richtete.

Selbst Barkow wirkte für einen Moment verblüfft. Er starrte Rebecca an, aber die Waffe blieb noch einen Moment auf Wisslers Gesicht gerichtet. »Sie?«

»Es ... es ist nicht so, wie Sie glauben«, sagte Rebecca nervös. »Es ist kein Sender. Hier.«

Sie schob Barkow das Aufnahmegerät über den Tisch hinweg zu. Er betrachtete es einige Sekunden lang mißtrauisch. Dann ließ er ganz langsam die Waffe sinken, legte sie vor sich auf den Tisch und griff mit spitzen Fingern nach dem Minirekorder.

»Drücken sie auf den Deckel«, sagte Rebecca. »Nach links. Ein paar Sekunden, und dann loslassen.«

Barkow sah sie einen Augenblick lang mißtrauisch an. Vielleicht fragte er sich, ob das vermeintliche Feuerzeug möglicherweise explodieren und ihm die Hand abreißen würde oder Schlimmeres, wenn er tat, was Rebecca sagte. Dann nickte er grimmig und drückte kräftig mit dem Daumen zu. Zwei Sekunden lang herrschte erneut vollkommene Stille, dann drang Barkows Stimme, sehr leise und ein wenig verzerrt, aber trotzdem deutlich erkennbar, aus dem Apparat: » ... sagte, daß ich kein Deserteur bin und in offiziellem Auftrag handelte. Das ist ein Unterschied.«

Barkow riß verblüfft die Augen auf. »Ein Kassettenrecorder?«

»Keine Kassette.« Rebecca schüttelte den Kopf und lächelte schmerzlich. »Ich hätte einen mitnehmen sollen.

Darauf hätten Ihre Suchgeräte bestimmt nicht angesprochen. Es ist ein elektronisches Aufzeichnungsgerät.«

Barkow nickte. Er wirkte zu gleichen Teilen enttäuscht wie beeindruckt. »Erstaunlich«, sagte er. »Amerikanisches High-Tech?«

»Englisches«, antwortete Rebecca. »Und ich fürchte, ein bißchen zu high. Ich habe mich selbst ausgetrickst.«

»Das scheint mir auch so«, sagte Barkow. Er legte das Gerät vor sich auf den Tisch, starrte es geschlagene zehn Sekunden lang wortlos an und fuhr dann fort, ohne Becci anzusehen: »Wir hatten vereinbart, *keine* Tonbandgeräte.«

»Ich weiß«, antwortete Rebecca. »Und was soll ich mit einem Interview ohne Material? Ebensogut könnte ich es mir aus den Fingern saugen. Davon konnte ich ja nichts wissen.« Sie deutete auf die Aktenmappe.

Barkow sah nun endlich hoch. »Ich kann nur wiederholen, was ich vorhin schon einmal gesagt habe, meine Liebe«, seufzte er. »Sie sind entweder ganz außergewöhnlich mutig oder ganz außergewöhnlich dumm. Was trifft zu?«

»Vielleicht ist das kein so großer Unterschied«, sagte Rebecca. »Was werden Sie jetzt tun? Mich erschießen?«

Barkow musterte seinen Revolver, als dächte er ernsthaft über diesen Vorschlag nach, und Stefans Gedanken begannen sich zu überschlagen. Wenn Barkow nach der Waffe griff, würde er etwas tun. Er wußte nicht, was. Vielleicht den Tisch umwerfen, um Barkow auszuschalten und dem Mann hinter ihm das Schußfeld zu verstellen. Aber da war immer noch der Soldat hinter ihnen. Er war nicht bewaffnet, aber zweifellos in der Lage, sie alle drei mit bloßen Händen umzubringen, und das in weniger als fünf Sekunden. Aber er mußte etwas tun. Irgend etwas.

Barkow griff nicht nach der Waffe. Er tat etwas, womit Stefan nie und nimmer gerechnet hätte: Er begann zu lachen und schob Rebecca das Aufnahmegerät wieder über den Tisch hinweg zu. Stefan erinnerte sich nicht, jemals einen Ausdruck so vollkommener Fassungslosigkeit im Gesicht seiner Frau gesehen zu haben wie in diesem Moment.

»Schalten Sie es wieder ein«, sagte er.

»Was?!« keuchte Rebecca.

»Schalten Sie es wieder ein«, wiederholte Barkow. »Es macht nichts. Und Sie haben recht: Wer hätte jemals von einem ehrlichen Journalisten gehört? Nehmen Sie es!«

Zögernd griff Rebecca nach dem Gerät, hielt noch einmal inne, um Barkow mißtrauisch-verwirrt zu mustern, und steckte den Apparat schließlich ein.

»Sie … Sie sind ja vollkommen wahnsinnig«, stammelte Wissler. »Mein Gott, er … er hätte uns alle umbringen können! Ist Ihnen klar, was Sie getan haben? Wir hatten ganz klar vereinbart –«

»Schweigen Sie«, sagte Barkow. Er machte sich nicht einmal die Mühe, Wissler dabei anzusehen. »Bitte verzeihen Sie meine Unhöflichkeit. Ich bin manchmal vielleicht übervorsichtig. Der Preis, den man für ein Leben als Vogelfreier zahlt. Aber wahrscheinlich ist dies auch der Grund, weshalb ich noch lebe.«

Er drehte den Kopf und sagte ein paar Worte auf russisch zu dem Soldaten am Fenster. Der Mann ging, und Barkow fuhr fort, noch bevor er die Tür hinter sich geschlossen hatte. »Sie werden Beweise für alles, was ich Ihnen gerade gesagt habe, in dieser Aktentasche finden. Und noch einiges mehr.«

»Aber warum jetzt?« fragte Rebecca. Sie hatte sich erstaunlich schnell wieder gefangen. »Nehmen wir an, diese Tasche enthält tatsächlich Unterlagen, die Ihre Behauptung beweisen … warum erzählen Sie uns das alles? Glauben Sie plötzlich nicht mehr an die Dinge, derentwegen Sie und Ihre Männer all das auf sich genommen haben?«

Barkow lächelte, aber es war ein sehr schmerzliches, bitteres Lächeln, als hätte Rebecca, ohne es zu wissen, etwas ausgesprochen, das ihn verletzte. »Ich glaube mehr denn je, daß es Dinge gibt, für die sich zu sterben lohnt«, sagte er leise. »Ideale. Träume. Prinzipien … aber ich bin nicht dumm, und ich bin ebensowenig blind. *Ich* glaube an all diese Dinge, aber die Männer, für die ich arbeite, offensichtlich nicht mehr.«

»Heißt das, daß Sie … aussteigen wollen?« fragte Rebecca zögernd.

»Aussteigen? Nennt man das im Westen so? Interessant.« Barkow schwieg einen Moment, wie um über die genaue Bedeutung dieses Wortes nachzudenken. Dann schüttelte er den Kopf »Aber falsch. Ich will nicht ›aussteigen‹. Ich will nur am Leben bleiben. Und meine Leute auch. Das Material in dieser Aktentasche stellt gewissermaßen meine Lebensversicherung dar. Sehen Sie, meine Liebe, nicht nur die Zeiten haben sich geändert. Auch die Männer, denen ich bisher vertraut habe.«

»Sie meinen, man will Sie abservieren«, brachte Stefan die Sache auf den Punkt.

»›Abservieren‹?« Barkow schmunzelte. »Ihre Sprache ist so blumig … seltsam. Bisher ist mir das noch gar nicht aufgefallen. Aber Sie haben recht. Ich bin … unbequem geworden. Ich weiß zuviel. Und ich könnte zu viele Dinge über zu viele Leute erzählen, die zuviel Staub aufwirbeln würden – wie Sie es ausdrücken. In den letzten vier Wochen haben meine Männer ebenso viele Attentäter abgefangen, wie ausgeschickt wurden, um mich zu töten. Es werden weitere kommen. Wir werden auch sie abfangen, und sie werden neue schicken. Irgendwann wird einer von ihnen seinen Auftrag erfüllen. Statistik.« Er zuckte mit den Schultern.

»Ich verstehe«, sagte Rebecca. »Sie hoffen, am Leben zu bleiben, wenn wir das da an die Öffentlichkeit bringen.«

»Nein«, antwortete Barkow. »Ich bin kein Idiot. Sie werden mich auf jeden Fall töten.«

»Sie?«

»Der KGB, die CIA, die Moslems …« Barkow hob die Hände. »Ich habe zu viele Feinde. Selbst wenn es ihnen gelingt, dieses Material zu veröffentlichen, werden sie mich auf keinen Fall am Leben lassen. Ich werde es ihnen nicht leichtmachen, aber mir ist klar, daß sie mich früher oder später erwischen werden. Es geht nicht um mich.«

»Worum dann?« fragte Wissler. »Rache?«

»Ein anderes Wort wäre mir lieber«, sagte Barkow. »Gerechtigkeit. Vielleicht klingt das seltsam aus meinem Mund, aber ich empfinde die Vorstellung als unerträglich, die alleinige Schuld tragen zu sollen. Und ich habe einen Sohn, der unter meinem Kommando dient, und noch sechsundfünfzig weitere Männer. Ich will ihr Leben retten.« Er atmete hörbar ein und schob die Aktentasche über den Tisch. »Das ist mein Angebot: Ihr Pulitzer-Preis und vermutlich sehr viel Geld für Sie, und das Leben meiner Männer und die Genugtuung, daß die, die mich verraten haben, ebenfalls bezahlen, für mich. Nehmen Sie an?«

Rebecca starrte die Aktenmappe an, während Stefan noch immer wie vor den Kopf geschlagen war. Niemand rührte sich. Nach ein paar Sekunden beugte sich Wissler vor und streckte die Hand nach der Aktentasche aus. Jedenfalls sah es so aus.

Aber er griff nicht nach der Aktentasche.

Er nahm Barkows Revolver und schoß.

Die Bewegung war nicht einmal sehr schnell, aber so fließend und von einer solchen Selbstverständlichkeit, daß Stefan nicht einmal begriff, was Wissler vorhatte, bevor es zu spät war; und Barkow möglicherweise auch nicht. Wissler verschwendete keine Zeit damit, die Waffe vom Tisch zu nehmen, um direkt auf Barkow anzulegen: Er drehte den Revolver auf der Tischplatte und riß den Abzug mit dem Mittelfinger durch. Der Schuß war nicht tödlich, aber er stanzte ein gewaltiges Loch in Barkows rechte Schulter und riß den massigen Mann mitsamt seines Stuhles hintenüber zu Boden. Im gleichen Sekundenbruchteil, vielleicht sogar eine Winzigkeit bevor er auf Barkow schoß, trat Wissler nach hinten aus. Sein schwerer Armeestiefel traf den Soldaten neben der Tür in den Leib und schmetterte ihn gegen die Wand. Er brach nicht zusammen, war aber für einen ganz kurzen Moment benommen, und dieser Moment war alles, was Wissler brauchte.

Seinen eigenen Fußtritt als Hebelwirkung benutzend, rollte Wissler über die Tischplatte, nahm in der gleichen Bewegung den Revolver endgültig auf und schoß, noch während er auf der anderen Seite vom Tisch fiel. Die Kugel traf den Soldaten in die Kehle und tötete ihn auf der Stelle. Unmittelbar darauf stürzte Wissler auf der anderen Seite des Tisches zu Boden, richtete sich blitzschnell wieder auf und feuerte Barkow aus unmittelbarer Nähe zwei Kugeln in den Kopf. Zwischen dem ersten und dem vierten Schuß lagen nicht einmal zwei Sekunden.

Stefan saß da wie erstarrt. Alles war viel zu schnell passiert, als daß er irgend etwas hätte tun können, und im Grunde auch zu schnell, als daß er wirklich begriffen hätte, was geschah. Vollkommen fassungslos starrte er Wissler an, der auf der anderen Seite des Tisches stand.

»Aber …«, stammelte er, »aber was … was haben Sie …«

Wissler riß seine Waffe mit beiden Händen in die Höhe, legte auf ihn an und drückte blitzschnell zweimal hintereinander ab. Eine Kugel für ihn, eine für Becci.

Der tödliche Schlag, den er erwartete, blieb aus. Statt dessen erscholl hinter ihm ein sonderbar seufzender Laut, und einen Moment darauf ein dumpfes Poltern. Als Stefan sich herumdrehte, erblickte er den Soldaten mit der Maschinenpistole, der gerade schon einmal hereingekommen war. Sein gefütterter weißer Parka begann sich an zwei Stellen rot zu färben, und auf seinem Gesicht lag ein vollkommen fassungsloser Ausdruck, während er ganz langsam in die Knie zu brechen begann. Das Poltern, das er gehört hatte, stammte von seiner Waffe, die er hatte fallen lassen.

Wissler flankte ein zweites Mal über den Tisch, stieß den sterbenden Soldaten zu Boden und bückte sich nach der Maschinenpistole. Barkows Waffe ließ er achtlos fallen.

»Was … was tun Sie?« stammelte Stefan. Er fühlte sich immer noch wie gelähmt, gefangen in einem Alptraum, der in jeder Sekunde bizarrer wurde.

»Ich versuche, unser Leben zu retten, Sie Narr«, antwortete Wissler. »Weg von der Tür! Beide!«

Endlich überwand Stefan seine Lähmung. Er sprang hoch, zerrte Rebecca ebenfalls von ihrem Stuhl in die Höhe und bugsierte sie unsanft in die andere Hälfte des Zimmers. Um ein Haar wäre er dabei über Barkows Leiche gestolpert. Er wollte nicht hinsehen, tat es aber trotzdem und bedauerte es im gleichen Augenblick, als er sah, was die beiden Kugeln seinem Gesicht angetan hatten.

Mittlerweile hatte Wissler den toten Soldaten von der Tür weggeschleift und sie geschlossen. Hastig zerrte er einen Stuhl herbei, rammte ihn unter die Klinke und verkeilte ihn mit einem Fußtritt, der das altersschwache Möbel beinahe in seine Bestandteile zerlegt hätte.

Stefans Gedanken rasten. Wieviel Zeit war seit dem ersten Schuß vergangen? Fünf, sechs Sekunden? Allerhöchstens. Aber auf der anderen Seite der Tür wurden bereits Schreie laut und polternde Schritte, die schnell näher kamen.

»Sie … Sie verdammter Idiot!« stammelte er. »Was haben Sie getan? Warum? Wissen Sie, was Sie getan haben? Sie haben uns alle umgebracht!«

Wissler kam zurück. Im Vorbeigehen raffte er die Aktenmappe mit Barkows Unterlagen an sich und schob sie unter seine Jacke. »So schnell stirbt es sich nicht«, sagte er. »Zur Seite!«

Stefan und Rebecca, die noch immer vollkommen paralysiert zu sein schien, gehorchten, und Wissler trat an das mittlere der drei großen Fenster und öffnete es. Mit zwei, drei kräftigen Hieben mit der Maschinenpistole schmetterte er die Bretter heraus, mit denen es vernagelt war, beugte sich vor und blickte eine Sekunde ins Freie. Stefan verstand nicht genau, was er sagte, aber es hörte sich wie ein Fluch an.

Ein heftiger Schlag traf die Tür, dann begann eine schrille, fast hysterische Stimme auf russisch zu schreien. Wissler antwortete in derselben Sprache, und für einen Moment hob draußen ein wütendes Stimmengewirr an.

»Was haben Sie ihnen gesagt?« wollte Stefan wissen.

»Daß ich den Major erschieße, wenn sie versuchen, die Tür aufzubrechen«, antwortete Wissler. Er drehte sich im Kreis und sah sich mit fast verzweifelten, immer nervöser werdenden Blicken um. Es fiel Stefan nicht besonders schwer, herauszufinden, wonach er suchte.

Mit zwei, drei schnellen Schritten war er bei dem Fenster, das Wissler eingeschlagen hatte, und beugte sich hinaus. Er sah nichts. Unter dem Haus gähnte ein bodenloser, schwarzer Abgrund.

Wieder wurde gegen die Tür gehämmert, und dieselbe Stimme wie gerade schrie etwas, worauf Wissler diesmal nicht antwortete. Einen Moment später fiel ein einzelner Schuß. Sie konnten hören, wie die Kugel in die Tür fuhr, aber die gut handdicken Bohlen hielten.

»Sie haben uns benutzt«, sagte Rebecca plötzlich. »Sie gehören zu denen, vor denen Barkow Angst hatte, nicht wahr? Sie … Sie verdammter Mistkerl haben uns benutzt, um an ihn heranzukommen!«

»Jeder tut seine Pflicht«, antwortete Wissler. Er senkte

den Blick, ließ ihn suchend über die Fußbodenbretter gleiten und trat ein paarmal und an verschiedenen Stellen mit dem Absatz auf den Boden. Es klang in verschiedenen Tonlagen hohl.

»Pflicht?!« Rebecca keuchte. »Das nennen Sie ihre *Pflicht?!«* Plötzlich fuhr sie herum, stürmte auf Wissler los und versuchte mit beiden Fäusten auf ihn einzuschlagen. »Sie verdammter Mörder!«

Wissler nahm die beiden ersten Ohrfeigen ohne sichtbare Reaktion hin, dann packte er blitzschnell ihre Handgelenke und hielt sie mit solcher Kraft fest, daß es weh tun mußte. Stefan sog scharf die Luft zwischen den Zähnen ein und machte einen halben Schritt auf ihn zu, aber ein einziger, kurzer Blick aus Wisslers Augen ließ ihn wieder erstarren.

»Lassen Sie mich los!« schrie Rebecca. »Rühren Sie mich nicht an, Sie Mörder!«

Wissler setzte zu einer Antwort an, aber in diesem Moment fielen draußen wieder Schüsse, und sie konnten hören, wie die Kugeln wie Hagelkörner in die Tür fuhren. Wissler versetzte Rebecca einen derben Stoß, der sie rückwärts in Stefans Arme taumeln ließ.

»Halten Sie sie fest«, sagte er, »sonst muß ich sie ruhigstellen.«

»Mörder!« sagte Rebecca. Sie versuchte erneut auf Wissler loszugehen, aber Stefan nahm die Warnung ernst. Er hielt sie fest und zog sie im Gegenteil ein Stück von Wissler fort. Wissler trat noch zwei-, dreimal mit dem Stiefelabsatz auf den Boden, dann senkte er den Lauf der erbeuteten Maschinenpistole und riß den Abzug durch.

Das Peitschen der Schüsse klang in dem kleinen Raum entsetzlich laut. Rebecca schrie auf und schlug entsetzt beide Hände vor die Ohren, aber Stefan sah nur, wie sich ihr Mund bewegte; ihr Schrei wurde vom apokalyptischen Dröhnen und Hämmern der Schüsse einfach verschluckt.

Wissler feuerte das gesamte Magazin in den Boden. Staub und Holzsplitter explodierten wie ein Miniaturvulkan zwischen seinen Füßen, und die Luft roch plötzlich so durchdringend nach Pulverdampf und verbranntem Holz, daß selbst das Atmen schwerfiel. Wissler schien Mühe zu haben, die bockende Waffe in den Händen zu behalten, aber er nahm den Finger trotzdem erst vom Abzug, als das Magazin leergeschossen war.

»Helfen Sie mir!« befahl er.

Stefan schüttelte ein paarmal den Kopf, aber das Dröhnen und Klingeln in seinen Ohren hielt an. Er sah kurz zur Tür zurück. Die Schüsse waren nicht mehr zu hören, aber das lag wohl eher an seinen Ohren, die vom Peitschen der MPi-Salve nahezu taub waren. Zwischen den Bohlen quollen kleine, pilzförmige Staubwölkchen hervor, dann und wann mit winzigen Holzsplittern vermengt. Die Tür würde nur noch wenige Augenblicke standhalten.

»Verdammt, Stefan, helfen Sie mir!«

Er hörte an der Tonlage, daß Wissler schrie, aber die Worte drangen nur als dünnes Wispern an sein Gehör. Trotzdem beeilte er sich, an Wisslers Seite zu treten und neben ihm niederzuknien. Wisslers Salve hatte ein gut metergroßes, halbkreisförmiges Stück aus den Fußbodenbrettern herausgesägt. Wissler riß und zerrte mit beiden Händen an den zersplitterten Bohlen, die sich tatsächlich als so stabil erwiesen, wie Stefan geglaubt hatte. Selbst mit vereinten Kräften gelang es ihnen kaum, das Loch so sehr zu erweitern, daß sich ein Mensch hindurchzwängen konnte. Darunter kam ein Gewirr von Balken und quergespannten Verstrebungen zum Vorschein. Erst bei ihrem Anblick wurde Stefan wirklich klar, was Wissler vorhatte.

»Sie sind wahnsinnig!« keuchte Rebecca. »Ich steige dort nicht hinunter!«

»Dann bleiben Sie hier«, antwortete Wissler lakonisch. Er riß ein letztes Brett ab und schleuderte es zur Seite. »Mir ist es gleich. Die Jungs dort draußen werden Sie umbringen. Aber wahrscheinlich nicht sofort. Wie viele Männer sagte Barkow noch, daß er hat? Sechsundfünfzig?«

Rebecca wurde noch blasser. Sie sah nervös zur Tür. Stefan widerstand der Versuchung, dasselbe zu tun, aber das war auch nicht nötig. Sein Gehör kehrte allmählich zurück. Er hörte ein ununterbrochenes Knistern und Prasseln; wie Popcorn, das auf einer heißen Herdplatte hüpfte.

Wissler hängte sich die leergeschossene MPi um, stützte sich auf beiden Seiten des gewaltsam geschaffenen Loches ab und ließ sich mit einer ungemein kraftvollen Bewegung hinuntergleiten. Stefan verstand immer weniger, wie er sich so sehr in diesem Mann hatte täuschen können. Wissler war nicht die harmlose graue Maus, als die sie ihn kennengelernt hatten. Jede seiner Bewegungen, jedes Wort, das er sprach, selbst seine Blicke zeugten von unglaublicher Kraft und noch größerer Behendigkeit.

»Los!« sagte er, an Rebecca gewandt.

Sie schüttelte den Kopf »Ich … kann das nicht.« Sie zitterte am ganzen Leib. Ihre Augen waren schwarz vor Angst und so groß, daß sie fast aus den Höhlen zu quellen schienen.

Stefan sah noch einmal zur Tür. Wie durch ein Wunder hielt sie dem Beschuß noch immer stand, aber es konnte nun wirklich nur noch Sekunden dauern. Die Männer dort draußen wagten es offenbar nicht, schwere Waffen einzusetzen; sie konnten nicht wissen, ob ihr Kommandeur noch lebte. Trotzdem hatten sie bestenfalls noch ein paar Sekunden.

»Schnell!« sagte er. »Er hat recht. Sie bringen uns um!«

Er hatte kaum noch damit gerechnet – aber Rebecca erwachte endlich aus ihrer Erstarrung. Zitternd ließ sie sich in die Hocke sinken und begann rückwärts in die Tiefe zu klettern. Wissler streckte von unten die Hand aus, um ihr zu helfen. Sie ignorierte sie nicht, sondern trat danach, und sie traf auch. Wissler fluchte und kletterte schneller. Als er auf dem Hang unter dem Haus ankam, war er nur noch als Schemen zu erkennen.

So dicht hinter Rebecca, wie es gerade noch ging, kletterte Stefan ebenfalls in das Loch hinab. Der Wind schlug nach seinen Beinen. Seine jähe Kraft überraschte ihn so sehr, daß er um ein Haar den Halt verloren hätte und eine kostbare Sekunde damit verlor, sich festzuklammern, und es war so kalt, daß er das Gefühl hatte, in eisiges Wasser zu tauchen.

Die Tür explodierte mit einem berstenden Schlag, eine halbe Sekunde bevor Stefan vollends durch das Loch im Boden tauchte, und ein halbes Dutzend Gestalten in weißen Tarnanzügen versuchte gleichzeitig in den Raum zu stürmen. Stefan kletterte noch schneller und wich gleichzeitig nach links aus. Über ihnen polterten schwere Schritte heran, ein Durcheinander schreiender Stimmen, und sonderbarerweise fielen immer noch vereinzelte Schüsse. Stefan versuchte verzweifelt, nicht an das zu denken, was in wenigen Sekunden geschehen würde, und kletterte mit verbissener Kraft weiter.

Der Weg war nicht einmal sehr weit; vielleicht drei, allerhöchstens vier Meter, und die Stützbalken und Streben bildeten eine hinlängliche Leiter. Trotzdem schafften sie es nicht ganz. Stefan hatte vielleicht noch einen Meter vor sich, als von oben ein gebrüllter Befehl erscholl. Er verstand ihn nicht, und wer immer ihn geschrien hatte, hätte ihm auch gar keine Zeit gelassen, darauf zu reagieren. Ein ratternder Feuerstoß aus einer automatischen Waffe tastete nach Stefan und ließ nur Zentimeter neben seinem Gesicht fingerlange Splitter aus dem Holz fliegen; dünne, spitze Geschosse, die durch ihre Geschwindigkeit ebenso tödlich sein mochten wie die MPi-Salve.

Stefan drehte mit einer verzweifelten Bewegung den Oberkörper zur Seite und verlor dadurch endgültig den

Halt. Er fiel, prallte zwei-, dreimal mit Rücken und Oberschenkeln gegen Balken und dann ungleich härter auf den felsigen Boden. Fast beiläufig registrierte er, daß Rebecca auf der anderen Seite sicher den Boden erreichte und mit zwei, drei gewaltigen Sätzen in der Dunkelheit verschwand. Wenigstens war sie gerettet.

Er selbst vielleicht nicht. Dicht neben ihm spritzten Funken aus dem Fels. Irgend etwas fuhr wie ein glühender Fingernagel durch sein Gesicht, und er spürte, wie Blut über seine Wange lief und an seinem Kinn hinabtropfte. Hastig wälzte er sich herum, stemmte sich auf Hände und Knie hoch und erstarrte, als etwas Kleines, Dunkelgrünes mit rautenförmig zerfurchter Oberfläche direkt vor seinem Gesicht aufprallte.

Was ihn rettete, war das starke Gefälle des Hanges. Die Handgranate hüpfte wie ein Gummiball wieder in die Höhe und verschwand in der Dunkelheit, um zwei Sekunden darauf mit einem schon fast absurd undramatischen Knall zu explodieren.

Er hatte keine Zeit, erleichtert zu sein. Die Russen hatten aufgehört, auf ihn zu schießen, und sie warfen auch keine Handgranaten mehr, aber das bedeutete nicht, daß es vorbei war. Im Gegenteil. Ein rascher Blick nach oben zeigte ihm, daß gleich mehrere Soldaten damit begonnen hatten, auf die gleiche Weise wie er, Rebecca und Wissler herunterzusteigen; allerdings sehr viel schneller.

Stefan sprang hoch, verlor auf dem abschüssigen Boden beinahe den Halt und stürmte mit rudernden Armen – und immer schneller werdend – in die Dunkelheit hinein. Er hatte nicht die mindeste Ahnung, wie weit sich der Hang nach unten erstreckte. Er wußte nur, daß er tot war, wenn es mehr als einige Schritte waren. Das Gefälle betrug mindestens dreißig Grad. Er wurde immer schneller, ob er wollte oder nicht. Ein Sturz mußte zu schweren Verletzungen führen, wenn nicht tödlichen.

Er fiel tatsächlich, aber er mußte eine ganze Kompanie Schutzengel haben. Was ihn zu Fall brachte, war der jähe Knick, mit dem die Neigung der Böschung wieder in einen halbwegs erträglichen Winkel überging, und er schlug nicht auf dem felsigen Boden auf, sondern vollführte einen grotesken Dreiviertelsalto, an dessen Ende er in einem dichten Gebüsch landete. Die hartgefrorenen Äste brachen wie Glas und fügten ihm mindestens ein Dutzend kleiner Schnitt- und Rißwunden zu, aber die schlimmste Wucht des Sturzes war gebrochen.

Benommen blieb er einige Momente lang liegen. Sein Herz klopfte, und er fühlte, daß er blutete, aber er spürte nicht den mindesten Schmerz. Das größere Wunder allerdings war, daß er sich bewegen konnte, als er es versuchte. Gegen jede Wahrscheinlichkeit – und vor allem gegen seine feste Überzeugung – schien er sich nichts gebrochen zu haben.

Mühsam arbeitete sich Stefan in die Höhe. Er verzog das Gesicht, als er auf seine zerschundenen, blutenden Hände herabsah, fühlte aber noch immer keinen Schmerz. Stefan war nie in seinem Leben schwer verletzt worden, ohne dabei das Bewußtsein zu verlieren, und hatte keine Ahnung, wie lange der Schock anhielt. Aber vermutlich blieben ihm bestenfalls Minuten, ehe die betäubende Wirkung nachließ und jede noch so kleine Bewegung zu einer Tortur wurde. Bis dahin mußte er so weit von hier weg, wie es nur ging.

Er rannte los, blindlings, ohne zu wissen, wohin und ob er sich Rebecca und Wissler dabei näherte oder sich weiter von ihnen entfernte. Der Boden fiel noch immer steil ab; nicht mehr so lebensgefährlich steil wie zuvor, aber steil genug, daß er nicht so schnell laufen konnte, wie es eigentlich ging, aus Angst, erneut zu stürzen und sich dabei diesmal vielleicht *wirklich* zu verletzen. Dazu kam, daß es hier unten noch dunkler zu sein schien als oben auf dem Grat.

Er konnte nur wenige Schritte weit sehen. Der Boden war mit Geröll und losen Steinen übersät, und manchmal tauchten gefährliche Hindernisse aus der Dunkelheit vor ihm auf, denen er nur mühsam ausweichen konnte. Mit dem winzigen Rest seines Verstandes, der nicht vollauf damit beschäftigt war, ihn irgendwie auf den Beinen zu halten, faßte er einen grimmigen Entschluß: Er würde Wissler umbringen, sobald er ihn in die Finger bekam.

Der Hang schien kein Ende zu nehmen. Es war schwer, in seinem aufgeregten Zustand und bei den herrschenden Lichtverhältnissen Entfernungen abzuschätzen, aber das Wolfsherz mußte sehr viel tiefer sein, als es von oben den Anschein gehabt hatte; kein Tal, sondern eine tief eingeschnittene Schlucht, in die niemand, der bei halbwegs klarem Verstand war, hinabsteigen würde.

Stefan stolperte weiter, aber natürlich kam es am Ende, wie es kommen mußte: Er wich einem Dutzend Felsen und Baumstämmen aus, mit denen die Dunkelheit auf ihn zielte, aber schließlich prallte er gegen einen Baum und fiel. Er überschlug sich, schlitterte ein Stückweit auf Rücken und Hosenboden weiter und überschlug sich noch zwei-, oder dreimal, ehe er endlich zur Ruhe kam. Diesmal *tat* es weh.

Als er sich hochstemmte, hörte er Schritte. Etwas bewegte sich in der Dunkelheit links von ihm. Stefan kniff die Augen zusammen. Er konnte die Schritte immer noch hören, und diesmal sah er einen Schatten, der sich direkt auf ihn zu bewegte. Wissler oder Becci.

Als er seinen Irrtum begriff, war es längst zu spät. Weder Wissler noch Rebecca trugen weiße Tarnanzüge. Und sie hätten auch nicht mit einer Maschinenpistole auf ihn gezielt.

Stefan stolperte mit einem erstickten Keuchen zurück. Der Russe gab eine kurze Salve auf ihn ab, die Funken und pulverisierten Schnee von seinen Füßen hochfliegen ließ, hörte aber dann wieder auf zu schießen und richtete die Waffe mit einem befehlenden *»Hoi!«* auf ihn.

Stefan erstarrte. Er hob instinktiv die Hände, aber er wußte auch zugleich, daß das das Falscheste war, was er nur tun konnte. Eine MPi-Salve in den Rücken war vermutlich hundertmal gnädiger als das, was ihm bevorstand, wenn er in Gefangenschaft geriet. Seine Gedanken rasten. Er war fest entschlossen, wenn schon nicht um sein Leben, dann wenigstens um einen schnellen Tod zu kämpfen.

Der Russe kam langsam näher. Er war sehr nervös. Seine Finger spielten unentwegt am Abzug der Waffe, und seine Augen waren in beständiger, hektischer Bewegung. Vielleicht vermutete er eine Falle.

Stefan erschrak fast, als er sah, wie jung der Schütze noch war. Zwanzig. Allerhöchstens. Als Barkow mit seiner kompletten Einheit ›desertiert‹ war, konnte der Soldat kaum mehr als ein Kind gewesen sein. Im Grunde war er das jetzt noch.

Die Erkenntnis gab Stefan den Mut zu einer Verzweiflungstat. Er wartete, bis der junge Soldat fast heran war, dann drehte er sich blitzschnell zur Seite, packte den Lauf der Maschinenpistole und riß mit aller Kraft daran. Es gelang ihm nicht, dem Soldaten die Waffe abzunehmen, aber der Junge verlor halbwegs das Gleichgewicht und knickte mit dem Oberkörper nach vorne. Er ließ seine Waffe immer noch nicht los, sondern zog im Gegenteil den Abzug durch. Aus dem Lauf züngelten orangerote Flammen, und das Metall wurde von einer Sekunde zur anderen glühendheiß.

Stefan schrie vor Schmerz, hielt den Lauf der MPi aber trotzdem eisern fest und drückte ihn mit aller Kraft von sich fort. Gleichzeitig riß er das Knie an und versuchte, es dem Jungen ins Gesicht zu schmettern.

Offensichtlich hatte er ihn unterschätzt. Auch wenn er

nur halb so alt war wie er, reagierte er ungleich schneller und mit der Präzision eines hochtrainierten Kämpfers. Er ließ seine Waffe los, blockte Stefans Knie mit der linken Hand ab und hebelte sein Bein mit der anderen Hand aus. Statt des russischen Soldaten war es Stefan, der hochgerissen und dann mit furchtbarer Wucht auf den Rücken geschmettert wurde.

Der Aufprall trieb ihm die Luft aus den Lungen, so daß er nicht einmal schreien konnte. Ein dumpfer Schmerz explodierte in seinem Hinterkopf und trieb ihn für eine Sekunde an den Rand der Bewußtlosigkeit. Er konnte nur noch verschwommen sehen, und als er aufstehen wollte, ging es nicht. Der Russe ragte riesig und drohend über ihm empor, ein weißes Gespenst, das ihn jetzt töten würde. Das war's dann, dachte Stefan benommen.

Er sah einen Schatten, nur aus den Augenwinkeln, eine zweite, dunkler gekleidete Gestalt. Sie sprang den Russen lautlos an, umschlang ihn von hinten mit den Armen und rammte ihm gleichzeitig das Knie in die Nieren. Der junge Russe keuchte vor Schmerz, ließ seine Waffe fallen und brach in die Knie, und Wissler legte die linke Hand unter sein Kinn, preßte die rechte mit weit gespreizten Fingern gegen seine Stirn und riß seinen Kopf dann mit einem brutalen Ruck herum. Stefan schloß entsetzt die Augen, aber er hatte genug Kung-Fu-Filme gesehen, um zu wissen, was das trockene Knacken bedeutete, das an sein Ohr drang.

Wissler ließ den Leichnam des Russen zu Boden sinken und kniete neben Stefan nieder. »Alles in Ordnung?« fragte er. »Sind Sie verletzt?«

»Ich … glaube nicht«, murmelte Stefan. »Wo … wo ist Becci?«

»Ganz in der Nähe.« Wissler änderte seine Position, griff von hinten unter Stefans Achseln und richtete ihn mit spielerischer Leichtigkeit auf Er hatte Hände wie aus Eisen. »Sie ist in Ordnung. Kommen Sie!«

Stefan schüttelte seine Hände ab und brachte irgendwie das Kunststück fertig, aus eigener Kraft stehenzubleiben. Er starrte auf den Leichnam des Russen hinab. Sein Kopf war fast um hundertachtzig Grad gedreht, und er sah tot noch viel jünger aus als lebendig.

»Sie haben ihn umgebracht«, murmelte er.

»Er oder Sie«, antwortete Wissler. »Kommen Sie. Es sind noch mehr von den Kerlen in der Gegend!«

»Aber er war fast noch ein Kind!« protestierte Stefan. Ein Gefühl kalten, eisigen Entsetzens breitete sich in ihm aus, das er nicht richtig definieren konnte; vielleicht, weil es ihm vollkommen neu war.

»Ein Kind mit einer Kalaschnikow!« Wissler bückte sich nach der Waffe des Jungen, zog das Magazin ab und steckte es ein. »Wahrscheinlich hat er mindestens ein Dutzend Menschen auf dem Gewissen. Wollten Sie der dreizehnte werden?«

Stefan antwortete nicht. Wissler starrte ihn noch eine Sekunde lang aus zornig funkelnden Augen an, aber dann entspannte er sich plötzlich. Er versuchte sogar zu lächeln. »Kommen Sie, Stefan. Wir müssen hier verschwinden. Wahrscheinlich sind noch zwanzig oder dreißig andere in der Gegend.«

»Warum bringen Sie sie nicht alle um?« fragte Stefan verächtlich.

»Weil ich zufällig nicht James Bond heiße«, antwortete Wissler. Er klang ehrlich verletzt. »Und so ganz nebenbei macht es mir auch keinen Spaß, Menschen umzubringen. Was ist jetzt? Soll ich Sie zu Ihrer Frau bringen, oder wollen Sie hierbleiben und auf die Russen warten?«

Letzten Endes hatte sie doch reagiert, wie Stefan es erwartet hatte, und einen Weinkrampf bekommen. Er war sehr froh darüber. In ihrer Partnerschaft war Rebecca eindeutig die Stärkere; manchmal so stark, daß ihre Kraft ihn erschreckte und er sich fragte, ob das, was er für Kraft hielt, nicht in Wahrheit nur Verbitterung war: ein Panzer, den sie zwischen sich und der Welt errichtet hatte und hinter dem sie sich verkroch. Hart genug, jeden Schmerz fernzuhalten, und vielleicht sogar ihn selbst. So empfand er ihr Weinen als sehr erleichternd; die Tränen taten ihr nicht weh, sondern brachen im Gegenteil den Bann und spülten den Schmerz aus ihr heraus, statt ihn dem Reservoir an Leid hinzuzufügen, das sie Jahr um Jahr in sich angelegt hatte. Wenigstens hoffte er, daß es so war.

»Fühlst du dich jetzt besser?« fragte er. Sie hatten im Schutz einer kleinen Baumgruppe Zuflucht gesucht, die an allen Seiten von Dunkelheit belagert wurde. Stefan hatte sein Zeitgefühl vollkommen verloren, aber er vermutete, daß seit ihrer Flucht aus dem Haus nicht mehr als eine halbe Stunde vergangen war. Zweifellos suchten Barkows Soldaten fieberhaft nach ihnen, und die Bäume waren ein erbärmliches Versteck. Ihr einziger wirklicher Verbündeter war die Dunkelheit, die er bisher so gehaßt hatte. Die Nacht würde noch viele Stunden dauern, zumal zu dieser Jahreszeit, aber irgendwann würde sie enden, und dann …

Nein, er wollte nicht daran denken. Jetzt nicht. Sie lebten, das allein zählte. Manchmal half es, die Augen vor der Wahrheit zu verschließen. Sicher nicht für lange, aber er nahm sich vor, sich selbst noch eine halbe Stunde zu schenken, bis er soweit war, sich einzugestehen, daß sie so gut wie tot waren.

Becci hatte nicht auf die Frage geantwortet, so daß er sie bei den Schultern ergriff und mit sanfter Gewalt so weit von sich fortschob, um ihr ins Gesicht zu sehen. Ihre Augen waren verquollen und blutunterlaufen, und das Fieber war mit Macht zurückgekehrt. Aber sie reagierte auf seine Berührung und beantwortete – mit fast einminütiger Verspätung, als hätten die Worte so lange gebraucht, um an ihr Bewußtsein zu dringen – seine Frage.

»Ein bißchen. Nicht sehr. Aber es geht.« Sie rückte von sich aus noch ein kleines Stück weiter von ihm fort und fuhr sich mit dem Handrücken durch das Gesicht, wie um die längst eingetrockneten Tränen fortzuwischen. »Wenn du jemals irgendwem verrätst, daß du mich weinen gesehen hast, bringe ich dich um.«

Dazu würde sie kaum noch Gelegenheit haben, dachte Stefan. Aber er zwang sich, ihr Lächeln zu erwidern und sagte: »Und dasselbe gilt für dich, wenn du irgendwem erzählst, daß ich auf diesen Wissler hereingefallen bin.«

Sie lachten beide, aber es war ganz anders als in all den Büchern und Geschichten, in denen sie über Situationen wie diese gelesen hatten. Es war kein befreiendes Lachen. Es wirkte nicht erleichternd, und es löste den Druck nicht, sondern hinterließ im Gegenteil einen schalen Nachgeschmack.

»Was glaubst du, wer er wirklich ist?« fragte Rebecca nach einer Weile.

»Wissler?« Stefan zuckte mit den Schultern. »Keine Ahnung. Ich kann dir nur sagen, wer er *nicht* ist. Er ist kein harmloser Fremdenführer, und er ist auch kein Österreicher, sondern Amerikaner.«

»Woher weißt du das?«

Stefan lachte. Diesmal klang es echt. »Erinnerst du dich, was er uns über Barkow gesagt hat? *Verrückt wie eine Scheißhausratte?* Das sagt kein Österreicher. Auch kein Deutscher. Das ist ein typisch amerikanischer Ausspruch. Glaub mir. Ich kenne ihn aus mindestens zwanzig Stephen-King-Romanen.«

Rebecca blieb ernst. »Also ist er von der CIA«, sagte sie.

»Das ist nicht gesagt«, antwortete Stefan. »Er kann von Gott-weiß-wem geschickt worden sein. Den Russen. Der Mafia. Sonstwem. Vielleicht ist er nichts als ein mieser kleiner Auftragskiller, der zwei Dummköpfe gesucht hat, die ihn zu Barkow bringen.«

»Ziemlich weit daneben«, sagte Wissler hinter ihnen. »Aber in einem Punkt haben Sie recht: Ohne Sie wäre ich niemals an Barkow herangekommen. Ihr beide redet zu laut. Seid vorsichtig.«

Stefan starrte ihn haßerfüllt an, aber Wissler lachte nur. »Haben Sie es wirklich an diesem einen Ausspruch gemerkt? Erstaunlich. Man kann niemals vorsichtig genug sein.«

»Sind Sie es?« fragte Rebecca.

»Was? Amerikaner?« Wissler schüttelte den Kopf, lachte erneut und fügte in breitem österreichischem Dialekt hinzu: »Jo Gnägst, ich bin a woschächta Wiena Bua.«

»Und ich bin die Kaiserin von Siam«, antwortete Rebecca verächtlich.

»Je weniger Sie wissen, desto besser für Sie«, sagte er ernst.

Rebecca schnaubte. »Hören Sie auf. Warum lügen Sie noch? Sie werden uns doch sowieso umbringen. Und wenn nicht Sie, dann die Russen.«

»Jetzt enttäuschen Sie mich«, antwortete Wissler. »Ihren Tod hätte ich leichter haben können.«

»So?«

»Ich hätte Sie einfach im Haus zurücklassen können«, sagte Wissler ernsthaft. »Dann wären Sie jetzt entweder tot, oder Sie würden sich wünschen, Sie wären es.«

Rebecca antwortete nicht darauf, aber Stefan sah, wie sie ganz leicht zusammenfuhr, und der Anblick versetzte ihn in jähe Wut. Er sprang mit einem Ruck auf »Macht es Ihnen eigentlich Spaß, meine Frau zu erschrecken, Sie Mistkerl?« fragte er. Er spürte, wie irgend etwas mit ihm geschah, gegen das er machtlos war, und wogegen er auch gar nichts tun *wollte*. Sein Zorn explodierte zu schierer Wut. Er packte Wissler an der Jacke, schüttelte ihn wild und schrie: »Sie haben uns beide in Lebensgefahr gebracht! Wir werden sterben, Sie Schwein! Sie haben uns benutzt, und es ist Ihnen scheißegal, ob wir dabei draufgehen oder nicht! Sie verdammtes, widerliches Dreckschwein! Sie ...« Seine Stimme wurde zu einem grotesken Quietschen und brach ab. Ihm gingen die Worte aus. Keine Beschimpfung erschien ihm schlimm genug, keine Beleidigung ausreichend, keine Obszönität auch nur annähernd geeignet, das auszudrücken, was er für Wissler empfand.

Er schüttelte Wissler immer heftiger, holte schließlich aus und versuchte, nach ihm zu schlagen. Wissler hätte die Hiebe leicht abwehren können, aber er beschränkte sich darauf, seinen ungelenken Schlägen auszuweichen.

Schließlich traf er doch. Es tat sehr weh. Es tat ihm weh. Seine Knöchel fühlten sich an, als hätte er gegen eine Wand geboxt, und Wissler taumelte einen halben Schritt zurück. Er machte immer noch keinen Versuch, sich zu wehren, nicht einmal, als Stefan ihm nachsetzte und zu einem weiteren Schlag ausholte.

Doch er schlug nicht zu. Von einer Sekunde auf die andere schien alle Kraft aus ihm zu weichen, und ebenso schnell verrauchte seine Wut. Es war wie mit ihrem Lachen vorhin: Die kurze, aber rasende Explosion von Gefühlen und Gewalt hatte ihn nicht erleichtert, sondern ihn nur noch mehr Kraft gekostet. Er fühlte sich leer, nicht entspannt.

»Fühlen Sie sich jetzt besser?« fragte Wissler ruhig.

»Ja«, log Stefan. Er hatte nicht die Kraft, Wissler in die Augen zu sehen, und so drehte er sich mit einem Ruck herum und setzte sich wieder neben Rebecca.

»Also gut«, sagte Wissler. Er kam wieder näher. Seine Lippe war aufgeplatzt und blutete, wo ihn Stefans Faust getroffen hatte, aber er machte keine Anstalten, das Blut wegzuwischen. »Jetzt, nachdem Sie sich ausgetobt haben, können wir vielleicht über wichtigere Dinge reden.«

Stefan starrte wortlos auf seine Hand herab. Zwei seiner Knöchel waren aufgeplatzt, und die ganze Hand pochte. Er bewegte prüfend die Finger. Es tat weh.

»Oh, das auch noch«, seufzte Wissler. »Wollen Sie jetzt eine halbe Stunde schmollen, oder reichen zehn Minuten?«

»Wir reden nicht mit Mördern«, sagte Rebecca.

»Nein?« Wissler lachte. Er ließ sich vor ihnen in die Hocke sinken und legte die Arme auf die Oberschenkel. »Vor einer halben Stunde haben Sie mit einem geredet. Sie haben eine Menge Geld ausgegeben und ein enormes Risiko auf sich genommen, um mit ihm reden zu können, wenn ich mich recht erinnere.«

»Das war etwas anderes!«

»Ach?« sagte Wissler. »Wieso? Was unterscheidet mich von Barkow – abgesehen davon, daß er mindestens hundertmal mehr Menschenleben auf dem Gewissen hat? Daß er sich hinter seinen ›Prinzipien‹ verschanzt, seiner Treue und den Dingen, an die er *glaubt*? Ich bin ein Mörder und er nur das Opfer, wie? Das arme, unschuldige Werkzeug. Wissen Sie, was das ist? Gequirlte Scheiße. Dieser Kerl war nicht mehr als ein tollwütiger Hund!«

Rebecca schwieg. Sie starrte ihn nur an, aber Wissler fuhr fort: »Was gibt Ihnen das Recht, mich zu verurteilen und ihn nicht? Weil ich Sie benutzt habe, um an ihn heranzukommen? Dieser Kerl hat nichts anderes verdient als den Tod. Er war ein Ungeheuer. Ein Psychopath, der aus Freude gemordet hat.«

»Und Sie sind sein Richter?« fragte Becci.

»Warum nicht? Jemand mußte ihn aufhalten.«

»O ja«, sagte Rebecca höhnisch. »Und Gott hat Sie dazu auserkoren, diesen Akt himmlischer Gerechtigkeit zu vollstrecken! Oder waren es vielleicht Ihre Auftraggeber, die Angst hatten, er könnte zuviel erzählen?«

»Ja«, antwortete Wissler gelassen. »Und? Sie begreifen anscheinend immer noch nicht, wer dieser Kerl war. Nichts anderes als ein wahnsinniger Massenmörder. Jemand mußte ihn stoppen. Und ich habe mir das Recht genommen, dieser Jemand zu sein. Vielleicht bin ich nicht besser als er, aber ich glaube nicht, daß *Sie* das entscheiden können.«

Rebecca ballte die Fäuste. Ihre Augen füllten sich schon wieder mit Tränen, aber es waren jetzt Tränen der Wut. Auch Stefan war aufgewühlt. Er war zornig auf Wissler, weil er Rebecca weh getan hatte, aber er war auch erschrocken über seine eigenen Gefühle. Wisslers Worte empörten ihn nicht annähernd so sehr, wie sie es eigentlich müßten. Wissler spielte Gott. Er hatte sich den Pistolengürtel umgeschnallt, Wyatt Earps Hut aufgesetzt und sich selbst zum Richter aufgeschwungen, und das war natürlich nicht in Ordnung. Stefan war ein überzeugter Gegner jeglicher Art von Selbstjustiz. Und doch war etwas an dem, was er gesagt hatte, das wie ein schleichendes Gift in seine Gedanken sickerte. Er wehrte sich verzweifelt dagegen, aber er spürte, daß es wirkte. Schon jetzt.

Wissler stand wieder auf. »So«, sagte er mit veränderter Stimme. »Ich glaube, das war nötig. Vielleicht können wir jetzt darüber reden, was wir weiter tun?«

»Wozu?« fragte Stefan bitter. »Sobald die Sonne aufgeht, sind wir tot.«

»Sobald die Sonne aufgeht«, antwortete Wissler, »sind wir in Sicherheit. Wir werden bei Tagesanbruch abgeholt.«

»Wie?«

»Von einem Hubschrauber«, antwortete Wissler. »Er kann bei Dunkelheit nicht hier landen. Sobald es hell wird, schon. Wir müssen nur bis zur Dämmerung durchhalten.«

»Und woher weiß der Pilot, wo wir sind?« fragte Rebecca.

»Weil er ihn gerufen hat«, antwortete Stefan düster. »Sie hatten das Peilgerät, das sie angemessen haben, nicht wahr? Es war nicht der Recorder.«

»Ich fürchte«, gestand Wissler. »Man hatte mir versprochen, daß das Gerät nicht angepeilt werden kann, aber wie Sie ja selbst gesehen haben, war dem nicht so. Ich mußte improvisieren.«

»Und Sie glauben, Barkows Leute sehen einfach so zu, wie wir in einen Hubschrauber steigen und davonfliegen?« Stefan lachte. »Sie sind verrückt!«

»Barkows Leute sind nicht das Problem«, antwortete Wissler. »Sie werden nach uns suchen, aber erst, wenn es hell ist. Aber dann sind wir schon weg.«

»Natürlich. Weil sie Angst vor der Dunkelheit haben«, sagte Rebecca spöttisch.

Wissler blieb ruhig. »Sie haben vergessen, was ich Ihnen über dieses Tal erzählt habe«, sagte er. »Niemand betritt es, und schon gar nicht bei Nacht.«

»Quatsch«, sagte Stefan. »Das sind Soldaten. Keine abergläubischen Bauern, die Angst vor einer alten Legende haben.«

»Natürlich nicht. Aber Sie kennen dieses Tal hier nicht, Stefan. Diese Männer schon. Das Gelände hier ist unübersichtlich. Es ist schon am Tage nicht ungefährlich, hier herunterzukommen. Bei Dunkelheit wird es zu einem Selbstmordunternehmen. Sie haben gar keinen Grund, dieses Risiko auf sich zu nehmen. Immerhin gibt es praktisch keinen Ausgang aus diesem Tal. Sie glauben, daß wir hier festsitzen; zumindest lange genug, bis sie Verstärkung und genug technisches Gerät herbeigeschafft haben, um mit der großen Treibjagd auf uns zu beginnen.« Er seufzte. »Aber ich will Ihnen nichts vormachen. Wir haben ein anderes Problem.«

»Und welches?« fragte Stefan mißtrauisch.

»Der Grund, aus dem die Einheimischen dieses Tal fürchten«, antwortete Wissler. »Die Wölfe.«

»Wölfe?« Rebecca atmete hörbar ein.

»Sie haben sie selbst gehört«, sagte Wissler. »Erinnern Sie sich? Das Kind?«

Eine Sekunde lang herrschte erschrockenes Schweigen. Stefan warf Rebecca einen raschen, besorgten Blick zu; nicht wegen der Wölfe, wie Wissler vielleicht annehmen mochte, sondern weil er den Finger wieder auf die Wunde gelegt hatte. Der Gedanke schürte seinen Zorn erneut. Wissler hatte es nicht wissen können, aber das änderte nichts daran, daß er Rebecca schon wieder weh getan hatte. Und es machte es auch nicht besser.

»Sie sind der wahre Grund, aus dem die Einheimischen dieses Tal meiden«, fuhr Wissler fort. »Es ist eine Menge Aberglaube und Mumpitz im Spiel, aber eben leider nicht nur. Es gibt hier noch freilebende Wölfe. Wahrscheinlich nur eine Handvoll; und mit ziemlicher Sicherheit haben sie mehr Angst vor uns als wir vor ihnen. Trotzdem müssen wir vorsichtig sein.«

Stefan starrte ihn an. Wisslers Worte klangen nicht nur so, als wären sie hauptsächlich dazu gedacht, um ihn selbst zu beruhigen, er sagte auch praktisch das Gegenteil dessen, was er selbst erst vor ein paar Minuten behauptet hatte. Warum sollten fünfzig schwerbewaffnete Soldaten vor etwas zurückschrecken, was sie nicht zu befürchten hatten? Wissler log – entweder in bezug auf die Russen, oder die Wölfe.

»Wölfe«, murmelte Rebecca. »Sollten wir dann nicht ... nicht besser auf einen Baum klettern oder so was?«

Wissler dachte einen Moment lang ernsthaft über diesen Vorschlag nach, aber dann schüttelte er den Kopf, lächelte und schlug mit der flachen Hand auf die Kalaschnikow, die an einem Lederriemen vor seiner Brust hing. »Uns passiert schon nichts«, sagte er. »Ich bin kein Spezialist für Wölfe, aber das allermeiste von dem, was man sich über sie erzählt, ist schrecklich übertrieben. Sie sind Raubtiere, aber normalerweise keine Menschenfresser.« Er stand auf. »Ich werde mich ein wenig umsehen, wenn es Sie beruhigt. Bleiben Sie hier.«

Als er sich umwandte und wieder in die Nacht verschwinden wollte, rief Stefan ihn zurück. »Wissler!«

Wissler drehte den Kopf und sah auf ihn herab, ohne sich noch einmal herumzudrehen. »Ja?«

»Wer hat Sie eigentlich zu unserem Anführer gemacht?« fragte Stefan feindselig.

»Die hier.« Wissler hob die Waffe. »Aber Sie müssen nicht tun, was ich sage. Meinetwegen gehen Sie ein bißchen spazieren. Oder klettern Sie auf einen Baum.«

Er verschwand ohne ein weiteres Wort in der Dunkelheit. Stefan wäre am liebsten aufgesprungen und ihm hinterhergerannt, um ihm das überhebliche Grinsen ein für allemal aus dem Gesicht zu schlagen, aber ihm fehlte der Mut dazu. Außerdem konnte er Becci nicht allein lassen. »Mistkerl.«

»Glaubst du, daß er recht hat?« fragte Rebecca.

»Womit? Daß wir auf einen Baum steigen sollen?« fragte Stefan spöttisch.

Rebecca blieb ernst, und Stefan fragte sich, ob er sie überhaupt jemals wieder lächeln sehen würde. »Mit den Wölfen.«

Stefan zog sie an sich heran und legte den Arm um ihre Schulter, ehe er antwortete. »Es wäre immerhin möglich«, sagte er. »Dieses Geräusch, das wir beide gehört haben …«

»Das war kein Wolf«, beharrte Rebecca. »Ich bin doch nicht blöd! Ich kenne den Unterschied zwischen dem Heulen eines Wolfs und einem weinenden Kind.«

»Sicher«, sagte Stefan, der wenig Lust hatte, die Diskussion schon wieder von vorne zu beginnen – und beinahe panische Angst davor, den Schmerz in ihr wieder zu wecken. Was das Geräusch anging, teilte er Beccis Meinung nicht hundertprozentig. Natürlich wußte er, wie sich ein weinendes Kind anhörte; aber im Grunde nicht, wie ein Wolfsheulen klang. Seine Erfahrungen mit Wölfen beschränkten sich auf ein halbes Dutzend Dokumentar-

und Spielfilme, die er gesehen hatte, und gelegentliche Zoobesuche. Beccis übrigens auch. Das Geräusch, das sie gehört hatten, konnte alle möglichen Ursachen haben – vom Heulen des Windes bis hin zu einem tatsächlichen Kind, das Kilometer entfernt gewesen sein mochte. Als Zivilisations- und vor allem Großstadtmenschen waren sie eine ständige Geräuschberieselung gewohnt, aber er wußte sehr wohl, daß die Akustik hier draußen ganz eigenen, anderen Gesetzen gehorchte.

»Es *war* ein Kind«, beharrte Rebecca.

»Ich widerspreche dir doch gar nicht«, antwortete Stefan.

Rebecca funkelte ihn an. »Nein. Du ziehst es vor, gar nichts zu sagen. Ich schätze, du hältst mich für verrückt. Aber ich weiß, was ich gehört habe.«

»Becci«, sagte er, so sanft er konnte, »ich glaube, daß … daß ich in den letzten Jahren eine Menge Dinge falsch verstanden habe, oder vielleicht einfach nicht gesehen. Wir müssen sicherlich darüber reden, aber … bitte nicht heute. Ich glaube nicht, daß ich dazu in der Lage bin.«

»Hältst du mich für verrückt?«

»Natürlich nicht!« antwortete er erschrocken. Aber zugleich spürte er auch, daß es vollkommen sinnlos war, weil nichts, was er sagen oder tun konnte, im Moment zu ihr durchdringen würde. Es war zum Verzweifeln, und tatsächlich war er einen Augenblick lang der Verzweiflung sehr nahe. Nicht der panischen, von Adrenalinschüben und Herzrasen begleiteten Verzweiflung, wie er sie vorhin verspürt hatte, sondern einem dumpfen, lähmenden Gefühl, das sich wie flüssiges Blei in seinen Adern ausbreitete. Er glaubte tatsächlich zu spüren, wie seine Glieder schwerer wurden. In einem Punkt hatte er recht gehabt: Er hatte zu viele Dinge in den letzten Jahren entweder nicht gesehen, oder einfach nicht sehen wollen. Er fragte sich nur, warum es ausgerechnet *jetzt* sein mußte.

»Vielleicht hast du wirklich recht«, fuhr er nach einer Weile fort. »Man mag es zwar kaum glauben, aber die Gegend hier ist bewohnt. Nicht dieses Tal, aber es gibt mehrere Dörfer in der Nähe. Vielleicht hat uns der Wind einfach einen Streich gespielt.«

Sie antwortete nicht mehr, aber ihr Blick sprach Bände. Stefan war beinahe froh, als Wissler zurückkam. Er hatte offensichtlich keine sehr große Runde gedreht.

»Ich glaube, ich habe einen Platz gefunden, wo wir bleiben können«, sagte er.

»Einen hohen Baum?« fragte Stefan.

»Fast«, antwortete Wissler grinsend. »Kommt mit.«

Er winkte auffordernd mit der Hand, und Stefan und Rebecca halfen sich gegenseitig in die Höhe. Die Bewegung bereitete Stefan mehr Mühe, als er erwartet hatte. Den Extremleistungen, die er seinem Körper abverlangt hatte, folgte nun die Abspannung, schneller und totaler, als er es sich je hätte träumen lassen. Er war sicher, daß er sofort einschlafen würde, wenn er länger als fünf Sekunden die Augen schloß, Lebensgefahr hin oder her. Irgendwie fand er die Vorstellung sogar belustigend, seinen eigenen Tod zu verschlafen. Zumindest wäre es eine bequeme Lösung.

»Haben Sie irgendwelche Wölfe getroffen?« fragte Rebecca.

»Nein.« Wissler lächelte amüsiert, aber sein Blick sagte etwas anderes. »Seien Sie froh, Kleines.«

»Nennen Sie mich nicht *Kleines*«, sagte Rebecca scharf. »Ich bin älter als Sie.«

»Nur biologisch«, erwiderte Wissler gelassen. »Und falls Sie Wert darauf legen, es zu bleiben, dann reden Sie etwas leiser. Man kann eine Stimme hier kilometerweit hören.«

Rebecca schenkte ihm einen wütenden Blick, aber sie war klug genug, den sinnlosen Streit nicht fortzusetzen, ob aus Einsicht oder Trotz, konnte Stefan nicht beurteilen. Was er jedoch sehr wohl beurteilen konnte, das war Beccis Gemütszustand. Ihre Reaktion unterschied sich gar nicht so sehr von seiner eigenen. Die Wutexplosion, der er sich hingegeben hatte, erfolgte bei ihr als Schwelbrand, aber das Ergebnis mochte dasselbe sein.

Er ging ein wenig schneller und wie zufällig so, daß er den direkten Blickkontakt zwischen ihnen unterbrach. Plötzlich blieb Wissler stehen und hob warnend die Hand.

»Was –?« begann Stefan, aber Wissler hob die Hand noch höher, und er verstummte. Einen Moment lauschte er gebannt, aber er hörte nichts. Nur den Wind.

Wissler ergriff die Maschinenpistole mit beiden Händen und sah sich suchend um. Stefans Blick folgte seiner Bewegung, ohne daß er irgend etwas Auffälliges sah oder hörte. Wissler jedoch mußte wohl irgend etwas entdeckt haben, denn er wandte sich schließlich nach links und ging vorsichtig weiter. Gleichzeitig machte er eine unmißverständliche Geste zu ihnen, zurückzubleiben.

Stefan wäre nicht einmal in der Lage gewesen, ihm nachzugehen, wenn er gewollt hätte – und er wollte eindeutig nicht. Aber ebensowenig wollte er allein in der Dunkelheit zurückbleiben. Er haßte sich selbst dafür, aber er gestand sich ein, daß er Wissler bereits als Beschützer akzeptiert hatte. Er wartete mit klopfendem Herzen darauf, daß Wissler zurückkam.

Er kam nicht. Seine Schritte waren fast im gleichen Moment verklungen, in dem die Dunkelheit seine Gestalt aufgesogen hatte wie die Realität ein Gespenst. Eine Minute verging, eine zweite, und dann noch eine. Drei Ewigkeiten. Sein Herz raste.

»Stefan!«

Er hätte beinahe aufgeschrien. Erschrocken fuhr er herum und bemerkte erst jetzt, daß Becci nicht mehr neben ihm stand. Sie hatte sich einige Schritte weit in die entgegengesetzte Richtung wie Wissler entfernt und war halb in einem verschneiten Busch verschwunden. Sie sah zu ihm zurück und winkte aufgeregt mit beiden Armen. »Komm her! Schnell!«

Stefan lief zu ihr hin und versuchte, einen Blick durch das verschneite Geäst auf das zu werfen, was Rebecca offensichtlich so erregte. Im ersten Moment erkannte er nichts außer Schnee und Schatten. Dann begriff er seinen Irrtum. Es war kein Schnee. Und es waren auch nicht nur Schatten.

Auf der anderen Seite des Busches lag eine reglose Gestalt in einem weißen Tarnanzug. Und die Dunkelheit, die den Schnee ringsum sie herum bedeckte, bestand zu einem Gutteil aus eingetrocknetem Blut.

»Großer Gott!« murmelte er, riß sich aber dann zusammen und machte eine befehlende Geste zu Rebecca. »Bleib hier.«

Rebecca hatte ohnehin keine Bewegung gemacht, sich dem Toten weiter zu nähern, und es war auch so ungefähr das letzte, was Stefan wollte; trotzdem bahnte er sich gewaltsam einen Weg durch das Gebüsch und ließ sich neben dem Russen in die Hocke sinken. Ein süßlicher, Übelkeit erregender Geruch stieg ihm in die Nase: Blut. Der Mann war noch nicht lange tot. Aber Wissler war ja auch nicht lange weggeblieben.

Als hätte allein der Gedanke an ihn gereicht, hörte er näher kommende Schritte, und einen Moment später Wisslers Stimme: »Verflucht, was soll das? Ich habe gesagt, ihr sollt –«

Wissler verstummte mitten im Wort. Stefan sah hoch. Wissler war neben Rebecca stehengeblieben und starrte mit einer Mischung aus Schrecken und Erstaunen abwechselnd auf ihn und den toten Soldaten herab.

»Saubere Arbeit«, sagte Stefan bitter. »Meinen Glückwunsch. Wir haben keinen Ton gehört.«

Wissler runzelte die Stirn. Er sagte nichts.

»In einem Punkt haben Sie jedenfalls nicht gelogen«, fuhr Stefan fort. »Sie sind nicht James Bond. Sie sind Freddy Krüger.«

»Ich war das nicht«, sagte Wissler ruhig.

»Hören Sie auf«, sagte Stefan. »Verdammt noch mal, lügen Sie mich nicht an! Sie –«

»Ich glaube, er sagt die Wahrheit«, unterbrach ihn Rebecca. Sie sprach sehr leise, mit beinahe tonloser Stimme, aber vielleicht war es ja gerade das, was Stefan mitten im Wort abbrechen ließ.

Rebecca hob die Hand und deutete auf einen Punkt hinter ihm. »Sieh!«

Ganz langsam drehte Stefan den Kopf und sah in die angegebene Richtung. Er sah sofort, was Rebecca gemeint hatte.

Der Schnee rings um den Toten war zertrampelt und voller Blut und Dreck, aber zwischen den Bäumen befand sich ein kleiner, unversehrter Bereich, kaum einen Meter von ihm entfernt. Dort war der Schnee nicht angerührt. Aber es gab eine doppelte, tief eingedrückte Spur, die aus der Dunkelheit zwischen den Bäumen heraus- und dicht daneben wieder hineinführte. Es war nicht die Spur eines Menschen. Aber obwohl Stefan eine Spur wie diese niemals zuvor im Leben gesehen hatte, wußte er sofort, was es war.

Es war die Fährte eines Wolfs.

Was Wissler gefunden hatte, war tatsächlich kein Baum, aber es kam ihm nahe, was seine Sicherheit anging: eine Gruppe von Felsen, die sich zweieinhalb oder drei Meter hoch auftürmten und an drei Seiten vollkommen unbesteigbar waren. Die vierte wurde von einer steilen Schutt- und Geröllhalde gebildet, die weder für einen Menschen noch für einen Wolf ein unüberwindbares Hindernis bilden würde, aber leicht zu verteidigen war. Die Bäume standen hier weniger dicht, so daß sich nichts von nennenswerter Größe anschleichen konnte. Wäre Stefan dazu in der Verfassung gewesen, hätte er erkannt, daß es sich tatsächlich um eine natürliche Festung handelte, auf der sie selbst ohne Schußwaffen durchaus in der Lage gewesen wären, sich eine geraume Weile gegen ein ganzes Wolfsrudel zu verteidigen.

Er war es nicht.

Er konnte sich nicht einmal richtig erinnern, wie weit der Weg hierher gewesen war, geschweige denn, in welche Richtung sie gegangen waren.

Der Anblick des toten Soldaten hatte ihn völlig aus der Bahn geworfen, obwohl es nicht der erste an diesem Abend gewesen war und er den Tod der anderen viel direkter miterlebt hatte. Aber neben vielen anderen – in keinem Falle angenehmen – Lektionen, die er in dieser Nacht bekommen hatte, war dies vielleicht die schmerzhafteste gewesen: Tod war nicht gleich Tod. Barkow war gestorben, weil sein Tod in das politische Kalkül gewisser Mächte paßte und er, zu Recht oder Unrecht, sein Recht auf Leben verwirkt hatte; seine Soldaten mehr oder weniger aus den gleichen Gründen, oder einfach, weil sie das Pech gehabt hatten, im falschen Moment am falschen Ort zu sein. Was dem Soldaten zugestoßen war, den sie im Wald gefunden hatten, war etwas … anderes. Der Tod dieses Soldaten war viel direkter gewesen, auf eine brutale Art sowohl willkürlicher als auch scheinbar sinnloser. Er hätte den Toten im Wald eher akzeptieren müssen als Barkow und seine zwei Begleiter oder den Mann, den Wissler unter dem Haus getötet hatte. Aber der schreckliche Fund hatte ihn zehnmal mehr schockiert als das gewaltsame Sterben, dessen Zeuge er gewesen war. Sie waren plötzlich mit einem neuen, unberechenbaren Feind konfrontiert worden, der sich weder um Logik noch um Sympathien scherte, und das war vielleicht der *wirkliche* Unterschied:

Barkows Tod empörte ihn. Der des russischen Soldaten im Wald dagegen versetzte ihn in Panik, weil er seine Urinstinkte ansprach: Von einer Sekunde auf die andere waren fünfzehntausend Jahre Zivilisation vergessen; sie waren wieder zur Beute geworden.

»In ungefähr zwei Stunden wird es hell«, sagte Wissler. »Dann werden wir abgeholt.«

Stefan machte sich nicht einmal die Mühe, zu ihm aufzublicken. Weder Rebecca noch er hatten eine entsprechende Frage gestellt, und zumindest ihn interessierte es auch nicht wirklich. Tief in sich war er davon überzeugt, daß sie dieses Tal nicht mehr lebend verlassen würden.

Es dauerte eine geraume Weile, aber irgendwann wurde Wissler klar, daß er keine Antwort bekommen würde. Er räusperte sich übertrieben und fügte in etwas direkterem Ton hinzu: »Bevor wir abfliegen, sollten wir ein oder zwei Dinge klären.«

Stefan hob nun doch den Kopf, aber nicht, um sich auf Wissler zu konzentrieren, sondern um Rebecca anzusehen. Sie saß neben ihm, hatte den Kopf an seine Schulter gelegt und schien zu schlafen. Der Anblick erfüllte Stefan mit einem absurden Neid. Er selbst wagte es nicht, seiner Müdigkeit nachzugeben und zu schlafen; nicht, nachdem sie den Toten gefunden hatten. Er hatte Angst, aufzuwachen und festzustellen, daß das alles hier *kein* Alptraum war. Ohne Wissler anzusehen, antwortete er: »Warum? Hängt es von unseren Antworten ab, ob Sie uns mitnehmen?«

Er sah Wissler immer noch nicht an, aber er spürte trotzdem, daß seine Worte Wissler verletzten. »Was ist los mit Ihnen?« fragte er scharf. »Haben Sie Angst, zuzugeben, daß ich recht haben könnte?«

»Recht?!«

»Mit dem, was ich über Barkow gesagt habe.«

Stefan lachte. »Sie sind ja verrückt«, antwortete er. »Und außerdem will ich nicht darüber reden.«

»Früher oder später werden wir es müssen.«

»Kaum«, antwortete Stefan feindselig. »Hören Sie auf, um mein Verständnis zu betteln. Wenn Sie darauf warten, daß ich Ihnen die Absolution erteile, brauchen Sie sehr viel Geduld.«

Wissler sog hörbar die Luft ein. Aber als er weitersprach, klang seine Stimme beherrscht, fast beiläufig. »Sie werden natürlich versuchen, alles, was Sie hier gesehen haben, zu veröffentlichen.«

»Und Sie werden versuchen, uns daran zu hindern.«

»Falsch«, sagte Wissler. »Ich *werde* Sie daran hindern. Vielleicht nicht ich persönlich, aber jemand.«

»Jemand.« Stefan hatte plötzlich Mühe, nicht wirklich loszulachen. Aus einem Alptraum waren sie plötzlich in ein drittklassiges Schmierenstück geraten. »Sie meinen, irgendwelche Männer in einflußreichen Positionen, die dafür sorgen, daß man mir nicht glaubt. Und mich nötigenfalls auch ein wenig unter Druck setzen, falls ich nicht ›vernünftig‹ bin?«

Wissler blieb vollkommen ruhig. »Ich meine es gut mit Ihnen, Stefan«, sagte er. »Mit Ihnen beiden.«

»Ja«, sagte Stefan bitter. »Das haben wir gemerkt.«

»Sehen Sie – und ich werde *diese* Diskussion nicht führen«, sagte Wissler. »Glauben Sie mir, oder lassen Sie es. Ich finde nur, Ihre Frau und Sie haben genug mitgemacht. Sie müssen sich nicht noch mehr Ärger einhandeln.«

»Ach ja?«

»Ich mache es Ihnen einfach, Stefan«, sagte Wissler. »Die Leute, die mich hierhergeschickt haben, sind nicht besonders an Public Relation interessiert. Sie werden nicht zulassen, daß Sie reden, Stefan.«

»Und wenn ich es doch versuche, wird mir etwas zustoßen«, vermutete Stefan. Die Drohung erschreckte ihn nicht. Er hatte sie erwartet.

»Schlimmstenfalls selbst das«, sagte Wissler ruhig.

»Aber es wird nicht nötig sein. Niemand wird Ihnen glauben. Sie haben keine Beweise für Ihre Geschichte. Nicht den allerkleinsten. Keine Bilder, keine Tonbandaufnahmen; nicht einmal einen Stempel in Ihrem Paß, der beweisen würde, daß sie auch nur in diesem Land waren. Aber es werden eine Menge Beweise dafür auftauchen, daß sie *nicht* hier gewesen sind.«

»Und Sie glauben tatsächlich, daß mich das abhält?« fragte Stefan.

»Wahrscheinlich nicht«, räumte Wissler unumwunden ein. »Aber wenn Sie sich auf dieses Spiel einlassen, verlieren Sie, glauben Sie mir. Es ist nicht das erste Mal, daß ich so etwas erlebe. Sie werden alles verlieren, Ihren Job, Ihre materielle Existenz, Ihre Glaubwürdigkeit.«

»Ich zittere vor Angst«, antwortete Stefan spöttisch. Es war nicht einmal gespielt. Wisslers Drohung beeindruckte ihn nicht, wenn auch aus ganz anderen Gründen, als der Amerikaner ahnen mochte. Es war nicht das erste Mal, daß man versuchte, ihn unter Druck zu setzen, und er *nahm* diese Drohung durchaus ernst. Schließlich hatte er gesehen, wozu Wissler fähig war. Aber er war mit einer Bedrohung konfrontiert worden, die viel düsterer und subtiler war, als alles, was Wissler oder die, für die er arbeitete, ihm antun konnten.

»Sie glauben doch nicht wirklich an all diesen Blödsinn«, sagte Wissler. »Freiheit der Presse. Keine Zensur. Informationsfreiheit. *Wahrheit*.«

»Sie natürlich nicht.«

»Ich sagte bereits: Ich habe ein paarmal erlebt, wie so etwas funktioniert«, antwortete Wissler. »Und es funktioniert, glauben Sie mir. Und selbst, wenn nicht – was würden Sie damit erreichen? Ein paar Schlagzeilen. Ein wenig Aufsehen und ein bißchen aufgewirbelten Staub. Nach zwei Wochen hätte er sich gelegt, und kein Hahn kräht mehr nach dieser Geschichte. Aber Sie und Ihre Frau würden dabei auf der Strecke bleiben. Ich würde das bedauern.«

Seltsamerweise glaubte ihm Stefan. Es machte es nicht besser. Es machte ihm Wissler auch nicht sympathischer, sondern machte alles beinahe noch komplizierter.

»Denken Sie darüber nach«, sagte Wissler. »In zwei Stunden sitzen wir im Hubschrauber, und in weiteren zwei Stunden sind wir in Italien. Bis dahin möchte ich eine Entscheidung.« Er griff in die Jackentasche und zog etwas Kleines, Silberfarbenes heraus. »Falls es Ihnen bei Ihrer Entscheidung hilft ...«

Stefan blickte betroffen auf Wisslers Hand und das, was darauf lag. Es war Beccis Aufzeichnungsgerät.

»Sie haben gedacht, ich hätte es vergessen«, sagte Wissler.

»Das war wohl ein Irrtum«, sagte Stefan. Er hatte das tatsächlich geglaubt – obwohl er sich jetzt, im nachhinein, eingestehen mußte, daß es eine ziemlich naive Vorstellung gewesen war. Wissler gehörte nicht zu dem Typ Männer, die irgend etwas vergaßen.

»Ja.« Wissler drehte das ›Feuerzeug‹ nachdenklich zwischen den Fingern, dann drückte er auf die gleiche Weise darauf, die Rebecca vorhin Barkow beschrieben hatte. Diesmal geschah jedoch nichts. Wissler runzelte die Stirn und wiederholte seinen Versuch mit dem gleichen Ergebnis.

»Scheint nicht mehr zu funktionieren«, sagte er.

Stefan starrte ihn nur an, und Wissler zuckte mit den Schultern, ließ die Finger um das Aufzeichnungsgerät zuschnappen und schob es wieder in die Jackentasche. »Sie haben wirklich keine Beweise für Ihre Geschichte. Also denken Sie bitte ernsthaft über das nach, was ich Ihnen gesagt habe. Wenn schon nicht um Ihret-, dann um Ihrer Frau willen.«

Für jemanden, der gerade vor seinen Augen drei Menschen umgebracht hatte, ist Wissler ziemlich um das Wohl anderer besorgt, dachte Stefan. Und natürlich geschah bereits das, was er befürchtet hatte: Er begann bereits über Wisslers Worte nachzudenken. Und auf andere Art, als er eigentlich wollte.

»Denken Sie darüber nach«, sagte Wissler noch einmal. Er stand auf, begann vorsichtig die Geröllhalde hinunterzubalancieren und blieb auf halbem Weg noch einmal stehen, um sich zu ihnen herumzudrehen und mit einer Kopfbewegung auf Rebecca zu deuten. »Und denken Sie dabei nicht nur an sich, Stefan, sondern auch an sie.«

Er ging weiter. Als er in der Dunkelheit verschwunden war, löste Rebecca den Kopf von Stefans Schulter und sagte leise, aber mit großem Nachdruck: »Arschloch.«

Stefan war für einen kleinen Moment verwirrt. Becci hatte die Schlafende so perfekt gemimt, daß selbst er darauf hereingefallen war; und das, obwohl er sie in- und auswendig zu kennen glaubte. Dann mußte er lächeln. »Spricht so eine feine Dame?«

»Wenn man sie entsprechend reizt, ja«, sagte Rebecca. Sie starrte aus zusammengekniffenen Augen in die Dunkelheit, in der Wissler verschwunden war. »Wahrscheinlich kommt er sich auch noch ganz toll dabei vor. Der Robin Hood der Neunziger, wie? Ich wette, er wird noch seinen Enkeln voller Stolz davon erzählen, daß er diese beiden nützlichen Idioten damals nicht einfach erschossen hat.«

Stefan verbiß sich die impulsive Antwort, die ihm auf der Zunge lag. Rebecca war nervös und krank, und sie hatte große Angst und mindestens ebenso große Wut; eine Mischung, in der er nicht unbedingt auf ihren kühlen Kopf zählen konnte. »Das spielt jetzt keine Rolle«, sagte er vorsichtig. »Wir sollten in Ruhe über alles reden – sobald wir im Helikopter sitzen und dieses Land endgültig verlassen haben.«

Rebecca funkelte ihn an. »Ist das deine Version von ›Möglicherweise hat er recht‹?«

»Es ist meine Version von ›Wir haben im Moment andere Probleme‹« antwortete Stefan.

»Tatsächlich?« Rebecca lachte leise. »Stell dir vor, darauf wäre ich nie gekommen.«

»Was soll das?« fragte Stefan, ganz ruhig, aber mit einem heftigen Stirnrunzeln. »Wir stehen auf derselben Seite.«

»Ja, auf der der Verlierer«, sagte Rebecca grimmig. »Ich hatte dich als mutiger in Erinnerung.«

»Und ich dich als fairer«, gab Stefan in scharfem Tonfall zurück. »Ich –«

Er begriff im allerletzten Moment, was geschah, brach mitten im Wort ab und ergriff Rebeccas Hand. Sie versteifte sich ganz leicht unter seiner Berührung, entzog sich ihr aber wenigstens nicht.

»Sag mal … sind wir gerade dabei, in Streit zu geraten?«

Auch Rebecca blickte ihn eine Sekunde lang mit ehrlicher Verblüffung an. »Sieht so aus«, gestand sie dann. »Aber das wäre nicht besonders klug, oder?«

»Nein, das wäre es nicht«, bestätigte Stefan. Plötzlich zog er sie ganz an sich heran, schlang die Arme um ihre Schultern und drückte sie so fest an sich, daß er ihr vermutlich halbwegs den Atem abschnürte, doch diesmal erwiderte Becci seine Umarmung, statt sich dagegen zu wehren.

Sie blieben eine ganze Weile so sitzen, aneinandergeklammert und jeder auf seine Art bei dem anderen Schutz suchend. Schließlich fragte Rebecca leise: »Glaubst du, daß wir hier herauskommen?«

»Bestimmt«, antwortete Stefan mit weitaus mehr Überzeugung, als er in Wahrheit empfand. »In diesem Punkt glaube ich Wissler. Wenn er uns umbringen wollte, hätte er das längst tun können. Er hätte uns nur zurücklassen brauchen.«

»Das meine ich nicht«, antwortete Rebecca.

Stefan auch nicht. »Die Russen kommen nicht hierher«, sagte er beruhigend.

»Und die Wölfe?«

»Unsinn!« sagte Stefan heftig. »Wölfe greifen nicht einfach so Menschen an, das solltest du wissen. Der arme Kerl dort hinten im Wald hat wahrscheinlich einfach nur Pech gehabt. Vielleicht hat er das Tier erschreckt. Oder es hatte Junge, und glaubte sie verteidigen zu müssen.«

»Seit wann bist du Experte für Wölfe?« fragte Rebecca spöttisch.

»Bin ich nicht. Aber ich kann zwei und zwei zusammenzählen. Wenn es ein ganzes Rudel gewesen wäre, das auf der Jagd war, hätten sie ihn aufgefressen, oder zumindest übler zugerichtet, statt ihm nur die Kehle durchzubeißen. Außerdem hätten wir etwas davon mitbekommen; Schreie, Schüsse ...«

Rebecca sah ihn mit einem undeutbaren Blick an. »Du bist kein besonders guter Lügner«, sagte sie schließlich. »Aber deine Versuche, mich zu beruhigen, sind geradezu rührend.«

Vor allem, dachte Stefan, wo sie mindestens zu gleichen Teilen *ihrer* wie seiner eigenen Beruhigung galten. »Was soll es sonst gewesen sein?« fragte er. »Vielleicht ein Werwolf? Heute ist zufällig nicht Vollmond, weißt du?«

Rebecca lachte, aber er spürte genau, daß sie es nur tat, um ihm einen Gefallen zu erweisen. Und auch bei ihm selbst hinterließ sein eigener Scherz einen schalen Nachgeschmack.

Vielleicht gab es Dinge, an die man besser nicht rührte. Nicht einmal im Scherz.

»Jetzt müßte er bereits unterwegs sein.« Wissler ließ den Knopf los, der die Zifferblattbeleuchtung seiner Armbanduhr aktivierte, schob den Ärmel der dick gefütterten Jacke sorgsam wieder über das Handgelenk und warf einen langen, nachdenklichen Blick in südlicher Richtung in den wolkenverhangenen Himmel, fast als könnte er den Helikopter auf diese Weise herbeizwingen.

Wenigstens nahm Stefan an, daß er nach Süden blickte. Die Wolkendecke über dem Tal war noch dichter geworden. Es war so dunkel wie in einem geschlossenen, fensterlosen Raum, und Stefan hatte so gründlich die Orientierung verloren, wie es nur ging. Und das nicht nur räumlich. Auch sein Zeitgefühl war vollkommen erloschen. Er konnte sich *ausrechnen*, daß sie seit knapp zwei Stunden zwischen den Felsen saßen und darauf warteten, daß es Tag wurde, aber sein Gefühl – nein: seine *Überzeugung* – sagte ihm, daß es hundertmal so lange gewesen war. Als sie das Haus verlassen hatten, waren sie gleichermaßen in ein schwarzes Loch gestürzt, in dem die Realität, wie sie sie kannten, keinen Bestand mehr hatte. Und der Sturz war noch nicht zu Ende.

»Ich habe einen geeigneten Landeplatz gefunden«, fuhr Wissler fort, als keiner von ihnen antwortete oder ihm auch nur den Gefallen tat, in seine Richtung zu sehen. »Es sind nur zehn Minuten von hier, aber vielleicht ist es besser, wenn wir etwas eher da sind.«

Seine Stimme klang jetzt fast ein wenig nörgelig; wie die eines Kindes, das um die Aufmerksamkeit eines Erwachsenen buhlt. Die Situation war fast schon grotesk. Allerdings war Stefans und Rebeccas Reaktion, ihn ganz bewußt zu ignorieren, auch nicht sehr viel vernünftiger. Aber im Grunde waren sie ja auch nicht mehr als Kinder, die sich in der Dunkelheit verirrt hatten und in der Fremde.

»Also?«

Aus keinem anderen Grund als dem, daß ihm Wisslers quengeliger Ton auf die Nerven zu gehen begann, stand Stefan endlich doch auf und reichte Rebecca die Hand. Sie balancierten vorsichtig die Geröllhalde hinunter. Unter ihren Schritten lösten sich ein paar kleine Steine und eilten ihnen polternd voraus. Eigentlich war es nicht einmal ein Poltern, sondern ein helles Klicken, wie Glasmurmeln, die in einem Beutel aneinanderschlagen, ein Geräusch, das er unter normalen Umständen nicht einmal zur Kenntnis genommen hätte. Jetzt kam es ihm vor wie das Krachen einer Maschinengewehrsalve, das von einem Ende des Tales zum anderen zu rollen schien.

Offenbar ging es nicht nur ihm so. Auch Wissler war zusammengefahren und warf einen nervösen Blick in die Dunkelheit hinein. Seine dick behandschuhten Finger glitten in einer unbewußten Bewegung über Schaft und Lauf der Waffe, die vor seiner Brust hing. Er trat von einem Fuß auf den anderen. Der Schnee unter seinen Stiefeln knirschte hörbar.

»Wohin?« fragte Stefan.

Wissler drehte sich halb um seine Achse und deutete schließlich in die Nacht hinein; Stefan hatte das Gefühl, ziemlich willkürlich. Stefan ersparte sich die Frage, was dort lag. Dunkelheit, Nacht und eine unbekannte, drohende Gefahr. Rebecca und er schlossen sich Wissler an, als er losmarschierte. Die Felsen fielen rasch hinter ihnen zurück und verschwanden in der Dunkelheit, und obwohl die Sicht kaum weiter als zwei Schritte reichte, spürte Stefan, daß sie nun in einen tiefen, urtümlicheren Teil des Waldes eindrangen. Auf dem Boden lag nur noch wenig Schnee, der den Weg durch das dichte Blätterdach gefunden hatte, und die Echos ihrer Schritte klangen plötzlich verändert; dumpf und wattiger, als fehle plötzlich eine ganze Facette der Töne, die normalerweise zu hören waren.

Irgendwo sehr weit entfernt – wenn auch nicht annähernd so weit, wie Stefan lieb gewesen wäre – heulte ein Wolf. Stefan unterdrückte im letzten Moment ein erschrockenes Zusammenzucken, aber Rebecca blieb mitten im Schritt stehen und sah sich aus angstvoll geweiteten Augen um. Trotz der dicken Handschuhe konnte Stefan fühlen, wie sich ihre Finger in seiner Hand versteiften.

Auch Wissler war stehengeblieben und hatte sich wieder zu ihnen herumgedreht. »Keine Sorge«, sagte er. »Das ist nichts.«

»Das ist ein *Wolf*«, korrigierte ihn Rebecca. Ihre Stimme zitterte.

»Aber er ist weit weg«, antwortete Wissler beruhigend.

»Das hat der russische Soldat wahrscheinlich auch gedacht«, sagte Rebecca. Ihre Stimme … veränderte sich, und Stefan begriff die Gefahr, in der sie schwebte. Ihre Kraftreserven waren aufgezehrt. Sie schlitterte auf den Rand eines hysterischen Anfalls zu, und sie tat selbst ihr Bestes, um diesem Sturz immer noch mehr Schwung zu verleihen.

»Uns passiert nichts«, sagte er, lauter, aber trotzdem so ruhig er nur konnte. »Sie sind weit weg.« Er warf Wissler einen hilfesuchenden Blick zu. Der Amerikaner nickte unmerklich, zwang ein beruhigendes Lächeln auf sein Gesicht und schlug mit der flachen Hand auf die Maschinenpistole.

»Und selbst wenn«, fügte er hinzu. »Ich passe schon auf.«

Irgendwie klang das lächerlich, fand Stefan. Beruhigend, aber trotzdem lächerlich. Die Waffe würde ihnen nichts nützen, wenn sie tatsächlich auf Wölfe stießen. Dem Russen hatte sie nichts genützt, und er war weitaus besser bewaffnet gewesen als Wissler. Aber er hütete sich, irgend etwas davon auszusprechen. Rebecca schien sich wieder gefangen zu haben, war aber mit Sicherheit noch immer in einem Zustand, in dem ein einziges unbedachtes Wort ausreichen mußte, die endgültige Katastrophe auszulösen.

Der Wolf heulte immer noch weiter, aber Stefan war plötzlich fast froh über das Geräusch. Es hörte sich nach wie vor unheimlich und drohend an, aber es war auch sehr weit entfernt. Und es kam eindeutig *nicht* näher.

»Kommen Sie«, sagte Wissler aufmunternd. »Es ist nicht mehr weit.« Er streckte die Hand aus, aber Rebecca trat rasch einen halben Schritt zurück, und Wissler ließ den Arm mit einem angedeuteten Achselzucken wieder sinken. Er sah Stefan fast strafend an, drehte sich aber wortlos herum und ging weiter. Stefan fragte sich, wie er bei der herrschenden Sicht die Orientierung behielt. Er selbst hätte sich schon nach zwei Schritten hoffnungslos verirrt. Nicht einmal das immer noch anhaltende Heulen des Wolfs war eine Orientierungshilfe. Die Akustik in diesem dichten Teil des Waldes war so verwirrend, daß er nur feststellen konnte, daß es von sehr weit her kam; nicht aus welcher Richtung.

Ein weiterer Gedanke kam ihm, und es war vielleicht der Umheimlichste von allen: Wenn das, was Wissler ihnen über das Wolfsherz erzählt hatte, der Wahrheit entsprach, dann waren sie vielleicht seit Jahrhunderten die ersten Menschen, die dieses Tal betraten. Vielleicht seit Jahrtausenden, und vielleicht *überhaupt*. Möglicherweise – nicht sehr wahrscheinlich, aber möglicherweise – waren sie sogar die ersten Menschen, die seit Anbeginn der Zeiten diesen Teil der Welt betraten. Aber es war kein erhebendes Gefühl, sondern ganz im Gegenteil ein Gedanke, der seine Angst nur noch schürte. Vielleicht, weil diese Welt so düster und anders war. Abgesehen davon, daß sie hier atmen konnten, war sie ebenso tödlich wie die Oberfläche eines fremden Planeten.

Nach hundertundeiner Ewigkeit blieb Wissler endlich wieder stehen und hob die linke Hand. Die andere lag auf der Waffe, von wo er sie die ganze Zeit über nicht weggerückt hatte. Stefan trat mit einem letzten Schritt an seine Seite und sah ihn fragend an.

»Sind wir da?«

Wissler deutete schweigend nach vorne. Der Wald lichtete sich nach ein paar Schritten zu einem halbrunden, schneebedeckten Platz von nicht genau zu definierender Größe. Dahinter glitzerte etwas Dunkles. Vielleicht der Fluß, den sie vom Grat aus gesehen hatten.

»Und wo ist der Hubschrauber?«

Wissler machte eine Kopfbewegung in den Himmel. »Unterwegs. Sobald es hell genug ist, landet er, keine Sorge. Wir müßten ihn eigentlich schon fast hören.«

»Sie stehen mit ihm in Verbindung«, sagte Stefan düster.

»Ununterbrochen«, bestätigte Wissler.

Stefan fragte sich, warum ihn diese Erkenntnis eigentlich überraschte, und sogar in Zorn versetzte. Wissler hatte den Helikopter bereits vor Stunden gerufen. Vielleicht war es die Tatsache, daß er die ganze Zeit über mit dem Piloten in Kontakt stand. Der Gedanke, daß es eine – wenn auch nur indirekte – Verbindung zu der richtigen Welt dort draußen gab, machte das Gefühl, allein gelassen und verloren zu sein, fast noch schlimmer.

»Kann ich Sie einen Moment allein lassen?« fragte Wissler ernst. »Ich meine, ohne daß Sie wieder auf eigene Faust losziehen?«

Stefan starrte ihn nur an, aber Wissler blieb ernst. »Ich spaße nicht«, sagte er. »Wir haben nicht sehr viel Zeit. Die Russen werden den Helikopter spätestens bemerken, wenn er in das Tal einfliegt. Ich weiß nicht genau, über welche Waffen sie verfügen, aber es ist besser, wenn wir vom Schlimmsten ausgehen.«

»Einem anderen Hubschrauber«, vermutete Stefan.

»Ein paar Boden-Luft-Raketen würden schon reichen«, sagte Wissler ernst. Er hob beruhigend die Hand. »Keine

Sorge. Die Männer, die uns abholen, sind Profis, die auch mit so etwas fertig werden. Aber wir haben trotzdem keine Zeit zu verlieren.« Er deutete hinter sich. »Die Eisdecke auf dem Fluß müßte dick genug sein, um zehn Hubschrauber zu tragen. Aber ich will mich sicherheitshalber noch einmal überzeugen.«

»Gehen Sie ruhig«, sagte Stefan spitz. »Wir werden uns nicht von der Stelle rühren. Wir bleiben stehen wie Lots Frau, ganz egal, was passiert.«

Wissler sah alles andere als überzeugt aus, aber er ersparte es sich, die sinnlose Diskussion noch weiter fortzuführen, sondern trat zwischen den Büschen heraus und lief geduckt zum Flußufer hin. Obwohl die Wolkendecke mittlerweile aufgerissen und es nicht mehr ganz so dunkel war wie bisher, verloren sie ihn schon nach wenigen Schritten aus den Augen.

Was Stefan schon einmal erlebt hatte, wiederholte sich: Sein Verstand sagte ihm, daß er nichts lieber täte, als den nächsten Ast vom Boden aufzuheben und Wissler damit den Schädel einzuschlagen, und trotzdem mußte er für eine Sekunde all seine Selbstbeherrschung aufbieten, um Wissler nicht hinterherzurennen. Das Gefühl von Schutz, den Wissler ihnen geboten hatte, war noch stärker als erwartet.

»Glaubst du, daß … er die Wahrheit sagt?« fragte Rebecca stockend.

»Die Wölfe?«

»Der Helikopter.« Rebecca schüttelte den Kopf. »Wir sind ziemlich lästige Zeugen.«

»Wir sind ziemlich *hilflose* Zeugen«, verbesserte sie Stefan. »Und nicht im geringsten gefährlich.«

»Bei dem, was wir wissen?«

»Wir können nichts davon beweisen«, sagte Stefan niedergeschlagen – aber auch ein wenig verunsichert. Als er weitersprach, tat er es eigentlich nur, um Becci und sich selbst zu beruhigen, nicht aus wirklicher Überzeugung. »Er hat leider mit jedem Wort recht, weißt du? Wir können nichts von allem beweisen. Er hat es gar nicht nötig, uns umzubringen. Im Gegenteil – unser Verschwinden würde wahrscheinlich mehr Staub aufwirbeln, als es die wildesten Geschichten könnten, die wir erzählen.«

Rebecca sah ihn nachdenklich an und auf eine Weise, die Stefan sich immer unbehaglicher fühlen ließ. »Ich wußte gar nicht, daß du so überzeugend reden kannst«, sagte sie. »Ich frage mich nur, wen du eigentlich überzeugen willst – dich oder mich.« Sie schnitt ihm mit einer Handbewegung das Wort ab, als er etwas erwidern wollte. »Ich traue dem Kerl nicht weiter, als ich spucken kann.«

»Er hätte uns längst umbringen können, wenn er gewollt hätte«, antwortete Stefan lahm.

»Vielleicht wollte er es *noch* nicht«, antwortete Rebecca. »Vielleicht wollte er nur nicht, daß wir den Russen in die Hände fallen, weil er Angst hatte, daß sie uns *nicht* umbringen«, sagte sie. »Hast du schon einmal *daran* gedacht?«

Das hatte er, und mehr als einmal; allerdings nie sehr lange. Und ganz bewußt nicht intensiv genug, um zu einer Antwort zu kommen. Es war ohnehin sinnlos. Sie waren Wissler auf Gedeih und Verderb ausgeliefert und konnten nichts anderes tun, als abzuwarten und zu hoffen.

»Er bleibt ziemlich lange«, sagte Rebecca nach einer Weile.

Stefan zuckte mit den Schultern. »Wahrscheinlich ist er nur gründlich«, antwortete er. »Wäre es dir lieber, wir würden dort hinausgehen und einem russischen Scharfschützen vor das Gewehr laufen?«

Er bekam keine Antwort, und er hatte auch nicht wirklich damit gerechnet. Becci war nicht in der Stimmung, irgendwelche Argumente zu Wisslers Gunsten gelten zu lassen, und wer weiß – vielleicht hatte sie ja sogar recht damit. Trotzdem fuhr er nach einigen Sekunden fort: »Außerdem muß er dem Piloten wahrscheinlich Anweisungen geben, damit er die Maschine heil herunterbekommt. Dort draußen ist nicht besonders viel Platz zum Landen. Nicht mal für einen Hubschrauber.«

Rebecca antwortete immer noch nicht. Aus einem ganz einfachen Grund – sie war nicht mehr da. Als Stefan sich herumdrehte, konnte er sie nur noch als verschwommenen Schemen zwischen den Bäumen erkennen; fünf, sechs Meter entfernt und damit an der Grenze des gerade noch Sichtbaren. Er schluckte einen Fluch herunter, drehte sich vollends in ihre Richtung und rief ihren Namen. Sie reagierte nicht.

»Verdammt!« fluchte Stefan. Er sah noch einmal über die Schulter zurück in die Richtung, in der Wissler verschwunden war, dann eilte er mit weit ausgreifenden Schritten hinter Rebecca her.

»Komm zurück!« rief er; weitaus lauter, als vielleicht gut war. Auf jeden Fall laut genug, daß Rebecca ihn hören mußte. Sie reagierte jedoch immer noch nicht, so daß er noch rascher ausgriff und schließlich hinter ihr herrannte, trotz der Gefahr, in der Dunkelheit gegen ein Hindernis zu prallen. Er holte sie ein, griff nach ihrer Schulter und versuchte sie zurückzureißen, aber Rebecca machte sich mit einer so überraschenden Bewegung los, daß er beinahe gestürzt wäre.

»Bist du verrückt?« fragte er. »Was ist in dich gefahren? Wir –«

»Ruhig!« sagte Rebecca; in einem Ton, der Stefan tatsächlich auf der Stelle verstummen ließ. Nach ein paar Sekunden fügte sie hinzu: »Horch!«

Stefan lauschte, aber er hörte nichts außer den natürlichen Geräuschen des Waldes und seinen eigenen Atemzügen. Da Becci noch immer den Zeigefinger über die Lippen gelegt hatte, sagte er nichts, sah sie aber fragend an. Sie deutete auf einen Punkt hinter ihm und machte gleichzeitig mit der anderen Hand eine Geste, deren Bedeutung er nicht verstand.

»Da ist irgend etwas«, flüsterte sie schließlich. Sie wartete seine Antwort nicht ab, sondern ging weiter, und Stefan folgte ihr – allerdings nicht, ohne einen nervösen Blick zum Waldrand zurückgeworfen zu haben. Er sah ihn kaum noch; allenfalls als Schimmer von etwas hellerem Grau auf Schwarz. Nur noch ein paar Schritte tiefer in den Wald hinein, und sie liefen ganz ernsthaft Gefahr, die Orientierung zu verlieren, so dunkel wie es hier war. Beiläufig fragte sich Stefan, wie Wissler eigentlich das Kunststück fertigbrachte, sich in dieser stygischen Finsternis nicht hoffnungslos zu verirren.

Rebecca blieb plötzlich wieder stehen und hob warnend die Hand. Stefan erstarrte ebenfalls, und diesmal hörte er tatsächlich etwas. Er konnte nicht sagen, was es war, aber die Geräusche klangen ... vertraut. Und zugleich fremd; wie ein Teil von etwas Größerem, das aus seiner normalen Umgebung herausgerissen worden war, so daß er es ohne irgendeinen Bezug nicht einzuordnen vermochte.

Was ist das? Er wagte es nicht, die Frage laut auszusprechen, aber seine Lippen formten die Worte so deutlich, daß Rebecca sie verstand, Sie hob die Schultern, aber irgend etwas sagte ihm, daß dieses Achselzucken nicht echt war. Sie hatte das Geräusch erkannt. Die Vorstellung beunruhigte ihn, obwohl er nicht sagen konnte, warum.

Sie schlichen praktisch auf Zehenspitzen weiter. Ein nicht sehr starker, aber eisiger Wind blies ihnen ins Gesicht und trieb Stefan die Tränen in die Augen. Er blinzelte, wischte sie weg und biß die Zähne zusammen. Später, bei irgendeiner der zahllosen Gelegenheiten, bei denen diese Minuten wieder und wieder an seinem inneren Auge vorbeizogen, sollte ihm klarwerden, daß ihnen dieser Eiswind wahrscheinlich das Leben gerettet hatte, aber in diesem Moment empfand er ihn nur als Qual.

Und im nächsten hatte er ihn vergessen. Ebenso wie Wissler, die Russen, ja, für eine oder zwei Sekunden sogar Rebecca, obwohl sie unmittelbar neben ihm stand. Der Anblick war so bizarr, daß er im allerersten Moment felsenfest davon überzeugt war, zu träumen.

Vor ihnen befand sich eine weitere, allerdings sehr viel kleinere Lichtung im Wald, über der das Blätterdach nicht ganz so dicht war, so daß der Schnee den Boden ungehindert erreicht hatte. Das frisch gefallene Weiß bildete einen guten Kontrast, so daß er die beiden Wölfe, die auf der anderen Seite der Lichtung saßen, fast so deutlich wie im hellen Tageslicht erkennen konnte. Außer ihnen gab es noch ein drittes Lebewesen auf der Lichtung. Es war ein vielleicht drei-, allerhöchstens vierjähriges Kind, das nackt auf Händen und Füßen durch den Schnee kroch und weder die Kälte, noch die beiden Raubtiere zu fürchten schien, denn die Laute, die Becci gehört und sie beide hierhergelockt hatten, waren eindeutig ein Lachen.

Becci hatte recht gehabt. Was sie oben auf dem Berg gehört hatten, *war* ein Kind gewesen.

Aber irgend etwas stimmte nicht.

Das Kind hatte keine Angst.

Die beiden Wölfe, die reglos wie in schwarzen Granit gemeißelte Statuen dasaßen und es beobachteten, waren nicht auf der Jagd.

Sie hätten das Kind längst zerreißen können, aber sie sahen es nicht an, wie Wölfe ihre Beute anstarren würden.

Sie sahen eher aus wie …

Wächter?

Das war lächerlich!

Geschichten von Kindern, die in der Obhut von Wölfen oder anderen wilden Tieren aufgewachsen waren, gehörten ins Reich der Phantasie und sonst nirgendwohin.

Neben ihm stieß Rebecca ein halblautes Keuchen aus, und das Geräusch brach den Bann. Stefan fand schlagartig in die Wirklichkeit zurück, und die Köpfe die beiden Wölfe zuckten in einer absolut synchronen Bewegung herum. Bisher hatte sie der Wind beschützt, der nicht nur ihre Witterung, sondern auch die leisen Geräusche, die sie auf ihrem Weg durch den Wald verursachten, von den Wölfen fortgetragen hatte, aber nun *sahen* die Tiere sie.

Ein Gefühl eisigen Schreckens breitete sich in Stefan aus. Für eine Sekunde schien die Zeit einfach stillzustehen. Die beiden Wölfe starrten sie an, und das schwache Licht, daß sich auf ihren Pupillen brach, ließ ihre Augen tatsächlich auf unheimliche Weise leuchten. Ein tiefes, drohendes Knurren erklang. Es war ganz anders als das Knurren eines Hundes; tiefer, drohender und auf eine nicht in Worte zu kleidende Weise *gewalttätiger*.

»Großer Gott«, flüsterte Stefan. »Becci, lauf weg!«

Sie rührte sich nicht. Ihr Blick war starr auf das Kind gerichtet, das aufgehört hatte, im Schnee herumzukriechen und zu lachen, sondern nun mit schräggehaltenem Kopf zu ihnen emporsah, und irgend etwas Erschreckendes begann auf ihrem Gesicht Gestalt anzunehmen. Stefan wußte sofort, was es bedeutete.

Die beiden Wölfe erhoben sich. Eines der Tiere kam knurrend näher, während das andere mit zwei raschen Schritten zwischen sie und das Kind – Stefan sah jetzt, daß es ein Mädchen war – trat; in einer eindeutig beschützenden Bewegung.

»Becci, lauf weg!« keuchte Stefan. Sie rührte sich immer noch nicht, so daß Stefan dasselbe tat wie der Wolf und sich mit einem raschen Schritt zwischen sie und das zweite Tier schob; eine leere Geste, mehr nicht, und ein erbärmlicher Schutz, falls der Wolf wirklich angriff. Stefan wußte nicht viel über Wölfe, aber allein der Anblick der beiden Tiere machte ihm klar, daß sie nicht mit Hunden zu vergleichen waren und auch nicht mit den ausgemergelten, heruntergekommenen Zerrbildern ihrer Spezies, die er zwei- oder dreimal im Zoo gesehen hatte. Er hatte so manchen Schäferhund gesehen, der größer und muskulöser als diese Wölfe war, aber er war niemals einer Kreatur begegnet, die so wild, so gefährlich und so kompromißlos erschien. Er konnte Rebecca nicht schützen. Wenn dieses Tier angriff, dann würde es erst ihn und dann Becci töten, alles in einer einzigen Bewegung und wahrscheinlich innerhalb einer einzigen Sekunde.

Sonderbarerweise griff das Tier nicht an. Es kam langsam, fast zögernd näher, leise knurrend und ohne sie auch nur einen Sekundenbruchteil aus den Augen zu lassen. Es hätte sich ebensogut abstoßen und sie mit einem einzigen Sprung erreichen können, aber es verzichtete darauf. Es wollte nicht töten. Es wollte nicht einmal kämpfen. Aber der Sinn seiner Botschaft war so klar, wie es nur ging.

»Lauf weg«, flüsterte er. Sein Blick bohrte sich in den des Wolfs, und er las die gleichen Worte darin, eine einfache, klare Warnung: die letzte Chance. Die einzige Chance.

»Becci, lauf weg«, wiederholte er. »Sie wollen nur das Kind beschützen, versteh doch!«

Der Wolf kam näher. Noch drei Schritte, zwei. Seine Flanken zitterten vor Erregung, und er war jetzt nahe genug, daß Stefan das furchtbare Gebiß sehen konnte; eine doppelte Reihe entsetzlicher Zähne, die kräftig genug waren, einen menschlichen Arm einfach durchzubeißen.

Stefan spannte sich. Er schätzte das Gewicht des Tieres auf gut fünfunddreißig oder vierzig Kilo. Keine Chance. Der Wolf würde ihn einfach von den Füßen reißen, wenn er ihn ansprang. Und das würde er tun. In spätestens zwei oder drei Sekunden. Etwas in dem düsteren Glühen in seinen Augen änderte sich. Sie hatten die Warnung gehört, aber nicht verstanden.

»*Lauf!*« brüllte er. »*Sie –*«

Ein peitschender Knall schnitt ihm das Wort ab. Der Wolf wurde von einem unvorstellbar heftigen Schlag getroffen und in die Höhe und gut zweieinhalbmal um seine eigene Achse gewirbelt, ehe er zuckend in den Schnee fiel. Praktisch schon im gleichen Moment krachte ein zweiter Schuß, der den anderen Wolf traf und ebenfalls von den Füßen riß.

Stefan wirbelte herum und wollte sich schützend auf Becci werfen, aber sie war schon nicht mehr da. Statt jedoch davonzurennen, wie er ganz automatisch angenommen hatte, stürmte sie in die entgegengesetzte Richtung – an ihm vorbei und auf die Lichtung hinaus –, so daß er ungeschickt in das Gebüsch hineinstolperte und auf ein Knie herabfiel, ehe es ihm gelang, seinen Sturz zu bremsen. Sie schrie. Hinter ihm heulte der Wolf, und auch das Kind begann zu weinen; ein sonderbarer, wimmernder Laut, der sich tatsächlich mehr wie das Jaulen eines Tieres anhörte als ein Geräusch, das einer menschlichen Kehle entstammte.

Wieder fiel ein Schuß, aber diesmal hörte Stefan an dem darauffolgenden dumpfen Laut, daß die Kugel nichts als Schnee und Erdreich traf. Ungeschickt taumelte er auf die Füße und sah, wie Wissler kaum einen Meter neben ihm aus den Bäumen hervortrat und seine Maschinenpistole in Anschlag brachte.

Der zweite Wolf hatte aufgehört zu jaulen, aber er war nicht tot, vielleicht nicht einmal besonders schwer verletzt, denn er sprang in diesem Moment in die Höhe, wirbelte mit einem wütenden Knurren herum und stieß sich mit einer ungemein kraftvollen Bewegung ab. In einem einzigen gewaltigen Satz flog er quer über die Lichtung und direkt auf Wissler zu.

Wissler feuerte. Diesmal hatte er von Einzel- auf Dauerfeuer umgestellt, so daß seine Waffe einen langgezogenen, hämmernden Strom von Explosionen ausspie. Die Kugeln klatschten in die Baumstämme, zerfetzten Blätter und Äste und flogen als heulende Querschläger davon, aber ein Teil der Salve traf auch den Wolf. Das Tier starb noch in der Luft, aber sein Schwung reichte trotzdem noch aus, es gegen Wissler prallen zu lassen und ihn von den Füßen zu reißen. Wissler stürzte hintenüber. Die MPi wurde ihm aus den Händen gerissen und verschwand in der Dunkelheit.

Stefan war mit einem einzigen Satz in der Mitte der Lichtung. Rebecca hatte sich schützend über das Kind geworfen, aber ihre Jacke und ihr Haar waren voller Blut, und sie lag nicht still, sondern mußte all ihre Kraft aufwenden, um das tobende Kind zu bändigen. Es wehrte sich aus Leibeskräften, trat, schlug, kratzte und versuchte immer wieder, sie zu beißen, wobei es in hohen, jaulenden Tönen schrie.

»Becci!« Stefans Herz begann zu hämmern, als er sah, daß auch ihr Gesicht und ihre Hände blutverschmiert waren. »Was hast du? Was ist passiert?«

»Hilf mir!« keuchte Rebecca. »Ich kann sie nicht halten!«

Stefan griff zu, bekam die wild strampelnden Beine des Kindes zu fassen und handelte sich einen so kraftvollen Tritt gegen den Mund ein, daß seine Unterlippe aufplatzte. Er hielt trotzdem eisern fest, und Rebecca nutzte die Gelegenheit, das strampelnde Energiebündel so zu packen, daß sie seine Arme und Beine blockieren konnte. Das Kind versuchte nach ihrem Gesicht zu beißen, und Rebecca drehte hastig den Kopf weg.

»Was ist passiert?« fragte Stefan zum wiederholten Male. »Becci!«

»Ich bin okay!« antwortete Rebecca. »Hilf mir. Sie ist völlig hysterisch!«

»Aber das Blut –«

»– stammt von dem Wolf«, unterbrach ihn Rebecca. »Ich bin nicht verletzt.« Sie sprach abgehackt und stoßweise, weil die heftig strampelnden Füße des Kindes immer wieder in ihren Magen trafen. Außerdem mußte sie den Kopf in einer umständlichen Haltung nach hinten biegen, um den schnappenden Zähnen des Mädchens zu entgehen.

»Verdammt noch mal, bringen Sie dieses Kind zum Schweigen!« brüllte Wissler. Er arbeitete sich mühsam unter dem toten Wolf hervor, raffte seine Waffe vom Boden auf und kam zu ihnen gelaufen.

Rebecca versuchte es, aber das Mädchen kämpfte mit einem Ungestüm und einer Wut, die Stefan schaudern ließ. Es gebärdete sich wie ein Tier, nicht wie ein Mensch. Als er nach ihm zu greifen versuchte, schnappten seine Zähne mit solcher Kraft zu, daß es ihm vermutlich einfach die Finger abgebissen hätte, hätte es ihn erwischt.

»Hör auf!« flehte Rebecca. »Bitte, Kleines, hör doch auf!«

Ihre Worte schienen es eher noch schlimmer zu machen. Das Mädchen stieß ein langgezogenes, schrilles Heulen aus und schlug plötzlich nach ihrem Gesicht. Seine Fingernägel, die so lang und schmutzig wie die Krallen einer Wildkatze waren, hinterließen vier lange, blutige Kratzer auf Rebeccas Wange. Rebecca keuchte vor Schmerz, ließ das Kind aber trotzdem nicht los, und Wissler beugte sich blitzschnell vor und versetzte dem Kind eine schallende Ohrfeige. Die Schreie des Mädchens verstummten abrupt. Es hörte auf, um sich zu schlagen, sondern preßte sich plötzlich mit der gleichen Kraft, mit der es sich gerade noch gegen Rebecca gewehrt hatte, an ihre Brust und begann zu weinen.

Rebecca drückte das Kind schützend an sich, rutschte hastig ein Stück von Wissler fort und funkelte ihn an. »Sind Sie verrückt geworden?!« keuchte sie. »Wagen Sie es nicht, sie noch einmal anzurühren, Sie Ungeheuer!«

»Vielleicht sollte ich lieber *Sie* schlagen!« antwortete Wissler wütend. Er schrie fast. »Wollten Sie uns alle umbringen? Was soll das? Ich hatte Ihnen befohlen, am

Waldrand zu bleiben!« Er schüttelte zornig den Kopf »Was haben Sie sich nur dabei gedacht?«

Rebeccas Augen wurden groß. »Gedacht?« wiederholte sie ungläubig. »Ich … ich habe ein Kind schreien hören!«

Wissler seufzte. »Ja, ich weiß«, sagte er. »Man kann es kaum übersehen. Und was haben Sie jetzt damit vor?«

Rebecca verstand sichtlich im ersten Moment nicht, was er überhaupt meinte. Stefan auch nicht.

»Sie wollen es mitnehmen«, fuhr Wissler fort, als Rebecca nicht antwortete. »Das geht nicht.«

»Wie bitte?« fragte Stefan. Wissler wandte kurz den Blick in seine Richtung und sah dann wieder Rebecca an. »Bitte, hören Sie mir zu«, begann er. »Ich kann mir vorstellen, was Sie jetzt empfinden, aber –«

»Das bezweifle ich«, sagte Rebecca schneidend. »Sie sind verrückt, wenn Sie auch nur eine Sekunde lang glauben, daß ich dieses Baby seinem Schicksal überlasse.«

Wissler wollte antworten, aber in diesem Moment trug der Wind ein langgezogenes, klagendes Heulen mit sich. Einen Augenblick später antwortete ein gleichartiger Laut aus der anderen Richtung. Keiner von ihnen mußte fragen, was diese Geräusche bedeuteten.

»Was ist mit dem Hubschrauber?« fragte Stefan hastig, um Wissler abzulenken.

»Er ist auf dem Weg«, antwortete Wissler. »Noch fünf Minuten. Falls uns noch soviel Zeit bleibt … Die Russen haben die Schüsse mit Sicherheit gehört. Verdammt! Das hätte nicht passieren dürfen!«

»Genau wie so manches andere«, fügte Rebecca grimmig hinzu. Sie stand auf und funkelte Wissler herausfordernd an. »Wenn wir nur noch fünf Minuten haben, dann sollten wir uns besser beeilen.«

Wissler starrte sie an. Er sagte nichts, und auch Rebecca erwiderte seinen Blick wortlos, und doch spürte Stefan, daß die Auseinandersetzung in diesem Moment entschieden wurde, einfach durch die Blicke, mit denen sich die nur scheinbar so ungleichen Gegner maßen. Wissler mochte bisher die Rolle des Leitwolfs übernommen und auch perfekt ausgefüllt haben, auch für Becci – er war stärker, zielbewußter, vielleicht klüger und mit Sicherheit rücksichtsloser, aber nichts davon zählte jetzt noch wirklich. Das hilflos wimmernde Kind, das Becci an ihre Brust drückte, hatte alles verändert, denn es weckte Urinstinkte in ihr, gegen die alle antrainierten Reflexe Wisslers, seine Rücksichtslosigkeit und seine mühsam gepflegte Autorität nichts mehr zählten. Bei Becci waren diese Instinkte vielleicht noch stärker ausgeprägt als bei den meisten anderen Frauen. Wissler konnte das nicht wissen, aber Stefan begriff mit entsetzlicher Klarheit, daß nichts, was er auch tun oder sagen konnte, sie dazu bewegen würde, dieses Kind hier zurückzulassen. Wissler würde sie erschießen müssen, um sie von ihrem Vorhaben abzubringen.

Und zumindest *das* schien dem Amerikaner ebenso klar zu sein wie ihm, denn nach einigen weiteren Sekunden wandte er sich mit einem Ruck um und ging.

Über dem wie mit einem Lineal gezogenen Berggrat im Osten war ein schmaler Streifen aus verwaschenem Grau erschienen. Es begann zu dämmern. In ein paar Minuten würde dieser graue Streifen anfangen, sich über den ganzen Himmel auszubreiten, und kurz darauf würde es vollends hell werden. Von dem Helikopter war noch keine Spur zu sehen.

»Die fünf Minuten sind längst vorbei«, sagte Stefan. »Wo, zum Teufel, bleibt er?«

»Es ist noch nicht hell genug«, antwortete Wissler. Seine Stimme klang ungeduldig und wütend zugleich.

»Wie hell muß es denn werden?« fragte Stefan. »Hell

genug für die Russen, um eine ihrer Raketen abzuschießen?«

Wissler starrte ihn feindselig an. »Die Russen sind nicht unser Problem«, sagte er. Er machte keinerlei Anstalten, diese Bemerkung irgendwie zu erklären, aber Stefan kam es so vor, als würde das Heulen der Wölfe für einen kurzen Moment lauter. Der unheimliche, wimmernde Chor hatte nicht für eine Sekunde innegehalten, seit sie die kleine Lichtung im Wald verlassen hatten. Im Gegenteil. Stefan war beinahe sicher, daß er zwar nicht lauter geworden war, sich sehr wohl aber noch etliche Stimmen dazugesellt hatten. Er versuchte vergeblich, die Vorstellung abzuschütteln, daß sich die Wolfsstimmen miteinander *unterhielten*.

»Sehen Sie die Bäume dort drüben?« Wisslers ausgestreckte Hand deutete über den Fluß. Stefan konnte dort nicht mehr als Schatten erkennen, aber er nickte trotzdem.

»Ihre Äste ragen fast bis zur Flußmitte hinaus«, fuhr Wissler fort. »Und die auf dieser Seite auch. Ich schätze, daß die Lücke an manchen Stellen nicht breiter als zwölf oder fünfzehn Meter ist. Die Spannweite der Rotorblätter beträgt neun Meter. Wenn der Pilot auch nur einen winzigen Fehler macht oder die Maschine von einer plötzlichen Windböe getroffen wird, ist es aus. Er *kann* bei diesem Licht nicht landen.«

Wahrscheinlich hatte er damit recht, dachte Stefan. Aber das machte es nicht besser. Fünf Minuten waren eine Ewigkeit. Daß sie die letzten fünf Minuten überstanden hatten, kam ihm im nachhinein schon wie ein Wunder vor. Ob seine Kraft ausreichte, noch einmal so lange durchzuhalten, wußte er nicht.

Er sah noch einmal zum Fluß hinüber, dann drehte er sich um und ging zu Rebecca, die ein paar Schritte zurückgeblieben war. Das Mädchen hatte aufgehört zu weinen und lag still in ihren Armen, so daß Stefan im ersten

Augenblick dachte, es wäre eingeschlafen. Aber als er näher kam, sah er, daß seine Augen offenstanden und ihr Blick neugierig und völlig ohne Scheu auf Rebeccas Gesicht gerichtet war. Es schien begriffen zu haben, daß ihm von Rebecca keine Gefahr drohte.

»Ist sie verletzt?« fragte er.

»Ich glaube nicht.« Rebecca sah nur flüchtig zu ihm auf und senkte den Blick dann sofort wieder auf das Kind, das sie tatsächlich wie ein Baby in der Armbeuge trug, obwohl es dafür eigentlich schon viel zu groß und mit Sicherheit entschieden zu schwer war. Ein sehr warmes, zärtliches Lächeln breitete sich auf ihrem Gesicht aus.

Stefan war ganz und gar nicht zum Lächeln zumute, als er ihren Gesichtsausdruck sah. Ganz im Gegenteil. Selbst wenn sie lebend hier herauskämen, würden die Probleme dann erst richtig beginnen.

»Wahrscheinlich hat sie einen Schock«, sagte er.

»Ja, wahrscheinlich«, sagte Rebecca. »Das arme Ding. Sie muß entsetzliche Angst gelitten haben. Ob ihre Eltern wohl noch leben?«

Offenbar vermutete sie, daß die Wölfe die Eltern des Mädchens getötet und das Kind – warum auch immer – entführt hatten. Eine naheliegende Überlegung. Und trotzdem überzeugte sie Stefan nicht. Irgend etwas stimmte nicht. So, wie das Mädchen jetzt in Beccis Armen lag, schien es ein ganz normales, kräftiges Kind zu sein, aber er erinnerte sich zu gut an sein Benehmen, als Rebecca und er versucht hatten, es zu bändigen. Es hatte sich gebärdet wie ein wildes Tier. Selbst seine Schreie hatten sich wie die eines Tieres angehört, nicht wie die eines Menschen. Und es hatte versucht, ihn zu beißen; nicht wie ein Kind, das in Panik zubiß; es hatte nach ihm *geschnappt*. Wie ein Wolf?

»Unsinn«, murmelte er.

Er hatte das Wort laut ausgesprochen, und Rebecca sah fragend zu ihm auf. »Was?«

»Ich frage mich nur, wie lange sie schon bei den Wölfen war.«

»Seit gestern abend«, antwortete Rebecca.

»Wie kommst du darauf?«

»Du hast sie doch auch gehört, genau wie ich – auch wenn dieser Dummkopf dort drüben immer noch behauptet, es wären nur Wölfe gewesen. Wahrscheinlich hat sie geweint, als diese Bestien über ihre Familie hergefallen sind.«

Ein Gedanke, der ebenfalls nahelag. Und ebenso falsch war. Dieses Mädchen war länger als ein paar Stunden in der Gewalt der Wölfe gewesen. Sehr viel länger.

»Du kannst sie nicht behalten«, sagte er unvermittelt.

Rebecca tat so, als ob sie gar nicht verstünde, wovon er sprach. Allerdings nicht sehr überzeugend. »Wovon sprichst du?«

»Das Mädchen. Sobald wir hier heraus sind, müssen wir es den Behörden übergeben«, sagte Stefan. »Das weißt du.«

»Zuerst einmal müssen wir hier herauskommen«, sagte Rebecca. »Und ob seine Eltern noch am Leben sind, wissen wir nicht.«

»Und es geht uns auch nichts an«, sagte Stefan, eine Spur schärfer. »Wir können dieses Kind auf gar keinen Fall behalten.«

Für einen ganz kurzen Moment erlosch Rebeccas Lächeln, und für die gleiche Zeitspanne sah er die gleiche Härte und Unerbittlichkeit darin wie vorhin, als sie sich mit Wissler duelliert hatte. Sie würden diesen Kampf jetzt nicht ausfechten, aber Stefan wußte auch, daß er ihn verloren hätte.

»Wir klären das, sobald wir hier heraus sind«, sagte er ernst.

»Ja, sicher«, antwortete Rebecca. Sie würden nichts klären; ganz einfach, weil es für sie nichts zu klären *gab*, das begriff Stefan schon jetzt. Ein einziger Blick auf seine Frau, die mit diesem grotesk großen Baby im Arm dastand und trotz ihres erbärmlichen Zustandes, trotz der zerrissenen Kleidung, des eingetrockneten Blutes auf ihrem Gesicht, der fiebergeröteten Augen und des strähnigen, blutverklebten Haars so glücklich aussah wie noch niemals zuvor in ihrem Leben, machte ihm klar, daß sie ihre Entscheidung bereits getroffen hatte. Sie würde nicht darüber diskutieren, ebensowenig, wie sie sich irgend etwas befehlen lassen würde. Für Becci war die Situation ganz einfach. Das Schicksal hatte ihr das Kind zurückgegeben, das es ihr vor fünf Jahren genommen hatte, und keine Macht der Welt würde sie dazu bewegen, es sich ein zweites Mal wegnehmen zu lassen. Ohne ein weiteres Wort ging er zu Wissler zurück.

»Sie hat das Kind beruhigt«, sagte Wissler. »Gut. Ihre Frau kann gut mit Kindern umgehen. Haben Sie Kinder?«

Wenn Wissler seinen Job auch nur halb so gut beherrschte wie Stefan annahm, dann wußte er verdammt genau, daß sie keine Kinder hatten, und wahrscheinlich sogar, warum. Trotzdem schüttelte er den Kopf und sagte: »Nein.«

»Der Hubschrauber muß gleich kommen«, fuhr Wissler fort. »Ich kann ihn schon fast hören.«

»Was ist mit diesem Kind los?« fragte Stefan geradeheraus. Er behielt Wissler scharf im Auge, als er diese Frage stellte, aber der Amerikaner hatte sich entweder perfekt in der Gewalt, oder er wußte tatsächlich nicht, was Stefan meinte. Sein fragendes Stirnrunzeln wirkte hundertprozentig echt.

»Was meinen Sie?«

»Ich bin nicht blind, Wissler«, antwortete Stefan mit großem Ernst, während er sich im stillen fragte, ob er gerade dabei war, sich vollends lächerlich zu machen, »und auch nicht taub. Ich habe gehört, was Sie vorhin gesagt haben. Sie wissen etwas über das Mädchen.«

Wissler spielte seine Rolle noch zwei oder drei Sekunden lang weiter, aber dann zuckte er mit den Schultern und antwortete doch; wenn auch nicht, bevor er einen raschen Blick zu Rebecca hin geworfen hatte. »Nicht über *dieses* Kind«, sagte er betont. »Aber über Kinder *wie* dieses.«

»Was soll das heißen: ›Kinder wie dieses‹?«

Wissler suchte mit einem raschen, nervösen Blick den Himmel über dem Fluß ab, ehe er antwortete: »Es sind nur Gerüchte. Dummes Gerede. Jedenfalls habe ich es bisher dafür gehalten. Erinnern Sie sich, was ich Ihnen über dieses Tal hier erzählt habe und die Menschen hier?«

»Flüchtig«, sagte Stefan spöttisch.

»Die Menschen hier sind sehr abergläubisch«, sagte Wissler. »Sie sind zwar Christen, aber das hindert sie nicht daran, auch an Geister und Dämonen zu glauben, wissen Sie? All die Dinge, über die wir aufgeklärten Zivilisationsmenschen nur lachen: Dämonen, Vampire, Hexen, Werwölfe …«

»Ich verstehe«, sagte Stefan sarkastisch. »Sie wollen mir erzählen, daß wir zufällig über eine Werwolffamilie gestolpert sind.«

»Nein«, antwortete Wissler. »Über das *Opfer* für die Werwölfe.«

»*Was?!*«

Wissler nickte abgehackt. »Ich habe nicht alles über das *Wolfsherz* erzählt«, sagte er. »Ich habe es nicht für wichtig gehalten, aber die *ganze* Geschichte ist, daß die Menschen hier tatsächlich glauben, daß in diesem Tal Werwölfe leben.«

»Lächerlich«, sagte Stefan.

»Natürlich«, bestätigte Wissler. »Für uns. Für Sie und mich und die ganze sogenannte zivilisierte Welt dort draußen. Für die Menschen hier nicht. Sie leben seit Jahrhunderten in der Nähe dieses Tales, und sie glauben seit

Jahrhunderten an all diese Dinge. Sie haben sich ... arrangiert.«

»Arrangiert?« Im Grunde hatte Stefan längst begriffen, was Wissler meinte. Aber der Gedanke war so ungeheuerlich und zugleich so grotesk, daß er es einfach nicht glauben *wollte*.

»Sie geben den Wölfen, was sie wollen, und die Wölfe lassen sie dafür in Frieden.«

Stefan starrte ihn ungläubig an. »Sie meinen, sie ... opfern ihnen ihre *Kinder*?« keuchte er.

Er hatte lauter gesprochen, als er eigentlich wollte, und sah erschrocken zu Becci zurück. Sie stand nur ein paar Schritte entfernt, konzentrierte sich aber ganz auf das Mädchen, so daß sie nichts von ihrem Gespräch mitbekommen zu haben schien. Gottlob.

»Nicht alle ihre Kinder«, antwortete Wissler. »Nur wenige und zu bestimmten Gelegenheiten. Ich weiß auch nichts Genaues. Bis vor wenigen Minuten habe ich es nur für ein Gerücht gehalten, aber jetzt ... Angeblich bringen sie das Kind in einer bestimmten Nacht des Jahres an den Rand des Tales, wo es von den Wölfen geholt wird.«

»Das ist ...«

»Barbarisch?« unterbrach ihn Wissler. Er nickte. »Stimmt. Aber es ist ganz offensichtlich so. Zwanzigstes Jahrhundert oder nicht, die Zeit der Menschenopfer scheint wohl doch noch nicht ganz vorüber zu sein.«

Es lag Stefan auf der Zunge, zu sagen, daß Wisslers eigener Anteil daran auch nicht eben klein war, aber er schluckte die Bemerkung herunter. Sosehr ihn Wisslers Geschichte auch schockierte, sie machte alles noch viel komplizierter.

»Meine Frau darf nichts davon erfahren«, sagte er ernst. »Haben Sie das verstanden?«

Erneut warf Wissler Rebecca einen sehr langen, nachdenklichen Blick zu, ehe er antwortete. »Ich glaube ja.« Er nickte. »Der Hubschrauber kommt, hören Sie?«

Stefan lauschte, aber Wissler mußte über ein weitaus schärferes Gehör verfügen als er, denn es verging noch fast eine Minute, bis auch er ein neues Geräusch im leisen Flüstern des Waldes und den Stimmen des Windes identifizierte: das gedämpfte, aber unverkennbare Rotorgeräusch eines Helikopters.

»Los!« sagte Wissler entschlossen. »Kommt.«

Sie traten aus den Bäumen hervor. Stefan spürte plötzlich wieder, wie eisig der Wind war, und er war sich sehr deutlich der Tatsache bewußt, daß sie in ihrer dunklen Kleidung ein perfektes Ziel auf dem Schnee bildeten, der den Boden am Flußufer bedeckte. Mit Ausnahme des Soldaten, den der Wolf getötet hatte, waren sie noch auf keine Spuren der Russen gestoßen, aber das bedeutete nicht, daß sie nicht da waren. Ganz und gar nicht.

Er sah nervös nach oben. Das Rotorgeräusch war näher gekommen, aber von dem Hubschrauber selbst war noch nichts zu sehen. Wahrscheinlich flog der Pilot sehr tief über den Bäumen an, um kein Ziel zu bieten, so daß sie die Maschine überhaupt erst sehen würden, wenn sie zur Landung ansetzte.

Oder das Feuer auf sie eröffnete.

Wer sagte ihm eigentlich, daß es nicht ein russischer Hubschrauber war, dessen Motorengeräusch sie hörten?

»Was ist das?« fragte Rebecca plötzlich. Ihre Stimme klang so erschrocken, daß Stefan und Wissler sich gleichzeitig und sehr schnell zu ihr herumdrehten. »Hört doch!«

»Das ist der Hubschrauber«, antwortete Wissler, aber Rebecca schüttelte den Kopf.

»Das meine ich nicht«, sagte sie. »Die Wölfe! Sie haben aufgehört zu heulen.«

Stefan hob mit einem Ruck den Kopf, und im gleichen Moment wurde es ihm auch bewußt: Der Chor der heulenden Wolfsstimmen war verstummt, ebenso plötzlich und einstimmig, wie er eingesetzt hatte, und mit der gleichen, ja, vielleicht noch unheimlicheren Wirkung. Wahrscheinlich gab es eine ganz einfache Erklärung dafür, dachte Stefan nervös. Es wurde hell, und vielleicht hörten die Tiere immer zu dieser Zeit auf, den Mond anzuheulen. Oder sie hatten den Hubschrauber gehört und waren erschrocken.

Aber es gab auch noch eine andere, viel schlimmere Erklärung. Stefan begriff sie in demselben Moment, in dem er den Schatten erblickte, der hinter Rebecca am Waldrand erschienen war.

Es war ein Wolf.

Und es war nicht irgendein Wolf, sondern der größte und kräftigste Wolf, den Stefan jemals gesehen hatte. Das Tier war riesig und mußte mindestens doppelt so viel wiegen wie die beiden, die Wissler auf der Lichtung erschossen hatte. Es hatte ein nachtschwarzes dichtes Fell mit einer schmalen weißen Blesse auf der Brust, und seine Pfoten mußten größer sein als Stefans Hände. Und es war das mit Abstand häßlichste Tier seiner Art, das Stefan je zu Gesicht bekommen hatte: Seine Schnauze war stumpf und breit und gespickt mit nadelspitzen, mörderischen Zähnen, die zu einem tödlichen Grinsen gebleckt waren, und es hatte übergroße, abstehende Ohren, die jedem anderen Tier an seiner Stelle ein einfach nur komisches Aussehen verliehen hätten – ihm nicht. Das Abstoßendste allerdings waren die Augen; übergroß und hervorquellend wie bei einem an Myxomatose leidenden Kaninchen, aber von etwas erfüllt, das Stefan einen eisigen Schauer des Entsetzens über den Rücken laufen ließ. Es war die gleiche unlöschbare Wut, wie er sie im Blick des Wolfs auf der Lichtung gesehen hatte, aber da war auch noch mehr; etwas, das Stefan nicht verstand und das er auch gar nicht verstehen *wollte*, denn es zu akzeptieren hätte bedeutet, alles zu verleugnen, woran er jemals in seinem ganzen Leben geglaubt hatte. Dieser Wolf war mehr als ein Tier. Unendlich viel mehr.

Hinter dem schwarzen Riesen traten ein zweiter und dritter Wolf aus dem Wald, und der Anblick brach den Bann, der Stefan für einen Moment ergriffen hatte. Es waren nicht nur diese drei Wölfe. Überall raschelte und knisterte es plötzlich, und er sah weitere schleichende Bewegungen am Rande seines Gesichtsfeldes. Die Meute, die sie bisher vermißt hatten, war gekommen.

»*Lauft!*« brüllte Wissler.

Rebecca und Stefan fuhren im gleichen Moment herum und stürmten los, während Wissler die Maschinenpistole von seiner Brust riß und eine kurze, beinahe ungezielte Salve auf den Waldrand abschoß.

Es war wie ein Signal. Für zwei, drei Sekunden schienen der Waldrand und das Flußufer in einer einzigen Explosion aus Lärm und tobender Bewegung auseinanderzubersten. Wissler feuerte. Becci und Stefan schrien ununterbrochen. Plötzlich schienen überall Wölfe zu sein. Orangerote Flammen stachen durch die Nacht. Die Wölfe heulten, und auch das Kind hatte wieder angefangen, in jenen unheimlichen, wimmernden Lauten zu weinen, und ganz am Rande seines Bewußtseins registrierte Stefan, daß auch das Hubschraubergeräusch näher gekommen war. Das alles schien nicht nur rasend schnell zu geschehen, sondern überhaupt keine Zeit in Anspruch zu nehmen, denn Stefan registrierte all diese Einzelheiten, noch bevor Rebecca und er auch nur den ersten Schritt zurückgelegt hatten.

Er dachte nicht darüber nach, wohin sie laufen sollten; die Wölfe – es waren mindestens ein Dutzend, erkannte Stefan entsetzt, als er einen Blick über die Schulter zurückwarf – stürmten aus drei Richtungen zugleich hinter ihnen her, und in der vierten gab es nur den zugefrorenen Fluß.

Die Bäume auf der anderen Seite waren mindestens zwanzig Meter entfernt. Selbst wenn ein Wunder geschah und sie das Ufer erreichten, würden sie wahrscheinlich nicht mehr die Kraft haben, daran emporzuklettern; und schon gar nicht die *Zeit*.

Wisslers MPi stieß eine zweite abgehackte Salve aus. Er hatte mindestens einen Wolf getroffen, wie das schrille Heulen bewies, das sich plötzlich in das Jaulen und Kläffen der Meute mischte, aber die übrigen Tiere stürmten mit entsetzlicher Schnelligkeit weiter heran. Wissler schwenkte seine Waffe herum und gab eine weitere kurze Salve ab; nur drei oder vier Schüsse, um Munition zu sparen, die aber trotzdem einen weiteren Wolf trafen und jaulend in den Schnee stürzen ließen. Dann fuhr er herum und stürmte mit gewaltigen, weit ausgreifenden Sätzen hinter ihnen her.

Die Wölfe waren schneller.

Das vorderste Tier stieß sich mit einem gewaltigen Satz ab und sprang auf Wissler zu. Er schien die Gefahr im letzten Augenblick zu spüren und wich dem Tier irgendwie aus; halb, wenigstens. Statt ihn von den Füßen zu reißen, ließ ihn der Anprall nur stolpern, und der Wolf flog mit einem schrillen Jaulen an ihm vorbei und landete sich überschlagend im Schnee. Wissler fand mit einem ungeschickten Stolperschritt sein Gleichgewicht wieder, erschoß den Wolf, der ihn angesprungen hatte, und versuchte noch in der gleichen Bewegung herumzuwirbeln, um auf einen weiteren Wolf anzulegen.

Es war der schwarze Riesenwolf, den Stefan ganz instinktiv als Anführer des Rudels ausgemacht hatte. Wissler feuerte aus kürzester Entfernung auf ihn. Die Salve hätte ihn in Stücke gerissen, hätte es eine Salve gegeben. Aber die Waffe stieß nur einen einzelnen peitschenden Knall aus, dann war das Magazin leergeschossen. Die Kugel streifte die Flanke des Wolfs, schleuderte ihn zurück in den Schnee und hinterließ eine blutige Spur in seinem Fell.

Beinahe sofort war das Tier wieder auf den Beinen, aber auch Wissler reagierte mit fast übermenschlicher Schnelligkeit. Blitzschnell sprang er vor, schmetterte dem Wolf den Lauf der Waffe über den Schädel und fuhr wieder herum. Das Tier stürzte winselnd ein zweites Mal zu Boden. Diesmal blieb es liegen.

Stefan und Rebecca hatten mittlerweile das Flußufer erreicht. Stefan rannte nicht so schnell, wie er es gekonnt hätte, damit Rebecca nicht zu weit zurückfiel; trotzdem erreichte er den Fluß einige Sekunden vor ihr und stürmte auf die spiegelglatt gefrorene Oberfläche hinaus. Auf der Eisdecke lag zwar eine dünne Schneeschicht, aber sie reichte nicht, seinen Schritten festen Halt zu geben. Er begann zu stolpern, ruderte wild mit den Armen und stürzte, um hilflos fast bis zur Flußmitte hinauszuschlittern. Rebecca, die dicht hinter ihm herangestürmt kam, ereilte das gleiche Schicksal. Irgendwie gelang es ihr, sich noch im Fallen herumzudrehen, so daß sie nicht auf das Mädchen fiel, sondern es im Gegenteil mit ihrem eigenen Körper vor der schlimmsten Wucht des Sturzes schützte. Trotzdem wurde ihr das Kind aus den Armen gerissen, fiel auf das Eis und schlitterte meterweit davon.

Als es Stefan gelungen war, sich mühsam auf Hände und Knie hochzuarbeiten, waren die Wölfe fast heran. Rebecca stemmte sich ebenfalls hoch und kroch mit verzweifelter Hast auf das Kind zu, aber sie erreichte es nicht; ein gewaltiger Wolf war mit einem einzigen Satz heran, baute sich breitbeinig über dem schreienden Kind auf und schnappte nach Rebecca. Seine Fänge verfehlten sie knapp, aber auf eine Art, die Stefan erkennen ließ, daß er sie gar nicht wirklich hatte beißen wollen. Sein vermeintlicher Angriff war eine Warnung, mehr nicht.

Überhaupt stimmte mit diesem ganzen Angriff etwas

nicht. Die Wölfe hätten ihnen längst den Garaus machen können, aber sie verzichteten – noch? – darauf, über sie herzufallen. Mindestens vier oder fünf der schwarzgrauen Räuber belauerten Rebecca und ihn, und die gleiche Anzahl hatte Wissler eingekreist, attackierten ihn aber ebenfalls nicht. Es war kein – wirklicher Angriff. Wäre das Wolfsrudel tatsächlich über sie hergefallen, wären sie längst tot. Und plötzlich begriff er, was es war.

»Sie wollen nur das Kind!« brüllte Wissler. »Gehen Sie weg von ihm! Zurück! Um Gottes willen, *weg von dem Kind!*«

Die Worte galten Rebecca, die auf dem Eis aufgestanden war und verzweifelt versuchte, sich dem Kind zu nähern. Aber sie nahm sie gar nicht zur Kenntnis, und Stefan war auch sicher, daß sie die Gefahr nicht begriff, in der sie schwebte. Der Wolf konnte sie mit einem einzigen Zuschnappen seiner gewaltigen Kiefer töten, und wenn nicht er, dann eines der anderen Tiere, die sie eingekreist hatten. Daß sie es noch nicht getan hatten, war ein Wunder. Aber wie lange würde es noch Bestand haben?

»Gehen Sie weg von dem Kind!« keuchte Wissler. Er kam rückwärts gehend auf den Fluß hinaus, wobei er sich unentwegt um seine eigene Achse drehte und die leergeschossene Waffe von rechts nach links schwenkte. »Sie wollen nur das Kind, verstehen Sie doch!«

Seine Worte erzielten das genaue Gegenteil der beabsichtigten Wirkung. Rebecca schrie plötzlich auf, sprang auf den Wolf zu, der zwischen ihr und dem Kind stand, und trat nach ihm. Ihre Bewegung kam so überraschend, daß selbst die blitzschnelle Reaktion des Tieres nicht mehr ausreichte. Ihr Fuß traf das Tier gegen den Kiefer und schleuderte es davon. Ihre eigene Bewegung raubte Rebecca das Gleichgewicht auf dem Eis. Sie fiel, rollte herum und warf sich schützend über das schreiende Kind.

Eine Sekunde später brüllte sie in schierer Agonie auf, als sich die Zähne des Wolfs in ihre Schulter gruben.

Stefan versuchte zu ihr zu gelangen, aber ein Wolf sprang ihn an und schleuderte ihn auf die Seite. Blindlings schlug er um sich, spürte, daß er irgend etwas traf und versuchte vergebens, irgendwie in die Höhe zu kommen. Er glitt auf dem Eis immer wieder aus, und er wurde jetzt von mindestens drei Wölfen gleichzeitig attackiert. Zähne gruben sich in seine Wade, seinen Oberarm und seine Schulter, und er spürte, wie warmes Blut über seine Haut lief. Ein struppiges Wolfsgesicht tauchte vor seinen Augen auf, gebleckte Zähne schnappten nach seiner Kehle. Stefan warf mit einer verzweifelten Bewegung den Kopf zurück, grub die Hände ins Fell des Tieres und versuchte mit aller Gewalt, es von sich fortzustoßen. Ein zweiter Wolf grub seine Fänge in Stefans Bein. Er schrie vor Schmerz, aber die Qual gab ihm eher noch mehr Kraft. Mit einer verzweifelten Anstrengung schleuderte er den Wolf von sich, der nach seiner Kehle schnappte, zog das unverletzte Bein an sich und versetzte dem anderen Tier einen Stiefeltritt vor die Schläfe. Jaulend ließ es sein Bein los und torkelte davon.

Trotzdem kam er nicht auf die Füße. Das verletzte Bein gab unter seinem Körpergewicht nach. Er fiel, schlug schwer auf das steinharte Eis und spürte, wie nun auch aus seiner Nase und den aufgeplatzten Lippen Blut lief. Irgend etwas traf seinen Rücken und riß ein Stück aus seiner Jacke. Ein halbes Dutzend rotglühender Drähte schien über seinen Rücken gezogen zu werden, aber er hatte keine Kraft mehr, zu schreien.

Plötzlich war Wissler über ihm. Seine Kleider hingen in Fetzen, und auch er blutete aus zahlreichen Wunden, aber er hatte nicht aufgegeben, sondern kämpfte im Gegenteil mit einem Ungestüm und einer Wut, die der der vierbeinigen Räuber in nichts nachstand. Seine schweren Stiefel schleuderten den Wolf davon, der Stefan zu Boden gerissen hatte; gleichzeitig schlug er mit dem Gewehrlauf nach einem weiteren Tier, das winselnd das Weite suchte.

Hastig beugte er sich vor, riß Stefan in die Höhe und zerrte ihn mit sich. Sie beide waren noch am Leben, wie Stefan mit einem Gefühl betäubter Erleichterung feststellte. Das Kind schrie aus Leibeskräften, und Rebeccas Jacke färbte sich schon wieder rot; diesmal allerdings von ihrem eigenen Blut.

Wissler ließ Stefans Arm los, beugte sich zu Rebecca herab und versuchte sie von dem Kind wegzuzerren. Ebensogut hätte er versuchen können, mit bloßen Händen einen Baum auszureißen. Rebecca preßte das Mädchen mit beiden Armen an ihre Brust und trat nach Wissler. Er taumelte zurück, fluchte – und fiel auf Hände und Knie herab, als ihn ein Wolf ansprang.

Es war der schwarze Riese. Der Anprall hatte auch ihn zurückgeworfen, aber er war sofort wieder auf den Füßen und sprang Wissler an, als dieser in die Höhe zu kommen versuchte. Wissler stieß mit dem Gewehrlauf nach ihm, traf seine Kiefer und versetzte dem Tier einen Tritt in die Flanke, als es mit einem schmerzhaften Aufjaulen zurücktaumelte. Wissler setzte ihm nach und versuchte ein zweites Mal, mit dem Gewehrlauf seinen Kopf zu treffen. Der Wolf wich dem Stoß aus, wirbelte auf der Stelle herum und schnappte nach Wisslers Arm.

Wissler schrie. Ein fürchterlicher, berstender Laut erklang, und Wisslers Schrei wurde zu einem hysterischen, schrillen Kreischen, das für einen Moment zu schier unmenschlicher Lautstärke und Höhe anschwoll und dann so plötzlich abbrach, als hätte jemand einen unsichtbaren Schalter umgelegt. Wissler kippte wie in Zeitlupe nach vorne, den blutigen Stumpf seines Armes gegen die Brust gepreßt, während der Wolf rückwärts gehend vor ihm zurückwich. Zwischen seinen Zähnen blitzten das schwarze Metall der Maschinenpistole und rotes, blutiges Fleisch.

Der Wolf stieß ein schrilles Jaulen aus, wandte sich um und lief mit seiner Beute im Maul davon, und Stefan wußte, daß die anderen Tiere nun angreifen würden. Ohne die geringste Hoffnung warf er sich über Becci und das Kind, schloß die Augen und betete, daß es wenigstens schnell gehen würde. Er hatte Angst vor dem Tod, aber noch viel größere Angst vor der Qual, die ihm vielleicht vorausgehen mochte.

Als die Wölfe auf sie zusprangen, begann über ihnen in der Luft ein Maschinengewehr zu hämmern.

Stefan öffnete die Augen. Zu dem eisigen Wind hatte sich ein zweiter heulender Orkan gesellt, der senkrecht vom Himmel herabzufauchen schien und die dünne Schneedecke auf dem zugefrorenen Fluß in Sekundenschnelle davonwirbelte. Zwischen ihnen und den Wölfen stoben meterhohe Explosionen aus winzigen Splittern aus der Eisdecke. Mindestens einer der Wölfe war getroffen worden und reglos liegengeblieben, und die anderen schienen instinktiv zu begreifen, daß sie mit diesem neu aufgetauchten, unsichtbaren Gegner nicht fertig werden würden, denn sie wandten sich urplötzlich zur Flucht und hetzten davon.

Der Hubschrauberpilot verzichtete darauf, weiter auf sie zu schießen. Die Maschine sank mit heulenden Rotoren tiefer und setzte wenige Meter neben Stefan, Rebecca und Wissler auf dem Eis auf, und Stefan blieb nicht einmal genug Zeit, Erleichterung zu empfinden, bevor er endgültig das Bewußtsein verlor.

Teil 2

Stefan betrachtete nachdenklich das halbe Dutzend Männer und Frauen, das vor ihm auf den billigen Plastikstühlen Platz genommen hatte, mit denen das Wartezimmer möbliert war. Auf ihren Gesichtern waren im großen und ganzen die gleichen Empfindungen abzulesen, die auch er spürte: Frustration, Nervosität, vielleicht eine Spur von Angst, aber zum allergrößten Teil Langeweile. Zwei oder drei dieser Gesichter kannte er; er kam jetzt seit zehn Tagen regelmäßig hierher und er schien nicht der einzige zu sein, der es vorzog, jeden Tag den Weg hier heraus in Kauf zu nehmen und zwei oder auch drei und, wenn er Pech hatte, mehr Stunden darauf zu warten, an die Reihe zu kommen, statt sich ein Bett hier im Krankenhaus zu nehmen und sich bei der morgendlichen Visite untersuchen zu lassen.

Manchmal fragte er sich, ob es ein Fehler war. Er verbrachte ohnehin den größten Teil seiner Zeit hier in der Klinik – entweder in diesem Warteraum, in einem der drei angeschlossenen Behandlungszimmer oder zwei Etagen tiefer an Beccis Bett –, und die wenigen Stunden, die er noch zu Hause zubrachte, reichten kaum aus, um den gewaltigen Berg an Arbeit zu erledigen, den er nicht hätte, wäre er einfach nicht greifbar.

Seine rechte Hand fuhr in einer unbewußten Geste über den linken Oberarm, während er den Blick hob und die rot leuchtende Digitalanzeige über der Tür ansah. Neunundzwanzig. Seine Nummer war die nächste, die an der Reihe war. Die Berührung tat weh, trotzdem fuhr er fort, mit den Fingerspitzen leicht über seinen Arm zu fahren, um den Muskel zu massieren. Obwohl die Wunde viel weniger tief war als die in seinem Bein, machte sie ihm erheblich mehr zu schaffen. Fast jede Bewegung des Armes tat weh, und es verging keine Nacht, in der er nicht mindestens zwei- oder dreimal vor Schmerz aufwachte, wenn er sich herumdrehte und den Arm belastete.

Aber er wollte sich nicht beschweren. Wenn er bedachte,

in welchem Zustand Rebecca und er vor vierzehn Tagen gewesen waren, als der Helikopter auf dem vereisten Fluß in Bosnien landete, dann erschien es ihm fast wie ein kleines Wunder, daß er jetzt tausend Kilometer entfernt in einem Wartezimmer saß und im Grunde nichts weiter spürte als ein leichtes Ziehen in der Schulter und ein Gefühl tödlicher Langeweile.

Stefan haßte es, zu warten. Er war es gewohnt; sein Job brachte es mit sich, daß er manchmal Stunde um Stunde warten mußte, manchmal ganze Tage und Nächte – auf einen ganz bestimmten Lichteinfall, eine ganz bestimmte Gelegenheit, einen ganz bestimmten Schnappschuß, den er nur zu oft dann doch nicht bekam.

Aber daß er das Warten kannte, bedeutete nicht, daß er es lieben mußte.

Nicht, wenn es soviel Besseres gab, das er mit seiner Zeit anfangen konnte. Zum Beispiel nach Hause zu fahren, ungefähr achtzig Anrufe abzuhören und sich zu überlegen, welche davon er ignorieren und welche der Anrufer er mit immer neuen Ausreden abspeisen sollte, dachte er sarkastisch. Er war immer noch nicht sicher, ob es nicht ein Fehler gewesen war, auf einer ambulanten Behandlung zu bestehen, aber eines wußte er mit Sicherheit: Es war falsch gewesen, sich sofort zurückzumelden. Daß Becci und er als Freiberufler arbeiteten, bedeutete nicht, daß es niemanden gab, der glaubte, einen Anspruch auf sie und die Ergebnisse ihrer Arbeit zu haben.

Irgendwie war es ihm bisher gelungen, Rebecca zumindest vor den meisten seiner zudringlichen Kollegen zu beschützen, aber das würde nicht mehr lange so bleiben. Die Meute witterte eine Story, und sie wollte sie haben. Daß er dazugehörte, verschaffte ihm eine kleine Gnadenfrist, aber keinen Freibrief. Stefan fragte sich, ob Becci und er auf Außenstehende wohl genauso wirkten, wenn sie hinter einer Geschichte her waren, und er kam als Antwort auf ein zwar unangenehmes, aber eindeutiges Ja.

Vielleicht war es ein Akt höherer Gerechtigkeit, daß sie nun einmal die andere Seite der Medaille kennenlernten, und vielleicht würden sie sich in Zukunft daran erinnern, wenn das alles hier vorbei war und sie sich wieder in die Meute einreihten, die auf der niemals endenden Jagd nach Neuigkeiten und Sensationen war. Vielleicht. Aber wahrscheinlich nicht. Nichts geriet so schnell in Vergessenheit wie gute Vorsätze. Selbst solche, die aus eigener schlechter Erfahrung geboren waren.

Ein leises »Ping« drang in seine Gedanken. Stefan sah hoch und erkannte, daß die Digitalanzeige nun seine Nummer zeigte. Rasch legte er die Zeitschrift auf den Tisch, die ohnehin nur zwar aufgeschlagen, aber ungelesen auf seinen Knien gelegen hatte, stand auf und betrat den Untersuchungsraum.

Der Arzt war noch nicht da, und bevor die Krankenschwester auch nur etwas sagen konnte, knüpfte er bereits sein Hemd auf, warf es ab und rollte noch im Hinsetzen das linke Hosenbein bis nach oben. Die Schwester betrachtete ihn stirnrunzelnd, sagte aber nichts dazu. Sie war neu; jedenfalls hatte er ihr Gesicht hier noch nicht gesehen, und vielleicht war sie gelehrige Patienten wie ihn nicht gewohnt. Was Stefan anging, tat er das nicht, um ihr die Arbeit zu erleichtern oder sie zu beeindrucken; er wollte die unangenehme Prozedur nur so schnell wie möglich hinter sich bringen.

Die Schwester legte einen grauen Schnellhefter mit seinem Namen und einer ellenlangen Ziffernkombination darunter auf den schmucklosen Schreibtisch, der neben der Untersuchungsliege stand, klappte ihn auf und verließ ohne ein weiteres Wort das Zimmer. Stefan war wieder allein, und er wartete wieder. Er testete seine Willensstärke, indem er nicht alle paar Sekunden auf die Uhr sah, aber er schätzte, daß mindestens weitere zehn Minuten vergingen, ehe die Tür sich endlich wieder öffnete und Dr. Krohn hereinkam.

Der Arzt begrüßte ihn mit einem wortlosen Nicken, ignorierte den Ordner mit seiner Krankengeschichte und begann sofort und immer noch ohne ein einziges Wort gesagt zu haben, den Verband von seinem linken Oberarm zu entfernen.

Stefan biß die Zähne zusammen. Es tat weh; nicht sehr, aber es war jene Art von Schmerz, die nicht einmal besonders heftig, trotzdem aber kaum auszuhalten war. Er beherrschte sich, konnte aber ein erleichtertes Aufatmen nicht unterdrücken, als Krohn endlich den Verband von seinem Oberarm und der Schulter entfernt hatte und ihn achtlos zu Boden warf.

»Das sieht ja alles schon sehr schön aus«, sagte der Arzt. »Ihre Heilung macht gute Fortschritte. Anscheinend sprechen Sie ganz ausgezeichnet auf die Medikamente an.« Er schwieg eine halbe Sekunde, dann legte er den Kopf schräg und fügte in leicht mißtrauischem, aber auch fast vorwurfsvoll klingendem Ton hinzu: »Sie nehmen sie doch, oder?«

»Natürlich«, antwortete Stefan – was nicht ganz der Wahrheit entsprach. Die Mittel, die Krohn und seine Kollegen ihm in den letzten beiden Wochen verschrieben hatten, hätten ausgereicht, eine mittlere Schiffsapotheke zu füllen. Er hatte die Waschzettel gelesen und dann für sich entschieden, was davon er nehmen und was er in der Toilette herunterspülen sollte. Offensichtlich hatte er die richtige Wahl getroffen.

»Dann ist es ja gut«, sagte Krohn. Er rutschte mit seinem Stuhl ein kleines Stück zurück, beugte sich vor und begann den Verband von Stefans Wade abzuwickeln, was entschieden mehr weh tat. »Entschuldigen Sie meine Frage, aber Sie glauben ja nicht, wie viele Patienten hierherkommen und erwarten, daß ich Wunder vollbringe, und dann nichts von den Mitteln nehmen, die ich ihnen verschreibe.« Er riß das Ende des Verbandes mit einem Ruck von Stefans Bein – Stefan unterdrückte im letzten Moment einen Schmerzensschrei –, betrachtete die Wunde eingehend und sagte dann fast fröhlich:

»Hervorragend. Sie scheinen nicht nur ein braver Patient zu sein, sondern auch über ausgezeichnetes Heilfleisch zu verfügen.«

»Ja«, antwortete Stefan gepreßt. Er ließ absichtlich offen, welchen Teil von Krohns Worten er damit bestätigte.

Der Arzt sah hoch. »Haben Sie Schmerzen?«

»Jetzt?« Stefan nickte. »Ja.«

»Das meine ich nicht, überhaupt?«

»Es geht«, erwiderte Stefan wahrheitsgemäß. »Es tut mehr weh, als es sollte. Ich meine ... letztendlich ist es nur ein Kratzer.«

»Aus Ihrer Wade fehlt genug Fleisch, um ein gutes Barbecue daraus zu machen«, erwiderte Krohn kopfschüttelnd. »Das würde ich nicht als Kratzer bezeichnen. Außerdem ist das keine normale Wunde. Bißwunden sind meistens schmerzhafter als andere Verletzungen. Aber, wie gesagt, Sie scheinen ganz ausgezeichnet zu heilen. In drei oder vier Wochen merken Sie nichts mehr davon.«

Stefan sagte nichts. Der Schmerz war nicht das Schlimme. Die Wunden würden vernarben, egal ob in drei Wochen oder in drei Monaten, aber er fragte sich, ob er die Erinnerungen, die mit diesen Narben verbunden waren, jemals ganz würde vergessen können. Im Moment bereitete es ihm keine Mühe, damit umzugehen. Sie waren noch zu frisch. Er mußte nur die Augen schließen, und er war wieder in jener Nacht auf dem Eis, hörte das Heulen der Wölfe und das Peitschen der Schüsse und Rebeccas verzweifelte Schreie. Es war nicht schlimm, kaum mehr als Bilder aus einem Film, den er gesehen hatte; ein überstandenes Abenteuer, das seinen schmerzhaften Preis forderte, mehr aber auch nicht. Aber er wußte genau, wie solche Dinge liefen: Der kribbelnde Thrill bewältigter Gefahr würde vergehen, ebenso wie das Hochgefühl, etwas eigentlich Aussichtsloses geschafft zu haben. Aber möglicherweise würde die Angst zurückbleiben, und vielleicht meldete sie sich nach Jahren wieder und auf einer Ebene, auf der er ihr wehrlos ausgeliefert war.

Krohn hörte endlich auf, auf eine Art und Weise mit den Fingerspitzen an seinem Bein herumzugrapschen, die ihm die Tränen in die Augen trieb, ging zum Schreibtisch und klingelte nach der Schwester. Sie erschien so prompt, als hätte sie hinter der Tür gewartet, und sie konnte nicht ganz so neu sein, wie Stefan angenommen hatte, denn die beiden bildeten offenbar ein eingespieltes Team: Während Krohn einen billigen Wegwerfkuli aus der Kitteltasche zog und damit etwas in Stefans Krankenbericht kritzelte, legte sie ihm mit raschen, wenn auch alles andere als sanften Handgriffen einen frischen Verband an.

Stefan gab während der ganzen schmerzhaften Prozedur keinen Laut von sich, aber er fühlte, wie ihm ein wenig flau im Magen wurde. Sehr viel länger hätte er es wohl nicht durchgehalten..

»Ich schreibe Ihnen noch ein weiteres Mittel auf«, sagte Krohn, ohne den Blick aus der Akte zu heben. »Für den Gewebeaufbau. Es ist wichtig, daß Sie es nehmen.«

»Selbstverständlich«, erwiderte Stefan. Seine Stimme schwankte leicht, und Krohn sah nun doch auf und sah ihn mit einem Ausdruck fragender Sorge an. »Aber sagten Sie nicht gerade selbst, daß die Wunde ganz ausgezeichnet heilt?«

»Ich sagte, daß ich mit dem Heilungsprozeß *zufrieden* bin«, korrigierte ihn Krohn – was im krassen Gegensatz zu dem stand, was er tatsächlich vor kaum einer Minute gesagt hatte. Das schien ihn aber nicht zu irritieren, und

Stefan ersparte es sich, darauf zu antworten. Wenn er in den vergangenen zwei Wochen etwas gelernt hatte, dann, wie sinnlos es war, sich mit einem Arzt streiten zu wollen.

»Aber das bedeutet nicht, daß Sie jetzt leichtsinnig werden können.« Krohn nahm einen Rezeptblock aus der Schublade und kritzelte etwas darauf, ohne auch nur ein einziges Mal hinzusehen. »Mit Bißwunden von wilden Tieren ist wirklich nicht zu spaßen«, fuhr er fort. »Seien Sie froh, daß es so glimpflich abgegangen ist. Sie hätten sich leicht die Tollwut einfangen können oder etwas noch Schlimmeres.«

»Gibt es das denn?« fragte Stefan.

Krohn nickte. »O ja. Dem Einfallsreichtum von Mutter Natur sind praktisch keine Grenzen gesetzt, wenn es darum geht, meinen Kollegen und mir das Leben schwerzumachen.« Er riß das Rezept von seinem Block, reichte es Stefan und stand auf. »Ich glaube, Sie brauchen von jetzt an nicht mehr jeden Tag zu kommen«, sagte er. »Es reicht, wenn Sie täglich den Verband wechseln lassen. Wir sehen uns dann am kommenden Montag.«

Stefan nahm das Rezept mit einem dankbaren Nicken entgegen und fand wie üblich nicht einmal Gelegenheit, sich zu verabschieden. Der Arzt hatte sich bereits herumgedreht und marschierte im Sturmschritt aus dem Zimmer, um den nächsten Patienten abzufertigen.

Stefan war sich immer noch nicht darüber im klaren, ob er Dr. Krohn nun mochte oder nicht. Er hatte ihn gut versorgt, und er verfügte zumindest über einen rudimentären Sinn für Humor, aber er machte keinen Hehl daraus, daß seine Patienten im Grunde für ihn nichts als *Fälle* waren. Egal, letztendlich galt das wohl für jeden Arzt. Die meisten anderen waren wohl einfach nur bessere Schauspieler.

Stefan stand auf, rollte sein Hosenbein herunter und schlüpfte vorsichtig in sein Hemd. Seine Schulter tat jetzt noch mehr weh als zuvor, aber er widerstand der Versuchung, sie nicht mehr als unbedingt notwendig zu bewegen. Die Wunde war weit genug verheilt, um nicht bei jeder kleinsten Bewegung aufzubrechen, und er hatte keine Lust, zu allem Überfluß auch noch ein halbes Jahr Krankengymnastik betreiben zu müssen, um später, wenn alles vorbei war, mit dem linken Arm mehr als eine Dose Bier heben zu können.

Als er das Behandlungszimmer verließ, stieß er fast mit dem nächsten Patienten zusammen, der ungeduldig hereindrängte. Obwohl es nicht seine Schuld war, murmelte Stefan eine Entschuldigung, quetschte sich an dem grauhaarigen Mann vorbei und durchquerte auf Beinen, die immer noch ein bißchen wackelig waren, das Wartezimmer.

In der knappen Viertelstunde, die er drinnen gewesen war, hatte es sich gefüllt. Statt einer Handvoll warteten nun sicher zwei Dutzend Patienten darauf, an die Reihe zu kommen, und vor dem Kaffeeautomaten neben dem Ausgang war ein regelrechter kleiner Auflauf entstanden. Stefan ging in einem großen Bogen darum herum, stieß aber trotzdem fast mit einem jungen Mann zusammen, der genau in diesem Moment rückwärts von der Maschine zurücktrat und an einem weißen Plastikbecher mit dampfend heißem Kaffee nippte. Auch dieses Mißgeschick war nicht seine Schuld. Trotzdem murmelte er auch jetzt wieder ein Wort der Entschuldigung und wollte weitergehen, aber in diesem Moment drehte sich der junge Mann um und sah ihn auf eine Art an, die Stefan dazu brachte, für den Bruchteil einer Sekunde im Schritt innezuhalten.

Der Bursche hatte ein Allerweltsgesicht, blondes, streichholzkurz geschnittenes Haar und trug eine Jacke aus billigem schwarzem Lederimitat und verwaschene Jeans. Aber in seinem Blick war etwas, das in krassem Widerspruch zu diesem äußeren Eindruck stand: eine Entschlossenheit und ein brodelnder Zorn, die in Stefan sämtliche Alarmsirenen zum Heulen brachten. Einen winzigen Moment lang war er sicher, diesen Augen schon einmal begegnet zu sein; auch wenn er zugleich wußte, daß er diesen Burschen noch nie zuvor gesehen hatte. Es war der Ausdruck in seinen Augen, der ihn fast zu Tode erschreckte.

Stefan trat hastig einen weiteren halben Schritt zurück, murmelte eine zweite Entschuldigung und betete, daß der junge Kerl nicht zu jenen Typen gehörte, die einen so banalen Zwischenfall wie diesen zum Anlaß nahmen, einen Streit vom Zaun zu brechen oder gleich eine Schlägerei. Wahrscheinlich tat er ihm damit unrecht, aber er konnte nicht aus seiner Haut. Der Ausdruck, den er in den Augen des anderen las, ließ ihn den Burschen ganz instinktiv in jene Gruppe von Verrückten einordnen, die er auf der ganzen Welt am meisten fürchtete; auf eine gewisse Weise mehr als beißwütige Wölfe und rachsüchtige russische Söldner: jene Irren, die in den letzten Jahren unmerklich, aber doch in immer größerer Anzahl aus dem Ghetto amerikanischer Actionfilme und Gruselgeschichten ausgebrochen waren und sich in der Wirklichkeit breitgemacht hatten und für die Gewalt und Terror etwas ganz Normales waren.

Aber dann erlosch das Funkeln in den Augen des anderen. Er zuckte mit den Schultern, zwang ein unechtes Lächeln auf seine Lippen und nippte erneut an seinem Kaffee, während er sich bereits herumdrehte.

Stefan ging weiter. Der winzige Zwischenfall hatte nicht einmal eine Sekunde gedauert, und keiner der anderen hier im Warteraum hatte auch nur Notiz davon genommen, aber er hatte trotzdem das Gefühl, angestarrt zu werden. Nicht zum erstenmal gestand sich Stefan ein, daß er im Grunde seines Herzens wohl ein Feigling war.

Er verließ das Wartezimmer, ging zum Aufzug und fuhr in die dritte Etage hinauf, wo Beccis Zimmer lag. Es war fast zwei. Sein Termin war heute später als sonst gewesen, und er vermutete, daß sie bereits ungeduldig auf ihn wartete. Sie hatte ihm schon vor einer Woche gesagt, daß sie es nicht für nötig hielt, daß er sie jeden Tag besuchte und vier oder fünf Stunden an ihrem Bett verbrachte; Rebecca wußte, wie sehr er Krankenhäuser haßte und noch viel mehr *Krankenbesuche*. Aber sie hatte auch gleichzeitig gewußt, daß er trotzdem jeden Tag kommen würde, selbst wenn es noch Monate dauerte. Und auch wenn ihnen allmählich sowohl der Gesprächsstoff als auch die Geduld ausging: Rebecca hatte es weitaus schlimmer erwischt als ihn. Sie hatte drei üble Bißwunden in Schulter, Bauch und Hüfte davongetragen, und sie hatte weitaus weniger Glück gehabt als er. Eine ihrer Wunden hatte sich entzündet, und sie litt mittlerweile wohl mehr unter den Nebenwirkungen von Cortison und anderen Mitteln, mit denen die Ärzte sie vollpumpten, als an der an sich harmlosen Verletzung.

Es war ihm bisher erfolgreich gelungen, den Gedanken nicht vollkommen an sich heranzulassen, aber natürlich war ihm klar, daß sie mindestens noch zwei oder drei weitere Wochen in dieser Klinik verbringen mußte, wenn nicht mehr.

Als er ihr Zimmer betrat, fand er es leer. Ihr Bett war aufgeschlagen und benutzt, aber der Rollstuhl war nicht da, und die Tür zum Badezimmer stand weit genug offen, um ihn mit einem Blick erkennen zu lassen, daß es leer war. Verwirrt und mit einem Gefühl der Hilflosigkeit erfüllt – aber auch ein ganz kleines bißchen beunruhigt – blieb er einige Sekunden stehen, sah sich ratlos um und ging dann zum Schwesternzimmer.

Wahrscheinlich nur, um dem Gesetz der Serie Genüge zu tun, fand er es leer vor und mußte gute fünf Minuten warten, bis eine der Krankenschwestern hereinkam.

»Wo ist meine Frau?« fragte er, ohne sich mit einer

Begrüßung aufzuhalten. Seine Stimme, vielleicht auch sein Gesichtsausdruck, mußten wohl erschrockener und besorgter wirken, als ihm selbst klar war, denn die Schwester beeilte sich, ihr zuversichtlichstes Lächeln aufzusetzen und ihm kopfschüttelnd und mit einer besänftigenden Geste zu antworten:

»Keine Sorge. Ihr fehlt nichts. Sie ist nur zur Kinderstation hinübergegangen.«

»Zur Kinderstation?«

»Wir waren nicht sehr begeistert darüber«, bestätigte die Schwester, »und der Chefarzt wird es noch viel weniger sein, wenn er davon hört, aber wir konnten sie nicht davon abhalten.«

»Ist irgend etwas mit … dem Mädchen?« fragte Stefan.

Die Schwester hob die Schultern. »Ich weiß es nicht. Ihr Schwager ist vor einer halben Stunde gekommen, und ein paar Minuten später –«

»Mein Schwager?« Stefan runzelte ärgerlich die Stirn. Stefans Stimme klang schärfer, als er beabsichtigt hatte. Er erschrak beinahe selbst über seine Reaktion. Er hatte nichts gegen Robert – im Gegenteil. Rebeccas Bruder und er vertrugen sich im allgemeinen sehr gut, und es gab eine Menge Dinge, in denen sie auf der gleichen Wellenlänge lagen, aber nicht alle. In manchen Punkten waren sie verschiedener Meinung und in einigen wenigen sogar *entschieden* unterschiedlicher, zum Beispiel, was Rebecca und das Mädchen aus dem Wolfsherz anging.

Er bedankte sich bei der Schwester, verließ die Station und fuhr mit dem Aufzug wieder ins Erdgeschoß hinunter. Die Kinderklinik lag am anderen Ende des Krankenhausgeländes. Obwohl er so schnell ging, wie es gerade noch möglich war, ohne wirklich zu laufen, brauchte er gute fünf Minuten, um den schmucklosen Betonbau zu erreichen. Robert und Becci mit ihrem Rollstuhl mußten mindestens die dreifache Zeit benötigt haben, und er wußte gut genug über ihren Zustand Bescheid, um zu wissen, welche Anstrengung es für sie bedeutet haben mußte.

Sein Ärger auf Robert stieg. Ein wenig außer Atem, erreichte er die Kinderklinik, fuhr mit dem Aufzug in die sechste und oberste Etage hinauf und steuerte die Glastür zur Intensivstation an. Er mußte klingeln, um eingelassen zu werden, ignorierte aber sowohl die säuberlich neben der Tür aufgehängten grünen Kittel wie auch die beiden umfunktionierten Standaschenbecher, in denen Überschuhe und Kopfhauben bereitlagen. Das Personal hier kannte ihn bereits und wußte, daß er nicht vorhatte, eines der Zimmer zu betreten.

Nach einer nervend langen Wartezeit wurde die Tür geöffnet. Die Schwester setzte ganz automatisch dazu an, ihn zurechtzuweisen, weil er die Schutzkleidung nicht angelegt hatte, dann aber erkannte sie ihn und trat mit einer einladenden Kopfbewegung zur Seite und sagte:

»Herr Mewes! Ihre Frau und Ihr Schwager sind auch schon da.«

»Ich weiß«, antwortete Stefan knurrig. Sein falscher Ton fiel ihm selbst auf, schließlich konnte die Schwester nichts dafür. Er lächelte entschuldigend, nahm ihr die kleine Mühe ab, die Tür wieder zu schließen und sagte: »Entschuldigen Sie. Ich bin ein bißchen verärgert, aber es hat nichts mit Ihnen zu tun.«

Die Worte schienen die junge Frau noch mehr zu irritieren als sein unwilliger Ton gerade, und Stefan zog es vor, gar nichts mehr zu sagen, anstatt die Situation noch mehr zu verschlimmern. Einer seiner größten Fehler war zweifellos, in den unpassendsten Situationen aus bester Absicht heraus das Falschestmögliche zu sagen, was ihm schon eine Menge Ärger eingebracht hatte. Es gab einen Grund, warum er nicht zur schreibenden Zunft gehörte, sondern die Neuigkeiten in der Welt lieber auf Zelluloid bannte.

Die Schwester warf ihm noch einen abschätzigen Blick zu, dann ging sie wortlos in den Bereitschaftsraum zurück, und Stefan steuerte mit raschen Schritten das Zimmer ganz am Ende des Flures an. Er trat ein, ohne anzuklopfen, und sah genau das, was er erwartet hatte.

Der schmale, schlauchartige Raum bot zwischen der Wand und der deckenhohen Glasscheibe auf der anderen Seite kaum genug Platz für Beccis Rollstuhl. Trotzdem hatte sie es geschafft, sich irgendwie hineinzuquetschen, und obwohl er wußte, wieviel Mühe ihr jede noch so kleine Bewegung bereitete, hatte sie sich halb in die Höhe gestemmt. Mit der linken Hand stützte sie sich auf der Armlehne des Rollstuhls ab, die andere hatte sie gegen die Glasscheibe gepreßt. Da er hinter ihr stand, konnte er ihr Gesicht nicht sehen, aber er wußte sehr gut, welchen Ausdruck er darauf lesen würde.

Der Anblick versetzte ihm einen tiefen Stich. Sie hatten es bisher beide vermieden, über das Mädchen zu sprechen – Rebecca, weil es von ihrem Standpunkt aus nichts zu besprechen gab; er, weil er Angst vor diesem Gespräch hatte, denn er wußte, wie es enden mußte. Natürlich war ihm klargewesen, daß das nicht unendlich so weitergehen konnte, aber er hatte gehofft, ein wenig mehr Zeit zu haben. Und er hatte, verdammt noch mal, gehofft, daß sie dieses Gespräch allein und in einer etwas anderen Umgebung führen konnten.

Stefan trat leise hinter ihren Rollstuhl, nickte seinem Schwager flüchtig zu und legte die Hände auf die Rückenlehne des Stuhles. Rebecca mußte sein Eintreten bemerkt haben, doch sie hob nur kurz den Blick zu der Spiegelung seines Gesichts in der Glasscheibe, ohne sich zu ihm herumzudrehen. Erst jetzt schenkte Stefan wenigstens einen Teil seiner Konzentration dem zweiten, viel größeren Teil des Zimmers auf der anderen Seite des Fensters.

Nicht, daß er es nicht gekannt hätte; er war in den letzten zwei Wochen zwar nicht annähernd so oft wie Rebecca, aber doch häufig genug hier gewesen. Das Zimmer, das eigentlich Platz für drei Betten samt der dazugehörigen Intensivpflege-Technik bot, hatte im Moment zwar nur einen einzigen Bewohner, schien aber trotzdem aus den Nähten zu platzen. Neben einer Unzahl medizinischer Apparaturen – von denen Stefan wußte, daß die meisten im Grunde vollkommen überflüssig waren, denn abgesehen von einigen Kleinigkeiten war das Kind, das sie aus dem Wolfsherz mitgebracht hatten, kerngesund – türmten sich ganze Berge von Spielzeugen, Stofftieren, Kindermöbeln, Mobiles und anderen kunterbunten Dingen darin, mit denen Rebecca das Mädchen in den letzten beiden Wochen regelrecht überschüttet hatte. Außerdem gab es eine professionelle Kameraausrüstung auf einem Stativ nebst dazugehörigen Videorecordern und Monitoren.

Die Krankenschwester, die auf der anderen Seite der Glasscheibe stand und das Kind in den Armen hielt, damit Rebecca es sehen konnte, wirkte zwischen all diesen Dingen seltsam verloren; und ihrem Gesichtsausdruck nach zu schließen, schien sie sich auch nicht besonders wohl in ihrer Haut zu fühlen. Stefan nickte ihr zu, und sie erwiderte die Geste mit einem angedeuteten Lächeln. Er hatte den Namen der Schwester vergessen – er merkte sich so gut wie niemals Namen –, doch er hatte sie bei seinen Besuchen hier überdurchschnittlich oft gesehen und vermutete, daß der Stationsarzt sie zur Pflege des Mädchens abgestellt hatte. Ihrem Dialekt nach zu schließen, mußte sie aus Jugoslawien stammen, beziehungsweise irgendeinem der neuen Länder, die aus diesem zertrümmerten Staatsgebilde entstanden waren und deren Namen so oft wechselten, daß es sich kaum zu lohnen schien, sie sich zu merken.

Neben dem leicht unglücklichen Gesichtsausdruck der Schwester gab es noch etwas, was an diesem Bild nicht stimmte. Die dunkelhaarige Krankenpflegerin hielt das

Mädchen auf den Armen, wie man einen Säugling gehalten hätte, aber das war es nicht. Die Ärzte schätzten sein Alter auf vier, wenn nicht fünf Jahre, und trotzdem war es in einen krankenhauseigenen Strampelanzug gekleidet, der sich über einer übergroßen Wegwerfwindel beulte und lag so still und in fast embryonaler Haltung in der Armbeuge der Schwester, wie man es normalerweise nur von einem Säugling gewohnt war.

»Sie ist sehr ruhig heute«, sagte Rebecca. Die Worte galten nicht Stefan, sondern ihrem Bruder, aber Robert reagierte nur mit einem Achselzucken darauf. Auch er schien sich in seiner Haut nicht sehr wohl zu fühlen, aber Stefan war nicht sicher, ob das nicht nur an seiner Gegenwart lag. Robert wußte sehr wohl, wie er über die ganze Sache dachte, und tief in sich war Stefan sogar sicher, daß sein Schwager diese Meinung eher teilte als die seiner Schwester. Aber was Robert *dachte* und was er *tat*, war nicht immer dasselbe.

»Wahrscheinlich ist sie es allmählich leid, wie ein Tier im Zoo angestarrt zu werden«, sagte Stefan.

Rebecca drehte sich nun doch zu ihm um; in einer komplizierten, mühsamen Bewegung, die ihr offensichtlich auch Schmerzen bereitete. »Du bist heute spät dran«, sagte sie, ohne auf seine Worte einzugehen.

Stefan hob die Schultern. »Mein Termin war eine Stunde später als sonst, und das Wartezimmer war voll. Ist irgend etwas ... passiert?« Er deutete mit einer Handbewegung auf das Mädchen. Die Schwester schien diese Geste zum Anlaß zu nehmen, sich herumzudrehen und das Kind zu dem verchromten Gitterbett zurückzutragen, aus dem sie es genommen hatte. Stefan wußte nicht, wie lange Becci und Robert schon hier standen, aber das Gewicht der Kleinen mußte schon nach einigen Minuten zur Qual werden.

»Nein«, antwortete Robert, und Rebecca sagte im selben Moment: »Ja.«

»Aha«, sagte Stefan, »und was bedeutet das jetzt – im Klartext?«

»Da war –«, begann Rebecca, und Stefan hörte allein an diesen beiden ersten Worten, wie sehr sie das, was sie sagen wollte, erregt hatte, doch ihr Bruder unterbrach sie in bestimmtem, autoritätsgewohntem Ton:

»Wir klären das schon, keine Angst. Aber vielleicht nicht hier. Laßt uns nach draußen gehen.« Er lächelte flüchtig. »Vielleicht gelingt es uns ja, dich auf die Station zurückzuschmuggeln, bevor dein Arzt einen Schlaganfall bekommt.«

»Soll er«, antwortete Rebecca achselzuckend. »Ich bin hier Patientin, keine Gefangene.« Sie versuchte, den Rollstuhl in dem schmalen Gang herumzudrehen, schaffte es aber nicht, so daß Stefan zugriff und sie rückwärts gehend auf den Korridor hinauszog. Als er den Rollstuhl wenden und sie auf die Tür zu schieben wollte, schüttelte sie fast zornig den Kopf und griff mit beiden Händen nach den Rädern. Stefan runzelte ebenso mißbilligend wie Robert die Stirn, aber er kannte seine Frau gut genug, um mit einem Achselzucken zurückzutreten und zuzusehen, wie sie sich selbst mit dem schweren Gefährt abmühte. Sie gab es nicht zu, aber sie wußten beide, daß sie starke Schmerzen litt, und er vermutete, daß ihr Stolz allerhöchstens bis zum Aufzug vorhalten würde, bevor die Vernunft wieder die Oberhand gewann und sie es zuließ, daß er oder ihr Bruder den Rollstuhl schoben.

Während sie sich der Sicherheitstür näherten, fiel Stefan unauffällig zwei Schritte zurück und murmelte, an seinen Schwager gewandt: »Was ist passiert?«

Robert deutete ein Kopfschütteln an und antwortete ebenso leise: »Nicht jetzt. Draußen.«

Das klang beunruhigend, fand Stefan, aber auch nicht mehr. Nur beunruhigend. Kein Grund, in Panik zu geraten.

Sie fuhren mit dem Lift nach unten. Als die Aufzugtüren auseinanderglitten, griff Stefan nach dem Rollstuhl und wollte ihn zum Ausgang schieben, aber sein Schwager schüttelte nur den Kopf und deutete auf die Glastür zur Cafeteria Und warum nicht? Stefan war nicht durstig, aber bei einer Tasse Kaffee redete es sich vermutlich besser, und irgend etwas *war* passiert. Er zog es vor, Rebecca in die Augen zu sehen, wenn er mit ihr sprach, statt mit ihrem Hinterkopf zu reden, während er den Rollstuhl vor sich herschob.

Sie suchten sich einen freien Platz am Fenster. Während Robert zur Theke ging, um drei Becher Kaffee zu holen, setzte sich Stefan, sah seine Frau an und wartete darauf, daß sie von sich aus das Wort ergriff, aber sie schwieg. Ihr Blick wich seinem aus, doch jetzt, wo er ihr Gesicht das erste Mal deutlicher und länger als eine Sekunde sah, erkannte er genau, wie erregt sie war.

Aus irgendeinem Grund stellte er jedoch keine Fragen, sondern faßte sich in Geduld, bis Robert mit einem Tablett mit drei Tassen Kaffee und einem gewaltigen Stück Sahnekuchen zurückkam. Wortlos verteilte er die Getränke, zog scharrend einen der billigen Plastikstühle heran und setzte sich. Während er das tat, sah er auf die Armbanduhr und praktisch gleichzeitig zur Tür, als erwarte er jemanden.

»Also?« fragte Stefan. »Raus mit der Sprache. Was ist passiert?«

»Da war diese dumme Kuh von –«, begann Rebecca, wurde aber schon wieder von ihrem Bruder unterbrochen, der besänftigend die Hand hob und ihren jetzt nur noch mühsam unterdrückten Zorn mit einem Lächeln abzublocken versuchte.

»Nun reg dich nicht auf! Die Frau tut nur ihre Pflicht. Es war ihr genauso unangenehm wie dir. Wir kriegen das schon hin.«

Stefan sah verwirrt von einem zum anderen. »Was?«

»Es war jemand vom Jugendamt hier«, antwortete sein Schwager, während er nach seiner Kaffeetasse griff. »Sie hat im Grunde nur ein paar Fragen gestellt. Und sie hatte zwei oder drei Formulare, die ausgefüllt werden müssen, das ist alles. Rebecca reagiert ein bißchen über.«

»Das ist nicht wahr!« protestierte Becci. »Sie hat gesagt, daß sie Eva in ein Heim geben werden und daß sich die Behörden um sie kümmern! Aber das lasse ich nicht zu.«

Stefan fuhr ganz leicht zusammen, als Rebecca den Namen des Kindes aussprach. Er hatte es bisher – selbst in Gedanken und nur für sich – immer nur ›das Kind‹ oder ›das Mädchen‹ genannt. Und das hatte einen guten Grund. Er verbiß sich auch jetzt jedes Wort dazu, wandte sich aber in ebenso beruhigendem Ton wie Robert an Rebecca und sagte: »Dein Bruder hat recht. Formalitäten … du weißt doch, wie so etwas läuft. In diesem Land kannst du absolut nichts tun, ohne vorher eine schriftliche Genehmigung einzuholen.«

In Beccis Augen blitzte es zornig auf. Wenn das, was Robert gerade gesagt hatte, alles war, dann verstand er ihre Reaktion nicht ganz. Stefan hatte eigentlich damit gerechnet, daß sich die Behörden sehr viel schneller melden würden. Immerhin waren sie jetzt seit fast zwei Wochen wieder in Frankfurt.

»Sie hat gesagt, daß sich die Behörden um Eva kümmern werden«, beharrte Becci stur. »Du weißt, was das heißt. Sie werden sie in irgendein Heim stecken. Das lasse ich nicht zu! Niemand wird sie mir wegnehmen!«

»Aber das will doch auch niemand«, sagte Robert. Er streckte die Hand über den Tisch, um die Rebeccas zu ergreifen, aber sie zog ihren Arm mit einem wütenden Ruck zurück und starrte zwischen ihm und Stefan hindurch ins Leere.

Stefan seufzte. Er spürte, wie sinnlos es war, jetzt weiter mit Rebecca reden zu wollen. Sie war viel zu aufgeregt, um vernünftigen Argumenten zugänglich zu sein. So wandte er sich an seinen Schwager. »Was war denn nun wirklich los? Warst du dabei?«

Robert verneinte. »Ich bin erst später gekommen. Aber ich habe mit dem Amtsleiter telefoniert. Es ist wirklich eine reine Routineangelegenheit. Sie müssen irgendwelche Papiere ausfüllen.« Er nippte an seinem Kaffee und lachte ohne echten Humor. »Ich meine, ihr habt immerhin ein wildfremdes Kind mitgebracht. Niemand weiß, wer seine Eltern sind, woher es kommt, was es in diesem Tal getan hat … so einfach ist das alles nicht.«

»Und ob es das ist!« erwiderte Becci gereizt. »Du warst nicht dabei. Du hast nicht gesehen, was sie ihr angetan haben. Wenn wir sie nicht gefunden hätten, dann wäre sie jetzt tot!«

»Das macht sie nicht automatisch zu deinem Eigentum«, erwiderte Robert sanft.

Robert und Rebecca waren mehr als normale Geschwister. Becci sprach sehr selten über ihre Jugend, aber Stefan wußte, daß ihre Eltern früh gestorben waren und Robert praktisch ganz allein die Last ihrer Erziehung getragen hatte. Er hatte sich nicht nur wie ein Bruder, sondern, obwohl er nicht einmal fünf Jahre älter war als sie, wie ein Vater um sie gekümmert und sie vermutlich auch wie ein solcher geliebt. Stefan hatte selten erlebt, daß er seiner Schwester so direkt und vor allem auf eine solche Art widersprach; und ihrem erstaunten Gesichtsausdruck nach zu schließen, Rebecca wohl auch.

»Das … das sagt ja auch keiner«, murmelte sie verstört und durch diesen Angriff von unerwarteter Seite sichtlich aus dem Konzept gebracht. »Es ist nur –«

Robert unterbrach sie mit einer neuerlichen Geste, fügte aber diesmal ein versöhnliches Lächeln hinzu: »Ich weiß, was du meinst. Und ich verstehe dich ja. Aber du solltest dich beruhigen.«

»Du tust niemandem einen Gefallen, wenn du dich so aufregst. Dir selbst am allerwenigsten«, sagte Stefan.

Rebecca beachtete ihn gar nicht. Sie sagte jetzt nichts mehr, aber sie sah ihren Bruder immer noch mit einem Ausdruck tiefster Verwirrung an, und Stefan fragte sich, ob Roberts ohnehin nur angedeuteter Widerstand tatsächlich der einzige Grund dafür war oder ob sich zwischen den beiden vielleicht noch mehr abgespielt hatte, bevor er hinzugekommen war. Es war nicht das erste Mal, daß er in Gegenwart seines Schwagers einen heftigen Stich ganz banaler Eifersucht verspürte. Das Verhältnis der beiden Geschwister war so außergewöhnlich innig, daß er sich manchmal wie ein Eindringling vorkam. Er bezweifelte, daß Rebecca seine Worte überhaupt gehört hatte.

Hinter ihnen wurde ein Stuhl zurückgezogen, und Stefan drehte halb den Kopf und sah aus den Augenwinkeln, wie sich jemand an den bisher freien Tisch direkt neben ihnen setzte. Flüchtig fragte er sich, warum. Gut die Hälfte der Plätze der Cafeteria waren nicht belegt. Der neue Gast hätte sich auch drei oder vier Tische weiter setzen können, selbst wenn er Wert darauf legte, aus dem Fenster zu sehen. Zugleich aber war er fast dankbar. Er glaubte nicht, daß der junge Mann sich hinter sie gesetzt hatte, um sie zu belauschen, aber er war nahe genug, um ihre Worte zu verstehen, und vielleicht würde allein das Rebecca schon davon abhalten, sich weiter in Rage zu reden.

Seine Frau warf einen finsteren Blick in Richtung des Gastes, der kaum eine Armeslänge hinter Stefan Platz genommen hatte, aber sie reagierte so, wie er gehofft hatte: Ihre Lippen wurden zu einem dünnen, blutleeren Strich, und in ihren Augen blitzte es noch zorniger auf, aber sie sagte nichts.

»Vielleicht sollten wir jetzt gehen«, schlug Stefan vor.

»Die Nachmittagsvisite ist bald fällig, und Doktor Krohn wird bestimmt nicht begeistert sein, wenn du nicht in deinem Zimmer bist.«

»Meinetwegen«, antwortete Becci übellaunig, aber Robert sah wieder auf seine Armbanduhr, schüttelte den Kopf und sagte:

»Einen Moment noch, bitte.«

Stefan und Becci sahen ihn gleichermaßen überrascht an, und auf Roberts Gesicht erschien der Anflug eines verlegenen Lächelns. Für einen ganz kurzen Moment sah er trotz seiner eigentlich imponierenden Erscheinung wie ein kleiner Junge aus, den man beim Schuleschwänzen ertappt hatte.

»Erwartest du jemanden?« fragte Stefan.

Robert nickte. »Ja. Ich gestehe alles. Ihr habt mich erwischt.«

»Wen?« wollte Becci wissen.

»Die ›dumme Kuh‹, von der du gerade gesprochen hast«, antwortete ihr Bruder mit einem neuerlichen flüchtigen Lächeln. Gleichzeitig hob er besänftigend die Hand, als Rebecca auffahren wollte. »Ich habe vorhin mit ihrem Amtsleiter telefoniert und ihn gebeten, sie noch einmal vorbeizuschicken.«

»Wozu?« fragte Rebecca mißtrauisch.

Ihr Bruder trank einen Schluck Kaffee; ganz eindeutig aus keinem anderen Grund, als zwei, drei Sekunden Zeit zu gewinnen. »Ich wollte einfach noch einmal mit ihr reden«, antwortete er schließlich. »Ich wäre selbst hingefahren, aber du weißt, daß ich heute nachmittag in die Schweiz fliege, und es kann sein, daß ich erst in drei oder vier Tagen zurückkomme. Ich … Da ist sie ja!« Er deutete zur Tür und stand gleichzeitig halb von seinem Stuhl auf. Er wirkte eindeutig erleichtert.

Auch Stefan drehte sich um und erkannte eine Frau mittleren Alters in einem schmucklosen Kostüm und mit blondem Haar, die die Cafeteria betreten hatte und sich jetzt suchend umsah. Als sie Rebecca erblickte, kam sie mit schnellen Schritten auf sie zu. Ihr Gesicht blieb unbewegt, aber das Funkeln in Beccis Augen steigerte sich zu einem Gewitter, das kurz vor dem Ausbruch stand, und Stefan fragte sich erneut, was am Morgen zwischen den beiden Frauen vorgefallen war.

Er warf seiner Frau einen fast beschwörenden Blick zu, ehe auch er seinen Stuhl zurückschob und aufstand. Unabsichtlich stieß er dabei gegen den Gast, der hinter ihm saß und murmelte eine Entschuldigung, bekam aber keine Antwort.

»Frau Halberstein, nehme ich an.« Robert trat der Frau einen Schritt entgegen und streckte die Hand aus. Sie ergriff sie, schüttelte sie flüchtig und bestätigte seine Frage mit einem Nicken, blickte dabei aber nervös in Rebeccas Richtung.

»Und Sie sind …?«

»Riedberg«, antwortete Robert. »Robert Riedberg.« Er deutete flüchtig auf Stefan, stellte ihn noch flüchtiger vor und fuhr dann fort: »Frau Mewes ist meine Schwester.«

»Ich weiß«, antwortete Frau Halberstein. »Mein Amtsleiter hat mich bereits informiert.« Sie zog sich einen Stuhl heran, setzte sich und wartete, bis auch Robert und Stefan wieder Platz genommen hatten. »Darf ich fragen, was der Sinn dieses Treffens ist? Ich habe wirklich nicht viel Zeit.«

»Ich will auch nicht mehr davon in Anspruch nehmen, als unbedingt nötig ist«, versicherte Robert. »Darf ich Ihnen einen Kaffee anbieten?«

Sie machte eine ablehnende Geste, und Robert fuhr mit einem bedauernden Achselzucken fort:

»Meine Schwester hat mir von Ihrem … Gespräch heute morgen berichtet, Frau Halberstein. Ich fürchte, es ist dabei vielleicht zu ein paar kleinen Mißverständnissen gekommen.«

»Ja«, bestätigte sie. Sie warf Becci einen raschen Blick zu, der aber eher verwirrt als verärgert wirkte und drehte sich dann wieder zu Robert um. »Aber wenn Sie fürchten, daß das irgendeinen Einfluß auf meine Entscheidung hat, kann ich Sie beruhigen. Ich bin es gewohnt, mit Menschen zu reden, die unter emotionalem Streß stehen.«

»Das freut mich zu hören«, antwortete Robert. »Trotzdem ist es mir wichtig, ein paar Punkte zu klären, Frau Halberstein. Ich habe das ganze zwar bereits mit ihrem Amtsleiter besprochen, aber ich würde Ihnen die Situation gerne auch selbst noch einmal erläutern. Sie wissen, daß meine Schwester und mein Schwager Journalisten sind?«

Die Frau vom Jugendamt nickte. Sie sagte nichts, aber plötzlich wirkte sie sehr aufmerksam und ein wenig angespannt. Stefan fragte sich, worauf Robert hinauswollte. Auch er war überrascht – und ein wenig beunruhigt, und er konnte sich gut vorstellen, was in den Sekundenbruchteilen, bevor sein Schwager weitersprach, hinter der Stirn der jungen Beamtin vor sich ging. Vermutlich das gleiche wie hinter seiner eigenen. Robert konnte unmöglich so naiv sein, zu versuchen, sie zu erpressen. Wenigstens hoffte er, daß er das nicht war. Stefan hatte genug Erfahrung im Umgang mit Behörden, um zu wissen, daß solche Schüsse meistens nach hinten losgingen; wenn auch manchmal erst mit einiger Verspätung.

»Das ist mir bekannt«, sagte sie nach einigen Sekunden. »Aber was –«

»Was Ihnen aber wahrscheinlich nicht bekannt ist«, unterbrach sie Robert mit einem um Verzeihung bittenden, aber vermutlich ganz bewußt unechten Lächeln, »ist die Tatsache, daß meine Schwester und ihr Mann in einer …«, er bewegte scheinbar unsicher die Hände, »sagen wir, etwas delikaten Mission in Bosnien waren.«

Frau Halberstein wirkte noch gespannter, aber immer noch kein bißchen beunruhigt. Stefan war es dafür um so mehr. Er fragte sich, worauf um alles in der Welt sein Schwager eigentlich hinauswollte.

»Was genau meinen Sie damit?« fragte Halberstein.

»Genau das ist der Punkt«, sagte Robert. »Ich kann es Ihnen nicht erklären. Nur so viel: Ihr Vorgesetzter wird meine Worte bestätigen, sobald Sie wieder zurück im Amt sind. Wenn bekannt würde, daß meine Schwester und ihr Mann sich in diesem Gebiet aufgehalten haben, könnte das unter Umständen zu diplomatischen Verwicklungen zwischen der bosnischen Regierung und unserer führen.«

Stefan mußte sich mit aller Macht beherrschen, damit man ihm seine Überraschung nicht zu deutlich anmerkte. Was er nicht unterdrücken konnte, das war ein erschrockener und zugleich vorwurfsvoller Blick in Rebeccas Richtung. Sie tat so, als ob sie ihn nicht bemerkt hätte, aber allein diese Reaktion machte ihm klar, daß er mit seiner Vermutung ins Schwarze getroffen hatte: Sie hatte ihm alles erzählt.

»Ich verstehe nicht genau, was das mit –«, begann Frau Halberstein, wurde aber schon wieder von Robert unterbrochen:

»Darauf komme ich jetzt«, sagte er. »Soweit ich weiß, liegt bisher noch keine offizielle Reaktion der bosnischen Regierung vor, ist das richtig? Ich meine, niemand hat das Kind als vermißt gemeldet, oder es gar zurückverlangt?«

»Das stimmt«, antwortete die Frau. »Aber was …«

»Sehen Sie«, fiel ihr Robert ins Wort. Stefan war jetzt sicher, daß dies weder Unhöflichkeit noch Gedankenlosigkeit war. Er kannte seinen Schwager gut genug, um zu wissen, daß er niemals etwas grundlos tat. Seine Art, mit der Beamtin zu reden, war genau überlegt.

»Sehen Sie, es ist wirklich von enormer Wichtigkeit, daß die ganze Geschichte möglichst diskret abgewickelt wird.«

»Geschichte?« Frau Halberstein runzelte übertrieben die Stirn. »Entschuldigen Sie, Herr Riedberg, aber ich bin nicht wegen einer Geschichte hier. Ich interessiere mich auch nicht für Politik oder diplomatische Verwicklungen. Es geht hier um ein Kind, das –«

»– bisher offensichtlich niemand vermißt«, fiel ihr Robert ins Wort, immer noch lächelnd, aber in leicht schärferem Ton und um eine Nuance lauter. »Seine Eltern sind mit großer Wahrscheinlichkeit nicht mehr am Leben, und das Mädchen wäre es mit Sicherheit nicht mehr, wenn meine Schwester und ihr Mann nicht gewesen wären.«

»Das mag ja alles sein«, antwortete Frau Halberstein. Sie blickte unsicher von einem zum anderen, klappte ihre Handtasche auf und zog eine einzelne Zigarette heraus, die sie sich anzündete, ehe sie weitersprach. »Trotzdem gibt es nun einmal gewisse Regeln, an die wir uns halten müssen. Ihre Schwester hat ein Kind aus einem fremden Land mitgebracht, über das wir nichts wissen. Wir kennen weder seinen Namen, noch wissen wir etwas über das Schicksal seiner Eltern oder die Umstände, unter denen es« – sie zögerte einen Moment und sah dabei unsicher in Rebeccas Richtung – »ausgesetzt wurde. Selbst wenn alles war, wie Sie gesagt haben, könnte hier ein Verbrechen vorliegen, das erst geklärt werden muß.«

»Das einzige Verbrechen ist an Eva begangen worden«, sagte Rebecca scharf.

Die Sozialarbeiterin nahm einen Zug aus ihrer Zigarette und wandte sich nun direkt an sie. Im stillen bewunderte Stefan die Selbstbeherrschung der Frau, aber vermutlich war es so, wie sie gesagt hatte: Sie war es gewohnt, mit Menschen zu reden, die unter gewaltigem Druck standen, und sie war es wohl auch gewohnt, daß man versuchte, sie selbst unter Druck zu setzen.

»Ich kann Sie ja durchaus verstehen, Frau Mewes, und ich gebe Ihnen mein Wort, daß wir die Angelegenheit so unbürokratisch und schnell über die Bühne bringen werden, wie es möglich ist. Aber gewisse Spielregeln müssen nun einmal eingehalten werden. Ich weiß nicht, was hinter der ganzen Sache steckt, aber ich kann Ihnen versichern, daß das Wohl eines Kindes bei uns immer noch höher geachtet wird als diplomatische Verwicklungen.«

Rebecca setzte zu einer scharfen Antwort an, doch ihr Bruder brachte sie mit einer raschen Geste zum Schweigen. »Das ist mir klar«, sagte er. »Und um das ganz deutlich auszusprechen: Ich will Sie keineswegs irgendwie unter Druck setzen oder gar bedrohen.«

»Das hätte auch wenig Sinn«, sagte Frau Halberstein kühl.

»Und wenn ich das wollte, würde ich es nicht so anfangen«, fuhr Robert unbeirrt fort. »Ich bitte Sie einfach nur, die Angelegenheit möglichst diskret zu behandeln, das ist alles.«

»Und deshalb haben Sie mich hierherzitiert?« Sie klang ein bißchen beleidigt.

Robert schüttelte den Kopf »Natürlich nicht. Da ist noch etwas, das Sie wissen sollten, was das Mädchen betrifft. Sie haben mit Professor Wahlberg gesprochen, nehme ich an.«

»Noch nicht. Der medizinische Bericht –«

»– enthält vielleicht nicht unbedingt alle Fakten«, sagte Robert. »Das Mädchen –« Er warf einen raschen Blick in Beccis Richtung und verbesserte sich: »*Eva* ist zwar körperlich gesund, aber es gibt da einige Punkte, die nicht im offiziellen Krankenbericht stehen, die Sie aber wissen sollten.«

Halberstein wurde hellhörig. »Welche?«

»Nun, Eva ist das, was die Wissenschaftler vermutlich als interessanten Fall bezeichnen würden«, antwortete Robert. »Wie es aussieht, ist sie wohl von ihren Eltern ausgesetzt und von wilden Tieren großgezogen worden.«

Die Beamtin blinzelte. Zwei, drei Sekunden lang sah sie Robert völlig verwirrt an, dann erkannte Stefan zum erstenmal so etwas wie eine menschliche Regung auf ihren

Zügen; ein unsicheres, nervöses Lächeln, das aber genauso schnell wieder erlosch, wie es erschien. »Wie bitte?«

»Bisher ist es nur eine Vermutung.« Robert wiegelte ab. »Sie sollten auf jeden Fall selbst mit Professor Wahlberg reden, um sich ein Bild zu machen, doch bisher sieht es ganz so aus, als hätte das Kind viele Monate, wenn nicht länger, allein draußen in der Wildnis verbracht. Sie wird also auf jeden Fall noch eine geraume Weile hier in der Klinik bleiben müssen, und mit großer Wahrscheinlichkeit braucht sie auch später eine sehr intensive Betreuung und Pflege.«

»Und Sie glauben, Sie wären dazu in der Lage?« Halberstein wandte sich direkt an Rebecca und bemühte sich zumindest, sachlich zu klingen. Ganz gelang es ihr nicht.

»Selbstverständlich nicht«, sagte Robert rasch, »was die medizinische Betreuung angeht. Aber sie ist durchaus in der Lage, für sie zu sorgen. Sie sehen also, daß eine Einweisung in ein Heim oder Waisenhaus ohnehin nicht in Frage käme. Ich schlage deshalb vor, daß Sie Eva in die Obhut meiner Schwester und ihres Mannes geben, sobald sie aus dem Krankenhaus entlassen wird. Rebecca hat Ihnen ja bereits gesagt, daß es ihr Wunsch ist, das Mädchen zu adoptieren.«

»Ganz so einfach ist das nicht«, antwortete Frau Halberstein. Es klang automatisch, fast schon wie ein Reflex.

»Das ist mir klar«, sagte Robert. »Wir verlangen auch keine Wunder von Ihnen. Nur ein bißchen guten Willen und etwas Verständnis.«

Frau Halberstein musterte ihn kühl. »Das allein wird wohl nicht reichen«, sagte sie. »Eine Adoption ...« Sie schüttelte den Kopf. »Das ist nicht so einfach, wie Sie zu glauben scheinen. Selbst wenn ich es wollte, könnte ich es nicht allein entscheiden.«

»Und Sie wollen es nicht«, vermutete Rebecca.

»Das ist nicht die Frage«, erwiderte die Beamtin. Sie blieb ganz ruhig, und Stefan begriff, daß sie in solchen Gesprächen einfach mehr Übung hatte. Obwohl sie kaum älter sein konnte als Becci oder er, hatte sie vermutlich bereits alle Spitzfindigkeiten, rhetorischen Schlenker und Fangfragen gehört, die es nur gab. Es war vollkommen sinnlos, sich auf *diesem* Gebiet auf einen Schlagabtausch mit ihr einzulassen.

Rebecca schien das anders zu sehen, denn sie beugte kampflustig den Oberkörper ein wenig vor und legte beide Hände flach nebeneinander auf die Tischkante. Ihre ganze Haltung drückte plötzlich Aggression aus; in einer Art und Weise, die Stefan beinahe erschreckte. Einer der Gründe, aus denen er sie geheiratet hatte, war ihr Temperament, aber er konnte sich nicht erinnern, sie jemals so erlebt zu haben. Zumindest nicht grundlos.

»Es interessiert mich nicht, was Ihre Spielregeln dazu sagen«, sagte sie mit bebender Stimme. »Diese Leute hätten Eva umgebracht, wenn wir nicht dazugekommen wären. Sie wollten sie irgendeinem heidnischen Aberglauben opfern. Sie verlangen doch nicht im Ernst, daß wir sie ihnen zurückgeben?«

Halberstein wollte antworten, aber wieder kam ihr Stefans Schwager zuvor. Mit einer besänftigenden Geste in die Richtung seiner Schwester sagte er rasch: »Das ist natürlich nur eine Vermutung. Aber sie ist nicht ganz grundlos. Wie gesagt, Frau Halberstein, ich bin leider nicht in der Lage, Ihnen die ganze Geschichte zu erzählen, aber ich nehme an, Sie haben bereits einen Eindruck von den wahren Hintergründen erhalten.«

»Das habe ich in der Tat«, sagte die junge Beamtin, und Stefan fragte sich, wie sie das wohl meinte. Sie drückte ihre Zigarette im Aschenbecher aus und stand auf. »Ich glaube, es ist besser, wenn ich jetzt gehe«, sagte sie. »Ich habe wirklich nicht sehr viel Zeit – aber ich verspreche Ihnen, daß ich mich schnellstmöglich um die Angelegenheit kümmern werde.«

Sie ging ohne ein weiteres Wort. Auf dem Weg zur Tür hielt sie weder an, noch warf sie einen Blick zurück, aber Stefan erkannte an ihrer angespannten Haltung und ihren schnellen, fast abgehackten Schritten, daß sie innerlich nicht annähernd so ruhig war, wie sie sich gab. Und wieso auch nicht? Zumindest von ihrem Standpunkt aus mußte es eindeutig so aussehen, als hätten Robert und Rebecca versucht, sie einschüchtern.

Stefan musterte seinen Schwager mit immer größer werdender Verwirrung, jetzt aber auch einer Spur von aufkeimendem Zorn. Was Robert da gerade getan hatte, war, gelinde ausgedrückt, nicht sehr klug gewesen. Und das war etwas, das so ganz und gar nicht zu seinem Schwager paßte. Wenn es etwas gab, was er an Rebeccas Bruder stets bewundert hatte, dann war es dessen messerscharfer Verstand und seine stets kühle, sachliche Art, Probleme anzugehen und zu bewältigen.

Der Mann hinter ihm bewegte sich. Stefan rückte mit dem Stuhl etwas näher an den Tisch heran, damit er aufstehen konnte, und als er sich an ihm vorbeiquetschte, hatte er aus den Augenwinkeln einen flüchtigen Eindruck von verwaschenen Jeans, einer schwarzen Lederjacke und kurzgeschnittenem, weißblondem Haar. Der Schatten einer Erinnerung blitzte in seinen Gedanken auf, aber der Gedanke entglitt ihm wieder, bevor er ihn zu Ende denken konnte. Es gab im Moment auch wahrlich Wichtigeres.

»Was, um alles in der Welt, sollte denn das?« fragte er, gleichzeitig an Becci und seinen Schwager gewandt. Rebecca sah ihn nur trotzig an. Robert lächelte und enthielt sich im übrigen ebenfalls einer Antwort. Stefan sah ihm an, daß er sich nicht sehr wohl in seiner Haut fühlte. »Also?« Er wandte sich direkt an Rebecca.

»Ich habe Robert gebeten, mir zu helfen«, antwortete sie in schnippischem, herausforderndem Ton.

»Das habe ich gemerkt«, antwortete Stefan. Er bemühte sich immer noch, ruhig zu bleiben, auch wenn es ihm zunehmend schwerer fiel. Es hatte keinen Sinn, wenn sie sich jetzt auch noch stritten; auch wenn er das fast sichere Gefühl hatte, daß es über kurz oder lang so kommen würde. »Und warum nicht mich?«

»Hättest du es getan?« wollte Rebecca wissen.

»Selbstverständlich«, antwortete Stefan. »Aber vielleicht nicht so.« Er drehte sich zu Robert um. »Das war das mit Abstand Unvernünftigste, das ich jemals von dir gehört habe.«

»Ich weiß, wie man mit solchen Leuten umgeht«, erwiderte Robert. Stefans Worte schienen ihn nicht sonderlich beeindruckt zu haben. »Glaub mir – sie kocht im Moment innerlich vor Zorn, aber sie weiß auch, daß es nicht sehr viel gibt, was sie tun kann. Wenn wir uns das nächste Mal treffen, dann komme ich ihr ein, zwei Schritte entgegen, und sie wird vor lauter Freundlichkeit alles tun, was wir wollen.«

»Aber warum?« fragte Stefan verwirrt. »Wozu diese … Farce? Die Frau tut nur ihre Pflicht.«

»Ja, genau diese Antwort habe ich von dir erwartet«, sagte Rebecca.

»Und was hast du sonst noch erwartet?« gab Stefan in etwas schärferem Ton, aber immer noch halbwegs beherrscht, zurück. »Ich meine, sie hat völlig recht. Ganz egal, unter welchen Umständen wir dieses Kind gefunden haben, es gibt Gesetze und Regeln, an die auch wir uns halten müssen. Hast du geglaubt, wir könnten sie einfach mitbringen und behalten wie einen Hund, der uns zugelaufen ist?«

»Bitte!« Robert hob besänftigend die Hand. »Jetzt geht euch nicht gegenseitig an die Kehlen. Das nützt keinem.«

Er sah auf die Uhr, stand auf und machte eine Geste zur Tür. »Mein Flugzeug geht in einer guten Stunde. Es wird allmählich Zeit für mich.«

Stefan blieb an diesem Tag nicht bis zum Ende der Besuchszeit wie sonst, sondern nahm Roberts Angebot an, ihn mit dem Wagen mit in die Stadt zurück zu nehmen. Für seinen Schwager bedeutete das einen Umweg, und selbst wenn alles glattging, würde er auf diese Weise länger brauchen als mit der U-Bahn, aber er hatte das sichere Gefühl, daß es nicht gut gewesen wäre, noch länger zu bleiben. Und er mußte dringend mit Robert reden.

Auf dem Weg zurück zu Rebeccas Station hatten sie kein Wort mehr miteinander gewechselt, und auch die Fahrt mit dem Aufzug hinunter in die Tiefgarage legten sie in unangenehmem Schweigen zurück. Stefan spürte, daß auch sein Schwager sich nicht sonderlich wohl in seiner Haut fühlte; dabei gehörte Robert Riedberg normalerweise nicht zu den Menschen, die irgend etwas gegen ihre Überzeugung taten. Stefan hatte mehr und mehr das Gefühl, daß an diesem Morgen weitaus mehr vorgefallen sein mußte, als man ihm bisher gesagt hatte.

Erst, als sie im Wagen saßen und sein Schwager den Motor gestartet hatte, brach er das immer unbehaglicher werdende Schweigen. Er hatte sich sorgsam überlegt, wie er das Gespräch beginnen sollte, aber plötzlich war alles weg. Statt dessen polterte er los:

»Sag mal, was sollte das? Erklär es mir bitte, ich verstehe es nämlich echt nicht.«

Robert schaltete das Licht ein, fuhr los und drückte den elektrischen Fensterheber, als sie sich dem Automaten an der Ausfahrt näherten. »Ich weiß, daß es sinnlos war«, sagte er seufzend. »Und du hast recht: auch nicht besonders klug. Aber ich war es Rebecca schuldig.«

»Was?« fragte Stefan. »Dich wie ein Dummkopf zu benehmen? Mein Gott, Robert, wenn du diese Frau gegen mich und Becci aufbringen wolltest, hast du es geschafft. Ich dachte immer, du könntest mit Menschen umgehen.«

»Das ist nicht das Problem«, erwiderte Robert. Er hielt an und beugte sich ächzend aus dem Fenster, um die kleine Chipkarte in den Automaten zu schieben.

Stefan registrierte beiläufig, daß es keines der kleinen Pappkärtchen war, wie sie Normalsterbliche an der Einfahrt lösten, und erst jetzt, im nachhinein, fiel ihm auch auf, daß Roberts BMW in jenem Teil des Parkhauses gestanden hatte, der normalerweise für Ärzte und die Belegschaft reserviert war.

Robert ließ sich wieder zurücksinken und begann ungeduldig mit den Fingerspitzen auf dem Lenkrad zu trommeln, als sich die schwarzgelb gestrichene Schranke nicht sofort hob. »Sie wird uns keine Schwierigkeiten bereiten«, fuhr er fort. »Glaub mir, ich weiß, wie ich mit solchen Leuten umzugehen habe. Ich habe bereits ein paar Telefongespräche geführt, und sobald ich aus Zürich zurück bin, erledige ich den Rest.«

»Wie kommst du darauf, daß sie das will?« fragte Stefan. »Uns Schwierigkeiten bereiten? Ich meine … *bevor* du deinen kleinen Auftritt hattest.«

Robert nahm die Spitze völlig ungerührt hin und steuerte den Wagen entschieden zu schnell die Auffahrt hinauf Stefan duckte sich unwillkürlich in seinen Sitz. Trotz allem gab es zwei, drei Dinge, die nicht zum Image des erfolgreichen Geschäftsmannes und Übervaters paßten, das Robert Riedberg so sorgsam pflegte. Eines davon war die Tatsache, daß er zumindest in Stefans Augen ein Verkehrsrowdy war. In den fünfzehn Jahren, die sie sich kannten, hatte er ein halbes Dutzend Wagen zu Schrott gefahren und war nur durch eine Verkettung unglaublicher Zufälle niemals schwer verletzt worden und hatte seinen Führerschein vermutlich nur durch seine guten Beziehungen behalten.

Stefan kniff die Augen zusammen, als sie aus dem Neonlicht des Parkhauses übergangslos in den hellen Sonnenschein hinausschossen. Für eine oder zwei Sekunden war er so gut wie blind, und er vermutete, daß es Robert nicht anders erging, was diesen jedoch nicht daran hinderte, noch mehr Gas zu geben und den Wagen mit quietschenden Reifen auf die Straße hinaus zu lenken.

»Diese Halberstein war jetzt schon weitaus zugänglicher als heute morgen«, fuhr Robert nach einigen Sekunden fort.

»Warst du dabei?« fragte Stefan.

Sein Schwager schüttelte den Kopf und antwortete: »Nein. Aber Rebecca hat mir davon erzählt. Als sie heute morgen kam, da war es für sie anscheinend schon beschlossene Sache, daß das Mädchen in ein Waisenhaus kommt, sobald es aus dem Krankenhaus entlassen wird. Becci und du habt nicht einmal zur Debatte gestanden, was die Frage einer Pflegefamilie angeht.«

Stefan musterte seinen Schwager verblüfft. »Woher weißt du das?«

»Weil Rebecca es mir erzählt hat«, wiederholte Robert. Er warf ihm einen Seitenblick zu. »Dir nicht?«

»Nein«, antwortete Stefan.

»Das muß wohl irgendwie in der Familie liegen«, sagte Robert. »Mir habt ihr ja das eine oder andere auch nicht erzählt.« Er schüttelte den Kopf »Weißt du, Stefan, wenn du nicht mein Lieblingsschwager wärst, dann müßte ich dir jetzt böse sein. Ihr habt mir einen schönen Bären aufgebunden.«

»Ich bin dein einziger Schwager«, verbesserte ihn Stefan betont. »Was hat Rebecca dir erzählt?«

»Die Wahrheit«, erwiderte Robert. »Wenigstens hoffe ich, daß sie es diesmal ist. Ihr seid weder mit dem Wagen liegengeblieben noch von einem streunenden Hund angefallen worden.«

Stefan schwieg einen Moment. Das war – in Kurzfassung – die Version, die sie sowohl Robert als auch allen anderen nach ihrer Rückkehr aus Bosnien erzählt hatten. Eine vielleicht nicht besonders phantasievolle, dafür aber glaubhafte Erklärung für ihre Verletzungen und den Zustand, in dem sie zurückgekommen waren. Natürlich hatten ihnen nicht alle diese Geschichte geglaubt. Es gab Gerüchte und Vermutungen, und etliche der Anrufe, die er täglich auf seinem Anrufbeantworter vorfand, ließen den Schluß zu, daß ein paar dieser Vermutungen der Wahrheit ziemlich nahe kamen.

Trotzdem war Stefan regelrecht schockiert. Er fragte sich, wieviel von dem, was wirklich passiert war, Rebecca ihrem Bruder erzählt haben mochte und warum. Sie hatte Wisslers Warnung ebenso deutlich verstanden wie er, und normalerweise war sie es, die solche Dinge ernster nahm als er.

»Bevor du jetzt überlegst, welche Fragen du mir stellen mußt, um herauszufinden, was ich wirklich weiß«, sagte sein Schwager spöttisch, »laß dir sagen, daß ich mich mittlerweile über diesen Wissler erkundigt habe. Und ebenso über Barkow und seine Mörderbande.«

Soviel zu diesem Thema, dachte Stefan düster. Rebecca hatte ihm offensichtlich *alles* erzählt.

»Und?« fragte er mit belegter Stimme. »Was hast du herausgefunden?«

Statt zu antworten, stellte sein Schwager eine Gegenfrage. »Wessen Idee war es, mit diesem Söldnergeneral zu reden? Deine?«

Stefan schüttelte den Kopf. »Rebeccas.«

»Und du konntest sie nicht von diesem Wahnsinn abhalten?«

»Der Mensch, der Rebecca von irgendwas abbringen

kann, das sie sich einmal in den Kopf gesetzt hat, muß erst noch geboren werden«, erwiderte Stefan. »Außerdem war es nicht ganz so schlimm, wie du glaubst. Barkow wollte dieses Interview.«

»Wer hat das gesagt«, wollte Robert wissen. »White?«

»White?« wiederholte Stefan fragend.

»Wisslers wirklicher Name«, erwiderte Robert. »Wie gesagt, ich habe mich ein bißchen umgehört.«

»Was für ein originelles Pseudonym«, murmelte Stefan. »Aber du hast recht: Er war die Kontaktperson.«

»Und ich nehme an, er hat euch auch angesprochen?« vermutete Robert.

»Ich dachte, du wüßtest bereits alles«, antwortete Stefan gereizt.

Sein Schwager überging auch diese neuerliche Herausforderung. Er machte zwar ein mißbilligendes Gesicht, aber seine nächsten Worte machten Stefan klar, daß es nicht ihm galt. »Irgendwann wird sich Rebecca umbringen, bei einer ihrer Wahnsinnsaktionen. Du solltest wirklich ein bißchen besser auf sie achtgeben.«

»Wozu?« fragte Stefan. »Dafür hat sie ja dich.«

Diesmal reagierte Robert. Er drehte den Kopf, starrte ihn durchdringend geschlagene fünf Sekunden lang an und wandte den Blick dann wieder nach vorne. »Du bist wütend, weil sie mich um Hilfe gebeten hat, und nicht dich«, sagte er. »Aber weißt du, das ist nicht meine Schuld. Ihr seid jetzt seit zwei Wochen zurück, aber ihr habt noch nicht einmal über Eva gesprochen, nicht wahr?«

Stefan hätte diese Frage mit Ja oder auch Nein beantworten können, und beides wäre wahr gewesen. Natürlich hatten sie über das Kind gesprochen, oft, viel zu oft sogar, für seinen Geschmack. Aber sie hatten niemals darüber geredet, was weiter mit ihm geschehen sollte. Für Rebecca stand völlig außer Frage, daß sie es behalten würden. Das Schicksal hatte ihr zurückgegeben, was es ihr vor Jahren in einem Akt sinnloser Grausamkeit genommen hatte, und diese Tatsache war für sie so fest zementiert, daß sie nicht einmal bereit gewesen war, auch nur darüber zu reden. Und Stefan hatte bisher einfach nicht den Mut aufgebracht, sie zu diesem Gespräch zu zwingen.

»Im Moment steht das gar nicht zur Debatte«, sagte er ausweichend. »Es kann noch Wochen dauern, bis das Kind aus dem Krankenhaus entlassen wird.«

»Warum nennst du eigentlich nie ihren Namen?« fragte Robert.

»Weil ich ...« begann Stefan. Er brach ab, suchte einen Moment vergeblich nach Worten, und dann explodierte er regelrecht: »Verdammt, was soll das eigentlich? Hast du mich zu dieser kleinen Spazierfahrt eingeladen, um mir klarzumachen, daß die Entscheidung bereits gefallen ist?«

»Was Rebecca angeht, ja«, antwortete Robert. Er blieb ganz ruhig. Für den Bruchteil einer Sekunde erschien sogar fast so etwas wie ein zufriedener Ausdruck auf seinem Gesicht, aber Stefan war nicht ganz sicher, ob er ihn sich nicht nur einbildete.

»Es ist aber keine Entscheidung, die nur sie allein fällt«, sagte er, jetzt nicht mehr schreiend, aber immer noch in erregtem Ton und bebender Stimme.

»Da wäre ich nicht so sicher«, antwortete Robert. »Du hast recht, ich wollte mit dir reden. Es gibt da ein paar Dinge, die wir klären müssen. Ich fühle mich verpflichtet, dich zu warnen, Stefan.«

»Warnen?« Stefans Zorn kochte schon wieder hoch. Seine Stimme wurde schärfer. »Was kommt jetzt? Kehrst du den Mafia-Paten heraus? Wer meine Schwester anrührt, der hat sein Leben verwirkt?«

Robert lachte. »Ich würde es nicht so kraß ausdrücken, aber es ist wahr: Wenn Rebecca etwas passieren sollte, würde ich es dir nie verzeihen.« Seine Stimme war plötzlich leiser geworden und sehr eindringlich, als er fortfuhr:

»Stefan, ich weiß, daß du mich nicht besonders magst. Doch laß dir von mir eines sagen: Wenn du Rebecca zwingst, sich zwischen dir und Eva zu entscheiden, wirst du verlieren.«

Genau das war der Grund, aus dem Stefan dieses Gespräch bisher nicht mit ihr geführt hatte. Er hatte sich diesem Kampf bisher nicht gestellt, weil er genau wußte, daß es gar keinen Kampf geben würde. Er hatte es in jenem Moment im Wolfsherz begriffen, als er sah, wie Rebecca das nackte, schreiende Bündel an sich preßte, und er hatte diesen Gedanken bisher zwar nicht völlig an sich heran gelassen, ihn aber auch nicht ganz vertreiben können. Er hatte den Ausdruck in ihren Augen gesehen, und er hatte ihn keine Sekunde lang vergessen.

»Vielleicht hast du recht«, murmelte er. »Ich hätte längst mit ihr reden sollen.«

»Das hättest du«, bestätigte Robert. »Aber ich kann dich verstehen. Ich weiß nicht, wie ich in deiner Situation reagiert hätte. Und ehrlich gesagt, bin ich froh, daß ich es nicht herausfinden muß.« Er gab Gas, wechselte rücksichtslos von der linken auf die rechte Spur – hinter ihnen erscholl ein wütendes Hupkonzert und Stefan glaubte, auch das Kreischen von Bremsen zu hören – und betätigte den Blinker, als vor ihnen das Autobahnschild auftauchte.

»Wo fährst du hin?« fragte Stefan.

Robert sah demonstrativ auf die Uhr. »Zum Flughafen. Ich verpasse meine Maschine, wenn ich dich erst nach Hause bringe. Du kannst den Wagen nehmen, um zurückzufahren. Ich hole ihn nächste Woche ab.«

Stefan war nicht begeistert. Er fuhr den großen BMW sehr gern, denn es war ein Fahrzeug der Luxusklasse, das so weit über seinen Verhältnissen und Möglichkeiten lag, daß er nicht einmal davon zu träumen wagte, aber er hatte seinen eigenen, weit bescheideneren Wagen nicht grundlos in der Garage gelassen. Im Moment machten ihm weder seine Schulter noch das Bein nennenswert zu schaffen, aber er hatte in den letzten beiden Wochen mehrmals an heftigen und vollkommen warnungslos aufkommenden Schmerzattacken gelitten, so daß ihm allein seine Vernunft gebot, sich nicht ans Steuer eines Autos zu setzen. Erst recht nicht in dem aufgewühlten Zustand, in dem er sich befand. Trotzdem widersprach Stefan nicht; schon weil er wußte, wie sinnlos es gewesen wäre. Robert hatte den Wagen bereits in die Autobahnauffahrt gelenkt und beschleunigte so abrupt, daß Stefan spürbar nach hinten in den Sitz gedrückt wurde und instinktiv mit den Händen nach einem Halt tastete. Robert sagte nichts dazu, musterte ihn aber spöttisch aus den Augenwinkeln und gab noch ein wenig mehr Gas. Stefan verfluchte sich insgeheim dafür, sich nicht besser in der Gewalt zu haben.

Sie fuhren einige Minuten schweigend und sehr schnell stadtauswärts, ehe Robert das Gespräch wieder aufnahm. »Ich möchte nicht, daß so etwas noch einmal vorkommt, Stefan«, sagte er.

Im ersten Moment begriff Stefan überhaupt nicht, wovon er überhaupt sprach. »Ich hatte nicht vor, jetzt durch die Welt zu reisen, um ausgesetzte Kinder einzusammeln«, antwortete er.

Sein Schwager schüttelte den Kopf »Das meine ich nicht. Ich rede von eurem kleinen Husarenstückchen mit Barkow. Es war nicht nur bodenlos leichtsinnig, es war geradezu selbstmörderisch. Du wirst in Zukunft dafür sorgen, daß sich so etwas nicht wiederholt.«

Stefan verstand immer noch nicht, wovon er sprach. Das heißt, natürlich verstand er es, aber für einige Sekunden weigerte er sich einfach zu glauben, was er da hörte. »Also doch die Mafia-Nummer?« fragte er.

Robert blieb ernst. Sein Spott verfing nicht. »Ich habe nicht mehr sehr viel Zeit, Stefan, deshalb will ich es kurz machen«, sagte er. »Ich habe Rebecca versprochen, ihr in der Angelegenheit zu helfen. Ihr werdet Eva behalten können, dafür sorge ich. Aber ich stelle eine Bedingung.« Er brach ab und wartete darauf, daß Stefan fragte, welche, aber den Gefallen tat er ihm nicht. Die Situation wurde allmählich absurd. Robert hatte ihn zu dieser Fahrt entführt, weil er gesagt hatte, daß sie miteinander reden mußten, aber offensichtlich hatte er das gar nicht vor. Er hatte ihn mitgenommen, um ihn davon zu unterrichten, was weiter geschehen würde.

»Du wirst in Zukunft dafür sorgen, daß Rebecca sich nie wieder auf einen solchen Wahnsinn einläßt«, fuhr Robert fort, als ihm endlich klar wurde, daß Stefan nicht antworten würde.

Und als er antwortete, da tat er es auf die vermutlich falscheste Art, die es im Moment überhaupt gab, obwohl er es eigentlich gar nicht wollte: »Du weißt, daß ich das nicht kann«, sagte er.

»Dann wird es Zeit, daß du es lernst«, erwiderte Robert ungerührt. »Als du sie geheiratet hast, da hast du auch die Verantwortung für sie übernommen. Ich hatte gehofft, dich niemals daran erinnern zu müssen.«

»Es reicht«, sagte Stefan. »Ich glaube nicht, daß dich das alles irgend etwas angeht.«

»O doch«, erwiderte Robert. »Wenn wir über das Leben meiner Schwester sprechen, dann geht es mich was an.«

»Wir reden über ihren Beruf«, sagte Stefan gereizt. »Es ist ihr Job, gewisse Risiken einzugehen. Wenn sie das nicht gewollt hätte, wäre sie Verkäuferin in einem Briefmarkenladen geworden.«

»Solange ihr Politiker auf Staatsempfängen interviewt oder euch um eine Ölpest in Südamerika kümmert, ist das okay«, antwortete Robert ungerührt, und Stefan begriff, daß er sich einen festen Text zurechtgelegt hatte und nicht davon abrücken würde, ganz egal, was er auch sagte oder tat. »Aber *so etwas* darf nie wieder passieren. Ich werde euch helfen. Ich halte euch die Behörden vom Leib, und ich werde mich auch um diesen White kümmern, sollte er Schwierigkeiten machen. Als Gegenleistung verlange ich, daß du mir versprichst, *daß* so etwas nie wieder passiert. Ich möchte nicht eines Tages einen Anruf bekommen, in dem man mir mitteilt, daß man eure Leichen in irgendeinem südamerikanischen Kaff gefunden hat.«

Stefan schwieg. Gerade hatte er noch überlegt, ob er einfach laut loslachen oder seinen Schwager anbrüllen sollte. Aber er tat weder das eine noch das andere. Er war völlig schockiert. Nicht einmal so sehr, weil sich Robert anmaßte, sich auf diese ungeheuerliche Art und Weise in ihrer beider Leben drängen zu wollen. Was ihn mindestens ebenso hart traf, war die Erkenntnis, daß er vollkommen recht hatte.

Auch Stefan hatte sich ein Leben hinter einem Schreibtisch niemals vorstellen können, aber mit dieser Reise nach Bosnien waren sie eindeutig einen Schritt zu weit gegangen.

Vor ihnen tauchte das erste Schild auf, das auf die Ausfahrt zum Flughafen wies, und Robert nahm für zwei Sekunden den Blick von der Straße und sah ihn an. »Nun?«

Stefan schwieg weiter. Nicht einmal, weil er Robert nicht antworten wollte, sondern weil er es in diesem Moment gar nicht konnte.

»Ich kann mir vorstellen, wie du dich jetzt fühlst«, fuhr Robert fort, der sein Schweigen wohl falsch deutete. »Du bist wütend auf mich, und wahrscheinlich hast du sogar recht damit. Ich gebe dir nicht die Schuld an dem, was passiert ist. Ich kenne meine Schwester genausogut wie du, wenn nicht besser. Vermutlich wäre es nicht einmal mir gelungen, sie von diesem Wahnsinn abzuhalten. Trotzdem, so etwas darf nicht noch einmal vorkommen.«

»Du kannst ja deine Beziehungen spielen lassen, damit man sie in die Lokalredaktion versetzt«, antwortete Stefan. »Oder besser gleich rauswirft.« Sein zynischer Ton traf Robert ebensowenig wie sein vergeblicher Versuch von gerade, spöttisch zu klingen.

Robert ignorierte seine Antwort. »Denk einfach ein paar Tage darüber nach«, sagte er. »Sobald ich zurück bin, unterhalten wir uns in Ruhe.«

»Worüber?« fragte Stefan. »Möchtest du unsere Wohnung neu einrichten? Oder mir vielleicht ans Herz legen, in Zukunft statt Jeans und Lederjacken lieber Anzug und Krawatte zu tragen?«

Die Autobahnausfahrt kam näher. Der Wagen schoß mit unverminderter Geschwindigkeit darauf zu, so daß Stefan sich bereits zu fragen begann, ob sein Schwager sie vielleicht übersehen hatte. Erst im buchstäblich allerletzten Moment trat Robert unnötig hart auf die Bremse, riß das Lenkrad nach rechts und ließ den Wagen mit kreischenden Reifen in die Ausfahrt hineinschießen.

»Falls sich diese Beamtin vom Jugendamt wieder bei euch meldet, dann vertröste sie einfach ein paar Tage«, fuhr Robert ungerührt fort. »Im Augenblick kann sie sowieso nichts machen. Ich habe mit Professor Wahlberg gesprochen; er wird Eva auf jeden Fall noch zwei oder drei Wochen in der Klinik behalten, und wenn es sein muß, auch noch länger.«

»Falls ich noch so lange lebe«, sagte Stefan gepreßt. Der Wagen schoß auf das Ende der Autobahnausfahrt zu. Die Ampel an der Kreuzung zeigte Rot, aber Robert machte keine Anstalten, den Fuß vom Gas zu nehmen, geschweige denn abzubremsen. Und er überging auch Stefans Bemerkung, so wie alle anderen zuvor. Statt dessen wechselte er übergangslos das Thema.

»Dir ist klar, daß diese Geschichte niemals bekannt werden darf?« sagte er. »Rebecca und du wärt in großer

Gefahr, wenn die Story plötzlich in irgendeiner Zeitung abgedruckt würde.«

»So einfach ist das nicht«, antwortete Stefan. »Es gibt eine Menge Leute, die wissen, daß wir dort waren. Sie werden sich ihre Gedanken machen. Außerdem haben wir gewisse Verpflichtungen. Die Reise war sehr teuer. Wir mußten uns Geld leihen, um sie zu finanzieren, und –«

»Das habe ich bereits erledigt«, unterbrach ihn Robert.

»Du hast was?« Diesmal klang Stefans Stimme so scharf, daß Robert ihn eine halbe Sekunde lang fast erschrocken ansah; dann lächelte er.

»Ich weiß, wie du über dieses Thema denkst. Du willst von deinem reichen Schwager nichts geschenkt. Das ist in Ordnung. Betrachte es als Darlehen. Du kannst es mir zurückzahlen, sobald du dazu in der Lage bist.« Er machte eine Bewegung, mit der er jeden möglichen Widerstand schon im Keim erstickte, nahm endlich den Fuß vom Gas und setzte zu einer Vollbremsung an, die Stefan vermutlich in die Gurte geschleudert hätte, aber die Ampel schlug im allerletzt möglichen Moment auf Gelb um, und Robert trat mit einem grimmigen Lächeln das Gaspedal wieder weiter durch. Der Wagen machte einen Satz, schoß um Haaresbreite an einem anderen Fahrzeug vorbei, dessen Fahrer erschrocken das Lenkrad herumriß und den Motor abwürgte, und jagte dann mit ungefähr dem Doppelten der gerade noch zu verantwortenden Geschwindigkeit die geschwungene Auffahrt zum Flughafen hinauf.

Zwei Minuten später kamen sie mit quietschenden Bremsen vor einer der großen Glastüren zum Stehen. Robert nahm den Gang hinaus, grinste plötzlich, kuppelte wieder ein und fuhr noch fünf oder sechs Meter weiter. Erst als er den Motor abstellte und Stefan den Blick hob, begriff er den Sinn dieser Aktion. Sie hatten anderthalb Wagenlängen vor einem der zahlreichen Halteverbotsschilder angehalten, die die Straße vor dem Abfertigungsgebäude säumten, und Robert war infantil genug, noch ein Stück weiter zu fahren, um genau *darunter* stehenzubleiben. Nicht zum erstenmal fragte sich Stefan vergebens, wieso ein Mann mit Roberts Intelligenzquotienten und seiner Bildung eigentlich so viel Spaß an solch kindischen Spielereien hatte.

Robert sah auf die Armbanduhr und öffnete praktisch in der gleichen Bewegung die Tür. »Noch zwanzig Minuten. Jetzt muß ich mich wirklich beeilen. Du versprichst mir, daß du über alles nachdenkst, bis ich wiederkomme?«

»Nachdenken, ja«, antwortete Stefan. »Aber wie ich mich entscheide –«

»Mehr verlange ich nicht«, fiel ihm Robert ins Wort. »Ich rufe dich an, sobald ich zurück bin.« Und damit stieg er aus und ließ Stefan einfach sitzen. Mit schnellen Schritten umkreiste er den Wagen, öffnete den Kofferraum und holte sein Gepäck heraus, und als Stefan seine Überraschung endlich überwunden hatte und ebenfalls ausstieg, war er bereits im Inneren des Gebäudes verschwunden.

Ziemlich genau eine Stunde später als er gehofft hatte, kam Stefan nach Hause. Wie er befürchtet hatte, war er auf dem Rückweg in die Stadt prompt in einen Verkehrsstau geraten, und natürlich hatte er keinen Parkplatz gefunden, so daß er mindestens zehn Minuten um den Block gekreist war, ehe er den Wagen schließlich – ebenfalls gute zehn Fußminuten entfernt – abgestellt hatte. Trotz der vergangenen Zeit war er immer noch zutiefst verwirrt. Nachdem Robert im Flughafengebäude verschwunden war, war er für einen Moment nahe daran gewesen, ihm einfach hinterherzustürmen, um ihn zur Rede zu stellen, Termin hin oder her. Für seinen Schwager mochte dieses Gespräch etwas gewesen sein, das sie sozusagen zwischen Tür und Angel erledigen konnten, für ihn nicht. Was Robert ihm im

Auto mitgeteilt hatte, bedeutete für Stefan einen geradezu ungeheuerlichen Eingriff in seine Privatsphäre, der ihn mit einer Mischung aus Wut und Ohnmacht erfüllte, die ihn in ihrer Intensität selbst erschreckt hatte. Aber er hatte es nicht getan, und vielleicht war das auch gut so. Er wußte, daß er Robert in einem offenen Streit nicht gewachsen gewesen wäre, und vielleicht …

… hatte er sogar recht. Stefan war noch weit davon entfernt, es zuzugeben, aber der Gedanke war einmal da, und er konnte regelrecht spüren, wie er sich wie ein kleines, schmerzhaftes Geschwür in seinem Bewußtsein eingenistet hatte. Jedes Wort, das Robert gesagt hatte, war wahr. Sie waren jetzt seit zwei Wochen zurück, und er hatte in diesen ganzen vierzehn Tagen nicht einmal den Mut aufgebracht, mit seiner Frau über etwas zu reden, das ihr beider Leben vermutlich mehr beeinflussen würde, als sie ahnten.

Und auch Roberts zweiter Vorwurf, der ihn noch viel härter getroffen hatte, stimmte. Es wäre seine verdammte Pflicht und Schuldigkeit gewesen, Rebecca von diesem Wahnsinnsunternehmen abzuhalten, und wenn es sein mußte, mit Gewalt. Sie waren Journalisten, und entgegen Roberts vielleicht etwas naiver Vorstellung beschränkte sich ihre Auffassung von ihrem Beruf nicht darauf, Sonnenuntergänge am Meer zu fotografieren oder Politikern dabei zuzusehen, wie sie sich bei einem Presseempfang um das kalte Buffet stritten. Aber ein Risiko einzugehen oder sein Leben aufs Spiel zu setzen, das waren zwei Paar Schuhe. Aus seinem Zorn war Verwirrung geworden, während er sich durch den zähflüssigen Verkehr nach Hause gekämpft hatte, und noch bevor er die Wohnungstür öffnete, verwandelte sich dieses Gefühl in eine Mischung aus Niedergeschlagenheit und Selbstmitleid.

Vielleicht, überlegte er, wäre das der Moment gewesen, nicht nach Hause, sondern zurück ins Krankenhaus zu fahren, um mit Becci zu reden. Er hatte immer noch Angst davor, aber wenn schon nichts anderes, so hatte ihm das Gespräch mit Robert doch eines vollkommen klar gemacht: Es würde nicht besser werden, wenn er den Moment weiter hinauszögerte. Im Gegenteil, mit jedem Tag, der verging, wurde es schwerer.

Das Telefon klingelte. Stefan warf seine Jacke achtlos in eine Ecke, ging zum Apparat und stellte ohne sonderliche Überraschung fest, daß während seiner Abwesenheit bereits wieder vierzehn neue Anrufe eingegangen waren. Von mindestens fünf oder sechs davon wußte er, von wem sie stammten und welchen Inhalt sie hatten, auch ohne daß er sie abhören mußte. Er überlegte einige Sekunden lang, unschlüssig, ob er abheben oder einfach warten sollte, daß das Klingeln aufhörte und die Digitalanzeige des Anrufbeantworters auf fünfzehn umsprang. Dann wurde ihm klar, daß diese Überlegung – wenn auch auf einem anderen Level – ganz genau in sein bisheriges Verhaltensmuster paßte. Es gab Dinge, die man einfach durch Abwarten erledigen konnte, aber das traf fast immer auch nur auf Unwichtiges zu. Und es gab Dinge, die mit einem Satz oder einem Handgriff erledigt waren. *Wichtige* Angelegenheiten pflegten sich durch Nichtstun nicht zu erledigen, sondern nur komplizierter oder schwerer zu werden. Vielleicht war es ein passender Moment, damit anzufangen, nicht nur gute Vorsätze zu fassen, sondern es auch zu tun.

Er hob ab und meldete sich. »Mewes?«

»Herr Mewes? Stefan Mewes?« Die Stimme am anderen Ende der Verbindung klang erregt. Sie zitterte leicht und hörte sich an, als ob ihr Besitzer sich große Mühe gab, um nicht loszuschreien. Stefan überlegte, ob er diese Stimme kannte, kam aber zu keiner Antwort.

»Ja«, sagte er.

»Maaßen«, stellte sich der andere vor. »Ich nehme an, mein Name sagt Ihnen etwas.«

Stefan schüttelte instinktiv den Kopf. »Ich fürchte, nein«, sagte er. »Sollte ich Sie kennen?« Er konnte hören, wie Maaßen tief einatmete, und war jetzt sicher, daß er am liebsten laut losgebrüllt hätte. Er konnte die Erregung des anderen regelrecht durch die Telefonleitung hindurch spüren. »Sollte ich Sie kennen?« fuhr er fort. »Bitte verzeihen Sie mir – ich habe einen ziemlich anstrengenden Tag hinter mir und –«

»Ich bin der Leiter des hiesigen Jugendamtes«, fiel ihm Maaßen ins Wort. »Frau Halbersteins Vorgesetzter, um genau zu sein.«

Stefan fuhr spürbar zusammen. Robert hatte ihm ja gesagt, daß er einige Telefongespräche geführt und die eine oder andere Sache in die Wege geleitet hatte, aber so, wie Maaßens Stimme klang, schienen seine Bemühungen nicht unbedingt von Erfolg gekrönt gewesen zu sein. »Ich kenne Frau Halberstein«, sagte er, »wenn auch nur flüchtig. Wir haben uns vorhin im Krankenhaus gesehen.«

»Stellen Sie sich nicht dumm, Herr Mewes«, sagte Maaßen scharf. »Das ist nicht nur kindisch, sondern auch beleidigend. Haben Sie wirklich gedacht, Sie kommen damit durch?«

Stefan war nun vollends verwirrt. Irgend etwas war passiert, das war klar, und so, wie Maaßens Stimme klang, war es nicht nur ein Anruf gewesen, in dem ihn jemand um einen kleinen Gefallen bat. Was immer Robert getan hatte, mußte gründlich schiefgegangen sein. »Ich fürchte, ich verstehe nicht, wovon Sie reden«, begann er vorsichtig.

»Dafür versteht es Frau Halberstein um so besser«, antwortete Maaßen. Er klang jetzt eindeutig wütend. »Ich weiß nicht, wer Sie sind, Herr Mewes, oder was zu sein Sie sich einbilden, aber ich schwöre Ihnen, daß Sie mit *diesen* Methoden bei uns nicht durchkommen.«

»Ich … ich verstehe nicht, was Sie meinen«, beteuerte Stefan. »Ich habe mit Ihrer Dame gesprochen, das ist richtig. Aber nur kurz. Und ich hatte das Gefühl, daß wir uns eigentlich im großen und ganzen einig wären. Es tut mir leid, wenn sie irgend etwas falsch verstanden haben sollte, aber ich bin sicher, daß es sich nur um ein Mißverständnis handeln kann.«

»Ja, natürlich«, antwortete Maaßen. »Ich bin sicher, Frau Halberstein sieht das genauso – sobald sie aus der Narkose erwacht und wieder einigermaßen reden kann, heißt das.«

Stefan starrte den Telefonhörer in seiner Hand an. *»Was?«*

»Spielen Sie nicht auch noch den Ahnungslosen!«

»Aber ich … ich weiß wirklich nicht, wovon Sie reden«, sagte Stefan.

»Dann werde ich es Ihnen erklären«, schnappte Maaßen. »Der Kerl, den Sie auf Frau Halberstein angesetzt haben, hat seine Arbeit ein bißchen zu gut gemacht. Sie liegt gerade auf dem Operationstisch, und die Ärzte versuchen, ihr Auge zu retten. Aber bevor sie das Bewußtsein verloren hat, konnte sie uns noch sagen, was passiert ist.«

»Moment«, sagte Stefan. Ein Gefühl eisigen, fast lähmenden Schreckens durchfuhr ihn, und für eine oder zwei Sekunden hatte er Mühe, überhaupt zu sprechen. »Bitte, Herr Maaßen«, sagte er. »Was ist passiert? Von welchem Kerl, sprechen Sie?«

»Die Polizei ist bereits auf dem Weg zu Ihnen«, antwortete Maaßen. Er atmete immer noch schnell, aber klang jetzt nicht mehr ganz so außer sich vor Zorn wie noch vor Augenblicken. »Falls Sie geglaubt haben, mit solchen Wildwest-Methoden bei uns durchzukommen, dann haben Sie einen fatalen Fehler gemacht.«

Stefans Gedanken überschlugen sich. Maaßens Worte begannen allmählich einen Sinn zu ergeben, aber er weigerte sich einfach, diesen Sinn zu erkennen. Es konnte sich nur um ein Mißverständnis handeln; oder einen ausgesprochen schlechten Scherz.

Mühsam, und jedes Wort fast übermäßig betonend, versuchte er noch einmal, Maaßen zu beruhigen: »Ich versichere Ihnen, daß ich wirklich nicht die geringste Ahnung habe, wovon Sie sprechen«, sagte er. »Ich habe Frau Halberstein vor einer guten Stunde das letzte Mal gesehen, und seither nicht mehr mit ihr gesprochen.«

»Natürlich nicht. Für so etwas haben Sie Ihre Leute, nicht wahr?« Maaßen lachte böse. »Ich weiß gar nicht, warum ich mich überhaupt mit jemandem wie Ihnen abgebe. Sie sind nicht nur ein Verbrecher, Sie sind auch dumm. Aber ich verspreche Ihnen, daß Sie die Konsequenzen tragen werden.« Und damit hängte er ein.

Stefan starrte den Telefonhörer in seiner Hand noch geschlagene Sekunden lang vollkommen fassungslos an, ehe er ihn auf die Gabel zurücklegte. Seine Finger zitterten so stark, daß er es fast nicht geschafft hätte, und sein Herz pochte bis zum Hals. Was er gerade gehört und erlebt hatte ... Es *mußte* sich um einen schlechten Scherz handeln. Aber dafür war der Mann am anderen Ende der Telefonleitung zu überzeugend gewesen. Stefan hatte berufsmäßig oft genug mit Leuten zu tun, die nicht die Wahrheit sagten, und er erkannte einen Lügner, wenn er mit ihm sprach.

Er trat vom Telefon zurück, lief in die Küche, wieder zurück ins Wohnzimmer und dann ins Bad, ziellos, einfach nur, um in Bewegung zu bleiben. Seine Gedanken überschlugen sich noch immer. Es *mußte* ein Mißverständnis sein, ein verhängnisvoller Irrtum. Jemand hatte die junge Beamtin überfallen und offensichtlich so schlimm zugerichtet, daß sie jetzt im Krankenhaus lag, und aus irgendeinem Grund, den Stefan sich nicht einmal vorzustellen imstande war, hatte man diesen Zwischenfall mit ihm in Verbindung gebracht. Aber warum?

Er kehrte ins Wohnzimmer zurück, sah auf die Armbanduhr und ging zum Telefon. Robert mußte jetzt bereits in Zürich gelandet und im Hotel sein oder spätestens auf dem Weg dorthin. Mit zitternden Fingern hob er ab, drückte die Taste, unter der die Nummer von Roberts Handy gespeichert war und wartete ungeduldig auf das Freizeichen. Statt dessen ertönte nach einigen Sekunden eine Frauenstimme vom Band, die ihm auf deutsch und englisch erklärte, daß der gewünschte Teilnehmer zur Zeit nicht erreichbar war. Robert hatte sein Handy ausgeschaltet.

Stefan legte wieder auf, fuhr sich nervös mit der Hand über das Kinn und begann, Rebeccas Nummer im Krankenhaus zu wählen, hängte aber dann wieder ein, bevor er die letzte Ziffer drücken konnte. Es hatte keinen Sinn, sie auch noch in Aufregung zu versetzen.

Es klingelte. Stefan fuhr so erschrocken zusammen, daß er um ein Haar das Telefon vom Tisch gerissen hätte, drehte sich auf dem Absatz herum und starrte die geschlossene Wohnungstür an. Das Klingeln wiederholte sich nach kaum zwei oder drei Sekunden; viel zu rasch, als daß ein normaler Besucher dort draußen stehen konnte, dafür aber deutlich lauter als beim erstenmal. Stefan machte einen Schritt in Richtung Tür, blieb wieder stehen. Für einen Moment war er wie gelähmt. Obwohl es eigentlich gar keinen Grund dafür gab, drohte er in Panik zu geraten.

»Ich … ich komme!« rief er. Das Telefon klingelte wieder. Stefan ignorierte es, ging rasch zur Tür und öffnete, ohne zuvor einen Blick durch den Spion geworfen zu haben. Eigentlich entsprach das nicht seiner normalen Gewohnheit; er hatte es sich schon lange zu eigen gemacht, jeden Besucher einer kritischen Musterung zu unterziehen, der draußen vor der Tür stand – selbst wenn er wußte, wer es war. Heute brach er mit dieser Gewohnheit, und vermutlich war das auch gut so, denn im gleichen Augenblick, in dem er die Tür öffnete, hob einer der vier Männer, die draußen auf dem Flur standen, die Hand, um vermutlich lautstark anzuklopfen und ebenso vermutlich noch lauter: *Aufmachen, Polizei!* zu rufen. An der Identität der Besucher gab es keinen Zweifel: Zwei von ihnen trugen normale Zivilkleidung, während die beiden anderen in grüne Polizeiuniformen gehüllt waren.

Stefan warf einen nervösen Blick nach rechts und links, bevor er sich an den Mann wandte, der geklingelt hatte. Auf dem Korridor war niemand zu sehen, aber er glaubte die neugierigen, stirnrunzelnden Blicke der anderen Hausbewohner geradezu körperlich zu fühlen, die sie durch die Spione in ihren Wohnungstüren hinauswarfen.

»Herr Mewes?« begann der Polizeibeamte, der unmittelbar vor ihm stand. »Stefan Mewes?«

Stefan nickte, trat zurück und machte eine einladende Geste. »Ja. Kommen Sie herein.«

Der Mann, sein Begleiter und einer der beiden Streifenpolizisten folgten der Einladung, während der vierte Beamte zu Stefans großem Unbehagen offensichtlich vorhatte, draußen vor seiner Wohnungstür stehenzubleiben. Während Stefan aus dem Weg trat, um seine ungebetenen Besucher einzulassen, musterte er die beiden Männer in Zivil aufmerksam. Der ältere der beiden war ein Stück größer als er, sehr muskulös und auffallend gut gekleidet. Er hatte graues Haar und einen pedantisch ausrasierten Bart, in dem sich noch letzte dunkelbraune Strähnen zeigten, und Stefan hätte ihm den Polizisten vermutlich nicht angesehen, hätte er nicht gewußt, womit er es zu tun hatte. Sein Blick glitt rasch und in einer einzigen, sehr zielbewußt wirkenden Bewegung durch die Wohnung und schien sie samt ihres Bewohners in einem einzigen Moment zu taxieren.

Sein Begleiter war deutlich jünger – etwa in Stefans Alter – und wäre allein wohl ein vollkommen durchschnittlicher Typ gewesen; neben dem Grauhaarigen wirkte er jedoch fast lächerlich, denn er schien sich alle nur erdenkliche Mühe zu geben, seinen Kollegen und vermutlichen Vorgesetzten zu kopieren. Er hatte keinen Bart und sein Haarschnitt war anders, aber in Kleidung, Auftreten und Körpersprache ähnelte er dem Älteren; oder versuchte es zumindest.

Stefan wartete, bis die drei ohne weitere Aufforderung an ihm vorbeigegangen und ins Wohnzimmer getreten waren, dann sah er den zurückgebliebenen Beamten noch eine Sekunde lang an, begriff endgültig, daß er nicht mit hereinkommen, sondern tatsächlich draußen auf dem Flur zurückbleiben würde, und schloß die Wohnungstür. Letztendlich war es egal, was seine Nachbarn von ihm dachten; er hatte im Moment wirklich andere Probleme.

Der grauhaarige Polizist hatte sich herumgedreht und sah ihm aufmerksam entgegen, als er ins Wohnzimmer kam, während sich sein jüngerer Kollege ungeniert über Stefans Schreibtisch beugte und neugierig das Tohuwabohu von Papieren, Briefen, Zeitungsausschnitten und Notizen musterte, das darauf lag. Stefan bedachte ihn mit einem stirnrunzelnden Blick, sagte aber nichts dazu, sondern wandte sich an den Grauhaarigen:

»Sie waren ziemlich schnell hier.«

»Und Sie scheinen uns erwartet zu haben«, erwiderte der andere. »Oder irre ich mich?«

»Nein«, sagte Stefan.

Der jüngere Polizist fragte wie aus der Pistole geschossen: »Wieso?«

Stefan machte eine Kopfbewegung auf das Telefon. Es hatte aufgehört zu klingeln, aber die Digitalanzeige des Anrufbeantworters war nicht weitergesprungen. Der Anrufer hatte aufgegeben, bevor sich das Gerät einschalten konnte. »Ich hatte gerade einen sehr seltsamen Anruf«, sagte er.

»Was für einen Anruf?«

Stefan deutete mit einer Kopfbewegung auf das Telefon. »Ein Herr … Maaßen hat gerade angerufen. Ich muß gestehen, daß ich nicht alles von dem verstanden habe, was er gesagt hat, aber er wirkte sehr … aufgeregt.«

»Dazu hat er auch Grund.« Der grauhaarige Polizist griff in seine Tasche, zog einen in Plastik eingeschweißten grünen Dienstausweis hervor und hielt ihn Stefan gerade lange genug hin, daß er das mindestens zehn Jahre alte Foto darauf erkennen, nicht aber seinen Namen lesen konnte. »Ich bin Oberinspektor Dorn«, sagte er. Mit einer angedeuteten Geste auf seinen jüngeren Kollegen fügte er hinzu: »Das ist Inspektor Westmann, mein Kollege. Sie wissen also bereits, warum wir hier sind, Herr Mewes.«

Stefan nickte und schüttelte praktisch in der gleichen Bewegung den Kopf Er sah nervös zwischen Dorn und Westmann hin und her, war aber nicht in der Lage, den Ausdruck auf den Gesichtern der beiden zu deuten. Westmann wuselte ungerührt weiter auf seinem Schreibtisch herum, und begann jetzt, das eine oder andere Blatt hochzuheben oder ganz offen in seiner Post zu blättern. »Ja und nein«, begann er. »Wie gesagt …« Er brach ab, fuhr sich nervös mit der Hand über das Gesicht und verfluchte sich innerlich selbst. Er konnte sich lebhaft vorstellen, welchen Eindruck er auf die beiden Kriminalbeamten machen mußte, nämlich genau den des ertappten Sünders, der sich verzweifelt wand und doch wußte, daß es sinnlos war.

»Warum sind Sie so nervös, Herr Mewes?« fragte Dorn auch prompt.

»Ist das nicht jeder, in dessen Wohnzimmer Sie plötzlich und unangemeldet auftauchen?« erwiderte Stefan. Sollten diese Worte in irgendeiner Form überzeugend geklungen haben, so machte er die Wirkung gleich darauf wieder selbst zunichte, indem er ein albernes Grinsen hinzufügte und von einem Fuß auf den anderen trat.

Dorn hob die Schultern. »Die meisten«, sagte er. »Aber

gut, fangen wir noch einmal von vorne an: Herr Maaßen hat sie also bereits angerufen. Das war vielleicht nicht sehr klug von ihm, aber durchaus verständlich.«

»So?« fragte Stefan. »Wie gesagt, ich habe nicht genau verstanden, was er überhaupt von mir wollte.«

»Uns liegt eine Anzeige gegen Sie vor, Mewes«, sagte Westmann, nahm mit einem nur angedeuteten, aber eindeutig triumphierenden Lächeln Stefans Notizbuch vom Schreibtisch und begann interessiert darin zu blättern.

Stefan machte einen Schritt in seine Richtung, um ihm das Buch aus der Hand zu nehmen und demonstrativ einzustecken, hatte aber natürlich nicht den Mut, die Bewegung zu Ende zu führen. Statt dessen wandte er sich wieder an Dorn und fragte:

»Was für eine Anzeige?«

»Nun, eine Anzeige wegen schwerer Körperverletzung, Nötigung ...« Dorn wiederholte sein Achselzucken. »Ihnen ist eine Frau Halberstein bekannt?«

»Ich habe sie heute mittag das erste Mal gesehen«, antwortete Stefan. »Und zugleich das letzte Mal. Sie wurde überfallen?«

»Als sie die Klinik verlassen hat, ja«, antwortete Dorn. »Sie hätten es eigentlich fast sehen müssen. Nach unseren Ermittlungen sind Sie und Ihr Schwager ziemlich genau zur gleichen Zeit aus der Tiefgarage gekommen.«

Stefan war überrascht. Nicht einmal so sehr darüber, wie präzise Dorn offensichtlich über seinen Tagesablauf Bescheid wußte, sondern mehr darüber, daß er überhaupt recherchiert hatte. Der ganze Vorfall war ja noch nicht einmal zwei Stunden her.

»Ich habe nichts bemerkt«, antwortete er kopfschüttelnd. Langsam und viel weniger energisch, als er es gern gehabt hätte, ging er an Dorn vorbei und trat neben dessen Kollegen an den Schreibtisch. Westmann las immer noch ungeniert in seinem Notizbuch. Stefan raffte all seinen Mut zusammen, nahm es ihm aus der Hand und legte es demonstrativ auf den Schreibtisch zurück.

»Warum erzählen Sie mir nicht einfach, was passiert ist?« sagte er. »Das würde es für mich leichter machen, Ihre Fragen zu beantworten.«

»Ich dachte, das wissen Sie bereits«, sagte Westmann.

Stefan entschied, das einzige zu tun, was ihm vernünftig erschien, und diesen Dummkopf zu ignorieren. Er drehte sich zu Dorn herum. »Ich weiß gar nichts«, sagte er. »Dieser Maaßen hat zwar angerufen, aber er war sehr aufgeregt. Im Grunde hat er mich nur angebrüllt und mir Vorwürfe gemacht. Ich habe nicht die geringste Ahnung, was vorgefallen ist. Frau Halberstein ist überfallen worden?«

»Noch auf dem Krankenhausgelände, ja«, bestätigte Dorn. »Von einem jungen Mann. Er hat ihr aufgelauert, als sie in ihren Wagen steigen wollte und sie mehrmals geschlagen und auf sie eingetreten, als sie auf dem Boden lag.«

»Ist sie schwer verletzt?« fragte Stefan.

Dorn nickte. »Nicht lebensgefährlich, aber schlimm genug, ja. Aber bevor sie das Bewußtsein verloren hat, konnte sie uns noch eine ziemlich genaue Beschreibung des Täters geben. Ein junger Bursche zwischen zwanzig und dreißig, groß, kräftig, hellblondes, fast weißes Haar, das sehr kurz geschnitten war. Er trug eine billige Lederjacke und Jeans.«

Stefan konnte ein kurzes, aber heftiges Zusammenzucken nicht ganz unterdrücken, und natürlich war ihm klar, daß Dorn seine Reaktion nicht verborgen blieb.

»Sie kennen diesen Mann?«

Stefan beeilte sich, den Kopf zu schütteln. »Nein«, sagte er.

»Das ist seltsam«, fuhr Dorn fort. »Er behauptet nämlich, Sie zu kennen.«

»Mich?« Stefan lachte unsicher. »Dann haben Sie ihn?«

»Leider nicht«, antwortete Dorn.

»Wieso wissen Sie dann, daß –«

»Von Frau Halberstein«, fiel ihm Westmann ins Wort. »Der unbekannte Täter hat ihr nämlich etwas von Ihnen ausgerichtet.«

»Von mir?« Stefan riß ungläubig die Augen auf. »Aber …«

»Laut Frau Halbersteins Aussage war dieser Überfall nur eine Warnung«, fuhr Dorn fort, wobei er ihn keinen Sekundenbruchteil aus den Augen ließ. »Sie sagt, der Täter hätte ihr ausgerichtet, daß sie die Finger von ihnen, Ihrer Frau und vor allem dem Kind lassen soll, oder er würde zurückkommen und das nächste Mal gründlichere Arbeit leisten.«

Einige Sekunden lang war Stefan nicht fähig, auch nur einen klaren Gedanken zu fassen, sondern starrte Dorn einfach nur an und suchte verzweifelt nach irgendwelchen Worten. Er fand keine.

»Haben Sie dazu irgend etwas zu sagen, Herr Mewes?« fragte Westmann.

»Das … das ist absurd«, krächzte Stefan. Er hatte Mühe, überhaupt zu sprechen. Seine Hände begannen zu zittern. Er hatte genau das ausgedrückt, was er empfand: Die Situation war vollkommen bizarr und einfach lächerlich, aber die beiden Polizisten und ihr uniformierter Begleiter sahen nicht so aus, als wäre ihnen nach Lachen zumute. Und auch in Stefan wuchs langsam die Erkenntnis heran, daß die Situation vielleicht ernster war, als er selbst jetzt schon begriff. »Ich … ich weiß davon nichts.«

»Sind sie sicher?« fragte Dorn kühl.

»Ich habe diesen Mann noch nie gesehen«, antwortete Stefan und verbesserte sich fast sofort: »Das heißt, das ist nicht ganz richtig. Ich habe jemanden gesehen, auf den diese Beschreibung zutrifft, aber ich weiß nicht, ob es derselbe Mann war.«

»Wo?« wollte Dorn wissen.

»Heute nachmittag im Krankenhaus«, antwortete Stefan. »Im Wartezimmer der orthopädischen Ambulanz. Er stand am Kaffeeautomaten, und er ist mir aufgefallen.«

»Wieso?« wollte Dorn wissen.

Westmann schien das Interesse an dem Gespräch verloren zu haben und wandte seine Aufmerksamkeit wieder Stefans Schreibtisch zu, aber Stefan hatte diesmal nicht den Nerv, ihn daran zu hindern. Er fühlte sich immer noch wie gelähmt, und seine Gedanken bewegten sich gleichzeitig wie rasend, aber auch zäh und widerwillig. Er mußte jedes einzelne Wort, das er sprach, mühsam vorher in Gedanken formulieren, um es überhaupt über die Lippen zu bekommen.

»Weil er ... irgendwie seltsam war«, sagte er stockend. »Unheimlich.«

»Unheimlich?«

Stefan nickte. »Er hat mich auf eine sehr seltsame Art angesehen«, bestätigte Stefan. »Ich habe mir nichts weiter dabei gedacht, aber jetzt, wo Sie es sagen ...«

»Vielleicht hat er es ja eigentlich auf Sie abgesehen. Und als er Sie nicht bekommen hat, hat er mit Frau Halberstein vorliebgenommen«, sagte Westmann beiläufig.

Stefan ignorierte ihn weiter, auch wenn es ihm jetzt immer schwerer fiel. Trotz seiner Verwirrung und des Schockzustands, in dem er sich befand, war ihm klar, daß die beiden Kriminalbeamten offensichtlich ein gut eingespieltes Team waren, das Übung darin hatte, sich gegenseitig die Bälle zuzuspielen. Die Geschichte vom guten und bösen Bullen gehörte offensichtlich nicht nur in Kriminalromane und Spielfilme.

»Sie müssen gestehen, daß das wirklich nicht sehr überzeugend klingt«, sagte Dom. »Sie hatten eine Auseinandersetzung mit Frau Halberstein?«

»Auseinandersetzung ist nicht das richtige Wort«, antwortete Stefan. »Es gab … eine Meinungsverschiedenheit. Keinen Streit, wenn Sie das meinen.«

»Wir wissen, warum sie dort war«, sagte Dom ruhig. »Sie und Ihre Frau waren vor zwei Wochen im ehemaligen Jugoslawien?«

»Ja«, antwortete Stefan, »aber das tut, glaube ich, nichts zur Sache.«

»Wahrscheinlich nicht«, sagte Westmann, ohne ihn anzusehen. »Der Angreifer sprach übrigens nur gebrochenes Deutsch. Man bekommt in den ehemaligen Ostblockländern für wenig Geld Leute, die so ziemlich alles tun, nicht wahr?«

»Hören Sie«, sagte Stefan, immer noch an Dorn gewandt, aber jetzt nur mühsam beherrscht. »Ich versichere Ihnen, daß ich mit dieser Geschichte nichts zu tun habe. Es stimmt zwar, daß ich versucht habe, Frau Halberstein dahingehend zu beeinflussen –«

»Die Finger von Ihnen und dem Kind zu lassen?« fiel ihm Westmann ins Wort.

»Aber sie hat doch gar nicht gesagt, daß sie es uns wegnehmen will!« antwortete Stefan. Seine Stimme war viel lauter, als er es beabsichtigt hatte, und sie klang selbst in seinen eigenen Ohren fast verzweifelt; er fühlte sich in die Defensive gedrängt und das auf eine unangenehme Art, die ihn zugleich hilflos und wütend machte. Natürlich war ihm klar, daß Westmann und auch sein älterer Kollege ihn eindeutig manipulierten; der Ball, den sie sich gegenseitig zuspielten, war er. Aber es war verrückt; obwohl er die Taktik der beiden durchschaute und auf einem intellektuellen Niveau ganz genau wußte, wie er sich dagegen hätte wehren können, war er nicht dazu in der Lage.

»Ich habe mit diesem Überfall nichts zu tun«, beteuerte er. »Es wäre doch auch völlig sinnlos. Frau Halberstein schien mir ganz vernünftig. Sie war weder feindselig noch hat sie in irgendeiner Form angedeutet, daß sie uns

Schwierigkeiten machen will. Warum also sollte ich so etwas Dummes tun?«

»Das fragen wir Sie«, sagte Westmann, und Dorn fügte hinzu: »Immerhin kannte der Angreifer nicht nur Ihren Namen, sondern auch den Ihrer Frau, den des Mädchens, und er wußte darüber hinaus auch eine Menge Einzelheiten, die er eigentlich nur von Ihnen erfahren haben konnte.«

»Ich habe keine Ahnung, wer er ist und woher er diese Dinge weiß«, sagte Stefan erneut. Dann fiel ihm etwas ein. »Warten Sie … vielleicht … weiß ich es doch.«

Dorns Gesicht und auch sein Blick blieben ausdruckslos wie zuvor, aber Westmann hob überrascht den Kopf. »So?«

»Ich bin nicht sicher«, begann Stefan. »Aber … als wir uns in der Cafeteria getroffen haben … meine Frau, mein Schwager, Frau Halberstein und ich … da saß jemand hinter mir.«

»Unser unbekannter Freund«, vermutete Westmann spöttisch. »Der, den Sie noch nie zuvor gesehen haben.«

»Ich sagte bereits, ich bin nicht sicher«, erwiderte Stefan in einem Tonfall aggressiver Verteidigung. »Ich habe nicht darauf geachtet. Ich hatte Wichtigeres im Kopf, wissen Sie? Aber jetzt muß ich sagen … es *könnte* dieser Bursche gewesen sein.«

»Was für ein Zufall«, spöttelte Westmann. Dorn schwieg.

»Vielleicht war es gar kein Zufall«, knüpfte Stefan den begonnenen Gedanken fort. »Möglicherweise hat er mich verfolgt. Ich sagte Ihnen ja, er war mir bereits im Wartezimmer aufgefallen. Er hat mich so seltsam angesehen.«

»Oh, natürlich«, sagte Westmann. »Er ist Ihnen nachgegangen und hat Sie belauscht.«

»Und warum nicht?« wollte Stefan wissen. »Woher soll ich wissen, was im Kopf eines solchen Verrückten vorgeht? Vielleicht hat er die ganze Zeit vorgehabt, mich zu überfallen. Was weiß ich? Er könnte unser Gespräch belauscht haben, und danach ist er Frau Halberstein nachgegangen, hat sie niedergeschlagen und behauptet, *ich* hätte ihn geschickt.«

»Das klingt ziemlich abenteuerlich, finden Sie das nicht auch?« sagte Dom.

»Nicht abenteuerlicher als die Behauptung, ich hätte ihn beauftragt«, erwiderte Stefan. Er hatte zumindest das Gefühl, seine Selbstsicherheit allmählich zurückzugewinnen. Dorn und Westmanns Auftauchen – und vor allem Maaßens Anruf vorher – hatten ihn in solchen Schrecken versetzt, daß er keinen einzigen klaren Gedanken hatte fassen können. Natürlich wußte er, wie seine Behauptung auf die beiden Polizeibeamten wirken mußte; in weitaus stärkerem Maße, als er einräumen wollte, klang sie sogar in seinen eigenen Ohren abenteuerlich. Trotzdem fuhr er fort: »So muß es gewesen sein. Er hat unser Gespräch belauscht und ist der Frau dann nachgegangen.«

Dorn sah ihn fast fünf Sekunden lang an, ohne ein Wort zu sagen oder in dieser Zeit auch nur zu blinzeln. »Sie bleiben also dabei, daß Sie diesen Mann noch nie zuvor gesehen haben und daß Sie ihn auch nicht beauftragt haben, Frau Halberstein zu überfallen oder sie in irgendeiner Form zu bedrohen?« sagte er dann.

»Selbstverständlich«, antwortete Stefan.

Dorn seufzte. »Ich würde Ihnen gerne glauben, Herr Mewes«, sagte er.

Und zum erstenmal glaubte Stefan in seiner Stimme so etwas wie eine menschliche Regung zu hören, wenn auch vielleicht nicht die, die er gern gehört hätte. Er klang enttäuscht, fast ein bißchen resigniert. »Aber sehen Sie, ich habe es in meinem Beruf so oft mit Leuten zu tun, die mich anlügen, daß ich vielleicht schon gar nicht mehr in der Lage bin, zu erkennen, wenn jemand die Wahrheit sagt.«

»Aber ich sage die Wahrheit«, verteidigte sich Stefan.

»Und wenn nicht jetzt, dann sollten Sie sich vielleicht überlegen, ob Sie es noch tun«, fuhr Dom unbeeindruckt fort. »Vielleicht ist Ihnen die ganze Geschichte ja aus der Hand geglitten.«

»Was soll das heißen?« erkundigte sich Stefan.

Dorn zuckte wieder mit den Schultern. »Kann es nicht so gewesen sein, daß Sie diesem Burschen einfach nur gesagt haben, er soll Frau Halberstein ein wenig erschrecken?« sinnierte er. »Vielleicht hat er seine Sache ja einfach nur ein bißchen zu gut gemacht.«

»Wie bitte?« keuchte Stefan. »Sind Sie verrückt geworden?«

»Wenn es so war, dann hätte ich vielleicht sogar Verständnis dafür«, fuhr Dorn fort. »Sie wären, weiß Gott, nicht der erste, der sich mit Kriminellen einläßt und gar nicht begreift, was er da tut, Herr Mewes. Sollte es also so gewesen sein, dann wäre es besser, Sie würden mir jetzt die Wahrheit sagen.«

»Aber ich *sage* die Wahrheit«, wiederholte Stefan. »Ich habe mit dieser ganzen Geschichte nichts zu tun.«

»Wenn das so ist, warum regen Sie sich dann so auf?« wollte Westmann wissen.

Stefan fuhr ihn an: »Weil ich es ungeheuerlich finde, was hier geschieht. Sie kommen hierher, konfrontieren mich mit diesen absurden Vorwürfen und erwarten allen Ernstes, daß ich ruhig bleibe?«

»Wir erwarten nur, die Wahrheit zu erfahren«, antwortete Dorn. »Und das werden wir, verlassen Sie sich darauf.«

»Ist das Ihre Version von ›Wir kriegen dich schon, Freundchen‹?« giftete Stefan.

»Wenn Sie es waren, ja«, sagte Dorn. »Wenn Sie wirklich nichts damit zu tun haben, dann haben Sie auch nichts zu befürchten.« Er hob abwehrend die Hand, als Stefan schon wieder auffahren wollte. »Ich kann Ihre Erregung durchaus verstehen. Aber ich versichere Ihnen, daß wir die Wahrheit herausfinden werden, und das wahrscheinlich sogar ziemlich schnell. Wir sind keine Zauberer, aber wir haben Erfahrung in solchen Dingen.«

»Es dauert wahrscheinlich keine vierundzwanzig Stunden, und wir haben den Burschen«, fügte Westmann hinzu. »Und danach ist es nur noch eine Frage der Zeit, bis er auspackt. Sie wären erstaunt, wie schnell diese Kerle ihre Loyalität vergessen, wenn es ihnen an den Kragen geht.«

»Dann kann ich Ihnen nur viel Erfolg wünschen, meine Herren«, sagte Stefan. »Sie werden herausfinden, daß ich nichts mit alledem zu tun habe. Ich wäre ja verrückt.«

»Oder naiv«, sagte Dom. »Solche Dinge funktionieren im wirklichen Leben fast nie, wissen Sie. Ich habe das schon so oft erlebt. Haben Sie Angst vor Gewalt, Herr Mewes?«

Stefan blinzelte. Was sollte das? »Ja«, gestand er. »Wer hat die nicht? Warum stellen Sie diese Frage?«

»Sie sagen es – jeder hat sie«, antwortete Dorn. »Um so erstaunlicher ist es, wie viele ganz normale Menschen wie Sie und ich auf den Gedanken kommen, Gewalt auszuüben, um mit Problemen fertig zu werden. Aber wissen Sie, in den allermeisten Fällen schafft sie mehr Probleme, als sie beseitigt. Man kann sich mit solchen Typen nicht einlassen, ohne sich die Finger schmutzig zu machen. Meistens geht der Schuß nach hinten los. Wenn dieser Kerl wirklich nur ein Verrückter ist, der sich das alles ausgedacht hat, um Ihnen und uns das Leben schwerzumachen, dann finden wir das heraus. Aber wenn es nicht so ist, dann sollten Sie sich eines vor Augen führen: Man wird diese Burschen oft nicht wieder los. Möglicherweise stehen Sie in vier Wochen vor meinem Schreibtisch und bitten mich, Sie vor ihm zu schützen.«

»Ich werde in *zwei Tagen* vor Ihrem Schreibtisch stehen,

damit Sie sich bei mir entschuldigen«, antwortete Stefan. »Ich sage es noch einmal: Ich habe nichts damit zu tun. Ich habe nicht die geringste Ahnung, wer dieser Mann ist und warum er das getan hat.«

»Hört, hört«, sagte Westmann spöttisch.

»Belassen wir es für den Moment dabei«, sagte Dorn. Er warf seinem jüngeren Kollegen einen auffordernden Blick zu, griff in die rechte Jackentasche und zog eine Visitenkarte hervor, die er Stefan in die Hand drückte.

»Was soll das heißen?« fragte Stefan überrascht. »Bin ich jetzt verhaftet oder was?«

Dorn lächelte. »Aber nein. Sehen Sie, wir haben da nur ein kleines Problem. Es wurde offiziell Anzeige gegen Sie erstattet, und wir haben eine Zeugenaussage, die Sie belastet. Selbst wenn ich Ihnen glaube – ich bin gezwungen, der Sache weiter nachzugehen.«

»Das ist mir klar«, sagte Stefan. »Wollen Sie mir auf diese Weise möglichst diplomatisch beibringen, daß ich mir besser einen Anwalt besorge?«

»Das bleibt Ihnen überlassen«, erwiderte Dom. »Ich muß Sie jedenfalls bitten, morgen früh um neun in meinem Büro zu erscheinen.«

»Ob mit oder ohne Anwalt«, fügte Westmann hinzu.

»Soll ich eine Zahnbürste mitbringen?« fragte Stefan böse.

»Kaum«, erwiderte Dorn. »Wie gesagt, bisher ist es nur eine Routineuntersuchung. Sollten Sie eine Zahnbürste und Waschzeug brauchen, dann kommen wir vorbei und helfen Ihnen beim Tragen. Auf Wiedersehen, Herr Mewes.«

Die drei Polizisten gingen. Stefan begleitete sie zur Tür. Der vierte Beamte stand immer noch draußen auf dem Flur, und gerade als Stefan hinter Dorn und den beiden anderen auf den Korridor hinaustrat, fiel am anderen Ende eine Tür ins Schloß. Soviel also, dachte er zerknirscht, zu seiner Hoffnung, daß keiner der anderen Hausbewohner etwas von seinen ungebetenen Gästen bemerkt hatte.

Er wartete, bis die vier Beamten im Aufzug verschwunden waren, dann trat er in die Wohnung zurück, schloß sorgsam die Tür hinter sich ab und eilte zum Telefon. Mit bebenden Fingern wählte er erneut die Nummer von Roberts Handy, hatte aber auch diesmal keinen Erfolg. Er begann Roberts Büro-Nummer zu wählen, überlegte es sich dann aber anders und suchte die Nummer des Sheraton-Hotels in Zürich heraus, von dem er wußte, daß Robert dort immer abstieg. Er mußte fünf- oder sechsmal wählen, bevor er eine Verbindung bekam, und wie er befürchtet hatte, war sein Schwager noch nicht eingetroffen. Er hinterließ eine Nachricht, in der er ihn dringend um einen Rückruf bat, hängte ein und begann die Nummer der Redaktion zu wählen, führte aber auch diese Aktion nicht zu Ende, sondern drückte kurz die Gabel herunter, und begann, Rebeccas Nummer im Krankenhaus zu wählen. Bevor er die letzte Ziffer drückte, zögerte er, zog die Hand dann zurück und legte den Hörer endgültig auf die Gabel.

Es ergab alles keinen Sinn. Ein Gefühl ohnmächtiger Wut hatte ihn ergriffen, aber auch noch etwas anderes, das ihn fast selbst erschreckte: Er begann sich zu fragen, ob Dorn vielleicht recht hatte. Natürlich war die Vorstellung absurd. Er wußte gar nicht, warum er diesen Gedanken dachte oder wie er auf diese groteske Idee gekommen war, aber sie war einmal da, und er wurde sie nicht mehr los. Die Erklärung, die er den beiden Polizisten gegeben hatte, klang einleuchtend, und sie schien Stefan sogar von Sekunde zu Sekunde überzeugender zu klingen, aber möglicherweise tat sie das ja nur, weil er es wollte. Was, wenn es wirklich anders war? Natürlich wußte er mit vollkommener Sicherheit, daß er diesen blonden Burschen nicht beauftragt hatte, die junge Frau vom Jugendamt zusammenzuschlagen. Das war aber auch schon alles, was er mit Sicherheit wußte. Andererseits gab es aber nur zwei andere mögliche Auftraggeber – und der eine war so ausgeschlossen wie der andere. Wäre die Situation schlimmer gewesen – viel schlimmer – und hätte der Streit zwischen Rebecca und Halberstein Zeit und vor allem Anlaß gehabt, zu eskalieren, dann traute er Becci in ihrem Zorn durchaus zu, auf eine solche Idee zu kommen; mehr aber auch nicht. Zwischen dem Gedanken an eine solche Aktion und der Ausführung lagen Welten. Und er wußte, daß seine Frau diese Grenze niemals überschreiten würde.

Und was Robert anging … er hätte sicherlich sowohl die nötigen Verbindungen als auch wenig genug Skrupel, zu solchen Mitteln zu greifen, aber es war einfach nicht seine Art. Für so etwas war er zu klug. Es war, wie Dorn gesagt hatte: Man konnte nicht mit solchen Leuten umgehen, ohne sich die Hände schmutzig zu machen, und sein Schwager machte sich niemals die Hände schmutzig, wenn es andere, und noch dazu bessere, Mittel und Wege gab, sein Ziel zu erreichen.

Er war so schlau wie vorher. Abgesehen von ihm, Rebecca und seinem Schwager gab es einfach niemanden, der einen Grund haben könnte, diesen Schläger auf Halberstein anzusetzen. Mehr noch, es gab nicht einmal jemanden, der es grundlos tun würde; denn sie waren die einzigen, die überhaupt wußten, worum es ging. Vielleicht hatte er mit seiner ersten Vermutung doch ins Schwarze getroffen. Je länger er darüber nachdachte, desto wahrscheinlicher erschien Stefan diese Erklärung. Er versuchte, das Gesicht des jungen Burschen, den er am Kaffeeautomaten getroffen hatte, vor seinem geistigen Auge heraufzubeschwören. Aber er erinnerte sich nur vage an seine Züge, und vermutlich war diese Erinnerung so falsch, daß er an ihm vorbeilaufen würde, ohne ihn wiederzuerkennen. Was er jedoch nicht vergessen hatte, das war der Ausdruck in seinen Augen. Da waren eine Wildheit und eine gnadenlose Kälte gewesen, die ihn bis ins Innerste erschreckt hatten.

Stefan spürte ein kurzes, eisiges Frösteln. Sie hatten so oft über Menschen wie ihn berichtet, hatten so oft gesehen, wozu sie imstande waren, welche schrecklichen Dinge sie vollkommen grundlos taten, nur so, weil es ihnen in den Sinn kam, aus Langeweile oder völlig banalen Anlässen, daß er nicht umsonst Angst vor dieser Art von Menschen hatte. Trotzdem war ihm bis jetzt nicht einmal der Gedanke gekommen, daß auch er eines Tages zum Opfer eines solchen Verrückten werden könnte. Solche Dinge geschahen nicht – sie passierten immer nur anderen, niemals einem selbst.

Aber nun war es ihm passiert, und plötzlich fühlte sich Stefan so hilflos, daß er am liebsten laut losgeschrien hätte.

Natürlich fuhr er schließlich doch ins Krankenhaus. Nach zwei Stunden, die die Hölle gewesen waren, hatte Robert endlich aus dem Hotel angerufen, und er hatte ihm die ganze Geschichte erzählt. Sein Schwager hatte genau so darauf reagiert, wie Stefan erwartet hatte: ruhig und mit einer Gelassenheit, die Stefan an den Rand eines neuerlichen Wutausbruches trieb. Er hatte ihm das einzig Vernünftige geraten, nämlich nichts auf eigene Faust zu unternehmen und mit niemandem – auch Rebecca nicht – über die Geschichte zu reden und erst einmal am nächsten Morgen zur Polizei zu gehen und abzuwarten, was die Ermittlungen ergeben hatten.

Darüber hinaus hatte er ihm die Telefonnummer eines guten Rechtsanwalts gegeben und ihm geraten, auf jeden Fall schon einmal Kontakt mit ihm aufzunehmen. Diesen Teil seines Ratschlages hatte Stefan nicht befolgt. Er konnte selbst nicht genau sagen, warum; seine Situation war nicht ungefährlich, und das mindeste, womit er rechnen mußte, waren eine Menge Ärger und Scherereien. Trotzdem schrak er regelrecht davor zurück, den Rechtsanwalt anzurufen. Seine Vernunft behauptete zwar das Gegenteil, aber er war nicht in einer Verfassung, in der Vernunft und Logik eine große Rolle gespielt hätten. Hätte er den Anwalt angerufen, dann wäre ihm das sich selbst gegenüber fast wie ein Eingeständnis gewesen. Sollte es sich als nötig erweisen, konnte er den Anwalt am nächsten Morgen immer noch anrufen. Schlimmstenfalls direkt aus Dorns Büro heraus.

Kurz nach Dunkelwerden verließ er die Wohnung und fuhr wieder zur Klinik. Er hatte Rebecca nicht angerufen, und er hatte sich zumindest vorgenommen, ihr nichts zu erzählen, wußte aber natürlich selbst, daß er diesen guten Vorsatz nicht durchhalten würde. Die Logik – schon wieder dieses Wort, das an diesem Nachmittag fast seine gesamte Bedeutung verloren zu haben schien – sagte ihm zwar, daß es viel vernünftiger wäre, zu Hause zu bleiben oder, wenn er das schon nicht konnte, in irgendeine Kneipe zu gehen und ein paar Biere zu trinken, aber er *mußte einfach* mit Becci reden.

Als er die Station betrat, war die offizielle Besuchszeit schon seit mehr als zwei Stunden vorbei; trotzdem wurde er nicht aufgehalten. Der Umstand, daß er in den ersten Tagen selbst Patient hier gewesen war, verschaffte ihm gewisse Freiheiten; darüber hinaus ging das Personal in dieser Klinik ohnehin sehr großzügig mit der Besuchsregelung um. Stefan hätte sich beinahe gewünscht, daß ihn jemand aufhielte.

Vor der Tür zu Rebeccas Zimmer blieb er noch einmal stehen und überlegte eine gute halbe Minute lang, wie er das Gespräch beginnen sollte. Nichts lag ihm ferner, als sie zu beunruhigen oder ihr gar angst zu machen, und er wußte, daß beides geschehen würde, wenn er ihr erzählte, was ihm heute passiert war. Einige Sekunden lang spielte er mit dem Gedanken, doch noch kehrtzumachen und wieder nach Hause zu fahren, und möglicherweise hätte er es sogar getan, wäre nicht in diesem Moment die Tür des Schwesternzimmers hinter ihm aufgegangen und eine Krankenschwester auf den Flur hinausgetreten. Stefan klopfte rasch an, drückte die Klinke herunter, ohne auf eine Antwort zu warten, und betrat das Zimmer.

Die Deckenbeleuchtung war eingeschaltet und der Fernseher lief, aber Rebeccas Bett war leer und wie es aussah, seit dem letzten Beziehen am Morgen unbenutzt. Und auch ihr Rollstuhl war nicht da, wie in einer getreulichen Wiederholung der Szene vom Mittag.

Eines jedoch war anders: Stefan stand jetzt nicht ratlos und ein wenig enttäuscht da, sondern spürte beinahe so etwas wie Erleichterung. Er hatte sein Bestes getan; jetzt konnte er guten Gewissens nach Hause gehen und das einzig Vernünftige tun: versuchen, in dieser Nacht ein paar Stunden zu schlafen und am nächsten Morgen zur Polizei gehen und die Sache irgendwie klären.

Fast schon hastig drehte er sich wieder um, verließ das Zimmer und wäre beinahe mit der Krankenschwester zusammengestoßen, die er vorhin nur aus den Augenwinkeln gesehen hatte.

»Das scheint heute Ihr Pechtag zu sein«, begann sie übergangslos. Stefan erinnerte sich erst mit einer Sekunde Verspätung, daß es dieselbe Krankenschwester war, der er auch früher am Tage schon einmal begegnet war. Er konnte sich immer noch nicht an ihren Namen erinnern, aber das kleine Schildchen auf ihrem Kittel gab Auskunft: Marion.

»Risiko«, sagte er. »Ich hätte vielleicht vorher anrufen sollen. Wissen Sie, wo meine Frau ist?«

Schwester Marion verneinte. »Sie hat sich nicht abgemeldet. Weil sie wußte, daß wir sie nicht weglassen würden«, fügte die junge Krankenschwester lächelnd hinzu.

»Doktor Krohn wird einen Schlaganfall bekommen, wenn er hört, daß Ihre Frau schon wieder auf eigene Faust unterwegs ist.« Sie lächelte erneut, dann trat sie einen halben Schritt zurück und musterte ihn mit schräggehaltenem Kopf und auf eine, wie Stefan fand, sehr seltsame Art. Einen Moment lang fragte er sich, ob sie wußte, was am Nachmittag unten in der Tiefgarage passiert war, kam aber dann zu dem Schluß, daß das wahrscheinlich nicht der Fall war. Ihre Unbefangenheit war zu echt, um geschauspielert zu sein.

»Ich glaube, sie hat ein paarmal versucht, Sie anzurufen«, fuhr sie nach einer Pause fort.

Einige der zahlreichen Anrufe, die er nicht mehr angenommen hatte, dachte Stefan. Er bedauerte es nicht. Was er Rebecca zu erzählen hatte, war nichts fürs Telefon. »Ich war den ganzen Tag unterwegs«, antwortete er achselzuckend. »Ich schätze, irgendwann werde ich mir ein Autotelefon zulegen müssen.«

»Sparen Sie sich die Kosten«, riet ihm Schwester Marion gönnerhaft. »Man braucht diese Dinger immer nur dann, wenn man sie nicht hat. Wenn man erst eins hat, sind sie eine Pest.«

Stefan mußte daran denken, daß er heute zweimal vergeblich versucht hatte, Robert über sein Handy zu erreichen und gab ihr in Gedanken recht. »Vielleicht sollte ich wieder gehen«, sagte er mit einem demonstrativen Blick auf die Armbanduhr. »Es war sowieso keine gute Idee, so spät hierherzukommen.«

»Sie stören nicht«, antwortete Schwester Marion. »Ich wollte, alle Patienten hätten so angenehme Besucher wie Ihre Frau. Sie glauben nicht, was wir hier schon erlebt haben.«

Sie wußte eindeutig *nicht*, was passiert war. Stefan begann die Hoffnung zu schöpfen, daß niemand auf dieser Station es wußte.

Er verabschiedete sich, ging mit schnellen Schritten zum Aufzug und fuhr ins Erdgeschoß hinunter. Er fühlte sich wirklich erleichtert; so, als wäre er gerade noch einmal mit einem blauen Auge davongekommen. Im nachhinein gestand er sich ein, daß es wirklich eine dumme Idee gewesen war, hierherzukommen. Er hatte nichts zu gewinnen und würde Rebecca nur unnötig in Panik versetzen.

Der Aufzug hielt an, und Stefan trat in die große, jetzt fast menschenleere Eingangshalle hinaus – und erstarrte mitten in der Bewegung.

Der Empfangsbereich des Krankenhauses, der ihm tagsüber manchmal so eng, laut und überfüllt vorkam wie eine Bahnhofshalle zur Rush-hour, lag jetzt fast ausgestorben vor ihm. Hinter der Theke, die eher an den Empfang eines teuren Hotels erinnerte als an den einer Klinik, saßen zwei Krankenschwestern, die sich leise unterhielten und beim Geräusch der Lifttür automatisch, aber ohne wirkliches Interesse die Blicke hoben, und die einzige andere Person, die sich in der Halle aufhielt, saß auf einem der unbequemen Plastikstühle direkt neben dem Ausgang. Sie drehte ihm den Rücken zu, aber Stefan konnte trotzdem erkennen, daß es sich um den Mann handelte. Er las in einer Zeitung, trug eine schwarze Lederjacke und hatte kurzgeschnittenes, weißblondes Haar.

Die Aufzugtür schloß sich halb, berührte sacht seine Schulter und glitt dann summend wieder zurück, als die Automatik den Widerstand registrierte, aber die Berührung riß Stefan aus seiner Erstarrung. Noch bevor der helle Glockenton erklang, mit dem der computergesteuerte Lift sich über diese Störung seines eingegebenen Programms beschwerte, trat er vollends aus der Kabine heraus, blieb aber nach einem Schritt wieder stehen. Sein Herz klopfte, und er spürte, wie auch seine Finger wieder zu zittern begannen, während er den Fremden anstarrte, der neben der Tür saß. Auch er schien das leise ›Pling‹ des Aufzugs gehört zu haben, denn er hatte den Kopf gehoben, drehte sich aber nicht um, sondern betrachtete die Spiegelung der Eingangshalle in der großen Scheibe vor sich, so daß Stefan sein Gesicht immer noch nicht erkennen konnte.

Er war gut zwanzig Meter von ihm entfernt, und das Licht in der Halle war heruntergedreht, im Grunde nur noch ein matter Schimmer, gerade ausreichend, um sich sicher bewegen zu können, aber nicht, um das Gesicht einer Person zu identifizieren, die er ohnehin nur flüchtig gesehen hatte. Und trotzdem war Stefan sich vollkommen sicher, daß es der gleiche Bursche war, den er am Mittag am Kaffeeautomaten getroffen hatte und hinterher in der Cafeteria; und plötzlich war die Panik wieder da.

Sein Herz begann zu rasen, und die Furcht schnürte ihm die Kehle zu. Eine Sekunde lang war der einzige Reflex, der seine Gedanken beherrschte, Flucht.

Aber dann geschah etwas, und der Blonde saß immer noch reglos da und starrte das Spiegelbild in der Scheibe vor sich an. Er hatte die Zeitung auf die Knie sinken lassen, und Stefan fühlte seinen Blick so intensiv, als stünden sie sich auf Armeslänge gegenüber, und auf eine unangenehme, fast schon wieder angstmachende Art. Alles in ihm schrie immer noch danach, einfach davonzulaufen, aber er tat es nicht. Statt dessen raffte er all seinen Mut zusammen, straffte die Schultern und ging auf den Fremden zu.

Er bekam den Beweis dafür, daß der Mann ihn beobachtete, denn dieser stand fast im gleichen Moment auf, legte die Zeitung achtlos auf einen leeren Stuhl neben sich und ging zur Tür.

»Hallo!« rief Stefan.

Der Fremde reagierte nicht.

Stefan sah aus den Augenwinkeln, wie die beiden Krankenschwestern hinter dem Empfang ihr Gespräch erneut unterbrachen und in seine Richtung blickten, beschleunigte seine Schritte ein wenig und rief noch einmal: »Hallo, Sie da!«

Der andere machte auch jetzt noch keine Anstalten, stehenzubleiben oder wenigstens einen Blick zu ihm zurückzuwerfen, sondern ging im Gegenteil ein bißchen schneller. Nicht viel. Er rannte nicht, beschleunigte seine Schritte aber doch merklich und so, daß Stefan ihn nicht einholen würde, bevor er durch die Ausgangstür verschwunden war.

»Warten Sie!« rief Stefan. »Ich muß mit Ihnen reden!« Es war ihm jetzt egal, was die beiden Krankenschwestern von ihm dachten oder was die Stimme in seinem Kopf schrie, die sich immer verzweifelter zu Wort zu melden versuchte, um ihm klarzumachen, daß er etwas vollkommen Verrücktes tat. Gegen jede Vernunft beschleunigte er seine Schritte noch mehr und begann schließlich zu rennen, als der Bursche den Ausgang erreichte und die Türen automatisch vor ihm auseinanderglitten.

»Warten Sie!« rief Stefan.

Der Fremde trat mit zwei schnellen Schritten aus der Tür und wandte sich nach rechts. Stefan murmelte einen Fluch und rannte noch schneller, aber er kam trotzdem zu spät. Die Türen begannen sich wieder zu schließen, und die knappe Sekunde, die die Automatik brauchte, um auf seine Annäherung zu reagieren und die beiden Türhälften wieder auseinandergleiten zu lassen, reichte dem Fremden aus, um in der Dunkelheit draußen zu verschwinden. Stefan stürmte hinter ihm her, wandte sich blindlings in die Richtung, in die er gegangen war, und stolperte ein gutes Dutzend Schritte weit in die Nacht hinein, ehe er schließlich mit klopfendem Herzen und schwer atmend, als hätte er einen Marathonlauf hinter sich, wieder stehenblieb. Er war allein. Der andere war so spurlos in der Nacht verschwunden wie ein Geist.

Stefan lauschte einen Moment angestrengt. Die Dunkelheit, die ihn umgab, war alles andere als still. Er hörte die normalen Geräusche des Krankenhauses, die Laute der Autos, die unten auf der Straße vorbeifuhren, das monotone Hintergrundsummen der Stadt und das kratzende Heulen eines Flugzeugs, das weit entfernt auf dem Flughafen zur Landung ansetzte. Aber nicht das, worauf er lauschte. Die Schritte eines Menschen. Dabei *konnte* der andere nicht mehr als zehn oder fünfzehn Meter Vorsprung vor ihm gehabt haben, und noch dazu war er langsam gegangen, während er selbst gerannt war. Er war entweder wirklich ein Geist – oder er war stehengeblieben und beobachtete Stefan aus der Dunkelheit heraus.

Plötzlich war die Angst wieder da. Und jetzt endlich verstand er auch die Stimme seiner Vernunft, die er die ganze Zeit über so verbissen ignoriert hatte. Was tat er hier eigentlich? Wenn er sich irrte und der Fremde nur das Pech hatte, die gleiche Jacke und Haarfarbe zu haben wie der Bursche, den er am Morgen getroffen hatte, dann würde er sich nur lächerlich machen. Und wenn es wirklich irgendein vollkommen durchgeknallter Typ war, der es grundlos auf ihn abgesehen hatte – nun, dann tat er vielleicht besser daran, nicht hier draußen zu sein.

Stefan warf einen hastigen Blick nach rechts und links, bewegte sich die Hälfte des Weges, den er gekommen war, rückwärts gehend zurück und drehte sich erst wieder um, als er in den schwachen Lichtschimmer hineintrat, der durch die Glastüren des Krankenhauses fiel. So schnell, wie es ihm gerade noch möglich war, ohne erneut zu rennen, trat er in die Eingangshalle zurück und brachte einen Sicherheitsabstand von weiteren zehn, zwölf Schritten zwischen sich und die Tür, ehe er wieder stehenblieb und sich umdrehte.

Natürlich sah er nichts. Die fast vollkommene Dunkelheit draußen und das Licht hier drinnen verwandelten die gläserne Front in einen schwarzen Spiegel, der alles verschluckte, was auf der anderen Seite der Scheibe lag. Aber er erschrak, als er sein eigenes Spiegelbild erblickte. Er war kreidebleich geworden, und seine Frisur war so durcheinander, als hätten sich ihm vor Angst buchstäblich die Haare gesträubt. Vielleicht hatten sie es.

Mit Mühe riß er sich von seinem eigenen Konterfei los, drehte sich vollends herum und trat auf die Empfangstheke zu. Eine der beiden Krankenschwestern, die ihren Nachtdienst dahinter angetreten hatten, blieb reglos sitzen und sah ihm sehr aufmerksam entgegen. Ihre linke Hand lag flach auf dem Tisch, während die andere darunter verschwunden war; Stefan war sicher, daß ihr Finger über irgendeinem Alarmknopf schwebte.

Die andere stand auf, kam ihm entgegen und fragte: »Ist irgend etwas nicht in Ordnung?«

Stefan schüttelte hastig den Kopf. »Nein. Es war eine Verwechslung. Ich dachte, ich … ich hätte jemanden erkannt. Aber ich muß mich wohl getäuscht haben.« Er verbiß sich im letzten Moment die Frage, ob die Schwester vielleicht wußte, wer der Fremde gewesen war. Wenn er sich in ihm irrte, spielte es keine Rolle; wenn es der war, für den er ihn hielt, hatte er sich bestimmt nicht vorgestellt.

Er überlegte eine Sekunde angestrengt, kam zu dem Schluß, daß es an der Zeit war, zur Abwechslung einmal etwas Vernünftiges zu tun und griff in die Jackentasche. Seine Finger fanden die Visitenkarte, die ihm Dorn gegeben hatte, auf Anhieb und zogen sie heraus. »Gibt es hier ein Telefon?« fragte er.

Die Schwester nickte wortlos und hob die Hand. Stefans Blick folgte der Geste und erkannte gleich drei halbverglaste Telefonzellen, die unangenehm dicht beim Eingang standen. Jetzt, wo der kurze Anflug von Heldenmut – oder Dummheit – vorüber war, meldete sich der altbekannte, überängstliche Teil in ihm wieder zu Wort. In diesen Telefonzellen war er hilflos, sollte jemand hereinkommen. Sie waren zur Halle hin durch eine Reihe fest mit dem Boden verbundener Plastikstühle blockiert, so daß er nicht einmal schnell davonlaufen konnte, wenn sein unbekannter Freund wieder auftauchte.

Er verscheuchte den Gedanken, drehte sich abrupt um und trat an einen der Apparate heran. Niemand würde hereinkommen. Wenn der Kerl wirklich hier gewesen war, um ihm aufzulauern, dann hatte er seine Chance gerade gehabt; oder würde sie noch bekommen, denn früher oder später mußte er erneut in die Dunkelheit hinaus. Stefan verfluchte sich jetzt in Gedanken dafür, den Wagen unten an der Straße geparkt zu haben, um die zwei Mark für die Tiefgarage zu sparen.

Er trat an den ersten der drei Apparate heran, stellte fest, daß es ein Kartentelefon war und ging dann in die benachbarte Zelle. Seine Finger zitterten immer noch leicht, als er die Visitenkarte vor sich auf der Ablage plazierte und eine der beiden Nummern wählte, die darauf standen. Wenn man bedachte, daß er schließlich die Nummer einer *Polizeiinspektion* gewählt hatte, dauerte es erstaunlich lange, bis sich jemand meldete, und es war auch nicht Dorns Stimme.

»Polizeiinspektion Alserstraße, Kommissariat vier.«

»Guten Abend«, sagte Stefan. »Inspektor Dorn, bitte.«

»Oberinspektor Dorn ist zur Zeit nicht hier«, antwortete die namenlose Stimme. »Kann ich Ihnen weiterhelfen?«

Stefan schwieg. Er war auf eine naive Art enttäuscht und überrascht zugleich. Natürlich war Dorn nicht mehr im Dienst. Es war mittlerweile fast neun, und der Mann mußte längst zu Hause sitzen und seinen wohlverdienten Feierabend genießen. Um so überraschter war Stefan über seine eigene Reaktion. Er hatte bis zu dieser Sekunde nicht einmal die Möglichkeit in Betracht gezogen, daß es so sein könnte.

»Worum geht es denn?« fragte die Stimme am Telefon

noch einmal, als er auch nach zwei oder drei Sekunden nicht antwortete.

»Es ist … nichts«, sagte Stefan zögernd. Aber diese Behauptung klang wohl nicht besonders überzeugend, denn der andere fuhr fort:

»Wenn es etwas Dienstliches ist, so können Sie mir ruhig –«

»Es ist wirklich nichts«, sagte Stefan noch einmal. »Es ist mehr … privat. Entschuldigen Sie die Störung.« Er hängte ein. Natürlich war Dorn nicht da; schon weil die Polizei offensichtlich *niemals* da war, wenn man sie wirklich brauchte.

Stefan lächelte bitter über diesen billigen Scherz, den er offensichtlich so verinnerlicht hatte, daß ihm selbst in einem Moment wie diesem nichts Besseres einfiel. Er hob den Hörer wieder von der Gabel und kramte mit der anderen Hand die Münzen wieder aus dem Telefon, um die zweite Nummer anzurufen, die auf der Karte stand. Aber schon nach der dritten Ziffer zögerte er. Es war Dorns Privatnummer. Vielleicht saß er ja gerade beim Abendessen, sah sich in Ruhe einen Film im Fernsehen an oder schlief mit seiner Frau … Stefan fielen auf Anhieb ungefähr tausend Gründe ein, aus denen Dorn ziemlich ungehalten reagieren konnte, wenn er ihn jetzt zu Hause störte. Und was wollte er ihm auch sagen? Daß er einen Mann gesehen hatte, der – von hinten, aus großer Entfernung und im Halbdunkel – so aussah wie der Bursche, der ihm am Morgen aufgefallen war? Und der das Kapitalverbrechen begangen hatte, um neun Uhr abends in der Eingangshalle der Klinik zu sitzen und Zeitung zu lesen?

Er hängte wieder auf, wartete, bis der Apparat sein Kleingeld wieder ausgespuckt hatte und steckte es zusammen mit Dorns Visitenkarte in die Jackentasche. Er würde Dorn am nächsten Morgen von seiner Beobachtung erzählen. Falls er ihm glaubte – *wenn* er es tat –, konnte er immer noch mit einem einzigen Anruf die beiden Schwestern ausfindig machen, die hinter dem Empfang saßen und die Szene beobachtet hatten.

Vermutlich *würde* er ihm nicht glauben. Stefan gestand sich ein, daß es ihm umgekehrt wohl auch schwerfallen würde, jemandem Glauben zu schenken, der mit einer so haarsträubenden Geschichte daherkam.

Der helle Glockenton des Aufzugs drang in seine Gedanken. Stefan sah automatisch hoch und runzelte überrascht die Stirn, als er Schwester Marion erkannte, die mit energischen Schritten aus dem Lift heraustrat, dann aber plötzlich mitten in der Bewegung stockte und ihn mindestens genauso überrascht ansah wie er sie. Eine Sekunde später breitete sich ein erfreutes Lächeln auf ihren Zügen aus. Sie wechselte abrupt die Richtung, kam auf ihn zu und sagte:

»Herr Mewes! Schön, daß ich Sie noch treffe.«

»Ist meine Frau zurück?« fragte Stefan.

»Nein, aber ich weiß, wo sie ist. Ich bin unterwegs, um sie abzuholen. Warum begleiten sie mich nicht?«

»Abholen? Wo?«

Schwester Marion grinste schief und schüttelte gleichzeitig die Hand, als hätte sie sich die Finger verbrannt. »Ich sagte Ihnen doch: Doktor Krohn trifft der Schlag, wenn er erfährt, daß sie schon wieder aus ihrem Zimmer ausgebüxt ist. Vielleicht ist es besser, wenn sie dabei sind, wenn ich sie zurückbringe.«

»Lassen Sie mich raten«, sagte Stefan. »Sie ist in der Kinderklinik.«

Marion nickte. »Wo sonst? Doktor Krohn hat schon ernsthaft überlegt, eine Standleitung dorthin zu schalten, damit man ihm gleich Bescheid gibt, wenn Ihre Frau dort auftaucht.«

Stefan fand das nicht besonders komisch, aber er lachte kurz und pflichtschuldig und wollte sich dann zum Ausgang herumdrehen, aber die Krankenschwester machte eine abwehrende Geste. »Wir nehmen einen anderen Weg«, sagte sie. »Kommen Sie.«

Stefan folgte ihr zurück zur Theke. Sie wechselte ein paar Worte mit einer der beiden Schwestern dahinter, woraufhin diese ihr einen umfangreichen Schlüsselbund aushändigte. Während sie zum Aufzug zurückgingen, suchte sie mit raschen Bewegungen einen bestimmten Schlüssel heraus und klemmte ihn zwischen Zeige- und Mittelfinger.

Sie betraten den Lift. Schwester Marion drückte den Knopf für die unterste der drei Kelleretagen, und obwohl die Liftkabine groß genug war, ein Dutzend Fahrgäste aufzunehmen, trat sie ganz dicht an die verspiegelte Rückwand der Kabine heran, um Platz für ihn zu machen. Stefan fragte sich beiläufig, warum; vermutlich war es eine reine Angewohnheit. Marion war eine wirklich gutaussehende Frau, und die Legende, daß Krankenschwestern eine Art Freiwild waren, hielt sich bei einem bestimmten Typ Mann immer noch hartnäckig. Er respektierte diese unbewußte Botschaft jedenfalls und blieb direkt vor der Tür stehen, bis der Aufzug sein Ziel erreicht hatte und sie wieder ausstiegen.

Aus der klinischen, in hellen Farben gehaltenen und sehr sauberen Umgebung des Krankenhauses traten sie in eine vollkommen andere Welt hinaus. Vor ihnen erstreckte sich ein langer, niedriger Gang aus nacktem Sichtbeton, unter dessen Decke sich ganze Bündel von Leitungen und verschiedenfarbigen Kabelkanälen entlangzogen. Die Luft war trocken und eine Spur zu warm und von einer Mischung aus aseptischem Krankenhausgeruch und dem Aroma eines Heizungskellers erfüllt, und er glaubte, ein ganz schwaches Vibrieren unter den Füßen zu spüren, als liefen irgendwo in der Nähe große Maschinen.

»Die geheimen Ebenen, die nur Eingeweihten vorbehalten sind?« fragte er lächelnd, während Schwester Marion neben ihn trat. Sie hielt die Hand mit dem herausgesuchten Schlüssel wie eine Waffe vor sich, als gäbe es hier unten irgendwelche uralten Dämonen oder unsichtbare Geister, die sie damit in Schach halten wollte, und das Lächeln, mit dem sie auf seine Worte reagierte, wirkte ein bißchen nervös, so daß er fortfuhr: »Ich nehme an, hier unten finden die geheimen Experimente statt?«

Schwester Marion nickte und ging mit raschen, fast zu sicheren Schritten voraus. Stefan sah sich automatisch nach einer Tür um, die sie mit diesem Schlüssel öffnen wollte, fand aber keine.

»Ja«, sagte sie. »Wir arbeiten mit genmanipulierten Mäusen, die so groß werden wie Menschen, oder was haben Sie geglaubt, woher wir die ganzen Organe nehmen, die wir transplantieren?« Sie lachte, wurde dann wieder ernst und fuhr mit einem leisen Seufzen und einer Kopfbewegung auf eine schmale Metalltür zwanzig Schritte vor ihnen in der rechten Wand fort: »Hier unten ist unsere ganze Technik. Das meiste davon ist sehr kompliziert, und ich glaube, auch ziemlich teuer. Deshalb haben Besucher hier normalerweise auch keinen Zutritt. Wahrscheinlich hat jemand in der Verwaltung Angst, daß jemand unsere Heizungsanlage klaut oder das Notstromaggregat.« Sie öffnete die Tür, wartete, bis Stefan an ihr vorbeigetreten war und schloß sie hinter sich sorgsam wieder ab, behielt den Schlüsselbund jedoch in der Hand.

Stefan sah sich neugierig um. Der Gang unterschied sich kaum von dem, aus dem sie gerade herausgekommen waren, wies aber wesentlich mehr Türen zu beiden Seiten auf, und er war so lang, daß sein Ende nicht zu erkennen war. Stefan vermutete, daß sich Korridore und Gänge unter dem gesamten Krankenhausgelände erstreckten. »Sie bekommen doch meinetwegen keinen Ärger?« erkundigte er sich.

»Ach was«, antwortete Marion. Sie lachte leise. »Ehrlich gesagt, ich bin froh, daß Sie dabei sind.«

»Warum?«

»Ich finde es ziemlich unheimlich hier unten«, antwortete sie. »Aber es ist kürzer, als obenherum zu gehen«, antwortete Marion. »Und außerdem nicht so kalt. Davon abgesehen, finde ich es nicht besonders lustig, einen halben Kilometer durch einen menschenleeren Park gehen zu müssen, noch dazu bei Nacht. Die Verwaltung hat vor einem halben Jahr beschlossen, nur noch die Hauptwege zu beleuchten. Sparmaßnahmen!« Sie schüttelte den Kopf. »Wahrscheinlich werden sie das Licht erst wieder einschalten, wenn wirklich etwas passiert ist. Haben Sie von der Geschichte heute nachmittag gehört?«

Stefan war froh, daß er einen halben Schritt hinter ihr ging, so daß sie sein erschrockenes Zusammenzucken nicht bemerkte. Irgendwie schien sie es aber doch registriert zu haben, denn sie sah zu ihm hoch, und er beeilte sich, übertrieben den Kopf zu schütteln. »Nein.«

»Irgend so ein Wahnsinniger hat in der Tiefgarage eine Frau überfallen und halb totgeprügelt«, sagte Marion. »Das muß man sich einmal vorstellen: am hellichten Tage und praktisch in aller Öffentlichkeit. Diese Typen schrecken doch vor nichts mehr zurück.«

»Hat man ihn erwischt?« fragte Stefan.

Marion verneinte und zog eine Grimasse. »Nein, ich glaube nicht. Diese Kerle werden doch nie erwischt. Wahrscheinlich muß er erst jemanden umbringen, bevor sie wirklich anfangen, ihn zu suchen.« Sie schwieg einige Sekunden, dann sah sie erneut und mit einem fast verlegen wirkenden Lächeln zu ihm hoch und sagte. »Ehrlich gesagt, war ich richtig froh, Sie noch zu treffen. Ich meine, solange dieser Bursche vielleicht noch hier herumschleicht …«

»Ich weiß, was Sie meinen«, sagte Stefan. »Aber ich

glaube nicht, daß Sie Grund haben, sich zu fürchten. Diese Kerle schlagen im allgemeinen zu und verschwinden auf Nimmerwiedersehen.«

»Sie klingen, als hätten Sie Erfahrung mit so etwas«, sagte Marion. »Sie sind Journalist, richtig?«

»Fotograf«, verbesserte sie Stefan. »Aber normalerweise fotografiere ich Staatsempfänge und so aufregende Dinge wie die Einweihung einer neuen Autobahnbrücke oder die Eröffnung einer Kunstausstellung. Aber ich weiß trotzdem, was Sie meinen. Wir wohnen nicht weit vom Bahnhofsviertel entfernt. Ich gehe selbst nach Dunkelwerden ungern auf die Straße.« Seine Worte erzielten die erhoffte Wirkung, denn Marion wirkte deutlich erleichtert. Daß er selbst eingestand, diese Furcht nachempfinden zu können, machte ihn in ihren Augen offensichtlich zu einem Verbündeten in dieser grauen Welt unter der Erde.

Trotzdem legten sie den Rest des Weges schweigend zurück, und Marion atmete erleichtert auf, als sie endlich die Tür am jenseitigen Ende des Korridors erreichten und Augenblicke später in den Lift traten. Stefan erkannte ihn. Es war der Aufzug, den er schon mehrmals benutzt hatte, wenn er in die Intensivstation der Kinderklinik hinauffuhr, um das Mädchen – Eva, verbesserte er sich in Gedanken – zu besuchen.

Der Lift war weitaus kleiner als die Kabine, mit der sie am anderen Ende des Krankenhausgeländes nach unten gefahren waren, so daß es Schwester Marion nicht möglich war, wieder einen entsprechenden Abstand zwischen sich und ihn zu bringen. Trotzdem versuchte sie es, auch wenn sie sich der Bewegung wahrscheinlich nicht einmal bewußt war. Stefan war klar, daß sie ihm gerade viel mehr über sich erzählt hatte, als sie ihm hatte sagen wollen.

»Sie sollten vielleicht wirklich einmal mit Ihrer Frau reden.« Marion wechselte nicht nur das Thema, sondern auch die Stimmlage und ihre ganze Art zu reden. »Doktor

Krohn ist eigentlich ein sehr geduldiger Mann, aber er wird allmählich wirklich zornig. Ihre Frau begreift anscheinend nicht, daß sie wirklich krank ist.«

»Ich weiß«, sagte Stefan betrübt. »Und selbst wenn sie es wüßte, würde sie es nicht zugeben.«

»Das ist sehr unvernünftig«, antwortete Marion, jetzt wieder in ihrer Rolle als Krankenschwester und Pflegerin. »Wenn sie sich nicht schont und weiter darauf besteht, den halben Tag im Rollstuhl herumzufahren, statt im Bett zu liegen, dann wird sie noch ein paar Wochen hier verbringen müssen.«

»Ist es so schlimm?« fragte Stefan.

»Ich bin zwar keine Ärztin«, antwortete Marion, »aber ich denke, ja. Ihre Frau spricht wohl nicht sehr gut auf die Medikamente an.«

Das hatte Stefan nicht gemeint. Natürlich wußte er, daß Rebecca immer wieder die Kinderstation aufsuchte, aber er hatte plötzlich das Gefühl, daß sie sehr viel mehr Zeit dort verbracht hatte, als er ahnte. »Wie oft ist sie denn hier?« fragte er.

Der Aufzug hielt an, und sie traten auf den Flur hinaus, bevor Marion antwortete: »Zu oft. Ich allein habe sie fünf- oder sechsmal abgeholt, und ich bin nicht jeden Tag im Dienst.« Sie schüttelte den Kopf. »Doktor Krohn hat ihr schon zweimal den Rollstuhl wegnehmen lassen, aber irgendwie schafft sie es immer wieder.«

»Ich werde mit ihr reden«, versprach Stefan.

»Tun Sie das«, sagte Marion. »Aber verraten Sie ihr nicht, daß ich Sie darum gebeten habe.«

Stefan gab ihr dieses Versprechen mit einem Kopfnicken und einem Lächeln, aber die Worte der Schwester machten ihn zugleich auch nachdenklich. Rebecca hatte sich seit ihrer Rückkehr aus Bosnien verändert. Sie war reizbar, aggressiv und viel leichter aus der Ruhe zu bringen als sonst. Er hatte das bisher auf ihre Verletzung und die erheblichen Schmerzen geschoben, die sie litt, auch wenn sie es nicht zugab. Zum allergrößten Teil aber darauf, was zwischen ihm und ihr vorging; denn ganz gleich, ob sie die Diskussion über Eva nun irgendwann einmal führten oder nicht, das Thema stand unausgesprochen zwischen ihnen, in jeder Sekunde, in der sie zusammenwaren. Es gab Kämpfe, die mußte man nicht ausfechten, um sie zu führen. Aber er kannte Becci eigentlich als einen Menschen, der immer optimistisch und fast immer fröhlich war, der gerne lachte und im Zweifelsfall lieber einen eigenen Nachteil in Kauf nahm, bevor er einen anderen verletzte. Der Gedanke, daß sich die Veränderung nicht nur auf ihr Verhältnis bezog, sondern Rebecca ganz allgemein betraf, war ihm bisher noch nicht einmal gekommen. Es war ein sehr erschreckender Gedanke. Er konnte damit leben, einen Streit mit ihr auszutragen. In ihrer Ehe hatte es mehrere Krisen gegeben und einige davon hatten sich über Monate erstreckt. Der Gedanke, daß es vielleicht nie wieder so werden würde wie vor ihrem Abenteuer im Wolfsherz, war unerträglich. So unerträglich, daß er ihn nicht an sich heranließ, sondern ihn hastig verscheuchte und seine Schritte beschleunigte, fast, als wolle er tatsächlich vor ihm davonlaufen.

Sie erreichten die Tür zur Intensivstation. Sie war verschlossen, vielleicht in Anbetracht der vorgerückten Stunde, so daß Stefan den Klingelknopf an der Wand daneben betätigte. Schwester Marion griff automatisch nach Plastikkittel, Haarnetz und Wegwerfschuhen, registrierte dann aber wohl, daß Stefan keine Anstalten machte, es ihr gleichzutun, und zog die Hand mit einem Achselzucken wieder zurück.

Ein leises Summen erklang. Stefan drückte die Tür auf, trat hindurch und machte eine einladende Kopfbewegung zu Marion, vorauszugehen. Es war nicht nur Freundlichkeit. Vielleicht war es besser, wenn erst sie, dann er in

Rebeccas Gesichtsfeld trat; selbst wenn es sich nur um einen Sekundenbruchteil handelte. Der Gedanke machte ihm klar, wie sehr er sich vor dem bevorstehenden Gespräch fürchtete – und wie sehr sich ihre Beziehung verändert hatte. Auf eine erschreckend schleichende, fast unmerkliche und doch sehr dramatische Art und Weise. Früher hätte er niemals Angst gehabt, seiner Frau zu begegnen, ganz gleich, was vorher passiert war. Streit hin oder her, sie hatten beide stets das offene Gespräch gesucht, und dieser Weg hatte sich auch immer als der richtige erwiesen. Und vielleicht war der hauptsächliche Grund, aus dem er jetzt mit klopfendem Herzen hinter Schwester Marion herging und auf einer tieferen Ebene seines Denkens verzweifelt nach einem Vorwand suchte, doch noch kehrtzumachen und seine Unterhaltung mit Rebecca auf morgen oder irgendwann zu verschieben, der, daß er einfach zu lange von diesem bisher so erfolgreichen Prinzip abgewichen war.

Sie erreichten das Zimmer am Ende des Flures, traten durch die Zwischentür, und Stefan erlebte eine Überraschung. Er konnte im ersten Moment nicht sagen, ob sie angenehmer oder unangenehmer Natur war; er stand einfach da und starrte mit offenem Mund in den Raum jenseits der Glasscheibe, den er bisher nicht ein einziges Mal betreten hatte. Die Zwischentür war jetzt weit geöffnet, und der vorher so großzügig aussehende Raum wirkte jetzt eng, denn außer Eva und der jugoslawischen Schwester befanden sich darin noch Professor Wahlberg, Rebecca in ihrem Rollstuhl – und Oberinspektor Dorn.

Dorn und Wahlberg unterhielten sich offenbar angeregt, während Rebecca das Geräusch der Tür gehört haben mußte, denn sie sah hoch und drehte sich unbeholfen in ihrem Stuhl zu ihm herum. Sie hatte Eva auf ihren Schoß gesetzt und hielt sie mit beiden Händen fest, und auf ihrem Gesicht lag ein so glücklicher Ausdruck, daß Stefan unwillkürlich einen Stich blanker Eifersucht verspürte. Schon im nächsten Moment schämte er sich dessen, aber er wurde das Gefühl trotzdem nicht völlig los. Seit sie zurück in Deutschland waren, hatte er Becci nur noch sehr selten lächeln sehen, und er hatte sie niemals so glücklich erlebt. Zögernd ging er weiter und betrat das Krankenzimmer, während Schwester Marion in dem schmalen Vorraum zurückblieb; vielleicht aus dem banalen Grund, daß es auf der anderen Seite der Glasscheibe allmählich wirklich eng wurde.

»Stefan! Wie schön, daß du noch einmal kommst! Woher wußtest du, daß ich hier bin?« Rebecca schenkte ihm das strahlendste Lächeln, an das er sich seit Wochen erinnern konnte, aber er hatte das sichere Gefühl, daß der allergrößte Teil dieses Lächelns nicht ihm, sondern dem Kind auf ihrem Schoß galt. Trotzdem beugte er sich rasch über sie, hauchte ihr einen Kuß auf die Wange und wandte sich erst dann zu Wahlberg und dem Kriminalbeamten um. »Herr Professor, Herr Dorn. Was … tun Sie hier?«

Dorn verzog die Lippen zu etwas, das man mit viel gutem Willen als seine Version eines beruhigenden Lächelns auslegen konnte. »Keine Sorge, Herr Mewes, ich bin … mehr privat hier.«

»Privat?« Stefan musterte den Polizeibeamten zweifelnd. Sein Äußeres schien seine Worte zu beweisen. Er trug jetzt keinen maßgeschneiderten Anzug mehr, sondern schlichte Jeans, ein kariertes Holzfällerhemd mit offenem Kragen und eine abgewetzte Strickweste, und auch sein Adlatus Westmann war nirgendwo zu sehen. Trotzdem fragte er sich, was Dorn als *Privatmann* hier verloren hatte.

»Na ja, halb und halb«, gestand Dorn achselzuckend. »ich hatte ein paar Fragen an Ihre Frau, und da ich schon einmal hier war, dachte ich mir, es könnte nicht schaden, wenn ich auch ein paar Worte mit Professor Wahlberg wechsle.«

»Ich wüßte nicht, warum«, sagte Stefan kühl.

Wahlberg runzelte fragend die Stirn, während Dorn vollkommen unbeeindruckt blieb.

Rebecca sagte: »Der Inspektor hat mir die ganze Geschichte erzählt. Es ist furchtbar.«

»Oberinspektor«, verbesserte sie Stefan, ohne Dorn dabei aus den Augen zu lassen. Direkt an ihn gewandt fuhr er fort: »Meine Frau ist krank, Herr Dorn. Schwer krank. Wenn Sie irgendwelche Fragen haben, richten Sie sie bitte an mich.«

»Aber es macht mir nichts aus«, protestierte Rebecca. »Ich bin nicht so krank, daß ich nicht sprechen könnte.«

Stefan sah nur flüchtig auf sie herab, und was er sah, versetzte ihm erneut einen tiefen, aber schmerzhaften Stich. Obwohl sie mit ihm geredet hatte, hatte Rebecca ihre ganze Aufmerksamkeit wieder dem Mädchen zugewandt. Sie drückte es fest an die Brust, hatte ihre Wange an sein Gesicht gelegt und streichelte ihm mit der linken Hand über den Hinterkopf. Viel mehr als das, was am Nachmittag zwischen ihnen vorgefallen war, war dieser Anblick für den scharfen Ton verantwortlich, in dem er sich wieder an Dorn wandte:

»Ich weiß natürlich, daß Sie mir nicht glauben werden, aber wissen Sie, wen ich vor zehn Minuten gesehen habe?«

Dorn legte den Kopf ein wenig schräg und blickte fragend.

»Den Kerl von heute mittag!« fuhr Stefan fort,

»Den jungen Mann vom Kaffeeautomaten?«

»Ja. Ich erinnere mich jetzt deutlicher. Ich bin auch sicher, daß er später noch einmal dabei war, als wir Frau Halberstein in der Cafeteria getroffen haben.«

»Er war hier?« vergewisserte sich Dorn in sehr aufmerksamem, professionellem Ton, aber kein bißchen beunruhigt.

»Vorne im Hauptgebäude«, bestätigte Stefan. »Er saß auf einem der Stühle beim Ausgang und las Zeitung. Als ich auf ihn zugegangen bin, ist er aufgestanden und weggelaufen.«

»Auf ihn zugegangen? Warum?«

Stefan hob die Schultern. So ganz genau wußte er das selber nicht. »Ich … wollte mit ihm reden«, sagte er. »Vielleicht wollte ich mich vergewissern, daß er es wirklich ist.«

»Das war nicht besonders klug«, antwortete Dorn. »Immerhin. Wenn Sie die Wahrheit sagen, dann –«

»Ich sage die Wahrheit!« schnappte Stefan gereizt, und Dorn fuhr, ohne mit der Wimper zu zucken oder auch nur seine Tonlage zu ändern, fort:

»– dann war dieser Bursche bestimmt nicht zufällig hier. Entweder er ist ein Verrückter, der sich seine Opfer hier im Krankenhaus aussucht, oder er hat es wirklich auf Sie abgesehen.« Er zögerte eine Sekunde, dann: »Waren Sie allein?«

Stefan hatte mit dieser Frage gerechnet und war sogar ein bißchen erstaunt, daß sie erst jetzt kam. Er schüttelte den Kopf. »Ja. Aber die beiden Schwestern am Empfang haben alles gesehen. Eine hat mich hinterher darauf angesprochen. Sie kann den Burschen beschreiben.«

»Dann werde ich nachher noch mit ihr reden«, sagte Dorn. Er registrierte das Aufblitzen in Stefans Augen und fuhr in etwas sanfterem Ton fort: »Jetzt springen Sie mir nicht gleich wieder an die Kehle. Ich bin nicht hier, weil ich Ihnen nicht glaube. Ganz im Gegenteil.«

»So?« fragte Stefan, kein bißchen versöhnt. »Woher dieser plötzliche Sinneswandel?«

Dorn schüttelte den Kopf. »Wer sagt, daß es ein Sinneswandel ist. Wenn ich mich richtig erinnere, dann haben Sie mir heute nachmittag kaum die Gelegenheit gegeben, mir eine Meinung zu bilden.« Er seufzte. »Wissen Sie, was uns

Polizeibeamten das Leben am schwersten macht? Die meisten Menschen, mit denen wir es zu tun bekommen, haben sofort ein schlechtes Gewissen, wenn sie uns sehen. Selbst wenn es gar keinen Grund dafür gibt. Ich weiß noch nicht genau, ob ich Ihnen glauben soll, aber ich weiß auch nicht, ob ich Ihnen *nicht* glauben soll.«

»Es ist mir völlig egal, ob sie mir glauben oder nicht«, sagte Stefan. Sein eigener, aggressiver Ton überraschte ihn, aber da war auch noch mehr. Plötzlich empfand er ein fast perfides Vergnügen an dem Gefühl, zur Abwechslung einmal der zu sein, der austeilte. Und so fuhr er, sowohl Wahlbergs tadelnden Gesichtsausdruck als auch Dorns herablassenden Blick ignorierend, in unverändert scharfem Ton fort: »Warum tun Sie nicht einfach Ihre Arbeit und lassen uns in Ruhe, vor allem meine Frau? Wenn Sie glauben, ich hätte etwas mit der Geschichte zu tun, dann verhaften Sie mich! Aber solange das nicht so ist, erwarte ich, daß sie uns als das behandeln, was wir sind, nämlich unschuldig.«

»Stefan, was soll das?« mischte sich Rebecca ein. »Herr Dorn tut nur seine Pflicht. Wieso bist du so …«

Stefan fuhr mit einer ärgerlichen Bewegung zu ihr herum, begriff aber im letzten Moment, daß es keinen Grund gab, seine schlechte Laune nun an ihr auszulassen und schluckte alles herunter, was ihm auf der Zunge lag. Statt dessen atmete er hörbar ein, zwang sich wenigstens äußerlich zur Ruhe und sagte: »Ich bin nicht aggressiv. Aber ich will nicht, daß du auch noch in diese dumme Geschichte mit hineingezogen wirst. Es ist schlimm genug, daß dieser Verrückte mir Ärger bereitet.« Noch während er die Worte aussprach wurde ihm klar, daß der Satz nicht ganz deutlich definierte, wen er mit dem Verrückten eigentlich meinte, aber er stellte es nicht klar. Solange Dorn ihm nicht nachweisen konnte, daß er mit dem Überfall irgend etwas zu tun hatte, konnte er ihm auch nichts anhaben, und es machte ihm immer noch Spaß, Hiebe auszuteilen – oder wenigstens Nadelstiche.

Rebecca schien das etwas anders zu sehen, denn sie blickte ihn nun fast wütend an. »Also, das reicht«, sagte sie. »Ich möchte nicht, daß –« Sie sprach nicht weiter, sondern verzog plötzlich schmerzhaft das Gesicht und krümmte sich in ihrem Stuhl, so daß die Krankenschwester rasch herbeisprang und nach dem Kind griff. Es bestand keine Gefahr, daß es heruntergefallen wäre. Obwohl Rebecca sichtlich heftige Schmerzen erlitt, hielten ihre Hände Eva fest umschlossen. Die Schwester mußte ihr das Kind beinahe gewaltsam entreißen, während sich Stefan hastig neben ihr in die Hocke sinken ließ und nach ihrer Hand griff.

»Rebecca!« sagte er. »Was ist los mit dir?«

»Nichts«, antwortete sie gepreßt. Sie saß immer noch weit nach vorne gebeugt im Rollstuhl und preßte die linke Hand auf ihre Seite. Sie zitterte am ganzen Körper, und plötzlich bedeckte ein dünner Film aus mikroskopisch feinen Schweißtröpfchen ihre Stirn. Stefan konnte zusehen, wie das Blut aus ihrem Gesicht wich. Er wußte, daß ihre Wunden, ganz anders als seine, nicht besonders gut heilten, und er wußte auch, daß sie unter unregelmäßig auftretenden starken Schmerzattacken litt. Aber er war niemals selbst Zeuge davon geworden und hatte nicht gewußt, wie schlimm es war.

Rebecca atmete zwei-, dreimal tief durch die Nase ein und wieder aus und richtete sich dann auf. Stefan hatte den Eindruck, daß diese kleine Bewegung ihre ganze Kraft kostete.

»Es ist schon gut«, sagte sie. »Es … geht schon wieder.«

»Ja«, antwortete Stefan. »Das sehe ich.« Auch er stand auf, drehte sich um und winkte Schwester Marion durch die Glasscheibe heran. »Bringen Sie meine Frau zurück auf ihre Station«, sagte er. »Ich komme später nach.«

»Aber das ist nicht nötig«, protestierte Rebecca. »Ich will …«

»Keine Widerrede«, unterbrach sie Wahlberg. »Ihr Mann hat völlig recht. Sie dürfen sich in Ihrem Zustand nicht überanstrengen. Wenn Sie nicht vernünftig sind, dann werde ich in Zukunft mein Einverständnis nicht mehr dafür geben, daß Sie herkommen.«

Rebecca blickte den Arzt wütend an, sagte aber nichts. Ihre Lippen zuckten immer noch vor Schmerz, und vielleicht hatte sie gar nicht die Kraft, zu widersprechen. Vielleicht nahm sie Wahlbergs Drohung auch ernst.

Schwester Marion begann, den Rollstuhl rückwärts aus dem Zimmer hinaus zu bugsieren, doch nach ein paar Sekunden hob Professor Wahlberg noch einmal die Hand und hielt sie zurück. »Warten Sie.« Er sah erst Stefan, dann Dorn an. »Wenn dieser Kerl wirklich noch hier herumschleicht, dann ist es vielleicht besser, wenn Sie nicht allein gehen. Zwei Pfleger von der Bereitschaft sollen Sie begleiten.«

Marion wirkte sichtbar erleichtert, obwohl sie wahrscheinlich gar nicht vorgehabt hatte, auf einem anderen Weg zurückzugehen als dem, auf dem sie und Stefan gekommen waren. Trotzdem konnte Stefan sie verstehen. Auch ihm wäre nicht wohl bei dem Gedanken gewesen, allein durch diese nackten, kahlen Betongänge zu gehen.

Er begleitete sie und Rebecca bis zum Aufzug und wartete, bis die Kabine gekommen war. »Ich komme in zehn Minuten nach«, versprach er. »Ehrenwort.«

Rebecca hob den Kopf und sah ihn zweifelnd an, und Stefan fügte mit einem übertriebenen Grinsen hinzu. »Und ich verspreche dir auch, ein braver Junge zu sein und diesen Polizisten nicht mehr anzupflaumen. Du hast natürlich recht: Der Mann tut nur seine Pflicht.«

Rebecca nickte. Ihr Anfall schien vorüber zu sein, und

sie saß nun wieder in halbwegs entspannter Haltung in ihrem Stuhl, hatte die linke Hand aber immer noch flach auf die Seite gepreßt. »Hast du Robert angerufen?« fragte sie.

»Selbstverständlich«, antwortete Stefan, während sich die Lifttüren bereits wieder zu schließen begannen. Er hätte sie mit einer Handbewegung aufhalten können, aber das wollte er nicht. Offensichtlich war er an diesem Tag überempfindlich, denn Rebeccas Frage ärgerte ihn schon wieder. Verdammt, er war vielleicht kein Held, aber er war auch kein sabbernder Idiot, der seinen großen, reichen Schwager brauchte, um sich den Hintern abzuputzen!

Rasch drehte er sich um, damit Rebecca sein Gesicht nicht sah, sollten sich seine Gedanken zu deutlich darauf spiegeln, ging zur Intensivstation zurück und blieb vor der geschlossenen Tür drei, vier Sekunden lang stehen. Seine eigenen Reaktionen überraschten ihn immer noch, erschreckten ihn jetzt aber auch ein wenig. Er räumte sich zwar selbst ein gewisses Pardon ein, denn er hatte an diesem Tag wirklich eine Menge Dinge erlebt, die nicht unbedingt normal waren, aber Rebecca hatte im Kern natürlich nicht unrecht: Dorn tat nichts als seine Pflicht. Und wenn er sie einigermaßen gut tat – und daran zweifelte Stefan eigentlich nicht –, dann hatte er nichts zu befürchten, sondern sollte den Kriminalbeamten eher als seinen Verbündeten betrachten.

Er atmete noch einmal tief durch, drückte die Klingel und nutzte die Zeit, bis das Summen des elektrischen Türöffners erklang, um seine Gedanken zu ordnen und sich fast gewaltsam dazu zu zwingen, die Stimme der Logik zu hören, die ihm genau dasselbe erklärte, was er gerade schon gedacht hatte. Als sich die Tür öffnete, war er wenigstens äußerlich wieder ganz ruhig, und als er wenige Sekunden später wieder zu Wahlberg und Dorn ins Zimmer trat, da brachte er es sogar fertig, so etwas wie ein flüchtiges, entschuldigendes Lächeln auf sein Gesicht zu zwingen.

»Es tut mir leid«, sagte er, an niemanden direkt gewandt. »Ich wußte nicht, daß es *so* schlimm ist.«

»Offensichtlich weiß Ihre Frau das auch nicht«, antwortete Wahlberg, »oder will es nicht wahrhaben.« Er schüttelte den Kopf. »Sie sollten wirklich einmal ein ernstes Wort mit ihr reden.«

»Das werde ich«, versprach Stefan. Wahrscheinlich nur, weil ihm das Thema unangenehm war, wandte er den Kopf und sah in das verchromte Gitterbett unter dem Fenster. Die Schwester hatte Eva wieder hineingelegt und zugedeckt, aber das Mädchen schien nicht müde zu sein. Es hatte sich wieder aufgesetzt, die Beine an den Körper gezogen, mit beiden Armen umschlungen und das Kinn auf die Knie gestützt; eine Haltung, die es seltsam erwachsen und nachdenklich aussehen ließ. Vielleicht lag es aber auch an seinem Blick. Seine Augen waren weit geöffnet und sehr wach, und sie musterten Stefan, Wahlberg und den Polizeibeamten auf eine fast unheimlich wissende, und zugleich irgendwie lauernde Art. Im Blick dieser ganz und gar nicht kindlichen Augen mischten sich Furcht, aber Aufmerksamkeit und noch etwas anderes, etwas, das Stefan nicht in Worte fassen konnte.

»Das ist ein wirklich entzückendes Kind«, sagte Dorn. Er kam näher, stützte sich mit der linken Hand auf den Rand des Gitterbettes ab und streckte die andere nach Evas Gesicht aus, wie um ihr mit den Fingern über die Wange zu streichen. Das Mädchen starrte seine Hand an, legte den Kopf auf die Seite und zog die Lippen zurück, aber Stefan konnte beim besten Willen nicht sagen, ob zu einem Lächeln oder einem Zähnefletschen.

Dorn mußte es wohl ebenso ergehen, denn er führte seine Bewegung nicht zu Ende, sondern verharrte einen kleinen Moment lang reglos und richtete sich dann wieder auf. Eine Sekunde lang starrte er seine rechte Hand an, als wisse er nicht so richtig, was er damit tun sollte. »Wirklich, ein außergewöhnliches Kind«, sagte er noch einmal. »Ihre Frau hat mir erzählt, unter welchen Umständen Sie es gefunden haben.«

Stefan schwieg. Es war klar, daß Dorn eine Antwort erwartete, aber die würde er nicht bekommen. Er wußte nicht, wieviel Rebecca ihm erzählt hatte.

»Es ist unglaublich, zu welchen Grausamkeiten Menschen fähig sind«, fuhr Dorn fort, nachdem er endlich einsah, daß Stefan nicht antworten würde. »Ich meine, so etwas erwartet man von … von Wilden, einem Eingeborenenvolk irgendwo am Amazonas, das noch niemals einen weißen Mann gesehen hat. Aber *Menschenopfer*, hier, mitten in Europa.«

»Das ist noch gar nicht sicher«, sagte Stefan.

»Nein?«

Stefan trat ebenso wie Dorn einen Schritt vom Bett zurück, aber sein Blick streifte dabei noch einmal Evas Gesicht, und diesmal lief ihm ein spürbarer Schauer über den Rücken, als er in ihre Augen sah. Er hatte das Gefühl, daß das Mädchen verstand, worüber sie sprachen. Vielleicht nicht die Bedeutung der einzelnen Worte, aber den Sinn. Es kostete ihn spürbare Anstrengung, sich vom Blick dieser Augen loszureißen und sich vollends zu Dorn herumzudrehen. »Die Geschichte hat uns unser einheimischer Führer erzählt«, sagte er. »Als wir das Mädchen fanden, da klang sie einleuchtend. Mittlerweile bin ich nicht mehr sicher.«

»Warum?« fragte Dorn.

»Wenn Sie frierend, halb verrückt vor Angst und verletzt mitten in der Nacht in einem Waldstück ein nacktes Kind finden, das von ausgehungerten Wölfen bewacht wird, dann glauben Sie so ziemlich alles«, antwortete Stefan. »Aber mit ein bißchen Abstand und wieder zurück in der Zivilisation sieht die Sache schon ein bißchen anders aus.«

Dorn sah ihn nachdenklich an. Natürlich hatte Stefan ihm nichts Neues erzählt; er selbst war vermutlich schon während Rebeccas Bericht zu dem gleichen Schluß gekommen, aber vielleicht gehörte es einfach zu seinem Beruf, alles anzuzweifeln, selbst scheinbar eindeutige Tatsachen. Jedenfalls wandte er sich mit einem fragenden Blick an den Professor: »Aber Sie sagten mir, das Kind hätte mit Sicherheit einige Zeit allein in der Wildnis verbracht.«

»Soweit man das mit Sicherheit sagen kann«, bestätigte Wahlberg. Auch er trat näher, warf aber nur einen flüchtigen Blick in das Bett und hielt einen deutlich größeren Abstand ein als Stefan und Dorn. »Wenn wir mit ihr reden könnten, würde das vieles erleichtern. Aber so …«

»Aber sie ist doch alt genug, um sprechen zu können«, antwortete Dorn. »Oder brauchen Sie einen Dolmetscher?«

Wahlberg schüttelte den Kopf. »Das ist nicht das Problem. Schwester Danuta hier«, er deutete mit einer Hand auf die jugoslawische Krankenschwester, die es sich auf einem Stuhl neben der Tür bequem gemacht hatte und in einer Zeitschrift blätterte, »stammt aus dem gleichen Landstrich. Sie spricht ein halbes Dutzend Dialekte aus dieser Gegend – aus diesem Grund habe ich sie auch gebeten, sich um Eva zu kümmern, aber das ist nicht das Problem. Das Kind hat bisher kein Wort gesprochen.«

»Aber es muß doch mindestens vier Jahre alt sein«, wunderte sich Dorn.

Wahlberg zuckte abermals mit den Schultern. »Ungefähr, ja.«

Dorn wandte sich wieder zu Eva herum und sah stirnrunzelnd auf sie herab. Er dachte jetzt angestrengt nach, und Stefan fragte sich, ob er sich tatsächlich einbildete, in den paar Augenblicken ein Rätsel lösen zu können, an dem sich die Ärzte in diesem Krankenhaus seit zwei Wochen die Zähne ausbissen. Und nicht nur sie.

»Vielleicht ist sie ja eins von diesen Wolfskindern, murmelte er.

Wahlberg lachte kurz. »Glauben Sie mir, Herr Inspektor, das sind nur Legenden. Moderne Märchen.«

»So?« Dorn sah hoch und setzte jetzt wieder sein berufsmäßiges Skeptikergesicht auf. »Also, ich habe einige Geschichten gehört, die sehr überzeugend klangen.«

»Und sie sind auch wahr«, sagte Wahlberg, schüttelte aber gleichzeitig den Kopf. »Es stimmt schon, man hat tatsächlich zwei oder drei Kinder gefunden, die offensichtlich unter wilden Tieren aufgewachsen sind.«

Dorn nickte. »Ich habe davon gelesen. Es gab einen Fall in Frankreich vor ein paar Jahren, und einen weiteren in Rußland.«

»Irgendwann in den Sechzigern«, bestätigte Professor Wahlberg. »Trotzdem ist es nicht so, wie es von den Medien gern dargestellt wird. Sie dürfen sich das nicht so vorstellen, daß sie einen Säugling im Wald aussetzen und er dann von Affen oder gar einem Wolf adoptiert und großgezogen wird.« Er deutete auf Eva. »Ein Kind in diesem Alter hätte keine Chance. Es würde jämmerlich verhungern.«

»Und was ist mit den Kindern, die es geschafft haben?« beharrte Dorn. »Die beiden Fälle, von denen Sie gerade selbst erzählt haben?«

»Das war etwas anderes«, sagte Wahlberg noch einmal. Er schüttelte bekräftigend den Kopf. »Ich habe diese Fälle sehr gründlich studiert, glauben Sie mit. Gerade in den letzten beiden Wochen. Sie waren älter, als sie ausgesetzt wurden. Vielleicht nicht viel, aber alt genug, um aus eigener Kraft zu überleben.«

»Unter wilden Tieren?« fragte Dorn zweifelnd. »Ein Kind von sechs oder sieben Jahren?«

»Eines von vielleicht tausend«, sagte Wahlberg betont. »Bedenken Sie, es sind zwei verbürgte Fälle in dreißig Jahren. Übrigens ist eines der beiden Kinder nach kurzer Zeit gestorben, und das andere lebt meines Wissens nach heute noch in der geschlossenen Abteilung einer psychiatrischen Anstalt.«

»Weil es nie gelernt hat, sich wie ein Mensch zu verhalten«, vermutete Dorn, aber Wahlberg schüttelte abermals den Kopf.

»Weil es verlernt hat, sich wie ein Mensch zu benehmen. Sehen Sie ... die Vorstellung, daß wilde Tiere ein hilfloses Menschenkind adoptieren und großziehen, ist zwar sehr romantisch, aber leider völlig abwegig. Im Normalfall würde ein solches Kind verhungern, in der ersten Nacht erfrieren oder schlimmstenfalls von einem Raubtier getötet werden. Dieser bedauernswerte Junge, den man in Rußland gefunden hat, hat es irgendwie geschafft, zu überleben, aber er hat dabei den Verstand verloren. Oder er war schon zuvor geistig behindert und wurde deshalb von seinen Eltern ausgesetzt. Als man ihn fand, war er ungefähr zwölf. Und er muß tatsächlich mehrere Jahre mit einem Wolfsrudel gelebt haben. Er hatte alles verlernt. Sprechen, aufrecht gehen ... in gewissem Sinne ist er tatsächlich zu einem Wolf geworden. Aber nicht, weil er mit Wolfsmilch großgezogen worden ist, sondern weil er unter diesen Tieren gelebt und instinktiv versucht hat, sich ihrem Verhalten anzupassen. Und er hatte Glück, daß man ihn genau zu diesem Zeitpunkt gefunden hat.«

»Wieso?« fragte Dorn.

»Weil sie ihn vermutlich wenige Jahre später getötet hätten«, antwortete Wahlberg. »Ich hin kein Spezialist für das Verhalten von Wölfen, aber ich bin sicher, daß ihn früher oder später eines der anderen Tiere zu einem Machtkampf herausgefordert hätte. Er wäre gestorben, sobald er in die Pubertät gekommen wäre.«

»Und jetzt ist er noch am Leben«, sagte Dorn mit seltsamer Betonung. »Seit dreißig Jahren. In einem Irrenhaus.«

Wahlberg blinzelte und wollte etwas darauf erwidern, aber Dorn schnitt ihm mit einer Bewegung und einem entschuldigenden Lächeln das Wort ab. »Verzeihen Sie. Ich schweife ab.« Er räusperte sich, wandte sich dann mit einer fragenden Geste wieder an Stefan: »Wenn ich Sie richtig verstanden habe, sind sie also nicht mehr unbedingt der Meinung, daß dieses Kind von seinen Eltern ausgesetzt wurde.«

»Ich bin überhaupt keiner Meinung«, antwortete Stefan. »Ich … weiß nicht, was passiert ist. Vielleicht wurde sie einfach von ihrer Familie getrennt, oder es gab einen Unfall, bei dem ihre Eltern ums Leben kamen.« Er zuckte mit den Achseln. »Wahrscheinlich werden wir es nie herausfinden.«

»Es wäre klüger gewesen, sie nicht mitzubringen«, sagte Dorn nachdenklich. »Warum haben Sie sie nicht den dortigen Behörden übergeben?«

Stefan lachte. »Was für Behörden? Wir waren froh, daß wir lebend aus diesem gastlichen Land wieder herausgekommen sind. Sie haben anscheinend keine Ahnung, wie es im Moment dort zugeht.«

»Ich dachte, der Krieg wäre vorbei«, sagte Dorn, und hinter Stefans Stirn begannen sämtliche Alarmsirenen zu schrillen. Er mußte sich gewaltsam in Erinnerung rufen, daß Dorn nicht zu den Menschen gehörte, mit denen man harmlose Konversation betreiben konnte. Auch wenn es sich nicht so anhörte, war diese Unterhaltung in Wirklichkeit doch ein Verhör.

»Ja«, sagte er ausweichend. »Das ist er. Aber viel geändert hat sich nicht.«

Das war nicht die Antwort, die Dorn hatte hören wollen, und diesmal machte er auch keinen großen Hehl aus seiner Enttäuschung. Einige Sekunden lang sah er wieder das Mädchen an, dann fuhr er in nachdenklichem Ton fort: »Ich frage mich langsam, ob der Überfall auf Frau Halberstein vielleicht mit ihr zu tun hatte.«

»Mit Eva?« Stefan machte ein zweifelndes Gesicht. »Aber wieso?«

»Frau Halberstein hat ausgesagt, daß der Angreifer einen starken Akzent gesprochen hat«, sinnierte Dorn.

»Oh, ich verstehe«, sagte Stefan spöttisch. »Sie meinen, er wäre gekommen, um sie zurückzuholen.«

»Warum nicht?« sagte Dorn. »Alles ist möglich.«

»Kaum«, antwortete Stefan. »Dazu müßten sie erst einmal wissen, daß wir hier sind. Wir haben den Männern, die hinter uns her waren, nicht gerade unsere Visitenkarte dagelassen, wissen Sie?«

»Was für Männer?« schnappte Dorn.

Stefan verfluchte sich innerlich. Offensichtlich war Rebecca dem Inspektor gegenüber nicht annähernd so redselig gewesen wie ihrem Schwager, und die Information, die er Dorn versehentlich gegeben hatte, war natürlich Öl in seine Flammen.

»Das … kann ich Ihnen nicht sagen«, antwortete er. »Und es spielt auch in diesem Zusammenhang keine Rolle.«

»Das kann ich wahrscheinlich besser beurteilen als Sie.«

Stefan zuckte mit den Schultern und wich Dorns Blick aus. »Ja«, antwortete er. »Wahrscheinlich.« Und schwieg.

Dorn runzelte die Stirn, setzte dazu an, etwas zu sagen, besann sich dann eines Besseren und beließ es bei einem angedeuteten Achselzucken. Trotzdem war Stefan sicher, daß die Sache damit für ihn nicht erledigt war. Er verfluchte sich abermals in Gedanken. Er sollte in Zukunft besser darauf achten, was er sagte, und vor allem, wem.

»Das alles ist auf jeden Fall sehr mysteriös«, sagte Dorn nach einer Weile. »Vielleicht wäre es besser, wenn Sie und

Ihre Frau sich für einige Zeit von dem Kind fernhalten. Wenigstens bis wir diesen Verrückten geschnappt haben.«

Daß sie ihn schnappen würden, schien für ihn keine Frage zu sein. Stefan war in diesem Punkt nicht so zuversichtlich wie Dorn. Er hatte die Begegnung mit dem Mann in der Lederjacke noch nicht vergessen. Und je länger er darüber nachdachte, desto sonderbarer erschien ihm sein Erlebnis. Er fragte sich, ob er Dorn davon berichten sollte, auf welch unheimliche Weise der Fremde vor ihm in der Dunkelheit untergetaucht war, auch auf die Gefahr hin, daß der Kriminalbeamte ihn daraufhin für vollkommen übergeschnappt hielt. Doch bevor er sich entscheiden konnte, sah Dorn demonstrativ auf die Armbanduhr.

»Es wird allmählich wirklich Zeit für mich«, sagte er. »Ich sollte nach Hause gehen, bevor meine Frau meinen Kollegen noch mehr Arbeit verschafft und eine Vermißtenanzeige aufgibt. Wir sehen uns dann morgen früh um neun in meinem Büro.«

»Muß ich meinen Anwalt mitbringen?« fragte Stefan.

Dorn lächelte. »Noch nicht. Und wahrscheinlich brauchen Sie ihn überhaupt nicht. Herr Professor!« Dorn verabschiedete sich mit einem Kopfnicken in Wahlbergs Richtung und ging.

Stefan blickte ihm nachdenklich hinterher, und er wartete auch, bis er das Geräusch der zuschlagenden Tür draußen auf dem Korridor gehört hatte, bevor er sich wieder zu Wahlberg umdrehte.

Auch der Professor sah nicht besonders begeistert aus, aber Stefan vermochte nicht zu sagen, ob sich der Ausdruck von Mißbilligung auf seinen Zügen nun auf ihn oder auf Dorn bezog. Vermutlich auf beide.

»Es tut mir leid, daß Sie so viele Schwierigkeiten haben«, setzte er an, aber Wahlberg winkte ab und verjagte den tadelnden Ausdruck von seinem Gesicht.

»Ich habe keine Schwierigkeiten«, sagte er. »Sie wissen

doch: Wenn es Menschen gibt, die noch überheblicher und selbstbewußter sind als Polizisten, dann sind es Ärzte.«

Stefan sah ihn verblüfft an. Er war nicht sicher, ob diese Worte wirklich nur scherzhaft gemeint waren, aber er wußte, was Wahlberg von ihm erwartete und lachte leise, wurde aber gleich darauf wieder ernst. »Sie haben ihm nicht die ganze Wahrheit gesagt, nicht wahr?« fragte er. Mit einer Geste auf das Kinderbett fügte er hinzu: »Über sie.«

»Ich habe ihn nicht belogen«, antwortete Wahlberg ausweichend. »Aber er muß auch nicht alles wissen. Am Ende taucht er beim nächsten Vollmond mit einem Priester und einer Pistole mit Silberkugeln hier auf und wartet darauf, daß sie sich in einen Werwolf verwandelt.«

Hinter ihnen raschelte es. Stefan blickte sich um und sah, daß die Schwester die Zeitschrift hatte fallen lassen und sich jetzt hastig danach bückte. Ihre Bewegungen waren zu schnell und zu abgehackt, um ihre Nervosität zu verbergen, und sie gab sich deutliche Mühe, das Gesicht zur Seite zu drehen, so daß Wahlberg und er es nicht erkennen konnten.

Nachdenklich sah er die Schwester einige Sekunden lang an, dann begriff er, wie unangenehm ihr sein Starren sein mußte, drehte sich wieder um und trat abermals an Evas Bett heran. Die Augen des Mädchens richteten sich wieder auf ihn, und erneut glaubte er darin diesen unheimlichen, wissenden Ausdruck zu erkennen, fast, als hätte das Kind tatsächlich jedes Wort verstanden, das sie gesagt hatten. Aber das war unmöglich. Ob Wolfskind oder nicht – sie hatten in einer Sprache geredet, die dieses Mädchen vor knapp zwei Wochen zum erstenmal gehört hatte. Sie *konnte* sie nicht verstanden haben.

»Was stimmt nicht mit ihr?« murmelte er.

Er wollte sich zu dem Professor herumdrehen, aber er konnte es nicht. Der Blick dieser dunklen, großen Kinderaugen bannte ihn auf eine zugleich unheimliche, wie nicht einmal unangenehme Art. Fast schien etwas … Vertrautes darin zu sein, etwas, das er schon einmal gesehen hatte. Aber wo?

»Ich weiß, was Sie meinen«, sagte Wahlberg. »Sie muß tatsächlich eine ganze Weile bei diesen Wölfen verbracht haben. Sie hat schon einen Teil ihres Verhaltens übernommen. Wußten Sie, daß sie knurrt, wenn ihr etwas nicht paßt? Und daß sie beißt und kratzt, statt zu schreien wie andere Kinder in ihrem Alter?«

Stefan schüttelte den Kopf. Er gestand sich ein, daß er erbärmlich wenig über Eva wußte. Er war in den letzten zwei Wochen mehrmals hier gewesen, ihr aber niemals näher gekommen als bis auf die andere Seite der schalldichten Glasscheibe. Er löste seinen Blick nun doch von dem des Mädchens und sah Wahlberg an. »Haben Sie nicht gerade gesagt, daß ein Kind in diesem Alter nicht überleben könnte?«

»Ich spreche nicht von Monaten«, antwortete Wahlberg. »Sie ist drei, allerhöchstens vier Jahre alt. Kinder in diesem Alter sind unglaublich aufnahmefähig. Und sie passen sich rasend schnell an veränderte Bedingungen an. Ihre Frau hat erzählt, daß die Wölfe sie beschützt haben, als Sie sie fanden?«

Stefan nickte.

»Wer weiß, unter welchen Bedingungen sie zuvor gelebt hat«, fuhr Wahlberg fort. »Vielleicht waren diese wilden Tiere die ersten Wesen, vor denen sie keine Angst zu haben brauchte. Oder die ersten Geschöpfe, von denen sie so etwas wie Zuneigung bekommen hat.«

»Sie meinen, wir hätten sie dalassen sollen?« fragte Stefan. Natürlich meinte er seine Worte nicht so, aber Wahlberg antwortete trotzdem in ernstem Ton:

»Sie wäre gestorben, wenn Sie sie nicht mitgenommen hätten. Ihre Frau und Sie haben richtig gehandelt, ganz egal, was dieser Dummkopf von Polizist auch sagt. Dem Zustand nach zu schließen, in dem sie hier eingeliefert wurde, kann sie nicht allzulange allein dort draußen gewesen sein. Vielleicht zwei Wochen, kaum mehr. In zwei weiteren Wochen wäre sie tot gewesen.«

»Aber ihr fehlt doch jetzt nichts?« fragte Stefan. Seine Stimme klang besorgter, als er es sich selbst erklären konnte, und er spürte auch einen tieferen Schrecken, als er erwartete.

»Nein«, antwortete Wahlberg. »Jedenfalls körperlich nicht.«

»Und geistig?«

»Ich bin kein Psychologe«, erwiderte Wahlberg. »Aber soweit ich das beurteilen kann, ist sie vollkommen in Ordnung. Ihre Eltern haben offenbar versäumt, ihr einige Dinge beizubringen, das ist alles. Mit ein bißchen Geduld und Zeit ist das in Ordnung zu bringen.« Er sah Stefan an. »Ihre Frau möchte sie adoptieren, nicht wahr?«

Stefan nickte. »Ich glaube nicht, daß es etwas gibt, was sie davon abbringen könnte.«

»Warum auch nicht?« sagte Wahlberg. »Wenn das, was Ihre Frau erzählt hat, wahr ist, dann ist es das Beste, was diesem armen Ding passieren konnte.« Wieder blickte er eine ganze Weile wortlos auf das Kind in dem verchromten Gitterbett hinab, und wieder hatte Stefan das unheimliche Gefühl, daß Eva den Blick des Arztes auf eine viel wissendere Weise beantwortete, als es ihr nach ihrem Alter zukam. Dann fuhr er, ohne sich zu ihm herumzudrehen, oder auch nur den Ton zu wechseln fort: »Als ich erfahren habe, daß Ihre Frau und Sie Journalisten sind, da war ich ein wenig in Sorge. Aber mittlerweile glaube ich, daß das überflüssig war.«

»Weshalb?« fragte Stefan.

»Sie werden die Geschichte nicht ausnutzen, nicht wahr?« Wahlberg drehte sich zu ihm um, und wie ein körperlicher, kleinerer Schatten ahmte auch Eva die Bewegung nach, so daß sich Stefan plötzlich durchdringend von zwei Augenpaaren gemustert sah. »Sie könnten eine Menge Publicity daraus schlagen«, antwortete Wahlberg, »und vermutlich eine schöne Stange Geld.«

»Woraus?« Natürlich wußte Stefan, was der Arzt meinte, aber er spürte auch, daß es Wahlberg sehr schwer fiel, diese Worte auszusprechen, und er hatte genug Erfahrung, um zu wissen, welche Hilfe er ihm gewähren mußte.

»Es wäre eine Sensation«, sagte Wahlberg. »Ein Wolfskind! Sie könnten in alle Zeitungen und ins Fernsehen kommen.«

»Nachdem Sie mir gerade selbst erklärt haben, daß es so etwas gar nicht gibt?«

Wahlberg schüttelte abgehackt den Kopf. »Wen interessiert, was es gibt und was nicht? Das ist nur *meine* Meinung. Zufällig auch die der allermeisten meiner Kollegen, aber muß ich *Ihnen* erklären, wie man eine Sensation bastelt? Dieses arme kleine Ding könnte Sie und Ihre Frau vermutlich zu Millionären machen.«

»Und Sie auch«, sagte Stefan. »Aber ich glaube, in diesem Zusammenhang interessiert sich keiner von uns für Geld. War es das, wovor Sie Angst hatten?«

Wahlberg antwortete gar nicht darauf, aber das war auch nicht nötig. Natürlich lag der Gedanke auf der Hand und auch Stefan hatte ihn schon mehrmals durchgespielt – immer mit dem gleichen Ergebnis: Sie brauchten sich weder anzustrengen, noch hätte es ihrer ganzen Beziehungen und Erfahrungen bedürft, um aus diesem Kind, das sie mitten aus einer Wolfsmeute herausgeholt hatten, ein Medienspektakel ersten Ranges zu machen. Schlimmer noch, es würde sie vermutlich sehr viel Mühe kosten, genau das zu *vermeiden*. Stefan war nicht einmal sicher, daß es ihnen gelingen würde. Trotz allem wußten nun bereits zwei Menschen mehr von ihrem Geheimnis, und es würde nicht dabei bleiben.

Er schüttelte den Kopf. »Ich weiß nicht, was dieser Dorn aus der Geschichte macht«, antwortete er, aber Rebecca und ich werden es bestimmt niemandem erzählen. »Ich weiß, was wir ihr damit antun würden.« Er deutete auf Eva.

Obwohl sich Wahlberg große Mühe gab, weiterhin möglichst unbeteiligt auszusehen, konnte er seine Erleichterung doch nicht ganz verbergen. »Wenn es so ist, dann werde ich alles in meiner Kraft Stehende tun, um Ihnen zu helfen«, sagte er. Dann wechselte er abrupt das Thema und sah in einer fast hundertprozentigen Imitation von Dorns Geste gerade auf die Armbanduhr, zuckte auch auf die gleiche, übertrieben theatralische Art zusammen, und selbst sein Tonfall glich dem des Polizeibeamten, als er sagte: »Jetzt wird es aber allmählich Zeit.«

»Warum? Gibt Ihre Frau sonst auch eine Vermißtenanzeige auf?« wollte Stefan wissen.

Wahlberg lachte. Es klang echt. »Nein. Auf mich wartet keine Familie, nur ein Schreibtisch voller Arbeit. Aber die erledigt sich nicht von selbst.« Er machte eine vage Geste auf den Flur hinaus. »Ich bin sicherlich noch eine Stunde hier, wenn nicht noch länger. Wenn Sie mich suchen, finden Sie mich in meinem Büro.«

Er trat vom Bett zurück, drehte sich um und ging langsam zur Tür. Er schien darauf zu warten, daß Stefan ihn begleitete, aber Stefan hatte sich bereits wieder herumgedreht und halb über das Bett gebeugt, wie um noch einmal mit Eva zu reden. In Wirklichkeit sah er das Mädchen kaum, sondern lauschte angestrengt auf Wahlbergs Schritte, die sich langsam der Tür näherten, einen Moment ganz abbrachen und schließlich draußen auf dem Flur verschwanden. Dann richtete er sich auf, trat mit einer fast hastigen Bewegung vom Bett zurück und drehte sich zu der Krankenschwester um.

Sie hatte ihre Zeitschrift wieder hochgehoben und aufgeschlagen auf die Knie gelegt, blickte aber nicht mehr auf die buntbedruckten Seiten, sondern sah Stefan offen ins Gesicht. Sie mußte wohl eine bessere Menschenkennerin sein als Wahlberg, denn *sie* schien ganz genau zu wissen, warum er wirklich hiergeblieben war.

Sie war blaß. Ihre Arme und Schultern waren angespannt und ihre Hände lagen zu flach und reglos auf der Zeitung; so fest, daß sie das Papier zerdrückten.

»Müssen Sie die ganze Nacht hierbleiben?« begann Stefan, aber sie nickte, stand langsam auf und trat an einen flachen Schrank, der mit allen möglichen, hier notwendigen Utensilien beladen war. Es gab daran nichts für sie zu tun. Sie begann einfach, Dinge hin und her zu rücken, vielleicht, um ihm vorzutäuschen, daß sie beschäftigt war. Wahrscheinlich aber nur, um ihre Nervosität zu überspielen.

»Sie sind oft hier, nicht wahr?« fragte Stefan. »Ich meine – ich sehe Sie fast jeden Tag, wenn ich herkomme.«

»Nicht jeden Tag«, antwortete die Schwester. Sie hatte eine dunkle, sehr angenehme Stimme und sprach mit deutlichem Akzent, trotzdem aber gut verständlich. »Ich kümmere mich um das Kind. Der Professor meint, ich wäre die Beste dafür. Ich bekomme die Stunden frei, wenn sie … nicht mehr hier ist.«

»Aber Sie meinen das nicht, oder?« fragte Stefan. »Daß Sie am besten dafür geeignet sind.«

Schwester Danuta hatte sich herumgedreht, so daß er ihr Gesicht nicht sehen konnte, aber ihre Bewegungen wurden für eine oder zwei Sekunden hektischer, und ihre ganze Gestalt spannte sich noch mehr. Er begriff, daß er der Wahrheit sehr nahe gekommen war und kam zu dem Schluß, daß er nichts gewinnen würde, wenn er weiter um den heißen Brei herumredete. Die Schwester war nervös, und aus irgendeinem Grund glaubte er auch zu spüren, daß sie Angst hatte, auch wenn er sich nicht vorstellen konnte, wovor. Vielleicht würde es nie wieder einen besseren Moment geben, Antworten zu bekommen, als jetzt.

Er trat näher, blieb einen Schritt hinter ihr stehen und berührte sie mit der Hand an der Schulter. »Sie wissen etwas, nicht wahr?« fragte er.

Schwester Danuta erstarrte unter seiner Berührung. Eine halbe Sekunde lang vermochte Stefan nicht zu sagen, wie sie reagieren würde, dann drehte sie sich um, wartete, bis er die Hand wieder heruntergenommen hatte, und sah ihm fest in die Augen. Sie war noch blasser, und sie konnte ein ganz leichtes Zittern jetzt nicht mehr unterdrücken, aber ihre Stimme klang fest, als sie antwortete:

»Nein. Woher sollte ich etwas wissen? Ich habe das Mädchen noch nie gesehen, bevor es herkam.«

»Sie wissen, was ich meine«, sagte Stefan.

Die Schwester fuhr sich nervös mit der Hand über den Kittel. Sie hielt seinem Blick immer noch stand, aber ihre Selbstbeherrschung reichte nicht aus, um auch den Rest ihres Körpers unter Kontrolle zu halten. »Ich ... habe keine Ahnung, wovon Sie reden«, sagte sie.

Stefan spürte, wie ihre Worte einen widersinnigen Zorn in ihm wachriefen, aber er unterdrückte ihn, schüttelte ganz ruhig den Kopf und zwang sich sogar zu einem Lächeln. »Das ist nicht wahr«, sagte er. »Keine Angst, ich werde Sie nicht verraten. Ich werde niemandem von unserem Gespräch erzählen. Professor Wahlberg und diesem Polizisten als allerletzten, wenn es das ist, was Sie befürchten. Aber Sie wissen, was mit diesem Mädchen los ist, nicht wahr?«

»Nichts ist los«, beharrte die Schwester. »Es ist nur ein Kind, mehr nicht. Nur ein Kind.«

»Dem man irgend etwas Furchtbares angetan hat«, fügte Stefan hinzu. »Und sie wissen, was es ist.«

Danutas Blick flackerte. Stefan konnte regelrecht sehen,

wie sich ihre Kraft erschöpfte. Aber es waren nicht seine Worte, die ihr zusetzten, sondern vielmehr etwas, das sie in ihr geweckt zu haben schienen. Plötzlich glaubte er eine abergläubisches uralte Furcht in ihren Augen zu erkennen. Er wollte diese Frau nicht quälen, aber er war jetzt überzeugt, daß sie etwas wußte.

»Sie … Sie hätten sie nicht herbringen dürfen«, sagte Danuta. »Es ist nicht gut.«

Stefan seufzte. »Also doch«, murmelte er. »Die Geschichte ist wahr. Sie haben dieses Kind ausgesetzt, damit die Wölfe es holen. Ist es so?« Der Gedanke erschien ihm selbst jetzt nach all der Zeit und all den Gesprächen, die sie darüber geführt hatten, noch immer monströs. Jetzt, zurück in der Sicherheit und scheinbar so klaren, alles beherrschenden Logik der zivilisierten Welt, fast noch monströser als in jenem dunklen, von Gefahren und Ungeheuern bevölkerten Tal. »Sie opfern ihnen Kinder«, murmelte er. »Und jeder weiß davon. Was wäre geschehen, wenn sie herausgefunden hätten, daß das Mädchen noch lebt? Wären sie gekommen, um es umzubringen, oder hätten sie einfach abgewartet, bis es verhungert wäre?«

Das Flackern in Danutas Augen wurde stärker, und er begriff, daß seine Worte tatsächlich etwas heraufbeschworen; ein Wissen, gegen das sie sich verzweifelt wehrte und das ihr ungleich größere Qual zu bereiten schien als das, worüber Stefan sprach, ihm selbst; vielleicht, weil das Geheimnis, über das er sprach, in Wahrheit noch viel, viel düsterer und unmenschlicher war.

»Das sind nur Legenden«, antwortete die Schwester. »Dinge, die die Alten erzählt haben. Märchen, mehr nicht.«

»Wie oft passiert das?« fragte Stefan. »Jedes Jahr? Bei jedem Vollmond? Oder nur einmal in jeder Generation?« Er rechnete nicht damit, daß Danuta diese Frage beantworten würde, denn mit großer Wahrscheinlichkeit kannte sie die Antwort gar nicht. Er mußte einfach reden, um mit dem Entsetzen fertig zu werden, mit dem ihn das Gehörte erfüllte.

»Die Leute dort sind einfache Leute«, sagte Danuta. »Sie glauben an einfache Dinge, und sie tun einfache Dinge.«

»Sie meinen, sie opfern Kinder?« Er sah, wie sie unter seinen Worten zusammenfuhr, als hätte er sie geohrfeigt und fragte sich, warum er sie verantwortlich machte.

»Dieses Tal ist ein verfluchter Ort«, antwortete Danuta. »Man darf seinen Namen nicht aussprechen. Die Menschen, die dort wohnen, haben Angst.«

So große Angst, dachte Stefan, daß sie ihre eigenen Kinder opferten? Er wußte, daß es die einzige rationale Erklärung war, aber ein Teil von ihm weigerte sich immer noch, es zu glauben. Es war wohl so, wie Dorn vorhin gesagt hatte: Sie sprachen nicht über einen Eingeborenenstamm aus den unzugänglichsten Teilen der Amazonas-Wälder, sondern von einem Gebiet, das eine knappe Flugstunde von hier entfernt lag.

»Hatte Dorn recht?« fragte er. »Sagen Sie mir die Wahrheit, Danuta: Kann es sein, daß dieser Mann gekommen ist, um das Kind zu holen?«

»Nein!« Sowohl ihr Kopfschütteln als auch ihre Stimme wirkten fast entsetzt. »Niemand würde das tun. Es ist … *vouk*.«

»*Vouk?*« Stefan überlegte, dann nickte er. »Das heißt ›Wolf‹, nicht wahr? Sie meinen, es ist als Opfer für die Wölfe gedacht?«

»Niemand darf es berühren«, antwortete Danuta.

Aber sie hatten es berührt. Stefan schauderte. Sie hatten mehr getan, als es zu *berühren*. Sie hatten dieses Kind gerettet, hatten den Wölfen ihr Opfer genommen und damit vielleicht etwas viel Tieferes, viel Älteres und möglicherweise Gefährlicheres berührt, als ihnen beiden bis zu diesem Moment klargewesen war. Die Tradition dieser barbarischen Menschenopfer mußte bis ins Mittelalter und vielleicht noch viel weiter zurückreichen. Wer mochte sagen, wozu Menschen fähig waren, die seit ungezählten Generationen daran gewöhnt waren, das Blut ihrer eigenen Kinder zu vergießen?

Seine Reaktion – die einzig mögliche Reaktion – auf diese Erkenntnis war klar: Es mußte aufhören! Er hatte nur eine Option, mit diesem schrecklichen Wissen umzugehen: es an die richtigen Stellen weiterzugeben, damit irgend jemand dafür sorgte, daß das Morden endete. Aber dann sah er in Danutas Augen, und ihm war, als spürte er Evas Blick – und auf eine seltsame, unheimliche Weise war es tatsächlich so; für einen unendlich kurzen Moment fühlte er sich von etwas berührt, das unsichtbar und bisher unbemerkt mit ihnen im Raum zu sein schien und konnte gar nicht anders, als sich herumzudrehen und das kleine Mädchen anzusehen –, und er las in ihrer beider Augen dasselbe Wissen, das auch tief in ihm war. Er würde es nicht tun. Er würde niemanden in dieses schreckliche Geheimnis einweihen, und sei es nur, weil das bedeuten würde, Eva endgültig zu verlieren; denn damit würde er genau das heraufbeschwören, was nicht nur Professor Wahlberg befürchtet hatte.

Gut zehn, vielleicht auch zwanzig Sekunden stand er einfach da und blickte reglos in die Augen des Mädchens, und schließlich war es die Schwester, die den Bann brach, indem sie sich aus ihrer eigenen Erstarrung löste und mit schnellen Schritten an ihm vorbei und zum Bett ging.

»Ich werde niemandem etwas verraten«, sagte er. Schwester Danuta reagierte nicht auf die Worte, fast, als hätte sie sie mit hundertprozentiger Gewißheit erwartet, so daß sie im Grunde schon überflüssig geworden waren. Statt dessen beugte sie sich über das Bett und nahm Eva mit einer routinierten Bewegung heraus und auf den Arm. Nachdem Stefan ihr weitere fünf oder vielleicht auch zehn Sekunden dabei zugesehen hatte, drehte er sich wortlos um und verließ das Zimmer und gleich darauf die Station.

Wie er es versprochen hatte, war er noch einmal zu Rebecca gegangen, aber nur eine halbe Stunde geblieben und danach auf direktem Wege nach Hause gefahren. Das Gehörte hatte ihn so aufgewühlt, daß er nicht einmal mehr an den blonden Burschen gedacht hatte. Erst, als er wieder in seiner Wohnung war und die Tür hinter sich schloß, wurde ihm bewußt, daß er einem potentiellen Angreifer unterwegs mindestens zwanzig Gelegenheiten geboten hatte, ihm aufzulauern. Stefan erschrak bei diesem Gedanken nachträglich, aber nicht sehr, denn er hatte – wenn auch unabsichtlich – so doch zumindest ein deutliches Indiz dafür, daß der Kerl einfach wahllos zuschlug und es nicht wirklich auf *ihn* abgesehen hatte.

Er ging früh zu Bett, fand aber nur schwer in den Schlaf und wachte ein halbes Dutzend Male wieder auf, ehe er am Morgen zerschlagen, müder als am Abend zuvor und mit einem schlechten Geschmack im Mund sowie mit hämmernden Kopfschmerzen wieder aufstand, um pünktlich zu seiner Verabredung mit Dorn zu kommen.

Stefan sah dem Treffen mit gemischten Gefühlen entgegen. Am vergangenen Abend war ihm der Oberinspektor nicht mehr halb so feindselig und mißtrauisch erschienen wie noch am Nachmittag, aber er wußte, daß das nichts bedeutete. Selbst wenn Dorn ihm glaubte – was noch gar nicht so sicher war –, machte das die Sache kaum besser. Ob nun Verdächtiger oder potentielles Opfer oder vielleicht auch beides – Stefan war sicher, daß die nächsten Tage eine Menge Ärger und Aufregung mit sich bringen mußten.

Er trank drei Tassen starken, schwarzen Kaffee, der zwar seine Müdigkeit nicht verscheuchte, ihn aber so aufputschte, daß er wenigstens die nächsten zwei oder drei Stunden durchhalten würde, löschte die Anrufe auf dem Anrufbeantworter, ohne sie abgehört zu haben, und schaltete das Gerät dann kurzerhand aus. Danach fühlte er sich sonderbar erleichtert. Auch wenn es natürlich nichts änderte, so konnten ihn auf diese Weise wenigstens keine schlechten Nachrichten mehr erwarten, wenn er wieder zurückkam.

Als er die Wohnung verließ und die Treppe hinunterging, kam ihm eine junge Frau entgegen. Irgend etwas an ihr war seltsam, so daß Stefan zwar nicht stehenblieb, sie aber aufmerksam betrachtete, während er an ihr vorüberging. Er schätzte ihr Alter auf allerhöchstens fünfundzwanzig, und sie hätte eine wahre Schönheit sein können, hätte sie nur ein wenig mehr auf ihr Äußeres geachtet. Sie trug einen schwarzen Rock, eine einfache weiße Bluse und darüber eine kurze Lederjacke, wie sie schon vor fünf Jahren aus der Mode gekommen waren; aber nichts an ihr wirkte so, als trüge sie es seit weniger als vier Wochen. Ihr Haar war schulterlang und so tiefschwarz, wie Stefan es noch nie zuvor gesehen hatte, aber von zwei asymmetrischen grauen Strähnen durchzogen, und es sah aus, als wäre es zeit ihres Lebens noch nicht mit einem Kamm oder einer Bürste in Berührung gekommen.

Sie bewegte sich sehr schnell und rannte die Treppen fast hinauf; wenn sie die ganzen vier Etagen vom Eingang her in diesem Tempo zurückgelegt hatte, dann hätte sie eigentlich vollkommen außer Atem sein müssen. Als sie an Stefan vorübereilte, streifte ihn der Blick großer, fast unnatürlich dunkler Augen; ein Blick, der zugleich freundlich wie aufmerksam taxierend war und Stefan noch mehr irritierte als ihr verwahrlostes Äußeres. Er blieb nun doch stehen, drehte sich halb herum und sah der jungen Frau nach, bis sie auf dem Treppenabsatz über ihm verschwunden war. Das schnelle ›Klack, Klack‹ ihrer Schritte auf den

Betonstufen änderte seinen Rhythmus nicht. Sie mußte eine außerordentlich gute Kondition haben, um die Treppen so hinaufzustürmen, oder *sehr* in Eile sein.

Stefan verscheuchte den Gedanken und ging weiter. In dem Haus lebten fast vierzig Parteien, und obwohl sie seit gut fünf Jahren hier wohnten, kannten sie kaum einen der anderen Mitbewohner. Nach Stefans Dafürhalten war das auch gut so. Er legte viel Wert auf Freunde und einen großen Bekanntenkreis, aber mindestens genausoviel auf eine gewisse Distanz dazu. Weder Rebecca noch er hatten sich sonderliche Mühe gegeben, ein Verhältnis zu ihren Nachbarn aufzubauen, das darin bestand, sich sonntags zum Kaffeetrinken zu treffen oder jeden dritten Abend in der Wohnung des anderen zu verbringen. Wenn irgendeiner der anderen Hausbewohner diese junge Punkerin zu seinen Freunden zählte, so ging ihn das nichts an. Außerdem hatte er im Moment wirklich andere Probleme.

Als er aus dem Haus trat, wäre er um ein Haar mit einem hochgewachsenen Burschen zusammengestoßen, der vor der Tür herumlümmelte und keinerlei Anstalten machte, zur Seite zu treten, obwohl er Stefan deutlich kommen sehen mußte. Stefan wich ihm im letzten Moment aus, murmelte gewohnheitsmäßig eine Entschuldigung und hatte zugleich das flüchtige Gefühl, den Mann eigentlich kennen zu müssen. Es war nicht sehr stark, aber doch eindringlich genug, dem Burschen einen zweiten, etwas aufmerksameren Blick zu gönnen.

Nein, er kannte ihn nicht. Aber beim zweiten Hinsehen begriff er, wieso er ihm bekannt *vorgekommen* war. Er gehörte ganz eindeutig zu der Punkerin, die ihn oben auf der Treppe fast über den Haufen gerannt hätte. Sein altmodischer brauner Anzug war so verknittert und schmuddelig, als hätte er eine Woche lang darin auf einer Parkbank übernachtet, und sein Krawattenknoten war tatsächlich ein *Knoten*; ein Anblick, der geradezu lächerlich wirkte, der aber von dem wilden Ausdruck in seinem Gesicht und dem Blick seiner stechenden braunen Augen völlig wettgemacht wurde. Er mußte mindestens eins neunzig groß sein, wenn nicht mehr, und war dabei so breitschultrig, daß er schon fast mißgestaltet wirkte. Außerdem mußte er den gleichen Friseur haben wie die junge Frau: Sein Haar war ebenso zerzaust und ungepflegt wie ihres, und auch er hatte sich mehrere helle Strähnen hineinfärben lassen, ohne daß er damit allerdings die gleiche exotische Wirkung erzielte wie das Mädchen.

Der Riese schien zu spüren, daß Stefan ihn anstarrte, denn er drehte mit einem Ruck den Kopf, blickte finster auf ihn herab, und Stefan beeilte sich, den Blick zu senken und etwas schneller auszuschreiten. Bei seinem Glück war der Typ verrückt genug, sich durch einen neugierigen Blick provoziert zu fühlen, und das letzte, was er im Moment gebrauchen konnte, war irgendein Zwischenfall.

So schnell, wie er gerade noch konnte, ohne daß es zu deutlich nach Davonlaufen aussah, ging er zum Wagen, stieg ein und verriegelte die Tür hinter sich, bevor er den Schlüssel ins Zündschloß steckte. Eine überflüssige Vorsichtsmaßnahme. Als er in den Spiegel sah, erkannte er, daß der Bursche vor dem Haus stehengeblieben war und die Fassade mit weit in den Nacken gelegtem Kopf musterte. Mit Sicherheit hatte er ihn bereits wieder vergessen, falls er ihn überhaupt wirklich zur Kenntnis genommen hatte.

Stefan rief sich in Gedanken zur Ordnung, während er den Schlüssel herumdrehte und ungeduldig darauf wartete, daß der altersschwache Motor ansprang. Er hatte allen Grund, nervös zu sein, und vermutlich noch mehr Grund zur Vorsicht, aber er tat sich keinen Gefallen, wenn er jetzt ins gegenteilige Extrem verfiel und hinter jedem unbekannten Gesicht einen potentiellen Attentäter vermutete. Stefan wurde klar, daß er nicht nur nervös, sondern auch total übermüdet war und daß er sich mit dem Koffein, das jetzt in seiner Blutbahn kreiste und seine Nerven zu Höchstleistungen aufpeitschte, vermutlich auch keinen Gefallen erwiesen hatte. Er war nicht wacher, sondern nur aufgedreht.

Der Motor sprang endlich stotternd an. Stefan wartete ungeduldig, bis die Maschine einigermaßen rund lief, legte den Gang ein und fuhr los. Hinter ihm erscholl ein zorniges Hupen. Reifen quietschten, ein Wagen schoß so dicht an ihm vorbei, daß Stefan instinktiv den Kopf zwischen die Schultern zog und auf das Kreischen von Metall wartete, aber der andere Fahrer konnte den Zusammenprall im letzten Moment vermeiden. Der Wagen fand schlingernd in die Spur zurück und fuhr zu Stefans Erleichterung weiter, ohne abzubremsen.

Stefan schloß die Augen, zählte in Gedanken langsam bis zehn und versuchte, sich abermals zur Ruhe zu zwingen. Es war sein Fehler gewesen. Er hatte nicht einmal in den Rückspiegel gesehen, sondern war einfach ausgeschert, und nur dank der Reaktionsschnelligkeit des anderen Fahrers war es nicht zu einem Unfall gekommen war. Er mußte sich zusammenreißen.

Auf der Fahrt zum Polizeipräsidium kam er noch zweimal in brenzlige Situationen. Sie waren nicht so gefährlich wie die erste, zeigten ihm aber deutlich, daß er sich in einem Zustand der Erschöpfung befand, den er sich eigentlich nicht erklären konnte. Er hatte zwar einen anstrengenden Tag hinter sich und eine Nacht mit nur wenigen Stunden Schlaf, aber beides war etwas, was er durch seinen Beruf eigentlich gewohnt war. Offensichtlich beschäftigte ihn das Erlebte doch mehr, als er selbst wahrhaben wollte.

Mit zehn Minuten Verspätung parkte er seinen Wagen vor dem Polizeipräsidium, stieg aus und fragte sich zu Dorns Büro durch. Er erlebte eine Überraschung. Dorn konnte sich eine spitze Bemerkung über seine Verspätung nicht verkneifen, aber das erwartete Verhör fand nicht statt. Dorn nahm seine Aussage vom gestrigen Nachmittag noch einmal zu Protokoll und ließ ihn die Niederschrift unterschreiben. Das, was am vergangenen Abend im Krankenhaus passiert war, erwähnte er mit keinem Wort.

»Das wäre dann im Moment erst einmal alles, Herr Mewes«, sagte er, nachdem Stefan das Blatt unterschrieben und er es achtlos in eine Schublade seines Schreibtisches geworfen hatte. »Wir melden uns bei Ihnen, sobald unsere Nachforschungen irgend etwas ergeben haben.«

Stefan sah ihn überrascht an. »Das ist alles?« fragte er. »Kein ›Verlassen Sie die Stadt nicht‹ oder ›Geben Sie uns Bescheid, wenn sie eine Reise planen‹?«

Dorn lächelte so humorlos, wie es nur ging. Seine Stimme klang ein bißchen gestreßt, als er antwortete: »Wir sind hier nicht in einem amerikanischen Fernsehkrimi, Herr Mewes. Und Sie stehen nicht im Verdacht, ein Säureattentat auf den Bundespräsidenten geplant zu haben. Im Moment sind sie nur ein Zeuge.« Er sagte das in einem Tonfall, der klarmachte, daß er das Thema damit für beendet hielt und auch nicht in der Laune war, weiter darüber zu reden. Stefan stand gehorsam auf. Vermutlich gab es eine ganz normale Erklärung für Dorns Verhalten; aller Wahrscheinlichkeit nach die, daß er an etlichen anderen, weit komplizierteren Aufgaben saß und dieser Fall nur lästige Routine war, für die ihm im Moment sowohl die Nerven als auch die Zeit fehlten.

Trotzdem fragte er: »Haben Sie gestern abend noch irgend etwas erreicht?«

»Ich habe niemanden gesehen, wenn Sie das meinen«, antwortete Dorn, immer noch in leicht ungeduldigem Ton. Er griff nach dem Telefon, begann eine Nummer zu wählen und hörte nach der dritten Ziffer auf, während er den Hörer gegen die Schulter preßte und die linke Hand über der Tastatur des Telefons schweben ließ und fügte hinzu: »Aber die beiden Schwestern am Empfang haben Ihre Aussage bestätigt. Da war tatsächlich ein junger Mann, auf den Ihre Beschreibung paßt.«

»Und das ist alles?« fragte Stefan.

Dorn verdrehte die Augen. »Nein, natürlich nicht«, antwortete er. »Ich werde sofort zwei Sondereinsatzkommandos alarmieren, außerdem eine bundesweite Fahndung ausrufen und sämtliche Ausfallstraßen der Stadt sperren lassen. Dazu natürlich auch den Flughafen und den Bahnhof.« Er legte den Telefonhörer mit einer ärgerlichen Bewegung auf die Gabel zurück und sah Stefan durchdringend an. »Ich verstehe Ihre Nervosität, aber glauben Sie mir, Herr Mewes, ich tue, was in meiner Macht steht. Lassen Sie mich einfach meine Arbeit machen, und warten Sie ab, was passiert.«

»Natürlich«, antwortete Stefan. »Entschuldigen Sie, ich wollte Sie nicht –«

»Nur noch eins«, unterbrach ihn Dorn. »Ich sollte Ihnen das wahrscheinlich nicht sagen, aber, um ehrlich zu sein, ich glaube Ihnen. Aber bitte nehmen Sie einen guten Rat von mir an, und versuchen Sie nicht, irgend etwas auf eigene Faust zu unternehmen. Das betrifft vor allem diesen Maaßen und Frau Halberstein. Sie sollten jetzt nicht ins Krankenhaus gehen, um mit ihr zu reden.«

Stefan sah ihn verblüfft an. Genau das hatte er vorgehabt, noch bevor er Becci an diesem Tag besuchte. »Warum nicht?« fragte er.

»Weil sie das nur unnötig aufregen würde«, erwiderte Dorn. »Und möglicherweise würde sie es als weiteren Versuch auslegen, sie einzuschüchtern.«

Das mochte wahr sein, aber der Gedanke, daß es in der gleichen Klinik, in der Rebecca und das Mädchen lagen, eine Patientin gab, die ihn für die Schmerzen und die Todesangst verantwortlich machte, welche sie ausgestanden hatte und vielleicht noch immer ausstand, gefiel Stefan nicht. Er hatte einen ausgeprägten Gerechtigkeitssinn, der sich nicht nur auf andere bezog. Er haßte es auch, einer Sache beschuldigt zu werden, mit der er nichts zu tun hatte.

»O ja, und noch etwas«, fügte Dorn fast seufzend hinzu. »Pfeifen Sie Ihren Schwager zurück.«

»Meinen Schwager? Robert? Was hat er getan?«

»Seine Telefonrechnung muß diesen Monat ziemlich hoch ausfallen«, antwortete Dorn mit einer Kopfbewegung auf seinen eigenen Apparat. »Das Ding hier hat praktisch geklingelt, seit ich das Büro betreten habe. Ihr Schwager scheint ein ziemlich einflußreicher Mann zu sein, und mit Ausnahme des Bundespräsidenten und des Nato-Oberbefehlshabers hat er anscheinend jeden in dieser Stadt angerufen, der etwas zu sagen hat. Wahrscheinlich will er nur helfen, aber glauben Sie mir, es macht keinen guten Eindruck.«

Stefan sagte nichts dazu. Er war nicht besonders überrascht; vielleicht über das Ausmaß und die Schnelligkeit dessen, was Robert getan hatte, aber nicht darüber, *daß* er es tat.

»Wenn Sie mich jetzt entschuldigen würden, Herr Mewes«, sagte Dorn. »Ich habe wirklich zu tun. Ich verspreche Ihnen, daß ich mich sofort melde, sobald sich irgend etwas ergibt.«

Stefan bedankte sich, verließ das Büro und ging nachdenklich zu seinem Wagen zurück. Nach allem, was geschehen war, hätte es ihn nicht sehr verwundert, wenn er dieses Gebäude nicht als freier Mann verlassen, sondern sich urplötzlich in einer Zelle im Untersuchungsgefängnis wiedergefunden hätte. Aber statt froh darüber zu sein, fühlte er sich nur zutiefst verunsichert. Er hatte Geschichten wie diese hundertmal im Kino gesehen und tausendfach in Romanen gelesen, aber es war alles ganz anders, als er erwartet hätte. Wenn hinter allem, was er erlebt hatte, ein Sinn stand, dann war es einer, den er beim besten Willen nicht zu erfassen vermochte.

Er stieg in den Wagen, startete den Motor und sah auf die Uhr im Armaturenbrett, ehe er losfuhr. Seine Unterhaltung mit Dorn hatte sehr viel weniger Zeit in Anspruch genommen, als er veranschlagt hatte. Wenn er jetzt in die Klinik fuhr, um Rebecca zu besuchen, würde er nur stören. Ihre Vormittage waren vollgepackt mit Untersuchungen, Anwendungen und Krankengymnastik, und er schrak auch ein wenig davor zurück, das Gespräch vom vergangenen Abend jetzt fortzusetzen. Das Vernünftigste wäre wohl, auf direktem Weg nach Hause zu fahren und zu versuchen, noch ein paar Stunden zu schlafen. Aber nachdem die Irrationalität mit solcher Gewalt über sein Leben hereingebrochen war, war ihm nicht nach Vernunft zumute. Vielleicht aus der Angst heraus, erkennen zu müssen, daß sie ihm nicht weiterhelfen konnte.

Er fuhr los; im ersten Moment, ohne selbst genau zu wissen, wohin. In die Klinik *konnte* er noch nicht, und nach Hause *wollte* er noch nicht. Die verbleibende Auswahl anderer Orte, die er zu dieser Tageszeit aufsuchen konnte, war nicht allzu groß. Nicht, wenn er nicht Gefahr laufen wollte, irgendeinem übereifrigen Journalisten über den Weg zu laufen. Auch wenn er – gerade Becci gegenüber – nicht müde wurde zu behaupten, daß ihn das ganze Gerede nicht interessierte, so war ihnen doch beiden klar, daß sie unter ihren Kollegen im Moment das Gesprächsthema Nummer eins waren. Sie hatten sich bemüht, auch vor ihrer Abreise niemandem zu erzählen, wohin sie gingen und vor allem *warum*. Aber Geheimhaltung funktionierte in der Praxis selten so, wie man sich das vorstellte, und seit ihrer Rückkehr brodelte die Gerüchteküche noch mehr. Und wie die zahllosen Anrufe auf seinem Anrufbeantworter zu Hause bewiesen, würde sie auch nicht aufhören, bis er der Meute wenigstens ein paar Brocken hingeworfen hatte.

In Ermangelung einer besseren Idee lenkte er den Wagen in Richtung City, parkte in einer Tiefgarage und gönnte sich ein verspätetes Frühstück. Er mußte nachdenken, und das kalte Metall-Glas-und-Kunststoff-Ambiente des Restaurants erschien ihm dafür genau der richtige Ort. Er bestellte Kaffee und Kuchen, bezahlte sofort, als die Kellnerin kam, und konzentrierte sich eine Weile auf nichts anderes als auf sein Essen.

Nicht, daß es etwas nützte – seine Gedanken weigerten sich nach wie vor, in geordneten Bahnen zu laufen. Er hatte verstärkt das Gefühl, daß nichts von dem, was in den letzten Tagen geschehen war, Zufall oder gar Willkür gewesen war, sondern im Gegenteil einem klar erkennbaren Muster folgte.

Nur leider nicht klar erkennbar für *ihn*.

Nicht einmal im Ansatz.

Er vertilgte den Kuchen, las die letzten Krümel mit der Fingerspitze auf und leerte seine Kaffeetasse, war aber keineswegs gesättigt. Ganz im Gegenteil. Nach den Geschehnissen gestern abend war er gar nicht auf die *Idee* gekommen, etwas zu essen, und so hatte der Appetithappen seinen Hunger erst richtig geweckt. Er warf einen flüchtigen Blick in die Speisekarte, winkte die Kellnerin herbei und bestellte sich eine große Portion Rühreier mit Speck und dazu gleich eine ganze Kanne Kaffee. Die junge Frau nahm seine Bestellung schweigend auf, runzelte aber flüchtig die Stirn, während sie das gebrauchte Geschirr auf ihr Tablett räumte und ging. Stefan konnte sie verstehen. Wenn schon nicht die Zusammenstellung, so war doch zumindest die Reihenfolge seiner Bestellung ungewöhnlich. Aber er war plötzlich unvorstellbar hungrig. Allein der *Gedanke* an Essen ließ seinen Magen knurren; so laut, daß er einen verstohlenen Blick aus den Augenwinkeln zum Nachbartisch warf, um sich davon zu überzeugen, daß das Geräusch dort nicht gehört worden war.

Vielleicht hätte er das besser nicht getan.

An dem Tisch schräg hinter ihm saß ein hellblonder junger Mann in Lederjacke und Jeans.

Stefan fuhr so heftig zusammen, daß sein Tischnachbar die Bewegung registrierte und seinerseits den Kopf drehte. Für eine einzelne, endlose Sekunde sahen sie sich genau in die Augen, und für dieselbe, subjektiv endlose Zeit war Stefan hundertprozentig sicher, daß es sein Verfolger war, die Chimäre, die das Schicksal aus einer unerklärlichen Laune heraus auf ihn angesetzt hatte, um sein Leben durcheinanderzubringen. Sein Herz hämmerte, und er konnte regelrecht *fühlen,* wie sein Adrenalinspiegel nach oben schoß und jeder einzelne Nerv in seinem Körper plötzlich unter Hochspannung stand.

»Ist irgendwas?« fragte der Blonde. Seine Stimme klang scharf, herausfordernd. Es war nicht der Kerl aus dem Krankenhaus. Er war ein gutes Stück älter, und sein Gesicht hatte nicht einmal *Ähnlichkeit* mit dem des anderen. Die Nerven hatten ihm einen Streich gespielt, das war alles.

»Nein«, murmelte Stefan. »Ich ... entschuldigen Sie. Ich habe Sie verwechselt.«

Hastig drehte er sich wieder auf seinem Stuhl herum und starrte in die andere Richtung. Seine Hände zitterten, und sein Herz schlug immer noch schnell und hart, und er konnte spüren, daß ihn der Mann weiter anstarrte. Er kam sich vor wie ein Idiot, und wenn er ehrlich gegen sich war, dann benahm er sich auch so.

Aber war das ein Wunder? *Irgend etwas* geschah. Er konnte mit fast körperlicher Intensität *fühlen,* daß irgend etwas vor sich ging; wie ein Gewitter, das sich noch hinter dem Horizont zusammenbraute, dessen geballte Energien man aber trotzdem schon spürte. Und es hatte etwas mit ihm zu tun. Mit ihm und Rebecca und dem, was im Wolfsherz geschehen war.

Vouk.

Er hatte das Wort nicht vergessen, das Schwester Danuta am vergangenen Abend benutzt hatte; weder das Wort selbst, noch – viel mehr – die fast unheimliche Art, auf die sie es betont hatte. Die Angst in der Stimme der Krankenschwester war unüberhörbar gewesen. Vielleicht hätte er Dorns Vermutung doch nicht so leicht von sich weisen sollen. In der modernen, fast schon kalten Umgebung, in der er sich momentan befand, kam ihm der Gedanke lächerlicher vor denn je, und trotzdem: Was, wenn sie sich wirklich mit Mächten eingelassen hatten, denen sie besser nicht begegnet wären …?

Die Kellnerin kam und brachte seine Bestellung. Der Größe der Portion nach zu schließen, mußte er wirklich einen ausgehungerten Eindruck auf sie gemacht haben. Aber er war ganz plötzlich nicht mehr hungrig.

Stefan zahlte, fügte ein unverhältnismäßig großes Trinkgeld hinzu und verließ das Restaurant. Der junge Bursche vom Nebentisch blickte ihm stirnrunzelnd nach, und für einige Sekunden war Stefan sehr sicher, daß er aufstehen und ihm nachgehen würde; vielleicht, um ihn draußen zur Rede zu stellen, oder sonstwas zu tun.

Unsinn!

Stefan entfernte sich rasch ein paar Schritte vom Restaurant – gerade weit genug, um von drinnen nicht mehr gesehen werden zu können –, blieb stehen und zwang sich, ein paarmal tief ein- und wieder auszuatmen. Niemand war hinter ihm her; zumindest nicht der junge Mann aus dem Restaurant. Der Kerl hatte ihm nachgesehen, okay. Und? Wahrscheinlich hatte er ihn in diesem Moment bereits wieder vergessen, und wenn nicht, so würde er es in spätestens einer Stunde haben. Vielleicht erzählte er irgendwann am Abend seiner Freundin oder seinen Kumpels von dem Verrückten, der ihn im Restaurant angegafft hatte und bei seinem Anblick vor Schrecken fast vom Stuhl gefallen wäre, aber *mehr auch nicht*. Mit Sicherheit hatte er in diesem Moment sein Gesicht bereits vergessen.

Trotzdem warf er noch einen letzten Blick zum Ausgang des Restaurants zurück, ehe er schließlich auf dem Absatz kehrtmachte und zu dem Parkhaus ging, wo er seinen Wagen abgestellt hatte.

Der Weg war nicht weit. In diesem Teil der Stadt war ohnehin beinahe jedes dritte Gebäude ein Parkhaus, und angesichts des unsicheren Wetters hatte er auch keinen langen Fußmarsch in Kauf genommen, sondern das erstbeste Restaurant angesteuert, das er entdeckte. Während er das schmucklose, aus fünf über- und drei unterirdischen Etagen bestehende Gebäude ansteuerte, kramte er in der Jackentasche nach Kleingeld für den Automaten, fand aber keines. Dann erinnerte er sich, daß er seine gesamten Münzen der Kellnerin im Restaurant gegeben hatte. Der Rest seiner Barschaft bestand aus einem Hundertmarkschein, den der Automat des Parkhauses garantiert nicht wechseln konnte.

Stefan seufzte. Allzuviel Großzügigkeit zahlte sich offensichtlich nicht immer aus.

Er sah sich suchend auf der schmalen Straße um. Sie bestand nur aus einem halben Dutzend Gebäuden auf jeder Seite und dem Parkhaus selbst, das wie eine mit blauen und gelben Kunststoffstreifen verkleidete Betonmauer an ihrem Ende emporragte; ein Anblick, der der Straße etwas zugleich sonderbar Tristes wie auch Endgültiges gab. Er hatte die Wahl zwischen einem Zigarettenkiosk zwanzig Schritte vor ihm und einer Filiale der Deutschen Bank, zwar nur halb so weit entfernt, aber in der entgegengesetzten Richtung. Er entschied sich für den Kiosk, schon, weil es zu einer seiner kleinen Marotten gehörte, nach Möglichkeit niemals einen Weg zurückzugehen, den er einmal hinter sich gebracht hatte, selbst wenn dies unterm Strich einen Umweg bedeutete. Stefan haßte es, Dinge zweimal zu tun.

Er betrat den Kiosk, zog den säuberlich zusammengefalteten Hunderter aus der Jackentasche und sah schon am Blick des Kioskbesitzers, daß er in diesem Fall besser eine Ausnahme gemacht und das kleine Stück zurückgegangen wäre.

»Bitte entschuldigen Sie«, begann er, »aber könnten Sie mir diesen Schein vielleicht wechseln? Ich muß meinen Wagen aus dem Parkhaus holen, und der Automat unten nimmt keine so großen Banknoten an.«

»Sieht das hier aus wie eine Wechselstube?« fragte der Mann hinter der Theke. Er war einen guten Kopf größer als Stefan, dabei aber so dünn, daß seine Kleider um seine Statur schlotterten. »Wenn ich die Kasse aufmachen soll, müssen Sie schon etwas kaufen. Ansonsten gibt es eine Bank, fünfzig Meter die Straße hinunter.«

Stefan schluckte die verärgerte Antwort hinunter, die ihm auf der Zunge lag. Der Mann war nicht besonders freundlich, aber es gab schließlich kein Gesetz, das ihn dazu verpflichtete, jeden, der hereinkam, mit ausgesuchter Höflichkeit zu behandeln. Einen kurzen Moment lang überlegte Stefan ernsthaft, die Sache auf die Spitze zu treiben und eine Schachtel Streichhölzer zu verlangen, oder eine der Lakritzschnecken, die in einem Glas neben der Kasse standen, entschied sich aber dann dagegen. Es gab nicht den mindesten Grund, wegen einer solchen Lappalie einen Streit vom Zaun zu brechen.

Achselzuckend trat er von der Theke zurück, drehte sich um und ließ seinen Blick über den Zeitungsständer schweifen, der praktisch die gesamte rückwärtige Wand des winzigen Raumes einnahm. Es war die übliche Auswahl, von den schreiend bunten Titelbildern der Yellow-Press bis hin zu einer anderthalb Monate alten Ausgabe des GEO-Magazins. Unter den mißtrauischen Blicken des Ladenbesitzers nahm Stefan das eine oder andere Blatt zur Hand, stöberte unschlüssig einen Moment in einer Illustrierten und stellte sie schließlich zurück. Als er sich wieder zur Theke herumdrehte, fiel ihm eine Gestalt auf, die draußen auf der Straße stand und zu ihm hereinsah. Aber der Mann war weder hellblond, noch trug er Jeans und Lederjacke, und er sah auch nicht *ihn* an, sondern versuchte durch das Schaufenster hindurch einen Blick auf die Titelblätter der Zeitschriften zu ergattern, in denen er gerade geblättert hatte.

Stefan trat wieder an die Theke heran, legte seine Banknote neben die Kasse und sagte: »Geben Sie mir eine Schachtel Camel … oder besser gleich drei. Und ein Feuerzeug.« Der Umriß hinter der Fensterscheibe bewegte sich; als wäre er einen Schritt zur Seite getreten, um irgend etwas im Inneren des Kiosks besser sehen zu können. Stefan gestattete sich nicht, den Kopf zu drehen, um ihn genauer anzusehen.

»Neunzehn achtzig.« Dem ausgemergelten Gesicht seines Gegenübers war keine Reaktion anzumerken, während er die Kasse öffnete, den Hunderter achtlos hineinwarf und das Wechselgeld herausnahm, ohne auch nur hinzusehen. Die letzten zehn Mark zählte er in Münzen ab. »Für den Automaten.«

Nach dem unhöflichen Empfang von gerade war Stefan einigermaßen überrascht, was man ihm wohl auch ansah, denn der Ladenbesitzer fügte mit einem angedeuteten Achselzucken hinzu: »Sie müssen schon entschuldigen. Aber hier kommen andauernd Leute rein, die Geld wechseln wollen. Manchmal platzt einem einfach der Kragen.«

»Schon gut.« Stefan steckte Zigaretten, Feuerzeug und das Wechselgeld ein, behielt aber zwei Fünfer in der linken Hand. Während er dies tat, fuhr der Mann hinter der Kasse fort: »Der Bursche da draußen – gehört er zu Ihnen?«

»Wie kommen Sie darauf?« Stefan sah nun doch zum Fenster zurück, aber da war niemand mehr.

»Nur so. Ich hatte das Gefühl, daß er Sie anstarrt. In letzter Zeit treibt sich hier eine Menge Gesindel herum, wissen Sie?«

Stefan zuckte zur Antwort mit den Schultern, ging zur Tür und zögerte noch einen Moment. Der Fremde war verschwunden, obwohl er ihn nur einige Sekunden aus den Augen gelassen hatte. Er verscheuchte den Gedanken. Ein Zufall, mehr nicht.

Grußlos verließ er den Kiosk, wandte sich nach rechts und ging mit schnellen Schritten auf das Parkhaus zu. Plötzlich fiel ihm wieder auf, wie still es in der schmalen Seitenstraße war. Niemand war zu sehen, und selbst die Geräusche der Stadt schienen plötzlich verstummt zu sein, obwohl er sich praktisch im Herzen einer der größten Städte Europas aufhielt. Und zugleich hatte er das Gefühl, angestarrt zu werden. Nein, nicht angestarrt … *belauert*. Das war ein Unterschied. Stefan hätte ihn nicht in Worte fassen können, aber es war ein Unterschied.

Zum wiederholten Mal versuchte er sich damit zu beruhigen, daß es sich das alles nur einbildete. Er war übernervös, er war übermüdet, und er war alles andere als guter Laune – nicht unbedingt die besten Voraussetzungen, um eine Situation kühl und mit der notwendigen Distanz zu beurteilen.

Es funktionierte nicht.

Das unheimliche Gefühl blieb. Es schien sogar noch stärker zu werden, als hätte er mit seinen Bemühungen, sich selbst zu beruhigen, das genaue Gegenteil erreicht.

Kurz, bevor er das Parkhaus betrat, blieb er noch einmal stehen und drehte sich um.

Die Straße lag noch immer wie ausgestorben vor ihm. Der Mann, der gerade vor dem Schaufenster gestanden hatte, war verschwunden, obwohl die Zeit auf keinen Fall ausgereicht hätte, um das jenseitige Ende der Straße zu erreichen. Er mußte in einem der benachbarten Gebäude verschwunden sein.

Oder im Parkhaus …

Vielleicht war dieser Gedanke nicht besonders klug. Stefan spürte, wie sein Herz schon wieder heftig klopfte. Die Münzen in seiner Hand fühlten sich plötzlich eisig an und zentnerschwer, und für eine kurze Zeitspanne überlegte er ernsthaft, kehrtzumachen und später zurückzukommen. Er konnte einfach eine halbe Stunde spazierengehen und darauf bauen, daß seinem Verfolger die Zeit zu lang wurde und er aufgab, oder auch vorne an der Ecke warten, bis irgendein anderer Autofahrer kam, um seinen Wagen aus dem Parkhaus zu holen, oder –

– oder die Polizei rufen, um sich zu seinem Wagen auf dem untersten Parkdeck eskortieren zu lassen?

Das war lächerlich. Er war dabei, sich vor sich selbst zum Narren zu machen, und er mußte aufpassen, dies nicht auch noch vor dem Rest der Welt zu tun. Hier war niemand, der ihn beobachtete. Und hier war erst recht niemand, der ihn verfolgte. Basta.

Trotzdem kostete es ihn Überwindung, weiterzugehen und den schattigen Eingangsbereich des Parkhauses zu betreten, in dem die Kassenautomaten standen. *Schattig* war nicht einmal das richtige Wort. Es war dunkel. Dunkler, als es sein sollte, und spürbar kälter. In der Luft lag ein seltsamer Geruch: das Benzin-, Öl- und Metallaroma des Parkhauses, aber auch noch etwas. Etwas … *Wildes, Fremdes*. Er glaubte Schnee zu riechen.

Natürlich war nichts von alledem real. Es war hier drinnen dunkler, weil das Parkhaus keine Fenster hatte und sich das Tageslicht schon auf halber Strecke zu den Automaten verlor, und der unangenehme Geruch stammte vermutlich von Urin, den irgendeiner seiner Geschlechtsgenossen in einer Ecke hinterlassen hatte, weil ihm der Weg zur nächsten öffentlichen Toilette zu weit war. Alles andere entsprang nur seiner eigenen Einbildung.

Aber das war nur die eine Seite. Die *logische*. Plötzlich schien die Wirklichkeit nicht mehr so klar und deutlich abgegrenzt zu sein, wie sie es sollte, als hätte er nicht bloß ein Parkhaus betreten, sondern einen Schritt in eine andere, verwunschene Realität getan – eine Welt, in der die Dinge mehr als nur eine Bedeutung hatten und in der Schatten nicht nur Schatten waren und Stille nicht nur Stille. Sie waren zu Verstecken geworden; schwarze Löcher in der Wirklichkeit, Hinterhalte für Dinge, die er nicht erkennen konnte und vielleicht besser auch nicht *sollte*.

Stefan versuchte mit aller Macht, diese irrationalen Gedanken aus seinem Kopf zu verjagen, aber es war wie vorhin: Er erreichte das genaue Gegenteil dessen, was er wollte. Während er den Parkschein in den Automaten schob und die beiden Fünfmarkstücke einwarf, glitt sein Blick über die Reihen der ordentlich abgestellten Wagen, und er sah weit mehr, als er sehen wollte. Mehr, als normal war. So als ob alle seine Sinne plötzlich mit einer nie gekannten Schärfe funktionierten. Die Schatten zwischen den Wagen *bewegten* sich. Es war nichts darin. In den Schatten war nur Leere, aber er konnte diese Leere sehen wie etwas Körperliches, das wogte und waberte. Er hörte Geräusche, von denen er bisher nicht einmal gewußt hatte, daß es sie gab: das leise Knacken abkühlender Motoren, das Wispern des Stroms, der in unsichtbaren Leitungen hinter den Wänden floß, das Klicken von Relais, ein gemurmeltes Gespräch, vielleicht eine, vielleicht sogar zwei oder drei Etagen über ihm, und er roch Dinge, die seinen normalen Sinnen verborgen waren: Eine intensive Wolke von Parfumduft, die einem Polo zwanzig Meter von ihm entfernt entströmte, der Ledergeruch eines fabrikneuen Mercedes ein Stück entfernt auf der Linken. Einem

Wagen, der ganz in den Schatten direkt hinter dem Eingang abgestellt war, entströmte ein so starker Moschusgeruch, daß er beinahe eine Erektion bekam. Jemand hatte auf den Rücksitzen Sex gehabt, und das vor ganz kurzer Zeit.

Stefan schloß die Augen, ballte die Hände zu Fäusten und preßte die Kiefer so fest aufeinander, daß seine Zähne schmerzten. Trotzdem verstärkte er den Druck noch. Ein dünner, roter Schmerzpfeil schoß durch seinen Kiefer bis in die Stirn hinauf.

Es half.

Als er die Augen wieder öffnete, war die Welt wieder in die Normalität zurückgekehrt. Die Schatten waren wieder Schatten, das Schweigen wieder Schweigen und das Parkhaus wieder ein Parkhaus.

Mehr war es auch nie gewesen.

Stefan schüttelte den Kopf. Er hatte die Hände immer noch zu Fäusten geballt, und er lockerte seinen Griff auch jetzt nicht. Er war wütend auf sich selbst, auf sich und vor allem auf seine Feigheit, die letztendlich der einzige Grund für diese unheimliche Vision gewesen war. An dem alten Sprichwort, daß der Mutige nur einmal stirbt, der Feige aber hundertfach, schien doch etwas dran zu sein.

Mit einiger Mühe zwang er seine Fäuste, sich zu öffnen, nahm den Parkschein und das Wechselgeld aus dem Automaten und steuerte den Aufzug an der gegenüberliegenden Wand an. Fast ohne sein Zutun suchte sein Blick den Wagen hinten links in der Ecke. Er lag so tief im Schatten, daß Stefan nicht einmal das Fabrikat erkennen konnte, und mindestens zwanzig Meter vom Kassenautomaten entfernt. Es war somit vollkommen unmöglich, daß er auch nur die Spur eines Geruchs daraus wahrgenommen hatte. Eine Halluzination, mehr nicht.

Und er würde es sich selbst beweisen.

Stefan hatte den Aufzug schon fast erreicht, aber dann

machte er kehrt und ging mit schnellen Schritten auf den Wagen zu, doch auf halber Strecke blieb er stehen.

Im Inneren des Wagens bewegte sich etwas.

Nein, nicht etwas.

Jemand.

Was immer diese unheimliche Vision ausgelöst hatte, hatte ihn nicht getrogen. Er war jetzt nahe genug, um nicht nur das Fabrikat und die Farbe erkennen zu können, sondern auch, daß sich auf den Rücksitzen des Mercedes zwei Gestalten bewegten, eng umschlungen und so in ihr Liebesspiel vertieft, daß sie ihn wahrscheinlich nicht einmal wahrgenommen hätten, wäre er noch näher herangegangen.

Aber das ist unmöglich! dachte Stefan entsetzt. *Vollkommen unmöglich!* Er konnte von seiner Position vorne am Automaten aus nichts wahrgenommen haben. Er erkannte jetzt, daß die beiden Lampen unmittelbar über dem Mercedes ausgefallen waren, vielleicht auch abgeschaltet. Aus diesem Grund war es in dieser Ecke so dunkel, und aus keinem anderen Grund hatte das Pärchen im Wagen den Mercedes auch dort abgestellt. Es war vollkommen unmöglich, daß er irgend etwas gehört, geschweige denn gerochen hatte.

Und doch …

Stefan fühlte, wie sich jedes einzelne Haar auf seinem Kopf sträubte. Er begann am ganzen Leib zu zittern. Was, um alles in der Welt, *geschah* hier?

Er machte einen weiteren unsicheren Schritt auf den Wagen zu, blieb abermals stehen und versuchte ebenso verzweifelt wie vergeblich, das Chaos hinter seiner Stirn zu bändigen. Etwas im Rhythmus der Bewegung hinter den beschlagenen Scheiben des Mercedes änderte sich, und Stefan wußte, was gleich geschehen würde, aber er war immer noch nicht in der Lage, sich zu rühren oder auch nur einen klaren Gedanken zu fassen. Doch plötzlich wurde ihm klar, welchen Anblick er bieten mußte, nämlich den eines Voyeurs, der sich verstohlen an sein Opfer heranschlich und dem das schlechte Gewissen ins Gesicht geschrieben stand.

Die Erkenntnis kam zu spät.

Als wäre der Gedanke ein Stichwort gewesen, flog die Fondtür des Mercedes mit einem Knall auf, und eine wütende Gestalt sprang ins Freie; im ersten Moment mit solcher Schnelligkeit, daß Stefan instinktiv die Hände hob, denn er war überzeugt davon, daß sich der Mann, ohne zu zögern, auf ihn stürzen würde. Nach nicht einmal zwei Schritten jedoch versiegte die Energie des anderen. Er blieb stehen und funkelte Stefan zwar noch wütend und herausfordernd an, bot aber trotzdem zugleich einen fast schon lächerlichen Anblick, denn er versuchte mit der linken Hand seine Hose festzuhalten, während er mit der anderen das Hemd in den Hosenbund stopfte. Die losen Enden seines Gürtels klimperten. Das Geräusch hallte unheimlich verzerrt von den nackten Betonwänden zurück, und Stefan mußte an die Glocken eines Hundeschlittens denken, deren Läuten durch eine eisige Schneenacht an sein Gehör drang. Die Assoziation war vielleicht absurd, aber für einen Sekundenbruchteil trotzdem so deutlich, daß er das Bild regelrecht sah. Seine Phantasie schlug noch immer Kapriolen.

»Was ist los?« brüllte der Mann. »Was suchst du hier?!«

In den Worten lag eine Herausforderung, die der Rest seiner Erscheinung nicht halten konnte. Der Mann mußte mindestens doppelt so alt sein wie Stefan und um etliches größer und schwerer. Aber das meiste davon war untrainiertes Fett, und sein Gesichtsausdruck machte auch deutlich, daß er mindestens ebenso große Angst vor Stefan hatte wie dieser vor ihm. Wahrscheinlich mehr; denn im Grund war das, was Stefan in diesem Moment empfand, keine Angst. Er war erschüttert bis auf den Grund seiner

Seele, und die Situation wurde ihm mit jedem Sekundenbruchteil peinlicher, aber da war auch noch etwas. Keine Angst, sondern … beinahe das Gegenteil.

Trotz der Furcht, deren Geruch der Mann so deutlich verströmte, daß Stefan fast meinte, sie mit Händen greifen zu können, lag in seiner Haltung und seiner Stimme auch eine Herausforderung, die vielleicht aus Angst geboren, deshalb aber nicht weniger ernst zu nehmen war. Und irgend etwas in ihm *reagierte* auf diese Herausforderung, *begrüßte* sie regelrecht. Für einen Sekundenbruchteil ertappte er sich bei dem Gedanken, beinahe darauf zu warten, daß sich der andere auf ihn stürzte, um ihn zu packen, die Fäuste in sein Gesicht zu schlagen und –

Stefan würgte den Gedanken mit aller Macht ab, trat einen halben Schritt zurück und breitete in einer Geste der Hilflosigkeit die Hände aus. »Ich …«, stammelte er. »Es tut mir leid. Entschuldigen Sie. Ich wollte Sie nicht …«

»Hau bloß ab, du verdammter Spanner!« brüllte der andere. Er hob kampflustig die Fäuste, machte einen halben Schritt auf Stefan zu und blieb dann wieder stehen. Sein Blick flackerte unsicher, und an seinem Hals begann eine Ader zu pochen; so heftig, daß Stefan es selbst in fünf Schritten Entfernung noch deutlich erkennen konnte. Vielleicht hatte ihn Stefans Reaktion im allerersten Moment mit einem Mut erfüllt, der ihn selbst überraschte; und mit dem er nichts anfangen konnte. Viel wahrscheinlicher aber war er einfach in Panik und wußte nicht *wirklich*, was er tat.

Wäre Stefan das gewesen, wofür er ihn offensichtlich hielt, dachte er beiläufig, hätte ihn dieser Fehler unter Umständen das Leben gekostet.

Es war noch immer da. In seinem Kopf waren noch immer Gedanken, die nicht dort hingehörten. Er reagierte vollkommen schizophren. Er konnte selbst spüren, wie er feuerrot anlief, und das Gefühl der Peinlichkeit wurde so stark, daß sich sein Magen zu einem schmerzhaften Klumpen zusammenzog. Aber zugleich hinderte ihn irgend etwas daran, auch nur weiterzusprechen, geschweige denn, das einzig Vernünftige in diesem Moment zu tun und auf der Stelle herumzufahren und wegzulaufen. Plötzlich spürte er, wie gefährlich die Situation war. Wenn der andere auch nur noch einen einzigen Schritt weiter auf ihn zutrat, eine weitere Herausforderung aussprach, eine falsche Bewegung machte … er war nicht sicher, ob er dem Drang dann noch widerstehen konnte, ihn einfach zu packen und auf ihn einzuschlagen.

Aber der gefährliche Moment ging vorüber, ohne daß etwas geschah. Vielleicht spürte der andere, was in Stefan vorging, wahrscheinlicher aber war, daß er es ihm einfach ansah. Der Sturm, der hinter seiner Stirn tobte, konnte nicht spurlos an seinem Gesicht vorübergehen. Zwei, drei Sekunden lang standen sie einfach da und starrten sich an, dann trat der andere einen Schritt zurück und senkte gleichzeitig den Blick, und irgendwie war es, als wäre die Herausforderung mit dieser Geste zurückgenommen.

»Was wollen Sie?« fragte er, noch immer in scharfem Ton, aber jetzt trotzdem irgendwie anders. *Zivilisierter?*

Wahrscheinlich, dachte Stefan. Er spürte, wie die unheimliche Woge von Gefühlen, die ihn für einen Moment fast übermannt hätte, erlosch wie der Lichtblitz einer Explosion, die für einen Moment gleißend hell aufloderte und dann verblaßte. Er wußte sogar, was mit ihm geschehen war. Für ein paar Augenblicke war er viel weniger Mensch als *Kreatur* gewesen, ein Geschöpf, das nur seinen Instinkten und antrainierten Reflexen gehorchte, nicht mehr seinem logischen Denken. Aber es war vorbei.

»Nichts«, sagte er. »Bitte entschuldigen Sie. Es war … ein Mißverständnis.«

Er konnte sehen, wie es im Gesicht des anderen arbeitete. Ganz offensichtlich *wollte* er ihm glauben, mit fast verzweifelter Macht, aber ebenso offensichtlich *konnte* er es nicht. Erst jetzt registrierte Stefan, daß die Hose, die der Mann noch immer mit einer Hand daran hinderte, ihm auf die Knie herunterzurutschen, zu einem auserlesen teuren Anzug gehörte, so wie auch der Wagen, aus dem er gekommen war, in der oberen Preisklasse rangierte. Warum er und seine Begleiterin auch immer dieses Parkhaus für ihre Liebesspiele ausgesucht hatten – es lag bestimmt nicht daran, daß sie sich kein Hotelzimmer leisten konnten. Und offensichtlich hielt er Stefan für einen anderen als den, der er war.

»Es tut mir leid«, sagte er noch einmal. »Das Ganze ist mir sehr peinlich. Ich gehe jetzt besser.«

Hastig fuhr er herum, entfernte sich geduckt ein paar Schritte von dem Mercedes und richtete sich dann auf, um mit so weit ausgreifenden Schritten auf den Aufzug zuzustürmen, daß er praktisch rannte. Er kam trotzdem zu spät. Jemand in einer anderen Etage des Kaufhauses mußte den Knopf gedrückt haben, der den Aufzug rief. Die Türen schlossen sich einen Sekundenbruchteil schneller, als Stefan die Hand ausstrecken konnte, um die Lichtschranke zu unterbrechen, und er konnte hören, wie die Kabine mit einem leisen Summen abfuhr.

Stefan unterdrückte einen Fluch, fühlte sich einen Moment lang entsetzlich hilflos und drückte dann den Rufknopf so tief in seine Fassung, daß das Blut unter seinem Fingernagel wich; gleichzeitig aber wandte er auch nervös den Kopf, und er sah genau das, was er befürchtet hatte: Der Mercedesfahrer hatte seinen Schrecken mittlerweile offenbar vollends überwunden und eilte auf ihn zu. Und er war auch endlich auf die Idee gekommen, seinen Gürtel zu schließen, so daß er nicht mehr Gefahr lief, über seine eigene Hose zu stolpern. Auf seinem Gesicht lag ein Ausdruck, der Stefan nicht gefiel.

»Warten Sie!« rief er. »Ich muß mit Ihnen reden!«

Aber ich nicht mit dir! dachte Stefan. *Verschwinde! Komm nicht hierher. Tu dir selbst den Gefallen und komm nicht hierher! Bitte!*

Wahrscheinlich hätte der Mann auch dann nicht auf diese Worte reagiert, wenn er sie laut ausgesprochen hätte. Er beschleunigte seine Schritte im Gegenteil sogar noch und näherte sich nun so rasch, daß Stefan gar keine Zeit mehr fand, noch irgend etwas zu tun. Sein Daumen hämmerte noch immer hektisch auf den Knopf neben der Tür ein, aber der erhoffte Erfolg blieb aus.

»Bitte!« sagte der Mercedesfahrer. »Ich will nur mit Ihnen reden, mehr nicht!«

»Hören Sie!« Stefan drehte sich nicht zu dem Mann herum, sondern wandte nur den Kopf und antwortete über die Schulter hinweg. »Es tut mir wirklich sehr leid. Ich kann nicht mehr tun, als mich bei Ihnen zu entschuldigen. Das Ganze war ... nur ein dummes Mißverständnis, mehr nicht!«

»Hat meine Frau Sie geschickt?« fragte der andere, geradeheraus, aber trotzdem in einem Ton, der bewies, wie schwer ihm diese Frage fiel. Er wartete die Antwort auch gar nicht ab, sondern sprudelte, rasch und in fast schon beunruhigend verändertem Ton weiter: »Ja. Das hat sie. Was bezahlt Sie Ihnen?«

»Nein, das hat sie nicht!« erwiderte Stefan scharf. »Ich kenne Ihre Frau nicht. Ich kenne auch Sie nicht, und ich lege auch nicht den mindesten Wert darauf, Sie kennenzulernen, begreifen Sie das nicht? Ich bin nur zufällig hier!«

Der andere blickte ihn an, näherte sich um einen weiteren halben Schritt und hob die Hand, wie um sie ihm auf die Schulter zu legen. Stefan flehte, daß er es nicht tat. Er wußte nicht, was passieren würde, wenn der Mann ihn berührte. Was immer es war, das er gerade gespürt hatte, es war noch immer da. Und es wartete.

»Die ganze Sache ist mir mindestens genauso peinlich

wie Ihnen«, fuhr Stefan fort. Durch die Aufzugtüren drang ein leises Klacken; vielleicht das Geräusch der Kabine, die sich eine Etage tiefer in Bewegung setzte. Er hörte auf, auf den Knopf einzuhämmern, drehte sich aber trotzdem nicht zu dem Fremden um. Sein Mund war plötzlich so trocken, daß er kaum noch sprechen konnte. »So glauben Sie mir doch endlich. Wir können die Sache jetzt für uns beide noch peinlicher machen, indem wir weiter hier herumstehen und palavern, oder wir drehen uns beide um und gehen unserer –«

»Sie wollen Geld«, sagte der Mercedesfahrer. Er schien Stefans Worte gar nicht gehört zu haben. Er wirkte auch nicht wütend, sondern mit einem Male fast erleichtert. »Das ist kein Problem. Sagen Sie mir, was Ihnen meine Frau bezahlt, und Sie bekommen das Doppelte. Sofort.«

Der Aufzug kam, und gleichzeitig wurde das Motorengeräusch hinter ihnen lauter und änderte seinen Klang, als der Wagen in das aus Beton gegossene Gewölbe des Parkhauses rollte. Für einen Moment huschte geisterhafter weißer Lichtschein über die Reihen der ordentlich abgestellten Fahrzeuge, und für einen noch kürzeren Moment, vielleicht wirklich nur für den Bruchteil einer Sekunde –

– war nichts mehr, wie es sein sollte.

Die Welt machte einen Schritt durch eine Drehtür, auf deren anderer Seite eine vollkommen veränderte, erschreckende Wirklichkeit lag, eine Realität nicht nur jenseits des Bekannten, sondern darüber hinaus weit jenseits des Vorstellbaren und trotzdem auf furchteinflößende Weise vertraut.

Seine Sinne explodierten zu nie gekannter Intensität. Er roch, hörte und – vor allem – fühlte Dinge mit einer Eindringlichkeit, die die Grenzen echten körperlichen Schmerzes erreichte. Noch bevor sich die Aufzugtüren öffneten, wußte er, daß eine Frau heraustreten würde. Nicht mehr ganz jung, aber auch noch nicht alt. Er konnte ihr Deodorant riechen, und hätte er sich darauf konzentriert, hätte er sagen können, was sie am Abend zuvor gegessen hatte. Die Präsenz des Mercedesfahrers hingegen traf ihn wie ein Hammerschlag.

Nicht nur seine Gerüche. Sie explodierten zu der gleichen, unvorstellbaren Intensität wie alle anderen: Er konnte spüren, wo dieser Mann gestern abend gewesen war, wie es in seinem Zuhause aussah und was er in den letzten vier oder fünf Tagen gegessen hatte, hätte er sich angestrengt, sogar in der richtigen Reihenfolge, welches Parfüm die Frau benutzte, mit der er im Wagen gewesen war, ja, selbst was sie am Morgen zu sich genommen hatte, und auch – vor allem – daß sie mit dem, weshalb sie hierhergekommen waren, nicht zu Ende gekommen waren.

Aber das war nicht alles. Längst nicht alles. Wie zum Ausgleich für die plötzliche Hyperfunktion seiner Sinne arbeitete sein Sehvermögen mit einem Male nur noch eingeschränkt: in Schwarz-Weiß, körnig und mit ausgefransten Konturen, wie bei einer Videoaufnahme, die zu oft und auf zu billige Bänder umkopiert worden war. Doch was er sah, war von nie gekannter Eindringlichkeit. Mit einem Male bekam das Wort Körpersprache eine vollkommen neue Dimension. Der Mann vor ihm mußte nicht mehr sagen, was er dachte. Er konnte es sehen. Es war nicht nur seine Haltung, die Anspannung jedes Muskels in seinem Gesicht, der Blick seiner dunklen Augen, in denen sich Panik und eine verzweifelte Entschlossenheit miteinander mischten, sein Geruch und der Klang seiner Stimme, es war die Gesamtheit all dieser winzigen Eindrücke, die sich zu mehr summierten, als er sich auch nur hätte vorstellen können. Selbst die Zeit schien plötzlich nicht mehr das zu sein, was er kannte; da er hundertmal mehr Eindrücke in derselben Zeitspanne aufnahm, schien sie sich zu dehnen, so daß er nicht das Gefühl jener einzelnen Sekunde hatte, die tatsächlich verstrich, sondern sie zu einer kleinen Ewigkeit zu werden schien: Die Aufzugtüren glitten knirschend auseinander – er konnte hören, daß eines der Zahnräder in der jahrzehntealten Mechanik abgenutzt war, so daß sie nicht mehr hundertprozentig funktionierte –, und eine

Frau trat heraus. Das Motorengeräusch kam näher, und für eine halbe Sekunde streifte das Scheinwerferlicht den Mann vor ihm und ließ ihn blinzeln; seine Augen reflektierten das weiße Schimmern und schienen noch etwas hinzuzufügen, und dann –

– war es vorbei.

Die Drehtür beendete ihre Runde, bevor er auf der anderen Seite hinaustreten konnte. Die Welt bekam ihre Farbe zurück, aber sie schien gleichzeitig auch neunzig Prozent ihrer Intensität zu verlieren. Stefan war sich darüber im klaren, daß es diesmal tatsächlich nur ein subjektiver Eindruck war, und doch erschien die Welt plötzlich flach, farblos und auf sonderbare Weise gedämpft. Nachdem seine Sinne für einen Sekundenbruchteil mit so übermäßiger Schärfe gearbeitet hatten, kamen ihm ihre normalen Fähigkeiten nun plötzlich gedämpft vor, als hätte jemand einen Schleier über seine Augen gelegt und seine Ohren und seine Nase mit Watte verstopft. Die Drehtür hatte sich ein Stück zu weit in die entgegengesetzte Richtung gedreht. Dann schnappte sie endgültig zurück, und endlich war wieder alles *wirklich* normal.

»Entschuldigung.«

Die Frau aus dem Aufzug drängte sich schräg gehend zwischen ihm und dem Mercedesfahrer hindurch, wobei sie versuchte, gleichzeitig den Blick gesenkt zu halten, ihn und Stefan aber auch verstohlen zu mustern. Stefan wurde schmerzhaft bewußt, daß sie sich nicht einfach gegenüberstanden, sondern eindeutig *Kontrahenten* waren. Er machte einen raschen Schritt, um ihr Platz zu machen, damit zugleich aber auch in die Liftkabine zu treten. Es war sein einziger Fluchtweg. Er mußte *weg hier*. Sofort.

Unglückseligerweise hatte sich der andere wohl in den Kopf gesetzt, genau dies zu verhindern, denn er vollzog seine Bewegung getreulich nach und streckte gleichzeitig den Arm aus; wie Stefan im allerersten Moment annahm, um ihn an der Schulter zu ergreifen, in Wirklichkeit aber wohl, um die Lichtschranke zu unterbrechen, damit sich die Aufzugtüren nicht schlossen. Daß er die Frau dabei anrempelte und um ein Haar von den Füßen riß, bemerkte er nicht einmal.

»Warten Sie!« In seiner Stimme war jetzt ein hysterischer Unterton, zu dem sich ein Flackern in seinem Blick gesellte, das sämtliche Alarmglocken hinter Stefans Stirn schrillen ließ. Der Mann befand sich auf jenem gefährlichen Grad zwischen Panik und cholerischer Wut, auf dem der nächste Schritt entscheiden würde, in welche Richtung er abstürzte. Stefan machte einen zweiten Schritt und wich damit bis an die Rückwand der Kabine zurück. Gleichzeitig drückte er den Knopf für das vierte Untergeschoß, nicht weil sein Wagen dort stand, sondern ziellos; vielleicht auch, weil das unterste Parkdeck am weitesten von diesem Ort und damit seinem Verfolger entfernt war. Seine Handlungen wurden noch immer mehr von Instinkten bestimmt als von klarem Überlegen.

»So warten sie doch!« sagte der andere. Er stand noch immer in einer fast grotesken Haltung da: den rechten Arm ausgestreckt und das Bein halb erhoben, als wage er es nicht, die Liftkabine endgültig zu betreten. Vielleicht spürte er, daß das Überschreiten dieser Schwelle zugleich auch das Unterschreiten von Stefans Fluchtdistanz bedeuten mußte, und vielleicht war unter dem Chaos aus Angst, Wut und Panik hinter seiner Stirn doch noch ein winziger Rest von klarem Denken, der ihm sagte, daß es noch eine winzige Chance gab, die drohende Eskalation zu verhindern.

»Ich muß mit Ihnen reden. *Bitte!*«

»Da gibt es nichts zu bereden«, antwortete Stefan. Beiläufig registrierte er, daß der Wagen nicht mehr näher kam, sondern offensichtlich angehalten hatte. Nicht sehr weit entfernt, aber doch außerhalb des Bereiches, den er aus dem Lift heraus einsehen konnte. Türen wurden geöffnet.

»Sie verwechseln mich. Ich bin nicht der, für den Sie mich halten.«

»Was bezahlt sie Ihnen?« fragte der andere nervös. Sein Blick tastete über Stefans Gesicht, suchte vielleicht nach einem verräterischen Zeichen, vielleicht nach einer Spur von Schwäche. »Ich ... ich gebe Ihnen zehntausend! Sofort. Einen Barscheck. Sie können ihn sofort haben.«

»Ich will Ihr Geld nicht, verdammt noch mal«, antwortete Stefan. Es fiel ihm immer schwerer, auch nur halbwegs ruhig zu bleiben. Die Situation war grotesk, aber es war absolut nichts Komisches daran. Blitzschnell überlegte er, den angebotenen Scheck vielleicht tatsächlich zu nehmen; nicht um ihn einzulösen, sondern einfach nur, um seine Ruhe zu haben und irgendwie aus dieser verrückten Geschichte herauszukommen. Aber das würde bedeuten, mit diesem kurz vor dem Ausrasten stehenden Nervenbündel zurück zum Wagen zu gehen, zu warten, bis er den Scheck ausgefüllt hatte. Gott allein mochte wissen, was in dieser Zeit passieren konnte. Und so ganz nebenbei würde es auch bedeuten, ihn und seine Begleiterin in einer Sicherheit zu wiegen, die es nicht gab. So sagte er. »Vergessen Sie einfach, daß Sie mich je gesehen haben, okay?« und beging damit einen fatalen Fehler.

Er begriff es, noch bevor er den Satz zu Ende gesprochen hatte. Der Mann machte zwei Schritte: einen hinein in die Aufzugkabine, den anderen über die Grenze zwischen Angst und Aggressivität.

»Sie verdammter Mistkerl!« schnaufte er. »Es macht Ihnen Spaß, andere fertigzumachen, wie? Geld interessiert Sie nicht. Sie wollen sehen, wie andere leiden, wie? Aber nicht mit mir!« Und noch bevor Stefan wirklich begriff, was geschah, machte der Mann einen weiteren Schritt, streckte die Hände aus und packte ihn grob bei den Jackenaufschlägen, um ihn zu schütteln oder gegen die Aufzugwand zu stoßen. Er hätte es gekonnt. Er war ein gutes

Stück größer als Stefan und vermutlich sehr viel stärker, und Panik und Zorn mußten ihm zusätzliche Kräfte geben. Doch er beging einen Fehler: Indem er Stefan so grob packte und in die Höhe riß, daß er gezwungen war, auf den Zehenspitzen zu stehen, zwang er ihn auch, ihm direkt in die Augen zu blicken, und dieser Moment, dieser – wortwörtliche – Augenblick, änderte alles. Stefan – etwas in ihm, das Ding von der anderen Seite der Drehtür – las die Herausforderung in seinen Augen und reagierte darauf

Beinahe verblüfft, aber auch von einer fast schon wissenschaftlichen Neugier erfüllt, was als nächstes geschehen würde, folgte sich Stefan selbst dabei, wie er die Hände zu Fäusten ballte und die Arme dann mit einem Ruck hochriß. Seine Unterarme trafen die Handgelenke des anderen und sprengten seinen Griff, gleichzeitig drehte er den Oberkörper nach rechts und versetzte ihm so einen Stoß mit der Schulter, der ihm nicht nur die Luft aus den Lungen preßte und aus seinem wütenden Schnauben ein überraschtes Japsen machte, sondern ihn auch bis zur Lifttür zurücktrieb. Die beiden Türhälften, die sich gerade hinter ihm hatten schließen wollen, um sie beide samt ihrer Auseinandersetzung vier Etagen weit in den Untergrund zu tragen, kamen mit einem Ruck zum Stehen und glitten dann widerwillig auseinander. Und es war noch nicht vorbei. Noch immer ohne sein Zutun – mehr noch, eigentlich gegen seinen Willen – setzte Stefan dem Mercedesfahrer nach, hob die Arme und stieß ihm blitzschnell und sehr hart die flachen Hände vor die Brust. Der Mann keuchte überrascht, taumelte aus dem Aufzug heraus und stolperte, mit wirbelnden Armen um sein Gleichgewicht kämpfend, nach hinten. Er hätte diesen Kampf zweifellos verloren, wäre er nicht gegen einen Wagen geprallt.

»Das reicht!« fauchte Stefan. »Zum allerletzten Mal:

Lassen Sie mich in Ruhe! Ich habe nichts mit Ihnen zu tun! Verschwinden Sie, oder es passiert was!«

Der Lift schloß sich; schnell, aber nicht schnell genug, daß Stefan nicht sah, daß es noch immer nicht vorbei war. Sein vollkommen warnungsloser Wutausbruch hatte nicht nur ihn selbst verblüfft, sondern auch den anderen. Für eine Sekunde stand er einfach reglos und mit ungläubig aufgerissenen Augen gegen den Wagen gelehnt da, der seinen Sturz aufgefangen hatte, aber dann erwachte wieder dieses Glitzern in seinen Augen, und Stefan begriff endgültig, daß es nicht nur die Reflexion des Scheinwerferlichtes gewesen war. Die Herausforderung war gegenseitig. Der andere würde nicht aufgeben, sondern zurückkommen, und wenn er diesmal die Liftkabine betrat, dann würden sie kämpfen. Und dann würde sich entscheiden, wer gewann …

Die Entscheidung fiel nie. Die Aufzugtüren schlossen sich, im wahrsten Sinne des Wortes einen Sekundenbruchteil bevor der Mercedesfahrer sie erreichte. Sein wütender Schrei wurde nicht abgeschnitten, aber um neun Zehntel gedämpft und war plötzlich ein Laut, der aus jenem Bereich der Wirklichkeit herausdrang, in den die Drehtür für einen kurzen Moment zurückgeschnappt war.

Für eine einzelne, angsterfüllte Sekunde rührte sich der Aufzug nicht. Der Mercedesfahrer hämmerte mit den Fäusten gegen die Türen und schrie, zum Teil Beleidigungen, zum Teil einfach unartikuliert. Vielleicht hatte er den Knopf gedrückt, und die Türen würden sich wieder öffnen? Er würde hereinkommen, und einer von ihnen würde den anderen umbringen.

Dann erzitterte der Boden, und die Kabine setzte sich in Bewegung.

Die Anspannung fiel von ihm ab wie ein getragenes Kleidungsstück. Stefan atmete hörbar ein, ließ sich regelrecht nach hinten fallen und prallte schwer mit Kopf und

Schultern gegen die metallene Rückwand, und wieder schlug das Pendel für einen Moment in die Gegenrichtung. Brodelndem Zorn und dem absoluten Willen, irgend etwas zu packen und zu zerstören, folgten Furcht und ein so starkes Zittern seiner Hände, daß seine Finger mit einem hörbaren *Klackediklack* gegen die Kabinenwand trommelten. Sein Herz jagte. Die Luft in seiner Kehle schmeckte plötzlich nach Metall und schien zu schneiden.

Großer Gott, was war mit ihm los? Was geschah mit ihm?! Er konnte hören, wie der Verrückte dort oben noch immer gegen die Aufzugtüren trommelte, so daß das ganze Parkhaus zu dröhnen schien. Der Aufzugsschacht fing den Lärm auf und mußte als Verstärker fungieren, die Faustschläge hörten sich jetzt tatsächlich an wie Maschinengewehrfeuer, und dieser Irrsinnige schrie dazu, als würde er tatsächlich von Kugeln durchsiebt.

Mit angehaltenem Atem wartete Stefan, bis der Aufzug am Ziel war, und stürzte regelrecht aus der Kabine. Sein Wagen stand zwei Etagen höher, aber er erwog nicht einmal den Gedanken, einen der anderen Aufzüge zu benutzen, sondern rannte mit weit ausgreifenden Schritten zum Treppenhaus, riß die Tür auf und sprintete die nackten Betonstufen empor, gehetzt von einer gestaltlosen Furcht, die mit jedem Schritt zuzunehmen schien. Das Geschrei und der Lärm hatten aufgehört, aber das mußte nicht bedeuten, daß sich der Verrückte dort oben beruhigt hatte. Was, wenn er ihm plötzlich hier im Treppenhaus entgegenkam? Oder zwei Etagen höher hinter der Tür auf ihn wartete, bewaffnet mit einem Wagenheber oder einer Eisenstange und mit Schaum vor dem Mund?

Quatsch. Trotz allem war er noch klar genug im Kopf, um sich zu sagen, daß das ganz und gar ausgeschlossen war, schon aus dem simplen Grund, daß der Mann gar nicht wissen konnte, in welchem Parkdeck sein Wagen stand.

Trotzdem nahm er sein Tempo nicht zurück, sondern stürmte so schnell weiter und durch die Tür, daß er sich schmerzhaft die Schulter anstieß. Die letzten Meter zu Roberts BMW rannte er tatsächlich.

Er war so nervös, daß er im ersten Moment vergaß, daß der Wagen eine elektronische Wegfahrsperre besaß und drei-, vier-, fünfmal vergeblich den Zündschlüssel drehte, ehe er auf die Idee kam, die entsprechende Ziffernkombination in die Tastatur einzutippen. Der Motor sprang an und heulte auf wie ein gequältes Tier, als Stefan viel zuviel Gas gab. Noch bevor Stefan realisierte, daß er nicht in seinem eigenen, altersschwachen VW Golf saß, sondern in Roberts Wagen mit gut fünfmal so vielen Pferdestärken, machte der BMW einen Satz aus der Parklücke, mit dem er zwei parallele schwarze Gummispuren auf dem Beton hinterließ, und schoß auf einen anderen Wagen zu. Stefan schrie erschrocken auf, kurbelte wie verrückt am Lenkrad und schaffte es irgendwie, dem nahezu sicheren Zusammenprall im allerletzten Moment doch noch auszuweichen. Der BMW schoß heftig schlingernd über das Parkdeck, verfehlte zwei weitere Wagen buchstäblich um Haaresbreite und kam endlich mit kreischenden Reifen zum Stehen. Der Motor ging aus.

Stefan ließ die Stirn auf das Lenkrad sinken, schloß die Augen und atmete so heftig aus, daß es in seinen Ohren wie ein kleiner Schrei klang. Er zitterte am ganzen Leib. Sein eigener Schweißgeruch stach ihm in die Nase, und seine Pulsfrequenz mußte sich der zweitausend nähern. Er wußte nicht, wie lange er so da hockte, verkrampft, mit rasendem Herzen und am ganzen Leib wie Espenlaub zitternd, doch das Gesicht, das ihm entgegensah, als er endlich den Kopf hob und in den Innenspiegel des BMW sah, schien einem Fremden zu gehören; einem fremden *Gespenst*: hohlwangig, bleich und glänzend vor Schweiß. Sein Herz schlug so heftig, daß er im Spiegel sehen konnte, wie die Adern an seinem Hals pochten, und sosehr er es auch versuchte, war er in den ersten Sekunden nicht dazu in der Lage, die Hände vom Lenkrad zu lösen.

Es dauerte lange, bis sich sein Zustand wieder halbwegs normalisierte, aber irgendwann war er doch dazu in der Lage, den Motor wieder zu starten. Nacheinander schaltete er das Licht und die Klimaanlage ein und öffnete dann widersinnigerweise, aber aus dem Gefühl heraus, ersticken zu müssen, alle vier Fenster und das Schiebedach. Er fuhr einige Meter, hielt dann aber wieder an und lauschte. In der Gully-Akustik des Parkdecks hörte er natürlich nichts anderes als das Motorengeräusch seines eigenen Wagens, hundertfach gebrochen und verzerrt und zu etwas geworden, das mehr an das Arbeiten gigantischer rostiger Maschinen erinnerte, unheimlicher, uralter Mechanismen, die ein vergessenes Volk aus der Vorzeit der Erde hier unten installiert hatte. Er verscheuchte den Gedanken. Nicht nur seine Reflexe, auch seine Phantasie gehorchte ihm nicht mehr. Er mußte hier raus.

Diesmal fuhr er sehr viel vorsichtiger. Robert hätte Schreikrämpfe bekommen und ihm wahrscheinlich ellenlange Vorträge darüber gehalten, daß man einen Wagen wie diesen damit ruinierte, wenn man ihn im Schneckentempo und mit schleifender Kupplung die Auffahrt hinaufquälte. Trotzdem hatte Stefan noch immer das Gefühl zu rasen. Als er die Ebene erreichte, auf der die Ausfahrt lag, fuhr er so langsam, daß er den Motor um ein Haar ein weiteres Mal abgewürgt hätte. Er fragte sich, was er tun sollte, wenn der Verrückte plötzlich vor ihm auftauchte und ihm den Weg verstellte.

Aber das Schicksal meinte es ausnahmsweise einmal gut mit ihm; auch wenn er im allerersten Moment das Gefühl hatte, sich verfahren zu haben. Das Parkdeck sah vollkommen anders aus, als er es in Erinnerung hatte. Weder von dem Verrückten noch von seinem rollenden

Liebesnest war eine Spur zu sehen, dann fiel ihm auf, daß jemand auch alle anderen Wagen ausgetauscht zu haben schien – der gleiche jemand, der auch die Ausfahrt und die vollautomatische Schranke um ein gutes Stück versetzt hatte.

Erst nach einer weiteren Sekunde erinnerte er sich. Ein- und Ausfahrt waren bei diesem Parkhaus nicht identisch, sondern lagen an entgegengesetzten Enden des Gebäudes. Gut. Auf diese Weise blieb ihm wenigstens eine weitere Begegnung mit dem Verrückten erspart.

Langsam fuhr er weiter, hielt vor der Schranke an und grub einen Moment mit hektischen Bewegungen nach dem Ticket in seiner Jackentasche. Er fand es nicht auf Anhieb, aber doch schnell genug, bevor er in Panik geraten und sich etwa die Frage stellen konnte, ob er den Parkschein vielleicht bei seiner kleinen Rangelei vorhin verloren hatte. Die Schranke öffnete sich summend, nachdem er den Schein in den entsprechenden Schlitz geschoben hatte, und Stefan fuhr hindurch. Allerdings nur wenige Meter weit, dann hielt er wieder an und kuppelte aus, ließ den Motor aber laufen.

Schlagartig wurde es kalt im Wagen. Der strahlende Sonnenschein und das klare Licht des Vormittags suggerierten eine Wärme, die es zu dieser Jahreszeit noch nicht gab. Stefan schaltete die Klimaanlage hastig wieder aus und mit dem gleichen Handgriff die Heizung ein. Trotzdem ließ er die Fenster geöffnet, sog den Sauerstoff tief in die Lungen und genoß die prickelnde Kälte, die der sich abkühlende Schweißfilm auf Stirn und Wangen hinterließ. Er brauchte einige Augenblicke, denn er fühlte sich momentan nicht in der Lage, den Wagen sicher durch den Straßenverkehr zu lenken. Nicht einmal mit schlechtem Gewissen. Die Ruhe, die er zu empfinden glaubte, war nicht echt.

Sie sollte es sein. Der Zwischenfall von eben war strenggenommen lächerlich. Eine Lappalie. Der Stoff, aus dem große Dramen entstehen: Nichts. Und was ihn *wirklich* erschreckte, das war auch nicht die Aggressivität des Mercedesfahrers. Als Feigling aus Überzeugung überraschte ihn diese nicht nur nicht, er erwartete sie regelrecht vom Großteil seiner Mitmenschen und hatte sich infolgedessen im Laufe der Jahre eine ganze Anzahl entsprechender Strategien zurechtgelegt, um ihr zu begegnen.

Heute hatte er keine einzige davon angewandt. Er hatte nicht einmal daran *gedacht*, sondern schnell und kompromißlos genauso reagiert wie die Menschen, die er normalerweise fürchtete. Stefan relativierte seine Gedanken von eben: Wovor er sich gefürchtet hatte, das war nicht der Verrückte aus dem Mercedes; es war das, was hätte geschehen können. Um es auf den Punkt zu bringen: das, was er um ein Haar getan hätte.

Und er kannte auch den Grund dafür.

Es hatte nichts mit dem Mann im Parkhaus zu tun, und auch nichts mit irgendeiner finsteren Dimension auf der anderen Seite der Wirklichkeit; eine Vorstellung, die ihm jetzt, im hellen Sonnenlicht, ohnehin mit jedem Augenblick lächerlicher vorkam.

Das einzige Problem, das er hatte, war er selbst. Er begann eine ausgewachsene Paranoia zu entwickeln, und er würde etwas dagegen unternehmen.

Er wußte sogar schon, was.

Gute zwei Stunden später betrat Stefan Mewes schon wieder einen Aufzug, und es geschah natürlich genau das, was er auf einer unbewußten Ebene seines Denkens die ganze Zeit über befürchtet hatte. Die Umgebung weckte ungute Erinnerungen, und er hatte die Kabine noch nicht ganz betreten, da begann sich bereits ein Gefühl der Beklemmung in ihm breitzumachen. Auch wenn es wohl vollkommen andere Ursachen hatte: In diesem Aufzug hätte er sich vermutlich auch dann nicht besonders wohl gefühlt, wenn es die häßliche Szene vom Vormittag nicht gegeben hätte. Der Aufzug bewegte sich rumpelnd nach oben. Er fuhr sehr langsam. Manchmal dauerte die Pause zwischen dem Wechsel der kleinen Lichter über der Tür lange genug, daß Stefan sich fragte, ob er vielleicht steckengeblieben war, und zwei- oder dreimal hatte es einen so heftigen Ruck gegeben, daß er *wirklich* damit rechnete, festzustecken. Die Kabine war klein, unglaublich heruntergekommen und über und über mit Graffiti übersät, beziehungsweise den obszönen Kritzeleien, die ihre Urheber dafür hielten. Stefan atmete innerlich auf, als über der Tür endlich die ›12‹ aufleuchtete und sich die Türen rumpelnd und widerwillig auseinanderbewegten. Er konnte sich angenehmere Orte vorstellen, an denen er unter Umständen Stunden damit zubrachte, auf den Notdienst zu warten – falls er kam. Er hätte keine große Summe darauf gewettet, daß der Alarmknopf neben der Tür funktionierte.

Der Korridor, in den er hinaustrat, bot allerdings auch keinen wesentlich vertrauenerweckenderen Anblick. Ein scheinbar endlos langer, nahezu unbeleuchteter Schlauch mit ungefähr einer Million Türen auf jeder Seite. Es gab kein Tageslicht, und zwei von drei Lampen, die in ohnehin viel zu großen Abständen unter der Decke angebracht waren, funktionierten nicht. Im ersten Moment hatte er Schwierigkeiten, sich zu orientieren und ging in die falsche Richtung, dann machte er kehrt, fand mit einiger Mühe das richtige Appartement und drückte den Klingelknopf.

Er hörte nichts. Die Klingel war entweder sehr leise, oder sie funktionierte nicht; was Stefan kaum gewundert hätte. Das Haus machte schon von außen einen verwahrlosten Eindruck, der Zustand, den sein Inneres bot, war katastrophal. Zum Ausgleich waren die Mieten vermutlich horrend. Stefan kannte Häuser wie diese zur Genüge; allein, weil Becci und er vor nicht allzu langer Zeit eine Reportage über diese modernen Ghettos gemacht hatten. Er erinnerte sich nicht gerne daran zurück. Sein Glauben an eine höhere Gerechtigkeit und daran, daß das Leben trotz allem unterm Strich *fair* war, hatte damals einen gehörigen Knacks bekommen.

Er klingelte noch einmal, beugte sich vor und versuchte aus zusammengekniffenen Augen das handgeschriebene Namensschildchen neben der Tür zu entziffern. Es gelang ihm nicht. Die Handschrift war nicht nur fast unleserlich, sondern auch fast bis zur Unkenntlichkeit verblaßt. Er hob die Hand, trat einen halben Schritt zurück und klopfte. Einmal. Zweimal. Dreimal. Schließlich hörte er Schritte. Die Tür wurde geöffnet, und er starrte in ein ziemlich verdutztes, von rotbraunem Haar eingefaßtes Frauengesicht.

Stefan war im allerersten Moment allerdings mindestens ebenso überrascht wie sie. Ohne ihre Schwesterntracht, das weiße Häubchen und das streng zurückgekämmte Haar hätte er Schwester Danuta beinahe nicht erkannt. Sie sah nicht nur um mindestens zehn Jahre jünger aus, sondern auch irgendwie ... *weiblicher*. Sehr viel weiblicher, um genau zu sein.

Plötzlich begriff Stefan, daß er Schwester Danuta bis zu diesem Moment noch niemals als Frau gesehen hatte, sondern nur als das Neutrum, zu dem ihre Schwesterntracht sie machte. Aber sie war eine Frau, und noch dazu eine äußerst attraktive.

Die Heftigkeit seiner eigenen Reaktion überraschte ihn, und sie war ihm fast peinlich, obwohl er sicher war, daß man seinem Gesicht nichts davon ansah, schon gar nicht bei dem schlechten Licht hier draußen. Er *verstand* sich nicht. In den zehn Jahren, die Rebecca und er jetzt verheiratet waren, hatte er niemals auch nur einen einzigen Blick an eine andere Frau verschwendet; nicht einmal aus Überzeugung oder irgendeinem altmodischen Grund wie Treue oder Religion, sondern weil Becci und er einfach glücklich miteinander waren, und weil er mit ihr alles hatte, was er brauchte.

»Sie?« fragte Danuta überrascht. »Was ...« Sie sprach nicht weiter, sondern wich einen halben Schritt vom Eingang zurück, ohne die Hand dabei von der Türklinke zu nehmen, und sah ihn weiter mit einer Mischung aus Überraschung und Mißtrauen an. Vielleicht erinnerte sie sich an den vergangenen Abend. Stefan wurde sich der Tatsache bewußt, daß er sie anstarrte, und zwang ein verlegenes Lächeln auf sein Gesicht. Sehr viel Überwindung kostete ihn das nicht. Eine Sekunde lang fragte er sich, was, zum Teufel, er hier tat. Wenn Dorn ihm überhaupt einen Rat gegeben hatte, den er besser beherzigen sollte, dann den, nicht auf eigene Faust Detektiv zu spielen.

»Guten Tag«, sagte er unbeholfen. »Ich ... ich hoffe, ich störe nicht.«

Danuta antwortete nicht sofort, sah ihn aber auf eine Weise an, die klarmachte, daß ihr sein Besuch alles andere als angenehm war. Und sie machte auch keine Anstalten, den Weg freizugeben oder irgendeine Art von Einladung auszusprechen, sondern kam im Gegenteil wieder einen halben Schritt auf ihn zu, wobei sie die Tür mit sich zog und auf diese Weise etwas mehr schloß. Trotzdem schüttelte sie schließlich den Kopf und fragte: »Nein, aber ... woher haben Sie meine Adresse?«

Stefan dachte eine halbe Sekunde lang daran, ihr zu sagen, wie geradezu lächerlich einfach es gewesen war, ihre Telefonnummer und Anschrift herauszufinden, tat es aber dann nicht. Er war schließlich nicht hier, um ihr einen Vortrag über die Datenvernetzung in Frankfurt zu halten.

»Ich muß Sie sprechen. Es ist wichtig. Darf ich einen Moment hereinkommen?«

Nein, das dürfen Sie nicht, antwortete ihr Blick. *Ganz und gar nicht.* Laut antwortete sie: »Ich weiß nicht. Ich … habe nicht viel Zeit. Meine Schicht fängt in einer Stunde an, und ich –«

»Ich weiß«, unterbrach sie Stefan. »Es dauert auch bestimmt nicht lange. Aber es ist wirklich wichtig.« Nach einer Pause fügte er hinzu: »Ich fahre sowieso nachher in die Klinik. Ich kann Sie mitnehmen, wenn Sie möchten. Auf diese Weise sparen Sie eine halbe Stunde.«

Danuta überging dieses Angebot. »Was wollen Sie?« fragte sie noch einmal. Ihre Stimme klang nicht schärfer, hatte aber trotzdem mehr Nachdruck.

»Nur mit Ihnen reden«, versicherte Stefan. »Es geht um gestern abend. Ich –«

»Da gibt es nichts zu reden«, fiel ihm Danuta ins Wort. »Ich weiß nicht, was Sie von mir wollen.«

Bevor Stefan antworten konnte, näherten sich erneut Schritte. Die Tür wurde ganz geöffnet, und ein hochgewachsener, aber zu dünner Mann mit schulterlangem schwarzem Haar und Dreitagebart starrte ihn über Danutas Schulter hinweg feindselig an. Bekleidet war er nur mit einer roten Jogging-Hose und einem Unterhemd. Ohne Stefan aus den Augen zu lassen, aber eindeutig an Danuta gewandt, stellte er eine Frage in seiner Muttersprache; soweit Stefan dies beurteilen konnte, war es nicht Kroatisch, sondern ein vollkommen anders, allerdings auch slawisch klingender Dialekt.

Danuta antwortete auf deutsch. »Jemand aus dem Krankenhaus. Der Mann einer Patientin.« Sie machte einen Schritt zurück und vollführte gleichzeitig eine einladende Geste mit der linken Hand. »Also gut. Kommen Sie herein. Aber wirklich nur ein paar Minuten. Ich muß mich für den Dienst fertig machen.«

Ihr Begleiter war von dieser Entscheidung nicht besonders begeistert, aber er machte gehorsam Platz, als Danuta zurücktrat, um Stefan vorbeizulassen. Während er die

Wohnung betrat, machte er sich klar, daß er das vermutlich nur seinem Auftauchen zu verdanken hatte. Danuta war entschlossen gewesen, ihn nicht hereinzulassen, wollte aber vermutlich keine lautstarke Auseinandersetzung im Hausflur riskieren.

»Möchten Sie einen Kaffee?« fragte Danuta, nachdem sie die Tür hinter ihm geschlossen und an ihm vorbeigetreten war. »Es macht keine Umstände. Er ist schon fertig.«

Stefan sah ihren Lebensgefährten an, ehe er antwortete; fast, als bedürfe es seiner Erlaubnis. »Gern.«

Danuta führte ihn in ein kleines, ebenso einfach wie behaglich eingerichtetes Wohnzimmer und deutete auf die Couch.

»Nehmen Sie Platz. Ich bin gleich zurück.«

Während Stefan gehorchte, verschwand Danuta in einem anderen Zimmer – vermutlich der Küche –, wo sie mit leiser, aber sehr erregter Stimme mit ihrem Freund sprach, der ihr gefolgt war. Sie hatte ihm den Kaffee nicht aus Freundlichkeit angeboten; sie brauchte diese Zeit, um mit dem Mann im Unterhemd zu reden. Mit ihm zu streiten, den Stimmen nach zu urteilen. Stefan fragte sich, woher er eigentlich das Recht nahm, so in das Leben dieser wildfremden Frau hineinzuplatzen und wer-weiß-was anzurichten.

Aber er mußte Gewißheit haben. Auf die Antworten zu verzichten, die Danuta ihm geben konnte, hieße auch auf die Antwort auf die einzige Frage zu verzichten, die *wirklich* von Bedeutung war: die, ob er tatsächlich verfolgt wurde oder einfach dabei war, den Verstand zu verlieren.

Während er darauf wartete, daß Danuta und ihr Was-auch-immer zurückkamen, sah er sich aufmerksam im Wohnzimmer der Krankenschwester um. Was er erblickte, das entsprach sowohl hundertprozentig seinen Erwartungen, als es sie auch so sehr widerlegte, wie es nur ging; und das war nur auf den ersten Blick ein Widerspruch. Danutas Einrichtung bestand aus preiswerten, allesamt nicht sehr alten Möbeln, deren Auswahl und vor allem Arrangement jedoch große Sorgfalt verriet. Es war nicht die Wohnung eines Menschen, der sich auf Dauer eingerichtet hatte; Stefan vermutete, daß sie nur ein paar Jahre in Deutschland bleiben wollte, vielleicht, bis sich die chaotischen Verhältnisse in ihrer Heimat wieder einigermaßen beruhigt hatten; vielleicht, bis sie genug Geld zusammengespart hatte, um dort einen neuen Anfang zu machen. Wahrscheinlich von allem etwas, zusammen mit einer Anzahl weiterer Gründe, die er nicht kannte.

Auf den zweiten Blick aber gewahrte er auch eine Anzahl Dinge, die genau das Gegenteil auszudrücken schienen: einige wenige ausgesuchte Möbel- und Einrichtungsstücke, die er sich einfach nicht in einem kroatischen Bauernhaus vorstellen konnte, einen modernen PC, der auf Dauer dort wahrscheinlich gar nicht funktionierte, den Prospekt eines Immobilienmaklers.

Er schüttelte auch diesen Gedanken ab. Danutas Zukunftspläne hatten nun wirklich keine Bedeutung für ihn. Und in diesem Moment kamen sie und ihr Freund auch schon zurück, Danuta mit einer Glaskanne voll dampfenden Kaffees in der Hand, er mit einem Tablett mit den dazugehörigen Utensilien.

»Entschuldigen Sie, daß Sie warten mußten«, sagte Danuta. »Zucker? Milch?«

»Alles, was umsonst ist«, antwortete Stefan automatisch; ein dummer Spruch, der schon beim erstenmal nicht witzig gewesen war und es auch nach der dreitausendsten Wiederholung nicht wurde. Danuta lächelte auch nur flüchtig, schenkte ihm ein und nahm auf der gegenüberliegenden Seite des Tisches Platz. Ihr Begleiter stellte eine Frage, die sie in ihrer Muttersprache beantwortete und sich dann noch im gleichen Atemzug an Stefan wandte: »Bitte nehmen Sie es Andreas nicht übel. Mein Bruder versteht Ihre Sprache, aber er spricht sie nicht sehr gut.«

»Das macht nichts«, antwortete Stefan. »Ich muß mich noch einmal für diesen Überfall entschuldigen. Ich möchte Ihnen wirklich keine Ungelegenheiten bereiten, aber … ich brauche ein paar Antworten.«

Er sah Danuta bei diesen Worten aufmerksam an, doch zu seiner Enttäuschung reagierte sie nicht darauf. Andreas' Blick wurde noch mißtrauischer, aber auch er sagte nichts. Er überlegte einen Moment, welche Frage die geschickteste wäre, warf dann alle strategischen Überlegungen über Bord und fragte geradeheraus:

»Was wissen Sie über dieses Tal?«

»Das Wolfsherz?« Die Gelassenheit, mit der Danuta auf seine Frage reagierte, bewies, daß sie sie erwartet hatte. Sie schüttelte den Kopf. »Nichts.«

»Das klang gestern abend aber ganz anders.«

»Ich weiß nicht mehr als das, was ich Ihnen gestern bereits erzählt habe«, beharrte Danuta. »Ein paar romantische Legenden, mehr nicht.«

Romantisch war Stefan das, was seit gestern morgen passiert war, nicht gerade vorgekommen, und ihr verzweifelter Kampf ums nackte Überleben im Wolfsherz selbst schon gar nicht. Aber er schluckte die scharfe Antwort, die ihm auf der Zunge lag, herunter. Danuta hatte draußen in der Küche mehr getan, als ihren Bruder zu beruhigen. Sie hatte sich auf die Fragen, die er vermutlich stellen würde, vorbereitet. Statt sich also auf ein Katz-und-Maus-Spiel einzulassen, das er nicht gewinnen konnte, ließ er eine Sekunde verstreichen und sagte dann ruhig: »Ich glaube Ihnen nicht.«

Es war ein Schuß ins Blaue, aber er traf. Für einen Sekundenbruchteil entgleisten Danutas Gesichtszüge. Ihr Blick flackerte, und in ihren Augen glomm dieselbe Furcht auf, die er in der vergangenen Nacht schon einmal darin gelesen hatte. Fast augenblicklich hatte sie sich schon wieder in der Gewalt, aber sie schien auch zu begreifen, daß er ihre Maske durchschaut hatte, denn sie versuchte nicht noch einmal, irgend etwas zu leugnen, sondern senkte plötzlich den Blick und gewann Zeit damit, nach ihrer Kaffeetasse zu greifen und an dem heißen Getränk zu nippen.

»Ich verlange nicht, daß Sie irgend etwas tun, was Sie in Gefahr bringt oder Ihnen auch nur Ärger bereitet«, fuhr er fort. »Aber ich muß wissen, was es mit diesem Tal wirklich auf sich hat. Es ist wichtig. Ich muß wissen, ob … ich verrückt bin oder –«

»Oder?« fragte Danuta, als er nicht weitersprach.

Stefan zögerte einen Herzschlag, dann setzte er neu an. »Ich habe das Gefühl, daß mich jemand verfolgt, und ich muß wissen, ob ich mir das nur einbilde oder ob diese Möglichkeit tatsächlich besteht.«

»Und wie könnte ich das entscheiden?« fragte Danuta mit erstaunlicher Sachlichkeit.

»Hat es mit Eva zu tun?«

»Dem Mädchen?« Danuta hob die Schultern und nippte erneut an ihrem Kaffee. Stefan war jetzt ganz sicher, daß sie etwas wußte, aber sie war eine bessere Schauspielerin, als er angenommen hatte. Ihr Bruder stellte eine Frage, die sie ignorierte.

»Sie haben gestern abend gesagt, daß ich sie niemals hätte herbringen dürfen«, beharrte Stefan, »und ich habe Ihnen deutlich angesehen, welche Angst Sie bei diesen Worten hatten. Leugnen Sie es nicht!«

»Aber das tue ich doch gar nicht«, antwortete Danuta. »Es war ein Fehler, Das Kind ist …« Sie suchte nach Worten.

»*Vouk*«, half ihr Stefan aus. »Ist das das Wort, nach dem Sie gesucht haben?« Er sah aus dem Augenwinkel, wie Andreas zusammenfuhr und deutlich blasser wurde.

»Das heißt Wolf, in Ihrer Sprache«, sagte Danuta, noch immer beherrscht, aber trotzdem hörbar nervöser.

»Ich weiß, was es heißt«, antwortete Stefan gereizt. »Aber was bedeutet es?«

»Was soll es bedeuten?« erwiderte Danuta. »Ich habe es Ihnen schon gesagt. Legenden. Ein dummer Aberglaube. Ich kann Ihnen nicht weiterhelfen.«

Stefan seufzte. »Verstehen Sie doch, Danuta – ich will Ihnen nichts. Aber Sie wissen so gut wie ich, was gestern passiert ist. Haben Sie diesen Polizisten vergessen? Gestern abend hat er mich gefragt, ob das alles vielleicht mit den Geschehnissen dort zu tun hat. Und jetzt stelle ich Ihnen dieselbe Frage. Hat es etwas mit Eva zu tun?«

»Woher soll ich das wissen?« fragte Danuta.

»Sie wissen es«, behauptete Stefan. »Sie wissen zumindest etwas. Ich habe es Ihnen angesehen, und ich wette meine rechte Hand darauf, daß Dorn es auch gesehen hat. Verstehen Sie mich nicht falsch, Danuta. Ich will Sie nicht … bedrohen oder erpressen oder so etwas. Im Gegenteil. Ich will versprechen, Sie aus dieser ganzen Geschichte herauszuhalten. Aber dazu muß ich wissen, was hier vorgeht. Sagen Sie mir ganz ehrlich: Bin ich verrückt, oder hat es irgend etwas mit Eva zu tun?«

»Ich weiß es nicht«, antwortete Danuta. Diesmal klang es ehrlich. Sie trank einen großen Schluck von ihrem Kaffee, setzte die Tasse mit einem lautstarken Knall auf den Tisch zurück und fuhr sich nervös mit der Hand über das Gesicht. »Es tut mir wirklich leid. Es war dumm von mir, diesen ganzen Unsinn zu erzählen.«

»Ist es das?« fragte Stefan. »Unsinn?«

Andreas sagte etwas, worauf Danuta antwortete. Er gab einige noch schärfere Worte zurück, und sie reagierte entsprechend. Für eine halbe Minute entspann sich ein regelrechter Streit zwischen ihnen, bei dem Danuta allerdings kein einziges Mal den Blick hob, um ihren Bruder anzusehen. Aber dann nickte sie und wandte sich wieder an Stefan.

»Also gut. Ich glaube, Andreas hat recht.«

»Womit?« fragte Stefan.

Danuta lachte, kurz und sehr nervös. »Damit, daß Sie wahrscheinlich sowieso nicht eher Ruhe geben, bis ich Ihnen alles erzählt habe, was ich über die Legende vom Wolfsherz weiß.«

»Ich kann eine ziemliche Nervensäge sein«, sagte Stefan.

»Andreas hat ein anderes Wort benutzt. Ein etwas weniger freundliches.«

»Wahrscheinlich hat er recht damit«, gestand Stefan.

»Ich muß Sie warnen. Sie werden mich für ziemlich verrückt halten.«

»Kaum«, antwortete Stefan. »Allerhöchstens die Geschichte, die Sie zu erzählen haben. Also?«

»Sie ist nicht so dramatisch, wie Sie zu glauben scheinen.« Danuta stand auf, trat an den Schrank und kam mit einem großformatigen, zerlesenen Buch zurück. Der in abblätternden Goldbuchstaben eingeprägte Titel war in Kroatisch oder irgendeiner anderen Sprache abgefaßt, die Stefan nicht entziffern konnte. Danuta legte das Buch vor sich auf den Tisch, schlug es aber nicht auf.

»Das Land, aus dem ich stamme, ist … anders als das hier, Herr Mewes«, begann sie. »Ich bin nicht ganz sicher, ob Ihrer Frau und Ihnen das bewußt war, als Sie dort hingefahren sind.«

»Man hat es uns beigebracht«, antwortete Stefan. »Auf eine ziemlich drastische Weise.«

»Sie verstehen mich nicht«, sagte Danuta. »Ich rede nicht vom Krieg, oder von dem, was seit ein paar Jahren dort geschieht. Ich rede von den Menschen, die dort leben. Von der Art, *wie* sie leben.«

Stefan schwieg dazu. Er war nicht ganz sicher, ob er verstand, worauf Danuta hinauswollte. Aber er hatte kein besonders gutes Gefühl. Irgend etwas sagte ihm, daß

Danuta nicht über die andere Mentalität ihrer Landsleute sprach, oder die eine oder andere schlechte Angewohnheit, wie zum Beispiel die, eine Treibjagd auf harmlose Touristen zu veranstalten, oder international gesuchten Terroristen Unterschlupf zu gewähren.

»Mein Land ist vielleicht nicht sehr weit von Ihrem entfernt«, fuhr Danuta nach einer bedeutungsschweren Pause fort, »und doch ist es völlig anders, als Sie sich auch nur vorstellen können. Selbst ich ... kann es nicht völlig nachempfinden. Vielleicht habe ich schon zu lange hier bei Ihnen gelebt.« Sie zuckte mit den Schultern, aber es war eine Geste ohne Bedauern. »Die Menschen dort hatten schon immer eine besondere Affinität zum Düsteren und Mythischen. Sie wissen um Dinge, die die meisten anderen schon lange vergessen haben. Es ist kein Zufall, daß so viele unheimliche Geschichten und Legenden von dort kommen.«

»Es gibt Menschen, die behaupten, daß das finstere Mittelalter auf dem Balkan niemals ganz aufgehört hat«, sagte Stefan.

»Diese Geschichten sind viel älter«, antwortete Danuta mit einem Ernst, der ihm im ersten Moment vollkommen unangemessen schien. Aber dann begriff er, daß er das falsche Wort gewählt hatte. Der Ernst in ihrer Stimme strafte alles, was sie vor ein paar Minuten selbst gesagt hatte, Lügen. Sie schüttelte den Kopf und fuhr fort: »Ich rede nicht über ... über Dracula, Transsylvanien und all den anderen Unsinn. Das sind nur Geschichten.«

»Und die vom Wolfsherz nicht.«

»Sie sind anders«, behauptete Danuta. »Vielleicht hat man all diese Geschichten über Vampire und Blutsauger und verwunschene Schlösser nur aus dem einen Grund erfunden, um von den anderen abzulenken. Sie verstehen – man redet laut über die eine Sache, um die andere zu übertönen. Hier, sehen Sie.«

Ohne hinzusehen, streckte sie die linke Hand aus, schlug das Buch auf und drehte es in derselben Bewegung auf der Tischplatte herum. Die Schrift auf den vergilbten Seiten gewann dadurch keinen Deut an Lesbarkeit, aber es war auch nicht nötig, die Worte zu entziffern.

Was Danuta ihm zeigte, war eine offensichtlich sehr alte Reproduktion einer Karte, die das Gebiet zeigte, das auch heute gemeinhin noch als Jugoslawien bezeichnet wurde, obwohl es dieses künstliche Staatsgebilde schon seit Jahren nicht mehr gab. Trotz der altertümlichen Schrift und der fremden Sprache konnte Stefan den einen oder anderen Städtenamen identifizieren.

»Und?« fragte er.

»Suchen Sie das Wolfsherz«, sagte Danuta.

Stefan sah nur flüchtig hin. »Sie wissen, daß ich das nicht kann. Außerdem ist diese Karte mindestens hundert Jahre alt.«

»Sie würden es auch auf einer aktuellen Karte nicht finden«, antwortete Danuta. »So wenig wie Dutzende anderer Orte.«

»Worauf wollen Sie hinaus?« Stefan legte den Kopf schräg und sah abwechselnd Danuta und ihren Bruder und die Karte an. Er versuchte zu lachen, aber es blieb bei dem Versuch. »Daß dieses Tal in Wirklichkeit gar nicht existiert und Rebecca und ich in Wahrheit in … in einer anderen Dimension waren? So einer Art verwunschenem Land, das man nur alle sieben Jahre betreten kann, um Mitternacht und bei Vollmond?«

Danuta blieb ernst. »Natürlich existiert dieses Tal«, sagte sie ungerührt. »Sie waren dort, und Ihre Frau war dort und Eva auch. Was ich damit sagen will, ist, daß niemand über diese Orte spricht. Niemals. Es gibt sie; das Wolfsherz und andere, vielleicht noch schlimmere Orte.«

»Schlimmer?« Stefan versuchte mit aller Macht, Danutas Worte genau dort einzuordnen, wo sie hingehörten: in eine Schublade mit einem leuchtendroten Aufkleber, auf dem in Neonschrift SCHWACHSINN stand. Aber er konnte es nicht. Irgend etwas kroch aus den Nischen der Realität heraus und verlieh Danutas Worten eine Wahrhaftigkeit, die ihnen nicht zustand.

»Glauben Sie an das Böse?« fragte Danuta. »Ich meine, an das wirkliche, reine Böse, ohne Sinn und Zweck. An die Existenz von Kräften, die nicht nach irgendeinem Nutzen fragen oder ein bestimmtes Ziel verfolgen, sondern einfach nur *böse* sind?«

»Was für ein Unsinn«, antwortete Stefan, mit allerdings nicht annähernd so viel Überzeugung, wie er beabsichtigt hatte. Ob er an das Böse glaubte? Zum Beispiel an die Existenz einer Kreatur, die auf der anderen Seite der Drehtür lebte? Natürlich nicht. Mit einem nervösen Lachen fuhr er fort. »Als nächstes werden Sie mir erzählen, daß in diesem Tal Werwölfe leben.«

»Sie haben gefragt«, sagte Danuta. Stefan starrte sie an, dann ihren Bruder, und er las in ihrer beider Augen etwas, das ihn erschauern ließ.

»Das … das ist nicht Ihr Ernst«, sagte er. »Das glauben Sie nicht wirklich.«

»Es spielt keine Rolle, was *ich* glaube«, antwortete Danuta, »oder Sie oder Ihre Frau oder dieser Polizist. Alles was zählt, ist, was die Menschen dort glauben. Verstehen Sie nicht? Es geht nicht darum, was wahr ist und was nicht. Die Menschen dort glauben an diese Dinge. Sie machen ihnen angst, aber sie haben auch gelernt, sich irgendwie damit zu arrangieren. Und das seit sehr, sehr langer Zeit.«

»Ich verstehe«, sagte Stefan.

»Das glaube ich nicht«, erwiderte Danuta. »Die Menschen dort tun Dinge, die weder Sie noch ich verstehen, und sie tun es aus Gründen, die weder Sie noch ich nachvollziehen können. Aber sie tun sie nun einmal. Vielleicht haben wir nicht das Recht, uns einzumischen.«

»Sie töten ihre Kinder!« protestierte Stefan. »Erwarten Sie im Ernst, daß wir tatenlos dabeistehen und zusehen sollen, wie sie ihre Kinder bei lebendigem Leibe an wilde Tiere verfüttern?«

»Und warum nicht?«

»*Warum nicht?*« Stefan keuchte. »Neben ungefähr tausend anderen guten Gründen, die mir einfallen, zum Beispiel, weil wir hier über ein Menschenleben sprechen.«

»Und ein Menschenleben heilig ist? Unantastbar? Das Wertvollste auf dieser Welt?« Danuta lachte leise. »Wer sagt Ihnen, daß das stimmt?«

»Wer … ?« Stefan war so erschüttert, daß er nicht weiterreden konnte. Er verspürte eine Mischung aus Empörung, Wut und gerechtem Zorn, die ihn im wortwörtlichen Sinne sprachlos machte.

»Das … das ist monströs«, preßte er schließlich hervor.

»Ich weiß«, antwortete Danuta. Plötzlich lächelte sie, aber zugleich sah sie auch sehr traurig aus. »Es ist auch nicht das, was ich denke«, fuhr sie fort. »Aber es ist die Art und Weise, wie diese Leute denken. Ich kann nicht über sie urteilen, sowenig wie ich ihnen zustimmen kann.«

»Ich verstehe«, sagte Stefan noch einmal, und diesmal widersprach Danuta nicht. Vielleicht, weil sie spürte, daß es dieses Mal die Wahrheit war. Es war keine Frage des Urteilens. So zynisch ihn selbst der Gedanke anmutete, es war vollkommen gleich, welche dieser beiden so grundverschiedenen Weltanschauungen, die hier aufeinanderprallten, die richtige war oder ob überhaupt eine der beiden. Danuta hatte recht: Dies war die Art dieser Menschen zu denken, und er hatte das zu akzeptieren, ob es ihm paßte oder nicht.

»Wenn diese Leute wirklich hinter Ihnen her sind, Herr Mewes, dann leben Sie gefährlich. Sie sollten besser auf alles vorbereitet sein.«

Seltsam – er hatte jeden Grund, enttäuscht zu sein. Er

hatte die Antworten, derentwegen er hierhergekommen war, ganz und gar nicht bekommen, sondern, wenn überhaupt, dann das genaue Gegenteil. Trotzdem spürte er fast so etwas wie Erleichterung. Vielleicht war das, worunter er gelitten hatte, nicht Angst gewesen, sondern ihr stiller, aber genauso mächtiger Bruder, die Ungewißheit.

»Ich … danke Ihnen«, sagte er zögernd. »Sie haben mir vielleicht mehr geholfen, als Sie ahnen, Danuta.« Er stand auf und zwang sich zu einem Lächeln. »Mein Angebot gilt noch. Soll ich Sie in die Klinik fahren?«

Natürlich rechnete er nicht wirklich damit, daß sie noch annehmen würde, und Danuta stand auch prompt auf und schüttelte den Kopf. »Das ist nicht nötig. Andreas kann mich fahren. Ich nehme an, daß wir uns heute abend sowieso noch einmal sehen.«

»Wahrscheinlich«, antwortete Stefan. Es sei denn, daß ein weiteres Wunder geschah, und Becci heute ausnahmsweise einmal auf ihre abendlichen Eskapaden verzichtete. Aber das war nicht sehr wahrscheinlich.

Er wandte sich zum Gehen, hielt dann aber kurz vor der Tür noch einmal inne und sagte, einer plötzlichen Eingebung folgend: »Vielleicht ist es besser, wenn Sie sich ein paar Tage frei nehmen. Ich meine, nur falls … falls ich doch nicht ganz verrückt bin und es diesen Kerl wirklich gibt. Dann könnten Sie auch in Gefahr sein.«

»Ich?« Danuta lachte. »Aber warum sollte er mir etwas tun?«

Teil 3

Obwohl es Zeit für seinen täglichen Besuch bei Rebecca gewesen wäre, fuhr Stefan nicht in die Klinik, sondern auf direktem Weg nach Hause. Er war innerlich so aufgewühlt wie schon seit langem nicht mehr; auf eine andere, schwer faßbare Weise sogar erregter als nach seinem Erlebnis vorhin im Parkhaus. Es war besser, wenn er erst einmal mit sich selbst ins reine kam, ehe er mit Rebecca darüber sprach.

Davon abgesehen hatte er eine Anzahl rein praktischer Probleme zu bewältigen.

Sein Briefkasten quoll über. Er hatte ihn seit vier oder fünf Tagen nicht mehr geleert und war überrascht über die Anzahl von Briefen und Postwurfsendungen, die ihm entgegenstürzte, als er die Klappe öffnete. Einen Teil davon konnte er bereits aussortieren, während er sich auf dem Weg nach oben befand: Reklame; die schon fast obligate Benachrichtigung, daß er ein Einfamilienhaus samt Garage und der dazugehörigen Luxuslimousine gewonnen hatte – vorausgesetzt, er füllte den anhängenden Gewinncoupon aus, der sich bei genauerem Hinsehen als Bestellformular entpuppte –; Rechnungen; zwei oder drei Mahnungen, von denen er hoffte, daß sie sich durch Roberts Hilfe mittlerweile erledigt hatten; und eine Anzahl Briefe mit unbekannten Absendern. Zumindest die würde er später am Tag lesen.

Er hatte von Aufzügen für heute genug, also nahm er die Treppe und war entsprechend außer Atem, als er vor seiner Wohnungstür anlangte. Mit leicht zitternden Händen schob er den Schlüssel ins Schloß, hörte, wie hinter ihm eine Tür geöffnet wurde und drehte sich um. Es war eine seiner Nachbarinnen – sie wohnten seit fünf Jahren auf demselben Flur, aber er kannte nicht einmal ihren Namen, und er *wollte* ihn auch gar nicht kennen. Ihrem *Das-wurde-ja-auch-Zeit*-Gesichtsausdruck nach zu schließen, hatte sie wohl schon eine geraume Zeit am Fenster gestanden und auf ihn gewartet.

»Da ist ein Päckchen für Sie abgegeben worden, Herr Mewes«, begann sie grußlos. Gleichzeitig streckte sie die Hand aus und hielt ihm ein kaum zigarettenschachtelgroßes, in braunes Packpapier eingeschlagenes Päckchen mit einem braungoldenen UPS-Aufkleber hin. Stefan nahm es entgegen und fragte:

»Mußten Sie etwas bezahlen?«

»Nein. Nur unterschreiben.« Sie hielt das Päckchen einen Moment länger fest, als notwendig gewesen wäre, so daß er es ihr beinahe gewaltsam entreißen mußte. Ihr Blick wurde vorwurfsvoll.

»Sagen Sie, Herr Mewes – gestern nachmittag, das war doch die Polizei, die Sie besucht hat, oder?«

Und was geht dich das an? dachte Stefan ärgerlich. Aber er schluckte alles herunter, was ihm auf der Zunge lag und brachte das Kunststück fertig, gebührend zerknirscht auszusehen. »Ja. Eine ausgesprochen lästige Geschichte.«

»So?«

»Berufsrisiko«, sagte Stefan achselzuckend. »So etwas bringt einen dazu, ernsthaft über einen anderen Job nachzudenken, wissen Sie? Manchmal bekommt man es mit Typen zu tun, denen man lieber nicht begegnet wäre.« Er hatte nicht vor, mehr zu sagen. Dieser kleine Brocken reichte gerade aus, um ihre Neugier zu wecken und sie dann unbefriedigt zurückzulassen; seine kleine Rache an Leuten wie ihr.

»Sie sprechen nicht von den Leuten, die vorhin hier waren?« Heute funktionierte die Rache nicht.

Stefan blinzelte. »Vorhin?«

»Eine junge Frau und ein junger Mann. Sie sahen komisch aus.«

Seine kindische kleine Rache funktionierte nicht nur nicht, sie wurde zum Bumerang. Noch bevor seine Nachbarin weiterreden oder er eine entsprechende Frage stellen konnte, explodierte seine Phantasie regelrecht, Was er vor einer Weile über die Relativität der Zeit gedacht hatte, erwies sich als nur zu wahr: In dem kleinen Teil einer Sekunde, die verstrich, blitzten Dutzende von quälenden Visionen vor seinem inneren Auge auf. In vielen davon spielte ein junger Mann mit Lederjacke und weißblondem Haar eine Rolle, und in einer sogar der Mercedesfahrer aus dem Parkhaus.

»Komisch?« fragte er.

»Sie waren ziemlich heruntergekommen. Schmutzig. Ich glaube, es waren Ausländer.«

»Weil sie schmutzig waren?« Seine Nervosität sorgte dafür, daß ihm die Worte herausrutschten, aber sie taten ihm auch nicht besonders leid.

»Weil sie mit starkem Akzent gesprochen haben«, antwortete seine Nachbarin kühl. »Wenigstens die Frau. Der junge Bursche hat überhaupt nichts gesagt. Aber auch sie war kaum zu verstehen. Sie wollten später noch einmal wiederkommen.«

»Danke.« Stefan genoß es regelrecht, die eine Frage in ihren Augen zu lesen, die er ganz bestimmt nicht beantworten würde, nämlich die, ob diese beiden *Ausländer* vielleicht der Grund waren, aus dem gestern die Polizei in dieses wohlbehütete Haus eingebrochen war. Er hätte die Schadenfreude allerdings noch weit mehr genossen, hätte seine Phantasie nicht noch immer Kapriolen geschlagen. Das Gesicht des weißblonden Lederjackentypen hatte jetzt dem einer schwarzhaarigen wilden Schönheit Platz gemacht, aber das war auch schon alles. Beruhigt war er nicht. Ohne ein weiteres Wort wandte er sich um, betrat seine Wohnung und warf die Tür unnötig hart hinter sich zu. Er wußte, wer die ›komischen‹ Besucher waren. Das hieß, er wußte nicht, wer sie waren, aber er glaubte zumindest zu wissen, wie sie aussahen. Schließlich war er am Morgen um ein Haar mit der dunkelhaarigen Schönheit zusammengestoßen, die vor ihm die Treppe hinaufgestürmt war. Und sie hatte wirklich komisch ausgesehen. Um nicht zu sagen, ein bißchen unheimlich. Stefan bedauerte es jetzt, sie am Morgen nicht angesprochen zu haben. Ganz gleich, was sie und ihr Begleiter von ihm wollten, es konnte ihm kaum so viel Kopfzerbrechen bereiten wie die neuerliche Ungewißheit.

Er warf das Päckchen mit dem UPS-Aufkleber achtlos auf die Kommode, schälte sich auf dem Weg ins Wohnzimmer aus der Jacke und stellte, beim Schreibtisch angekommen, ohne sonderliche Überraschung fest, daß auf seinem Anrufbeantworter mittlerweile wieder mehr als ein Dutzend Anrufe aufgelaufen waren. Das allermeiste davon war der übliche Müll, mit dem er im Moment wirklich nichts im Sinn hatte, aber es waren auch drei Nachrichten darunter, auf die er reagieren sollte: Dorn, Robert und Rebecca.

Als erstes rief er in der Klinik an, aber Rebecca war – wie auch sonst? – nicht in ihrem Zimmer. Für jemanden, der sich kaum bewegen konnte, war sie erstaunlich viel unterwegs. Bei Dorn hatte er ebensowenig Glück und hinterließ in seinem Büro, daß er für die nächste Stunde zu Hause zu erreichen wäre und sich ansonsten am nächsten Morgen noch einmal melden würde.

Als letztes rief er in Roberts Hotel in Zürich an. Die Verbindung kam so schnell zustande, als hätte Robert mit der Hand am Hörer auf seinen Anruf gewartet.

Wie sich zeigte, hatte er es. Robert war über alles, was am vergangenen Tag geschehen war, genauestens informiert. Trotzdem ließ er sich von Stefan die ganze Geschichte noch einmal haarklein erzählen. Stefan glaubte seinen besorgten Gesichtsausdruck regelrecht hören zu können, als er zu Ende war.

»Das gefällt mir nicht«, sagte er. »Das gefällt mir ganz und gar nicht. Ich komme zurück nach Frankfurt.«

»Wieso?« fragte Stefan. »Weil jemand diese Frau vom Jugendamt überfallen hat?«

»Weil du und deine Frau möglicherweise in Gefahr seid«, antwortete Robert scharf. Zumindest besaß er genug Anstand, ›du und deine Frau‹ zu sagen, nicht ›du und meine Schwester‹. Aber der Unterschied spielte eigentlich keine Rolle. Stefan wußte, was er hatte sagen *wollen*.

»Jetzt übertreib es bitte nicht«, antwortete Stefan. »In einer Stadt wie Frankfurt werden jeden Tag Leute auf offener Straße überfallen.«

»Bist du so dumm, oder tust du nur so?« fragte Robert unfreundlich. »Dieser Polizist könnte recht haben, weißt du? Vielleicht ist euch dieser Kerl gefolgt. Oder jemand hat ihn geschickt, um das Mädchen zurückzuholen.«

»Und um das zu erreichen, überfällt er diese Frau und wirbelt damit möglichst viel Staub auf?« Stefan lachte. »Unsinn!«

»Vielleicht.« Robert wischte seinen Einwand mit einem abfälligen Schnauben vom Tisch. »Aber darüber mache ich mir lieber vorher Gedanken, ehe ich es an Rebeccas Grab tue. Ich nehme morgen früh die erste Maschine und komme zurück. Und du fährst in die Klinik und paßt auf deine Frau und deine Tochter auf.«

Es war nicht seine Tochter, verdammt noch mal. Und wieso erteilte ihm dieser Kerl eigentlich schon wieder Befehle?

»Was ist mit deinem Termin?«

»Den kann ich verschieben«, antwortete Robert. »Es ist nur ein Geschäft. Wenn es platzt, schließe ich das nächste ab. Fahr jetzt zu Rebecca. Ich versuche, jemanden aufzutreiben, der zu euch kommt und auf euch aufpaßt. Ach ja, laß den BMW bitte morgen vor deinem Haus stehen. Ich schicke jemanden, der ihn abholt.«

»Selbstverständlich«, antwortete Stefan eisig. »Sonst noch etwas?« Er spürte, wie eine kalte, verzehrende Wut in ihm wuchs. Er kannte Robert ja nun wirklich zur Genüge, aber trotzdem. Was bildete sich dieser Kerl eigentlich ein, was er war? Sein Vormund?

»Nein«, antwortete Robert. Dann wurde seine Stimme versöhnlicher. »Es tut mir leid, Ich wollte dich nicht beleidigen. Aber du scheinst –«

»Nicht in der Lage zu sein, auf meine Frau aufzupassen?« fiel ihm Stefan ins Wort.

»Dir nicht darüber im klaren zu sein, mit welchen Leuten ihr euch da möglicherweise eingelassen habt«, antwortete Robert ungerührt. »Wahrscheinlich hast du recht, und alles ist nur eine Verkettung unglückseliger Zufälle. Aber wenn auch nur die Spur einer Chance besteht, daß es nicht so ist, dann hast du jeden Grund, auf der Hut zu sein. Wieviel weiß dieser Polizist?«

Der plötzliche Themenwechsel brachte Stefan für einen Moment aus dem Konzept, und genau das sollte er wohl auch. Sein Zorn hatte plötzlich kein Ziel mehr und verrauchte so schnell, wie er gekommen war. »Nichts«, antwortete er automatisch. »Jedenfalls nicht von mir. Ich weiß nicht, wieviel ihm Rebecca erzählt hat.«

»Bestimmt nicht mehr als du«, behauptete Robert. »Also gut. Wir besprechen das alles, wenn ich zurück bin. Paß auf dich auf.«

Er hängte ein. Stefan starrte den Telefonhörer in seiner rechten Hand noch einen Herzschlag lang an und wartete darauf, daß sein Zorn zurückkam. Aber das geschah nicht. Es hätte passieren müssen, denn er war sich durchaus darüber im klaren, daß Robert ihn wieder einmal mühelos manipuliert hatte. Er hatte seine Wut gespürt, und es hatte eines einzigen, nicht einmal besonders originellen Schachzuges bedurft, um damit fertig zu werden.

Trotzdem gelang es ihm nicht, neuerlichen Zorn zu empfinden. Vielleicht, weil er tief in sich spürte, daß Robert nur zu recht hatte; vielleicht sogar mehr, als dieser selbst ahnen mochte, denn Stefan hatte ihm weder von der

Geschichte am Morgen noch von seinen beiden sonderbaren Besuchern erzählt. Aber Robert hatte recht: Wenn auch nur die geringste Chance bestand, daß der Blonde kein ausgeflippter Punk war, der sich seine Opfer nach dem Zufallsprinzip aussuchte, sondern vielleicht jemand, der ihm und Becci aus einem anderen, finsteren Teil der Welt gefolgt war, dann taten sie verdammt gut daran, auf der Hut zu sein.

Plötzlich war er doch wieder beunruhigt. Er behielt den Hörer in der Hand, drückte mit der anderen mehrmals hintereinander rasch auf die Gabel und wählte dann wieder die Nummer des Krankenhauses; er kannte sie mittlerweile auswendig. Rebecca war jedoch noch immer nicht in ihrem Zimmer, so daß er sich zur Kinderintensivstation weiterverbinden ließ, wo er sie endlich erreichte.

»Hallo«, meldete sie sich; überrascht, aber auch nicht besonders freundlich. »Wo bleibst du? Ich habe vor einer Stunde mit dir gerechnet.«

»Ich hatte zu tun«, antwortete Stefan. »Aber ich –«

»Ich weiß«, unterbrach ihn Rebecca. »Du mußtest fremde Frauen in ihrer Wohnung heimsuchen.«

»Wie?« machte er verblüfft. Dann verstand er. »Du hast mit Schwester Danuta gesprochen.«

Becci lachte. »Ja ... du glaubst diesen ganzen Unsinn doch nicht etwa?«

»Ich bin nicht sicher«, erwiderte Stefan ehrlich.

»Nicht sicher? Werwölfe, Teufelsanbeter, finstere Mächte und all das?«

»Nein, nicht das«, beeilte sich Stefan zu versichern. *Vielleicht an ein Ding, das in der Dunkelheit wohnt und darauf wartet, daß man ihm die Tür öffnet, aber doch nicht an Vampire und Teufelsanbeter und all diesen Quatsch. Ganz bestimmt nicht.* »Aber es könnte sein, daß dein Bruder recht hat.«

»Mein Bruder?« Sie wußte nichts von seinem letzten

Gespräch mit Robert, so daß er etwas deutlicher werden mußte, als ihm am Telefon eigentlich lieb war.

»Wir haben da drüben eine Menge Staub aufgewirbelt. Vielleicht zuviel.«

Rebecca schwieg. Er konnte regelrecht spüren, wie es hinter ihrer Stirn arbeitete. Sie war nicht dumm, und schon gar nicht begriffsstutzig. Schließlich sagte sie auch nur: »Ja. Vielleicht.«

»Ich mache mich jetzt auf den Weg«, sagte Stefan. »Bleib am besten, wo du bist. Vielleicht reißt dir Doktor Krohn ja nicht den Kopf ab, wenn ich dich zurückbringe, statt eine seiner Krankenschwestern. Und sprich mit niemandem, den du nicht kennst.«

»Versprochen«, antwortete Rebecca. In ihrer Stimme lag plötzlich ein gespannter, alarmierter Unterton. »Und beeil dich.«

Die Verbindung wurde mit einem scharfen Klicken unterbrochen, und Stefan erhob sich und ging zur Tür, um das zu tun, was er ihr versprochen hatte, nämlich, sich auf der Stelle auf den Weg zum Krankenhaus zu machen. Er war plötzlich beunruhigter, als er zugeben wollte. Weitaus beunruhigter als vor seinem Gespräch mit Rebecca, so als hätten seine Worte einen Schrecken geweckt, der zwar die ganze Zeit über dagewesen war, den er aber bisher mit Erfolg verleugnet hatte. Jetzt war er wach und pirschte sich auf tappenden Pfoten an ihn heran.

Stefan betrachtete sein eigenes Konterfei im Spiegel über der Kommode, schüttelte ein paarmal den Kopf und schnitt sich dann selbst eine Grimasse. Er mußte vor allen Dingen Ruhe bewahren. Wildes Hin- und Herspekulieren schadete nur. Ihm und Rebecca am allermeisten.

Sein Blick fiel auf das Päckchen auf der Kommode. Er nahm es in die Hand, las den Adreßaufkleber und stellte erst jetzt fest, daß es an Rebecca adressiert war, nicht an ihn. Absender war irgendein obskures Versandhaus in

London, von dem er noch nie gehört hatte. Achselzuckend steckte er das Päckchen ein, öffnete die Tür – und blickte in das schönste Frauengesicht, das er jemals gesehen hatte.

Es war das Mädchen vom Morgen. Stefan erkannte sie auf den ersten Blick wieder, und trotzdem hatte er alle Mühe, das Antlitz dieser dunkelhaarigen, exotischen Göttin mit dem Gesicht der Aushilfs-Punkerin von heute morgen gleichzusetzen. Es gab nicht den geringsten Zweifel: Es war dieselbe Frau, nicht nur eine zufällige Ähnlichkeit, sondern eindeutig dieselbe Frau, und trotzdem war der Unterschied so groß, wie er nur sein konnte. Das Mädchen von heute morgen war ein Irgendwer gewesen, ein hübsches Gesicht mit einem unpassenden Ambiente, vielleicht eines zweiten Blickes wert, aber nicht mehr.

Diese Frau hier war eine Göttin. Ihr Gesicht war schmal, hatte aber nicht jenen schon fast ausgemergelten Zug, der die meisten Fotomodelle heutzutage auszeichnete, Stefans Geschmack aber gar nicht traf. Sie hatte einen dunklen, sehr gleichmäßigen Teint, der perfekt mit ihrem nachtschwarzen Haar harmonierte. Ihre Augen waren groß, dunkel und von vollkommen undefinierbarer Farbe: ein sehr dunkles Grün vielleicht, in dem Partikel von Braun, Blau und Schwarz zu schimmern schienen, wie verschiedenfarbene Sterne in den letzten Momenten der Dämmerung, und ihre Lippen waren sinnlich, voll und so geschnitten, daß sie zu einem permanenten Lächeln verzogen zu sein schienen. Obwohl sie noch immer so ungekämmt war und dieselben verwahrlosten Kleider trug wie am Morgen, wußte Stefan mit unerschütterlicher Sicherheit, daß der Körper darunter ebenso perfekt geformt und makellos war wie dieses Gesicht.

Aber es war wie bei dem Fremden vorhin im Parkhaus: Was er wahrnahm, das war mehr als die bloße Summe dieser einzelnen Eindrücke. Was alle seine Sinne für einen Moment so sehr überreizte wie ein Hunderttausend-Volt-

Blitz die Optik einer billigen Pocketkamera und ihn einfach erstarren ließ, das war die bloße Tatsache, daß sie *da* war; sie stand vor ihm, und allein diese Präsenz erschlug ihn einfach. Diesmal bedurfte es keines Monsters aus dem Reich der Schatten, keiner Explosion seiner Wahrnehmungsfähigkeit. Die Welt blieb, wie sie war; sie war es, die alle normalen Reize hundertfach verstärkt auszustrahlen schien.

»Herr Mewes?«

Der Klang ihrer Stimme zerbrach den Bann. Sie war wunderschön, ein samtweiches, rauchiges Flüstern, der einzige Klang, der zu diesem gottgleichen Gesicht passen konnte, und trotzdem holte er ihn abrupt in die Wirklichkeit zurück. Er nickte, trat einen halben Schritt zurück und dann einen ganzen wieder auf sie zu, als er sich der Worte seiner Nachbarin erinnerte: Sie hatte von *zwei* Besuchern gesprochen.

»Der bin ich«, antwortete er. Gleichzeitig warf er einen raschen Blick nach rechts in den Korridor, dann nach links. Niemand. »Was kann ich für Sie tun?«

»Ich bin Sonja«, antwortete die junge Frau. Ihr Akzent erinnerte an den Schwester Danutas, war jedoch viel ausgeprägter, aber keineswegs unangenehm. Im Gegenteil verlieh er ihrer Stimme etwas beinahe Erotisches.

Stefan trat wieder einen Schritt zurück, um sein Gegenüber noch einmal genauer in Augenschein zu nehmen, und diesmal vielleicht objektiv. Jetzt, wo er wieder klar denken konnte und der unheimliche Zauber des Augenblicks vorbei war, kam er sich nicht nur ziemlich naiv vor, seine eigenen Gedanken waren ihm auch peinlich. Aber zumindest stand er jetzt wieder einer ganz normalen jungen Frau gegenüber, keiner strahlenden Lichtgestalt mehr, deren bloße Anwesenheit ihn paralysierte. Es war immer noch eine ausgesprochen attraktive junge Frau, aber mehr auch nicht. Stefan verstand beim besten Willen nicht mehr, warum er gerade so heftig auf sie reagiert hatte.

Einige Sekunden verstrichen, in denen Sonja einfach nur dastand und nichts tat; das aber auf eine Art und Weise, die klarwerden ließ, daß *sie* umgekehrt auf eine bestimmte Reaktion von *ihm* wartete.

»Sonja, so«, sagte er schließlich. »Sollte mir das etwas sagen?«

»Wahrscheinlich nicht«, gestand die Schwarzhaarige. »Ich bin Liddias Schwester.«

»Aha«, sagte Stefan, Er legte den Kopf schräg. »Es tut mir leid, aber ich fürchte, ich verstehe immer noch nicht ganz. Ich kenne keine … Liddia.«

»Wahrscheinlich haben Sie ihr einen anderen Namen gegeben«, antwortete Sonja. »Woher sollten Sie ihn auch kennen.«

Stefan starrte sie an. Er spürte, wie ein Nerv an seiner rechten Wange zu zucken begann, doch das war auch die einzige Bewegung, zu der er überhaupt fähig war. Er wußte natürlich genau, wovon Sonja sprach, aber in seinem Kopf schien plötzlich eine Wand zu sein, die diesen Gedanken trotz allem irgendwie blockierte, so daß er nicht in letzter Konsequenz an sein Bewußtsein zu dringen vermochte.

»Wovon … reden Sie überhaupt?« krächzte er. Diese vier Worte auszusprechen zehrte seine gesamte Kraft auf.

»Das wissen Sie doch genau«, antwortete Sonja. Sie lächelte immer noch. »Meine Brüder und ich sind hier, um Liddia zurückzuholen.«

Sie hob die Hand, legte in einer geziert wirkenden Geste die gespreizten Finger auf die Tür und stieß sie auf. »Ist sie hier?« Ohne Stefans fassungslosen Blick und seinen noch viel fassungsloseren Gesichtsausdruck auch nur zur Kenntnis zu nehmen, ging sie an ihm vorbei, durchquerte den Flur und blieb unter dem Durchgang zum Wohnzimmer wieder stehen. »Nein«, sagte sie. »Sie ist nicht hier. Wo ist sie?«

Stefan überwand endlich seine Überraschung, warf die Tür ins Schloß und setzte Sonja mit zwei, drei schnellen Schritten nach. Seine Gedanken überschlugen sich. »Was soll das heißen?« stammelte er. »Wer … wer sind Sie? Wovon reden Sie? Ich kenne keine Liddia, und ich kenne auch Sie nicht. Und ich kann mich auch nicht erinnern, Sie zum Hereinkommen aufgefordert zu haben.«

Sonja sah nicht einmal zu ihm zurück, sondern bewegte weiter mit raschen, aber regelmäßigen Bewegungen den Kopf nach rechts und links und wieder zurück, um sich in Stefans Wohnzimmer umzusehen. Immer, wenn sie ihm dabei das Profil zuwandte, konnte er sehen, wie sich ihre Nasenflügel blähten. Fast, als nähme sie … Witterung auf?

»Ich rede mit Ihnen«, sagte er. Er stand dicht genug hinter ihr, um sie an der Schulter zu packen und sie auf diese Weise zu zwingen, sich zu ihm herumzudrehen, aber er wagte es nicht, sie zu berühren. In dem emotional aufgepeitschten Zustand, in dem er sich befand, vermochte er nicht vorherzusagen, wie er reagieren würde, wenn er dazu gezwungen war, sie anzufassen.

»Ich habe Sie verstanden.« Sonja drehte sich – er war sicher, ganz bewußt provozierend – langsam zu ihm herum und musterte ihn mit einem langen, eindringlichen Blick von Kopf bis Fuß.

»Was soll das?« fragte Stefan. Seine Gedanken überschlugen sich noch immer, und seine Stimme war zwar laut, aber nicht annähernd so selbstsicher und souverän, wie es nötig gewesen wäre. Ganz im Gegenteil hatte sie jenen Ton hysterischer Aggression, der ihn von vornherein zum Verlierer machte.

Sonja machte sich auch nicht einmal die Mühe, den Blick zu heben, sondern setzte ihre Musterung ungerührt und auf die gleiche, schwer in Worte zu fassende Art fort.

Eine Art, die dem Unbehagen in Stefan nicht nur neue Nahrung gab, sondern ihn fast in Panik versetzte. Schließlich sagte sie: »Sie ist nicht hier. Deine Frau auch nicht. Wo sind sie?«

»Nicht da«, antwortete Stefan automatisch, nur, um sich im gleichen Sekundenbruchteil schon über seine eigene Reaktion zu ärgern. »Was geht Sie das an?« fügte er in schärferem Ton hinzu. »Wer sind Sie überhaupt? Was wollen Sie?«

Doch statt auf eine dieser drei Fragen zu antworten, drehte sich Sonja wieder um und begann mit kleinen, schnellen Schritten im Zimmer auf und ab zu gehen. Sie rührte nichts an, sah aber ungeniert in Regale und Schränke, ließ ihren Blick prüfend über seinen Schreibtisch gleiten, lugte hinter die Couch und ließ sich einmal sogar in die Hocke sinken, um unter die Sessel zu spähen.

Stefan blieb weiter unter der Tür stehen und sah der jungen Frau mit einer Mischung aus Fassungslosigkeit und Wut zu. Bei jedem anderen wäre ihm für dieses Benehmen nur ein einziges Wort eingefallen: Unverschämt. Und das war es auch, aber zugleich war da auch noch etwas; etwas nicht nur schwer sondern ganz und gar *unmöglich* in Worte zu Fassendes, das ihn auf einer tieferen Ebene seines Bewußtseins so sehr erschreckte, daß es ihn zugleich auch lähmte. Er spürte eine Gefahr. Beim Anblick dieses schlanken, in seinen Bewegungen noch fast kindlich wirkenden Mädchens konnte er sich nicht einmal *vorstellen*, wie diese Gefährdung aussehen mochte, aber er spürte sie ganz deutlich, und er schrak davor zurück wie ein Tier vor dem Feuer, auch wenn es noch nie im Leben damit in Berührung gekommen war.

Sonja hatte ihre Inspektion endlich beendet und blieb ungefähr fünf Sekunden reglos am Fenster stehen und blickte hinaus. Stefan war zu weit entfernt, um zu erkennen, was es unten auf der Straße zu sehen gab, aber er wußte es auch so. Sonja war nicht allein gekommen. Vielleicht hier herauf, aber unten vor dem Haus wartete garantiert der Bursche von heute morgen. Und vielleicht nicht nur er.

»Warum ist sie nicht hier?« Sonja drehte sich zu ihm um und sah ihn an. Stefan hielt dem Blick ihrer irisierenden Augen für die gewaltige Zeit von beinahe einer Sekunde stand, dann machte er eine ärgerliche Handbewegung und trat vollends ins Zimmer hinein. Es war vollkommen absurd, aber er hatte plötzlich nicht mehr das Gefühl, sich in seiner eigenen Wohnung zu befinden, sondern auf fremdem Territorium. Wenn er sich nicht zusammenriß, dachte er, dann würde er Sonja in zehn Sekunden um Erlaubnis fragen, ob er sich bewegen durfte!

»Meine Frau und Eva sind im Moment nicht da«, antwortete er unfreundlich, »aber ich wüßte auch nicht, was –«

»Sie war noch niemals hier«, unterbrach ihn Sonja. »Diese Wohnung würde ihr nicht gefallen.«

»Warum?« fragte Stefan. »Weil hier niemand versucht, sie umzubringen?«

Sonja lächelte unerschütterlich weiter. Stefan war nicht einmal sicher, ob sie verstanden hatte, was er sagte. Geschweige denn, daß es sie interessierte.

»Hast du etwas zu trinken?« fragte sie plötzlich. »Ich habe Durst.«

Stefan zog eine Grimasse. »Aus diesem Grund gibt es in dieser Stadt Restaurants«, sagte er, und fügte praktisch im gleichen Atemzug und vollkommen widersinnig hinzu: »Kaffee? Oder lieber etwas Kaltes?«

»Kaffee?« Sonja blinzelte. Er war jetzt sicher, daß sie nicht verstand, wovon er sprach. Was, zum Teufel, hieß Kaffee auf kroatisch?

»Ich mache ihn rasch«, sagte er. »Ich wollte mir ohnehin eine Tasse aufbrühen. Nehmen Sie Platz. Wir sollten uns erst einmal beruhigen und dann noch einmal von vorne anfangen.«

Er ging, aber nicht direkt in die Küche, sondern zuerst zurück zur Wohnungstür, um sie abzuschließen. Einem Impuls folgend legte er auch noch die Kette vor. Der Kerl, den er am Morgen vor dem Haus gesehen hatte, sah zwar aus, als stünde er kurz vor dem Hungertod, aber er gehörte Stefans Einschätzung nach trotzdem zu den Typen, denen man zutraute, mit einem Messer im Rücken und drei Pistolenkugeln im Bauch noch ein Gemetzel unter den Besuchern eines Restaurants anzurichten.

Sein Tun blieb Sonja natürlich nicht verborgen. Als er zurückkam und das Wohnzimmer durchquerte, um in die Küche zu gelangen, lächelte sie immer noch; aber es wirkte jetzt eindeutig spöttisch. Natürlich würden ihm weder das Schloß noch die Kette etwas nützen, wenn ihr Begleiter wirklich hereinwollte; beide mochten halten, aber die Tür bestand aus einer beschichteten Spanplatte, die sich selbst Stefan mit einem Fußtritt aufzubrechen zutraute. Dafür hatte er mit dem, was er tat, seine Unsicherheit deutlicher zum Ausdruck gebracht, als alle Worte es gekonnt hätten. Stefan verfluchte sich innerlich. Aber der Fehler war nun einmal gemacht. Besser, er konzentrierte sich darauf, nicht noch weitere zu machen.

Seine Hände zitterten noch immer, während er daranging, Wasser in den Schnellkocher zu füllen und drei Löffel Kaffeepulver in den Filter zählte. Aber das Chaos hinter seiner Stirn legte sich allmählich. Vielleicht war es gar keine schlechte Idee gewesen, ihr einen Kaffee anzubieten. Zwei, drei Minuten Ruhe waren im Moment genau das, was er brauchte.

Schon um mit der Panik fertig zu werden. Denn nichts anderes war es, was er spürte. Möglicherweise eine Art stiller Panik, bei der er nicht herumschrie oder einfach blindlings davonrannte, aber nichtsdestotrotz kalte Angst.

Seine Gedanken rasten, ohne daß er auch nur zu einer einzigen vernünftigen Entscheidung gekommen wäre, und er wußte einfach nicht, was er *tun* sollte.

Dabei hätte er strenggenommen damit rechnen müssen, daß so etwas geschah. Vielleicht nicht so schnell und vielleicht nicht auf diese seltsame Art, aber passieren mußte es. Sie hatten nicht ernsthaft damit rechnen können, in irgendeinem fremden Land ein Kind zu finden und es zu behalten, wie eine junge Katze, die ihnen zugelaufen war.

Während er darauf wartete, daß der Wasserkocher seinen Inhalt erhitzte, ging er leise wieder zur Tür zurück. Er hatte sie angelehnt, aber einen fingerbreiten Spalt offengelassen, so daß er seine ungebetene Besucherin beobachten konnte, ohne daß sie es merkte. Sehr viel gab es allerdings nicht zu sehen, Sonja saß steif auf dem Sofa und hatte die Hände auf den Knien gefaltet; eine Haltung, die nicht nur klarmachte, wie unwohl sie sich zu fühlen schien, sondern auch überhaupt nicht zu ihr paßte.

Erneut fiel ihm auf, wie schön das Mädchen war. Vielleicht war ›schön‹ nicht einmal das richtige Wort, denn objektiv betrachtet war sie das nicht einmal. Sie wirkte … exotisch, und sie sprach ihn auf eine Weise an, die ihn fast erschreckte.

Mit großer Mühe verscheuchte Stefan diese ungewohnten Gedanken aus seinem Kopf und versuchte sich auf näherliegende Probleme zu konzentrieren. Zum Beispiel auf die Frage, wie er auf diesen Überfall reagieren sollte.

Der Kaffeeautomat summte. Stefan trat zurück an die Anrichte, goß das kochende Wasser in den Filter und stellte Tassen, Zuckerschale und Milchkännchen auf ein Tablett, während er darauf wartete, daß das Wasser durch den Filter floß; alles viel umständlicher, als notwendig gewesen wäre, als hoffe er, daß diese banale Tätigkeit ihm half, auch wieder in sein gewohntes Denken zurückzufinden.

»Das hat lange gedauert«, sagte Sonja, als er schließlich ins Wohnzimmer zurückkehrte und das Tablett vor ihr auf dem Tisch ablud. Stefan ignorierte ihre Worte, schenkte sich und ihr Kaffee ein und setzte sich, ehe er nach seiner Tasse griff und sagte:

»Sie behaupten also, die Schwester des Mädchens zu sein. Ich nehme an, Sie können das beweisen?«

»Beweisen?« Sonja blinzelte. Sie legte den Kopf schräg.

Stefan nippte an seinem Kaffee, verbrühte sich die Lippen und die Zungenspitze und zog eine entsprechende Grimasse. »Sie werden irgendwelche Papiere bei sich haben, nehme ich an. Unterlagen, aus denen Ihre Identität hervorgeht. Einen Ausweis, zum Beispiel.«

Sonja schüttelte den Kopf. »Euer Volk legt so großen Wert auf … Papiere. Dinge, die nicht nötig sind. Hatte Liddia Papiere bei sich, als ihr sie mitgenommen habt?«

»Nein«, antwortete Stefan ruhig. Ganz allmählich fand er wieder zu seiner normalen Ruhe zurück. Vielleicht hatte ihn Sonja einfach nur durch ihr seltsames Äußeres und ihr noch seltsameres Betragen aus dem Konzept gebracht. Aber der Vorteil der Überraschung hielt nie lange an, und Stefan spürte, daß er allmählich wieder Oberwasser gewann. »Aber das war auch nicht nötig. Wir haben ein Kind gefunden, das sich offenbar in Lebensgefahr befand. In einer solchen Situation fragt man normalerweise nicht nach irgendwelchen *Papieren*.«

Für einen Moment blitzte die blanke Wut in Sonjas Augen auf, und Stefan verbuchte innerlich einen weiteren Punkt für sich. Offensichtlich war er dabei, das Gespräch auf eine Ebene zu bringen, auf der sie ihm unterlegen war, und ebenso offensichtlich schien Sonja das zu spüren. Er sah, daß sie zu einer scharfen Antwort ansetzte, es sich dann im letzten Moment doch noch anders überlegte und statt dessen nach ihrer Tasse griff. Stefan registrierte mit einem Gefühl beiläufiger Verblüffung, daß sie das Getränk, an dem er sich gerade den Mund verbrannt hatte, in einem Zug und ohne mit der Wimper zu zucken hinunterstürzte.

»Das sah vielleicht für euch so aus«, sagte sie schließlich. »Ich mache dir keinen Vorwurf. Ihr kennt die Sitten und Gebräuche unseres Landes nicht. Aber es war alles nur ein Mißverständnis.« Ein Tropfen Kaffee war auf ihre Hand gefallen. Sie leckte ihn ab.

»So?« fragte Stefan. »Dann muß es sich aber um ein gewaltiges Mißverständnis handeln. Oder ist es in Ihrem Land üblich, dreijährige Kinder mitten im Winter nackt im Wald auszusetzen?«

»Ich sagte bereits, es war ein Mißverständnis«, antwortete Sonja stur. Stefan konnte spüren, wie die Stimmung zwischen ihnen umschlug. Sonja sah plötzlich tatsächlich anders aus, ohne daß er den Unterschied in Worte fassen konnte. »Wir sind nicht hier, um –«

»›Wir‹?« unterbrach Stefan sie.

»Meine Brüder und ich. Die, vor denen du dich so zu fürchten scheinst.«

»Ich fürchte mich vor niemandem«, log Stefan.

»Du hast auch keinen Grund. Sag mir einfach, wo Liddia ist, und wir gehen wieder.«

Stefan lachte. »Sind Sie verrückt? Das werde ich ganz bestimmt nicht tun.«

»Wir könnten dich zwingen.«

»Ja, wahrscheinlich«, gestand Stefan, innerlich schon wieder am Rande der Panik, aber zumindest äußerlich noch vollkommen ruhig. »Aber das würde nichts ändern. Das Kind ist nicht bei uns. Wenn sie Eva zurückhaben möchten, müssen Sie sich schon an die Behörden wenden. Aber das haben Sie sicher schon getan, nicht wahr?«

Er suchte aufmerksam nach einem verräterischen Zeichen in Sonjas Gesicht, aber wenn er sie mit seinen Worten überrascht hatte, so ließ sie sich auf jeden Fall nichts anmerken. »Warum willst du die Sache so kompliziert machen?« fragte sie. »Liddia ist meine Schwester. Sie gehört zu ihrer Familie, nicht hierher. Sie würde sich hier nicht wohl fühlen.«

»Dann verraten Sie mir, warum ihre *Familie* sie dem sicheren Tod ausliefern wollte«, sagte Stefan scharf. »Wären Rebecca und ich fünf Minuten später gekommen, dann wäre das Kind jetzt tot.«

»Das wäre es nicht. Die Wölfe hätten ihm nichts getan.«

»Dann hätte es die Kälte umgebracht.« Stefans Stimme wurde schärfer. »Ich werde dieses Gespräch nicht fortsetzen. Sagen Sie mir einen guten Grund, aus dem ich Eva wieder in die Obhut von Menschen geben sollte, die offensichtlich ihr möglichstes getan haben, um es umzubringen – oder es zumindest einem Schicksal auszuliefern, bei dem sie seinen Tod billigend in Kauf nahmen.«

Diese Worte waren ganz bewußt so gewählt. Er *wollte* nicht, daß Sonja ganz genau verstand, was er sagte, sondern sie einfach nur verwirren. Möglicherweise zu einem Fehler verleiten. Er bedauerte es im nachhinein, nicht heimlich sein Diktiergerät eingeschaltet zu haben, um das Gespräch mitzuschneiden. Möglicherweise hätte sich Dorn brennend dafür interessiert.

Sonja überraschte ihn jedoch erneut, denn fremde Sprache hin oder her, sie hatte offensichtlich sehr gut verstanden, was er sagte. Und sie reagierte erneut anders, als er erwartet hatte. Der brodelnde Zorn in ihren Augen erlosch und machte einem Ausdruck von Enttäuschung und ehrlichem Bedauern Platz. »Manchmal sind die Dinge nicht das, wonach sie aussehen«, sagte sie.

»Das stimmt«, antwortete Stefan. »Ich zum Beispiel bin weder ein Dummkopf, noch lasse ich mich so leicht ins Bockshorn jagen. Sie glauben doch nicht im Ernst, daß Sie einfach hier hereinspazieren können und ich Ihnen Eva übergebe, nur weil Sie mich darum bitten!«

»Du willst mich nicht verstehen«, sagte Sonja traurig. »Das ist sehr schade.«

Das war der Moment, das Gespräch zu beenden und sie rauszuwerfen, dachte Stefan. Ein Gespräch, das er überdies niemals hätte *beginnen* sollen. Einen Moment lang fragte er sich vollkommen fassungslos, was er eigentlich hier tat. Stand er wirklich da und diskutierte ernsthaft mit demselben Menschen über Evas Schicksal, der noch vor zwei Wochen versucht hatte, das Kind auf bestialische Weise umzubringen? Er sollte sie rauswerfen, oder die Polizei rufen. Am besten beides.

Das Dumme war nur, daß er es nicht konnte.

Er hatte keine Angst vor Sonja, und zumindest im Moment auch keine besonders große Angst vor ihrem Begleiter; allenfalls, daß er eine gewisse Beunruhigung und einen ersten Anflug von Sorge empfand.

Aber etwas an ihrer bloßen Gegenwart lähmte ihn. Der bloße *Gedanke*, sich auf eine Konfrontation mit ihr einzulassen, erschien ihm lächerlich.

Und er verstand nicht einmal, warum.

Sonja stand auf, aber sie tat es auf eine Art und Weise, die er noch nie zuvor gesehen hatte, und die er auch nicht wirklich beschreiben konnte: eine sonderbare Mischung aus einem Sprung und einem fast schlangenhaften Gleiten, in der sich Kraft, Schnelligkeit und eine ungemeine Eleganz vereinigten. Diese Bewegung erschreckte ihn mehr als alles andere. Für eine halbe Sekunde hatte er plötzlich doch Angst vor ihr.

»Sag mir, wo sie ist«, sagte sie.

So elegant und kraftvoll ihre Bewegung gewesen war, so zwingend war mit einem Male ihre Stimme. In beidem lag nichts Drohendes; nicht einmal die Andeutung davon. Und doch hätte er ihr um ein Haar gesagt, wo sich Eva und Rebecca befanden.

»Nein«, antwortete er. Dieses eine Wort auszusprechen,

kostete ihn fast alle Kraft, die er hatte. Sein Herz hämmerte. Er kam sich winzig vor und verloren, wie ein Kind, das einem Profiboxer gegenüberstand und die Mordlust in seinen Augen flackern sah.

»Liddia gehört zu uns«, beharrte Sonja. »Ihr könnt sie uns nicht einfach wegnehmen.«

»Das … klären Sie am besten mit den zuständigen Behörden«, preßte er mühsam hervor. Es fiel ihm immer noch schwer zu reden. Aber es wurde besser, als verliehe ihm schon der bloße Entschluß, ihr Widerstand entgegenzusetzen, neue Kraft. Immer noch unsicher, aber trotzdem schnell, stand er ebenfalls auf und deutete zur Tür.

»Und jetzt gehen Sie«, fuhr er fort, nervös und nicht in der Lage, ihr bei diesen Worten in die Augen zu blicken. »Bevor ich die Polizei rufe.«

»Das wirst du nicht«, behauptete Sonja lächelnd. »Aber ich gehe. Es ist schade, daß du nicht vernünftig bist.«

»Was soll das heißen?« schnappte Stefan. »Wollen Sie mir drohen?«

Das Zittern in seiner Stimme paßte nicht zu dem herausfordernden Ton, den er sich vorgestellt hatte, aber irgendwie war er auch sicher, daß Sonja sich so oder so nicht besonders beeindruckt gezeigt hätte.

»Nein«, sagte sie. »Du hast keinen Grund, uns zu fürchten. Wir wollen nur, was uns zusteht.«

»Eine Anzeige wegen Hausfriedensbruchs und Nötigung?« fragte Stefan. Er sah Sonja an, daß sie nicht einmal verstand, wovon er redete.

»Gehen Sie«, sagte er. »Bitte. Ich muß … nachdenken.«

»Das solltest du tun«, bestätigte Sonja. »Wir kommen morgen wieder.«

Sie ging, ohne ein weiteres Wort, oder ihn auch nur eines weiteren Blickes zu würdigen.

Stefan folgte ihr, schloß die Tür sorgsam hinter ihr wieder ab und legte die Kette vor. Dann wandte er sich um und eilte mit schnellen Schritten zum Fenster.

Er sah genau das, was er erwartet hatte; wenn auch weitaus mehr, als ihm lieb war. Auf dem Bürgersteig vor dem Haus standen gleich zwei zerlumpte Gestalten mit strähnigem Haar und abgerissenen Kleidern, die schon vor zwanzig Jahren aus der Mode gekommen sein mußten. Einen der beiden erkannte er wieder. Er hatte ihn bereits am Morgen gesehen.

Stefan wartete, bis Sonja aus dem Haus getreten war. Er wich einen halben Schritt vom Fenster zurück, obwohl er hinter der Gardine stand und kaum Gefahr lief, von unten aus gesehen zu werden – und selbst wenn, was wäre schlimm daran? –, behielt Sonja und ihre beiden unheimlichen Begleiter aber aufmerksam im Auge. Natürlich konnte er nicht verstehen, was sie redeten, aber ihre aufgeregten Gesten und die Blicke, die sie alle drei immer wieder zum Fenster heraufwarfen, sprachen ihre eigene, sehr deutliche Sprache. Stefan war mehr als nur *ein bißchen* erleichtert, als sie sich endlich herumdrehten und aus seinem Sichtfeld verschwanden.

Unverzüglich wandte auch er sich um, ging zum Telefon und rief Dorns Nummer an. Er war immer noch nicht im Büro. Stefan hinterließ eine dringende Bitte um Rückruf, wählte dann die ersten drei oder vier Ziffern von Rebeccas Nummer im Krankenhaus und überlegte es sich dann anders, noch bevor die Verbindung zustande kam. Was er ihr zu sagen hatte, waren vielleicht nicht die Art Neuigkeiten, die man am Telefon bespricht.

Obwohl er eigentlich nicht gerne damit fuhr, nahm er Roberts BMW statt seines eigenen Wagens, um ins Krankenhaus zu fahren. Er traf diese Wahl ganz instinktiv – und, wie sich herausstellen sollte, ganz instinktiv richtig –, und erst, als er bereits im Wagen saß, wurde ihm bewußt, daß diese Entscheidung eine Menge über seine augenblickliche Verfassung aussagte: Irgend etwas in ihm mußte wohl der Meinung sein, daß es besser war, in einem schweren und vor allem *schnelleren* Fahrzeug zu sitzen, als in seinem altersschwachen Volkswagen.

Stefan schüttelte den Kopf über diesen Gedanken, aber er brachte es nicht fertig, wirklich darüber zu lachen. Im Gegenteil. Während er – wie üblich – vergebens den Zündschlüssel drehte und sich erst dann daran erinnerte, daß er in einem Wagen mit elektronischer Codierung saß, begannen sich Nervosität und das ungute Gefühl, das er seit der Episode im Parkhaus nicht mehr ganz losgeworden war, zu etwas Neuem zu vereinen. Er wußte nicht genau, wozu. Aber es gefiel ihm nicht.

Er gab die Codenummer ein, startete den Wagen und warf einen Blick in den Rückspiegel, ehe er losfuhr. Der Verkehr war dicht, für die Tageszeit aber nicht ungewöhnlich. Ein Wagen fiel ihm auf, der ein Stück hinter ihm in zweiter Reihe parkte, ohne den Warnblinker eingeschaltet zu haben; ein großes, ausländisches Modell, dessen Fabrikat er nicht kannte. Hinter den getönten Scheiben waren die Umrisse von zwei Personen zu erkennen. Zwei, nicht drei; und außerdem waren Sonja und ihre beiden Begleiter in der entgegengesetzten Richtung verschwunden. Natürlich hatte er keine Garantie, daß sie nicht kehrtgemacht hatten und zurückgekommen waren, während er –

Stefan brach den Gedanken ab. Er fing schon wieder an, die Dinge unnötig zu komplizieren. Der Wagen dort hinten gehörte irgendeinem rücksichtslosen Menschen, der auf etwas oder jemanden wartete und dem es egal war, daß er den Verkehr behinderte. Stefan schüttelte den Kopf über seine eigenen Gedanken, legte den Gang ein und trat das Gaspedal durch. Seine ungezählten PS katapultierten den BMW regelrecht aus der Parklücke und so rasch hinein in den fließenden Verkehr, daß er fast auf seinen Vordermann aufgefahren wäre. Hastig bremste er ab, schaltete in den nächsthöheren Gang und beschleunigte dann erneut, um die grüne Welle noch mitzubekommen. Er schaffte es knapp; aus den Augenwinkeln sah er, wie das Licht auf Gelb umsprang, und der Abstand zu seinem Vordermann schrumpfte schon wieder bedrohlich zusammen.

Während er hastig wieder abbremste, verzog ein flüchtiges Lächeln seine Lippen, als ihm klar wurde, daß er – zumindest für seine Verhältnisse – schon fast genauso rücksichtslos fuhr wie Robert. Vernunft hin oder her, es mußte wohl ein wenig mit dem Wagen zu tun haben, in dem man saß.

Außerdem schien er nicht der einzige rücksichtslose Autofahrer zu sein, der im Moment auf den Straßen unterwegs war. Hinter ihm quietschten Bremsen, und ein kurzes, zorniges Hupen erscholl. Stefan warf einen Blick in den Innenspiegel –

– und erstarrte.

Sein Lächeln gefror zur Grimasse, ein höhnisches Grinsen, das er sich selbst über den Spiegel hinweg zuwarf, und er konnte – nicht eingebildet, sondern real – spüren, wie sein Herz einen Schlag übersprang und dann rasend schnell und rhythmisch weiterhämmerte.

Keine zehn Meter hinter ihm preschte eine schwere ausländische Limousine mit getönten Scheiben über die Kreuzung.

Zumindest erkannte er jetzt das Modell. Es war ein Honda; eine jener riesigen, übermotorisierten Limousinen, wie man sie in Europa selten sah und die meistens mehr PS unter der Haube als ihre Fahrer Haare auf dem Kopf hatten. Er kam rasch näher, so daß sich der Abstand zwischen ihnen rapide verkürzte. Instinktiv gab auch Stefan mehr Gas, spürte, wie der BMW einen regelrechten Satz machte und mußte gleich darauf wieder hart auf die

Bremse treten, um nicht auf seinem Vordermann aufzufahren. Der Honda kam wieder näher und fuhr jetzt so dicht hinter ihm her, daß er das Nummernschild nicht mehr lesen konnte. Er konnte die beiden Gestalten hinter den getönten Scheiben noch immer nicht erkennen. Sie blieben gesichtslose Schatten, aber sie schienen plötzlich zehnmal so groß wie zuvor. Und drohender. Unendlich viel drohender.

Stefans Gedanken rasten. Trotz allem war der BMW wahrscheinlich schneller als der andere Wagen, so daß er eine gute Chance hatte, seinen Verfolger abzuhängen. Zumindest theoretisch.

Falsch. *Nur* theoretisch. Sie waren hier nicht auf der Autobahn, sondern mitten in der Stadt, und er war kein Stuntman, der sich seinen Lebensunterhalt mit waghalsigen Kunststückchen verdiente. Lebensgefährliche Autoverfolgungsjagden funktionierten vielleicht in amerikanischen Actionfilmen. In der Realität würden sie wahrscheinlich spätestens an der nächsten Kreuzung und auf ziemlich abrupte Art enden.

Die Bremslichter des Wagens vor ihm leuchteten abermals auf. Der Abstand zwischen ihnen schrumpfte rapide, obwohl auch Stefan den Fuß ein wenig vom Gas nahm. Er konnte nicht so stark abbremsen, wie er es gemußt hätte, denn er sah im Rückspiegel, daß der Fahrer des Honda keinerlei Anstalten machte, das Tempo zurückzunehmen. Der Kerl mußte vollkommen den Verstand verloren haben!

Stefans Gedanken rasten noch immer. Die Schatten hinter der getönten Windschutzscheibe waren größer geworden, die Drohung, die sie ausstrahlten, körperlicher. Er hatte überhaupt keinen Grund, zu unterstellen, daß der Wagen wirklich hinter ihm her war. Vermutlich hatte der Fahrer nichts anderes getan als er selbst, nämlich versucht, die Ampel noch vor der Rotphase zu überqueren. Vielleicht war er einfach rücksichtslos; die japanische Ausführung von Robert. Niemand war hinter ihm her.

Trotzdem, er mußte Gewißheit haben. Während er nervös, viel zu schnell und viel zu dicht hinter seinem Vordermann herfuhr, der immer öfter in den Rückspiegel sah und ihn wahrscheinlich längst in die Kategorie jener Verrückten eingestuft hatte, denen man besser aus dem Weg ging, suchte sein Blick die Straße ab. Einen halben Kilometer entfernt zweigte eine Straße ab. Stefan ließ den BMW ein wenig zurückfallen, auch wenn er damit Gefahr lief, daß ihm sein Hintermann nun wirklich auffuhr, gab dann abrupt wieder Gas und schlitterte auf kreischenden Reifen um die Kurve. Zwei, drei Passanten blieben stehen und sahen ihm kopfschüttelnd nach, aber der Honda blieb auf der Hauptstraße und war nach einem weiteren Augenblick verschwunden.

Stefan atmete hörbar auf, nahm den Fuß vom Gas und schenkte seinem eigenen Konterfei im Spiegel ein spöttisches Grinsen. Seine Nerven schleiften wirklich am Fußboden, aber das war auch schon alles. Niemand verfolgte ihn. Und so ganz nebenbei; Sonja und ihre Steinzeit-Brüder hätten einfach nicht in einen solchen Wagen gepaßt.

Er bremste weiter ab, so daß er nun deutlich unter der erlaubten Höchstgeschwindigkeit fuhr, bog zweimal links und dann noch einmal rechts ab und fädelte sich schließlich wieder in den Verkehr auf der Hauptstraße ein. Erneut blinzelte er seinem Spiegelbild zu; aber diesmal war es gutmütiger Spott, den er in seinen eigenen Augen las. Nach der ganzen Aufregung des zurückliegenden Tages konnte er Becci wenigstens noch eine komische Episode erzählen. Wahrscheinlich würden sie zusammen herzhaft über seine eigene Torheit lachen.

Vor allem, wenn er erzählte, daß der Honda keine zweihundert Meter vor ihm am Straßenrand stand und auf ihn wartete.

Für lange, endlose Sekunden erstarrte Stefan einfach hinter dem Steuer. Er saß vollkommen gelähmt da, die Hände um das Lenkrad verkrampft und den Fuß auf dem Gaspedal, unfähig, auch nur einen Muskel zu rühren; hätte der Wagen vor ihm in diesem Moment abgebremst, wäre er ihm unweigerlich aufgefahren. Er empfand nicht einmal wirklichen Schrecken.

In schnellem Tempo fuhr er an dem Honda vorüber. Auch die Seitenscheiben des Wagens waren getönt, aber das Fenster auf der Fahrerseite war halb heruntergelassen, so daß er die beiden Männer dahinter erkennen konnte. Es waren nicht Sonja oder ihre Brüder, sondern zwei junge Kerle, stämmig und mit breiten Gesichtern, in die die Zeit tiefere Spuren hineingegraben hatte, als es angesichts ihrer Jahre eigentlich möglich schien. Beide hatten helle, kurzgeschnittene Haare und trugen Sonnenbrillen. Beide starrten ihn an.

Stefan konnte ihre Augen hinter den getönten Gläsern nicht erkennen, aber er spürte ihren Blick. Darüber hinaus drehten sie in einer synchronen Bewegung die Köpfe, als Stefan an ihnen vorüberfuhr. Als der BMW den Honda passierte, fuhr dieser los und hängte sich an seine hintere Stoßstange.

Stefan wartete immer noch darauf, daß der Schrecken zuschlug, aber das geschah nicht; zumindest nicht auf eine Art, die er erwartet hatte. Statt wie eine Supernova hinter seiner Stirn zu explodieren und seinen Kreislauf mit Adrenalin zu überschwemmen, breitete sie sich wie ein lähmendes schwarzes Gift auf einer tieferen Bewußtseinsebene aus, die sein logisches Denken und seine Reaktionen unberührt ließ. Seine Gedanken arbeiteten mit einer Schärfe, die es ihm unmöglich machte, irgendeine andere Möglichkeit zu akzeptieren als die, daß die Männer in dem Honda ihn verfolgten.

Es gab keinen Zweifel daran. Die beiden Kerle machten

sich ja nicht einmal die Mühe, unauffällig zu bleiben. Wer waren Sie? Was wollten sie von ihm? Es spielte keine Rolle. Er mußte sie loswerden, egal wie.

Sein rechter Fuß trat das Gaspedal bis zum Anschlag durch, ohne daß es eines bewußten Gedankens bedurft hätte. Der Motor des BMW heulte protestierend auf, und der Wagen machte einen solchen Satz, daß Stefan regelrecht in den Sitz hineingeprügelt wurde und beinahe das Lenkrad verriß.

Metall kreischte. Funken und Lacksplitter stoben auf, als der BMW den Wagen vor ihnen touchierte und halbwegs von der Straße drängte.

Stefan riß das Lenkrad mit einer ebenso instinktiven wie falschen Bewegung nach links, spürte, wie der BMW ausbrach und nun auch noch mit dem Heck gegen den anderen Pkw prallte und fand sich unversehens auf der Gegenfahrbahn wieder. Gleichzeitig sah er im Rückspiegel, wie der Fahrer des Wagens, den er gerammt hatte, vollends die Kontrolle über sein Fahrzeug verlor: Der Ford prallte mit dem rechten Vorderrad gegen die Bordsteinkante, wurde zurückgeworfen und drehte sich wie ein Kreisel. Auf dem Asphalt blieben schwarze Gummistreifen zurück, und die Reifen begannen schlagartig so heftig zu qualmen, als würden sie brennen. Stefans geheime Hoffnung, daß der Honda mit dem außer Kontrolle geratenen Wagen kollidieren könnte, erfüllte sich zwar nicht, aber der Fahrer hatte trotzdem für einige Sekunden alle Hände voll damit zu tun, dem wild herumkreiselnden Ford auszuweichen.

Ihm selbst blieb jedoch keine Zeit, das Schauspiel gebührend zu bewundern. Durch Glück und nichts als pures Glück war er in einem Moment auf die Gegenfahrbahn geraten, in dem der Verkehr dort etwas weniger dicht war. Aber die Gnadenfrist währte kaum länger als eine Sekunde. Ein wütendes Hupkonzert erscholl. Scheinwerfer wurden aufgeblendet, Bremsen quietschten, und hinter ihm kündeten das Splittern von Glas und der charakteristische Laut von sich zusammenknüllendem Metall davon, daß der Fahrer des Ford die Kontrolle über seinen Wagen endgültig verloren hatte.

Stefan fand nicht einmal die Gelegenheit, einen Blick in den Rückspiegel zu werfen, um nach seinem Verfolger zu sehen. Ein Wagen schoß mit hektisch aufflackernden Scheinwerfern auf ihn zu. Stefan riß verzweifelt das Steuer nach links und registrierte mit einem Gefühl kalten Entsetzens, daß der Fahrer des entgegenkommenden Wagens in die gleiche Richtung auswich. Für den Bruchteil einer Sekunde rasten sie in spitzem Winkel weiter aufeinander zu, dann riß der Fahrer des anderen Wagens das Steuer abermals herum, und statt des erwarteten tödlichen Schlages spürte Stefan nur eine kurze Erschütterung, als sie sich so dicht passierten, daß der BMW seinen rechten Seitenspiegel einbüßte. Eine Sekunde später erfolgte ein zweiter, sehr viel heftigerer Schlag, als der Wagen gegen die Bordsteinkante prallte und hinaufhüpfte, ohne dabei spürbar an Tempo zu verlieren. Der Chor aus gellenden Schreien und Hilferufen rings um ihn herum wurde lauter; vor dem BMW und zu beiden Seiten brachten sich Menschen mit verzweifelten Sprüngen in Sicherheit, so daß der Wagen eine Bugwelle aus reiner Bewegung vor sich herschob.

Stefan riß erneut am Lenkrad, und statt abzubremsen, gab er sogar noch mehr Gas. Der Wagen sprang vom Bürgersteig hinunter und jagte wieder auf die rechte Fahrspur zurück, wodurch er mindestens zwei weitere Auffahrunfälle verursachte.

Der Honda war noch immer hinter ihm.

Der Fahrer hatte Stefans selbstmörderischen Stunt nicht nachvollzogen, sondern war ihm auf seiner Seite der Fahrbahn gefolgt, befand sich jetzt aber nur zwei Wagen hinter ihm. Noch während Stefan diesen Gedanken dachte, halbierte der Verfolger die Entfernung durch ein waghalsiges

Überholmanöver. Der Fahrer des letzten Wagens brachte sich selbst aus der Schußlinie, indem er sein Fahrzeug rücksichtslos nach rechts riß und an der Bordsteinkante abbremste, und alles war wieder beim alten: Stefan jagte mit gut achtzig Stundenkilometern dahin, und der Honda klebte so dicht an seiner hinteren Stoßstange, daß seine Auspuffgase eigentlich sein Nummernschild schwärzen mußten. Der einzige Unterschied bestand im Grunde aus Schrott im Wert von vielleicht hunderttausend Mark und einer unbekannten Anzahl von Verletzten hinter ihnen.

Stefan fluchte lauthals, gab noch mehr Gas und schaffte es ein paarmal tatsächlich, den Abstand zwischen sich und seinem Verfolger wieder zu vergrößern, indem er zu selbstmörderischen Überholmanövern ansetzte oder auf kreischenden Reifen im letzten Moment abbog. Trotzdem gelang es ihm nicht, den Honda wirklich abzuschütteln. Der Wagen holte jedesmal mit Leichtigkeit wieder auf, so daß sich Stefan zu fragen begann, ob er selbst in diesem Rennen bisher wirklich so gut mithielt oder ob der andere vielleicht einfach nur mit ihm spielte.

Er fragte sich auch, wie lange diese Amokfahrt noch gutgehen würde. Obwohl es ihm wie eine Ewigkeit vorkam, war seit dem Beginn dieser Höllenjagd allerhöchstens eine Minute vergangen. Trotzdem hatten sie bisher schon mindestens drei Unfälle verursacht. Es war nur eine Frage der Zeit, bis dieser Wahnsinnstrip entweder in einem schweren Unfall endete oder sie von einer Polizeistreife gestoppt wurden. Er mußte diese Kerle loswerden!

Eine weitere Ampel tauchte am Ende der Straße vor ihm auf. Stefan drückte auf die Hupe, blendete die Scheinwerfer voll auf und gab vorsichtig ein wenig mehr Gas. Trotzdem machte der Wagen auch jetzt wieder einen regelrechten Satz und schoß über die Straßenkreuzung. Diesmal blieben das Kreischen von Bremsen und das zornige Hupen aus. Er hatte Glück gehabt; es gab keinen Querverkehr. Aber der Honda war noch immer hinter ihm. Der BMW hatte zweifellos genug PS, um die viel schwerere Limousine abzuhängen. Aber nicht hier. Und es würde nicht besser werden. Noch drei Blocks, und sie waren in einer Gegend, in der der Verkehr schon unter normalen Umständen zähflüssig wie Sirup war. Stefan wagte sich gar nicht vorzustellen, was passieren würde, wenn er zum Anhalten gezwungen wurde.

Die nächste rote Ampel. Das Glück blieb ihm treu: Er jagte auch jetzt bei Rot über die Kreuzung, ohne daß irgend etwas passierte, und für einen Moment war die Straße vor ihm vollkommen frei. Stefan beschleunigte mit aller Kraft, und diesmal fiel der Honda im Spiegel sichtbar zurück. Zwei Minuten, dachte er beinahe verzweifelt. Wenn er zwei oder maximal drei Minuten freie Bahn hätte, dann konnte er in dieser Rakete auf Rädern jeden beliebigen Verfolger abhängen.

Aber zwei oder gar drei Minuten, das waren zwei oder drei Ewigkeiten, unter den gegebenen Umständen. Ebensogut konnte er darauf hoffen, daß ein UFO vom Himmel kam und seine Verfolger zur Venus entführte.

Ein Blick in den Rückspiegel zeigte ihm, daß der Honda weiter zurückgefallen war. Die Tachonadel hatte die Hundert längst überschritten, und das Ende der freien Rennstrecke war bereits in Sicht. Trotzdem beschleunigte Stefan noch etwas mehr. Er verschwendete sogar einen belustigt-hysterischen Gedanken daran, daß Roberts Rechtsanwalt in den nächsten Tagen nun *wirklich* etwas für sein Geld tun mußte, falls irgend jemand die Nummer des BMW notierte und er diese Amokfahrt lebend überstand.

Der Honda holte jetzt wieder auf. Der Wagen war zwar langsamer als der BMW, aber nicht viel. Der Fahrer hatte die Scheinwerfer eingeschaltet und voll aufgeblendet, und Stefan wäre wahrscheinlich kein bißchen überrascht gewesen, hätte der Beifahrer im nächsten Moment das Fenster heruntergelassen, um sich hinauszulehnen und auf ihn zu schießen. Er mußte sich etwas einfallen lassen. *Schnell.*

Die letzte Kreuzung tauchte vor ihm auf; hundert Meter dahinter drohte eine rote Ampel, an der die Straße in eine stark befahrene Querverbindung einmündete. Seine Chancen, dieses Hindernis unbeschadet zu überwinden, standen ungefähr zehn Millionen zu eins. Gegen ihn.

Stefan trat hart auf die Bremse, riß das Steuer brutal nach rechts und gab praktisch im selben Sekundenbruchteil wieder Gas. Der Motor des BMW heulte protestierend auf, während sich der Wagen einmal komplett um seine eigene Achse drehte. Stefan keuchte erschrocken; unmittelbar darauf ging sein Keuchen in einen abgehackten Schmerzensschrei über, als er nach vorne und in die Sicherheitsgurte geworfen wurde. Zum erstenmal seit Tagen spürte er seine verletzte Schulter wieder. Und damit nicht genug: Als hätte der Schmerz einen längst eingerosteten und vergessenen Schaltkreis in seinem Gehirn wieder aktiviert, explodierte ein zweiter, ungleich schlimmerer Schmerz in seinem Bein. Stefan schrie gequält auf, umklammerte das Lenkrad mit aller Kraft und versuchte den Wagen irgendwie wieder unter Kontrolle zu bekommen.

Er konnte hinterher nicht sagen, ob es pures Glück oder die fast übermenschlichen Fähigkeiten waren, die man Menschen nachsagte, die Todesangst litten; wahrscheinlich eine Mischung aus beidem. So oder so, der Wagen beendete seine Drehung, rutschte noch ein Stück weiter, und Stefan trat das Gaspedal genau im richtigen Moment durch, um mit aufheulendem Motor in die Seitenstraße hineinzuschießen. Er hatte bei Tempo einhundert praktisch eine Neunzig-Grad-Kehre gefahren. Eigentlich unmöglich, aber dramatisch. *Äußerst* dramatisch.

Und nebenbei auch ziemlich wirkungsvoll. Er sah im Rückspiegel, daß sein Verfolger versuchte, das Kunststück nachzumachen, es aber nicht schaffte. Der Honda schlitterte auf kreischenden Reifen über die Kreuzung, brach aus und war einen Sekundenbruchteil später aus dem Spiegel verschwunden. Stefan gestattete sich nicht, wirklich darauf zu hoffen, daß er mit irgend etwas kollidierte oder ihm vielleicht ein Reifen geplatzt war, aber er faßte trotzdem neue Hoffnung. Der Fahrer würde anhalten, zurücksetzen und wieder von Null an beschleunigen müssen; vielleicht verschaffte ihm das ja die paar Sekunden Vorsprung, die er brauchte, um diesen Irrsinnigen endgültig abzuschütteln.

Statt seine Geschwindigkeit zu verringern, beschleunigte er daher noch, bremste aber an der nächsten Kreuzung wenigstens weit genug ab, um einen Blick nach rechts und links zu werfen. Der Rückspiegel blieb leer. Vielleicht hatte er ja doch Glück. Vielleicht waren dem Honda wirklich die Reifen geplatzt. Oder er war gegen einen Hydranten gefahren oder sonstwas. Ganz egal, Hauptsache, er war diesen Wahnsinnigen los.

Er fuhr immer noch zu schnell, jetzt aber wenigstens nicht mehr in selbstmörderischem Tempo. Stefan nahm vorsichtig etwas Gas weg, sah wieder in den Rückspiegel und stellte fest, daß er immer noch leer war. Vielleicht hatte er wirklich Glück gehabt. Vielleicht hatte er verdammt noch mal wirklich Glück gehabt!

Stefan bog bei der nächsten Gelegenheit rechts ab, gleich darauf noch einmal und sofort danach wieder, ziellos, aber schnell, und immer ein Auge auf den Rückspiegel gerichtet. Der Honda tauchte nicht wieder auf.

Sein rasender Puls begann sich allmählich wieder zu beruhigen, und er hielt das Lenkrad jetzt nicht mehr mit solcher Kraft umklammert, daß seine Hände schmerzten. Was nicht nachließ, war das Pochen in seiner Schulter, und das dumpf verstärkte Echo darauf in seinem Bein. Trotzdem, er *hatte* Glück gehabt. Vielleicht sogar mehr, als ihm jetzt schon bewußt war. Er war nicht nur seinem Verfolger entkommen. Er hatte, abgesehen von ein paar Kratzern, weder den Wagen zu Schrott gefahren noch jemanden umgebracht oder sich selbst den Hals gebrochen. Und das vielleicht Unheimlichste war: jetzt, im nachhinein, wurde ihm klar, daß er während der ganzen Zeit nicht eine Sekunde lang Angst gehabt hatte. Seine Pulsfrequenz mußte sich ein paarmal der Zweihundert genähert haben, seine Hände hatten das Lenkrad so fest umklammert, daß seine Knöchel noch immer schmerzten, und er war am ganzen Leib in Schweiß gebadet. Aber er hatte keine Angst gehabt. Ganz im Gegenteil. Was er fühlte, das war genau jene Art wohltuender Erschöpfung, die sich nach einer bewältigten Herausforderung einzustellen pflegt … als hätte etwas tief in ihm diese wahnwitzige Verfolgungsjagd *genossen*.

Verrückt. Verrückt und gefährlich. Es wurde Zeit, daß er wieder auf den Teppich zurückkam.

Unabhängig von allem anderen – wenn Roberts Rechtsanwalt kein mittelgroßes Wunder bewirkte, dann würde er seinen Führerschein wohl in frühestens zehn Jahren wiedersehen – begann er sich zu fragen, wer die Verrückten in dem Honda eigentlich gewesen waren. Etwas in ihm war noch nicht bereit, sie und dieses sonderbare Mädchen in Zusammenhang zu bringen. Es … *paßte* einfach nicht. Und es wäre nicht nötig gewesen. Wenn sie eine gewaltsame Lösung suchten, dann hätte keine Macht der Welt Sonjas Brüder daran hindern können, vorhin einfach die Tür zu seiner Wohnung einzuschlagen und Rebeccas und Evas Aufenthaltsort aus ihm herauszuprügeln, wofür sie wahrscheinlich weniger als zehn Sekunden gebraucht hätten.

Natürlich gab es noch eine ganze Anzahl anderer möglicher Erklärungen.

Der Kerl in dem Honda konnte einfach ein Verrückter

sein, ein Verkehrsrowdy, der es eilig hatte. Vielleicht hatte er sich von Stefan provoziert gefühlt, als dieser so halsbrecherisch über die Kreuzung fuhr. Würde ein solcher Mensch sein und das Leben anderer riskieren, nur um für einen kurzen Moment den Geschmack von Adrenalin auf der Zunge zu spüren?

Die Antwort war ein eindeutiges *Ja*.

Eine andere, sehr viel unangenehmere Möglichkeit war, daß er vor einer Zivilstreife geflohen war, die nach seinem kleinen Ausflug auf den Bürgersteig die Verfolgung hatte aufnehmen *müssen*. Aber dieser Gedanke hielt nur ungefähr eine Sekunde lang Stand. Zivilstreifen der Polizei fuhren selten in japanischen Luxuslimousinen herum. Und außerdem würde es dann hier bereits von Streifenwagen nur so wimmeln.

Eine Zivilstreife der Polizei hätte ihn wahrscheinlich auch nicht warnungslos gerammt.

Stefan wurde so hart in die Gurte geworfen, daß der Schmerz in seiner Schulter regelrecht explodierte. Der Wagen schleuderte, machte aber gleichzeitig auch einen Satz nach vorne, weil Stefan beinahe versehentlich das Gaspedal bis zum Boden durchgetreten hatte. Er brüllte vor Schmerz, nahm den Fuß aber nicht vom Gas und ließ auch das Lenkrad nicht los. Trotz der üblen Mißhandlungen, die der BMW in den letzten Minuten hatte hinnehmen müssen, beschleunigte der Motor so kraftvoll, wie er es erwartete, und katapultierte den Wagen regelrecht über die Straße.

Stefan starrte fassungslos in den Rückspiegel. Der Honda fiel zurück; nicht sehr schnell, aber er *fiel* zurück. Nur einer der beiden Scheinwerfer war noch aufgeblendet. Der andere war beim Aufprall zerbrochen. Wie das Heck von Roberts BMW aussehen mochte, wagte sich Stefan gar nicht vorzustellen. Und er konnte auch nicht glauben, was er sah. Er war mindestens ein halbes dutzendmal willkürlich abgebogen, und er hatte die Straße hinter sich dabei ständig im Auge behalten. Wie, um alles in der Welt, hatten die Kerle ihn gefunden? Es war unmöglich!

Trotzdem holte der Honda bereits wieder auf, vermutlich, um ihn ein zweites Mal zu rammen, und diesmal vielleicht hart genug, um ihn von der Straße zu drängen oder den Wagen so stark zu beschädigen, daß er liegenblieb. Und das war nicht alles. Stefans schlimmste Vision wurde wahr: Kopf und Oberkörper des Beifahrers tauchten im Fenster auf. Der Mann hielt irgend etwas in der Hand. Stefan konnte nicht erkennen, was es war, aber er hatte nicht den geringsten Zweifel daran, daß es sich um eine Waffe handelte. Die Burschen machten ernst.

Er reagierte, ohne zu denken. Ohne auf die pochenden Schmerzen in Schulter und Bein zu achten, trat er Bremse und Kupplung gleichzeitig und mit aller Kraft, schaltete gleichzeitig herunter und spannte in Erwartung des bevorstehenden Anpralls jeden Muskel im Leib an. Der Honda wuchs plötzlich rasend schnell im Rückspiegel heran, explodierte zur Größe eines LKWs und dann zu den Dimensionen eines Mondes, der auf die Erde herabstürzte. Den Bruchteil einer Sekunde, bevor der Aufprall erfolgte, ließ Stefan Kupplung und Bremse los und trat das Gaspedal bis zum Boden durch.

Der Aufprall war hart, aber nicht so schlimm, wie er erwartet hatte. Stefan hatte sich bereits gegen die Gurte gestemmt, um nicht erneut dagegengeprellt zu werden, und auch die neuerliche Schreckensvision, die plötzlich hinter seiner Stirn aufblitzte, nämlich die, daß die Airbags aktiviert wurden und er sich jäh hilflos eingeklemmt in einem dahinschießenden Wrack wiederfand, wurde nicht wahr. Der BMW beschleunigte lediglich mit einem harten Ruck noch weiter. Für eine Sekunde war der Rückspiegel voller reiner Bewegung und fliegender Trümmerstücke.

Als er den Honda wieder sehen konnte, erblickte er etwas ganz Unglaubliches:

Der Wagen rollte noch, aber Stefan verstand nicht genau, wieso. Seine Motorhaube war vollkommen zermalmt. Eines der Räder stand so schräg, als wollte es jeden Moment abbrechen, und aus dem zerborstenen Kühlergrill quoll Dampf. Die Windschutzscheibe war zu einem milchigen Muster aus Abermillionen winziger rechteckiger Glassplitter geworden, die nur eine Laune des Zufalls und die unsichtbare Folie auf der Innenseite der Scheibe noch zusammenhielten, und alles, was dahinter lag, verbarg sich hinter einer weißen, wolkigen Struktur. Der Wagen sah aus, als wäre er mit der Abrißbirne aus der Citroen-Reklame kollidiert, und seine Airbags waren angesprungen. Damit hatte die Verfolgungsjagd ein Ende.

Stefan kuppelte aus, bremste vorsichtig ab und brachte den Wagen etwa hundertfünfzig Meter vom Wrack des Honda entfernt zum Stehen. Nach einem letzten, sichernden Blick in den Spiegel stieg er aus, eilte um den Wagen herum und begutachtete den Schaden am Heck. Er war schlimm, aber nicht so schlimm, wie er erwartet hatte. Nichts gegen das, was dem Honda zugestoßen war. Deutsche Qualitätsarbeit hatte manchmal eben doch ihre Vorteile, dachte er spöttisch.

Erst nachdem er sich davon überzeugt hatte, daß der BMW noch fahrtüchtig war, wandte er sich um und sah zum Honda zurück. Von überall her kamen bereits Passanten angelaufen, um Hilfe zu leisten, oder auch einfach nur aus Neugier, und weit entfernt glaubte er auch schon die erste Polizeisirene zu hören. In dem zertrümmerten Wrack rührte sich immer noch nichts. Wahrscheinlich waren die beiden Kerle darin damit beschäftigt, mit den Airbags zu kämpfen; vielleicht waren sie auch verletzt.

Stefan überlegte einen kleinen Moment, ob er zurückgehen und sich seine Verfolger einmal etwas genauer ansehen sollte, kam dann aber zu dem Schluß, daß das keine besonders gute Idee wäre. Besser, er machte, daß er hier wegkam.

Mit zusammengebissenen Zähnen humpelte er zurück, ließ sich hinter das Steuer sinken und atmete ein paarmal gezwungen tief ein und aus. Aus seinen Eingeweiden kroch ein Gefühl saurer Übelkeit heraus, und die Schmerzen in seiner Schulter drohten ihn für einen Moment vollends zu übermannen. Vielleicht hätte er sogar das Bewußtsein verloren, hätte er nicht zugleich auch gewußt, daß das nächste, was er dann sehen würde, wahrscheinlich die Tür einer Gefängniszelle war oder auch gleich der Lauf einer Pistole.

Trotzdem brauchte er fast eine Minute, bis er sich so weit wieder in der Gewalt hatte, daß er die Augen öffnen und in den Spiegel sehen konnte. Der Honda war mittlerweile in einer dichten Menschentraube verschwunden, aber wenigstens hörte er keine Schreie oder gar Schüsse. Weitere Passanten näherten sich ihm, und das Sirenengeheul war deutlich näher gekommen. Er konnte jetzt mindestens drei, wenn nicht mehr unterschiedliche Töne identifizieren. Die Kavallerie kam. Wie üblich zu spät, aber sie kam.

Stefan legte den Gang ein und fuhr los. Natürlich würden jetzt mindestens fünfzig eifrige Zuschauer ihre Bürgerpflicht tun und seine Nummer notieren, aber darüber machte er sich im Moment keinerlei Gedanken. Er wußte ja, daß sein Schwager sowohl über einen guten Anwalt als auch über gewisse Beziehungen verfügte; sollte er beides einmal wirklich ausnutzen.

Außerdem würde ihn Robert sowieso umbringen, wenn er seinen Wagen sah …

Eine knappe halbe Stunde später schlug die Nervosität natürlich doch zu. Der Zustand fast euphorischer Lähmung, der von ihm Besitz ergriffen hatte, hielt an, bis er die Klinik erreichte und den Wagen in die Tiefgarage bugsierte, aber als er ausstieg, zitterten seine Hände und Knie so stark, daß er sich gegen den Wagen sinken ließ und endlose Sekunden lang mit geschlossenen Augen dastand. Sein Herz jagte plötzlich wieder, und auf seiner Zunge war jetzt nicht mehr der aufpeitschende Geschmack der Gefahr, sondern bittere Galle.

Vielleicht war es der Anblick des Wagens, der ihm im nachhinein hinein klarmachte, wie knapp er dem Tod oder zumindest einer schweren Verletzung entkommen war. Das zertrümmerte Heck war nicht einmal das Schlimmste. Die gesamte rechte Seite des BMW war eingedrückt. Die teure Speziallackierung war überall bis auf das nackte Metall heruntergescheuert, und die Beifahrertür sah nicht so aus, als ließe sie sich noch öffnen, ohne daß man eine Brechstange zu Hilfe nahm.

Es war nur Metall. Ein Blechschaden, der sich reparieren ließ. Robert hatte in der Vergangenheit einige seiner Fahrzeuge schlimmer zugerichtet. Wahrscheinlich würde er darüber lachen, wenn er den ersten Schock überwunden hatte, und Stefan in den nächsten zehn Jahren mit mehr oder weniger originellen Bemerkungen und Sticheleien nerven, die er zu allen möglichen unpassenden Gelegenheiten zum besten gab.

Aber für Stefan war der Anblick des zerschrammten Metalls in diesem Moment mehr. Er sah keinen zerrissenen Lack, kein zerbrochenes Glas und zersplitterten Kunststoff. Für ihn waren es blutende Wunden, eine Ankündigung dessen, was die Männer in dem Honda mit ihm vorgehabt hatten. Er hatte noch immer nicht die geringste Ahnung, wer die beiden Burschen gewesen waren, geschweige denn, warum sie ihn verfolgt hatten, aber die mißhandelte Flanke des BMW zeigte ihm ganz deutlich, wie die Sache geendet hätte, wäre es nach ihnen gegangen. Er würde jetzt auf einer Bahre liegen, mit zerrissenem Fleisch, zerbrochenen Knochen und einer langsam größer werdenden, dunklen Lache, in der sein Leben versickerte. Für einen Moment glaubte er das Blut sogar zu riechen. Statt allmählich zur Ruhe zu kommen, zitterte er immer heftiger. Sein Atem ging so schnell, daß er praktisch hyperventilierte. Noch ein paar Sekunden, und er würde schlichtweg in Ohnmacht fallen.

»Übel«, sagte eine Stimme hinter ihm. Er kannte sie. Er wußte nicht, woher, oder wem sie gehörte, aber er wußte, noch bevor sie weitersprach, daß er den Besitzer dieser Stimme kannte, und es war keine sehr angenehme Assoziation. »Sehr übel. Ihr Wagen?«

Stefan drehte sich um, und aus der unangenehmen Assoziation wurde ein noch sehr viel unangenehmeres Erkennen. Wissler – *White* – hatte sich verändert. Statt zerrissener Drillichkleidung trug er jetzt einen modischen hellen Sommeranzug, dazu ein blauweiß gestreiftes Hemd mit farblich abgesetztem Kragen und eine helle Seidenkrawatte. Er war frisch rasiert und trug das Haar wesentlich kürzer als das letzte Mal, als sie sich getroffen hatten, und er hätte eigentlich besser aussehen müssen, oder wenigstens jünger.

Keines von beidem war der Fall. Seine Haut wirkte teigig und blaß. Unter seinen Augen lagen schwere, dunkel verfärbte Tränensäcke, und der Ausdruck darin erinnerte Stefan an ein gehetztes Tier, das zu lange erfolglos auf der Flucht gewesen war und in jedem Schatten einen Feind vermutete. Er lächelte, aber sein Blick strafte dieses Lächeln Lügen. Sein rechter Arm hing in einer blauen, weiß abgesetzten Schlinge. Der Anblick der Hand, die daraus hervorschaute, irritierte Stefan im ersten Moment. Als er Whites rechte Hand das letzte Mal gesehen hatte, da hatte sie eine halbautomatische Waffe gehalten, und sich ungefähr fünf Meter vom Rest seines Körpers entfernt in den Fängen eines Wolfs befunden. Dann erkannte er seinen Irrtum. Was er für eine Hand hielt, waren die zu einer halben Faust gekrümmten und in schwarzes Leder gehüllten Finger einer Prothese. Es war keines jener modernen, bioelektronischen Modelle, mit denen man Dinge greifen, Flaschen öffnen und angeblich sogar Schreibmaschine schreiben konnte, sondern nur ein starres Anhängsel; im Grunde nur eine leicht überarbeitete Version des klassischen Piratenhakens.

White war seinem Blick gefolgt und verzog nun die Lippen zu einem noch breiteren und noch weniger überzeugenden Grinsen. »Das ist die Sparausführung«, sagte er achselzuckend. »Sie wissen ja, wie das ist, wenn man für den Staat arbeitet. Es wird gespart, wo es nur geht.« Er machte eine Kopfbewegung auf den BMW. »Was ist passiert?«

»Ich hatte Schwierigkeiten mit einer Parklücke«, antwortete Stefan. Die Worte klangen lahm, schleppend und kein bißchen komisch. Wie um alles in der Welt kam White hierher? Und ausgerechnet jetzt? »Was … was tun Sie hier?« fragte er stockend. Sein Mund war immer noch voller bitterer Galle, die fast schneller aus seinem Magen emporstieg, als er sie herunterschlucken konnte. Ihm war schrecklich übel, und der Anblick von Whites Hand erinnerte seine Schulter wieder daran, daß sie etwas vergessen hatte. Sie begann zu pochen, dann heftig zu schmerzen. Er war nicht ganz sicher, daß es ihm gelang, sich nicht zu übergeben. Nun, wenn das geschah, dann konnte er White wenigstens praktisch demonstrieren, daß er ihn zum Kotzen fand.

»Ich wollte Sie besuchen«, antwortete White, »genauer gesagt, Ihre Frau.«

Und dann war er zufällig genau in dem Moment zur

Stelle, in dem Stefan aus dem Wagen stieg. Wer sollte das glauben?

Als hätte er seine Gedanken gelesen, fuhr White fort: »Ich bin seit gut fünf Minuten hinter Ihnen hergefahren. Natürlich wußte ich nicht, daß sie darinsitzen, aber der Wagen ist mir aufgefallen.«

»Fünf Minuten?« fragte Stefan zweifelnd. Es hätte ihn nicht überrascht, wären es *fünfzig* Minuten gewesen. Diese Erklärung wäre ihm sogar wesentlich überzeugender vorgekommen.

White zuckte mit den Achseln. »Vielleicht waren es auch nur drei. Oder acht. Spielt das eine Rolle?«

Und wie, dachte Stefan. Laut antwortete er gar nicht, und nachdem er einige Sekunden lang vergebens abgewartet hatte, zuckte White erneut mit den Schultern und machte eine Kopfbewegung zum Aufzug hin. »Auf jeden Fall ist es ganz praktisch, daß ich Sie hier treffe. Das spart mir die Mühe, mich umständlich zu Ihrer Frau durchzufragen. Heute engagiere ich Sie einmal als Führer.«

»Sie erwarten hoffentlich nicht, daß es genauso aufregend wird wie das letzte Mal«, murmelte Stefan. Der Witz klang ungefähr genauso schal in seinen eigenen Ohren wie der erste, und diesmal machte sich White nicht einmal die Mühe, die Lippen zu einem höflichen Lächeln zu verziehen.

Schweigend und auf immer noch wackeligen Knien ging er neben White zum Aufzug. Sie passierten einen schweren amerikanischen Wagen mit einem Nummernschild der gleichen Nationalität, der White gehören mußte. Hinter dem Steuer saß ein junger Mann und rauchte. Er machte keine Anstalten, auszusteigen, nickte White aber knapp zu und folgte ihnen aufmerksam mit Blicken.

»Sie haben Ihre Tarnung also fallenlassen«, sagte Stefan.

»Tarnung?«

»Vom österreichischen Charmeur zum Indiana-Jones-

Verschnitt«, sagte Stefan. »Wo liegt die Wahrheit? Wie immer irgendwo in der Mitte?«

»Vielleicht«, antwortete White geheimnisvoll. »Vielleicht auch Lichtjahre entfernt.«

Sie erreichten den Aufzug. White wartete, bis die Kabine gekommen war und sie hineintraten, dann fragte er unvermittelt: »Was haben Sie erzählt?«

»Wie?«

»Über mich. Das, was in Kroatien passiert ist. Sie wissen, was ich meine.«

»Weiß ich das?« Der Aufzug setzte sich summend in Bewegung, und etwas an White änderte sich schlagartig. Es war nicht sein Gesichtsausdruck, oder seine Haltung, sondern etwas, das viel tiefer ging. Für einen Moment war es wieder so wie am Morgen, in einem anderen Parkhaus und in einem anderen Aufzug; es war, als blicke er plötzlich *hinter* die Fassade der Dinge. Er sah den Gesamteindruck, nicht mehr die einzelnen Teile, aus denen er zusammengesetzt war. Es war sehr irritierend; erschreckend, aber irgendwie auch aufregend.

»Ich habe gehört, daß Sie … ein paar Probleme hatten?«

»Sie sind gut informiert«, antwortete Stefan. Natürlich war White nicht *rein zufällig* jetzt hier aufgetaucht. Das hatte er auch keine Sekunde lang wirklich geglaubt.

»Davon lebe ich«, erwiderte White, jetzt allerdings vollkommen humorlos.

»Dann wissen Sie ja auch, daß wir niemandem etwas gesagt haben«, sagte Stefan. »Keine Sorge. Niemand in diesem Land weiß, daß es Sie gibt, und wir haben auch niemandem von Ihrem schmutzigen kleinen Geheimnis erzählt.«

»Tatsächlich?« sagte White. »Keinem, mit Ausnahme Ihres Schwagers, meinen Sie.«

Stefan biß sich auf die Unterlippe. White war wirklich gut informiert. Er sagte nichts.

»Und wem noch?« bohrte White.

»Niemandem«, beharrte Stefan. »Und ich habe auch Robert nichts gesagt. Das war Rebecca. Ich habe den gutgemeinten Rat nicht vergessen, den Sie mir in dieser Nacht im Wolfsherz gegeben haben. Sie waren ja deutlich genug.«

White seufzte. »Dann sollten Sie vielleicht mit Ihrer Frau reden«, sagte er. »Ich weiß, es muß in Ihren Ohren wie blanker Hohn klingen. Aber ich meine es wirklich gut mit Ihnen, Stefan.«

»Ja«, antwortete Stefan. »Das hatte ich gemerkt.« Er massierte seine schmerzende Schulter. »Es vergeht kein Tag, an dem ich nicht ein paarmal daran erinnert werde, wie fürsorglich Sie sich um uns gekümmert haben.«

»Was wollen Sie?« fragte White. »Sie leben noch, oder? In ein paar Wochen erinnern Sie sich wahrscheinlich nicht einmal mehr daran. Wenn es Ihnen ein Trost ist«, er hob den verstümmelten Arm ein wenig und verzog die Lippen, »ich habe auch ein kleines Andenken mitgebracht.«

»Tut es weh?« fragte Stefan.

White zog eine Grimasse. »Nur, wenn ich wach bin.«

»Gut«, sagte Stefan böse. »Erinnern Sie mich daran, daß ich Ihnen eine Monatspackung extra starken Kaffee zukommen lasse.«

In Whites Augen blitzte es auf. Nur ganz kurz, vielleicht nur für den Bruchteil einer Sekunde, aber es war eine Wut von solcher Intensität, daß Stefan instinktiv einen halben Schritt vor ihm zurückwich. Dieser Zorn hatte keinen Grund. Was er in Whites Augen las, das war nicht nur einfacher Ärger, sondern eine mörderische, kompromißlose Wut, die auf Töten und Zerreißen aus war.

Das lodernde Funkeln erlosch jedoch so schnell, wie es gekommen war, und White sagte: »Sie machen keinen Unsinn, oder?«

Etwas ... *geschah* in Stefan. Er wußte nicht, was, und er

konnte nichts dagegen tun, aber er spürte es ganz deutlich: Es war, als rastete in seinem Bewußtsein eine niemals benutzte, aber vorhandene Verbindung auf eine fast mechanische Weise ein. Überrascht und fast neugierig darauf, was als nächstes geschehen würde, beobachtete er sich selbst, wie er mit einer blitzschnellen Bewegung auf White zu und halb an ihm vorbei trat, den Arm hob und den Halteknopf des Aufzuges drückte, so zornig und hart, als ramme er einen Dolch durch den Panzer eines Gegners.

Allein dieser Gedanke erschreckte ihn – er dachte ihn wortwörtlich –, denn er hatte nie in solchen Bildern gedacht. Als Feigling aus Überzeugung hatte er Gewalt niemals an sich herangelassen; nicht einmal in seine ureigenste Welt tief in seinem Inneren, in die niemand außer ihm hineinsehen konnte.

Aber vielleicht gab es Stefan, den Feigling, nicht mehr. Er war durch die Drehtür gegangen und als etwas anderes, Unbekanntes wieder herausgekommen. Er wußte noch nicht genau, als was, und vielleicht hatte das den simplen Grund, daß er bis jetzt nicht den Mut aufgebracht hatte, allzu genau hinzusehen. Vielleicht, weil er tief in sich spürte, daß ihn das, was er dann erblicken würde, zu Tode erschrecken mochte. Er hatte niemals wirklich verstanden, was es hieß, Angst vor sich selbst zu haben. Nun begriff er es.

»Was soll das?!« fragte er scharf. »Wollen Sie mir drohen?«

White verzog geringschätzig die Lippen. »Aber ich dachte, das hätten wir hinter uns, Stefan.«

Strenggenommen hatten sie das. Sie waren wieder am gleichen Punkt wie in jener Nacht vor zwei Wochen in der weißen Hölle des Wolfsherzens, aber etwas war anders, und er begriff diese Veränderung erst jetzt, genau in dem Moment, in dem er Whites Worte hörte: White hatte keine Macht mehr über ihn. Stefan konnte nicht einmal sagen, warum das so war. Mehr als alles andere überraschte und verwirrte ihn das, was mit ihm geschah, aber es war so. Er fürchtete ihn nicht mehr. White konnte – und würde – ihm schaden, wenn er ihn dazu zwang; ja, er konnte ihn vernichten, daran zweifelte er jetzt ebensowenig wie damals. Aber er konnte ihm nicht mehr angst machen.

»Das haben wir«, antwortete er. »Und deshalb frage ich Sie noch einmal: Was soll das? Warum sind Sie hier? Sind Sie nur gekommen, um Rebecca und mich einzuschüchtern? Das ist nicht nötig.«

»Weil Sie es schon sind?« White lächelte. Er maß Stefan mit einem Blick, den er im allerersten Moment für abschätzend hielt, bevor ihm klar wurde, daß es etwas ganz anderes war. Auch White mußte auffallen, daß er nicht mehr dem gleichen Mann gegenüberstand wie noch vor zwei Wochen, aber seltsamerweise hatte Stefan das Gefühl, daß ihn diese Veränderung weder überraschte noch daß er sie bedauerte oder sie ihn gar erschreckte. Ganz im Gegenteil wirkte er auf eine sonderbare Weise zufrieden. Als hätte er auf etwas gewartet, das nun eingetroffen war.

War es vielleicht so, überlegte Stefan. Hatte er ihn nur manipuliert, um genau das zu erreichen, was nun geschah? Aber warum?

Lächelnd schüttelte White den Kopf, hob seinerseits die Hand an die Schalttafel und ließ den Aufzug weiterfahren. »Diesmal tun Sie mir wirklich unrecht, Stefan. Aber das kann ich Ihnen nicht verübeln. Ich an Ihrer Stelle würde wohl genauso reagieren. Trotzdem, ich bin wirklich nur gekommen, um mich nach Ihrem Wohlbefinden zu erkundigen. Und außerdem wollte ich nach dem Kind sehen.«

»Eva!« Whites Frage trug ihm in der unsichtbaren Statistik, die Stefan führte, einige weitere Minuspunkte ein. Allmählich begann sein Saldo tiefrot zu glühen. Auch wenn die Frage für sich genommen ganz harmlos war, sorgten sich für seinen Geschmack in den letzten Tagen ein paar Leute zu viel um Eva.

»Sie haben ihr bereits einen Namen gegeben.«

Der Aufzug hielt wieder an. Die Türen glitten auf, und White trat einen halben Schritt zurück, um Stefan Platz zu machen. Als Stefan nicht auf die Aufforderung reagierte, deutete er ein Achselzucken an und verließ als erster die Kabine. Stefan registrierte beiläufig, daß *White* den Knopf für die dritte Etage gedrückt hatte, nicht er. Er wußte also zumindest, auf welcher Station Rebecca lag; und wahrscheinlich auch in welchem Zimmer.

»Halten Sie das für klug?«

»Was?«

»Dem Kind bereits einen Namen zu geben«, erklärte White, als Stefan hinter ihm auf den Korridor hinaustrat. Erneut und ohne daß es eines Hinweises von Stefan bedurfte, wandte er sich in die richtige Richtung und ging los. »Ich sage Ihnen nichts Neues, wenn ich Ihnen erkläre, daß man sich schwerer von Dingen trennt, die einen Namen haben.«

»Dinge?« Stefan versuchte so abfällig wie möglich zu klingen, aber er spürte selbst, daß es ihm nicht gelang. »Wir reden über einen Menschen, White.«

Der Amerikaner zuckte mit den Schultern. »Der Unterschied ist nicht so groß, wie Sie glauben. Es geht nicht nur um Besitz. Aber vielleicht haben Sie recht. Ich hätte eine andere Ausdrucksweise wählen sollen. Bitte entschuldigen Sie. Ihre Frau ist immer noch entschlossen, das Kind zu behalten?«

»Wir werden Eva adoptieren«, bestätigte Stefan. Er war selbst ein bißchen erstaunt, wie leicht ihm das *wir* von den Lippen ging, gab sich in Gedanken aber selbst Dispens. Er sprach mit White und somit mit einem Mann, in deren Gegenwart der Begriff *Wahrheit* eine andere Wertigkeit bekam.

»Warum überrascht mich das nicht?« fragte White. »Ich hoffe nur, Sie wissen, worauf Sie sich da einlassen.«

»Wie meinen Sie das?«

»Sie werden monatelang Ärger mir den Behörden haben. Vielleicht Jahre.«

Das klang ehrlich, was aber nach Stefans Meinung nicht viel zu sagen hatte. Er hatte von diesem Mann schon eine Menge Dinge gehört, die ehrlich klangen und sich hinterher als falsch herausstellten.

Sie hatten das Zimmer erreicht. White klopfte an, bekam jedoch keine Antwort, weil die schwere Tür den Laut einfach verschluckte, und Stefan trat wortlos an ihm vorbei und öffnete sie. Er erlebte eine Überraschung – allerdings keine angenehme. Rebecca war nicht allein. Inspektor Dorn stand am Fußende ihres Bettes, und Westmann lehnte mit verschränkten Armen am Fensterbrett und blickte finster abwechselnd zur Tür und in Rebeccas Gesicht, als erwarte er von einem von ihnen irgendeine Art von verräterischer Reaktion. Weder Rebecca noch die zwei Polizisten zeigten sich im geringsten überrascht, als Stefan eintrat. Stefan seinerseits suchte einen Moment lang in den Gesichtern der beiden Beamten nach irgendeinem verräterischen Anzeichen dafür, daß sie bereits von seiner kleinen Hollywood-Einlage auf dem Weg hierher gehört hatten! Er fand nichts. Und er hatte auch nicht vor, sie zu informieren. Jedenfalls jetzt noch nicht. Rebeccas Gesichtsausdruck änderte sich jedoch schlagartig, als White hinter ihm ins Zimmer trat und die Tür schloß. Sie richtete sich mit einem Ruck im Bett auf.

»Herr Mewes!« Dorn trat ihm entgegen und streckte die Hand aus. Stefan ignorierte sie.

»Was … tun Sie hier?« fragte er überrascht.

»Sie haben doch im Büro angerufen und um ein Gespräch gebeten«, antwortete Dorn.

»Dringend«, fügte Westmann vom Fenster aus hinzu. »Was gab es denn so Wichtiges?«

Stefan setzte zu einer Antwort an, von der er noch nicht genau wußte, wie sie aussehen würde. Er war jetzt nicht mehr sicher, ob er den beiden Polizisten wirklich von seiner Begegnung mit Sonja und ihren sonderbaren Brüdern berichten sollte; geschweige denn White. Dorn nahm ihm die Entscheidung jedoch mindestens für einen kurzen Moment ab, denn er deutete mit einer Kopfbewegung auf den Amerikaner und sagte: »Warum stellen Sie uns Ihren Begleiter nicht vor?«

»Mein Name ist White«, antwortete White, plötzlich in immer noch einwandfreiem Deutsch, aber mit hörbarem amerikanischen Akzent. Er trat rasch an Stefans Seite, streckte die linke Hand aus und amüsierte sich einen Moment lang unverblümt über Dorns ungeschickten Versuch, sie ganz automatisch mit der rechten Hand ergreifen zu wollen. »Ich bin Mitarbeiter der amerikanischen Botschaft.«

Dorn runzelte die Stirn und gab es auf, Whites Hand schütteln zu wollen. Er wandte sich mit einem entsprechenden Blick an Stefan. »Sie fahren schweres Geschütz auf.«

Stefan verstand im ersten Moment nicht einmal, was er meinte. White dafür aber um so besser, denn er schüttelte fast hektisch den Kopf und zauberte ein so verlogenes Grinsen auf sein Gesicht, daß ihm selbst Stefan den Diplomaten fast abgekauft hätte.

»Sie irren sich, mein lieber Herr …?«

»Dorn«, sagte Dorn kühl.

»Herr Dorn. Ich weiß nicht, was hier geschehen ist, aber was immer es auch ist, ich habe bestimmt nichts damit zu tun. Herr Mewes und ich haben uns zufällig unten im Parkhaus getroffen.«

»Und Sie sind auch rein zufällig jetzt hier im Krankenhaus«, vermutete Westmann.

»Keineswegs. Ich hin nur gekommen, um mich von Stefan und Rebecca zu verabschieden. Ich muß übermorgen zurück in die Staaten.«

»Sind Sie befreundet?« fragte Dorn.

»So kann man das nicht direkt nennen«, erwiderte White. »Wir haben uns auf dem Rückflug von Bosnien hierher kennengelernt, und ich wollte nicht gehen, ohne *good bye* zu sagen.«

»So ein gemeinsam überstandenes Abenteuer schmiedet zusammen, nicht wahr«, sagte Dorn. »Das kann ich verstehen. Herr Mewes hat mir davon erzählt,«

Er war ein perfekter Schauspieler. Die Worte kamen so beiläufig und natürlich, daß sich sogar Stefan einen Moment lang fragte, was, zum Teufel, er eigentlich erzählt hatte, bis er zu der Antwort gelangte. Nichts.

White hatte sich jedoch perfekt in der Gewalt. Nichts an seinem Gesichtsausdruck oder seiner Haltung deutete darauf hin, daß er erschrocken oder auch nur unangenehm berührt gewesen wäre. Er schüttelte nun den Kopf. »So groß war das Abenteuer nicht. Ich war nur für den Transport zuständig. Ich habe den Hubschrauber nicht einmal verlassen. Obwohl ich es mir fast gewünscht hätte.« Er seufzte. »Wahrscheinlich begehen Sie den gleichen Fehler wie die meisten – wie ich auch, um ehrlich zu sein, früher einmal – und halten meinen Job für aufregend und gefährlich, oder wenigstens abwechslungsreich. Er ist es nicht. Manchmal würde ich mir ein kleines Abenteuer direkt wünschen.«

»Und das da?« Dorn deutete mit einer Kopfbewegung auf Whites bandagierten Arm.

Der Amerikaner zog eine Grimasse und seufzte tief. »Das Schicksal entwickelt wirklich manchmal einen eigentümlichen Sinn für Humor«, sagte er. »Da fliege ich mitten in ein Kriegsgebiet, hole zwei Leute raus, die froh sind, mit dem nackten Leben davongekommen zu sein, und kriege nicht einmal einen Kratzer ab. Und auf dem Weg vom

Flughafen zu meinem Appartement werde ich von einem Taxifahrer zum Krüppel gemacht, der für zwanzig Mark Trinkgeld alle Verkehrsregeln vergessen hat.«

»Und wieso fliegt die US-Army mitten in ein Kriegsgebiet, um zwei deutsche Staatsbürger herauszuholen?« fragte Westmann.

Whites Lächeln blieb unerschütterlich. »Es war ein rein humanitärer Einsatz. Ich bin sicher, Ihre Jungs hätten das gleiche für meine Landsleute getan, wenn sie zufällig in der Nähe gewesen wären.«

»Und wenn es kein Zufall gewesen wäre, dann dürften Sie sowieso nicht darüber sprechen«, vermutete Westmann.

»Das stimmt«, sagte White ungerührt. »Aber es war nicht mehr … leider.« Er wandte sich an Rebecca. »Ich kann später noch einmal wiederkommen, wenn es im Moment nicht so günstig ist.«

»Nein«, antwortete Rebecca schnell, eine Spur zu laut und – Stefan konnte sich nicht erklären, warum – eindeutig erschrocken. Einen Moment lang sahen nicht nur er selbst, sondern auch Dorn, Westmann und vor allem White irritiert aus. Dann zwang sich Rebecca zu einem verlegenen Lächeln, setzte sich gerade im Bett auf und fügte in verändertem Ton hinzu: »Ich weiß doch, wie beschäftigt Sie sind, und die Angelegenheit wird bestimmt nicht lange dauern.«

Den letzten Satz hatte sie eindeutig im Tonfall einer Frage formuliert, und sie warf Dorn und seinem Begleiter auch einen entsprechenden Blick zu.

Dorn sagte nichts, aber Westmann faltete endlich die Arme vor der Brust auseinander, stieß sich von der Fensterbank ab und trat zwischen Stefan und Rebeccas Bett. »Was gab es denn nun so Wichtiges, das sie uns unbedingt mitteilen mußten?«

»Ich …« Stefans Gedanken rasten. Er konnte nichts von

Sonja und ihren Brüdern erzählen. Nicht jetzt. Nicht in Whites Beisein, und schon gar nicht, ohne Rebecca irgendwie darauf vorzubereiten. Sie hatte genug unangenehme Überraschungen erlebt. Er kam zu dem Schluß, daß er es am besten mit einem *Teil* der Wahrheit versuchte; dem, den Dorn sowieso über kurz oder lang herausfinden würde.

»Jemand hat mich verfolgt«, begann er von neuem.

»Verfolgt? Wo? Wann?«

»Auf dem Weg hierher«, antwortete Stefan. Als er die Worte aussprach, wurde ihm klar, daß das keine Antwort auf Westmanns Frage war. Schnell fuhr er fort: »Ein Wagen mit zwei Männern. Irgendein japanisches Modell ... glaube ich.«

»Glauben Sie?« wiederholte Westmann. »Vielleicht glauben Sie ja auch nur, verfolgt worden zu sein?«

»Sie waren bewaffnet. Und sie haben es ernst gemeint«, fuhr Stefan fort, nunmehr direkt an Dorn gewandt. Wahrscheinlich gab es nur eine einzige Möglichkeit, mit Westmann umzugehen: ihn zu ignorieren.

Westmann setzte zu einer Antwort an, aber Dorn brachte ihn mit einer beiläufigen Geste zum Schweigen. »Ein japanischer Wagen?« fragte er. »Vielleicht ein Honda?«

Stefan nickte. »Ich glaube. Warum fragen Sie?«

»Was für einen Wagen fahren Sie, Herr Mewes?« fuhr Dorn fort. »Einen dunkelblauen BMW?«

»Im Moment ja. Er gehört meinem Schwager.«

Westmanns Augen wurden groß. »*Sie* waren das?«

»Er war was?« fragte Rebecca vom Bett aus. White sagte nichts, aber Stefan registrierte selbst aus den Augenwinkeln heraus, daß der Amerikaner sich spannte.

»Sie haben davon gehört?« fragte nun auch Stefan.

Dorn lachte, aber es war nur ein kurzer, trockener Laut ohne wirklichen Humor. »Ich kenne jemanden, der bei der

Polizei ist, wissen Sie? Es ist ziemlich schwer, nichts davon zu hören. Sie haben die halbe Innenstadt in Trümmer gelegt.«

»Was ist passiert?« fragte Rebecca scharf. »Stefan! Ich will jetzt wissen, was passiert ist.«

»Ich auch«, sagte Dorn.

»Und unsere Kollegen von der Verkehrspolizei bestimmt auch«, fügte Westmann hinzu. »Ich hoffe, Sie sind gut zu Fuß, Stefan. Ihren Führerschein!«

»Halten Sie die Klappe, Westmann«, sagte Dorn, ohne ihn anzusehen. »Also?«

»Ich habe nicht die geringste Ahnung«, antwortete Stefan. Das kam der Wahrheit zumindest nahe. »Ich weiß nur, daß diese beiden Kerle hinter mir her waren.«

»Und dann rasen Sie wie ein Irrsinniger durch die Stadt, zertrümmern ein Dutzend Autos und bringen sich und zahlreiche Unbeteiligte in Lebensgefahr? Nur weil Sie das *Gefühl* hatten, verfolgt zu werden?« Dorn schüttelte den Kopf Er war sehr zornig, auch wenn Stefan zu spüren glaubte, daß er den wahren Grund dafür noch gar nicht kannte.

»Wurde jemand verletzt?« fragte er.

»Nein«, antwortete Dorn. »Und danken Sie Gott dafür. Sonst würde ich Sie nämlich auf der Stelle verhaften.«

»Ich weiß nicht, wer diese Kerle waren!« antwortete Stefan heftig. »Zum Teufel, warum sollte ich es Ihnen verschweigen, wenn ich es wüßte? Ich hatte Todesangst, als sie hinter mir her waren!«

»Immerhin kennen Sie sie gut genug, um uns anrufen zu können, bevor sie Sie überhaupt verfolgt haben«, schnappte Westmann.

Stefan war ihm für diesen Angriff regelrecht dankbar, denn er lieferte ihm endlich die Ausrede, die er brauchte. »Ich hatte das Gefühl, verfolgt zu werden«, antwortete er unfreundlich. »Übrigens schon den ganzen Tag. Ich dachte, es wären Ihre Leute, und wollte mich beschweren.«

»Sie sind nicht wichtig genug, um beschattet zu werden«, sagte Westmann.

Dorn verdrehte die Augen, sagte aber diesmal nichts. Er glaubte Stefan kein Wort. »Also gut«, seufzte er nach ein paar Sekunden. »Ich werde der Sache nachgehen. Aber das kann ich nicht, solange ich nicht weiß, worum es hier überhaupt geht.«

Stefan machte einen Schritt, von dem er nur hoffen konnte, daß er wie zufällig aussah, drehte sich dabei halb zur Seite und stand nun so, daß er Dorn anblicken, Rebecca vom Bett aus sein Gesicht aber nicht sehen konnte. »Wahrscheinlich haben Sie recht«, sagte er. »Ich werde Ihnen alles erzählen, was Sie wissen wollen. Aber nicht jetzt. Später, in Ihrem Büro. Ich besuche Sie am Nachmittag.«

»Brauchen Sie noch Zeit, um sich eine überzeugende Geschichte auszudenken?« fragte Westmann.

»Meine Frau hat genug Aufregung gehabt«, antwortete Stefan. Er warf Dorn einen fast beschwörenden Blick zu, und zu seiner Erleichterung reagierte der Kriminalbeamte auch darauf.

»Also gut«, sagte er. »Ich erwarte Sie in einer Stunde. Und dann möchte ich ein paar Antworten hören, die mich überzeugen.« Er machte eine Handbewegung. »Kommen Sie, Westmann.«

Er wartete, bis Dorn und Westmann gegangen waren, aber dann fiel die ohnehin nur noch mühsam aufrechterhaltene Ruhe so schlagartig von ihm ab, daß er gar nicht anders konnte, als zu White herumzufahren, schon um durch diese abrupte Bewegung wenigstens einen Teil der Energie zu verbrauchen, die sich in ihm aufgestaut hatte. »Wer waren diese Kerle?« schnappte er.

»Woher soll ich das wissen?« fragte White. Aber das schien wohl nur ein Reflex zu sein. Eine Sekunde später schüttelte er zugleich den Kopf und zuckte mit den Schultern. »Ich weiß es wirklich nicht.«

»So wenig, wie Sie wissen, wer die Frau vom Jugendamt überfallen hat?«

»Wie sahen sie aus?« White überging Stefans Frage, als hätte er sie gar nicht gehört. »Die beiden Kerle im Auto, meine ich. Konnten Sie sie erkennen?«

»Gerade gut genug, um zu erkennen, daß ich sie eben nicht kenne«, antwortete Stefan. »Zwei Männer eben.« Er ging zu Rebecca, setzte sich mit einem Bein auf die Bettkante und griff nach ihrer Hand. Sie reagierte nicht auf die Berührung, aber ihr Blick wurde so bohrend, daß er ihn fast körperlich spüren konnte.

»Waren Sie groß, klein, hell, dunkel?« Whites Stimme nahm einen professionellen Klang an. Der amerikanische Akzent war wieder daraus verschwunden. »Nordeuropäer oder eher südländische Typen?«

Stefan antwortete nicht gleich, aber er dachte so angestrengt nach, wie er konnte. Er hatte das Gesicht des einen Burschen ganz deutlich gesehen. Aber es war alles so schnell gegangen, er war vollkommen panisch gewesen – und ziemlich damit beschäftigt, Angst um sein Leben zu haben. Wie oft, wenn man sich mit Gewalt an etwas zu erinnern versucht, wurden die Bilder in seinem Kopf nicht deutlicher. Seine Phantasie fügte in dem Bemühen, seinen immer wütender werdenden Befehlen zu gehorchen, Details zu dem Bild hinzu, die nicht dazugehörten.

»Sie hatten … dunkles Haar«, sagte er schließlich. »Glaube ich.«

»Das ist ein bißchen wenig«, antwortete White. »Aber besser als nichts. Vielleicht erinnern Sie sich später an mehr Einzelheiten – wenn der erste Schrecken vorüber ist … Dunkles Haar, sagen Sie.«

Stefan nickte.

»Nur dunkles Haar, oder … waren sie allgemein … dunkel?

»Dunkel?«

»Südländischer Typ. Wie Kroaten. Oder hellhäutig, wie Russen?«

Stefan erschrak bis ins Mark. Er konnte hören, wie Rebecca neben ihm scharf die Luft einsog. Dann, mit einer Sekunde Verspätung fuhr sie so heftig zusammen, daß das Bett erzitterte. »Barkow?« murmelte sie. »Sie … Sie meinen es … es könnten Barkows Männer gewesen sein?«

White starrte sie geschlagene zehn Sekunden lang wort- und ausdruckslos an. Dann gab er sich einen sichtbaren Ruck, schüttelte den Kopf und zwang sich zu einem Lächeln, das so unecht war, daß es schon wieder fast überzeugend wirkte. »Kaum«, sagte er. »Warum sollten sie so etwas tun?«

»Warum sollten sie es *nicht* tun?« erwiderte Rebecca scharf. »Immerhin haben wir ihren Anführer ermordet.«

»In dem Fall wären sie hinter mir her, nicht hinter euch«, antwortete White.

»Und wer sagt Ihnen, daß sie es nicht sind?«

»Das hätte ich gemerkt«, behauptete White. Er begann nervös im Zimmer auf und ab zu gehen; ein Verhalten, das nicht besonders zu seiner angeblichen Überzeugung paßte, fand Stefan. In einem Tonfall, als versuche er sich selbst von etwas zu überzeugen, fügte er hinzu: »Vielleicht ist ja alles wirklich nur ein Zufall.«

»Blödsinn!« sagte Rebecca. »So viele Zufälle gibt es nicht.«

»Vielleicht … gibt es noch eine andere Erklärung«, sagte Stefan schleppend. Ihm war nicht wohl dabei, aber Rebecca – und wohl auch White, sowenig ihm der Gedanke gefiel – jetzt nicht die ganze Geschichte zu erzählen, könnte sich möglicherweise als fataler Fehler herausstellen.

»Was meinst du damit?« fragte Rebecca. Sie zog die Hand aus seinem Griff und sah abwechselnd ihn und White an. Stefan vermochte nicht zu sagen, welche Blicke unfreundlicher waren.

Er atmete noch einmal tief ein, dann erzählte er ihr und White von Sonjas Besuch. Sie hörten beide schweigend zu, und Stefan behielt vor allem White aufmerksam im Auge, während er sprach. Er erzählte nicht die ganze Geschichte: Er sagte weder etwas von dem unheimlichen Intermezzo im Parkhaus, noch verlor er ein Sterbenswörtchen über seinen Besuch bei Schwester Danuta, oder gar von dem, was sie ihm erzählt hatte.

»Und warum erfahre ich das erst jetzt?« fragte Rebecca feindselig, als er geendet hatte. Der aggressive Ton in ihrer Stimme irritierte ihn im ersten Augenblick, aber er begriff auch fast sofort, daß er nicht ihm galt. Etwas bedrohte Eva, und Rebecca reagierte ganz instinktiv und kehrte alle Stacheln nach außen.

»Hätte ich es vielleicht erzählen sollen, während Dorn hier war?«

»Er wird es sowieso erfahren«, sagte White. »Wenn sich Ihre … wie hieß sie?«

»Sonja.«

»Sonja also. Wenn sie sich an die Behörden wendet, dann braucht Dorn bestimmt nicht lange, um sich den Rest zusammenzureimen. Das ist nicht gut.«

»Sie müssen sie aufhalten«, sagte Rebecca.

White blinzelte. »Ich? Wie kommen Sie auf die Idee, daß ich das könnte?«

»Zum Beispiel, weil ich in diesem Bett liege und mehr tot als lebendig bin«, antwortete Rebecca. »Weil wir Ihnen geholfen haben, Ihren dreckigen Mordauftrag auszuführen. Und weil heute jemand versucht hat, Stefan umzubringen. Sie sind es uns schuldig, meinen Sie nicht?«

White seufzte. »Ich hatte Ihnen gesagt, daß Sie das Kind nicht mitnehmen können.«

»Dummerweise lasse ich mir von Mördern nichts vorschreiben«, antwortete Rebecca.

White nahm ihre Antwort ohne irgendeine Reaktion hin, aber Stefan warf seiner Frau einen besänftigenden Blick zu; er konnte sie verstehen, aber möglicherweise brauchten sie White noch.

»Ich werde mich um die Angelegenheit kümmern«, versprach White, nun wieder an Stefan gewandt. »Vielleicht hatten Sie einfach nur Pech und sind zwei besonders üblen Verkehrsrowdys in die Quere gekommen. Wenn nicht, finde ich es heraus.« Er sah Rebecca an. »Ich werde auf jeden Fall einen Mann hier postieren, der auf Sie aufpaßt.«

»Danke«, sagte Rebecca. »Ich verzichte!«

White wollte etwas sagen, überlegte es sich dann aber anders und beließ es bei einem Achselzucken. Rebecca war sichtlich nicht in der Stimmung, zu diskutieren. Wenn Stefan es recht bedachte, dann war sie das seit zwei Wochen nicht mehr; seit sie zurückgekommen waren.

»Ich muß jetzt gehen«, sagte White nach einem Blick auf die Uhr. »Ich schicke jemanden vorbei, der die Augen offenhält.«

Stefan kam erst nach Dunkelwerden nach Hause. Er war nicht zu Dorn gefahren, sondern noch mehrere Stunden bei Rebecca geblieben, und er hatte das Krankenhaus erst verlassen, als sie ihn praktisch hinausgeworfen hatte. Von dem Mann, den White angeblich zu Rebeccas Schutz schicken wollte, war keine Spur zu sehen gewesen.

Er parkte den BMW direkt vor dem Haus, fuhr mit dem Fahrstuhl nach oben und ertappte sich dabei, daß er einen spürbaren Moment zögerte, ehe er den Schlüssel ins Schloß steckte und die Wohnungstür öffnete.

Alles war still. Im Wohnzimmer pulsierte ein rotes Licht; die Anzeige des Anrufbeantworters, auf dem wahrscheinlich schon wieder ein Dutzend unwichtiger Nachrichten darauf warteten, abgehört zu werden. In der vollkommenen Dunkelheit, die in der Wohnung herrschte, kam es ihm viel heller vor als sonst.

Er schob die Tür hinter sich ins Schloß, ließ den Schlüssel in die Jackentasche gleiten und blieb nach einem weiteren Schritt erneut stehen. Aus Gewohnheit hatte er kein Licht eingeschaltet. Es waren nur zwei Schritte bis zum Wohnzimmer, die er genausogut im Dunkeln zurücklegen konnte. Aber etwas … war anders. So wenig, wie die Dunkelheit wirklich dunkel war, sondern vom unheimlichen pulsierenden Licht des Anrufbeantworters unterbrochen wurde, war die gewohnte Stille in der Wohnung still. Er hörte Geräusche, die er einzeln nicht identifizieren konnte, die aber nach einem Augenblick in einzelne Laute zerfielen: Das vibrierende Summen des Kühlschranks in der Küche. Ein monotones, gleichmäßiges Klacken, das er nach einer Sekunde des Überlegens als das Geräusch identifizierte, mit dem sich die Ziffern des altmodischen, mechanischen Digitalweckers auf seinem Nachttisch umklappten. Ein unregelmäßiges Ticken, das aus den Rohrleitungen des Heizungssystems drang, und ein Dutzend weiterer Geräusche, die immer da waren, die er aber nur ganz selten einmal bewußt zur Kenntnis genommen hatte. Jetzt registrierte er sie, als hätte sich die Empfindlichkeit seiner Sinne schlagartig verzehnfacht.

Und er registrierte noch etwas, und *das* beunruhigte ihn wirklich: Jemand war hier *gewesen*. Jemand, der nicht in diese Wohnung gehörte. Er war nicht mehr hier. Stefan hätte ihn sowohl gehört als auch gerochen. Aber er war hier gewesen, und er hatte seine Spuren in der Realität dieser Wohnung hinterlassen, so deutlich, als hätte er sie mit roter Leuchtfarbe an die Wand gesprüht. Ein Fremder, der nicht hierhergehörte. Kein Freund.

Stefan wurde plötzlich klar, wie absurd das war, was er selbst dachte. Aber an dem Gefühl war zugleich auch gar nichts Komisches. Ganz im Gegenteil machte es ihm fast angst. Er konnte tatsächlich spüren, daß jemand hiergewesen war, ein Eindringling, der nicht in freundlicher Absicht gekommen war. Und jetzt, als er sich des Eindringlings erst einmal bewußt war, empfing er noch mehr Informationen über ihn. Es war eine Frau gewesen. Jung. Sonja. Fr spürte Sonjas Gegenwart, die ihre Spuren hinterlassen hatte.

Stefan lachte; ein heller, nervöser Laut, der seine Furcht mehr unterstrich als vertrieb. Er machte einen weiteren Schritt und schaltete mit einer fahrigen Bewegung das Licht ein.

Der weiße Glanz, der ihm im ersten Moment so unnatürlich hell erschien, daß er blinzeln mußte, vertrieb nicht nur die Dunkelheit, sondern auch das, was er darin gehört und gefühlt hatte. Die Realität rastete mit einem spürbaren Ruck wieder ein.

Trotzdem blieb Stefan noch einige Sekunden neben der Tür stehen und sah sich sehr aufmerksam um. Alles war unverändert. Niemand war hier gewesen, seit er die Wohnung verlassen hatte. Er ging trotzdem aufmerksam von Zimmer zu Zimmer und inspizierte sogar den Schlafzimmerschrank und die Duschkabine, ehe er wirklich beruhigt war. Seine Phantasie war offenbar noch immer außer Rand und Band.

Er warf seine Jacke über die Couch, ging zum Schreibtisch und hörte die aufgenommenen Anrufe gerade weit genug ab, um zu wissen, wer angerufen hatte. Eine der Nachrichten stammte von Dorn, wie er ohne besondere Überraschung zur Kenntnis nahm. Er löschte sie wie alle anderen, ohne sie ganz anzuhören. Um sich ihren Inhalt vorzustellen, bedurfte es keiner übernatürlichen Kräfte. Aber er nahm sich vor, am nächsten Morgen als allererstes zu Dorn zu gehen. Bevor der Kriminalbeamte einen Streifenwagen schickte, um seiner Einladung den gehörigen Nachdruck zu verschaffen.

Sein Magen meldete sich. Abgesehen von seinem abgebrochenen Frühstück hatte er an diesem Tag noch nichts zu sich genommen, so daß er in die Küche ging, die Kaffeemaschine anwarf und sich eine einfache Mahlzeit zuzubereiten begann; ohne besondere Begeisterung, aber mit knurrendem Magen. Stefan war alles andere als ein Gourmet, sondern empfand die tägliche Nahrungsaufnahme eher als eine Art notwendigen Übels. Die logische Folge dieser Einstellung war dann auch, daß seine Kochkünste mit Mühe und Not zu Spiegeleiern mit Speck reichten.

Und selbst das offenbar nicht immer.

Irgend etwas mußte er wohl falsch gemacht haben. Während er am Herd stand und darauf wartete, daß aus der glibberigen Masse in der Pfanne etwas wurde, das wenigstens nach einer genießbaren Mahlzeit *aussah,* stieg ihm ein äußerst unangenehmer Geruch in die Nase. Der Speck roch verbrannt und ungenießbar, und das gleiche galt für die Eier. Im gleichen Maße, in dem sie in dem heißen Fett gerannen, schienen sie zugleich ihre Eßbarkeit zu verlieren.

Stefan stocherte eine Weile in der Pfanne herum, aber es wurde nicht besser. Im Gegenteil. Sein Magen knurrte noch immer, und der für Logik zuständige Teil seines Bewußtseins rebellierte immer lauter, aber es blieb dabei: Der Inhalt der Pfanne kam ihm plötzlich vor wie Erbrochenes, und es schien auch ebenso zu riechen.

Er schaltete den Herd ab, warf die Pfanne samt Inhalt in den Mülleimer und begnügte sich damit, die beiden übriggebliebenen Scheiben Schinken roh zu verzehren, aber er hatte keinen Appetit mehr. Er würde es später noch einmal versuchen.

Als er ins Wohnzimmer zurückkehrte, klingelte das Telefon. Stefan ging mit schnellen Schritten daran vorbei; entschlossen, es klingeln zu lassen, überlegte es sich dann aber ohne besonderen Grund anders und hob ab.

Es war Robert.

»Ich bin am Flughafen«, sagte er übergangslos. Seine Stimme klang ein wenig gehetzt, was aber auch an der schlechten Verbindung liegen konnte; Stefan nahm an, daß er über ein Handy anrief Trotzdem registrierte er die für einen Flughafen typischen Hintergrundgeräusche. »Ich habe mich entschlossen, doch eine frühere Maschine zu nehmen. Ist noch irgend etwas vorgefallen?«

»Du hast mit Rebecca telefoniert«, sagte Stefan. »Also, warum fragst du?«

»Weil ich mich gefreut hätte, wenn du mich von selbst angerufen hättest«, antwortete Robert ruhig. Natürlich gelang es Stefan nicht, ihn aus der Ruhe zu bringen. Nicht so.

»Dafür gibt es keinen Grund«, sagte Stefan.

»Das sehe ich anders. Aber gut – ich rufe nicht an, um mich mit dir zu streiten. Ich bin in drei Stunden am Flughafen. Treffen wir uns dort.«

An diesem Vorschlag war nichts auszusetzen. Ganz im Gegenteil. Er brauchte im Moment jemanden, mit dem er reden konnte. Und er brauchte vor allem Hilfe. Hätte sein Schwager den letzten Satz als Frage ausgesprochen, hätte Stefan ohne zu zögern zugestimmt. Es war das Ausrufezeichen dahinter, das ihn schon wieder in Rage brachte.

»Das ist nicht nötig«, antwortete er mühsam beherrscht. »Außerdem war es ein harter Tag.«

»Wie du willst«, sagte Robert. »Dann schicke ich jemanden vorbei, der den Wagen abholt. Und wir sehen uns morgen.«

Er hängte ein, ohne Stefans Antwort abzuwarten, und Stefan konnte gerade noch den Impuls unterdrücken, den Hörer auf die Gabel zu knallen. Sein Telefon konnte schließlich nichts dafür, daß sich sein Schwager wie ein Mafia-Pate aufführte. Wenn überhaupt, dann war es seine Schuld. Er hätte schon vor zehn Tagen anfangen sollen, sich gegen ihn zu wehren.

Stefan war so aufgedreht, daß er die Untätigkeit nicht mehr ertrug. Er begann in der Wohnung auf und ab zu gehen, schaltete die Stereoanlage ein und nach zehn Sekunden wieder aus und setzte sich schließlich vor den Fernseher – was er ungefähr genausolange ertrug. Die bunten Bilder und die aufdringliche Musik ergaben keinen Sinn. Eine Weile zappte er wild hin und her, bis er schließlich auf einem Kanal hängenblieb, der lokale Nachrichten brachte. Er blieb dort. Die Nachrichten interessierten ihn so wenig wie die bunten Bilder zuvor, aber er verspürte eine morbide Neugier: Vielleicht brachten sie ja etwas über seine Amokfahrt am Nachmittag. Jetzt, wo er von Dorn erfahren hatte, daß niemand zu Schaden gekommen war, verband er damit das Gefühl eines zwar gefährlichen, aber heil überstandenen Abenteuers.

Der Nachrichtensprecher erwähnte nicht davon. Aber gerade als Stefan die Hand nach der Fernbedienung ausstreckte, um wieder umzuschalten, wurde im Hintergrund ein Bild eingeblendet, dessen bloßer Anblick Stefan regelrecht elektrisierte.

Es war eine Fotografie des Parkhauses, in dem er am Morgen gewesen war.

Stefan starrte das Bild eine geschlagene Sekunde lang an, dann richtete er hastig die Fernbedienung auf den Apparat und drehte die Lautstärke auf.

»... bisher noch keine heiße Spur«, sagte der Nachrichtensprecher. Seine Stimme klang ungefähr so beteiligt, als lese er die Börsenkurse vom letzten Monat vor. »Zeugen berichten jedoch von mindestens zwei mit Maschinenpistolen bewaffneten Männern slawischen Aussehens, die …«

Die Worte begannen ihren Sinn zu verlieren, weil das, was Stefan nun auf dem Bildschirm sah, seine ganze Konzentration in Anspruch nahm. Das Bild des Nachrichtensprechers machte einem verwackelten, offenbar in aller Hast und nicht gut ausgeleuchtet aufgenommenem Bild eines Mercedes Platz.

Aber es war nicht irgendein Mercedes.

Es war der Kombi vom Morgen.

Er hatte sich verändert. Die Windschutzscheibe war verschwunden. In der Motorhaube und der offenstehenden Fahrertür prangten unzählige dunkle, runde Einschußlöcher, und irgend etwas Dunkles war herausgetropft und bildete eine erschreckend große Lache auf dem Betonboden. Beide Vorderräder waren platt, und die MPi-Salve hatte auch noch die Scheinwerfer zertrümmert und ein neues asymmetrisches Muster in den Kühlergrill gesteppt. Überall lagen Glassplitter, wie Millionen kleiner, würfelförmiger Hagelkörner. Die Opfer waren offenbar weggebracht worden, bevor das Foto aufgenommen worden war, aber inmitten der Blutlache lag ein weißer Frauenschuh.

Er hätte das Geld nehmen sollen, dachte Stefan. Er hätte es nehmen sollen. Der Mercedesfahrer brauchte es jetzt nicht mehr, und seine Frau würde sowieso alles erfahren. Der Gedanke war verrückt, aus nichts anderem als Hysterie geboren, aber er wiederholte ihn immer und immer wieder, wie ein Mantra, das sich in einer endlosen Schleife hinter seiner Stirn abspulte. Er hätte das Geld nehmen sollen. Er hätte das Geld nehmen sollen.

Absurd. Bizarr und zynisch angesichts dessen, was er auf dem grobkörnigen Schwarzweißfoto sah, aber immer noch besser, als sich dem anderen Gedanken zu stellen, der hinter diesem monotonen Mantra lauerte: daß es *seine*

Schuld war. Diese beiden Menschen waren nicht etwa gestorben, weil sie im falschen Moment am falschen Ort gewesen waren, sondern weil er im falschen Moment am falschen Ort war.

Dann, warnungslos und so brutal wie ein Axthieb, schlug die Angst doch zu. Das Mantra zerplatzte, und die Erkenntnis, was das gerade Gesehene wirklich bedeutete, erfüllte Stefans Bewußtsein mit der Wucht einer Explosion. Der Schrecken, noch einmal mit dem Leben davongekommen zu sein, verblaßte gegen die Erkenntnis, daß nunmehr kein Zweifel mehr möglich war. Die beiden Irren, die ihn am Nachmittag verfolgt hatten, waren nicht einfach nur zwei verrückte Verkehrsrowdys, die sich mit einem gestohlenen Wagen und einem willkürlich ausgesuchten Opfer einen kleinen Spaß gemacht hatten. Hätten sie ihn erwischt, dann hätten sie ihn vermutlich getötet. Wie wenig ihnen ein Menschenleben wert war, das hatten sie am Morgen bewiesen.

Stefan begann am ganzen Leib zu zittern. Die Nachrichtensendung war längst zu Ende, aber er war nicht fähig, den Fernseher auszuschalten oder auch nur die Lautstärke herunterzuregeln. Die Titelmelodie irgendeiner amerikanischen Comedy-Serie dröhnte mit einer Phonzahl aus den Lautsprechern, die noch drei Wohnungen weiter gut hörbar sein mußte. Aber die Fernbedienung schien plötzlich eine Tonne zu wiegen. Er hatte nicht einmal die Kraft, sie zu heben. Seine Gedanken waren in einem neuen Mantra gefangen, das diesmal nicht aus Worten und sinnlosen Bildern bestand, sondern aus Furcht und lähmendem Entsetzen, und von dem er nicht sicher war, daß es sich über kurz oder lang von selbst totlief. Jemand trachtete ihm nach dem Leben, und es war eine Bedrohung vollkommen anderer Art als die, mit der sie vor zwei Wochen im Wolfsherz konfrontiert worden waren. Möglicherweise waren die Akteure sogar dieselben, aber die Regie hatte sich geändert. Eine verzweifelte Flucht durch einen nächtlichen Wald, verfolgt von schwerbewaffneten Männern und einer Meute beinahe mythologischer Ungeheuer, das war eine Sache; schrecklich, unvorstellbar furchteinflößend und lebensgefährlich. Aber sie war begrenzt gewesen, einige wenige Stunden, die sie durchhalten mußten, bis der Morgen und damit der rettende Helikopter kam. Und vor allem, sie hatte *irgendwo* stattgefunden, weit entfernt, in einer anderen Welt, in die sie für ein paar Stunden eingetaucht waren, um sie dann wieder zu verlassen.

Jetzt war die Bedrohung hier.

Der Schrecken hatte die Fesseln des Alptraumes abgestreift, in dem er zu Hause war, und war in seine normale Welt eingedrungen, und das verlieh ihm eine vollkommen andere, mörderische Qualität. Es gab kein *Dort* mehr, in dem es gefährlich war, und kein *Hier*, in dem Sicherheit herrschte. Der Tod konnte jederzeit zuschlagen, auf der Straße, in der Klinik, in einem Parkhaus irgendwo in der Stadt, hier.

Er versuchte, die Endlosschleife hinter seiner Stirn mit Logik zu durchbrechen: Es gab mindestens noch einen Ort, an dem er sicher war; seine Wohnung. Hätten seine Verfolger davon gewußt, hätten sie auf ihn gewartet, vorhin, als er nach Hause kam. Er war hier sicher; ein Versteck, von dem niemand wußte.

Niemand außer Sonja, flüsterte eine Stimme hinter seiner Stirn, Sonja, die vorhin hier gewesen war und auf der Couch gesessen hatte, genau dort, wo er jetzt saß, und die von seinem Versteck wußte.

Stefan begriff ganz deutlich, daß er auf dem besten Weg war, sich selbst in Panik zu reden. Aber er konnte nichts dagegen tun. Die letzte Rettungsleine, nach der er gegriffen hatte, die Logik, war es ja gerade, die ihm selbst diese naive letzte Hoffnung genommen hatte. Er war nirgendwo sicher, auch hier nicht. Die Welt hatte sich in eine riesige

Zielscheibe verwandelt, in deren Zentrum er lebte; ganz egal, wo er sich gerade aufhielt.

Und wenn es für diesen Gedanken noch eines Beweises bedurft hätte, dann bekam er ihn in der nächsten Sekunde, denn es klingelte an der Tür.

Stefan fuhr wie elektrisiert zusammen, berührte dabei aus Versehen eine Taste auf der Fernbedienung und schaltete den Fernseher ab. Die Stille erschien ihm lauter als die schrille Comedy-Musik zuvor. Sein Herz hämmerte. Aus weit aufgerissenen Augen starrte er die Tür an.

Er erwartete keinen Besuch. Niemand hatte sich angekündigt, und niemand würde ohne Anmeldung kommen. Seine Kollegen und die wenigen Freunde, die er besaß, wußten ausnahmslos, daß er um diese Uhrzeit normalerweise noch in der Klinik bei Rebecca war. Dorn hatte ihm mit unmißverständlichen Worten auf Band hinterlassen, daß er ihn am nächsten Morgen in seinem Büro erwartete, und Robert saß noch im Flugzeug. Niemand wußte, daß er zu Hause war.

Trotzdem wiederholte sich das Klingeln in diesem Moment. Jetzt, wo er allein durch die Stille hallte, kam ihm der Ton schriller und fordernder vor als das erste Mal; und er hielt deutlich länger an.

Vielleicht war es nur ein Nachbar, der sich über den lauten Fernseher beschweren wollte.

Genau. Das mußte es sein. Die aufdringliche Kuh von gegenüber.

Stefan atmete erleichtert auf, zwang ein nervöses Lächeln auf sein Gesicht und stand auf. Nur ein Nachbar, der sich über den Lärm beschweren wollte.

Trotzdem ging er nicht sofort zur Tür, sondern trat ans Fenster und spähte vorsichtig durch einen Spalt in den Gardinen hinaus. Der Verkehr auf der Straße machte ihm klar, daß es zwar bereits dunkel, aber noch nicht sehr spät war. Unmittelbar vor dem Haus parkte ein Taxi. Das gelbe

Schild leuchtete nicht, aber er konnte erkennen, daß noch ein Fahrer im Wagen saß. Wer würde mit einem Taxi kommen, um ihn zu besuchen? Sonja? Kaum. Er bezweifelte, daß dieses sonderbare Mädchen überhaupt wußte, was ein Taxi war.

Es klingelte zum drittenmal, und diesmal hielt das nervtötende Schrillen noch länger an. Stefan ging mit langsamen Schritten zur Tür, warf einen Blick durch den Spion und sah einen vielleicht fünfzigjährigen, kräftigen Mann mit grauem Haar, kurzgeschnittenem Kinnbart, Jeans und schwarzer Lederjacke. Wenn er jemals einen typischen Taxifahrer gesehen hatte, dann ihn. Vielleicht ein bißchen *zu* typisch? Er konnte sich diesen Kerl auch ebensogut in einer gefleckten Tarnuniform vorstellen, mit Kampfstiefel und einer Maschinenpistole unter dem Arm. Sein breites Gesicht würde dann gar nicht mehr so gutmütig aussehen, und …

Er war schon wieder dabei, sich in etwas hineinzusteigern. Stefan brach den Gedanken mit einer fast gewaltsamen Anstrengung ab, trat einen Schritt zurück und riß die Tür mit einer so abrupten Bewegung auf, daß der Mann auf der anderen Seite erschrocken zusammenfuhr.

»Ja?«

Der Grauhaarige blinzelte. Er brauchte eine oder zwei Sekunden, um sich wieder zu fangen, dann fragte er: »Herr Mewes? Taxi-Center Nord.«

»Ich habe kein Taxi bestellt«, antwortete Stefan. Blitzschnell suchte er den Korridor zu beiden Seiten ab. Nichts. Und es gab auch kein Versteck, das groß genug gewesen wäre, einen Menschen zu verbergen. Ebenso blitzartig schätzte er den Burschen vor sich ein. Der Mann war ein gutes Stück größer als er und um etliches schwerer, aber vermutlich nicht sehr schnell. Etwas sehr Seltsames war geschehen. Im gleichen Moment, in dem er die Tür geöffnet und seinem Gegenüber in die Augen gesehen hatte, war die irrationale Furcht verschwunden. Stefan, der Feigling, war für einige Minuten zurückgekehrt, aber er schien jetzt nur noch für Dinge zuständig zu sein, die er nicht sehen konnte. Einen körperlichen Gegner fürchtete er nicht mehr.

Was nicht bedeutete, daß er ihn nicht respektierte. Stefan beendete die Einschätzung seines Gegenübers mit dem Schluß, daß der Mann nicht immer Taxifahrer gewesen war. Seine Hände waren sehr kräftig.

Außerdem konnte er die Angst, die mit jeder Sekunde stärker in ihm wurde, regelrecht riechen.

»Ich weiß«, antwortete der Taxifahrer. Er war nervös und wußte plötzlich nicht mehr, wohin mit seinem Blick. »Ich soll hier einen Wagen abholen und zum Flughafen fahren. Einen dunkelblauen BMW mit der Nummer –«

»Er gehört meinem Schwager«, unterbrach ihn Stefan. »Warten Sie – ich hole den Schlüssel.« Robert hatte offensichtlich noch vom Flughafen Zürich aus angerufen, um auch ja sicher zu sein, von seinem eigenen Wagen erwartet zu werden. Er würde nicht besonders erfreut sein, wenn er die Dellen sah, die Stefan hineingefahren hatte – aber zumindest sein erster Zorn würde verrauchen, ehe sie sich wiedersahen.

Stefan ging ins Wohnzimmer, holte den Schlüssel und händigte ihn dem Taxifahrer aus; zusammen mit einem gefalteten Zwanziger, den der Mann mit einem Ausdruck deutlicher Überraschung entgegennahm. Spätestens, wenn er Robert den Wagen am Flughafen übergab, würde er den Sinn dieses großzügigen Trinkgeldes verstehen.

Er wartete, bis der Mann im Aufzug verschwunden war, dann schloß er die Tür, legte die Kette vor und ging ins Wohnzimmer zurück. Er war jetzt ganz ruhig. Noch immer alarmiert und in dem klaren Bewußtsein, sich in einer Gefahr zu befinden, deren genaues Ausmaß er im Moment noch nicht einmal abzuschätzen vermochte, dies aber auf eine seltsam emotionale, strategische Art. Er sammelte und analysierte Daten, fast wie ein Computer, und das Ergebnis, zu dem er kam, gefiel ihm nicht. Aber die Panik, die ihm noch gerade so fest in ihren Klauen gehabt hatte, kam nicht zurück.

Ganz im Gegenteil war ihm mit einem Male klar, wie gefährlich dieser Weg war, den er schon ein gutes Stück weit gegangen war. Wenn er sich gestattete, in Panik zu geraten, dann war es nur noch ein kleiner Schritt, bis er anfing, wie ein aufgescheuchtes Huhn durch die Gegend zu rennen und einen Fehler nach dem anderen zu machen. Wahrscheinlich war das ganz genau das, was seine Verfolger von ihm erwarteten.

Stefan dachte allerdings nicht daran, ihnen diesen Gefallen zu tun. Sie hatten ihre Chance gehabt, und eine zweite würde er ihnen ganz bestimmt nicht geben. Mit einem Mal war ihm klar, was er als nächstes tun mußte: Er hatte im Grunde alle Fakten, die er brauchte. Da waren White und seine geheimnisvollen Auftraggeber, Sonja und ihre sonderbaren Brüder und die Männer aus dem Wagen, wahrscheinlich dieselben, die auch das Pärchen im Parkhaus ermordet hatten, Eva und die anscheinend so sinnlosen Andeutungen, die die Krankenschwester und ihr Bruder gemacht hatten. Nichts von alledem schien im Moment irgendeinen Sinn zu ergeben, und trotzdem war er sicher, daß alles irgendwie zusammenpaßte, wie eines jener dreidimensionalen Puzzles, an denen man Stunden oder auch Tage herummurksen konnte, bis plötzlich alle Teile wie von selbst an ihren Platz glitten und eine neue, bis dahin unbekannte Form ergaben. Er hatte alle Teile. Jetzt mußte er nur noch den Plan finden, nach dem sie zusammengesetzt wurden.

Plötzlich fand sich Stefan in einer regelrechten Hochstimmung, allein schon ausgelöst durch den Umstand, daß er sich plötzlich nicht mehr wie ein hilfloses Opfer vorkam. Er war noch immer Beute, aber er wußte jetzt, daß er zumindest eine Chance hatte, seinerseits Jagd auf die Jäger zu machen; ein Gedanke, der ihn für einen Moment regelrecht in Euphorie versetzte.

Wenigstens so lange, bis seine Fensterscheibe unter der Druckwelle zerbarst, mit der der BMW unten vor dem Haus explodierte.

Die Straße war bereits voller Menschen, als Stefan aus dem Haus stürmte. Aus den umliegenden Häusern waren Dutzende von Neugierigen gekommen, um zu gaffen oder vielleicht auch zu helfen, obwohl es hier nicht mehr allzuviel zu helfen gab, wie Stefan mit einem einzigen erschrockenen Blick bemerkte. Die Explosion war so gewaltig gewesen, daß es den BMW praktisch nicht mehr gab. Wo er gestanden hatte, gähnte ein zwanzig Zentimeter tiefer Krater im Straßenasphalt, der mit brennendem Benzin oder Öl gefüllt war. Das Fahrzeugwrack selbst war anscheinend vier oder fünf Meter weit durch die Luft geflogen, ehe es zwei weitere Autos unter sich zerschmettert und dann in Brand gesetzt hatte. Brennende Trümmerstücke bildeten zahllose, lodernde Flammennester in weitem Umkreis, und die Straße war mit Glasscherben übersät, so weit er sehen konnte. Die Druckwelle hatte im Umkreis von gut dreißig Metern sämtliche Fensterscheiben zertrümmert. Auf mehr als einem Gesicht, in das er blickte, sah Stefan Blut; die Glasscherben mußten wie kleine gefährliche Geschosse in die Wohnungen hineingetrieben worden sein. Er hoffte fast verzweifelt, daß die Explosion nicht noch mehr unbeteiligte Opfer gefordert hatte.

Zumindest *einen* weiteren Toten hatte es gegeben. Das Taxi, das er vom Fenster aus gesehen hatte, war von der Wucht der Explosion halb um seine Achse gedreht und bis zur anderen Straßenseite hinübergeschleudert worden. Sämtliche Scheiben waren zerborsten, und der Fahrer war reglos über dem Steuer zusammengesunken. Stefan glaubte nicht, daß er die Explosion überlebt hatte.

Jemand rempelte ihn unsanft in die Seite. Stefan machte einen raschen Schritt, um sein Gleichgewicht zu halten, und sah sich alarmiert, aber auch sehr aufmerksam um. Aus den umliegenden Häusern strömten immer mehr Menschen, und auf beiden Seiten war der Verkehr vollkommen zum Erliegen gekommen. Der Rückstau reichte jetzt schon über die nächste Kreuzung hinaus. Wenn die Feuerwehr nicht innerhalb der nächsten zwei oder drei Minuten hier eintraf, würde Sie wahrscheinlich hoffnungslos steckenbleiben,

Wie um diesen Gedanken unverzüglich zu widerlegen, tauchte am anderen Ende der Straße ein flackerndes Blaulicht auf. Stefan hörte kein Sirenengeheul, aber da er den Wagen über die Köpfe der Menschenmenge hinweg nicht erkennen konnte, war er ziemlich sicher, daß es sich um einen Polizeiwagen handelte.

Eine Sekunde lang stand er einfach mit aufgerissenen Augen und vollkommen fassungslosem Gesichtsausdruck da und fragte sich, wie er nur so blind hatte sein können. Vom Moment der Explosion an bis zu dem Augenblick, in dem er den Polizeiwagen sah, hatte er nicht einmal *begriffen,* was hier wirklich geschehen war.

Dafür kam dieses Begreifen nun um so schneller und mit geradezu explosiver Wucht, als wäre in seinem Inneren eine zweite, kaum weniger starke Bombe detoniert. Seine Hände begannen zu zittern. Sein Herz hämmerte. Sein Atem ging plötzlich so schnell, als wäre er kilometerweit gerannt.

Der BMW war nicht *einfach so* explodiert.

Jemand hatte ihn in die Luft gesprengt, *um ihn zu töten*!

Und dieser Jemand war vielleicht noch hier …

Stefans erster Impuls war, herumzufahren und dem Streifenwagen entgegenzulaufen, der mittlerweile hoffnungslos in der noch weiter zuwachsenden Menschenmenge steckengeblieben war. Aber dieser Impuls hielt nicht einmal lange genug, um sich auch nur in die entsprechende Richtung herumzudrehen. Wenn die Männer noch hier waren, welche die Bombe in den BMW gelegt hatten – und irgendwoher nahm er die hundertprozentige Sicherheit, *daß* sie es waren –, dann würden sie garantiert den Polizeiwagen aufmerksam beobachten. Und die bloße Anwesenheit der Beamten bot keinen Schutz. Sie hatten schon einmal versucht, ihn auf offener Straße umzubringen. Sie hatten eine Bombe in einen Wagen gelegt, der praktisch am hellichten Tag mitten in der Stadt explodiert war, und Stefan hätte seine rechte Hand verwettet, daß sie nicht einmal einen *Gedanken* daran verschwendet hatten, wie viele Unbeteiligte sie damit umbrachten. Sie würden auch keine Sekunde zögern, ihn auf dem Weg zum Streifenwagen zu erschießen. Oder auch, wenn er schon darin saß.

All die Überlegungen schossen Stefan innerhalb einer einzigen Sekunde durch den Kopf, schneller, als er sich bewegen und damit vielleicht einen Fehler machen konnte. Vielleicht rettete ihm das das Leben; wenn sie – wer immer *sie* auch sein mochten – noch in der Nähe waren, sogar ganz bestimmt. Stefan wich vorsichtig zwei Schritte weit in die Menschenmenge zurück, über die er sich zehn Sekunden zuvor noch empört hatte; jetzt war sie vielleicht seine einzige Chance. Er wagte es nicht, ins Haus zurückzukehren. Falls die Attentäter mitbekommen hatten, daß er noch am Leben war, würden sie dort zuallererst nach ihm suchen. Die vermeintliche Sicherheit seiner Wohnung hatte sich zusammen mit Roberts BMW in nichts aufgelöst.

Verstohlen sah er sich um. Der Fahrer des Polizeiwagens war mittlerweile auf den gegenüberliegenden Bürgersteig zurückgewichen, kam aber auch dort nur im Schrittempo voran. Die meisten Gaffer standen einfach nur herum, diskutierten, schrien durcheinander oder deuteten heftig gestikulierend auf die beiden brennenden Autowracks, aber einige wenige versuchten auch zu helfen: Zwei oder drei beherzte Männer hatten sich mit kleinen Feuerlöschern bewaffnet und versuchten das Feuer wenigstens daran zu hindern, sich noch weiter auszubreiten, und nur ein paar Schritte neben ihm schlug ein junger Mann mit irgendeinem Stoffetzen auf einen Reifen ein, der einen Spritzer brennendes Benzin abbekommen hatte. Stefan kannte kaum eines der Gesichter, in die er blickte. Zum erstenmal bedauerte er, so wenig Kontakt zu seinen Nachbarn zu pflegen. Ein paar der Leute, deren Gesichter ihm so unbekannt waren, konnte durchaus im selben Haus wie er wohnen. Oder vom anderen Ende des Kontinents kommen und eine entsicherte Maschinenpistole unter der Jacke tragen.

Er versuchte, irgendein auffälliges Gesicht in der Menge zu erkennen. Dunkles Haar. Slawische Züge. Und ein rotleuchtendes ›M‹ für Mörder auf der Stirn? Oder ein ›B‹, wie Bombenleger?

Stefan sah ein, wie unsinnig das war. Wenn die Kerle wirklich noch hier waren, würde er sie erst dann bemerken, wenn sie ihm ein Messer in die Rippen jagten oder eine Pistolenkugel in den Kopf. Er mußte hier weg. Und das so schnell wie möglich.

Er wich zwei Schritte zur Seite aus und wich gleichzeitig, in einer Bewegung, die er zuvor sorgsam auf ihre Unauffälligkeit hin abwog, weiter zum Haus zurück. Er betrat es allerdings nicht, sondern ließ sich von der Bewegung der Menschenmenge ganz bewußt ein Stückweit mittragen, bis er nur noch wenige Schritte vom Ende des Blocks entfernt war. Noch fünf oder sechs Schritte: eine

Ewigkeit, wenn einer der Attentäter die Straße beobachtete oder auch nur zufällig in seine Richtung blickte. Trotzdem widerstand er der Versuchung, sie rennend zurückzulegen, denn damit hätte er *garantiert* Aufmerksamkeit erregt, sondern legte sie mit schnellen Schritten zurück und bog ab, ohne sich noch einmal umzusehen. Sein Herz hämmerte. Er war sehr nervös, und jener so ungewohnte Mut, der ihm nun schon ein paarmal so nützlich gewesen war, weigerte sich noch immer hartnäckig, zurückzukehren.

Stefans Hand glitt in die Tasche und suchte einen kurzen, aber sehr unangenehmen Moment lang vergeblich darin, bis er endlich den Schlüsselbund fand. Er wagte es immer noch nicht, wirklich zu rennen, ging aber nun so schnell, wie er überhaupt konnte, ohne direkt in Laufschritt zu verfallen; eine Gangart, die ihn fast ebensoviel Kraft kostete, als wäre er wirklich gerannt. Als er den Golf erreichte, der knapp zweihundert Meter entfernt geparkt war, war er vollkommen außer Atem. Seine Hände zitterten so stark, daß er zweimal ansetzen mußte, um den Schlüssel ins Schloß zu bekommen und die Tür zu öffnen. Er stieg ein, schlug die Tür hinter sich zu und versiegelte sie, ehe er den Schlüssel ins Zündschloß steckte und erleichtert aufatmete.

Er war keineswegs in Sicherheit, aber zumindest im Moment nicht in unmittelbarer Gefahr. Die Straße vor ihm war so gut wie menschenleer. Die wenigen Passanten, die er sah, bewegten sich ausnahmslos in die entgegengesetzte Richtung. Gut. Sie würden die Menschenmenge nur vergrößern und es seinen Verfolgern so noch ein bißchen schwerer machen, endlich zu begreifen, daß er nicht mehr da war. Zeit genug für ihn, um zu verschwinden.

Stefan drehte den Zündschlüssel. Der Motor sprang erst beim vierten Versuch an, und ihm war noch nie zuvor aufgefallen, wie unregelmäßig und laut die Maschine lief Außerdem stank sie widerlich nach Sprit. Er begriff allerdings auch sofort, daß es nicht der altersschwache Golf war, der sich verändert hatte. Die zwei Tage, die er Roberts BMW gefahren hatte, hatten ihre Spuren hinterlassen. Offenbar gewöhnte man sich an nichts so schnell wie an Luxus.

Er fuhr vorsichtig aus der Parklücke heraus, wendete auf der schmalen Straße und bog wahllos ein paarmal nach rechts und links ab, bis er sicher war, daß ihn niemand verfolgte. Wahrscheinlich war dieses Manöver überflüssig. Allein die Tatsache, daß er hier im Wagen saß und noch am Leben war, bewies, daß die Männer, welche die Bombe in Roberts Wagen praktiziert hatten, ihn nicht gesehen hatten. Aber er fühlte sich einfach sicherer, nachdem er es getan hatte.

Stefan sah auf die Uhr und stellte mit ziemlicher Überraschung fest, daß seit der Explosion noch nicht einmal fünf Minuten vergangen waren. Er hatte mehr als genug Zeit, zum Flughafen hinauszufahren und Robert persönlich in Empfang zu nehmen.

Trotzdem bog er bei der nächsten Gelegenheit in die entgegengesetzte Richtung ab. Das Treffen mit Robert hatte Zeit. Viel wichtiger war es jetzt, in die Klinik zu fahren und nach Rebecca zu sehen. Stefan hatte sich noch nicht endgültig entschieden, aber er war bereits zu achtzig Prozent entschlossen, sie noch in dieser Nacht aus dem Krankenhaus zu holen. Natürlich nicht zu sich nach Hause; aber doch an einen Ort, der wesentlich sicherer war als die Klinik mit ihrem ständigen Kommen und Gehen. Sie brauchten ein sicheres Versteck, und selbstverständlich würden sie einen Arzt brauchen, der mindestens ebenso verschwiegen wie tüchtig war. Um beides machte er sich allerdings keine Gedanken. Robert würde ihn wahrscheinlich vor lauter Dankbarkeit umarmen, wenn er ihn bat, sein Geld und seine beschissenen Beziehungen endlich einmal nutzbringend einzusetzen.

Die Ampel vor ihm wechselte von Grün zu Gelb, dann zu Rot. Stefan bremste ab, sah ganz automatisch dabei in den Rückspiegel und registrierte gerade noch, wie der Wagen hinter ihm ausscherte und sich mit einem Satz neben ihn schob.

Neben ihm stand jedoch kein Honda, und der Mann, der gerade die Seitenscheibe herunterkurbelte und Stefan mit Handzeichen zu verstehen gab, dasselbe zu tun, richtete auch keine automatische Waffe auf ihn. Aber das mußte nicht zwangsläufig bedeuten, daß dieses Treffen sehr viel weniger unangenehm endete: Der Wagen auf der Spur neben ihm war grünweiß lackiert und hatte ein Blaulicht auf dem Dach. Stefans Hände verkrampften sich so sehr, daß er Mühe hatte, nach der Fensterkurbel zu greifen und sie zu betätigen.

»Guten Morgen, Wachtmeister«, sagte er. Verdammt, war das die richtige Anrede? Er wußte es nicht. Seine Stimme klang nervös. Er *war* nervös.

»Guten Abend«, antwortete der Beamte. Er hatte ein rundliches Gesicht, war wesentlich älter als Stefan und strahlte eine Aura von Gutmütigkeit, aber auch Stärke aus. In seinen Augen lag ein angedeutetes Lächeln, aber das hinderte ihn nicht daran, Stefan sehr routiniert zu fixieren und wahrscheinlich auch zugleich noch das Wageninnere zu mustern.

»Haben Sie es sehr eilig?« fragte er.

»Bin ich zu schnell gefahren?« fragte Stefan erschrocken. Er war ziemlich sicher, *nicht* zu schnell gefahren zu sein. Schon weil diese lahme Kiste länger brauchte, um die Fünfzig zu überschreiten, als es der Abstand zwischen zwei Ampeln im allgemeinen zuließ.

»Nein«, antwortete der Beamte. »Aber wenn Sie lebend ankommen wollen, dann sollten Sie besser das Licht einschalten.«

Stefan sah verdutzt aufs Armaturenbrett hinab. Er war

tatsächlich losgefahren, ohne die Scheinwerfer einzuschalten; ein weiterer Beweis dafür, wie nervös er gewesen war. Dazu kam, daß es eine ungewöhnlich helle Nacht war.

Hastig holte er das Versäumnis nach, versuchte einen möglichst, verlegenen Ausdruck auf sein Gesicht zu zwingen und nickte dem Polizisten dankbar zu.

»Danke. Bitte entschuldigen Sie.«

Der Mann nickte, tippte mit zwei Fingern an den Rand einer Mütze, die er gar nicht trug, und kurbelte die Fensterscheibe wieder hoch. Die Ampel wechselte von Rot wieder auf Gelb, und der Streifenwagen brauste los, ehe sich auch nur ein Schimmer von Grün zeigen konnte.

Stefan atmete innerlich auf. Hätten die Beamten ihn angehalten, um seine Papiere zu kontrollieren, hätten sie ihn in eine ziemlich unangenehme Situation gebracht. Seine Brieftasche befand sich in seiner Jacke, die noch immer über der Lehne der Couch oben im Wohnzimmer hing, und das Risiko einer Personenüberprüfung konnte er nicht eingehen. Es war zwar unwahrscheinlich, daß irgend jemand den explodierten BMW bereits mit ihm in Verbindung gebracht hatte – aber in den letzten Tagen waren ihm eine Menge Dinge widerfahren, die eigentlich *recht unwahrscheinlich waren …*

Während er vorsichtig weiterfuhr, fiel ihm erneut auf, wie hell die Nacht war. Am Himmel war keine einzige Wolke zu sehen, und der Mond, obwohl noch nicht einmal halb, strahlte wie ein Scheinwerfer, so daß er nur unwesentlich schlechter als am Tage sehen konnte. Kein Wunder, daß er vergessen hatte, das Licht einzuschalten!

Es war jetzt nicht mehr weit bis zur Klinik. Stefan achtete peinlich darauf, alle Verkehrsregeln einzuhalten und stets eine Kleinigkeit unter der erlaubten Höchstgeschwindigkeit zu bleiben – allerdings nicht weit genug, um gerade dadurch vielleicht aufzufallen. Trotzdem brauchte er nur noch knapp zehn Minuten, bis er das Krankenhaus erreichte.

Er steuerte den Wagen nicht in die Tiefgarage, sondern direkt vor den Haupteingang. Eine Tiefgarage, das bedeutete nicht nur Dunkelheit und tausend gute Gelegenheiten für einen Hinterhalt, sondern im Moment vor allem eine Menge unangenehmer Erinnerungen. Wahrscheinlich würde er nie wieder in ein Parkhaus fahren können, ohne an diesen Tag erinnert zu werden.

Davon abgesehen gab es noch einen guten Grund, den Wagen hier abzustellen: Es konnte sein, daß sie die Klinik ziemlich rasch verlassen mußten. Die Ärzte würden nicht sonderlich begeistert sein, wenn er ihnen ihre Patientin entführte, mitten in der Nacht und ohne Angabe irgendwelcher Gründe. Dorn übrigens auch nicht. Und Rebecca wahrscheinlich am allerwenigsten. Möglicherweise würde sie sogar argwöhnen, daß er das alles nur erfunden hatte, um sie aus der Nähe des Kindes wegzuschaffen.

Stefan Mewes gegen den Rest der Welt, dachte er spöttisch.

Und dabei hatte es noch nicht einmal richtig angefangen! Er wußte immer noch nicht genau, wer die Männer eigentlich waren, die ihn umbringen wollte. Von dem *Warum* ganz zu schweigen …

Er parkte den Wagen so, daß er gerade außerhalb des hell erleuchteten Bereiches vor der Glasfront stand, stieg aus und betrat mit möglichst sicheren Schritten das Krankenhaus. Er war nicht der einzige Besucher. Trotzdem stand eine der beiden Schwestern hinter dem Empfang bei seiner Annäherung auf und sah ihn auf eine Art an, die es ihm unmöglich machte, so zu tun, als hätte er es nicht bemerkt. Bevor er auch nur ein Wort sagen konnte, begann sie in scharfem Ton:

»Sie können dort nicht parken.«

»Ich bleibe nur zehn Minuten«, antwortete Stefan, »vielleicht sogar weniger.«

»Das spielt keine Rolle«, beharrte sie. »Der Wagen muß dort weg. Wenn Sie ihn nicht wegfahren, muß ich den Abschleppdienst rufen.«

Das war es, was sie *sagte*. Aber ihre Stimme und etwas in ihren Augen erzählten Stefan ungleich mehr: Sie war nervös. Sein vermeintlich unverfrorenes Verhalten hatte sie viel mehr erschreckt als empört, und die Autorität in ihrer Stimme war keine, sondern ein Zeichen der Unsicherheit.

»Ich kann Sie nicht daran hindern«, antwortete er ruhig. »Aber ich fürchte, ich werde bereits wieder weg sein, ehe der Abschleppwagen eintrifft.«

Ein einziger Blick in ihre Augen machte ihm klar, daß er gewonnen hatte. Die Schwester starrte ihn regelrecht schockiert an, aber er wußte auch, daß sie den Abschleppdienst nicht rufen würde, weil sie Angst hatte, daß er recht haben und sie jede Menge Scherereien am Hals haben könnte, wenn sie den Abschleppdienst bestellte und kein Wagen mehr da war, den man abschleppen konnte. Und Angst vor ihm. Nicht vor ihm persönlich, aber vor Menschen *wie ihm*. Stefan wußte nicht genau wann, aber er begriff plötzlich, daß er irgendwann in den letzten zwei Tagen die Liga gewechselt hatte, in der er spielte. Er wußte nur nicht, ob er sich über diese Erkenntnis freuen sollte.

Eigentlich nur, um sich selbst zu beruhigen, fügte er mit einem angedeuteten Lächeln hinzu: »Ich bin wirklich sofort zurück. Ich muß nur etwas abholen, das ist alles.«

Er gab ihr keine Gelegenheit, noch einmal zu widersprechen, sondern drehte sich um und ging mit schnellen Schritten zu den Aufzügen. Zwei der drei Kabinen waren da. Stefan trat mit einer raschen Bewegung in die kleinere der beiden Liftkabinen, drückte den Knopf für Beccis Etage und wartete voller Ungeduld, daß die Türen sich schlossen.

Als sein Blick in den mannshohen Spiegel an der Rückwand fiel, erschrak er.

Er sah in sein eigenes Gesicht, aber für einen Moment war es ihm, als sähe er unter seinen vertrauten Zügen noch etwas anderes, etwas vollkommen Fremdes und Wildes, das nicht wirklich sichtbar war, aber eindeutig *da* war. Etwas, das …

Stefan schloß die Augen, zählte in Gedanken langsam bis drei, und als er die Lider wieder hob, war das Ungeheuer im Spiegel nicht mehr da. Und natürlich war es niemals dagewesen. Er war nervös. Seine Nerven begannen ihm böse Streiche zu spielen, und nach allem, was er durchgemacht hatte, hatten sie auch jedes Recht dazu.

Stefan zog seinem eigenen Gesicht im Spiegel eine Grimasse, grinste dümmlich und drehte sich herum, als die Liftkabine mit einem sanften Ruck zum Stehen kam und die Türen aufglitten. Er sollte besser anfangen, sich ein paar Gedanken darüber zu machen, was er Rebecca sagen wollte.

Er betrat die Station, steuerte mit raschen Schritten Rebeccas Zimmer an und wollte gerade die Hand nach der Türklinke ausstrecken, als die Tür von innen geöffnet wurde und Schwester Marion heraustrat. Sie hielt ein Kunststofftablett mit Medikamenten und fertig aufgezogenen Spritzen in der linken Hand, und ein einziger Blick in ihr Gesicht ließ jeden weiteren Blick in das Zimmer hinter ihr überflüssig werden.

»Schon wieder?« fragte Stefan, ohne sich mit einer Begrüßung aufzuhalten.

Schwester Marion seufzte. Sie sah jetzt nicht mehr halb verärgert und zugleich auch ein wenig amüsiert aus wie noch gestern, sondern auf eine resignierende Weise besorgt.

»Ich war vor einer halben Stunde noch hier«, antwortete sie. »Sie muß sich unmittelbar darauf hinausgeschlichen haben. Ich habe es nicht einmal gemerkt.«

»Ich werde ein ernstes Wort mit meiner Frau sprechen«, sagte Stefan, aber Schwester Marion schüttelte nur den Kopf.

»Aber damit ist es nicht mehr getan, fürchte ich«, sagte sie. »Ich bekomme allmählich wirklich Ärger, wissen Sie? Ganz davon abgesehen, daß Ihre Frau vollkommen unverantwortlich handelt. Sich selbst gegenüber.«

Sie zog die Tür hinter sich zu, blickte stirnrunzelnd auf das Tablett in ihren Händen und drehte sich dann in die entgegengesetzte Richtung. »Am besten, ich laufe gleich hinüber in die Kinderklinik und hole sie zurück. Bevor es jemand merkt. Der Professor reißt mir den Kopf ab, wenn er erfährt, daß Ihre Frau schon wieder auf Reisen gegangen ist.«

»Lassen Sie mich das tun«, sagte Stefan.

»Was? Mir den Kopf abreißen?«

Stefan lächelte. »Nein. Sie zurückholen. Niemand wird etwas erfahren, das verspreche ich.«

Die Krankenschwester war einen Moment lang unschlüssig. Dann aber nickte sie. »Also gut. Ich rufe an und sage Bescheid, daß Sie kommen. Ich kenne die Nachtschwester dort drüben. Sie ist mir noch einen Gefallen schuldig. Kommen Sie.«

Sie ging mit schnellen Schritte zum Schwesternzimmer, stellte ihr Tablett ab und wählte eine vierstellige Telefonnummer. Während sie dem Freizeichen lauschte, griff sie mit der anderen Hand in die Kitteltasche und zog einen Schlüsselbund hervor. »Nehmen Sie unseren Geheimgang«, sagte sie. »Vielleicht sieht Sie ja dann niemand … Sie wissen noch, wie?«

»Der Heizungskeller?« Stefan nahm den Schlüsselbund entgegen und grinste. »Das trifft sich gut. So hört niemand ihre Schreie, wenn ich sie ein bißchen foltere, um ihr die Flausen auszutreiben.«

Die Krankenschwester blieb ernst. »Sie können sie gar

nicht so schlimm foltern, wie sie es schon selbst tut«, antwortete sagte. »Ihre Frau macht jeden Fortschritt zunichte, den ihre Heilung gemacht hat, nur weil sie sich einfach nicht schont.« Sie runzelte die Stirn, nahm den Telefonhörer vom Ohr und blickte ihn nachdenklich an. »Seltsam – es geht niemand dran.«

»Wahrscheinlich sind sie alle damit beschäftigt, meine Frau einzufangen«, vermutete Stefan. »Ich beeile mich. Ehrenwort.«

Er fühlte sich nicht besonders wohl, als er das sagte. Er würde sich tatsächlich beeilen, um zu Rebecca zu kommen – aber nicht, um sie zurückzubringen. Schwester Marion würde am nächsten Morgen tatsächlich eine Menge zu erklären haben. Aber er nahm sich fest vor, dafür zu sorgen, daß sie keinen Ärger bekam.

Stefan steckte den Schlüsselbund ein, verließ das Schwesternzimmer, drehte sich zu den Aufzügen herum und sah gerade noch, wie eine schlanke Mädchengestalt mit schulterlangem, wildem schwarzem Haar und ausgeflippter Kleidung in einer der Kabinen verschwand. Er konnte ihr Gesicht nicht erkennen.

Stefan stand eine Sekunde lang wie vom Donner gerührt da, aber dann stürmte er los und rannte so schnell auf die Aufzüge zu, wie er konnte. Die Türen der Kabine schlossen sich bereits. Vorhin, als er im Foyer darauf gewartet hatte, hatten sie sich scheinbar nur im Schneckentempo bewegt; jetzt schien ihr Tempo irgendwie mit dem seiner eigenen Schritte gekoppelt zu sein. Er wußte, daß er es nicht schaffen würde.

»He!« rief er. »Warten Sie!«

Er bekam keine Antwort, legte einen fast verzweifelten Endspurt ein und erreichte den Aufzug genau im richtigen Moment, um die Türen scheinbar mit der Wucht einer Bärenfalle unmittelbar vor sich zuschnappen zu sehen; ungefähr eine Zehntelsekunde *bevor* er wenigstens noch einen Blick in die Kabine dahinter werfen konnte.

»Verdammt!« Stefan schlug wütend mit der flachen Hand gegen die Aufzugtür. Der Knall explodierte mit der Lautstärke eines Pistolenschusses auf dem stillen Krankenhausflur, aber Stefan mußte sich trotzdem mit aller Macht beherrschen, um nicht noch einmal und jetzt mit der geballten Faust zuzuschlagen. Seine Enttäuschung schlug jäh und so warnungslos in Wut um, daß er für Sekunden vollkommen hilflos dagegen war. Er konnte hören, wie sich die Liftkabine in Bewegung setzte, und selbst dieses Geräusch erfüllte ihn mit neuerlichem Zorn, denn es schien ihn eindeutig zu verspotten.

Sein Zorn verrauchte allerdings genauso schnell, wie er gekommen war. Zurück blieb ein Gefühl von Leere, die sich nur allmählich mit Verwirrung und dann Schrecken füllte.

Hastig trat er einen Schritt von der Aufzugtür zurück und sah sich um. In einigen Metern Entfernung hatte sich eine Tür geöffnet, und ein junger Mann in weißer Krankenhauskleidung blickte fragend, aber auch eindeutig vorwurfsvoll zu ihm heraus. Stefan spürte, daß er einige Erfahrung im Umgang mit Situationen wie dieser hatte.

»Schon gut. Eine Verwechslung. Es tut mir leid.« Stefan nahm die Herausforderung im Blick des Pflegers nicht an, sondern hob die Hände, trat rasch an die benachbarte Liftkabine und drückte den Rufknopf Er konnte hören, wie sich der Aufzug nur eine Etage unter ihm in Bewegung setzte. Der junge Mann sagte immer noch nichts, aber er trat auch nicht wieder in sein Zimmer zurück, sondern blieb reglos stehen, bis der Aufzug gekommen war und Stefan hineintrat.

Die zehn Minuten, von denen Stefan vorhin am Empfang gesprochen hatte, mußten längst verstrichen sein, als er im Erdgeschoß der Kinderklinik aus dem Keller kam und sich den Aufzügen näherte. Zu seiner Erleichterung war der Platz hinter dem Empfang nicht besetzt, so daß er wenigstens nicht in die Verlegenheit kam, sich irgendeine fadenscheinige Erklärung für sein unkonventionelles Auftreten einfallen lassen zu müssen, und so noch mehr Zeit verlor.

Zeit war im Moment vielleicht der wichtigste Faktor.

Er war längst nicht mehr hundertprozentig davon überzeugt, daß es wirklich Sonja gewesen war, die er gerade im Aufzug gesehen hatte – aber er war auch ganz und gar nicht sicher, daß sie es *nicht* gewesen war. Und so, wie die Dinge lagen, tat er vermutlich gut daran, vom schlimmstmöglichen Fall auszugehen, statt vom wahrscheinlichen; nämlich dem, daß Sonja und ihre beiden unheimlichen Brüder ihm trotz aller Vorsicht hierher gefolgt waren, und daß sie seine Unterhaltung mit Schwester Marion belauscht hatte und nun wußte, wo Rebecca zu finden war. Und das Kind.

Trotzdem hatte er einen unbestreitbaren Vorteil auf seiner Seite: Er war auf dem schnellstmöglichen Weg hierhergekommen. Selbst wenn Sonja rannte, würde sie viel länger brauchen, um die Kinderklinik zu erreichen, und vermutlich auch eine ganze Weile, um die beiden überhaupt zu finden. Das Klinikgelände hatte die Abmessungen eines kleinen Dorfes, und es war nach einer für einen Außenstehenden fast undurchschaubaren Logik aufgebaut. Und wenn er Glück hatte – wenn er ein einziges Mal in dieser Nacht Glück hatte –, dann war der Platz hinter der Theke hinter ihm nicht verwaist, weil sein Besitzer gerade die Toilette aufsuchte oder sich einen Kaffee kochte, sondern weil die Klinik längst geschlossen und die Türen für Besucher verriegelt waren. Stefan zweifelte nicht daran, daß Sonja trotzdem irgendwie hereinkommen würde. Aber auch das würde sie Zeit kosten. Zehn Minuten waren alles, was er brauchte, um Rebecca und nötigenfalls auch Eva zu nehmen und mit ihnen auf dem gleichen Weg wieder zu verschwinden, auf dem er gekommen war.

Falls er in zehn Minuten nicht noch immer hier stand und auf den Lift wartete, hieß das. Stefan drückte zum dritten oder viertenmal den Rufknopf, ohne daß irgend etwas geschah. Der grüne Pfeil über der Tür leuchtete nicht auf, und er hörte auch nichts. Stefan versuchte sein Glück nacheinander an den bei, den anderen Aufzügen, allerdings mit dem gleichen Ergebnis. Offenbar hatte man die Besucheraufzüge abgeschaltet, nachdem die offizielle Besuchszeit vorüber war und alle, die nicht hierhergehörten, das Gebäude verlassen hatten.

Um so besser, dachte er. Selbst wenn Sonja und ihre Brüder hier auftauchten – sie konnten unmöglich wissen, auf welcher Station Eva untergebracht war. Und bis sie das Gebäude Stockwerk für Stockwerk durchsucht hatten, waren Rebecca und er wahrscheinlich schon am anderen Ende der Stadt, unterwegs zu Roberts Villa.

Stefan warf noch einen sichernden Blick durch die Glastür nach draußen – von Sonja und ihren Brüdern war nichts zu sehen, er erblickte keine Männer mit Maschinenpistolen, und es war auch niemand da, der gerade eine Mittelstreckenrakete auf ihn richtete – dann betrat er das Treppenhaus und machte sich an den beschwerlichen Aufstieg zur fünften Etage.

Auch hier herrschte eine fast unnatürliche Stille, Wahrscheinlich war sie normal, vor allem zu dieser Zeit und in einer Zeit, in der Treppensteigen bei den meisten Menschen schon als Leistungssport galt. In diesem Moment jedoch erfüllte sie ihn mit einem schon fast körperlichen Unbehagen. Stille – jede Art so völliger Stille – kam ihm nie mehr wie etwas Natürliches vor, sondern fast wie eine Gefahr. Stille bedeutete die Abwesenheit von Leben; oder die Anwesenheit eines Feindes, der sich vollkommen lautlos anzuschleichen wußte …

Es war beileibe nicht das erste Mal, daß sich Stefan über seine eigenen Gedanken wunderte. Aber er hatte es aufgegeben, sich über ihre Herkunft den Kopf zu zerbrechen. Vielleicht hatte die so unmittelbare, brutale Bedrohung seines Lebens, die im Wolfsherz ihren Anfang genommen hatte, irgend etwas in ihm geweckt, das allen gegenteiligen Beteuerungen zum Trotz schon immer in ihm gewesen war. Vielleicht war es schlichtweg in jedem Menschen. Pazifismus, Ethik und Moral hin oder her – möglicherweise mußte man in jedem Menschen nur tief genug graben, um das Tier in ihm zu finden, die Bestie, die sich einen Dreck um zehntausend Jahre Zivilisation kümmerte und kompromißlos um ihr Überleben kämpfte.

Aber das war nicht der alleinige Grund für die sonderbare Stimmung, die mit jeder Treppenstufe, die er hinaufging, mehr von ihm Besitz ergriff.

Es war dieses Gebäude selbst.

Die Erkenntnis kam im nachhinein, mit zehnminütiger Verspätung, aber einer plötzlichen, unzweifelhaften Sicherheit. Krankenhäuser waren für ihn stets – abgesehen von dem normalen Unbehagen, das wohl jeder darin empfindet – Orte gewesen, mit denen er durchaus positive Assoziationen verband: Hilfe, Hoffnung, Gesundheit. Das genaue Gegenteil war der Fall. Dieses Gebäude war kein Hort der Zuversicht mehr, sondern ein Haus des Leidens, ein Ort, an dem alle Krankheiten und Schmerzen zusammengekommen waren, an dem es nur Leid, Hoffnungslosigkeit und Sterben gab. Es roch nach Tod. Er konnte all die Schmerzen und die Verzweiflung spüren, die seine Mauern gesehen hatten. Während er Etage um Etage hinaufstieg, glaubte er tatsächlich all die Krankheiten und Wunden zu spüren, die sich in den Zimmern auf der anderen Seite der Wände befanden: ein klebriger Gestank nach

Fäulnis, Verwesung und Tod, an dem nichts Hoffnungsvolles war.

Stefan schüttelte den Gedanken mit großer Mühe ab. Es lag nicht nur an seiner Nervosität. Er war seit einiger Zeit nicht nur sensibilisiert für Gefühle einzelner Menschen, sondern auch allgemeine Stimmungen. Vielleicht würde er Roberts Großzügigkeit noch ein zweites Mal ausnutzen und einen Gehirnklempner kommen lassen müssen.

Aber auch darüber konnte er sich später den Kopf zerbrechen. Er griff schneller aus, fiel aber auf der letzten Treppe wieder in eine gemäßigtere Gangart zurück; es hatte keinen Sinn, zehn Sekunden früher anzukommen, um dann fünf Minuten zu brauchen, bis er wieder weit genug zu Atem gekommen war, um überhaupt reden zu können.

Vor der Tür zur fünften Etage hielt er an, atmete gezwungen tief ein und aus und lauschte. Nichts. Hinter der Tür aus geriffeltem Milchglas brannte Licht, aber er hörte nicht den mindesten Laut. Offenbar war die gesamte Klinik in einen kollektiven Tiefschlaf verfallen – dabei war es im Grunde noch nicht so spät. Eigentlich sollte hier ein fast normaler Tagesbetrieb herrschen. Es war jedoch vollkommen still.

Stefan drückte behutsam die Klinke herunter, zog die Tür einen Fingerbreit auf und spähte durch den Spalt. Der Flur war hell erleuchtet, aber leer. Er konnte eine der Liftkabinen erkennen. Die Tür stand offen.

Vorsichtig zog er die Tür weiter auf, trat auf den Korridor hinaus und warf einen raschen, sichernden Blick nach rechts und links. Der Gang war menschenleer, aber er spürte, daß hier irgend etwas nicht stimmte. Nicht nur diese eine, sondern alle drei Liftkabinen waren hier oben. Die Türen standen weit offen. Jemand hatte kleine Pflasterstreifen genommen und die Sensoren der Lichtschranken blockiert.

Aus dem leichten Unbehagen, das Stefan immer noch empfand, wurde schlagartig Beunruhigung. Irgend jemand war hierhergekommen und hatte die Aufzüge blockiert, und das ganz bestimmt nicht, um dem Hausmeister die Arbeit abzunehmen, zu spät gekommene Krankenbesucher abzuwimmeln.

Stefan entfernte den Klebestreifen von einer der drei Türen, schaltete den Aufzug mit der gleichen Bewegung aber auch ab. Mehr konnte er nicht tun, um einen raschen Rückzug vorzubereiten.

Gleichzeitig war da aber auch wieder diese dünne, penetrante Stimme in seinem Kopf, die Stefan dem Feigling gehörte, nicht dem Ding von der anderen Seite der Drehtür, die ihm leise, aber beharrlich davon zu überzeugen versuchte, daß das, was er tat, der pure Wahnsinn war: Es gab nicht einmal mehr das fadenscheinigste Argument, abzuleugnen, daß hier irgend etwas nicht mit rechten Dingen zuging. Statt den Helden zu spielen, sollte er das nächste Telefon suchen – und zwar das nächste Telefon auf einer *anderen* Etage! – und die Polizei benachrichtigen.

Statt dessen näherte er sich der Kinderintensivstation, legte behutsam die flache Hand auf die gerippte Milchglasscheibe und stellte ohne echte Überraschung fest, daß sie nicht verschlossen war. Möglicherweise war sie das nie, wenn die Besuchszeit vorüber war. Wahrscheinlich aber war, daß er nicht der einzige war, der Vorbereitungen für einen raschen Rückzug getroffen hatte …

Stefan öffnete vorsichtig die Tür.

Das Gefühl einer drohenden Gefahr explodierte regelrecht in ihm. Die Luft stank nach Blut, Gewalt und Tod, und das Gefühl ausgeübter Gewalt wurde für einen Moment so intensiv, daß er tatsächlich einen halben Schritt zurücktaumelte. Was er roch, war nicht das Blut, das auf Spritzen aufgezogen und in kleinen Plastikbeuteln aufbewahrt wurde, sondern warmes, pulsierendes, fließendes

Blut. Das in einem Akt rasender Gewalt vergessen worden war. Es war nicht ruhig – irgendwo quengelte ein Kind, das typische meckernde Säuglingsquengeln, das Kinder nur in den ersten Tagen ihres Lebens von sich gaben und dann nie wieder; er hörte das Piepsen elektronischer Geräte, das regelmäßige Klacken eines Relais, und ein weißes Rauschen, das er erst nach ein paar Sekunden als das statische Rauschen eines Radioempfängers oder auch Fernsehers identifizierte, der lief, ohne daß ein Sender eingestellt war.

Stefan bewegte sich mit vorsichtigen kleinen Schritten den Flur entlang. Der Blutgeruch wurde immer intensiver, und er wußte schon, was ihn erwarten würde, noch bevor er die Tür öffnete und in das kleine Schwesternzimmer blickte. Eine Gestalt in einem weißen Kittel lag bäuchlings auf dem Boden zwischen dem Tisch und dem Eingang. Ihr halber Hinterkopf fehlte, aber Stefan erkannte an dem blutverklebten grauen Haar und der Statur zweifelsfrei, daß es sich um Professor Wahlberg handelte. Offenbar hatte ihm jemand aus allernächster Nähe ins Gesicht geschossen. Ein Teil dessen, was von seinem Hinterkopf und dem Inhalt seines Schädels fehlte, klebte an der Wand neben dem Fenster. Eine zweite reglose Gestalt lag auf der anderen Seite des Zimmers. Sie lag auf dem Rücken, aber Stefan konnte sie trotzdem nicht erkennen, denn auch sie hatte kein Gesicht mehr. Er hoffte inständig, daß es sich nicht um Schwester Danuta handelte.

Stefan unterdrückte die Mischung aus Übelkeit und Ekel, die in ihm emporstieg, trat mit einem viel zu großen Schritt über Wallbergs Leichnam hinweg und näherte sich dem Schreibtisch. Mit zitternden Fingern hob er das Telefon ab und wartete drei, vier Sekunden lang vergeblich auf das Freizeichen. Vermutlich mußte er eine Null wählen oder so etwas. Er tat es, erzielte auch jetzt kein Ergebnis und verschwendete noch einmal drei oder vier Sekunden damit, wahllos auf sämtliche Knöpfe des Apparates zu drücken, ehe ihm endlich klar wurde, daß er nur einen nutzlosen Hörer in der Hand hielt: jemand hatte das Kabel herausgerissen.

Vielleicht jemand, der noch hier war.

Jemand, der möglicherweise genau in diesem Moment hinter ihm stand und darauf wartete, daß er sich zu ihm herumdrehte, damit er ihm ins Gesicht schießen konnte …

Hinter ihm war niemand. Die Horrorbilder, mit denen ihn seine Phantasie quälte, hatten keinen Biß. Er spürte einfach, daß niemand hier war. Die Station war nicht ohne Leben, aber er fühlte keine Aggression.

Trotzdem waren alle seine Sinne und Nerven bis zum Zerreißen angespannt, als er das Schwesternzimmer verließ und sich dem Raum am Ende des Korridors näherte. Er lauschte angestrengt. Alle Geräusche, die er vorhin schon gehört hatte waren noch da, und dazu zahllose andere, winzige Laute, die er normalerweise niemals bewußt wahrgenommen hätte, und trotzdem schien sich zugleich eine sonderbare Stille über all diese Geräusche gelegt zu haben; als gäbe es plötzlich eine Art Filter in seinem Bewußtsein, der alle Sinneseindrücke vorsortierte. Hier hatte Gewalt stattgefunden, aber es gab keine unmittelbare Bedrohung. Nicht im Augenblick.

Er kam an der Tür des Ärztezimmers vorbei und zögerte einen winzigen Moment, ging dann aber weiter. Er würde auch dort drinnen kein funktionierendes Telefon finden. Wahrscheinlich auf der ganzen Station nicht.

Der Blutgestank wurde übermächtig, als er Evas Zimmer erreichte. Stefan hob eine zitternde Hand, öffnete die Tür und schloß für die halbe Sekunde die Augen, die er brauchte, um die Schwelle zu überschreiten.

Nicht, daß es etwas half.

Was seine Augen nicht sahen, vermittelten ihm seine anderen Sinne, deren unnatürliche Schärfe plötzlich zu einem Fluch geworden war. Die Orgie der Gewalt hatte in diesem Raum ihren Höhepunkt gefunden.

Er öffnete die Augen, und das erste, was er sah, war ein umgestürzter Krankenhaus-Rollstuhl. Hätte er die Lider einen Sekundenbruchteil später geöffnet, wäre er dagegengeprallt, denn er lag unmittelbar hinter der Tür. Eines der Räder war verbogen und fast von der Achse gerissen, und die Chromteile waren fleckig von dunkel eingetrocknetem Blut.

Dann sah er Rebecca.

Sie war es nicht. Sie konnte es nicht sein, denn weder ihre Kleidung, noch ihre Statur, Haarfarbe oder -länge stimmten, aber für einen winzigen Moment, für den Bruchteil eines Augenblickes, den er brauchte, um über den umgestürzten Rollstuhl hinwegzuspringen und in den Raum hinter der gläsernen Trennwand zu gelangen, war er trotzdem hundertprozentig davon überzeugt, daß es sich bei der Gestalt, die mit dem Gesicht nach unten in einer großen Blutlache hinter der Tür lag, um Rebecca handelte, handeln *mußte*, ganz einfach, weil die Entdeckung das schlimmste gewesen wäre, was das Schicksal ihm antun konnte, und weil das Schicksal sich seit ein paar Tagen verschworen zu haben schien, alles, was ihm widerfuhr, noch einmal zu überbieten.

Es war jedoch nicht Rebecca, sondern Schwester Danuta. Ihr war nicht ins Gesicht geschossen worden. Dafür hatte ihr jemand die Kehle herausgerissen. Als Stefan den Leichnam auf den Rücken drehte, rollte ihr Kopf so haltlos hin und her, daß er für eine halbe Sekunde ernsthaft damit rechnete, er würde abbrechen und wie ein Ball unter den nächsten Schrank verschwinden. Die Wunde war so tief, daß er das Weiß der Halswirbelsäule durch das rote Fleisch hindurchschimmern sehen konnte. Der riesigen Lache und dem schweren, nassen Rot ihrer Kleidung nach zu schließen, mußte sie alles Blut verloren haben, das überhaupt in ihrem Körper gewesen war. Ihre Kehle war nicht einfach nur aufgerissen. Ein gut faustgroßes Stück aus ihrem Hals war einfach nicht mehr da.

Wenigstens war es schnell gegangen, dachte Stefan betäubt. Der Ausdruck in Danutas gebrochenen Augen war unheimlich, aber nicht der großer Qual. Selbst wenn sie nicht sofort gestorben, sondern erstickt war, war der Schock garantiert so groß gewesen, daß sie keine Schmerzen gespürt hatte.

Zitternd richtete er sich auf. Seine Hände waren voller halb geronnenem Blut, dessen Geruch ihn fast um den Verstand brachte. Angeekelt wischte er sich die Finger an der Hose ab, während er sich in dem kleinen, vollkommen verwüsteten Raum umsah.

Schwester Danuta war nicht die einzige Tote. Neben dem Fenster lag der verkrümmte Körper eines dunkelhaarigen Mannes, der einen hellen Sommeranzug, weißes Hemd und Krawatte trug. Eines der Gläser seiner Sonnenbrille war zersplittert, und dahinter gähnte eine feuchte, dunkelrote Höhle. Stefan vermutete, daß es sich um den Mann handelte, den White zu Rebeccas Schutz abgestellt hatte, denn seine rechte Hand umklammerte eine Pistole.

Der dritte Tote im Raum schließlich trug abgewetzte, schäbige Kleidung – grobe Cordhosen, wie Stefan sie das letzte Mal vor mindestens zehn oder zwölf Jahren gesehen hatte, ein billiges weißes Nylonhemd und absolut nicht dazu passende, geschnürte Springerstiefel. Auch neben ihm lag eine Pistole; ein irgendwie exotisch aussehendes Exemplar, das durch den aufgeschraubten, übergroßen Schalldämpfer noch fremdartiger und bizarrer wirkte. Der Schalldämpfer erklärte zumindest, warum niemand die Schüsse gehört hatte, mit denen Wallberg und die anderen getötet worden waren. Es gab allerdings keine Antwort auf die brennendste Frage, die sich Stefan stellte: Wo waren Rebecca und das Kind?

Evas Bett war umgestürzt und zerbrochen, wie fast alles hier drinnen. Stefan wußte nicht, wie lange der Kampf angedauert hatte, aber er mußte furchtbar gewesen sein. Wer oder was auch immer Schwester Danuta und die beiden Männer getötet hatte, hatte den Raum in einen modernisierten Ausschnitt der Felder von Verdun verwandelt.

Stefan bückte sich nach dem Toten, streckte die Hand nach seiner Waffe aus und zog sie wieder zurück. Er hatte das sichere Gefühl – nein, er *wußte* –, daß er eine Waffe brauchen würde, aber die des Toten war mit dem aufgeschraubten Schalldämpfer fast so lang wie ein kleines Gewehr und wog wahrscheinlich auch genausoviel. Außerdem war er nicht einmal sicher, ob er damit umgehen konnte.

Statt dessen nahm er die Waffe des anderen Toten an sich; eine ganz normale Pistole, wie er sie aus tausend amerikanischen Polizeifilmen kannte. Er überzeugte sich davon, daß sie gesichert war, und schnupperte am Lauf. Stefan hatte keine Ahnung, wie Schießpulver roch, aber da er gar nichts roch, nahm er an, daß sie auch nicht abgefeuert worden war. Der arme Kerl hatte noch Gelegenheit gefunden, seine Waffe zu ziehen, aber nicht, sie zu benutzen.

Was, um alles in der Welt, war hier passiert?

Stefan schob die Pistole unter den Hosenbund, ging noch einmal zu dem anderen Toten zurück und kämpfte Ekel und Entsetzen mit einigen Mühen weit genug zurück, um ihn zu berühren und zumindest flüchtig durchsuchen zu können.

Das Ergebnis war mehr als mager: zwei Ersatzmagazine für die Pistole, ein billiges Wegwerf-Feuerzeug und eine Packung Zigaretten ohne Steuermarke. Stefan fand keinerlei Papiere, und auch nichts anderes, das irgendeinen Aufschluß über die Identität des Toten zugelassen hätte. Dieser Umstand überraschte ihn nicht im geringsten, aber er gab seiner Besorgnis noch einmal zusätzliche Nahrung; denn er war ein weiteres Indiz für etwas, was Stefan im Grunde schon längst wußte: Die Männer, mit denen er es zu tun hatte, waren keine dahergelaufenen Freizeit-Schläger, sondern Profis.

Aber wer hatte *sie* getötet?

Stefan durchsuchte auch den zweiten Toten, aber das Ergebnis war nur scheinbar aufschlußreicher. Die Taschen des Mannes waren nicht so pedantisch leergeräumt wie die des anderen Toten. Eine Menge Krimskrams, der keinerlei Aufschluß über die Identität seines Besitzer gab. Geschweige denn darüber, was sie mit Rebecca und dem Kind gemacht hatten.

Zumindest waren sie noch am Leben. Der Raum stank nach Tod, aber er konnte diesen Geruch eindeutig zuordnen. Er gehörte Danuta und den beiden Fremden. Stefan hatte es längst aufgegeben, sich den Kopf über das Woher und Wieso all dieser neuen Empfindungen und Gefühle zu zerbrechen, welche sein Bewußtsein mit einem Male überschwemmten. Aber er hätte es einfach gewußt, wäre hier drinnen noch ein weiterer Mensch gestorben. Und für den Moment gab er sich damit zufrieden, dieses Wissen einfach zu akzeptieren. Wichtig war jetzt einzig, Becci und das Kind zu finden. Stefan hatte nicht die leiseste Ahnung wie, aber er vertraute einfach auf seine neu gewonnenen Fähigkeiten. Welche andere Wahl hatte er auch schon?

Nicht, weil er wirklich mit irgendeinem Erfolg rechnete, sondern nur, um sich selbst hinterher sagen zu können, daß er es wenigstens *versucht* hatte, ging er zum Telefon und hob ab. Die Leitung war so tot wie alle anderen in diesem Teil des Gebäudes. Er hatte nichts anderes erwartet.

Als Stefan das Zimmer verließ, fiel ihm eine Anzahl kleiner, unregelmäßiger Spuren auf, die aus der Blutlache unter Danutas reglosem Körper hinaus in den Vorraum und dann nach rechts auf den Korridor führten. Sie waren verwischt und unvollständig, und er war kein Spezialist im Spurenlesen, so daß er nicht sagen konnte, um welche Spuren es sich handelte. Aber es waren eindeutig nicht die Spuren eines Menschen, sondern eines Tieres.

Tief in ihm – wenn auch nicht annähernd so tief, wie ihm lieb gewesen wäre – schlummerte auch das Wissen, welches Geschöpf solche Spuren hinterließ, aber Stefan war nicht in der Verfassung, sich jetzt auch noch mit *diesem* Gedanken auseinanderzusetzen. Rasch trat er wieder auf den Flur hinaus, drehte sich nach rechts und verließ die Intensivstation.

Vor den Aufzügen stand eine junge Frau in einer Schwesterntracht. Offensichtlich war sie noch nicht auf den Trick mit dem Pflasterstreifen gekommen, denn sie sah ziemlich verärgert aus, aber auch ein bißchen verwirrt. Der Ausdruck auf ihrem Gesicht änderte sich jedoch schlagartig, als sie das Geräusch der Tür hörte und sich zu Stefan herumdrehte.

»Was –?« begann sie erschrocken.

»Verschwinden Sie von hier!« fiel Stefan ihr ins Wort. »Schnell! Und rufen Sie die Polizei! Es hat einen Mord gegeben!«

Die Krankenschwester starrte ihn noch eine Sekunde aus aufgerissenen Augen an, aber sie wurde weder hysterisch, noch rannte sie kopflos davon, sondern sie reagierte mit erstaunlicher Kaltblütigkeit: Schnell, aber keineswegs in Panik, drehte sie sich um und ging auf die Zwischentür zu einer anderen Abteilung zu.

»Schließen Sie ab!« rief Stefan ihr nach. »Und machen Sie nicht auf, bevor die Polizei da ist.«

Er bezweifelte, daß sie seinem Rat folgen würde, aber das spielte auch keine Rolle. Er brauchte ein paar Sekunden, um von hier zu verschwinden, das war alles.

Stefan sah sich nachdenklich auf dem langen, plötzlich wieder unheimlich stillen Korridor um. Seine Sinne arbeiteten noch immer mit jener unnatürlichen Schärfe, aber sie nützten ihm im Moment nichts. Er spürte, daß Rebecca und das Mädchen nicht in seiner unmittelbaren Nähe waren, aber das war auch schon alles.

Andererseits gab es nicht besonders viele Möglichkeiten, die Etage zu verlassen. Die Aufzüge waren blockiert, und hätte Rebecca die Treppe genommen, wäre er ihr dort begegnet. Möglicherweise hatte sie sich irgendwo hier versteckt – aber das hätte einfach nicht zu ihr gepaßt. Es war niemals Beccis Art gewesen, sich zu verstecken und mit angehaltenem Atem darauf zu hoffen, daß schon nichts passieren würde. Es mußte noch einen anderen Weg geben, dieses Stockwerk zu verlassen.

Der Korridor endete zur Rechten vor der Tür, durch die die Schwester verschwunden war. In der anderen Richtung vollführte er einen scharfen Knick, der in den kürzeren Teil des L-förmigen Gebäudes führte. Unmittelbar hinter der Biegung fand Stefan einen weiteren, sehr viel größeren Aufzug. Die Türen waren geschlossen, aber als er den Knopf drückte, leuchtete das grüne Licht daneben auf, und er konnte hören, wie sich die Kabine weit unter ihm in Bewegung setzte.

Es vergingen nur wenige Augenblicke, bis der Aufzug kam, und noch bevor sich die Türen vollkommen geöffnet hatten, wußte er, daß Rebecca damit gefahren war. Es gab nicht den geringsten Zweifel daran. Die große, rundum verchromte Kabine war so mit Rebeccas Präsenz erfüllt, daß er sie fast *sehen* konnte. Becci war hier gewesen, vor wenigen Minuten erst; in Panik aufgelöst, der Hysterie näher als auch nur der Ahnung einer Idee, wie sie aus dieser Falle entkommen sollte, und so voller Angst …

Außerdem lag ihr Rollstuhl unmittelbar hinter der Tür.

Er war umgestürzt. Eines der Räder war verbogen, und auf dem blauen Kunststoffbezug der Sitzfläche befanden sich einige dunkle, häßlich eingetrocknete Flecke, die Stefan auf unangenehme Weise an eingetrocknetes Blut erinnerten. Es war kein Blut, auch das begriff er sofort mit Hilfe seiner unheimlichen Sinnesschärfe, und doch schockierte ihn die bloße *Möglichkeit* so sehr, daß er sekundenlang nicht einmal in der Lage war, auch nur einen Finger zu rühren, geschweige denn, einen klaren Gedanken zu fassen. Dann aber erwachte er mit einem erstickten Keuchen aus seiner Erstarrung, sprang regelrecht in den Lift hinein und schlug die flache Hand auf die Schalttafel.

Die Türen schlossen sich mit enervierender Langsamkeit, und diesmal schien eine Stunde zu vergehen, bis sich der Aufzug in Bewegung setzte. Dafür rasten Stefans Gedanken um so mehr. Irgend etwas Entsetzliches war hier geschehen; nicht in der Abteilung hinter den geschlossenen Glastüren, sondern hier, in dieser Kabine, und nicht mit *irgend jemandem*, sondern mit *Rebecca*. Sie hatte Angst gehabt, absolute, reine Todesangst, und sie hatte entsetzliche Schmerzen gelitten. Das und noch viel mehr, Hunderte, Tausende von Informationen, die er nicht einmal ansatzweise verarbeiten konnte, stürzten im Bruchteil eines Augenblicks auf ihn ein; mit solcher Wucht, daß sein Verstand darunter zu zerbrechen drohte.

Die Lifttüren glitten wieder auf, und vor ihm lag ein weiterer leerer Krankenhausflur; er hatte sämtliche Knöpfe auf einmal gedrückt, so daß der Aufzug nun auf jeder Etage anhalten würde.

Rebecca war nicht hier. Sie war auch nicht hier gewesen. Er hätte es gespürt, hätte sie den Aufzug auf dieser Etage verlassen. Er konnte nicht erklären wieso, aber er war vollkommen sicher.

Der Aufzug fuhr weiter, hielt auf der dritten Etage an, dann auf der zweiten und ersten, ohne daß er irgend etwas empfand. Stefan rührte sich nicht. Vermutlich war das ohnehin das einzige, was ihm zu tun übrigblieb. Jedes logische Denken und Planen über Bord werfen und sich ganz dieser neuen Welt aus Instinkten und intuitivem Wissen anvertrauen, in die er hineingeraten war.

Der Aufzug hielt im Erdgeschoß und rührte sich nicht mehr. Er hörte Stimmen. Zu weit entfernt, um sie zu verstehen, und zu ruhig, als daß ihre Besitzer etwas von dem wissen konnten, was fünf Stockwerke über ihnen geschehen war. Rebecca hatte den Aufzug auch auf dieser Etage nie verlassen.

Stefans Gedanken rasten. Es gab nur eine einzige vernünftige Reaktion, nämlich die Kabine zu verlassen und sich an den erstbesten Menschen um Hilfe zu wenden. Die Polizei mußte bereits auf dem Weg sein. Aber auch *vernünftige Reaktionen* gehörten zu jenen Dingen, die er weit hinter sich gelassen hatte. Rebecca war in Gefahr, und das allein zählte. Er spürte – nein, er *wußte* es. Sie kämpfte um ihr Leben, vielleicht genau in diesem Moment.

Entschlossen hob er die Hand, drückte den Knopf für die Kelleretage und trat gleichzeitig so dicht an die Tür heran, wie es überhaupt möglich war, ohne die Lichtschranke zu unter, brechen. Ebenfalls gleichzeitig griff er unter die Jacke und zog die Pistole hervor, die er dem Toten abgenommen hatte. Wenn der Aufzug das nächste Mal anhielt und vielleicht jemand hinter der Tür stand und auf ihn wartete, wollte er vorbereitet sein.

Hinter der Tür im Kellergeschoß war jemand, aber er stürzte sich nicht auf Stefan, und er stellte auch ansonsten wahrscheinlich keine Gefahr mehr da. Er lag mit dem Gesicht nach unten in einer gewaltigen Blutlache. Stefan mußte seine Kehle nicht sehen, um zu wissen, welchen Anblick sie bot.

Er verließ den Aufzug, hob die Waffe mit beiden Händen und sah sich nach allen Seiten um. Er war allein mit dem Toten, aber auch einer unglaublichen Vielzahl von Gerüchen und Eindrücken, die aus allen Richtungen zugleich auf ihn einstürzten. Ohne daß er sich erklären konnte wieso, wußte er, daß dieser Mann schnell und praktisch ohne Furcht gestorben war; vielleicht hatte ihn das Schicksal zu schnell ereilt, als daß er auch nur *Zeit* gefunden hätte, Furcht zu empfinden. Auch er hielt eine Waffe in der rechten Hand, und als Stefan sie überprüfte, stellte er ohne Überraschung fest, daß auch daraus offenbar nicht geschossen worden war. Wer auch immer der unheimliche Killer war, der hier sein Unwesen trieb, er schlug offenbar nicht nur gnadenlos und präzise zu, sondern auch blitzschnell.

Der Gedanke beruhigte Stefan nicht unbedingt. Die Waffe in seiner Hand kam ihm plötzlich noch nutzloser und alberner vor. Vermutlich so nutzlos und albern, wie sie auch war.

Als er sich wieder aufrichten wollte, fielen ihm die Spuren auf. Sie gehörten nicht zu einem Menschen, und sie führten direkt aus der noch immer größer werdenden Blutlache heraus und verschwanden hinter einer von zwei Türen auf der anderen Seite des Korridors. Stefan mußte keine Sekunde lang darüber nachdenken, zu welchem Geschöpf diese Spuren gehörten. Noch vor zwei Tagen hätte er ganz sicher angenommen, der Fährte eines besonders großen Hundes gegenüberzustehen. Jetzt wußte er es besser.

Seine Vernunft meldete sich noch ein allerletztes Mal zu Wort: Natürlich *war* es ein Hund gewesen – was denn sonst? Die Erklärung lag sogar ganz deutlich auf der Hand: Der Mann, den White zu Rebeccas Schutz abgestellt hatte, hatte einen Hund bei sich gehabt, und nach dem Tod seines Herrn lief dieses Tier nun Amok und tötete die, die seinen Herrn umgebracht hatten.

Das klang ungefähr genauso logisch wie jene andere, viel erschreckendere Erklärung, die hinter der immer rascher zerbröckelnden Mauer seiner Vernunft lauerte. Stefan verjagte den Gedanken, schob die Pistole wieder unter den Gürtel und sah jeweils eine Sekunde nach rechts und links, ehe er sich der Tür zuwandte, hinter der die blutigen Spuren verschwanden. Er wußte, wo er war, auch wenn er diesen Teil des Kellers noch nie zuvor betreten hatte. Die grundlegende Architektur dieses Gebäudes war in allen Stockwerken gleich. Wenn er sich nach rechts wandte und an der ersten Gangkreuzung abbog, würde er zu den Besucheraufzügen gelangen, und damit der Verbindungstür zu dem Gewirr aus Servicestollen und Heizungskellern, durch das er selbst hierhergekommen war. Mit Sicherheit hatte Rebecca ganz instinktiv versucht, das Gebäude auch auf diesem Wege wieder zu verlassen. Die blutigen Tierspuren hinter ihm behaupteten das Gegenteil, aber Stefan vergeudete nicht einmal einen weiteren Blick an sie. Nichts von alledem hier hatte noch das geringste mit Logik zu tun, sondern nur noch mit Instinkten, Gefühlen und Eingebungen. Wenn er überhaupt eine Chance haben wollte, diesen Irrsinn zu überstehen, dann bestand sie darin, sich ganz auf seine Instinkte zu verlassen.

Er eilte zur Gangkreuzung, bog nach rechts ab und fand die Verbindungstür zum Kellertrakt, wie erwartet, unverschlossen. Er war hundertprozentig sicher, sie hinter sich wieder abgeschlossen zu haben, und die Konsequenz dieser Überzeugung war ziemlich erschreckend – sie bedeutete nicht weniger, als daß Rebecca genau in jenen Momenten um ihr Leben gerannt war, in dem er sich auf dem Weg nach oben befunden hatte. Er empfand bei diesem Gedanken ein absurdes Gefühl von Schuld; sinn- und nutzlos, aber quälend.

Der Gang auf der anderen Seite der Feuerschutztür war hell erleuchtet und vollkommen leer. Keine Spuren. Kein Blut. Kein Laut. Trotzdem wußte er, daß Rebecca hiergewesen war, vor allerhöchstens fünf Minuten. Es war, als könne er ihre Anwesenheit ... *wittern*?

So leise wie möglich zog er die Tür wieder hinter sich

zu, sah sich noch einmal stehend um und schloß die Augen, um zu lauschen.

Im ersten Moment hörte er nichts. Das heißt, nichts war nicht das richtige Wort. Er hörte *zu viel*. Die sonderbare, unnatürliche Schärfe seiner Sinne schien noch einmal zugenommen zu haben, so daß Hunderte von winzigen, zum Teil nie gehörten Lauten aus allen Richtungen zugleich auf ihn einzustürzen schienen, vom hektischen Ticken seiner eigenen Armbanduhr bis hin zu dem geheimnisvollen Wispern der Computer, welche die unterirdische Technik rings um ihn herum steuerten.

Es war wie eine Sturmflut: ein kreischendes Crescendo, das in seiner Gesamtheit jeden einzelnen Laut einfach erstickte. Er konnte nicht sagen, welcher Laut woher kam, welche Bedeutung und welche Wertung er hatte. Dann aber ertönte inmitten dieses Chaos ein spitzer, abgehackter Schrei, und im gleichen Sekundenbruchteil, in dem er ihn erkannte, geschah etwas beinahe Unheimliches: Es war, als würde irgendwo tief in Stefans Bewußtsein ein bisher verborgener Schalter umgelegt.

Plötzlich war alles anders. Stefan hörte noch immer jeden noch so kleinen Laut, roch und spürte noch immer Dinge, die er sich noch vor Minuten nicht einmal hatte *vorstellen* können, aber zugleich schien sich auch fast so etwas wie ein Filter über seine so unnatürlich scharfen Sinne zu legen, der nur noch Informationen von wirklicher Relevanz passieren ließ. Mit einem Mal wußte er genau, daß Rebecca hier unten war. Er wußte, in welcher Entfernung und welcher Richtung er sie finden würde, daß sie nicht allein war, und daß sie Todesangst und Panik verströmte wie etwas Klebrig-Greifbares. Das alles geschah im Bruchteil einer Sekunde, so schnell und nachhaltig, daß er sich dieser Veränderung kaum bewußt wurde.

Und noch etwas geschah: Jede noch so geringe Spur von Furcht fiel von Stefan ab. Alles, was plötzlich noch zählte waren Rebecca und Eva, seine Frau und sein Kind, die irgendwo vor ihm waren und vielleicht genau in diesem Sekundenbruchteil um ihr Leben kämpften.

Trotzdem stürmte er nicht blind los, wie es sein erster Impuls gewesen wäre, sondern bewegte sich zwar schnell, aber zugleich so lautlos wie möglich. Rebecca und Eva waren nicht allein hier unten. Ihr Geruch wurde fast überlagert von der Präsenz von mindestens drei oder vier weiteren Personen, vielleicht sogar mehr. Er würde Rebecca nicht helfen, wenn er einfach losstürmte und sich eine Kugel ins Gesicht schießen ließ.

Rebeccas Schrei wiederholte sich nicht, aber er war ziemlich sicher, daß er aus einem der Räume im hinteren Drittel des langen Korridors gekommen war, und zwar auf der rechten Seite. Er wechselte instinktiv auf die gleiche Seite, um wenigstens einen – wenn auch noch so kleinen – Vorteil zu haben, sollte jemand unversehens aus einer dieser Türen heraustreten, beschleunigte seine Schritte etwas mehr und beugte sich gleichzeitig leicht vor. Seine Schultern und Armmuskeln waren zum Zerreißen angespannt, und er spürte immer noch nicht die geringste Furcht. Dabei war er sich durchaus darüber im klaren, daß er keine realistische Chance hatte, mit zwei oder gar drei bewaffneten Angreifern fertig zu werden; wahrscheinlich nicht einmal mit einem.

Stefan verscheuchte den Gedanken und konzentrierte sich wieder auf den leeren Betonkorridor, der vor ihm lag. Zwei Dinge hatten sich geändert: Die Türen, hinter denen er Rebecca und das Kind vermutete, lagen jetzt nicht mehr am Ende, sondern in der Mitte des Bereiches, den er überblicken konnte, und der Korridor war nicht annähernd so leer, wie er ihm bisher vorgekommen war. Auf dem Boden lag eine millimeterdicke Staubschicht, in der er ohne Mühe nicht nur zahlreiche Fußabdrücke unterscheiden konnte, sondern auch eine in die Gegenrichtung führende Fährte, mehr eine Schleif- als eine wirkliche Fußspur. Sie wurde wiederum von den Abdrücken von mindestens drei oder vier Paar grobstolliger Schuhe überlagert. Die Abdrücke waren frisch; allerhöchstens fünf Minuten alt.

Stefan wunderte sich nur mit einem winzigen Teil seines Bewußtseins darüber, daß er all diese Informationen nur mit einem einzigen Blick aufnahm. Er war in eine Welt eingetaucht, die so fremd und bizarr wie die Oberfläche eines Millionen Lichtjahre entfernten Planeten war, und er tauchte nicht nur mit jedem Schritt tiefer in diese Welt ein, sondern schien auch selbst immer mehr zu einem Bewohner dieses fremden Planeten zu werden.

Behutsam näherte er sich der ersten der drei Türen, die in Frage kamen. Sie war nur angelehnt, aber er sparte sich die Mühe, sie zu öffnen. Eine der Fußspuren auf dem Boden führten hinein und wieder heraus. Jemand hatte sich vor ihm die Arbeit gemacht, den Kellerraum zu inspizieren. Jemand, der offensichtlich geblutet hatte.

Stefan ließ sich in die Hocke sinken, nahm einen der unregelmäßig verteilten Blutstropfen mit der Fingerspitze auf und roch daran. Es roch süßlich, nach Kupfer, und erweckte eine Gier in ihm, vor der er ebenso zurückschrak, wie sie ihn auf fast animalische Weise erregte. Außerdem fütterte es ihn mit einer wahren Flut von Informationen: Es gehörte einem Mann, der zwischen vierzig und fünfzig Jahre alt sein mußte und sich in bester körperlicher Verfassung befand, aber er war auch sehr erregt gewesen, und nicht so leicht verletzt, wie die geringe Menge von Blut erwarten ließ, die er verloren hatte. Außerdem war er bereit zu töten.

Stefan stand wieder auf, inspizierte die zweite Tür und kam zu dem gleichen Ergebnis wie bei der ersten. Rebecca mußte hinter der letzten der in Frage kommenden Türen sein.

Entsprechend vorsichtig war er, als er sich ihr näherte.

Stefan hörte jedoch nichts, als er vor der wuchtigen Metalltür anlangte und lauschte; weder Schreie, noch Schritte oder gar die Geräusche eines Kampfes.

Vielleicht kam er zu spät. Vielleicht waren Rebecca und das Kind bereits tot.

Er weigerte sich einfach, diese Möglichkeit auch nur in Betracht zu ziehen.

Vorsichtig öffnete er die Tür, schlüpfte mit einer nahezu lautlosen Bewegung hindurch und sah sich um. Vor ihm lag ein weiterer, von nur einer einzigen matten Glühbirne erhellter Gang, von dem drei weitere Türen abzweigten. Offensichtlich gab es hier unten ein wahres Labyrinth von Räumen und Gängen, das möglicherweise kilometerlang war.

Vor ihm polterte etwas; nicht besonders laut, aber anhaltend, und auf eine Art, die irgendwie auf einen Kampf hindeutete. Dann hörte er Stimmen: zwei oder drei Männer, die sich in einer unverständlichen Sprache unterhielten, das Weinen eines Kindes. Keinen Laut von Rebecca.

Stefan zog die Pistole, überzeugte sich pedantisch davon, daß sie entsichert war, und ergriff die Waffe mit beiden Händen, den Lauf zum Boden gerichtet. Die Stimmen waren nicht weit entfernt, vielleicht zwanzig Schritte, vielleicht auch nur fünf, unmittelbar hinter der nächsten Tür. Sein Herz schlug schneller, aber er hatte immer noch keine Angst. Dabei sollte er sie eigentlich haben.

Stefan näherte sich lautlos der Tür am Ende des kurzen Ganges, preßte sich mit dem Rücken gegen den kalten Beton und versuchte, durch den kaum fingerbreiten Spalt zu spähen, der zwischen Tür und Rahmen offengeblieben war. Im ersten Moment sah er nur Schatten, aber die Geräusche waren viel deutlicher. Er hatte gut daran getan, vorsichtig zu sein. Die Männer, die er gehört hatte, *standen* unmittelbar hinter der Tür. Er konnte ihre Stimmen jetzt ganz deutlich hören, wenn auch nicht verstehen. Sie sprachen irgendeinen slawischen Dialekt; möglicherweise russisch. Ihr Gespräch hörte sich nach einem Streit an, aber nicht einmal dessen war sich Stefan vollkommen sicher. In seinen europäischen Ohren klang wahrscheinlich selbst der Wetterbericht in russischer Sprache bedrohlich.

Unendlich behutsam löste er die linke Hand von der Pistole, legte die gespreizten Finger gegen die Tür und drückte. Sie bewegte sich; sehr langsam, durch ihr großes Gewicht aber auch so gut wie lautlos. Der Spalt, durch den er in den dahinterliegenden Raum blicken konnte, wurde Millimeter um Millimeter breiter.

Seine überscharfen Sinne hatten ihm schon wieder einen Streich gespielt. Die Stimmen waren so deutlich gewesen, als stünden ihre Besitzer unmittelbar hinter der Tür, aber da war niemand. Auf der anderen Seite der rotlackierten Feuertür befand sich auch kein weiterer Gang, sondern ein großer, mit Rohrleitungen und Kabelkanälen vollgestopfter Raum, der muffig roch und in dem es deutlich wärmer als im übrigen Teil des Kellerlabyrinths war. Vielleicht diesmal wirklich der Heizungskeller.

Stefan öffnete die Tür, schlüpfte lautlos hindurch und ergriff die Pistole wieder mit beiden Händen, während er sich ein zweites Mal und aufmerksamer umsah. Der Raum war niedrig, aber so groß, daß sich das Licht verlor, ehe es die gegenüberliegende Wand erreichte. Irgendwo liefen schwere, behäbige Maschinen. Es roch nach trockener Wärme, Medikamenten und Furcht.

Die Stimmen kamen von links, wo sich außer dem allgegenwärtigen Gewirr von Leitungen und Kabelsträngen auch einige große, sonderbar kahl wirkende Metallblöcke erhoben; keine mit Lichtern und Vertiefungen übersäten Science-fiction-Maschinen, sondern schmucklose Verkleidungen aus Aluminium, hinter denen er vibrierende Aktivität spürte. Hinter einem dieser Blöcke fiel ein Schatten hervor, der nun wirklich so bizarr wie der einer

Science-fiction-Maschine war, sich aber passend zum Rhythmus einer der Stimmen bewegte. Russisch hin oder her, dort war *keine* Unterhaltung über das Wetter im Gange.

Stefan näherte sich auf Zehenspitzen den Aluminiumkästen, ließ sich auf das linke Knie herabsinken und spähte vorsichtig um die Kante seiner improvisierten Deckung. Das Aluminium vibrierte so stark in seinem Rücken, daß es beinahe weh tat, und es war *heiß*. Stefan hoffte, daß die Maschinen, die sich hinter der Aluminiumverkleidung verbargen, massiv genug waren, um ein Projektil aufzuhalten, denn die vier Männer, die sich dahinter aufhielten, waren bis an die Zähne bewaffnet. Zwei von ihnen trugen Pistolen, der dritte war zu Stefans Entsetzen mit einer altmodischen Maschinenpistole ausgestattet, einem jener antiquierten Modelle mit überlangem Lauf und einem fast tellergroßen, runden Magazin. Der vierte Mann trug keine sichtbare Waffe, was aber nicht bedeuten mußte, daß er keine hatte. Sein Hemd war über dem linken Arm zerrissen und dunkel von Blut. Von Rebecca und dem Kind war nichts zu sehen.

Stefans Gedanken rasten. Es gab keinen Zweifel, daß er den Männern gegenüberstand, die für das Gemetzel oben in der Klinik verantwortlich waren. Und es gab auch keinen Zweifel an dem Grund für dieses Gemetzel, denn er erkannte mindestens einen der Männer wieder.

Als er ihn das letzte Mal gesehen hatte, hatte er einen weißen Tarnanzug und eine wesentlich modernere Waffe getragen, und wie es aussah, hatte er sich seither auch nicht mehr regelmäßig rasiert; aber Stefan erkannte ihn trotzdem sofort und jenseits aller Zweifel. Die vier gehörten zu Barkows Söldnertruppe. Sie waren gekommen, um Rebecca und ihm die Rechnung für das Interview mit ihrem Boß zu präsentieren.

Vielleicht hatte Rebecca sie bereits bezahlt …

Stefan dachte diesen Gedanken fast ohne Emotionen. Und mit der gleichen, fast schon erschreckenden Kälte begriff er auch, daß er diese vier Männer töten würde, wenn dem wirklich so war. Vermutlich würde er es nicht schaffen, sondern bei dem Versuch selbst ums Leben kommen, aber das spielte keine Rolle. Er würde zuerst den Mann mit der Maschinenpistole erschießen, dann – vielleicht – noch einen der anderen, bevor die beiden Überlebenden ihn erledigten. Es spielte keine Rolle. Das Wesen, in das er sich verwandelt hatte, folgte den Regeln alttestamentarischer Gerechtigkeit.

Aber noch war es nicht soweit. Daß er Rebecca nicht sah, bedeutete nicht zwangsläufig, daß sie tot sein mußte. Er konnte den Bereich hinter den Aluminiumblöcken nur zu einem kleinen Teil überblicken. Er mußte einfach näher heran, auch wenn die Gefahr, entdeckt zu werden, damit um ein Vielfaches größer wurde.

Stefan zog sich wieder ein Stück weit hinter seine Deckung zurück und warf einen raschen, aber sehr aufmerksamen Blick in die Runde. Das Ergebnis stimmte ihn nicht gerade optimistisch: Hinter den drei Metallblöcken erhob sich eine nahezu massive Wand aus zum Teil unterarmstarken Rohrleitungen und Kabeln, die nahezu bis zur Decke reichte. Auf der anderen Seite sah es etwas besser aus, aber er dachte nicht einmal darüber nach – es war unmöglich, dorthin zu gelangen, ohne von den Söldnern gesehen zu werden.

Er überlegte angestrengt. Er konnte nicht hierbleiben und darauf warten, daß sich das Problem schon irgendwie von selbst regelte. Er konnte die Anspannung der vier Männer spüren. Wenn er darauf wartete, daß sie zu ihm kamen, hatte er schon verloren.

Stefan sah nach oben. Die Maschinenblöcke waren knapp zwei Meter hoch, und ungefähr so leicht zu ersteigen wie senkrecht aufgestellte Spiegel. Außerdem war er ziemlich sicher, daß diese Aktion nicht lautlos verlaufen würde.

Aber es war der einzige Weg. Das Gespräch der Russen war in den letzten Sekunden lauter geworden, und er war jetzt ziemlich sicher, daß es sich nicht mehr nur nach einem Streit anhörte. Seine Zeit lief ab. Wenn er etwas tun wollte, dann jetzt.

Stefan sicherte die Pistole, schob sie unter den Gürtel in seinem Rücken und hob die Arme. Er erreichte die Oberkante des Aluminiumblocks ohne Mühe, sammelte all seine Kraft und zog sich mit zusammengebissenen Zähnen in die Höhe. Im allerersten Moment fiel ihm dieser Klimmzug viel leichter, als er erwartet hatte; aber wirklich nur im *allerersten* Moment. Das Metall war warm, und es vibrierte so stark, daß seine Zähne zu schmerzen begannen. Außerdem konnte er sich nicht mit einem Schwung hinaufziehen, sondern mußte den Oberkörper nach vorne beugen, noch bevor er die Arme ganz durchdrücken konnte: Zwischen der Oberseite des Blockes und der Kellerdecke blieb nur ein knapper halber Meter.

Irgendwie schaffte er es; allerdings um den Preis, mit hämmerndem Puls und vollkommen außer Atem ungefähr eine Minute lang dazuliegen, ohne sich rühren zu können. Das Metall unter ihm summte. Die Stimmen der Russen verschwammen in seinem Bewußtsein zu einem einzigen bedrohlichen Murmeln, und er spürte jetzt keine Wärme mehr, sondern Hitze.

Mühsam hob er den Kopf, atmete tief ein und begriff erst danach, daß schon dieses Geräusch verräterisch sein konnte. Automatisch hielt er den Atem an und lauschte, registrierte aber keine Veränderung im Rhythmus der Stimmen. Sehr vorsichtig griff er hinter sich, zog die Waffe und begann dann, sich auf dem heißen Metall nach vorne zu schieben.

Die drei übergroßen Aluminiumkisten standen so nahe

beieinander, daß er die Zwischenräume ohne Anstrengung überwinden konnte, aber die Hitze wurde immer mehr zu einem Problem; sie hatte die Schmerzgrenze erreicht und stieg weiter. Trotzdem arbeitete er sich verbissen auf dem Bauch kriechend weiter vor, schob sich auf den mittleren der drei Metallblöcke und schließlich auf den dritten und letzten. Die Stimmen der vier Söldner erklangen jetzt unmittelbar unter ihm.

Aber er hörte auch noch einen anderen Laut: das leise, abgehackte Schluchzen eines Kindes. Es kam aus dem Zwischenraum zwischen den Metallblöcken und der Rückwand des Kellers …

Sein Herz machte einen erschrockenen Sprung, als er sich weiter nach vorne schob und nach unten sah.

Er hatte recht gehabt. Rebecca und Eva befanden sich in dem kaum halbmeterbreiten Spalt, der zwischen den Maschinenabdeckungen und der Kellerwand blieb. Das Mädchen saß zusammengekauert in einer Ecke und schluchzte, aber dazwischen stieß es auch immer wieder leise, knurrende Laute aus, und seine Haltung wirkte eher aggressiv als verängstigt.

Rebecca lag auf dem Rücken und hatte offensichtlich das Bewußtsein verloren. Ihr Krankenhausnachthemd war zerrissen und auf der gesamten rechten Seite blutig; die Bißwunde über ihren Rippen mußte wieder aufgebrochen sein. Ihr Gesicht war geschwollen. Offensichtlich hatten die Kerle sie geschlagen, um sie ruhigzustellen.

Der Gedanke erfüllte Stefan mit einer kalten, entschlossenen Wut. Auch noch der allerletzte Rest von Furcht und Skrupeln verschwand. Jemand hatte seiner Familie weh getan, und dafür würde er ihm jetzt weh tun. So einfach war das.

Stefan kroch ein kleines Stück zurück, wandte sich nach rechts und schob sich Zentimeter für Zentimeter wieder nach vorne. Das Metall unter ihm war mittlerweile so heiß, daß er das Gefühl hatte, über eine glühende Herdplatte zu kriechen. Der Schmerz trieb ihm die Tränen in die Augen. Trotzdem verbiß er sich jeden Laut und preßte sich im Gegenteil noch fester gegen das heiße Metall, während er sich vorsichtig Zentimeter für Zentimeter weiter nach vorne schob, bis er die Russen sehen konnte.

Beinahe wünschte er sich, es nicht getan zu haben. Er blickte aus kaum zehn Zentimetern Höhenunterschied auf die vier Männer herab – und kaum nennenswert größerer Entfernung zu dem ihm am nächsten Stehenden. Der Mann – es war der mit der Maschinenpistole – wandte ihm den Rücken zu, aber die drei anderen sahen fast genau in seine Richtung Wenn einer von ihnen den Blick auch nur um eine Wenigkeit hob …

Dann war er tot. Und? Seine Aussichten, lebend aus diesem Keller herauszukommen, waren sowieso gleich null. Die Frage war im Grunde nur noch, wie viele von den Kerlen er noch mitnehmen konnte.

Die realistische Antwort lautete: Keinen. Er hatte eine Waffe, er hatte den Vorteil der Überraschung auf seiner Seite, und er befand sich in einer strategisch hervorragenden Position. Aber er war kein Killer. Hätten die vier Rebecca getötet, hätte er vermutlich keine Sekunde lang gezögert, sie einen nach dem anderen zu erschießen. Aber Rebecca lebte noch, und so konnte er nichts anderes tun, als zu ihr zurückzukehren und zu versuchen, sie irgendwie zu verteidigen. Auch wenn das vermutlich den sicheren Tod für sie beide bedeutete.

Gerade als er sich daranmachen wollte, wieder über die heiße Metallplatte zurückzukriechen, griff einer der Söldner in die Tasche, und Stefan bekam zumindest die Antwort auf die Frage, was die Kerle hier unten überhaupt taten:

Sie warteten auf einen Anruf.

Der Bursche zog ein zusammenklappbares Handy aus

der Gesäßtasche, zog die Antenne mit den Zähnen heraus und drückte mehrmals und mit total übertriebener Kraft auf den Einschaltknopf. Sein schon vorher mißmutiger Gesichtsausdruck wurde noch finsterer.

Stefan schüttelte – zumindest in Gedanken – den Kopf. Die Kerle mochten vielleicht wissen, wie man einen Menschen mit der Bewegung eines kleinen Fingers umbrachte, aber von moderner Technik hatten sie offensichtlich keine Ahnung. Kein Handy der Welt konnte in diesem mit Stahl und Beton vollgestopften Labyrinth funktionieren. Wenn sie sich wirklich entschlossen hatten, hier unten zu warten, bis sie über das Telefon neue Anweisungen erhielten, konnten sie bis Weihnachten warten.

Etwas Vertrautes lag plötzlich in der Luft. Stefan blinzelte überrascht, war aber trotzdem geistesgegenwärtig genug, einen guten halben Meter zurückzukriechen, ehe er vorsichtig den Kopf hob und sich umsah. Nichts hatte sich verändert, und trotzdem spürte er, daß er nicht mehr allein war. Jemand war hier. Etwas. Vielleicht eine Kraft, die ihm beistehen würde. Vielleicht das Ding von der anderen Seite.

Stefan verscheuchte den Gedanken, drehte sich mühsam auf der Stelle herum und kroch wieder zu Rebecca und dem Mädchen zurück. Rebecca lag noch immer in der gleichen Haltung wie gerade da, aber Eva hatte aufgehört zu schluchzen und die Arme heruntergenommen. Ihr Blick war nach oben gerichtet; als Stefan den Kopf über den Rand des Metallblocks schob, traf sein Blick genau in den ihrer blauen Augen, sehr klaren Augen.

Etwas Sonderbares lag darin, das ihn im ersten Moment vollkommen verstörte, etwas … *viel zu* Vertrautes. Sie sah ihn sehr aufmerksam an, weder ängstlich noch feindselig, aber auch alles andere als freundlich. Es war unheimlich.

Mit einiger Mühe gelang es Stefan, sich vom Blick dieser unheimlichen Augen loszureißen. Er sah noch einmal zu Rebecca hinab, lauschte eine allerletzte Sekunde und bewegte sich dann so, daß er parallel zur Kante lag. Es war fast unmöglich, die knappen zwei Meter nach unten zu kommen, ohne einen Laut zu verursachen, zumal er nicht einfach springen konnte: Er wäre unweigerlich auf Rebecca getreten. So versuchte er, sich langsam über die Kante nach unten gleiten zu lassen, ohne an dem spiegelglatten Metall zu früh den Halt zu verlieren.

Natürlich blieb es bei dem bloßen Versuch.

Seine Finger verloren den Halt, lange bevor seine Füße dem Boden auch nur nahe waren. Er fiel, versuchte verzweifelt, sich noch im Sturz irgendwie zu drehen, um nicht auf Rebecca zu fallen, und spürte, wie ein grausamer Schmerz in seinem verletzten Bein explodierte. Tapfer verbiß er sich jeden Schmerzenslaut, prallte nur Zentimeter neben Rebeccas Gesicht und Hals auf den Boden und kippte mit hilflos rudernden Armen zur Seite. Wäre er nach links und gegen die Aluminiumverkleidung gestürzt, hätte man den Knall vermutlich bis zur dritten Etage hinauf gehört. So aber kippte er in die andere Richtung.

Nicht, daß das Ergebnis irgendwie besser gewesen wäre; nicht für *ihn*.

Die Rückwand des Ganges war nicht glatt, sondern mit Rohren, Kabeln, Verbindungsstücken und Ventilen übersät, mit Schaltern, Hebeln und scharfkantigen Schlauchschellen.

Jedes einzelne dieser Hindernisse bohrte sich wie ein stumpfes Messer in seinen Rücken, als er an der Wand hinunterrutschte.

Der Schmerz war so schlimm, daß er nicht einmal in Gefahr war, einen Schrei auszustoßen. Alles, was über seine Lippen kam, war ein atemloses, halb ersticktes Keuchen, während grellrote Schmerzblumen abwechselnd in seinem Rücken und hinter seinen geschlossenen Augenlidern explodierten. Alles drehte sich um ihn. Er hatte das Gefühl, sich mindestens eine Rippe gebrochen zu haben, wahrscheinlich mehr. Selbst das Luftholen bereitete ihm Qual.

Etwas berührte sein Gesicht; flüchtig und kühl, aber trotz, dem voller Kraft. Als er die Augen öffnete, erkannte er ohne Überraschung, daß es Evas Hand gewesen war. Das Mädchen war zu ihm herübergekrochen und kauerte in einer sonderbaren, sprungbereiten Haltung vor ihm. Der unheimliche Ausdruck war immer noch in seinen Augen, aber jetzt war noch etwas hinzugekommen. Stefan konnte nicht sagen, was es war, aber es hatte mit dem vertrautem Gefühl zu tun, das er noch immer spürte.

Vielleicht, dachte er verblüfft, war es tatsächlich *Eva* gewesen, deren Nähe er vorhin, oben auf dem Maschinenblock, gefühlt hatte. Es war jetzt so unheimlich wie gerade, vielleicht noch mehr: Er hatte dieses Kind alles in allem in seinem ganzen Leben kaum mehr als ein paar Stunden lang gesehen, und doch empfand er plötzlich ein Gefühl von Zuneigung und Vertrauen, als hätte er jede Sekunde seines Lebens mit ihm verbracht. Was er gerade über Rebecca gedacht hatte, das galt in hundertfacher Potenz nun auch für Eva: Er würde nicht zulassen, daß irgend jemand diesem Kind etwas tat. Und wenn er mit bloßen Händen gegen die ganze Welt kämpfen mußte.

»Schon gut«, flüsterte er. »Keine Angst, Kleines. Ich bringe uns hier heraus. Hab keine Angst.«

Er kam sich ein bißchen lächerlich bei diesen Worten vor. Wenn hier jemand Angst hatte, dann war es bestimmt nicht Eva. In ihren Augen blitzte es auch prompt auf: er konnte nicht sagen, ob spöttisch oder warnend, aber er war ziemlich sicher, daß sie seine Worte nicht nur gehört, sondern eindeutig *verstanden* hatte.

Stefan atmete tief ein und aus, erhob sich mühsam in eine fast grotesk aussehende, hockende Haltung und watschelte die anderthalb Schritte zu Rebecca hin. Mit der linken Hand zog er die Pistole unter dem Gürtel hervor, legte sie entsichert neben sich auf den Boden und sah zum Ende des schmalen Ganges. Die Russen standen noch immer da, unterhielten sich oder warteten vielleicht auch darauf, daß sämtliche Gesetze der Physik außer Kraft gerieten und sich das Handy unter einer Million Tonnen Stahl meldete. Er konnte einen von ihnen sehen. Wieso hatten sie ihn noch nicht entdeckt? Niemand steht eine halbe Stunde reglos auf der Stelle, ohne einen Blick auf die beiden Menschen zu werfen, die er gerade entführt hat.

Dann wurde ihm klar, daß es auch keine halbe Stunde gewesen war. Ganz im Gegenteil: Seit er zu Rebecca und Eva heruntergesprungen war, war vielleicht eine halbe Minute vergangen; und kaum mehr als zwei, seit er in diesen Kellerraum gekommen war. Zeit war etwas höchst Relatives, und das erfuhr er gerade am eigenen Leib.

Über diese rein akademische Erkenntnis hinaus begriff er allerdings auch noch etwas, und das war weitaus unangenehmer. Sein ganzes Abenteuer hatte bisher nicht besonders lange gedauert. Seit er den Aufzug oben in der fünften Etage betreten hatte, konnten kaum mehr als fünf, sechs Minuten vergangen sein. Selbst wenn die Schwester sofort die Polizei gerufen hatte, waren sie jetzt bestenfalls auf dem Weg hierher. Er konnte nicht darauf warten, daß Hilfe kam.

Vorsichtig streckte er die Hand aus, legte sie über Rebeccas Mund, damit sie keinen verräterischen Laut von sich gab, und schüttelte sie sacht.

Das Wunder geschah. Rebecca öffnete die Augen, und ihr Blick war wider Erwarten vollkommen klar. Sie war sich ihrer Lage – und damit wohl auch der Gefahr, in der sie sich befanden – vollkommen bewußt. Trotzdem warf er ihr einen langen, warnenden Blick zu, ehe er behutsam die Hand zurückzog und wieder nach der Waffe griff.

Rebecca drehte mit einem Ruck den Kopf zur Seite. Die rechte Hälfte ihres Gesichtes war gerötet. Das Metall, gegen das es gepreßt gewesen war, war auch hier heiß. Trotzdem gab sie nicht den mindesten Schmerzlaut von sich, sondern verlagerte im Gegenteil ihr Gewicht behutsam auf den linken Arm, um sich so leise wie möglich in die Höhe zu stemmen. Tapferes Mädchen.

Stefan richtete die Pistole auf das Stück des russischen Söldners, das er sehen konnte – Schultern, Hintern und kräftige Waden, deren Muskeln selbst durch den Stoff der groben Cordhosen hindurch zu erkennen waren –, und berührte unendlich sacht den Abzug. Er wußte einfach nicht, was er tun sollte. Er hatte eine gute Chance, den Kerl zu erwischen – vermutlich sogar einen zweiten, wenn er schnell und kompromißlos genug zuschlug –, aber er konnte es nicht.

Rebecca hob die Hand, berührte vorsichtig sein Handgelenk und drückte seinen Arm herunter. Nicht so weit, daß die Waffe nicht mehr auf den Russen zielte, aber weit genug, daß er die Bedeutung der Geste verstand. Verteidigen, ja. Angreifen, nein.

Die unbequeme Haltung, in der er dahockte, machte sich allmählich bemerkbar. Sein verletztes Bein pochte immer stärker. Noch ein paar Sekunden, und er würde einen Krampf bekommen und sich gar nicht mehr bewegen können. Wenn er etwas tun wollte, dann *jetzt*.

Er stand auf, versuchte die Muskeln in seinen Waden zu bewegen, um sie ein wenig zu lockern, und sah mit einer Mischung aus ungläubigem Staunen und Entsetzen zu, wie der Russe eine halben Schritt zurücktrat und sich gleichzeitig zu ihnen herumdrehte.

Alles andere geschah praktisch von selbst; nicht etwa ohne Stefans Zutun, sondern beinahe schon gegen seinen Willen. Er konnte nicht sagen, wer im ersten Moment überraschter war – der Russe oder er.

Auf jeden Fall reagierte der ehemalige Söldner weitaus schneller.

Verblüffung hin oder her, er vollendete seine angefangene Drehung mit weitaus mehr Schwung, als er sie begonnen hatte und griff gleichzeitig nach unten, um die Pistole aus dem Gürtel zu ziehen, und Stefan machte einen Schritt nach vorne, nahm den Finger vom Abzug und stieß ihm den Pistolenlauf unter das linke Auge.

Ein trockenes Knacken ertönte. Stefan konnte nicht sagen, ob es das Jochbein des Russen oder sein Handgelenk war, das brach – dem pulsierenden Schmerz nach zu schließen, der bis in seine Schulter hinaufschoß, mußte es wohl letzteres sein – aber das Ergebnis war einigermaßen spektakulär.

Der Söldner ließ die Waffe, die er tatsächlich bereits aus dem Gürtel gezogen hatte, fallen, griff sich mit beiden Händen an das Gesicht und führte auch diese Bewegung nicht zu Ende, sondern erstarrte plötzlich und kippte dann stocksteif zur Seite. Der Knall, mit dem er gegen die Aluminiumverkleidung prallte, war tatsächlich so laut, wie Stefan erwartet hatte; vielleicht sogar lauter.

Stefan machte einen zweiten Schritt, stieß den Russen mit Knie und Ellbogen vollends zu Boden und fand sich unversehens zwischen den drei anderen Söldnern. Alles geschah noch immer, ohne daß er den geringsten Einfluß darauf zu haben schien. Sie waren in Bewegung geraten und rissen ihn einfach mit sich. Er hatte die Lawine ausgelöst, aber er war nicht in der Lage, sie aufzuhalten.

Immerhin erfaßte er die Situation mit einem Blick und einer nie gekannten Schärfe. Der Mann mit dem verletzten Arm stand links neben ihm, kaum einen Meter entfernt. Die beiden anderen waren etwas weiter weg, und der mit der MPi kämpfte immer noch mit seinem Funktelefon – was ihn und den dritten Kerl allerdings nicht daran hinderte, sofort ihre Waffen zu heben und auf ihn anzulegen.

Möglicherweise war er wie ein Gespenst aus dem Nichts zwischen ihnen aufgetaucht, aber sie hatten offensichtlich keine Hemmungen, auch auf Gespenster zu schießen.

Diesmal reagierte Stefan allerdings als erster. Ohne Plan, aber mit untrüglichem Gespür für die Schwäche seines Gegners, wich er nach links aus, vollführte eine halbe Drehung und suchte den Schwung seiner eigenen Bewegung, um den Pistolenlauf ein zweites Mal als Keule zu benutzen. Diesmal ließ er ihn mit aller Gewalt auf den verletzten Arm des Russen niedersausen. Der Mann stieß einen schrillen, kreischenden Schrei aus und brach in die Knie, fiel aber nicht ganz, und Stefan raste weiter, visierte den Kerl mit der MPi an und begriff im gleichen Moment, daß seine Glückssträhne zu Ende war. Er war schnell, noch immer so schnell, daß er selbst nicht so recht begriff, wie er überhaupt dazu in der Lage war, all diese Dinge zu tun, aber der andere war nicht viel langsamer. Und er war ein professioneller Killer, während Stefan trotz allem bestenfalls ein talentierter Amateur war. Er hatte das Handy einfach fallen lassen und versuchte nun, seine antiquierte MPi mit beiden Händen in die Höhe zu bekommen. Ihr Lauf bohrte sich in Stefans Magen, und die Mündung von Stefans erbeuteter Pistole berührte im gleichen Sekundenbruchteil seine Stirn.

Die Zeit blieb stehen. Es war kein subjektives Gefühl, nichts, was ihm seine Angst vorgaukelte. Er konnte mit aller Deutlichkeit spüren, wie das Universum für einen winzigen Moment einfach anhielt; wie eine große, machtvolle Maschine, die für einen zeitlosen Augenblick stockte, ehe sich ihre Zahnräder weiterdrehten und das Hindernis zermalmten, das zwischen sie geraten war.

Dann war es vorbei. Die große Maschine drehte sich weiter und holte die verlorene Zeit mit einem Ruck wieder auf, und Stefan registrierte mit einem Gefühl von sonderbar distanziertem Entsetzen, daß sein Finger nun wieder auf dem Abzug der Waffe lag; so wie der des Söldners zweifellos auf dem seiner MPi. Er fragte sich, ob ihm noch Zeit bleiben würde, abzudrücken, wenn der Russe schoß; und umgekehrt.

Aber der Söldner drückte nicht ab. Es war ein klassisches Patt. Vielleicht spielten sich hinter der Stirn des Russen die gleichen Gedankengänge ab wie hinter der Stefans. Vielleicht spürte er auch einfach, daß Stefan nicht schießen würde.

Aber würde er das wirklich nicht?

Er sah aus den Augenwinkeln, daß der vierte Russe seine Pistole gehoben hatte und aus kaum dreißig Zentimeter Abstand auf sein Gesicht zielte, ließ den Blick des Kerles vor sich aber nicht los.

»Scheiß-Situation, nicht?« fragte er. Seine Stimme klang fremd. Eindeutig hysterisch, aber trotzdem viel zu gelassen, um in einer Situation wie dieser wirklich zu ihm zu gehören. »Verstehst du, was ich sage?«

Er bekam keine Antwort, aber das mußte nichts bedeuten. Vielleicht zog es der andere einfach nur vor, zu schweigen. Reden bedeutete in einer Lage wie dieser vermutlich Schwäche.

Er sprach trotzdem weiter. »Wir können uns jetzt gegenseitig umbringen oder ausprobieren, wer schneller ist … oder wir einigen uns auf ein Unentschieden: Ihr laßt uns gehen, und alle bleiben am Leben.«

Das war lächerlich. Der Satz war nicht nur viel zu kompliziert, um von jemanden verstanden zu werden, der allerhöchstens gebrochen Deutsch sprach, er war auch schlicht und einfach dumm; bestenfalls ein Dialog aus einer drittklassigen Soap-Opera, aber nichts für die Wirklichkeit. Was wirklich zählte, das war das, was er in den Augen seines Gegenübers las.

Und das überraschte ihn.

Er entdeckte keinerlei Anzeichen von Angst, oder auch

nur Respekt vor der Waffe, die er genau zwischen diese Augen drückte. Der Kerl *war* ein Profi. Er hatte wahrscheinlich nur eine Sekunde gebraucht, um Stefan einzuschätzen und genau zu wissen, wem er gegenüberstand. Und – sosehr sich Stefan auch selbst darüber wunderte – er schien zu dem Schluß gekommen zu sein, daß er abdrücken würde. Stefan selbst war längst nicht so sehr davon überzeugt wie der Söldner, aber er dachte auch nicht daran, diesen Irrtum zu korrigieren.

»Also gut«, sagte er. »Ich weiß nicht, ob ihr mich versteht, aber selbst wenn nicht, könnt ihr euch wahrscheinlich denken, was ich will. Wir werden jetzt hinausgehen, und wenn ihr versucht, uns aufzuhalten, dann nehme ich mindestens einen von euch mit. Alles klar?«

Sein Gegenüber rührte sich nicht, aber irgendwie signalisierte sein Blick trotzdem Zustimmung. Wenigstens betete Stefan, daß es so war. Er setzte sein Leben auf die Vermutung.

»Becci? Kannst du gehen?«

»Kein Problem«, antwortete Rebecca. Ihre Stimme zitterte. Es war ein Klang von Schmerz darin, der etwas in Stefan sich zusammenziehen ließ. Aber er konnte hören, wie sie aufstand und Eva auf die Arme nahm. Verrückt, aber er konnte tatsächlich *hören*, was sie tat!

»Geh zur Tür«, fuhr er fort. »Langsam, aber geh.«

Er konnte hören, wie sie sich in Bewegung setzte; nicht besonders schnell und mit schleppenden Schritten; ein leises Rascheln verriet, daß sie mit der Schulter an den Aluminiumblöcken entlangschleifte. Er hoffte, daß sie überhaupt noch die Kraft hatte, ihr eigenes Gewicht und das Evas zu tragen. Sie mußte es.

Ganz langsam begann er sich auf der Stelle zu drehen, um Rebecca wenigstens aus den Augenwinkeln sehen zu können. Der Söldner vollführte die Bewegung spiegelverkehrt mit, als führten sie einen grotesken Slowfox auf.

Stefan ließ den Blick seines Gegenübers immer noch nicht los. Er wußte, daß er tot war, wenn er das tat. Der Söldner würde im gleichen Moment abdrücken, in dem er auch nur für einen Sekundenbruchteil wegsah. Trotzdem registrierte er, daß sich Situation mittlerweile radikal geändert hatte. Er wurde nicht mehr von zwei, sondern jetzt wieder vier Waffen bedroht. Die beiden Kerle, die er niedergeschlagen hatte, hatten sich bereits wieder erholt und zielten auf ihn. Und vermutlich waren beide nicht besonders gut auf ihn zu sprechen.

»Geht«, sagte er noch einmal. »Schnell. Wartet nicht auf mich.«

Er konnte Rebeccas verschwommenen Schemen am Rande seines Gesichtsfeldes ausmachen. Sie bewegte sich alles andere als schnell; wahrscheinlich, weil sie es gar nicht konnte. Stefan wunderte sich ein bißchen, daß noch keiner der drei Kerle auf die Idee gekommen war, sie als Geisel zu nehmen, aber er begriff auch fast im gleichen Moment, wie sinnlos das gewesen wäre. Alle Joker waren aus dem Spiel. Rebecca zu bedrohen würde ihn nicht dazu bringen, seine Waffe zu senken, ganz einfach, weil sie in der nächsten Sekunde beide tot wären. Und plötzlich begriff er auch, was er *tatsächlich* getan hatte – und warum er wahrscheinlich noch lebte. Er diktierte jetzt die Regeln dieses Spiels. Vielleicht nicht gut, und ganz bestimmt nicht sehr lange, aber vielleicht doch lange genug, um eine hauchdünne Chance zu haben.

Etwas änderte sich. Stefan spürte es, fast eine Sekunde ehe es wirklich geschah: Der kalte Druck in seinem Magen verschwand plötzlich. Der Söldner zog seine MPi zurück, senkte den Lauf der Waffe dann demonstrativ zu Boden und machte schließlich einen halben Schritt rückwärts. Er deutete ein Nicken an. Seine Augen waren dunkel vor Zorn, aber Stefan glaubte auch so etwas wie widerwillige Anerkennung darin zu lesen. Ganz gewiß konnte er einem

Mann wie diesem keine Angst machen, aber der andere hatte ihn als gleichwertigen Gegner anerkannt. Möglicherweise war das etwas wert.

Zwei, drei Sekunden standen sie einfach weiter so da und starrten sich an. Als Stefan auch dann nicht reagierte, wiederholte der Russe sein Nicken, löste betont langsam die linke Hand von seiner Waffe und deutete damit auf einen Punkt hinter Stefan: die Tür.

Um ein Haar hätte er alles verdorben, denn Stefan stand noch eine geschlagene weitere Sekunde vollkommen fassungslos da und versuchte zu begreifen, daß er tatsächlich gewonnen hatte. Dann aber antwortete auch er mit einem angedeuteten Nicken und wich Schritt für Schritt in die Richtung zurück, in der er die Tür vermutete. Seine Pistole blieb dabei eisern auf das Gesicht des Söldners gerichtet. Er war nicht einmal sicher, ob er aus dieser Entfernung noch treffen würde.

Sein tastender Fuß stieß gegen ein Hindernis, das er als Türschwelle identifizierte. Er trat rücklings hinüber, versuchte vergeblich, sich das Aussehen und die Topographie des Korridors hinter sich ins Gedächtnis zu rufen und zögerte noch einmal. Der nächste Schritt entschied, denn er würde ihn vollends aus dem Raum hinaus und die vier Söldner damit aus seinem Blickfeld bringen. Bisher rührte sich keiner der vier. Sie hielten es nicht einmal mehr für nötig, mit ihren Waffen auf ihn zu zielen, sondern starrten ihn nur an. Er hatte gar keinen wirklichen Sieg errungen, sondern allerhöchstens einen erfolgreichen Zug in einer Partie gemacht, die nach nicht besonders fairen Regeln gespielt wurde. Und die noch lange nicht vorbei war.

Er wagte es endlich, den Blick des Söldners loszulassen, trat rasch einen weiteren Schritt zurück und warf die Tür zu. In dem Sekundenbruchteil, in dem sie vor ihm zuschlug, registrierte er zweierlei: Die Tür hatte kein

Schloß oder einen Riegel, den er vorlegen konnte, und in dem Raum dahinter entstand fast explosionsartig hektische Bewegung. Die Jagd hatte begonnen.

Stefan wirbelte herum, konnte Rebecca und Eva nirgends entdecken und war am Ende des kurzen Ganges, noch bevor er vollends in Panik geraten konnte. Rebecca war bereits draußen auf dem Korridor. Sie hatte Eva wie einen Säugling an sich gepreßt und taumelte mehr, als sie ging, bewegte sich trotzdem aber erstaunlich schnell.

Stefan stolperte auf den Hauptkorridor hinaus, machte eine ungeschickte halbe Drehung und glaubte zu sehen, wie sich die Kellertür hinter ihm öffnete. Blindlings hob er die Waffe und gab rasch hintereinander zwei Schüsse ab.

Der peitschende, zu einem einzigen Laut verschmelzende Knall explodierte ein gutes Stück jenseits der Schmerzgrenze auf seinen Trommelfellen und schien sich endlos in dem leeren Korridor fortzusetzen, und der Rückstoß schleuderte seinen Arm haltlos in die Höhe und hätte ihm fast die Waffe aus der Hand gerissen. Aber er sah auch, daß zumindest einer seiner Schüsse getroffen hatte: Aus der Feuerschutztür stoben Funken, und wenn die Kerle dahinter auch nur für zehn Pfennig Grips im Hirn hatten, dann würden sie jetzt ein paar Sekunden verstreichen lassen und die Tür auch danach nur sehr vorsichtig öffnen. Unendlich kostbare Zeit für Rebecca und ihn.

Er rannte los. Rebecca hatte bereits einen gehörigen Vorsprung. Er hatte automatisch angenommen, sie mit wenigen Schritten einholen zu können, aber die Angst schien ihr übermenschliche Kräfte zu verleihen; außerdem hatte er sich bei seinem Sprung wohl doch stärker verletzt, als er angenommen hatte: Sein Bein schmerzte immer stärker, und er konnte spüren, wie warmes Blut an seinem Bein hinablief. Es gelang ihm nur mit einiger Mühe, Rebecca überhaupt einzuholen. Trotzdem gestikulierte er ihr zu, ihm Eva zu geben. Rebecca schüttelte den Kopf, womit sie recht hatte: Wenn ihre Verfolger sie einholten, brauchte er *beide* Hände.

Stefan gab im Laufen einen weiteren, ungezielten Schuß über die Schulter ab und erntete prompt einen Fluch in russischer Sprache als Antwort. Als er jedoch den Kopf drehte und zurücksah, war der Gang hinter ihnen leer. Seine Vermutung war richtig gewesen. Die Russen *nahmen* ihn ernst.

Rebecca stolperte. Es war nur ein kurzes Straucheln, das sie eine oder zwei Sekunden aus dem Tritt brachte, ohne daß sie wirklich in Gefahr war, zu stürzen, aber die Warnung war deutlich genug. Rebecca bewegte sich nur noch mit der Kraft absoluter Verzweiflung, und ihre Batterie stand kurz davor, auszubrennen. Wenn der Zusammenbruch kam, dann plötzlich und total.

»Dort!« Stefan deutete wahllos auf eine der Türen zur Linken, und Rebecca stolperte gehorsam in die angegebene Richtung, zu schwach, um zu widersprechen. Während sie die Tür aufstieß und hindurchtaumelte, drehte sich Stefan um und hob gleichzeitig die Pistole. Es gab nichts, worauf er hätte schießen können. Wenn die Russen sie verfolgten, dann nicht auf diesem Weg.

Trotzdem feuerte er einen weiteren Schuß ab – seine vierte Kugel, aber was nutzte es? Er hatte keine Ahnung, wie viele Patronen im Magazin der Waffe waren, stolperte rückwärts gehend hinter Rebecca her und öffnete dabei sämtliche Türen, an denen er vorbeikam. Wahrscheinlich war es nutzlos, aber vielleicht verschaffte es ihnen einige weitere wertvolle Sekunden.

Rebecca lehnte zitternd an der Wand neben der Tür, als er ihr folgte. Sie war totenbleich, hielt Eva aber noch immer auf den Armen. Ihr Atem ging schnell, stoßweise und unregelmäßig.

Stefan zog die Tür hinter sich zu, registrierte ohne besondere Überraschung, daß auch sie kein Schloß hatte –

vermutlich gab es in diesem ganzen verdammten Keller kein einziges Schloß, weil es irgendeine bescheuerte Sicherheitsvorschrift verbot –, und sah sich schwer atmend um. Sie befanden sich in einem niedrigen Gang, der so schmal war, daß er nur gebückt darin stehen konnte. Auf der rechten Seite zogen sich die allgegenwärtigen Kabelstränge und Rohrleitungen entlang, die andere bestand aus nacktem, mit Schimmelflecken und Feuchtigkeit bedecktem Beton. Es gab keine weitere Tür, sondern nur eine schmale Eisenleiter, die zwanzig Meter vor ihnen in die Höhe führte. Im Klartext: Sie saßen in der Falle.

Stefan verschwendete eine weitere Sekunde darauf, sich nach etwas umzusehen, womit er die Tür blockieren konnte – natürlich vergebens –, dann deutete er mit einem grimmigen Nicken auf die Leiter am Ende des Stollens. Rebecca antwortete auf die gleiche Weise, taumelte los und hätte Eva um ein Haar fallen gelassen. Als er diesmal die Arme ausstreckte, um ihr das Kind abzunehmen, sträubte sie sich nicht mehr.

Die Leiter führte senkrecht am Ende des Stollens in die Höhe und endete vor einem rostigen Gitter. Der Raum darüber war vollkommen dunkel, und das blasse Notlicht hier drinnen reichte nicht aus, um mehr als Schatten zu erkennen. Er konnte nur beten, daß das Gitter nicht stolzer Besitzer des einzigen Schlosses in diesem Teil der Klinik war.

»Schaffst du es?« fragte er.

Rebecca nickte. Schon diese Bewegung war eine Lüge. Trotzdem schüttelte sie den Kopf und machte eine schwache, abwehrende Geste, als er als erster nach den Sprossen greifen wollte, und sie hatte auch diesmal recht. Wenn sie entdeckt wurden, dann konnte er ihr vielleicht Rückendeckung geben; sie ihm kaum.

Langsam, aber mit fast mechanischer Gleichmäßigkeit, stieg Rebecca die Leiter hinauf. Stefan sah ihr voller Ungeduld dabei zu, dann drehte er sich um und warf einen nervösen Blick zurück zur Tür. Er glaubte Geräusche draußen auf dem Gang zu hören. Die Verfolger kamen näher. Wie lange brauchte Rebecca, um diese verdammte Leiter hochzuklettern?

Eva begann auf seinem Arm unruhig zu werden. Stefan verlagerte ihr Gewicht, so gut es ging, und sah wieder zu Rebecca hoch. Sie hatte das Ende der Leiter, löste die linke Hand von der Sprosse und rüttelte an dem Gitter über ihrem Kopf.

»Ist es verschlossen?« fragte Stefan.

»Ich weiß nicht«, antwortete Rebecca. »Es klemmt. Hilf mir.«

Er war jetzt *sicher,* Geräusche draußen auf dem Gang zu hören. Schritte. Vielleicht Türenschlagen. Sie hatten nur noch Sekunden.

»Stefan!«

Er versuchte, Eva so auf seinem Arm zu plazieren, daß er wenigstens eine Hand frei hatte, um nach den Leitersprossen zu greifen, und als wüßte das Mädchen genau, was von ihm erwartet wurde, klammerte es sich ganz von selbst mit beiden Armen um seinen Hals. Gleichzeitig schlang es die Beine um seine Hüften, soweit es ihm möglich war. Er hatte jetzt nicht nur eine, sondern ungefähr anderthalb Hände frei, um die Leiter hinaufzuklettern. Dieses Kind war mehr als erstaunlich.

Stefan griff nach oben, so weit er konnte, setzte den Fuß auf die unterste Sprosse und begann ungeschickt, aber trotzdem sehr schnell, in die Höhe zu steigen. Auf den ersten anderthalb Metern ging es leichter, als er erwartet hatte, aber an Rebecca vorbeizukommen erwies sich als Problem. Die Leiter war sehr schmal, und Eva behinderte ihn zusätzlich.

Irgendwie schaffte er es trotzdem. Neben Rebecca angekommen, stemmte er sich mit einem Fuß gegen die Wand, griff nach oben und rüttelte an den Gitterstäben. Sie bewegten sich. Irgend etwas kreischte, und er hatte das Gefühl eines Widerstandes, der nachgeben wollte, es aber nicht tat.

»Das hat keinen Zweck«, keuchte Rebecca. »Wir müssen zurück.«

Das konnten sie nicht. Stefan konnte jetzt ganz deutlich hören, wie draußen auf dem Gang eine Tür aufgerissen wurde. Noch fünf Sekunden, schätzte er.

Er verdoppelte seine Anstrengung, das Gitter hochzustemmen, und auch Rebecca drückte mit aller Kraft. Das Hindernis bewegte sich millimeterweise, machte dann einen spürbaren Ruck und saß wieder fest, und in der gleichen Sekunde wurde die Tür am anderen Ende des Ganges aufgestoßen.

Rebecca stieß einen enttäuschten Schrei aus, verstärkte ihre Anstrengungen, das Hindernis aus dem Weg zu räumen, aber noch. Auch Stefan versuchte, jedes bißchen Kraft zu mobilisieren, das er noch aufbringen konnte, spürte aber selbst, daß es nicht reichte. Das Gitter war nicht abgeschlossen, aber vermutlich so lange nicht mehr bewegt worden, daß die Scharniere hoffnungslos festgerostet waren.

Er warf einen gehetzten Blick nach unten. Zwei der vier Söldner waren hereingekommen und näherten sich sehr schnell. Sie hatten ihre Waffen nicht gezogen, aber das war wohl auch kaum nötig.

Stefan hörte auf, sinnlos an dem Gitter zu rütteln, kletterte hastig zwei weitere Sprossen in die Höhe und stemmte Schultern und Hinterkopf gegen die Stäbe. Die beiden Söldner waren fast heran. Sie schrien etwas auf russisch, das er nicht verstand. Stefan drückte mit aller Gewalt. Das Gitter knirschte, zitterte immer heftiger, gab aber noch immer nicht nach. Seine Beine und sein Rücken begannen unerträglich zu schmerzen, aber er ließ trotzdem nicht lecker, sondern versuchte im Gegenteil, seine Position so zu verändern, daß er noch ein bißchen mehr an Hebelwirkung aufbringen konnte! Irgend etwas mußte nachgeben: das Gitter oder sein Rückgrat.

Mittlerweile hatte der erste Russe die Leiter erreicht und begann unverzüglich zu ihnen heraufzuklettern. Rebecca trat nach seiner Hand. Sie traf, aber ihr nackter Fuß richtete kaum Schaden an. Der Russe stieß nur ein zorniges Knurren aus und versuchte seinerseits, mit der anderen Hand nach ihrem Fuß zu greifen. Stefan keuchte vor Anstrengung und Frustration, ignorierte den immer grausamer werdenden Schmerz in seinem verletzten Bein und befahl seinen Muskeln, noch mehr Kraft aufzubringen. Eva knurrte; ein wütender, drohender Laut, der kaum noch etwas Menschliches zu haben schien, und eine noch viel weniger menschlich aussehende Hand griff von oben nach den Gitterstäben und riß sie mit einem einzigen Ruck zur Seite. Stefan blieb gar keine Zeit mehr, um zu reagieren. Der unnachgiebige Druck, gegen den er sich mit aller Gewalt gestemmt hatte, war plötzlich nicht mehr da, und seine eigene Kraft katapultierte ihn regelrecht in die Höhe; vielleicht griff auch etwas von oben nach ihm und zerrte ihn von der Leiter. In der nächsten Sekunde jedenfalls prallte er unsanft auf harten Beton. Eva wurde von seinem Arm geschleudert und schrie auf, und seine hilflos pendelnden Beine trafen auf etwas, von dem er hoffte, daß es nicht Rebecca war.

Jemand war bei ihm. *Etwas.* Das Gefühl, nicht mehr allein zu sein, war übermächtig. Und was immer da in der Dunkelheit neben ihm war, es war nichts Menschliches.

Rebecca schrie, und der Laut ließ alles andere unwichtig werden. Stefan schlitterte auf dem Bauch liegend herum, beugte sich über den Treppenschacht und sah, daß sich die Situation in der einen Sekunde, die vergangen war, auf dramatische Weise verändert hatte. Rebecca klammerte sich mit aller Kraft an die Leitersprossen. Der Söldner hatte zu ihr aufgeholt, hielt sich mit einer Hand an der Leiter fest und hatte den anderen Arm von hinten um Rebeccas Hals geschlungen. Offenbar hatte er vor, sie von den Leiter zu reißen und in die Tiefe zu schleudern.

Stefan brüllte vor Wut und Schrecken, glitt noch ein Stück weiter nach vorne und grub beide Hände in den Haarschopf des Söldners. Der Mann schrie auf, ließ Rebecca aber trotzdem nicht los. Statt dessen löste er die andere Hand von der Sprosse, so daß sein ganzes Körpergewicht nun an Rebeccas Hals zerrte. Seine Faust hieb nach Stefans Gesicht. Der Schlag tat nicht einmal besonders weh, aber er steigerte Stefans Wut zur Raserei. Er hörte auf, sinnlos an dem streichholzkurz geschnittenen Haar des Mannes zu zerren, grub die Fingernägel statt dessen tief in sein Gesicht und erntete nicht nur ein wütendes Grunzen, sondern auch das befriedigende Gefühl von warmem Blut, das unter seinen Fingernägeln hervorquoll.

Der Söldner hörte auf, nach seinem Gesicht zu schlagen, griff statt dessen nach Stefans linker Hand und preßte seine Finger mit solcher Gewalt zusammen, daß ihm vor Schmerz übel wurde. Trotzdem grub er die Fingernägel der Rechten nur noch tiefer in das Gesicht des Kerls, und er mußte wohl irgendeinen empfindlichen Teil erwischt haben, denn plötzlich erscholl ein schriller Schrei, und in der nächsten Sekunde war der Mann einfach verschwunden. Aus der Tiefe drangen ein dumpfes Poltern und ein weiterer, gedämpfter Schrei herauf.

Stefan sah nicht einmal hin, sondern griff mit beiden Händen nach Rebecca, umklammerte ihre Handgelenke und versuchte, sie zu sich in die Höhe zu ziehen. Er hätte es nicht geschafft, wenn sie ihm nicht geholfen hätte, und selbst so gelang es ihm nur, sie zentimeterweise zu sich heraufzuziehen.

Etwas kam näher. Etwas zugleich Fremdes wie auf entsetzliche Weise Vertrautes. Er hörte nichts, er sah nichts, aber das Gefühl – nein, die *Gewißheit* – sprang ihn mit solcher Vehemenz an, daß er mitten in der Bewegung gefror und eine Sekunde lang aus aufgerissenen Augen in die vollkommene Dunkelheit ringsum starrte. Er dachte wieder an die Hand – aber war es wirklich eine *Hand* gewesen? –, die plötzlich nach dem Gitter gegriffen und es ohne die geringste Mühe weggerissen hatte. Dann stieß Rebecca ein erschrockenes Keuchen aus, und Stefan begriff, daß er drauf und dran war, sie fallen zu lassen. Mit einem erschrockenem Ruck zog er sie vollends zu sich herauf.

Sie kam nicht allein. Ein Mann mit blutüberströmtem Gesicht klammerte sich an ihre Beine, und noch während Stefan ihn fassungslos anstarrte, ließ er los, klammerte sich mit einer Hand am Rande des Leiterschachtes fest und griff mit der anderen nach Stefans Hals.

Stefan reagierte ganz instinktiv. Er prallte zurück, schleuderte Rebecca einfach zur Seite und versuchte gleichzeitig, den zupackenden Fingern des Russen irgendwie zu entkommen.

Beinahe hätte er es sogar geschafft. Die Hand verfehlte seine Kehle, rutschte an seiner Seite herab und krallte sich in seinen Hemdsärmel, gerade als er glaubte, ihr entwischt zu sein. Stefan zerrte und wand sich mit verzweifelter Bewegung zur Seite, zog die Knie an den Körper und stieß dem Angreifer die Füße vor die Brust. Aus der ungünstigen Position heraus, in der er sich befand, konnte er nicht sehr viel Kraft aufbringen; er glaubte nicht, daß er den Burschen verletzte, oder ihm auch nur ernstlich weh tat, aber es reichte immerhin, ihn aus dem Gleichgewicht zu bringen. Er ließ Stefans Hand los, ruderte einen Moment hilflos mit den Armen und kippte schließlich nach hinten. Er tat Stefan nicht den Gefallen, die Leiter hinunterzufallen, sondern verschwand irgendwo in der Dunkelheit jenseits der rechteckigen Öffnung.

Hastig sprang Stefan auf, tastete mit den Händen in die Richtung, in der er Rebecca vermutete, und rief ihren Namen. Er bekam keine Antwort, aber nach einem Moment hörte er ein leises Stöhnen – und dann einen Laut, der ihm schier das Blut in den Adern gerinnen ließ: ein tiefes drohendes Knurren; ein Geräusch, das an gefletschte Zähne und schaumigen Geifer denken ließ, an Augen voller Mordlust und rasiermesserscharfe Fänge und Kiefer, die kräftig genug waren, einen menschlichen Oberschenkel wie einen trockenen Ast zu zerbrechen. Etwas kam näher. Etwas, das sich nicht auf menschlichen Füßen bewegte, sondern auf tappenden, haarigen Pfoten und –

Der Schmerz explodierte so warnungslos in Stefans Nieren, daß er im allerersten Moment kaum zu begreifen schien, was geschah; geschweige denn, daß *er* es war, dem auf so grausame Weise weh getan wurde. Rotglühende Pein breitete sich sternförmig von seiner linken Niere in seinen ganzen Körper aus, so schlimm, daß er nicht einmal schreien konnte. Seine Lungen, selbst seine Stimmbänder versagten ihm den Dienst. Alle Kraft wich aus seinen Beinen. Er sank auf die Knie, versuchte die Arme auszustrecken, um den Sturz abzufangen, und wurde endgültig nach vorne geschleudert, als ein zweiter, womöglich noch härterer Schlag die Stelle zwischen seinen Schulterblättern traf.

Mit furchtbarer Wucht fiel er auf das Gesicht. Seine Nase und seine Unterlippe begannen zu bluten, und für einen kurzen Moment war er dicht davor, das Bewußtsein zu verlieren. Doch dann griff eine furchtbar starke Hand nach seinem Nacken, schloß sich wie ein Schraubstock darum und riß ihn mit so brutaler Gewalt auf die Füße, daß ihn allein der Schmerz wieder ins Bewußtsein zurückzerrte. Er wurde herumgewirbelt, dann traf ein weiterer Faustschlag seinen Magen und trieb ihm auch noch das letzte bißchen Luft aus den Lungen.

In dem schwachen Licht, das aus dem Leiterschacht strömte, konnte er eine scheinbar riesenhafte, verzerrte Gestalt erkennen, die über ihm emporragte.

Es war nicht der Mann, den er zu Boden geschleudert hatte, sondern der zweite Söldner, der seinem Kameraden nach oben gefolgt war. Sein Gesicht sah allerdings fast noch schlimmer aus. Es war der, den Stefan im Keller mit seiner Pistole niedergeschlagen hatte.

Stefan versucht sich loszureißen, bekam immerhin einen Arm frei und schlug nach dem Söldner. Der Russe machte sich nicht einmal die Mühe, dem Schlag auszuweichen, hieb aber gleichzeitig zurück, und das Ergebnis war katastrophal. Stefans Kopf wurde mit brutaler Wucht in den Nacken geschleudert. Vor seinen Augen tanzten gelbe und rote Sterne, und sein Mund füllte sich mit Blut. Er wäre zusammengebrochen, hätte der Söldner ihn nicht weiter festgehalten. Wie durch einen Nebel aus Blut und immer massiger werdender Schwärze sah er, wie der Russe die Hand zu einem weiteren Schlag hob. Diesmal war sie nicht zur Faust geballt. Seine Finger waren zu einer Art Kralle geformt; wahrscheinlich, dachte Stefan, irgendeine Art Karate-Schlag, der der ganzen Sache ein Ende bereiten würde.

Etwas Riesiges, Verzerrtes wuchs plötzlich hinter dem Schatten des Russen empor, riß ihn herum und schleuderte ihn in die Dunkelheit, und im gleichen Moment war Stefan frei und stolperte zurück. Ein Schrei und die Geräusche eines heftigen Kampfes drangen an sein Ohr, aber er achtete nicht darauf, und er gestattete sich ganz und gar nicht, auch nur darüber nachzudenken, welche Kreatur den Russen gepackt und davongezerrt hatte.

Statt dessen fuhr er herum und schrie Rebeccas Namen, so laut er konnte. Er bekam keine Antwort, aber allein das Echo seines Schreies verriet ihm, daß sie sich in einem sehr kleinen Raum befinden mußten.

Während die Kampfgeräusche hinter ihm anhielten, ließ er sich auf Hände und Knie herabsinken und tastete blind über den Boden. Schon beim zweiten oder dritten Versuch stießen seine Finger auf Widerstand. Es war Rebecca. Sie reagierte nicht auf seine Rufe, aber als er sie mit einem Ruck in die Höhe zerrte, stöhnte sie leise, und dann kam ein Laut über ihre Lippen, der sich wie Eva anhörte.

Stefan legte sich ihren Arm über die Schulter, keuchte vor Schmerz, als sein verletztes Bein gegen das zusätzliche Gewicht protestierte, und streckte tastend den linken Arm aus.

Schon nach wenigen Schritten fühlte er rauhen, unverputzten Zement. Wahllos wandte er sich nach links, tastete sich an der Wand entlang und stieß nach drei oder vier Metern erneut auf ein Hindernis: Metall. Kein Türrahmen, sondern ein Schrank oder irgendeine andere verdammte Barriere.

»Eva«, stöhnte Rebecca. »Wo ist … Eva.« Es war unglaublich, aber sie dachte selbst in diesem Moment nur an das Kind, nicht an sich.

»Ich hole sie«, antwortete Stefan. »Aber zuerst bringe ich dich hier heraus, keine Angst.« Hinter ihm erklang ein gellender Schrei, gefolgt von einem hellen, splitternden Laut, der Stefan bis ins Mark zu dringen schien, und dann einem weiteren, fast unmenschlichen Kreischen. Dann fiel ein Schuß. Der Knall wurde von den Betonwänden mehrmals reflektiert und schien dabei immer lauter zu werden, und das Mündungsfeuer tauchte den Raum für den Bruchteil einer Sekunde in orangerotes, unheimliches Licht.

Was Stefan in diesem orangefarbenem, stroboskopischem Aufblitzen sah, konnte nichts anderes als eine Vision sein; ein aus Furcht und Hysterie geborener Alptraum, der für einen einzigen, höllischen Moment Gestalt angenommen hatte.

Einer der Söldner lag am Boden und rührte sich nicht mehr, aber seine Gestalt schien seltsam unvollständig zu sein, als wären ihm ein oder mehrere Gliedmaßen abhanden gekommen. Der zweite Mann kämpfte mit einer grotesken, riesenhaft verzerrten Kreatur, einem … Ding, das nicht mehr ganz Tier, aber noch längst kein Mensch zu sein schien, etwas Gewaltigem, Verkrüppelt-Haarigem aus Zähnen, Klauen und Gestalt gewordener Wut.

Stefan sah dies alles nur für den Bruchteil einer Sekunde, aber das machte es nur schlimmer, denn es ließ seiner Phantasie sehr viel mehr Spielraum, als ihm lieb war.

Er sah in diesem Bruchteil einer Sekunde aber auch noch etwas,. Die Kammer, in der sie sich befanden, war tatsächlich sehr klein, und sie waren nur noch zwei Schritte von der Tür entfernt. Er stolperte, wieder blind, weiter, drohte für einen Moment endgültig in Panik zu geraten, als der Türgriff doch nicht da war, wo er ihn vermutete, und spürte endlich glattes Metall unter den Fingern. Die Türklinke. *Laß sie nicht abgeschlossen sein!* flehte Stefan. *Bitte,. lieber Gott, laß sie nicht abgeschlossen sein!*

Sie war nicht abgeschlossen. Der Türgriff bewegte sich ohne den geringsten Widerstand nach unten, und eine Sekunde später fiel mattes farbloses Licht in den Raum.

Stefan stieß die Tür mit einem Ruck weiter auf, taumelte ins Freie und versuchte erst gar nicht, um sein Gleichgewicht zu kämpfen, als er stolperte. Er fiel auf ein Knie herab, ließ Rebecca ungeschickt zu Boden gleiten und sah sich hastig um.

Sie befanden sich im Freien. Die Tür führte auf einen schmalen Zwischenraum aus zwei der gewaltigen Krankenhausgebäude hinaus. In zwanzig Metern Entfernung begann eine weitläufige Rasenfläche, die im blassen Mondlicht fast schwarz wirkte, wie die Oberfläche einer Teergrube, in der sie hoffnungslos versinken mußten, wenn sie auch nur einen Fuß darauf setzten. Das Gefühl drohender Gefahr war immer noch da, aber es kam sonderbarerweise von vorn, nicht aus dem Gebäude hinter ihnen, aus dem sie gerade mit knapper Not entkommen waren. Vielleicht tat er gut daran, sich doch nicht so hundertprozentig auf seine Instinkte zu verlassen.

Er versuchte aufzustehen und gleichzeitig Rebecca in die Höhe zu helfen, aber sie schüttelte den Kopf und machte eine schwache Abwehrbewegung. »Eva«, flüsterte sie. »Du mußt … sie holen.«

Stefan starrte sie an. Rebecca hatte recht: Er hatte versprochen, sie zu holen, und weit über dieses Versprechen hinaus konnte er einfach nicht ohne das Mädchen hier weggehen. Aber alles in ihm, jedes Molekül seines Körpers, sträubte sich gegen den bloßen Gedanken, noch einmal in diesen Raum zurückzukehren.

Trotzdem richtete er sich nach einer Sekunde ganz auf, drehte sich um und starrte die Tür hinter sich an. Sie stand halb auf, so daß ein wenig Licht in den dahinterliegenden Raum strömte; er konnte allerdings nur einen dreieckigen Bereich nackten Betonfußbodens erkennen. Die Schwärze dahinter war absolut; ein Versteck für alle Schrecken des Universums. Der Lärm und die Schreie waren verstummt, aber er spürte, daß dort drinnen noch etwas war. Etwas, das unendlich gefährlicher war als Barkows Männer und ihre Waffen.

Aber er hatte es Rebecca versprochen. Und er war es Eva schuldig. Das Ding dort drinnen war auch eine Gefahr für sie. Vielleicht sogar ganz besonders für sie.

Er zog die Tür weiter auf, ohne dadurch allerdings mehr zu sehen als einen weiteren Quadratmeter Zementfußboden, machte einen vorsichtigen Schritt und lauschte mit angehaltenem Atem. Der Kampflärm war verstummt, aber er hörte … *irgend etwas*. Er konnte nicht sagen, was, aber es war unheimlich. Furchteinflößend.

Trotzdem ging er weiter und blieb erst stehen, als er die Grenze des erleuchteten Bereiches erreichte. Er wagte es nicht, die Dunkelheit zu berühren, als sei sie etwas Körperliches, keine Schwärze, sondern lichtschluckende Säure, die ihn verbrennen würde, wenn er sie auch nur berührte. Dann sah er Eva.

Das Mädchen kauerte, nach vorne gebeugt und auf beide Fäuste gestützt, knapp jenseits des erhellten Bereiches und starrte gebannt in die Dunkelheit hinein. Stefan konnte ihr Gesicht nicht erkennen, aber ihre gesamte Haltung drückte Anspannung aus. Eine Reihe sonderbarer, unheimlicher Laute kam über ihre Lippen, ein seltsames, knurrendes Gurren, wie er es noch nie zuvor im Leben gehört hatte.

»Eva?«

Das Mädchen reagierte nicht. Er war sicher, daß es seine Stimme gar nicht gehört hatte. Stefan machte einen weiteren Schritt, wartete darauf, daß sich seine Augen an das schwache Licht gewöhnten und sah nach einer Sekunde ein, daß das nicht passieren würde.

»Eva«, sagte er. »Bitte! Komm her!«

Das Mädchen reagierte immer noch nicht, aber irgendwo in der Schwärze vor ihm rührte sich etwas. Ein Schatten. Vielleicht eine Gestalt, vielleicht auch nur eine weitere Ausgeburt seiner Phantasie. Wenn er auch nur noch zehn Sekunden hier stand, würde er nie mehr den Mut aufbringen, weiter zu gehen. Stefan tat das einzige, wozu er überhaupt noch in der Lage war: Er machte einen Satz, ergriff Eva unter den Armen und riß sie einfach in die Höhe.

Das Mädchen erwachte schlagartig aus seiner Starre, schrie auf und begann hysterisch um sich zu schlagen. Stefan ignorierte seine Gegenwehr, aber Eva zappelte so sehr in seinen Armen, daß er strauchelte und halbwegs gegen die Wand neben der Tür fiel.

Und für eine Sekunde konnte er es sehen.

Diesmal war es kein zehntelsekundenlanges Aufblitzen, kein *flash*, der zu kurz war, um sicher zu sein. Er konnte sich nicht einreden, einer Täuschung erlegen zu sein.

Die Gestalt trat aus der Schwärze heraus, blieb aber einen halben Schritt stehen, bevor sie in das hereinströmende Licht trat, als hätte sie umgekehrt Angst vor der Helligkeit; eine Kreatur der Nacht, die im Licht nicht bestehen konnte. Sie war nicht so gigantisch, wie Stefan vorhin im Licht des Mündungsfeuers geglaubt hatte, sondern eher kleiner als er selbst. Vielleicht auch nicht – ihre Größe war schwer zu schätzen, denn sie stand in einer fast unmöglichen, verkrüppelt wirkenden Haltung da. Alles an ihr wirkte verzerrt, auf kaum in Worte zu fassende Weise *falsch*, nicht menschlich, aber auch nicht tierisch, sondern irgend etwas dazwischen, eine gräßliche Mischung aus etwas, das nicht mehr war, und etwas, das wider die Natur werden wollte.

Die Kreatur stand für die Dauer von zwei, drei Atemzügen reglos da und starrte ihn an, und in ihren unheimlichen, auch nicht mehr menschlichen Augen konnte er ein düsteres Versprechen lesen. Keine Drohung, sondern etwas weit jenseits davon.

Das Wesen – Stefan weigerte sich selbst in Gedanken, es als *Mensch* zu bezeichnen – begann zu zittern. Es war verletzt. Ein Teil seines auf so entsetzliche Weise verzerrten Gesichts war blutüberströmt, und sein linker Arm hing kraftlos herab. Blut tropfte in einem dünnen, aber regelmäßigen Strom zu Boden. Der Schuß, den Stefan gehört hatte, schien sein Ziel getroffen zu haben.

Eva gebärdete sich immer wilder in seinen Armen. Sie schrie, kreischte und tauchte, trat und schlug mit aller Gewalt um sich, und einige der Schläge, die sein Gesicht und seinen Hals trafen, waren ziemlich schmerzhaft. Er ließ sie nicht los, sondern preßte sie im Gegenteil noch fester an sich, auch wenn er wußte, daß er ihr damit wahrscheinlich weh tat.

Die Kreatur starrte ihn noch eine weitere Sekunde lang an, dann zog sie sich mit einem taumelnden, schleppenden Schritt wieder in den Schutz der Dunkelheit zurück. Einen Moment später hörte er einen Laut wie einen Sturz. Vielleicht war sie zusammengebrochen. Vielleicht war sie tot. Aber Stefan zweifelte, daß eine Kreatur wie diese überhaupt sterben konnte.

Endlich riß er sich vom Anblick der angsterfüllten Dunkelheit los, stieß sich von der Wand ab und taumelte wieder zu Rebecca hinaus. Sie hatte sich mittlerweile auf ein Knie und die Hände erhoben und streckte sofort die Arme aus, als sie Eva sah.

Stefan schüttelte nur den Kopf. Eva hatte nicht aufgehört zu toben, sondern trat und schlug im Gegenteil immer heftiger um sich. Rebecca hätte niemals die Kraft gehabt, sie zu halten. Selbst Stefan war nicht sicher, wie lange er das Kind noch bändigen konnte. Er hielt es bereits so fest, wie es nur ging. Wenn er den Druck noch ein wenig mehr verstärkte, würde er es möglicherweise verletzen, ihm vielleicht eine Rippe brechen. Eva kämpfte mit der Kraft der Verzweiflung. Sie wollte zurück in die Dunkelheit. Zurück zu dem *Ding*, das darin lauerte.

»Kannst du gehen?« fragte er. Er konnte ihr nicht einmal auf die Beine helfen. Wenn er Eva auch nur für eine Sekunde losließ, würde sie sich losreißen und zu dem Dämon von der anderen Seite der Drehtür zurückeilen.

Statt zu antworten, stemmte sich Rebecca mühsam in die Höhe, stützte sich einen Moment an der Wand neben der Tür ab und nickte dann. Trotz der Dunkelheit konnte Stefan erkennen, daß sie am ganzen Leib zitterte.

Er deutete nach links, in Richtung der Teergrube, und wartete, bis Rebecca sich taumelnd in Bewegung setzte. Sie waren noch immer nicht außer Gefahr. Er war ziemlich sicher, daß die beiden Söldner, die hinter ihnen die Leiter heraufgekommen waren, nicht mehr lebten, aber sie waren zu *viert* gewesen.

Und da war noch der Dämon.

Sie wankten aus der Gasse zwischen den beiden Gebäuden heraus. Rebecca blieb stehen und sah ihn fragend an. Stefan sah sich einen kurzen Moment lang um, dann deutete er beinahe wahllos nach rechts. Er *glaubte*, daß dies die richtige Richtung war, aber sicher war er nicht. Das Krankenhausgelände war riesig, und er hatte sich niemals besonders dafür interessiert. Das Gebäude rechts von ihnen – fast einen Kilometer entfernt, und in dem Zustand, in dem sie sich befanden, konnte es genausogut ein *Lichtjahr* sein – war etwas heller erleuchtet als die übrigen. Er mußte sich einfach darauf verlassen, daß es das Empfangsgebäude am Eingang war. Vielleicht hatten sie an diesem Abend ja ein einziges Mal Glück.

Wenn nicht, waren sie wahrscheinlich so gut wie tot.

Eva gebärdete sich in seinem Griff noch immer wie von Sinnen, aber sie hatte jetzt wenigstens aufgehört zu schreien und diese unheimlichen, tauchenden Knurrlaute auszustoßen; vielleicht, weil sie einfach nicht mehr genug Luft bekam, denn Stefan mußte sie noch immer mit aller Kraft festhalten, damit sie sich nicht losriß.

»Du tust ihr weh«, sagte Rebecca, als sie sah, wie er das Mädchen trug.

Stefan nickte grimmig. »Ich weiß. Aber ich schätze, sie tut mir weitaus mehr weh als ich ihr.« Trotzdem lockerte er seinen Griff ein wenig. Nicht einmal besonders stark, aber Eva nutzte die Chance sofort, einen Arm loszureißen und ihm mit spitzen Fingernägeln durch das Gesicht zu fahren. Es fühlte sich an, als hätte sie eine Gabel benutzt, nicht ihre Hand. Stefan keuchte und verstärkte seinen Griff wieder, und Eva hörte auf, sein Gesicht mit den Krallen zu beharken. Rebecca schenkte ihm einen vorwurfsvollen Blick, aber sie sagte nichts mehr.

Wie es aussah, hatten sie Glück. Das Gebäude, auf das sie zuhielten, war der zentrale Komplex. Stefan betete, daß die Schwester unten am Empfang nicht zu übereifrig gewesen war und sein Wagen noch da stand, wo er ihn abgestellt hatte.

Um den Weg abzukürzen, gingen sie quer über den kurzgeschnittenen Rasen. Stefans Bein schmerzte noch immer, aber darüber hinaus geschah etwas vollkommen Unerwartetes: Das Gehen auf dem Rasen bereitete ihm nicht annähernd so viel Mühe, wie er erwartet hatte, sondern fiel ihm sogar leichter als vorhin auf dem zementierten Weg, und die kühle Nachtluft streichelte seine geschundene Haut wie eine zärtliche Hand und linderte all die zahllosen kleinen Schmerzen, die ihn peinigten. Er konnte regelrecht fühlen, wie neue Kraft in seinen Körper zurückfloß, als wäre die Nacht ein unendlicher Ozean aus Energie, die durch jede einzelne Pore in seiner Haut hereinströmte.

Aber vielleicht war es auch gar nicht die Nacht …

Stefan sah hoch. Sein Blick suchte einen Punkt dicht über dem Dach des Gebäudes, auf das sie zugingen, und er spürte ganz genau, wie –

Unsinn! Schluß damit!

Stefan rief sich in Gedanken so heftig zur Ordnung, daß sich ein Großteil seiner Gefühle wohl auch auf seinem Gesicht widerspiegeln mußte, denn Rebecca sah einen Moment lang regelrecht erschrocken aus. Sie sagte nichts, und Stefan machte auch keine Anstalten, seine sonderbare Reaktion irgendwie zu erklären.

Es wäre Zeitverschwendung, und vermutlich mehr als nur schädlich. Er war einfach mit den Nerven am Ende. Seine Phantasie begann Kapriolen zu schlagen, aber sie waren nicht besonders lustig. Was er spürte, das war die belebende Wirkung der frischen Luft, weiter nichts. Und auch dort drinnen war kein Ungeheuer gewesen, kein Dämon, Werwolf oder Vampir, sondern ein ganz normaler Mensch, den allein seine Furcht in etwas anderes verwandelt hatte. So einfach war das. So verdammt einfach war das!

Und so erstaunlich.

Die Nachtluft hier auf dem Krankenhausgelände mußte wirklich eine ungewöhnlich belebende Wirkung haben, denn er war nicht der einzige, dessen Schritte sichtbar kräftiger geworden waren.

Auch Rebecca bewegte sich mit weitaus sichereren Schritten als noch vor zwei Minuten. Er konnte nicht unbedingt sagen, daß sie wie ein junges Reh neben ihm hersprang, aber gerade als sie das Gebäude verlassen hatten, war sie kaum in der Lage gewesen, sich aus eigener Kraft auf den Beinen zu halten. Jetzt zweifelte er nicht daran, daß sie den Weg bis zum Wagen schaffen würde. Irgend etwas ging hier vor. Und das Unheimlichste war: Er wußte sogar was. Der Gedanke war so absurd, daß er sich nicht einmal gestattete, ihn auch nur in Erwägung zu ziehen, aber er war da, tief am Grunde seines Bewußtseins, verborgen hinter Mauern aus Logik und fünftausend Jahren Zivilisation, aber da, und er hatte längst begonnen, an den Mauern seines Gefängnisses zu kratzen.

Plötzlich hörte Eva auf zu toben. Aber sie hörte nicht einfach *auf* – sie erstarrte mitten in der Bewegung, hielt für eine Sekunde sogar den Atem an, und plötzlich war die Anspannung wieder da. Er spürte, wie sie sich in seinen Armen versteifte und plötzlich jeder Muskel in ihrem Körper bis zum Zerreißen angespannt war. Ein tiefes, drohendes Knurren kam aus ihrer Brust; ein Laut, der mehr zu spüren als zu hören war.

Eine Sekunde später verharrte Rebecca mitten im Schritt, und dann spürte Stefan es auch. Vielleicht als letzter, aber mit fast körperlicher Wucht. Es war nicht vorbei. Die Gefahr war wieder da, und diesmal war sie unmittelbar vor ihnen.

»Da … ist jemand«, flüsterte Rebecca. Ihre Haltung drückte die gleiche Anspannung aus wie die des Mädchens – und auch die Stefans, auch wenn er sich dessen selbst nicht einmal bewußt war. Der Kampf war noch nicht vorbei. Sie waren immer noch Beute.

Stefan strengte seine Augen an, aber er konnte nichts erkennen außer Schatten und im Dunkel verschwimmende Umrisse, hinter denen sich alles oder auch nichts verbergen konnte. Das Krankenhausgebäude lag unmittelbar vor ihnen.

Er konnte den erhellten Bereich vor dem Empfang erkennen und dicht vor seinem jenseitigen Rand sogar den verwaschenen rostroten Farbfleck des Golf – aber dazwischen lag ein Abgrund aus Schwärze, und darin lauerte etwas. Er spürte es. Er konnte den Haß und die Aggressivität wittern, die der Jäger ausstrahlte.

»Nimm das Kind«, sagte er. Da war kein Gedanke an Flucht; nicht einmal die bloße *Möglichkeit*. Die Jagd war zu Ende. Jäger und Beute hatten sich gefunden, und die Entscheidung fiel *jetzt*.

Rebecca nahm ihm Eva aus den Armen und trat einen Schritt zurück, und aus dem Schatten unmittelbar vor ihnen löste sich eine hochgewachsene Gestalt. Ihr linker Arm hing kraftlos herab, der andere war in einer deutenden Geste auf Stefan gerichtet. Die Schatten der Nacht löschten das aus, was sie in der Hand hielt, aber Stefan wußte natürlich, was es war.

Stefan trat mit einem einzigen Schritt zwischen Rebecca und die Waffe, die auf sie gerichtet war. Der ausgestreckte Arm folgte seiner Bewegung, aber der Mann blieb stehen, wo er war. Eine Sekunde später trat ein zweiter, noch dunklerer Umriß neben ihn. Auch er war bewaffnet. Stefan konnte die Entschlossenheit der beiden Männer überdeutlich spüren.

Ganz langsam hob er die Arme. Er vermutete, daß er für die beiden Söldner ein ebensolcher verschwommener Schemen war wie sie für ihn; deshalb bewegte er sich unendlich langsam und mit übertrieben pantomimischer Gestik.

»Ich versuche sie aufzuhalten«, flüsterte er. »Lauf zum Haus! Schrei! Vielleicht folgen sie dir nicht.«

Natürlich würden sie ihr folgen. Die beiden Kerle würden nicht zögern, sie vor hundert Zeugen zu erschießen oder aber auch vor einer laufenden Fernsehkamera, wenn es sein mußte. Aber er wollte nicht, daß sie etwas Dummes tat und sich etwa in den Kampf einmischte.

Falls es einen solchen überhaupt gab und er nennenswert länger als eine Sekunde dauerte.

Er hob den rechten Arm weiter, senkte gleichzeitig sehr langsam die linke Hand und zog die Pistole aus dem Gürtel. Beide Waffen der Russen waren nun auf ihn gerichtet, doch er spürte irgendwie, daß sie nicht schießen würden. Nicht, solange er sie nicht dazu zwang.

Unendlich behutsam zog er die Waffe aus dem Gürtel, hielt sie in der ausgestreckten Hand von sich weg, so weit er konnte, und ließ sie fallen. Dann senkte er die Hände, ballte sie zu Fäusten und spreizte die Beine. Seine Absätze wühlten im Boden, um festeren Halt zu haben.

»Geh«, sagte er. »Geh ganz langsam los. Du darfst nicht rennen, hörst du?«

Rebecca antwortete nicht. Aber er spürte, wie sie langsam hinter ihm zurückwich. Konnten die Söldner sie sehen? Wahrscheinlich. Die Dunkelheit war nicht absolut. Wenn sie Rebecca selbst nicht erkennen konnten, würden sie die Bewegung spüren; vielleicht ihre Angst.

Nach einer Ewigkeit senkten die beiden Russen ebenfalls ihre Waffen. Sie warfen sie nicht fort, wie Stefan es getan hatte, sondern steckten sie nur ein. Aber sie hatten die Herausforderung angenommen und mit ihr die Regeln, die er aufgestellt hatte.

Und warum auch nicht, dachte Stefan. Er stellte keine Gefahr für sie da, ob mit oder ohne Waffe. Sie würden nur ein paar Sekunden brauchen, um ihn zu erledigen, und die Jagd auf Rebecca anschließend in aller Ruhe fortsetzen. Stefan wußte, daß er keine Chance hatte. Aber er war entschlossen, es ihnen so schwer wie möglich zu machen. Wer weiß, vielleicht gelang es ja, sie fünf Sekunden lang aufzuhalten, statt nur zwei oder drei.

Ohne Vorwarnung warf er sich auf den Mann mit dem verletzten Arm.

Die Überraschung gelang ihm sogar. Vielleicht hatte der Russe mit irgendeiner Finte gerechnet, irgendeiner Täuschung oder anderen Mätzchen, aber Stefan warf sich einfach nach vorne, schlug nach seinem Gesicht und traf. Der Mann taumelte, mehr überrascht als wirklich erschüttert, stieß einen grunzenden Laut aus und griff mit der unverletzten Hand nach seiner Schulter. Stefan wich der Bewegung aus, faltete beide Hände zu einer einzigen Faust und hämmerte sie dem Russen mit aller Kraft gegen den verletzten Arm.

Wenigstens versuchte er es.

Der Mann hatte den Angriff vorausgeahnt, wich Stefan mit einer fast spielerischen Drehung aus und schlug ihm die Handkante in den Nacken.

Es tat nicht einmal weh. Stefan spürte nicht den geringsten Schmerz; genaugenommen spürte er plötzlich fast gar nichts mehr. Sein Körper versagte ihm einfach den Dienst. Er taumelte an dem Russen vorbei, drehte sich in einer hilflosen Dreiviertel-Pirouette dem Boden entgegen und fragte sich, wie weit Rebecca mittlerweile gekommen sein mochte. Zwei Sekunden, allerhöchstens drei. Nicht weit genug.

Mühsam wälzte er sich auf den Rücken, versuchte sich hochzustemmen und fiel wieder zurück. Der Schlag hatte ihn weder betäubt noch völlig gelähmt, aber er schien seinen Körper sämtlicher Kraft beraubt zu haben.

Die beiden Russen kamen näher. Sie wechselten ein paar Worte in ihrer Muttersprache, die Stefan natürlich nicht verstand, die sich aber eindeutig häßlich anhörten. Einer von ihnen holte aus und versetzte ihm einen Tritt gegen den Oberschenkel, der entsetzlich weh tat. Sie lachten. Trotzdem hatte Stefan das deutliche Gefühl, daß sie enttäuscht waren. Wahrscheinlich hatte er es ihnen zu leicht gemacht. Wie lange? Zehn Sekunden? Kaum mehr. Das war zu wenig. Viel zu wenig.

»Also schön«, stöhnte er. »Macht schon. Macht mich fertig. Das wolltet ihr doch, oder?«

Er bekam einen weiteren Tritt, diesmal gegen den Hüftknochen, der fast noch mehr weh tat, aber das war Zufall; eine Reaktion darauf, *daß* er geredet hatte, nicht was. Die beiden Kerle verstanden ihn so wenig wie er sie. Das machte die Sache schwieriger. Fünfzehn Sekunden. Immer noch nicht genug. Er konnte Rebeccas Nähe noch immer spüren.

Dann begriff er seinen Irrtum.

Es war nicht Rebecca, deren Anwesenheit er spürte. Es war dasselbe, auf absurde Weise gleichermaßen beruhigende wie angst machende Gefühl, das er vorhin unten im Keller gehabt hatte, nur ungleich stärker. Irgend etwas kam näher. Schnell. Raste regelrecht heran.

Wenn er noch irgendeinen Zweifel an seinen eigenen Empfindungen gehabt hätte, so wäre dieser von der Reaktion der beiden Männer beseitigt worden. Sie spürten es auch, vielleicht nicht mit den unheimlichen, überscharfen Sinnen, die Stefan noch immer eigen waren, aber mit den Instinkten von Männern, die ihr Leben lang Jäger und Gejagte gewesen waren. Der mit dem verletzten Arm sah mit einem Ruck hoch, der andere hob mit einer fließenden, unglaublich schnellen Bewegung wieder seine Waffe.

Er war trotzdem nicht schnell genug.

Ein langgestreckter Schemen flog aus der Nacht heraus auf ihn zu, prallte mit einem dumpfen, sonderbar *schwer* wirkenden Laut gegen ihn und riß seinen Arm ab.

Der Anblick war so entsetzlich, daß er schon wieder unwirklich wurde und damit einen Großteil seines Schreckens verlor.

Trotzdem wußte Stefan, daß er ihn nie im Leben wirklich vergessen würde.

Die beiden Schatten verschmolzen für einen Moment zu einem einzigen, fast formlosen Umriß. Er hörte ein Schnappen, den Laut schrecklicher, unvorstellbar *starker* Kiefer, der jäh in ein fürchterliches Reißen und Brechen überging. Der Wolf – Wolf? Nein, zum Teufel, es war ein Hund, ganz einfach, weil es nichts anderes sein *durfte*! – stürzte zu Boden, überschlug sich zweimal und kam mit einer ungeschickt aussehenden, aber erstaunlich schnellen Bewegung wieder auf die Pfoten. Der Söldner taumelte zurück, schwenkte den zerfetzten Stumpf seines rechten Armes, aus dem Blut schoß wie Wasser aus einem gerissenen Hochdruckschlauch, und weigerte sich noch immer, zu stürzen oder auch nur einen Schrei auszustoßen. Wahrscheinlich war der Schock so groß, daß er nicht einmal Schmerz spürte. Das alles geschah in einer einzigen, endlos erscheinenden Sekunde.

Noch ehe sie ganz zu Ende war, griff der zweite Söldner an seinen Gürtel, um seine Pistole zu ziehen, und Stefan mobilisierte seine letzten Energien, stemmte sich halb in die Höhe und warf sich gegen seine Knie.

Es gelang ihm nicht, ihn zu Boden zu reißen; nicht einmal, ihn wirklich zu erschüttern. Hätte der Russe seine Bewegung einfach zu Ende geführt, hätte er wahrscheinlich eine gute Chance gehabt, seine Waffe auf den tierischen Angreifer zu richten und abzudrücken.

Aber er beging den Fehler, sich von Stefan ablenken zu lassen.

Sein rechtes Knie stieß vor, kollidierte mit Stefans Nase und brach sie; vermutlich zum zweitenmal. Der Schmerz ließ grelle Lichtblitze vor Stefans Augen explodieren, und der Versuch, sein eigenes Blut zu atmen, war im ersten Moment auch nicht sonderlich erfolgreich. Aber er ließ trotzdem nicht los, sondern klammerte sich nur mit noch verbissenerer Kraft an die Beine des Russen. Der Söldner brüllte vor Wut – im gleichen Moment übrigens, in dem sein Kamerad endlich mit hohen, fast unmenschlich spitzen Schreien seinen Schmerz herausschrie –, krallte seine Hand in Stefans Haar und riß ihm den Kopf mit brutaler Wucht in den Nacken. Wahrscheinlich hatte er vor, seinem Hobby zu frönen und ihm aus allernächster Nähe ins Gesicht zu schießen.

Er kam nicht dazu.

Der Wolf sprang ihn aus allernächster Nähe an und riß ihn von den Füßen. Stefan wurde nach hinten geschleudert und schlitterte davon, während der Söldner zwei, drei Meter durch die Luft segelte, dabei einen kompletten Salto schlug und dann überraschend sanft auf dem Boden landete. Der Wolf prallte härter auf. Seine schnappenden Kiefer hatten ihr Ziel diesmal verfehlt, und der Söldner bewies eine erstaunliche Geistesgegenwart: Er versuchte nicht, aufzuspringen oder auch nur in eine bessere Schußposition zu gelangen, sondern feuerte im Liegen auf das Tier; die Kugel hinterließ eine rauchende Spur auf seiner Hose und nahm wahrscheinlich auch noch eine gehörige Portion Haut mit, aber sie traf. Stefan sah, wie der Wolf wie von einem unsichtbaren Faustschlag getroffen und einen guten halben Meter in die Höhe gerissen wurde. In seinen bisher lautlosen Angriff mischte sich ein schrilles gepeinigtes Heulen. Er fiel, versuchte wieder in die Höhe zu kommen und knickte in den Hinterläufen ein.

Er war jedoch keineswegs besiegt.

Die Kugel hatte seinen Körper glatt durchschlagen. Stefan sah, wie sich unter seinen gelähmten Hinterläufen rasend schnell eine Blutlache bildete. Der Wolf jaulte noch immer in einer Mischung aus Schmerz und Wut, robbte aber trotzdem weiter auf den Russen zu. In seinen Augen flackerte eine unvorstellbare, mörderische Wut.

Der Russe stemmte sich auf dem verletzten Arm in die Höhe, zielte mit schmerzverzerrtem Gesicht auf das Tier und verfehlte es; die Kugel schlug Funken aus dem Asphalt und heulte wie ein winziger Meteor davon. »*Barkow!*« schrie Stefan. Es war das erstbeste, was ihm einfiel. Er sprach kein Wort Russisch; und selbst wenn, hätte der Söldner wahrscheinlich auf nichts reagiert, was er ihm zugerufen hätte.

Außer auf den Namen seines ehemaligen Kommandeurs.

Für den Bruchteil einer Sekunde war der Söldner irritiert; und für einen noch kürzeren Moment ließ sein Blick den Wolf – Hund, verdammt noch mal! Hund! Hund! *Hund!* – los, und er sah Stefan an.

Mehr Zeit brauchte der vierbeinige Killer nicht.

Obwohl seine Hinterläufe gelähmt waren, grub der Wolf/Hund die mächtigen Vordertatzen in den Boden, stieß sich mit einem ungeheuer kraftvollen Satz ab und landete genau auf der Brust des Russen. Einer seiner Vorderläufe schlug nach dem Handgelenk des Mannes und schmetterte ihm die Waffe aus den Fingern. Dann schnappten seine gewaltigen Kiefer zu. Der überraschte Schrei des Söldners ging in ein schreckliches Gurgeln und Blubbern über.

Stefan hockte eine Sekunde lang wie gelähmt da und sah dem Todeskampf des Mannes zu. Strenggenommen war er wohl schon tot, aber aus irgendeinem Grund wehrte er sich noch immer: Seine Fäuste droschen kraftlos auf Kopf und Schultern des Tieres ein, das sich seinerseits tief in seine Kehle verbissen hatte und in irrsinniger Wut daran zerrte und riß. Blutrausch. Stefan fiel keine andere Beschreibung für das ein, was er sah. Das Tier mußte in eine Art Blutrausch verfallen sein; eine andere Erklärung gab es nicht. Sein Opfer war längst tot. Das Zucken seiner Glieder war nur noch ein reiner Reflex und vielleicht nicht einmal mehr das. Der Wolf schüttelte den leblosen Körper mit solcher Kraft, daß seine Arme und Beine einfach hin und her geworfen wurden. Trotzdem ließ er nicht von ihm ab, sondern zerrte und riß mit immer mehr Gewalt an seiner Kehle. Das Tier war in pure Raserei verfallen; ein Toben, für das es keinen anderen Grund gab als den absoluten, kompromißlosen Willen zu töten.

Endlich ließ der Wolf von seinem Opfer ab und drehte den Kopf, um Stefan anzustarren. Seine Schnauze glänzte vor Blut, aber das Rot in seinen Augen war hundertmal intensiver. Tief am Grunde dieses roten Feuers loderten ein Zorn und eine Entschlossenheit, die keinen Grund brauchten und durch nichts zu stillen waren. Das Tier war die Gestalt gewordene Bedeutung des Wortes *Gewalt*.

Und diese Gewalt war auch gegen ihn gerichtet.

Der Blutdurst des Wolfs war noch nicht gestillt. Das Tier war schwer verletzt, vielleicht tödlich, aber es würde weiter töten, solange noch ein Funken Leben in ihm war, wie eine Maschine, die einmal in Bewegung gesetzt war und einfach nicht mehr angehalten werden konnte. Der Umstand, daß es die beiden Russen angegriffen hatte, hatte Stefan das Ungeheuer instinktiv als Verbündeten einstufen lassen, *aber wer, zum Teufel, sagte ihm eigentlich, daß das stimmte?*

Der Wolf drehte sich mühsam herum, kroch von dem toten Söldner herunter und schleppte sich, die gelähmten

Hinterläufe wie eine tote Last hinter sich herziehend, auf ihn zu. Roter Schaum tropfte von seinen Lefzen, und aus seiner Brust drang ein tiefes, drohendes Geräusch; kein Knurren, sondern etwas viel Schlimmeres. Vielleicht *hatte* dieses Tier auf seiner Seite gestanden, als er die Russen angriff, aber das war, *bevor* es Blut geleckt hatte.

Der Gedanke elektrisierte Stefan regelrecht! Der Wolf kroch langsam, aber mit der Unaufhaltsamkeit einer Naturgewalt auf ihn zu, und plötzlich *wußte* Stefan, daß das Tier ihn töten würde, wenn es ihn erreichte.

Er kroch ein paar Schritte weit rücklings davon, kam endlich auf die Idee, sich aufzurichten und fuhr herum. Gleichzeitig schrie er Rebeccas Namen, so laut er konnte.

Er bekam keine Antwort, aber er prallte fast gegen sie, kaum daß er ein paar Schritte weit gelaufen war. Sie hatte sich nicht annähernd so weit entfernt, wie er gehofft hatte.

»Lauf! Zum Wagen!«

Rebecca reagierte nicht. Sie preßte Eva an sich, die in ihren Armen genauso heftig tobte und sich wand, wie sie es gerade bei Stefan getan hatte. Aber Rebecca schien das nicht einmal zu bemerken, ebensowenig wie Stefans Schrei. Ihr Blick war starr auf einen Punkt hinter Stefan gerichtet. Selbst bei der herrschenden Dunkelheit konnte Stefan sehen, daß ihr Gesicht noch mehr Farbe verloren hatte. Ihre Haut war nicht mehr blaß, sondern grau.

Stefan ersparte es sich, sie noch einmal anzusprechen, sondern packte sie kurzerhand an der Schulter, riß sie herum und zerrte sie einfach mit sich. Nebeneinander stolperten sie auf das hell erleuchtete Rechteck vor dem Krankenhauseingang und damit den Wagen zu. Stefan rechnete jeden Moment damit, daß die Türen auffliegen und eine ganze Armee aufgeschreckter Nachtschwestern und Ärzte ausspeien würden, aber so unglaublich es ihm vorkam –

niemand schien die Schüsse und Schreie gehört zu haben. Unbehelligt erreichten sie den Wagen.

Stefan ließ Rebeccas Schulter los, lehnte sie halbwegs gegen den Wagen und eilte mit gewaltigen Schritten um den VW herum. Seine rechte Hand grub nach dem Schlüssel, den er vorhin in die Hosentasche gesteckt hatte. Für einen kurzen, panikerfüllten Moment fand er ihn nicht, und dann war er so nervös, daß er den Schlüsselbund fallen ließ und sekundenlang in der Dunkelheit herumtastete, bis er ihn wiederfand. Sie waren noch nicht in Sicherheit. Stefan wagte es nicht, in die Richtung zurückzublicken, aus der sie gekommen waren, aber er spürte, daß sich irgend etwas von dort näherte; nicht der Wolf, sondern etwas anderes, Gefährlicheres.

Mit fliegenden Fingern öffnete er die Tür – er schloß seinen Wagen *nie* ab, verdammt noch mal, warum hatte er es ausgerechnet *heute* getan? –, warf sich hinter das Lenkrad und stieß die Beifahrertür auf.

»Rebecca! Steig ein!«

Sie reagierte nicht. Stefan konnte sehen, daß sie stocksteif dastand und in die Dunkelheit hineinstarrte. Irgend etwas raste darin heran. Etwas Großes.

»Becci! Um Himmels willen!«

Er drehte den Zündschlüssel, schickte ein Stoßgebet zum Himmel, daß der Motor ausnahmsweise einmal auf Anhieb an, springen möge, und trat das Gaspedal mit einem Ruck bis zum Boden durch, als das Wunder tatsächlich geschah. Noch während der Motor protestierend aufheulte, warf er sich über den Beifahrersitz, griff hinaus und zerrte Rebecca mit schierer Gewalt zu sich herein. Er war alles andere als sanft, das *konnte* er nicht sein. Ihr Gesicht kollidierte unsanft mit dem Türrahmen, und sie fiel mehr in den Wagen, als sie einstieg.

Eva tobte immer heftiger. Ihre Schreie waren schrill und jetzt eindeutig hysterisch, und ihre Fingernägel hatten blutige Spuren in Rebeccas Gesicht hinterlassen. Nichts von alledem spielte eine Rolle. Sie mußten weg von hier, bevor die Dunkelheit auf der anderen Seite etwas ausspie, das vielleicht schlimmer war als der Tod.

Stefan schlug die Tür zu, rammte den Gang hinein und ließ den Wagen mit durchgedrehten Reifen losrasen.

In der nächsten Sekunde trat er so hart auf die Bremse, daß Rebecca mit Eva hart gegen das Armaturenbrett geschleudert wurde. Eva stieß ein ersticktes Keuchen aus und hörte endlich auf zu schreien, und Stefan verspürte einen heftigen Schmerz in beiden Handgelenken, als er versuchte sich am Lenkrad abzustützen. Der Motor ging aus.

Zehn Meter vor dem Wagen stand eine Gestalt. Wie das Ding vorhin hinter der Tür stand sie gerade außerhalb des Bereiches, in dem er *wirklich* etwas sehen konnte, und genau wie vorhin fügte seine Phantasie das, was nicht zu sehen war, in höchst unerwünschtem Maße hinzu.

Immerhin konnte er erkennen, daß die Gestalt sehr klein war und ziemlich schlank, eher die Umrisse eines Kindes als die eines Erwachsenen, und ganz gewiß kein *Dämon*. Es war die Art wie sie dastand, die ihn mit einem eisigen Schrecken erfüllte: ruhig, hoch aufgerichtet und auf eine unbestimmte Art drohend, als gäbe es nichts auf der Welt, das irgendeine Gefahr für sie darstellte – schon gar nicht ein heranrasender Wagen.

Rebecca stemmte sich mühsam wieder in ihrem Sitz hoch. »Was ist das?« flüsterte sie. »Stefan, wer … wer ist das?!«

Stefan antwortete nicht, obwohl er die Antwort zu kennen glaubte. Er streckte die Hand nach dem Zündschlüssel aus, zog sie dann wieder zurück und verriegelte beide Türen, ehe er den Motor wieder startete. Nicht, daß es etwas nützen würde. Ganz bestimmt nicht. Die Mächte, mit denen sie sich eingelassen hatten, ließen sich gewiß nicht durch ein bißchen Metall und Glas aufhalten. Trotzdem fühlte er sich ein wenig sicherer.

Dieses Mal erfüllte der Motor seine Erwartungen und sprang erst nach dem dritten Versuch an. Stefan legte behutsam den ersten Gang ein, ließ den Wagen zwei oder drei Meter weit rollen und kam endlich auf den Gedanken, das Licht einzuschalten. Aus dem Schatten einer ganz anderen Welt wurde die Gestalt eines schlanken, dunkelhaarigen Mädchens, das ruhig dastand und, ohne zu blinzeln, in das grelle Scheinwerferlicht starrte. Sonja.

Rebecca keuchte. Stefan trat die Kupplung wieder durch und ließ den Motor schrill aufheulen, aber Sonja rührte sich nicht. Stefan konnte ihr Gesicht im grellen Scheinwerferlicht nicht einmal richtig erkennen, aber er las die Botschaft, die in ihren Augen geschrieben stand, so deutlich, als hörte er ihre Stimme direkt in seinem Kopf. Ihm blieb nur eine einzige Konsequenz.

Er gab noch mehr Gas, ließ die Kupplung springen und klammerte sich in Erwartung des Zusammenpralls mit aller Kraft am Lenkrad fest. Der Golf machte einen Satz, der einem Formel-I-Rennwagen zur Ehre gereicht hätte, schoß auf kreischenden Reifen auf das dunkelhaarige Mädchen zu und begann zu schlingern. Sonjas Gestalt schien plötzlich die gesamte Windschutzscheibe auszufüllen, und er war sicher, *vollkommen sicher*, daß er sie treffen würde.

Vielleicht traf er sie sogar. Er wußte es nicht. Der Wagen schlingerte wild hin und her, versuchte immer heftiger auszubrechen und reagierte mit wilden Stößen auf die grobe Behandlung; er konnte nicht sagen, ob einer der harten Schläge, die er im Lenkrad spürte, vielleicht von Sonjas zerschmettertem Körper stammte, über den der Wagen hinwegschoß. Es war ihm auch gleich. Er *wünschte* sich fast, sie erwischt zu haben.

Obwohl er gleichzeitig wußte, daß es nichts genützt hätte.

Der Wagen wurde immer schneller. Der Motor heulte mittlerweile so schrill, als wollte er jeden Moment auseinanderfliegen. Stefan schaltete, ohne den Fuß vom Gas zu nehmen, kurbelte wie wild am Lenkrad und brachte endlich den Mut auf, in den Rückspiegel zu blicken.

Er hatte Sonja nicht erwischt. Sie war wieder zu einem Schatten geworden, aber sie hatte sich herumgedreht und sah ihnen nach, und sie stand noch immer in der gleichen Haltung und an der gleichen Stelle da wie vorhin.

Als wäre sie nur ein Gespenst, durch das der Wagen einfach hindurchgeglitten war.

Seine Hände hörten erst auf zu zittern, als sie sich vier oder fünf Blocks vom Krankenhaus entfernt hatten und anhielten. Stefan hatte den Wagen rücksichtslos auf die Straße hinausgesteuert und auch danach noch mehr Gas gegeben, bis sie mit nahezu hundert Stundenkilometern in Richtung City jagten; selbst für die Kummer gewohnten Frankfurter Autofahrer Grund genug zu einem wütenden Hupkonzert, das ihn letztendlich auch wieder zur Vernunft gebracht hatte. Weder das Hupen noch die wütenden Gesten und Beleidigungen hatten ihn im geringsten beeindruckt, aber er hatte schlagartig begriffen, daß er drauf und dran war, zu Ende zu bringen, was Barkows Männer begonnen hatten. Ein Autounfall – noch dazu in einem Wagen wie diesem – konnte im Zweifelsfall genauso tödlich sein wie eine Pistolenkugel im Kopf.

Er fiel auf eine normale Geschwindigkeit zurück, bremste behutsam weiter ab und lenkte den Wagen schließlich bei der ersten Gelegenheit in eine Parkbucht. Stefan schaltete den Scheinwerfer aus, ließ den Motor aber laufen. Es war vorbei. Er war vollkommen sicher, daß sie ihren Verfolgern wenigstens für den Moment entkommen waren, aber er hätte es einfach nicht ertragen, den Motor abzustellen. Das unregelmäßige Tickern der alten Maschine erweckte Assoziationen an ausgeschlagene Ventile und glühende Kolben, die auf dem besten Weg waren, sich durchzufressen, und er war ziemlich sicher, daß er die verbleibende Lebenszeit des Motors in den letzten fünf Minuten glatt halbiert hatte. Trotzdem hatte das Geräusch etwas ungeheuer Beruhigendes.

Stefan ließ sich erschöpft nach vorne sinken, legte die Stirn auf das Lenkrad und schloß für einen Moment die Augen. Es war keine gute Idee. Seine Phantasie lief immer noch auf Hochtouren, und der Schrecken, der sich auf der Innenseite seiner geschlossenen Lider abspielte, konnte mit dem, was hinter ihnen lag, spielend mithalten.

Er richtete sich wieder auf und sah Rebecca an. Sie hockte zitternd und in verkrampfter Haltung auf dem Beifahrersitz, aber obwohl sie noch immer so blaß und erschöpft aussah wie vorhin, wirkte sie auf eine schwer faßbare Weise gesünder. *Lebendiger?*

»Ich dachte schon, du wolltest uns umbringen«, murmelte sie. »Ist es vorbei?«

Seltsamerweise bestand Stefans Reaktion auf diese Frage nicht in einem Blick in den Spiegel oder aus dem Fenster, sondern auf die Uhr im Armaturenbrett.

Er blinzelte, sah noch einmal hin und verglich die Zahlen mit denen auf seiner Armbanduhr, ohne daß sich an dem Ergebnis dadurch etwas änderte. So unglaublich es ihm auch vorkam – seit er den Wagen vor dem Krankenhaus abgestellt hatte, war nicht einmal eine halbe Stunde vergangen.

Rebecca bewegte sich unruhig auf ihrem Sitz. Sie beugte sich über Eva, runzelte die Stirn und machte dann ein überraschtes Gesicht.

»Was ist los?« fragte Stefan alarmiert. Er wußte nicht,

wann Eva aufgehört hatte zu toben, aber sie lag jetzt vollkommen ruhig auf Beccis Schoß.

»Sie schläft«, antwortete Rebecca, in leicht überraschtem Tonfall, der sich zugleich fast wie ein gesprochenes Lächeln anhörte. Stefan konnte sie gut verstehen. Ein sonderbares, vollkommen unmotiviertes Gefühl von Zuneigung und Zärtlichkeit überkam ihn, während er auf das schlafende Kind hinabsah. Plötzlich erschien es ihm ganz und gar unglaublich, daß er vor weniger als achtundvierzig Stunden noch mit seinem Schwager darüber gestritten hatte, ob sie dieses Kind bei sich behalten sollten.

Rebecca sah ihn an. »Ich kann nicht glauben, daß du das getan hast«, sagte sie leise.

»Was?« Er versuchte zu lachen. »Daß ich so gut Auto fahren kann?«

»Diese beiden Kerle.« Rebecca blieb vollkommen ernst. »Sie hätten dich umgebracht, wenn der Hund nicht aufgetaucht wäre.«

»Sie haben es nicht«, antwortete Stefan. *Und außerdem war es kein Hund.*

»Aber sie hätten es«, beharrte Rebecca. »Du wußtest das, nicht wahr?«

»Ich konnte mir denken, daß sie mich nicht nach der Uhrzeit fragen wollten.« Natürlich wußte Stefan, worauf sie hinauswollte, aber plötzlich war ihm dieses Wissen peinlich.

»Du hättest dich für uns geopfert, damit wir entkommen können!« Rebeccas Stimme klang viel mehr erstaunt und ungläubig als bewundernd oder auch nur dankbar. Stefan war nicht ganz sicher, ob ihm dieser Ton und vor allem der dazu passende Ausdruck in Beccis Augen gefielen. Rebecca hatte vollkommen recht, nur, daß er diese *Heldentat* nicht aus einer bewußten Entscheidung heraus begangen hatte, sondern ganz instinktiv. Trotzdem war er der Meinung, ein bißchen mehr Dankbarkeit verdient zu haben.

»Du weiß doch«, antwortete er. »Jeder Mensch ist einmal im Leben ein Held. Und es hat funktioniert, das allein zählt.«

»Ja«, murmelte Rebecca. »Wahrscheinlich hast du recht.« Das hatte er nicht; tatsächlich war die Frage, *warum* sie noch am Leben waren, im Moment wichtiger als alles andere, aber genau wie er hatte sie vermutlich Angst, sie zu stellen. Sie versuchte, in eine andere Lage zu rutschen, verzog plötzlich das Gesicht und preßte die Hand gegen die Seite.

»Hast du Schmerzen?« fragte Stefan.

»Nur, wenn ich dumme Fragen höre«, antwortete Rebecca gepreßt. Sie sog scharf die Luft ein, schüttelte aber abwehrend den Kopf, als er die Hände nach ihr ausstrecken wollte. Wozu auch? Es gab nicht besonders viel, was er für sie tun konnte. Und trotz allem *fühlte* er einfach, daß es ihr jetzt wesentlich besserging als noch vorhin unten im Krankenhauskeller. Ihm übrigens auch, so ganz nebenbei. Die Schmerzen im seinem Bein waren fast vollkommen verschwunden. Selbst dort, wo ihn der Stiefel des russischen Söldners getroffen hatte, spürte er nur noch ein sanftes Pochen. Was, um alles in der Welt, geschah mit ihnen?

»Wir müssen einen Arzt für dich finden«, sagte er.

»Phantastische Idee«, antwortete Rebecca gepreßt. »Ich glaube, ein paar Straßen entfernt gibt es ein paar Gebäude, in denen es von Ärzten nur so wimmelt. Warum fahren wir nicht dahin zurück?«

Tatsächlich dachte Stefan einen Moment lang ernsthaft über diesen Vorschlag nach. So absurd er im ersten Augenblick klingen mochte, machte er trotzdem Sinn. In der Klinik mußte es mittlerweile von Polizei nur so wimmeln. Vermutlich waren sie dort so sicher wie an keinem anderen Ort in dieser Stadt.

Trotzdem kam es natürlich nicht in Frage, dorthin zurückzufahren.

»Ich brauche keinen Arzt«, fuhr Rebecca fort. Offensichtlich hatte sie sein Schweigen falsch gedeutet, denn ihre Stimme hatte einen eindeutig aggressiven Klang. »Sie haben seit zwei Wochen an mir herumgepfuscht, und bisher haben sie es nur schlimmer gemacht. Bring mich nach Hause.«

»Zu uns?« Stefan schüttelte den Kopf. »Das geht nicht.«

»Wieso?«

»Weil sie uns dort als allererstes suchen werden«, antwortete Stefan. »Wahrscheinlich wartet dieser Oberinspektor schon auf uns.« Es war besser, wenn er Rebecca nichts von dem kleinen Zwischenfall erzählte, der sich auf der Straße vor ihrem Haus abgespielt hatte. Sie hatten auch so schon genug Probleme.

»Dorn?« Rebecca überlegte einen Moment. »Ich dachte, er wäre auf unserer Seite.«

»Ich bin nicht sicher, ob überhaupt noch jemand auf *unserer Seite* ist«, murmelte Stefan. Die Worte galten nicht wirklich Rebecca; eigentlich nicht einmal ihm selbst. Wenn überhaupt, dann waren sie Ausdruck des einzigen Gefühles, zu dem er überhaupt noch fähig schien: Hilflosigkeit. Rebecca hörte sie natürlich trotzdem, aber sie sagte nichts dazu, sondern sah ihn nur verstört an.

»Robert?«

Natürlich Robert, dachte er resignierend. Wohin sonst konnten sie gehen? Ganz davon abgesehen, daß Rebecca allen gegenteiligen Beteuerungen zum Trotz natürlich *nicht* gesund war, waren sie beide nicht in einem Zustand, in dem sie sich in irgendeinem Hotel blicken lassen konnten. Außerdem hatte er keinen Pfennig Geld bei sich und auch keine Papiere. Darüber hinaus würde das Kennzeichen ihres Wagens in spätestens einer Stunde ganz oben auf der Fahndungsliste jedes einzelnen Polizisten der Stadt stehen. Und wenn es überhaupt jemanden gab, der ihnen so etwas wie Schutz gewähren konnte, dann war es Robert. Trotzdem gefiel ihm der Gedanke nicht. Selbst in einer Situation wie dieser ging es ihm gegen den Strich, zu Gottvater Robert zu kriechen und um Hilfe zu betteln.

Er sah wieder auf die Uhr. Bis Roberts Maschine landete, war noch mehr als genug Zeit; sie konnten bequem zum Flughafen fahren und ihn dort in Empfang nehmen. Aber die Vorstellung behagte ihm nicht. Der Flughafen bedeutete Menschen, *zu viele* Menschen, und damit zu viele Gefahren. Es war unwahrscheinlich, aber trotzdem möglich, daß Barkows Männer bereits über Roberts Rückkehr informiert waren und dort auf sie warteten.

Er schaltete das Licht wieder ein, warf einen übertrieben langen, aufmerksamen Blick in den Rückspiegel und fuhr los.

Teil 4

Roberts Haus war Stefan in mehr als einer Beziehung unheimlich. Das war es immer gewesen, schon als er es das allererste Mal betreten hatte, und daran hatte sich bis heute nichts geändert.

Das Haus war riesig, wirkte aber – vermutlich dank irgendwelcher architektonischer Tricks, die Stefan bis heute nicht durchschaut hatte – auf den ersten Blick sehr viel kleiner, als es war; auf den zweiten und dritten übrigens auch. Es lag in einem der vornehmen Frankfurter Wohnviertel, was zur Folge hatte, daß sie nicht nur eine gute Dreiviertelstunde Fahrt in Kauf nehmen mußten, sondern auch, daß die Straße, auf der sie schließlich geparkt und auf Robert gewartet hatten, so gut wie menschenleer war – und *vollkommen* leer von Autos. Er hatte sich gegen den Flughafen entschieden, weil es dort zu viele Menschen gab; hier allerdings waren ihm entschieden zu wenige. Falls Barkows Männer wirklich von diesem Haus wußten und hier nach ihnen suchten, saßen sie praktisch auf dem Präsentierteller.

Trotzdem entschied er sich dagegen, an einem anderen Ort zu warten oder so lange in der näheren Umgebung herumzufahren, bis Robert kam, sondern parkte den VW auf der Roberts Villa gegenüberliegenden Straßenseite und beschloß, hier auf seinen Schwager zu warten.

Es dauerte mehr als zwei Stunden. Rebecca war bereits unterwegs eingeschlafen; Erschöpfung und Anstrengung forderten ihren Preis. Stefan machte sich große Sorgen um sie, gleichzeitig aber nicht so große, wie er selbst erwartet hätte, hätte er versucht, sich eine Situation wie diese vorzustellen. Er konnte die Gewißheit nicht begründen, aber irgend etwas sagte ihm, daß Beccis *körperliche* Verfassung ihr kleinstes Problem war. Ihre Wunden würden heilen.

Falls sie lange genug am Leben blieben.

Nachdem eine Stunde vergangen war, wurde Stefan langsam nervös. Robert würde eine Weile brauchen, bis er begriff, daß niemand kam, um ihn abzuholen, aber nicht *so* lange. Seine Maschine mußte ungefähr zur gleichen Zeit gelandet sein, als sie hier angekommen waren, und bei einem Flug aus der Schweiz gab es praktisch keine Zollformalitäten.

Es dauerte jedoch noch einmal mehr als eine Stunde, bis Robert kam; nicht in einem Taxi, wie Stefan erwartet hatte, sondern in einer schwarzen Limousine mit getönten Scheiben, die so plötzlich hinter dem VW auftauchte, als wäre sie direkt aus dem Nichts materialisiert oder aus einer anderen Dimension herübergebeamt worden – oder als wäre er für ein paar Augenblicke eingedöst, ohne es zu merken. Was die wahrscheinlichste Erklärung war. Die beiden hinteren Türen der Limousine öffneten sich, und zwei Männer näherten sich dem VW. Einer trat direkt auf Stefan zu, der andere hielt einige Schritte Abstand. Stefan spürte ihre Wachsamkeit und Vorsicht, aber er lauschte vergeblich auf Aggressivität oder gar Mordlust. Wer immer diese Männer waren, sie gehörten nicht zu Barkow.

Stefan kurbelte die Scheibe herunter, doch bevor er etwas sagen konnte, hörte er aus dem Innern der Limousine Roberts Stimme: »Es ist in Ordnung. Das ist mein Schwager. Ist Rebecca bei dir?«

Die letzte Frage galt Stefan. Er beantwortete sie mit einem Nicken, warf einen raschen Blick zur Seite, als müsse er sich überzeugen, daß sie tatsächlich noch da war – Rebecca hatte die Knie an den Leib gezogen und sich auf dem Beifahrersitz zu einer fast embryonalen Haltung zusammengekuschelt und drückte Eva im Schlaf an sich –, dann öffnete er die Tür und stieg aus. Er wäre kein bißchen erstaunt gewesen, hätte ihm einer der Gorillas den Weg vertreten, als er sich der Limousine näherte, aber Robert hatte offenbar beschlossen, die Rolle des Paten nicht auf die Spitze zu treiben: Er stieg seinerseits aus, ging ohne ein

Wort an ihm vorbei und warf einen kurzen, aber sehr aufmerksamen Blick auf Rebecca.

»Was ist los mit ihr?« fragte er knapp. Stefan war nicht sicher, ob er sich die Drohung in seiner Stimme nur einbildete, oder ob sie wirklich da war.

»Nichts«, antwortete er. »Sie ist nur vollkommen erschöpft.«

»Das ist alles?« Roberts dunkle Augen maßen ihn mit einem durchdringendem, aber jetzt auch *eindeutig* drohenden Blick, dem Stefan aber ganz ungewohnt ruhig standhielt. Als Robert keine Antwort bekam, trat er einen halben Schritt zurück, griff in die Jackentasche und zog ein kleines Kästchen heraus, das wie eine komplizierte Fernbedienung aussah. Sie war es wohl auch, denn nachdem er einen Knopf darauf gedrückt hatte, gingen innerhalb des riesigen Vorgartens und beiderseits der Zufahrt mindestens ein Dutzend Lampen an. Gleichzeitig begann das schmiedeeiserne Tor nahezu lautlos auseinanderzugleiten.

»Fahrt die Wagen in die Garage«, sagte Robert. »Und checkt das Haus.« Er hob die Hand, als Stefan sich herumdrehen und wieder in den Wagen steigen wollte. »Du bleibst hier.«

»Und wenn nicht?« fragte Stefan trotzig. Eine plötzliche, vollkommen sinnlose Wut kochte in ihm hoch. Verdammt, er hatte nicht die halbe Hölle besiegt, um sich jetzt von seinem großkotzigen Schwager wie ein dummer Junge herumkommandieren zu lassen!

Robert verdrehte die Augen und sagte gar nichts. Das machte Stefan im allerersten Moment noch wütender, aber vielleicht verhinderte es gleichzeitig auch, daß er etwas Unüberlegtes tat, denn mit einem Mal wurde ihm klar, *warum* er so extrem reagierte: Auf seine Art war er so erschöpft und ausgebrannt wie Rebecca. Er war nur noch in der Lage, extrem zu reagieren oder gar nicht. *Gar nicht* war im Moment wohl angebrachter.

Er sah wortlos zu, wie der Bursche in den VW stieg und den Wagen die Auffahrt hinaufsteuerte. Als er noch zehn Meter vom Haus entfernt war, drückte Robert einen weiteren Knopf auf seinem High-Tech-Spielzeug, und das Garagentor öffnete sich. Der Raum dahinter war hell erleuchtet und so pedantisch aufgeräumt, daß sich nicht einmal eine Maus darin hätte verstecken können. Trotzdem fuhr er nicht hinein, sondern stellte den Wagen unmittelbar vor der Tür ab und stieg aus, um die Verbindungstür zum Haus zu kontrollieren.

»Beeindruckend«, sagte Stefan spöttisch. »Aber wieso rückst du mit der Kavallerie an?«

»Du warst nicht am Flughafen«, antwortete Robert, »und mein Wagen auch nicht. Also habe ich bei dir angerufen.«

»Laß mich raten«, sagte Stefan. »Mein Freund Dorn war am Apparat.«

Robert zog eine Grimasse. Er warf einen Blick zur Garage hinüber, ehe er weitersprach. »Er klang nicht unbedingt so, als wäre er dein Freund. Auf jeden Fall habe ich danach ein bißchen herumtelefoniert. Nach allem, was ich dabei erfahren habe, dachte ich mir, es wäre eine gute Idee, nicht allein zu kommen.«

Stefan musterte den zweiten Bodyguard mit unverhohlener Neugier. Der Mann war ein gutes Stück jünger als er, mindestens zwanzig Pfund schwerer und wahrscheinlich dreimal so kräftig, Außerdem vermutete Stefan, daß er mehr asiatische Kampftechniken beherrschte, als alle Martial-Arts-Filmregisseure Hollywoods zusammengenommen kannten.

»Was überlegt du?« fragte Robert.

»Ich frage mich, ob er Barkows Männern fünf oder zehn Sekunden lang standhalten könnte«, antwortete Stefan ernst.

»Barkow?« Robert winkte ab, als er antworten wollte. »Erzähl mir das drinnen. Ich schätze, du mußt mir sowieso eine ganze Menge erzählen.« Er sah erneut zum Haus. Der zweite Leibwächter hatte seine Inspektion der Garage mittlerweile beendet und winkte ihnen zu.

»Wirklich beeindruckend«, sagte Stefan. »Und du glaubst wirklich, das würde helfen?«

»Ich tue, was in meinen bescheidenen Möglichkeiten liegt«, antwortete Robert säuerlich. »Hätte ich gewußt, daß du hier bist, wäre ich natürlich beruhigt gewesen. So ganz nebenbei, Schwager: Du hast uns alle ja schön an der Nase herumgeführt. Wie hast du es geschafft, dein Fledermauskostüm all die Jahre über vor uns zu verstecken?«

»Was soll der Quatsch?« fragte Stefan.

Robert grinste. »Im Krankenhaus hast du jedenfalls ganz schön aufgeräumt. Bis jetzt haben sie fünf Tote gefunden. Sind das alle, oder hast du noch ein paar versteckt?«

»Du glaubst doch nicht etwa, daß –?« Kein Wunder, daß Robert mit einer kleinen Armee hier aufgekreuzt war.

»Natürlich nicht«, antwortete Robert. »Dein Freund Dorn glaubt es übrigens auch nicht. Aber er ist trotzdem ganz heiß darauf, sich mit dir zu unterhalten.« Er zog ein Handy aus der Tasche. »Soll ich ihn gleich anrufen, oder willst du mir die Geschichte zuerst erzählen?«

»Du rufst ihn nicht an«, sagte Stefan überzeugt.

»Stimmt«, antwortete Robert. »Ich glaube auch nicht, daß das nötig ist. Ich gehe jede Wette ein, daß er innerhalb der nächsten zwei Stunden sowieso hier auftaucht ... Was, zum Teufel, habt ihr getan? Den dritten Weltkrieg angefangen?« Er deutete zornig zum Haus. »Geh.«

Beinahe wäre das zuviel gewesen. Das Wissen, warum er so überzogen reagierte, half Stefan immer weniger, sein Temperament im Zaum zu halten. Er war müde. Er war halb wahnsinnig vor Angst, und es gab praktisch keinen Zentimeter an seinem Körper, der nicht auf die eine oder andere Art weh tat. Er hatte einfach keine Lust auf diesen Blödsinn!

Natürlich drehte er sich auf dem Absatz um und ging gehorsam auf das Haus zu. Robert und sein muskelbepackter Leibwächter folgten ihm, während die Limousine in zwei Schritten Abstand hinter ihnen herfuhr. Er versuchte vergeblich, einen Blick durch die getönten Scheiben ins Innere zu werfen. Die Situation kam ihm immer unwirklicher vor; als wäre er versehentlich in das Setting eines amerikanischen Mafia-Krimis geraten. Wo, zum Teufel, blieb die Werbepause?

Robert benutzte seine Fernbedienung, um die Haustür zu öffnen und gleichzeitig das Licht einzuschalten. Zu Stefans Überraschung verzichtete er darauf, den Bodyguard vorauszuschicken, sondern betrat das Haus ohne zu zögern. Als Stefan ihn darauf ansprach, winkte er nur unwillig ab. »Die Alarmanlage wäre ausgelöst worden, wenn jemand im Haus wäre. Keine Angst, wir sind sicher.« Er wandte sich an den Leibwächter.

»Helfen Sie Ihrem Kollegen, meine Schwester und das Kind nach oben zu bringen. Das Gästezimmer ist im ersten Stock. Die zweite Tür links. Und bleiben Sie bei ihr.«

Was wohl sehr viel mehr seine – Stefans – Aufgabe gewesen wäre. Aber er war zu müde, um sich mit Robert zu streiten. Und es gab sehr viel zu besprechen. Zeit war mit einem Male so ungeheuer kostbar geworden.

Sie gingen ins Wohnzimmer. Robert zog seine Jacke aus, warf sie achtlos über einen Stuhl und ging zur Bar; allerdings nicht, um sich einen Drink einzuschütten. Statt dessen betätigte er einige Knöpfe auf einem Schaltpult, das Stefan bisher für einen Teil der Stereoanlage gehalten hatte, und nickte dann grimmig.

»Der äußere Sensorenkreis ist scharf«, sagte er. »Wenn irgend etwas das Grundstück betritt, das nennenswert größer ist als ein Hund, dann merken wir es.«

»Du hast mir niemals erzählt, daß dein Haus in Wirklichkeit eine Festung ist«, sagte Stefan.

Robert zuckte ungerührt mit den Achseln. »Ich habe dir auch nie erzählt, daß Frankfurt die Stadt mit der höchsten Verbrechensrate Deutschlands ist.« antwortete er. »Außerdem ist dieses Haus keine Festung. Wäre es eine, würde ich mich im Moment wesentlich sicherer fühlen.« Er schüttelte den Kopf. Sein Blick war vorwurfsvoll, aber sein Gesicht sah ziemlich besorgt aus. »Also – was ist passiert? Und diesmal die *ganze* Geschichte, wenn ich bitten darf.«

»Du kennst sie doch schon, oder?« Stefan setzte sich. Er war sehr müde. »Und erzähl mir nicht, daß Rebecca sie dir nicht erzählt hat.«

»Du hast das ja offensichtlich nicht für nötig gehalten.«

»Das tue ich immer noch nicht, wenn du es genau wissen willst«, antwortete Stefan feindselig, zugleich aber auch in einem so resigniert-müden Ton, daß Robert nur flüchtig die Stirn runzelte, aber nichts sagte. Er hatte plötzlich alle Mühe, die Augen offen zu halten. Müdigkeit senkte sich wie eine bleigefütterte Decke auf ihn, und seine eigenen Gedanken klangen plötzlich sonderbar dumpf in seinem Kopf. Vielleicht war es an der Zeit, sich selbst einzugestehen, daß auch seine Kräfte begrenzt waren. Wenn er sich nicht zusammenriß, das spürte er genau, dann würde er innerhalb der nächsten zehn Sekunden einfach einschlafen.

»Der Name, den du vorhin genannt hast«, sagte Robert. »Barkow … das ist doch dieser Söldnergeneral, von dem Rebecca erzählt hat. Ich dachte, er wäre tot.«

»Seine Männer scheinen wohl zu glauben, daß es unsere Schuld ist«, murmelte Stefan. »Und wie es aussieht, sind sie ziemlich nachtragend.«

»Glaubst du, daß dies der richtige Moment für dumme Witze ist?« fragte Robert.

»Witze?« Stefan schnaubte. »Nein. Ich fand es auch nicht besonders witzig, von einem Mann mit einer Maschinenpistole bedroht zu werden. Oder einen Springerstiefel ins Gesicht zu bekommen.«

Robert sagte nichts dazu, aber irgend etwas an seinem Schweigen kam Stefan seltsam vor. Er öffnete die Augen und sah seinen Schwager an, und das, was er in seinen Augen las, war noch seltsamer. Fast ohne sein eigenes Zutun hob er die Hand und tastete über sein eigenes Gesicht. Seine Haut fühlte sich trocken an, schlaff und vielleicht ein wenig fiebrig. Natürlich konnte man blaue Flecken nicht ertasten, aber er fühlte nicht die winzigste Schwellung, keinen Riß oder irgendeine andere Verletzung. Roberts Blick sprach Bände.

Wenn er etwas dazu sagen wollte, so kam er nicht dazu. Die Tür wurde geöffnet, und einer der beiden Bodyguards kam herein. Er ignorierte Stefan, ging mit schnellen Schritten auf Robert zu und flüsterte ihm ein paar Worte ins Ohr. Robert nickte und schickte den Mann mit einer Handbewegung wieder weg.

»Rebecca ist wach«, sagte er. »Sie hat nach dir gefragt. Willst du zu ihr, oder soll ich ihr sagen, daß du schläfst?«

Seine Gönnerhaftigkeit machte Stefan allmählich rasend. Der einzige Grund, aus dem er nicht auf der Stelle aufstand und diesem Kerl die Zähne einschlug, war vielleicht, daß er trotz allem die gute Absicht hinter seinen Worten spürte.

»Ich werde es versuchen«, antwortete er böse. »Sollte ich die Treppe nicht aus eigener Kraft schaffen, rufe ich dich.«

Roberts Gesicht verhärtete sich, aber er antwortete nicht, sondern beließ es bei einem angedeuteten Schulterzucken. Stefan stand auf, verließ ohne ein weiteres Wort das Wohnzimmer und ging nach oben. Die Treppe war ihm niemals so lang vorgekommen wie heute, und nicht einmal *annähernd* so steil; kurz bevor er die erste Etage erreichte, war er tatsächlich nahe daran, aufzugeben oder einen der Bodyguards um Hilfe zu bitten. Vielleicht war das einzige, was ihn letztendlich davon abhielt, der Gedanke an das süffisante Grinsen, mit dem Robert dieses Eingeständnis von Schwäche kommentieren würde.

Rebecca lag zusammengerollt auf dem übergroßen Bett und schlief. Eva lag in der Beuge ihres rechten Armes und schlief ebenfalls; sehr viel ruhiger übrigens. Ihr Atem ging langsam und sehr gleichmäßig, und auf ihrem Gesicht lag ein so friedlich-entspannter Ausdruck, daß Stefan im ersten Moment ein zwar absurdes, aber heftiges Gefühl von Neid empfand. Vor weniger als drei Stunden hatten sie alle um ihr Leben gekämpft – nicht nur Rebecca und er, sondern auch dieses Kind. Er hatte sich die Wildheit und den Zorn in Evas Blick nicht nur eingebildet. Sie hatte ganz genau gewußt, worum es ging, drei Jahre alt hin oder her. Jetzt schlief sie, als wäre sie sich der Bedeutung des Wortes ›Gefahr‹ nicht einmal bewußt.

Ganz plötzlich überkam ihn ein Gefühl von Zärtlichkeit, gegen das er hilflos war. Nicht gegen, aber vollkommen ohne seinen Willen ließ er sich auf die Bettkante neben Rebecca und dem schlafenden Mädchen sinken, streckte die Hand aus und streichelte sanft Evas Wange.

Er war sehr verwirrt. Was er vorhin bei seinem Beinahe-Streit mit Robert unten vor dem Haus gedacht hatte, das galt auch jetzt, vielleicht sogar in noch stärkerem Maße: Er war mit seinen Kräften einfach am Ende und so abgestumpft, daß er nur noch zu extremen Reaktionen imstande zu sein schien. All die feinen Abstufungen auf der Skala der Gefühle waren einfach nicht mehr da. Er hatte dieses Kind, das er noch vor ein paar Stunden am liebsten höchstpersönlich nach Bosnien zurückbefördert hätte, jetzt nicht nur akzeptiert: Er liebte es von ganzem Herzen.

Er verstand das nicht. Daß seine Gefühle Amok liefen, bedeutete nicht, daß sein Verstand vollkommen ausgeschaltet worden wäre. Ganz im Gegenteil: Je länger er vergeblich nach einer Erklärung für diese totale Kehrtwendung suchte, die sich in seinem Inneren vollzogen hatte, desto verwirrter wurde er. Das Kind hatte möglicherweise seine Beschützerinstinkte geweckt. Vielleicht hatte er auch nur einfach begriffen, daß er automatisch auch Rebecca verlieren würde, wenn er Eva verlor – wahrscheinlich beides –, aber das allein war längst keine befriedigende Erklärung für das, was mit ihm vorging. Er war plötzlich nicht einmal mehr sicher, für wen er gerade so heldenmutig und verzweifelt gekämpft hatte. Rebecca hatte vollkommen recht: Er war bereit gewesen, sein Leben zu opfern, um die Männer ein paar Sekunden lang aufzuhalten. Aber hatte er es wirklich für *Becci* getan?

Obwohl er nicht einmal in ihre Richtung sah, spürte er, daß Rebecca die Augen geöffnet hatte und ihn anblickte. Er sah auf.

»Entschuldige«, sagte er. »Ich wollte dich nicht wecken.«

»Das hast du nicht«, behauptete Rebecca. »Ich habe nicht geschlafen.«

Es hatte keinen Zweck, über diese Kleinigkeit zu streiten, deshalb antwortete er: »Das solltest du aber.«

»Haben wir denn Zeit dafür?« Rebecca setzte sich mit fahrigen kleinen Bewegungen im Bett auf, die weit mehr über ihre Schwäche verrieten als die Blässe ihres Gesichtes, oder die dunklen Ringe, die unter ihren Augen lagen.

»Natürlich haben wir das«, behauptete Stefan. »Keine Angst. Wir sind hier sicher. Robert hat eine halbe Armee zusammengetrommelt, um uns zu beschützen …« Er zuckte mit den Schultern. »Vielleicht auch sich selbst. Er scheint es auf jeden Fall in vollen Zügen zu genießen, endlich mal so richtig den großen Bruder raushängen lassen zu dürfen.«

Rebecca schüttelte den Kopf. »Du kannst ihn immer noch nicht leiden.«

»Das stimmt nicht«, behauptete Stefan. »Jedenfalls nicht weniger als er mich.«

»Und trotzdem hast du uns hierhergebracht.«

»Mit ist nichts Besseres eingefallen«, antwortete Stefan. Das kam der Wahrheit sogar ziemlich nahe; vielleicht sogar näher, als er sich bisher selbst eingestanden hatte. Sein ungeliebter Schwager war im Moment so ziemlich der einzige Mensch, von dem sie noch Hilfe erwarten konnten. Ganz egal, aus welchen Gründen.

»Wie fühlst du dich?« fragte er, hauptsächlich, um von dem Thema »Robert« abzulenken.

»Besser«, antwortete Rebecca. Stefan glaubte sogar, daß das stimmte. Sie sah entsetzlich müde und erschöpft aus – ungefähr so fertig, wie er sich fühlte –, aber das hatte er nicht gemeint, und sie hatte seine Frage auch ganz richtig verstanden. »Ich glaube, all diese Medikamente haben mich nur kränker gemacht. Seit die Krankenhäuser um jeden Patienten kämpfen müssen, schrecken sie wirklich vor nichts zurück, um ihre Patienten dazubehalten.«

»Was ist passiert?« fragte Stefan. Er überging Rebeccas – nicht ganz – scherzhafte Bemerkung bewußt. Früher oder später würden sie sich mit dem Problem auseinandersetzen müssen, aber im Moment war ihm *später* lieber. Manchmal half es eben doch, die Augen vor der Wahrheit zu verschließen.

»Ich weiß es nicht«, antwortete Rebecca. »Ich war bei Eva, aber nicht lange. Dieser Mann, den Smith geschickt hat –?«

Sie legte eine Pause ein und sah ihn fragend an. Stefan nickte. »Ich habe ihn gesehen.« Es war nicht nötig, in allen Einzelheiten zu erklären, in welchem Zustand er ihn gesehen hatte. Vermutlich konnte Rebecca es sich ohnehin denken.

Sie fuhr fort: »Er wurde plötzlich sehr nervös. Ich war vielleicht zwei oder drei Minuten im Zimmer. Bestimmt nicht länger. Er … hat darauf bestanden, daß ich den Raum verlasse. Zusammen mit Eva. Ich glaube, er hat gespürt, daß irgend etwas nicht stimmt.«

Das war nicht ganz die Wahrheit. In Rebeccas Stimme war ein erschrocken-ungläubiger Unterton, der ihm verriet, was *wirklich* passiert war: Sie hatte gespürt, daß etwas nicht stimmte. Sie hatte die Gefahr gespürt. Genauso deutlich wie er. Aber er konnte gut verstehen, daß sie noch nicht soweit war, das zuzugeben. Er selbst war es ja auch noch nicht.

»Und?«

»Ich habe mich auf der Toilette versteckt«, antwortete sie mit einem angedeuteten unglücklichen Grinsen. »Keine sehr originelle Idee, fürchte ich. Ich weiß nicht, was danach passiert ist. Da waren Schüsse und Schreie … sie haben ihn umgebracht, nicht wahr?«

Stefan nickte. »Ihn, Schwester Danuta, Professor Wallberg … und noch ein paar andere, fürchte ich.«

Rebecca starrte ihn an. »Großer Gott. Danuta und der Professor … *tot?*«

»Nicht nur sie. Es sah aus wie auf einem Kriegsschauplatz. Diese Kerle fackeln nicht lange, fürchte ich. Sie meinen es ernst.«

»Ist es … unsere Schuld?« fragte Rebecca stockend.

Stefan blieb ihr die Antwort darauf schuldig. Natürlich war es ihre Schuld, wessen denn sonst? Barkows Männer waren gekommen, um ihnen die Rechnung für das zu präsentieren, was sie ihrer Meinung nach getan hatten, und sie waren offensichtlich verrückt genug, jeden zu töten, der ihnen dabei in die Quere kam.

Als Rebecca begriff, daß er nicht antworten würde, fuhr sie mit leiser Stimme fort zu erzählen. Während sie sprach, schloß sich ihre Hand um die des Mädchens. Die Geste hatte etwas ungemein Beschützendes, so als müsse sie Eva selbst gegen den Schrecken verteidigen, den schon die bloße Erinnerung an das Geschehen wieder heraufbeschwor. »Ich weiß nicht genau, was passiert ist. Da waren zwei oder vielleicht auch drei Männer. Sie haben mich in den Aufzug gestoßen und sind in den Keller gefahren. Ich weiß nicht warum.«

Aber er wußte es. Sie hatten sie mitgenommen, damit er ihnen folgte. Ein Köder für ihn, mehr war sie nicht gewesen. Allerdings war er sicher, daß es umgekehrt genauso funktioniert hätte. Sie hatten sie *beide* gewollt.

»Es hat nicht geklappt«, sagte er.

»Ja – sie haben nicht damit gerechnet, daß ich mit Superman verheiratet bin … ich übrigens auch nicht.«

Stefan überging auch diese Bemerkung, und Rebecca kehrte wieder zu dem zurück, was er mit seiner Frage wirklich gemeint hatte. »Jemand hat uns verfolgt. Ich weiß nicht, wer. Ich dachte, es wäre Whites Mann oder vielleicht jemand vom Krankenhauspersonal.«

Er traute Whites Mann eine Menge zu, aber erstens hatte der tot oben in der Intensivstation gelegen, und zweitens glaubte er nicht, daß er seinen Gegnern die Kehle herausbiß.

»Sie haben mich in diesen Keller geschleift und hinter die Heizung geworfen«, schloß Rebecca. »Ich weiß nicht, was dann passiert ist. Das nächste, woran ich mich erinnere, bist du.«

Stefan kam zu einem Entschluß. »Und auch daran erinnerst du dich nicht«, sagte er. »Nichts von alledem ist passiert.«

»Wie bitte?«

»Ich verwette meine rechte Hand, daß die Polizei noch in dieser Nacht hier auftaucht«, antwortete er. »Wir bleiben dabei: Ich bin dir in die Kinderklinik gefolgt. Wir haben Schüsse gehört und sind weggelaufen. Das ist alles.«

Davon abgesehen, daß der Heizungskeller von seinen

Fingerabdrücken wimmelte; daß er vermutlich mehr als ein Dutzend anderer Spuren hinterlassen hatte, die seiner Geschichte schneller den Boden unter den Füßen wegziehen würden, als er sie zu Ende erzählen konnte; daß es so ganz nebenbei auf dem Krankenhausgelände eine Waffe mit seinen Fingerabdrücken gab, die unmittelbar neben den Leichen von zwei toten Söldnern lag; und daß ihn die Krankenschwester, die er alarmiert hatte, wiedererkennen würde ... Ja. Abgesehen von diesen paar unwesentlichen Kleinigkeiten konnten sie tatsächlich mit dieser Geschichte durchkommen. Immer vorausgesetzt natürlich, Dorn war taub, blind und ließ sein Gehirn zu Hause, wenn er zum Dienst ging. Trotzdem, die Polizei würde eine Weile brauchen, um all diese Puzzleteile zusammenzusetzen, und was sie im Moment am dringendsten brauchten, war Zeit.

»Damit kommen wir nicht durch«, sagte Rebecca.

»Das müssen wir auch nicht. Wir müssen deinem großen Bruder nur genug Zeit verschaffen, all seine überbezahlten Staranwälte zu mobilisieren und ein paar von seinen guten Beziehungen spielen zu lassen. Es sei denn, du hast große Lust, die nächsten Tage im Untersuchungsgefängnis zu verbringen. Obwohl wir dort vielleicht sicherer wären als hier.«

»Kaum«, sagte Roberts Stimme hinter ihm. Stefan fuhr erschrocken zusammen, drehte sich um und sah, daß nicht nur Robert, sondern auch einer der Bodyguards hereingekommen waren, ohne daß er es gemerkt hatte. Seine Schuld; er hatte offensichtlich vergessen, die Tür hinter sich zu schließen. Ein unverzeihlicher Fehler. Statt Robert und seines gemieteten Schlägers hätte auch jeder andere hereinkommen können.

»Und was meine Anwälte angeht«, fuhr Robert fort, »sie sind jeden Pfennig wert, den ich ihnen bezahle. Stefan hat ausnahmsweise einmal recht.« Er wandte sich an

Rebecca. »Ihr bleibt dabei, nichts gesehen zu haben. Ich kenne diesen Inspektor zwar nicht, aber wenn er auch nur zehn Prozent seines Gehaltes wert ist, dann wird er Himmel und Hölle in Bewegung setzen, um euch zu verhaften. Und ihr seid im Gefängnis nicht sicherer als hier, glaubt mir.«

»Es ist unhöflich, Leute zu belauschen«, sagte Stefan.

Robert machte ein abfälliges Geräusch. »Ihr seid keine ›Leute‹«, sagte er, »sondern meine Schwester und ihr unfähiger Mann. Und es ist auch unhöflich, Leute in den dritten Weltkrieg hineinzuziehen, ohne ihnen wenigstens zu erklären, worum es überhaupt geht.«

Stefan wollte antworten, aber Rebecca ließ ihn gar nicht zu Wort kommen. Die zehn Minuten, die er ihn allein gelassen hatte, hatten mehr als ausgereicht, ihn seine Überraschung überwinden und zu seiner gewohnten, gönnerhaften Überheblichkeit zurückkehren zu lassen. Stefan wußte, daß es keine zehn Sekunden dauern würde, diese Selbstsicherheit in einen Scherbenhaufen zu verwandeln, wenn er erst einmal richtig loslegte. Aber er beherrschte sich. Er würde noch genug Gelegenheit bekommen, seine neugewonnene Stärke einzusetzen. Wahrscheinlich mehr und eher, als ihm lieb war.

»Ich habe meinen Hausarzt angerufen«, fuhr Robert fort. »Er ist in ein paar Minuten hier.«

»Ich brauche keinen Arzt«, sagte Rebecca.

»Das glaube ich dir, sobald Dr. Riemann es mir bestätigt hat«, antwortete Robert und drehte sich zu Stefan um. »Dorn hat angerufen. Er ist auf dem Weg hierher. Wenn ich du wäre, würde ich mich waschen und saubere Klamotten anziehen, bevor er auftaucht.«

Das Gesicht im Spiegel mußte einem Fremden gehören; möglicherweise einem Verwandten von ihm, denn da war schon das eine oder andere, das ihm bekannt vorkam, aber trotzdem nicht ihm selbst.

Stefan hob die Hand, mit der er sich bisher auf den Rand des Waschbeckens abgestützt hatte, und fuhr damit über den Spiegel. Es nützte nicht viel, denn der Spiegel war weder beschlagen noch sonst irgendwie verschmutzt, und selbst wenn es so gewesen wäre, hätte das nichts an dem Gesicht geändert, das ihm mit fragendem Blick entgegenstarrte. Ein hohlwangiges Gespenst, zwar frisch gewaschen und mit sorgsam gekämmtem Haar, trotzdem aber mit grauer, kränklich aussehender Haut und Ringen unter den Augen, die so tief waren, daß sie fast wie aufgemalt wirkten. In den tief in den Höhlen liegenden Augen stand ein unstetes Flackern geschrieben, von dem er nicht genau wußte, was es war – Furcht oder etwas ganz anderes, etwas, das nach langem Schlaf allmählich zu erwachen begann.

Wahrscheinlich war es einfach nur Müdigkeit.

Stefan richtete sich auf, trat einen Schritt vom Spiegel zurück und warf einen letzten, prüfenden Blick hinein; eine Musterung, bei der er das Gesicht diesmal ganz bewußt ausklammerte. Die ›Klamotten‹, die Robert ihm gegeben hatte, waren wirklich nicht mehr: zerschlissene Jeans, die mindestens eine Nummer zu klein waren, und ein abgewetztes Hemd, an dem zwei Knöpfe fehlten. Weiß der Teufel, wie sich diese Sachen in Roberts Kleiderschrank vereint hatten. Aber sie waren zumindest sauber, und vor allem nicht zerrissen und mit Blutflecken besudelt. Sie mußten reichen.

Er verließ das Bad, ging ins Erdgeschoß hinab und fand Robert ganz genau dort, wo er ihn erwartet hatte: am Telefon.

»Hast du dir schon einmal überlegt, dir so ein Ding

direkt ins Ohr implantieren zu lassen?« fragte er, als Robert auflegte.

Sein Schwager tippte ungerührt eine weitere Nummer ein und wartete das erste Rufzeichen ab, ehe er antwortete. »Offenbar sind meine Anwälte doch überbezahlt. Ich unterhalte mich seit zehn Minuten mit ihren Anrufbeantwortern.«

Stefan sah auf die Uhr. »Es ist nach Mitternacht.«

»Aber ich habe etwas Interessantes herausgefunden«, fuhr Robert ungerührt fort. »Dieser angebliche Mister White, dem ihr den ganzen Schlamassel zu verdanken habt … wußtest du, daß niemand in der amerikanischen Botschaft auch nur seinen Namen kennt?«

Das überraschte Stefan nicht im geringsten. Etwas anderes dafür um so mehr. »Und das alles hast du in kaum zehn Minuten herausgefunden?«

Robert verzog spöttisch die Lippen. »Manchmal hat es eben seine Vorteile, wenn man über ›gute Beziehungen‹ verfügt. Das gilt übrigens auch für Geld, überbezahlte Anwälte und Häuser mit schußsicheren Fensterscheiben.«

Diese Information war neu, überraschte Stefan aber nicht besonders. Er hatte immer geargwöhnt, daß Robert einen starken Hang zur Paranoia hatte.

»Ich schlage vor, daß wir uns später darüber streiten«, sagte er. »Ist der Arzt schon da?«

Robert nickte. »Er ist gerade gekommen. Keine Sorge – er wird keine Fragen stellen.«

Diese Sorge hatte Stefan auch gar nicht gehabt. Rebecca würde sich an das halten, was sie abgesprochen hatten, da war er ganz sicher. Sie wußte, daß sie Eva verlieren konnte, wenn sie es nicht tat.

Ein leises Summen erklang. Rebecca senkte den Blick auf einen Punkt unterhalb der Schreibtischkante – Stefan konnte ihn nicht einsehen, nahm aber an, daß sich dort ein Monitor oder irgendein anderes von Roberts heißgeliebten technischen Spielzeugen verbarg – und zog eine flüchtige Grimasse. »Unsere Freunde und Helfer. Wenn man sie nicht gebrauchen kann, sind sie pünktlich.«

»Dorn?«

»Unter anderem.« Robert stand auf und kam um den Schreibtisch herum. »Halt bloß die Klappe, und laß mich reden.«

Stefan *hielt* die Klappe – jede andere Reaktion hätte darin bestanden, diesen unverschämten Kerl am Schlafittchen zu packen und so lange zu schütteln, bis er seine überteuerten Jacket-Kronen ausspuckte. Innerlich kochend vor Wut sah er zu, wie Robert mit schnellen Schritten in der Diele verschwand. Der Leibwächter, der die ganze Zeit schweigend neben der Tür gestanden hatte, faltete die Arme auseinander und kam näher. Stefan nahm an, daß Robert ihm den Auftrag erteilt hatte, gut auf ihn aufzupassen. Stefans Blick bohrte sich in den des jungen Burschen, aber der nahm die Herausforderung nicht an; er sah zur Seite und ging mit etwas schnelleren Schritten weiter, um neben dem Schreibtisch Aufstellung zu nehmen. Stefan unterdrückte ein Lächeln. Er hatte schon oft erlebt, daß jemand nicht wußte, wohin mit seinen Händen, oder seinem Blick, aber selten, daß er nicht wußte, wohin mit sich selbst.

Er hörte, wie Robert die Tür öffnete und draußen mit jemandem redete; einen Augenblick später kam er zurück. Inspektor Dorn, sein Adlatus Westmann und ein dritter Mann, den Stefan nicht kannte, begleiteten ihn. Dorn sah übernächtigt aus und auf eine schwer in Worte zu fassende Weise wütend, während Stefan an Westmanns Anblick seine helle Freude gehabt hätte, wäre die Situation auch nur ein bißchen anders gewesen. Der Inspektor war bleich wie die sprichwörtliche Wand, und er sah nicht erschrocken, sondern eindeutig *entsetzt* aus. Obwohl er mindestens zehn Meter entfernt war, konnte Stefan riechen, daß er sich noch vor kurzem ausgiebig übergeben hatte.

»Guten Morgen, Herr Mewes«, begrüßte ihn Dorn. Sein Blick glitt rasch und taxierend über Stefans Gestalt, bewegte sich wie ein kleines, selbständig agierendes Tier durch den Raum und blieb einen kurzen Moment an Robert und einem etwas längeren an den Bodyguards hängen, ehe er zu Stefan zurückkehrte. »Es freut mich, Sie gesund und unverletzt zu sehen. Und das meine ich wirklich.«

»Wie geht es Ihrer Frau?« fragte Westmann.

»Gut«, antwortete Stefan, und Robert fügte unaufgefordert hinzu: »Den Umständen entsprechend, versteht sich. Der Arzt ist gerade bei ihr.«

»Was natürlich zur Folge hat, daß wir jetzt nicht mit ihr reden können«, vermutete Westmann, und Dorn fragte im gleichen Atemzug: »Welchen ›Umständen‹?«

»Meine Frau ist krank«, antwortete Stefan ruhig. »Ich dachte, das hätten Sie gesehen. Vor ein paar Stunden erst. Die Flucht aus dem Krankenhaus hat ihrem Zustand nicht unbedingt gutgetan.«

»Womit wir beim Thema wären«, sagte Dorn. »Was ist passiert?«

»Die gleiche Frage wollte ich gerade Ihnen stellen«, sagte Robert, ehe Stefan auch nur Gelegenheit fand zu antworten.

Dorn musterte ihn kühl. »Ich habe nicht Sie gefragt, sondern Herrn Mewes.«

»Dies hier ist aber zufällig *mein* Haus«, antwortete Robert. »Davon abgesehen hat mich meine Schwester gebeten, ihre Interessen zu vertreten.«

Seltsam, daß sich Stefan daran gar nicht erinnern konnte. Außerdem bezweifelte er, daß Rebecca so etwas getan hätte; nicht in dieser Situation, und schon gar nicht, ohne es vorher mit ihm abzustimmen. Er sah, wie sich

Dorns Miene allmählich immer mehr verdüsterte und bemühte sich einzulenken.

»Bitte! Es gibt keinen Grund zu streiten. Ich beantworte Ihre Fragen, Herr Dorn.«

»Im Grunde habe ich nur eine einzige«, antwortete Dorn. »Was, zum Teufel, geht hier vor?«

»Das weiß ich nicht«, antwortete Stefan. Das entsprach sogar der Wahrheit – wenn auch in vollkommen anderer Hinsicht, als Dorn annehmen mochte. »Ich schwöre Ihnen, ich habe nicht die geringste Ahnung, was das alles zu bedeuten hat.«

»Aber ich«, sagte Westmann. »Irgend jemand will Sie umbringen.«

»Und?« fragte Robert. »Seit wann ist das strafbar?«

»Gar nicht«, antwortete Dorn, während er gleichzeitig eine besänftigende Geste in Richtung seines Kollege machte. »Wir hätten nur gerne gewußt, wer und warum – bevor noch mehr Unbeteiligte zu Schaden kommen.«

»Glauben Sie mir – ich weiß es nicht«, beteuerte Stefan. »Ich würde es Ihnen sagen, wenn ich es wüßte ... Ich möchte nämlich gerne auch noch ein bißchen leben, wissen Sie?«

»Das reicht jetzt«, maulte Westmann. »Warum verhaften wir den Kerl nicht einfach und setzen das Gespräch im Polizeipräsidium fort?«

Dorn hob – nun schon etwas ungeduldiger – die Hand und brachte ihn zum Schweigen, sagte aber trotzdem: »Ja, warum eigentlich nicht, Herr Mewes? Gründe genug dafür habe ich ... Fünf, wenn ich richtig gezählt habe.«

Fünf, dachte Stefan. Offensichtlich hatten sie die Leichen von Barkows Männern noch nicht gefunden.

»Haben Sie einen Haftbefehl?« fragte Robert.

»Unter diesen Umständen brauchen wir den nicht«, sagte Westmann giftig. »Glauben Sie mir: Wenn wir wollen, können wir Ihre Schwester und ihren Mann auf der Stelle mitnehmen. Und Sie auch.«

»Kaum«, antwortete Robert. »Und wenn, wären wir in drei Stunden wieder auf freiem Fuß – und Sie ihren Job los, mein Wort darauf.«

Dorn verdrehte die Augen, und Stefan machte eine Handbewegung von Westmann zu seinem Schwager und zurück und sagte: »Warum sperren wir die beiden nicht einfach in die Garage und warten, wer gewinnt?«

Dorns Mundwinkel zuckten verdächtig, aber er blieb trotzdem ernst. »Das ist nicht witzig, Herr Mewes«, sagte er. »Wir kommen gerade aus der Klinik, in der Ihre Frau gelegen hat. Was ich dort gesehen habe, ist die größte Sauerei, die mir in meiner ganzen Laufbahn untergekommen ist. Und ich habe schon eine Menge gesehen.«

Und du warst noch nicht einmal im Keller, dachte Stefan. *Oder in dem Raum über der Leiter.*

»Also nennen Sie mir einen einzigen vernünftigen Grund, aus dem ich Sie nicht auf der Stelle verhaften soll«, fuhr Dorn fort. »Nur einen – aber er sollte gut sein. Ich beginne nämlich langsam wirklich die Geduld zu verlieren.«

»Bitte, Inspektor«, sagte Robert. »Das beeindruckt hier niemanden. Mit solchen Sprüchen machen Sie sich nur lächerlich. Und –«

Stefan spürte es, bevor es geschah. Dorn stand ruhig da. Weder auf seinem Gesicht noch in seinen Augen war die geringste Reaktion auf Roberts Worte zu erkennen, aber Stefan konnte regelrecht spüren, wie sich hinter dieser Fassade eine immer stärker werdende Spannung aufbaute – und zerbrach.

Dorn fuhr so abrupt herum, daß Robert erschrocken mitten im Satz stockte und einen halben Schritt zurückwich.

»Das reicht!« sagte er. Mehr nicht. Er hob nicht einmal die Stimme, aber irgend etwas war plötzlich an ihm, was diesen beiden Worten ein solches Gewicht verlieh, daß Robert tatsächlich nicht weitersprach. Er wich ganz im Gegenteil einen halben Schritt vor Dorn zurück.

»Es reicht wirklich«, fuhr Dorn fort. »Ich habe keine Lust auf diese Spielchen und auch keine Zeit. Verdammt noch mal! Es ist spät! Ich habe seit vier Stunden Feierabend. Ich bin hungrig, und ich bin müde. Ich will nicht mehr, als zu Hause die Beine auszustrecken, ein Glas Wein mit meiner Frau zu trinken und mir den neuesten Tratsch aus der Nachbarschaft anzuhören, verstehen Sie das? Aber statt dessen muß ich mich um einen in die Luft gesprengten Wagen kümmern! Ich habe einen toten Taxifahrer, drei tote Krankenschwestern! Einen erschossenen Professor und einen achtzehnjährigen Zivildienstleistenden, der ein faustgroßes Loch da hat, wo sein Hinterkopf sein soll! Ganz davon abgesehen, daß das Krankenhaus so aussieht, als hätte der israelische Geheimdienst es für eine Ernstfallübung benutzt! Und der einzige Augenzeuge dieser ganzen Schweinerei sind Ihre Schwester und Ihr Schwager! Also erzählen Sie mir, verdammt noch mal, nicht, daß ich mich nicht aufregen soll!«

Nichts davon war echt. Dorn spielte seine Rolle perfekt, aber es war trotzdem nur eine Rolle. Gerade als er herumgefahren war und Robert unterbrochen hatte, war er innerlich tatsächlich explodiert, aber dieser plötzliche Wutausbruch war genauso schnell wieder verraucht, wie er gekommen war. Er sagte Robert das, von dem er annahm, daß es im Moment die größte Wirkung hatte, das war alles. Es war so leicht, Menschen zu durchschauen, wenn man einmal gelernt hatte genau hinzusehen.

»Professor Wallberg?« fragte er. »Er ist … tot?«

»Er, ein junger Zivi und die drei Krankenschwestern, die das Pech hatten, auf der Station Dienst zu haben«, bestätigte Dorn. »Aber Sie haben natürlich von nichts eine Ahnung, nicht wahr?«

Kein Wort von dem toten Söldner, den er in Evas Zimmer gefunden hatte, oder Whites Mann. Dorn erwähnte nicht einmal die beiden Leichen, die draußen auf dem Rasen gelegen hatten. Eine Falle?

»Das habe ich wirklich nicht«, antwortete Stefan. »Ich meine, ich … ich wußte, *daß* etwas passiert war, aber nicht, was.«

»Die Krankenschwester, mit der Sie gesprochen haben, war anderer Meinung«, sagte Westmann. Er legte den Kopf schräg. »Wie war doch gleich das Wort, das sie benutzt hat? Panik?«

»Das trifft es«, sagte Stefan. »Wie hätten Sie sich gefühlt? Ich habe Schüsse gehört. Jemand hat geschrien. Ich habe mir Rebecca geschnappt und gemacht, daß ich wegkam. Was hätte ich Ihrer Meinung nach tun sollen? Hineingehen und mich auch erschießen lassen?«

»Natürlich nicht«, antwortete Dorn an Westmanns Stelle. »Sie haben vollkommen richtig gehandelt. Wenn es etwas gibt, vor dem ich noch mehr Angst habe als vor psychopathischen Killern, dann vor begeisterten Amateuren, die James Bond spielen. Aber Sie hätten auf uns warten sollen. Warum haben Sie sich nicht irgendwo eingeschlossen und auf uns gewartet, statt quer durch die Stadt hierherzurasen?«

»Weil ich mich eben nicht für James Bond halte«, antwortete Stefan. Seltsam – er wußte sogar, was Dorn von ihm hören wollte. »Ich hatte Angst, verdammt noch mal, um Rebecca und auch um mein Leben! Ist das eine Schande?«

»Nein«, antwortete Dorn. »Ich weiß nur nicht genau, ob es die Wahrheit ist.«

»Wie meinen Sie das?«

»So, wie ich es sage«, antwortete Dorn. »Ich bin vielleicht kein guter Polizist, aber ich bin schon verdammt lange in diesem Job. Und selbst ein schlechter Polizist entwickelt im Laufe der Jahre eine gewisse Menschenkenntnis.«

»Und?« fragte Stefan.

»Es gibt zwei Dinge, die ich Ihnen nicht abkaufe«, sagte Dorn. »Den Naiven und den Feigling. Sie sind keines von beiden.«

»Ich verstehe kein Wort«, behauptete Stefan. Innerlich schalt er sich einen Trottel. Nur weil er sein Gegenüber durchschaut hatte, bedeutete das noch lange nicht, daß es Dorn umgekehrt nicht genauso ging. Möglicherweise verfügte der Oberinspektor nicht über Sinne, die, aus welchen Gründen auch immer, plötzlich so scharf wie die eines Wolfs waren, aber es war genau, wie er gesagt hatte: Er war Polizist, und ohne eine gewisse Menschenkenntnis kam man in dem Job nicht weit.

»Sie wissen verdammt genau, wovon ich rede«, antwortete Dorn. »Ebenso, wie Sie wissen, was hier los ist. Jemand will Ihnen ans Leder, und ich bin ziemlich sicher, daß Sie wissen, wer. Und was den Feigling angeht ... ich kenne eine Menge Feiglinge. Keiner von ihnen wäre auf die Idee gekommen, in die Klinik zu fahren und seine Frau herauszuholen. Warum haben Sie mich nicht angerufen?«

»Weil Rebecca dann jetzt vermutlich tot wäre«, antwortete Stefan.

»Oder fünf andere Menschen noch am Leben.«

Stefan preßte die Lippen aufeinander und schwieg. Das Schlimme war, daß Dorn vielleicht recht hatte. Er *hatte* Rebecca gerettet, daran bestand kein Zweifel, aber er hatte auch eine Menge kostbarer Zeit dabei verloren. Vielleicht wäre die Polizei rechtzeitig genug vor ihm dagewesen, um dieses Gemetzel verhindern zu können. Tatsache war, er war nicht einmal auf die Idee gekommen, irgend jemanden um Hilfe zu bitten.

»Ja«, sagte er leise. »Vielleicht. Es tut mir leid. Menschen begehen Fehler, wenn sie in Panik sind.«

»Es fragt sich nur, wen Sie damit meinen«, antwortete Dorn. Dann seufzte er tief. »Wie ich schon einmal gesagt habe: Ich bin müde, und es war ein langer Tag. Ich könnte Sie auf der Stelle verhaften und mitnehmen.«

»Warum tun Sie es dann nicht?«

Dorns Blick machte ihm klar, daß er nahe daran war, den Bogen zu überspannen.

»Vielleicht, weil ich einfach keine Lust auf zwei Stunden Schreibkram habe«, antwortete Dorn. »Außerdem sind Sie hier wahrscheinlich sicherer als in einer Zelle im Untersuchungsgefängnis. Geben Sie mir Ihr Wort, das Haus nicht zu verlassen und morgen um zehn in meinem Büro zu erscheinen?«

»Habe ich denn eine Wahl?« fragte Stefan.

»Selbstverständlich«, antwortete Dorn ernst. »Sie können *gleich* mit uns kommen.«

»Dann lieber morgen um zehn«, sagte Stefan. »Heute hätten Sie sowieso keine große Freude mehr an mir. Ich bin ebenso müde wie Sie, fürchte ich.« Er lächelte. »Sie müssen sich also keine Sorgen machen, daß ich Ihnen weglaufe.«

Dorn blieb ernst. »Das tue ich nicht«, sagte er. »Wie gesagt: Ich halte Sie nicht für dumm.«

»Außerdem würden Sie die Stadt doch niemals ohne das Mädchen verlassen, oder?« fügte Westmann hinzu.

»Das Mädchen?« Stefan war froh, daß Dorn Robert den Rücken zukehrte, so daß er den Ausdruck auf dessen Gesicht nicht sehen konnte. Er hoffte nur, daß *er* sich besser in der Gewalt hatte. »Eva?« fragte er. »Was ist mit ihr?«

»Nichts«, antwortete Dorn. »Es geht ihr gut … glaube ich.«

»Glauben Sie?«

»Ich habe jedenfalls nichts Gegenteiliges gehört«, sagte Dorn. Er gab sich alle Mühe, beiläufig zu klingen, aber es gelang ihm nicht. Es hätte allerdings keiner übernatürlich scharfen Sinne bedurft, um die Spannung zu fühlen, die plötzlich in seinem Blick lag. »Ich wundere mich allerdings ein bißchen, daß Sie erst jetzt nach ihr fragen.«

»Wo im Grunde doch alles irgendwie mit dieser Kleinen zu tun hat«, fügte Westmann hinzu.

Stefan ignorierte ihn. »Rufen Sie mich an, sobald Sie wissen, wie es dem Mädchen geht«, sagte er. »Meine Frau wird nach ihr fragen, sobald sie wach wird.«

Eine einzelne, aber scheinbar endlose Sekunde lang starrte Dorn ihn nur an, und während dieser einen Sekunde hatte Stefan das immer unangenehmer werdende Gefühl, daß der Polizist seine Gedanken las oder zumindest dem verdammt nahe kam.

Dann nickte Dorn und drehte sich mit einer demonstrativen Bewegung weg. »Also bis morgen«, sagte er. »Und bringen Sie ein paar Antworten mit, Herr Mewes – oder eine Zahnbürste und ausreichend Wäsche zum Wechseln.«

Seine beiden Begleiter und er gingen. Robert machte sich nicht die Mühe, sie hinauszubegleiten, gab seinem Leibwächter jedoch einen kaum wahrnehmbaren Wink, woraufhin dieser den drei Beamten nachging. Stefan kam immer mehr zu der Überzeugung, daß sein Schwager nicht zum erstenmal mit diesen Männern zusammenarbeitete. Vielleicht hätte er sich in den zehn Jahren etwas weniger darauf konzentrieren sollen, seinen Schwager nicht leiden zu können, und dafür etwas mehr auf die Frage, was Robert eigentlich *tat*.

Die Haustür fiel ins Schloß, und Robert fragte wie aus der Pistole geschossen und in scharfem Ton: »Wieso hast du ihm nicht gesagt, daß Eva hier ist?«

»Weil er es sowieso schon wußte«, antwortete Stefan. Allerdings nur Dorn, fügte er in Gedanken hinzu. Er war sicher, daß Westmann keine Ahnung hatte. Er hatte seinem Kollegen nur zufällig das richtige Stichwort gegeben.

»Um so dümmer war es, es nicht zuzugeben«, sagte Robert kopfschüttelnd. »Was soll das? Willst du ihm mit Gewalt einen Vorwand liefern, dich zu verhaften?«

»Das hätte er längst gekonnt«, antwortete Stefan. »Weißt du, Robert – Dorn hat vollkommen recht. So wie die Dinge liegen, hätte er mich schon ein dutzendmal festnehmen können. Aber er wartet lieber ab.«

»Von mir aus kann er warten, bis er schwarz ist«, sagte Robert. »Der Kerl überschätzt sich – und du ihn auch, wenn du mich fragst. Er ist nur ein kleiner Beamter. Mit dem werde ich fertig.«

Offensichtlich gab es hier drinnen noch jemanden, der sich überschätzte. Stefan wußte allerdings, daß es sinnlos war, mit seinem Schwager darüber zu streiten. Ganz im Gegenteil – vielleicht sollte er lieber hoffen, daß *er* sich in diesem Punkt irrte und Robert tatsächlich so einflußreiche Freunde hatte, wie er immer behauptete.

»Sag mal ...«, sagte Robert plötzlich. Ein halb nachdenklicher, halb mißtrauischer Ausdruck machte sich auf seinem Gesicht breit. »Wie hat er das gemeint: Dein Wagen ist in die Luft gesprengt worden?«

»So, wie er es gesagt hat«, antwortete Stefan. »Jemand hat mir eine Bombe unter die Motorhaube gelegt. Kein sehr feiner Zug – aber wirkungsvoll. Und ziemlich spektakulär.«

»Aber du bist doch damit ...« Robert sprach nicht weiter, als er endlich begriff, was wirklich passiert war. Er wurde ein bißchen blaß.

Immerhin, dachte Stefan, war er offenbar doch noch zu anderen Gefühlen fähig als Furcht und Mißtrauen. Ein beruhigender Gedanke.

Obwohl es, bei näherer Betrachtung, ihn eigentlich eher beunruhigen sollte. Wie alles andere.

Der Arzt blieb noch gute zehn Minuten bei Rebecca und dem Mädchen; gerade lange genug, um aus Stefans Beunruhigung Sorge und aus seiner Ruhelosigkeit Nervosität zu machen. Der Gesichtsausdruck, den er zur Schau trug, als er die Treppe herunterkam, trug auch nicht unbedingt zu Stefans Entkrampfung bei. Der Mann sah abgespannt aus, aber Stefan las in seinen Zügen eine gewisse Irritation, die seiner außer Rand und Band geratenen Phantasie noch zusätzlich Nahrung gab.

»Wie geht es meiner Schwester?« fragte Robert, noch ehe Stefan auch nur Luft holen konnte, um selbst eine entsprechende Frage zu stellen.

Dr. Riemann machte eine Geste, deren Bedeutung man nach Belieben auslegen konnte. Er kam mit kleinen, irgendwie nervös wirkenden Schritten die Treppe herab und stellte seine Tasche auf Roberts Schreibtisch, ehe er antwortete.

»Gut«, sagte er. »Jedenfalls besser, als ich erwartet habe, nach allem, was Sie mir erzählt haben. Sie ist vollkommen erschöpft, aber das ist nichts, was sich nicht mit ein paar Tagen Ruhe und ein paar Aufbaupräparaten wieder in Ordnung bringen ließe.« Er sah nun zum erstenmal Stefan an. »Wie ist der Name des behandelnden Arztes ihrer Frau?«

»Professor –«, begann Stefan automatisch, sprach aber nicht weiter, sondern fragte statt dessen: »Warum?«

»Weil er entweder ein Dummkopf ist oder ich mich mit ihm einmal ernsthaft über das Vertrauensverhältnis zwischen Arzt und Patienten unterhalten muß«, antwortete Riemann.

»Wie meinen Sie das?« fragte Robert.

»Ihre Schwester ist vollkommen gesund«, antwortete der Arzt, hob dann aber die Hände, um seine Worte mit einer entsprechenden Geste gleich wieder selbst zu relativieren. »Mit allem Vorbehalt, natürlich. Ich habe hier weder die Mittel noch die Zeit, sie gründlich zu untersuchen. Aber ich konnte keinerlei Verletzungen feststellen. Nicht einen Kratzer, um genau zu sein.«

»Sind Sie sicher?« Robert tauschte einen überraschten Blick mit Stefan. Schließlich hatte er Rebecca oft genug in der Klinik besucht – und er hatte das zerfetzte, blutgetränkte Nachthemd mit eigenen Augen gesehen, das sie bei ihrer Ankunft getragen hatte.

»Nein«, antwortete Riemann säuerlich. »Ich sage das nur so. Ich habe Ihre Schwester auch nicht untersucht, sondern zehn Minuten aus dem Fenster gehalten und mich über die Rechnung gefreut, die ich Ihnen für diesen Hausbesuch stellen werde.«

»Entschuldigung«, sagte Robert. Er war immer noch völlig verwirrt. »Ich wollte Ihnen nicht zu nahetreten. Es war nur …«

»Rebecca war ziemlich übel verletzt«, pflichtete ihm Stefan bei. »Ich war *dabei*, als es passiert ist.«

Riemann zuckte mit den Schultern, als ginge ihm das ganze Gespräch auf die Nerven. Oder als hätte er Angst davor, zu intensiv darüber zu reden? »Ich kann nur sagen, was ich gerade gesehen habe«, antwortete er. »Sie sagten, es wäre eine Bißverletzung gewesen?«

Stefan hatte gar nichts gesagt, aber offensichtlich hatte Robert sich eingehend mit dem Arzt unterhalten. Er nickte.

»Manchmal sehen sie schlimmer aus, als sie dann sind«, antwortete Riemann. Er zuckte wieder mit den Schultern. »Vielleicht hat mein Kollege auch ein medizinisches Wunder vollbracht … ich weiß es nicht. Vielleicht …«

»Ja?« fragte Stefan, als der Arzt nicht weitersprach. Riemann sah ihn noch eine geschlagene Sekunde lang wortlos an, dann schüttelte er heftig den Kopf. »Vergessen Sie, was ich sagte! Was ist mit Ihnen? Brauchen Sie auch Hilfe?«

»Nicht mehr als Rebecca«, antwortete Stefan. »Ein paar

Stunden Schlaf, das ist alles. Der Tag war ziemlich … anstrengend.«

»Für mich auch«, sagte Riemann. Er wandte sich zu Robert um und griff dabei bereits nach seiner Tasche. »Brauchen Sie mich noch? Es ist spät geworden.«

»Nein«, antwortete Robert. »Ich danke Ihnen, daß Sie so spät noch gekommen sind.«

Riemann ging. Das hieß – er ging nicht wirklich. Wenn Stefan jemals so etwas wie eine langsame Flucht gesehen hatte, dann war es die Art, auf die der Arzt das Haus verließ.

Robert sah ihm wortlos nach. Stefan wollte etwas sagen, aber Robert schüttelte wortlos den Kopf, wandte sich, noch immer schweigend, an den Bodyguard und machte eine entsprechende Handbewegung. Der Mann verließ wortlos das Zimmer und zog die Tür hinter sich zu.

»Also«, fragte Robert.

»Also was?«

Auf Roberts Zügen braute sich ein Unwetter zusammen. »Was hat das zu bedeuten?«

»Es gibt zwei Möglichkeiten«, antwortete Stefan. »Entweder du brauchst einen neuen Hausarzt, oder wir sind die ersten Opfer der Gesundheitsreform geworden. Du weißt doch, daß sie in den Kliniken heute –«

»Hör mit diesem Mist auf!« unterbrach ihn Robert. »Du weiß genau, was ich meine! Was geht hier vor? Wieso spielt Rebecca die Schwerverletzte, wenn ihr in Wahrheit gar nichts fehlt?«

Stefan mußte sich beherrschen, um nicht allzu deutlich aufzu atmen. Er hätte einige Mühe gehabt, eine Antwort auf Roberts Frage zu finden – aber freundlicherweise hatte er sie ihm ja schon selbst geliefert.

»Das kann ich dir nicht sagen«, antwortete er. »Nur, daß es nicht so einfach ist, wie es scheint.«

Robert japste. »O ja!« sagte er. »Wahrscheinlich bin ich

nur zu dumm, um das Offensichtliche zu erkennen. Warum hilfst du mir nicht auf die Sprünge und verrätst mir, wieviel zwei und zwei ist?« Er machte eine wütende Bewegung, die Stefan vor vierundzwanzig Stunden noch eingeschüchtert und vor zwölf wütend gemacht hätte. Jetzt amüsierte sie ihn allerhöchstens.

»Ich will wissen, was hier gespielt wird!« schnappte Robert. »Ihr beide verschwindet zwei Wochen lang in einem Kriegsgebiet. Als ihr wieder auftaucht, seid ihr mehr tot als lebendig. Mein Wagen wird in die Luft gesprengt, das halbe Krankenhauspersonal wird niedergemetzelt, und ihr beide taucht blutüberströmt mitten in der Nacht hier auf. Aber sonst ist alles ganz klar … Habe ich etwas vergessen?«

»Das Wichtigste«, sagte Stefan ernst. »Becci und ich sind von Werwölfen gebissen worden, weißt du? Und jetzt sind sie hier, um uns zurückzuholen, bevor wieder Vollmond ist. Vermutlich wollen sie nicht, daß ihr Geheimnis herauskommt.«

»Mir ist nicht nach Scherzen«, sagte Robert eisig.

Das war Stefan auch nicht. Ganz und gar nicht. Im Gegenteil. Die Worte waren ihm tatsächlich in beinahe scherzhaftem Ton von den Lippen gekommen, aber sie hinterließen einen schalen Nachgeschmack; etwas wie ein lautloses, aber nicht enden wollendes Echo, das mit jedem Mal um eine Winzigkeit tiefer in sein Bewußtsein einzudringen schien, eine Flutwelle, die sich ganz allmählich aufbaute und vielleicht die Gewalt eines Tsunamis erreichen würde. Er hatte nichts Sensationelles ausgesprochen, nicht einmal etwas Neues. Trotzdem war er regelrecht schockiert – nicht über das, was er gesagt hatte, sondern *daß* er es ausgesprochen hatte. Er hatte sich verkalkuliert. Es machte es nicht besser, die Dinge beim Namen zu nennen. Manchmal macht es die Sache eher schlimmer.

»Was ist wirklich passiert?« fragte Robert noch einmal.

Offensichtlich hatte er sich entschlossen, die Taktik zu ändern. Statt zornig klang seine Stimme jetzt resigniert, wenn auch auf eine ganz bestimmte, latent drohende Art. Sie machte klar, daß der unweigerlich folgende nächste Schritt eine Explosion sein würde. Stefan spürte allerdings, daß auch das nicht echt war. Robert spielte ein Spiel mit ihm. Vielleicht war er sich der Tatsache nicht einmal bewußt, aber Stefan begriff plötzlich, daß Rebeccas Bruder niemals etwas anderes getan hatte, solange er ihn kannte. Er spielte Spiele. Er tat es sehr erfolgreich; wie jeder wirklich gute Spieler handelte er eher instinktiv als überlegt, und wahrscheinlich hatte er längst ein Gespür dafür entwickelt, welche Taktik er bei seinem jeweiligen Gegenüber anwenden mußte. Er tat das alles sehr geschickt, und er setzte die gesamte Palette seiner Möglichkeiten dabei ein: Körpersprache, Mimik, Stimmlage und -höhe und hundert andere, zum größten Teil unterschwellige Signale.

Und doch war nichts – *nichts* – von alledem echt. Trotz allem hatte Stefan vor seinem ungeliebten Schwager stets einen gehörigen Respekt verspürt, aber mit einem Male wurde ihm klar, daß Robert *Respekt* am allerwenigsten verdiente. Wenn er es auf den Kern reduzierte, dann war Roberts Leben eine einzige Lüge. Er war nichts von dem, was er zu sein vorgab.

»Du willst nicht antworten«, sagte Robert. Er schüttelte den Kopf. »Du kommst hierher, ziehst mich in eine Geschichte hinein, die mich Kopf und Kragen kosten kann, und erwartest im Ernst, daß ich keine Fragen stelle? Du bist noch dümmer, als ich dachte.«

»Und du kannst dir eine ganze Menge denken, ich weiß«, sagte Stefan lächelnd. »Was kommt als nächstes? Drohst du mir damit, uns wieder vor die Tür zu setzen?«

»Nicht euch«, antwortete Robert betont. »Aber vielleicht dich?«

Ein weiterer Bluff. Stefan ließ sich nicht mehr täuschen.

Es war tatsächlich so, als gäbe es plötzlich eine zweite, nur für ihn hörbare Stimme, die jedes einzelne Wort Roberts kommentierte. Plötzlich hatte er Lust, es auf die Spitze zu treiben. Er war sicher – nein, er *wußte*, daß er zwei oder drei Sätze brauchen würde, um Roberts Überheblichkeit auf das Maß zu reduzieren, das ihm zustand. Und ein paar Sekunden mehr, bis er vor ihm im Dreck kroch.

Aber wozu?

»Nein«, sagte er ganz ruhig. »Das tust du nicht.«

»Bist du da so sicher?«

»Hundertprozentig.« Stefan seufzte. »Was machen wir jetzt? Gehen wir uns gegenseitig an die Kehle, oder versuchen wir, eine Lösung zu finden?«

»Ich kann kein Problem lösen, das ich nicht kenne, verdammt!« protestierte Robert. »Wie soll ich euch denn schützen, wenn ich nicht einmal weiß, vor wem?«

Was sollte er antworten? Er wußte es ja selbst nicht. Nicht genau genug, um eine Entscheidung zu fällen.

»Es hat etwas mit Eva zu tun?« fragte Robert plötzlich. »Das hat alles angefangen, als ihr das Mädchen mitgebracht habt. Ist es das? Habt ihr irgend jemandem sein Kind gestohlen, und er ist jetzt hier, um es zurückzuholen?«

Er kam der Wahrheit damit ziemlich nahe, fand Stefan. Unangenehm nahe, wenn auch aus einer anderen Richtung, als Stefan erwartet hätte. »Und wenn es so wäre? Willst du deiner Schwester erklären, daß sie Eva wieder weggeben muß?«

Robert starrte ihn an. Lange. Fünf Sekunden, zehn. Länger, als Stefans innere Uhr ihm zuverlässig folgen konnte. Stefan hatte ganz automatisch geantwortet, ohne lange darüber nachzudenken oder die Worte gar – wie Robert es getan hätte – zuvor auf ihre größtmögliche Wirksamkeit abzuklopfen.

Um so mehr schienen sie Robert getroffen zu haben.

Etwas im Blick seines Schwagers erlosch; schnell und so endgültig, daß er nicht sicher war, ob es jemals zurückkehren würde. Roberts Hände begannen ganz leicht zu zittern, und etwas in ihm … zerbrach.

Langsam, wie gegen einen unsichtbaren Widerstand ankämpfend, drehte sich Robert herum, trat an die verspiegelte Bar fünf Schritte hinter dem Schreibtisch und nahm eine der Flaschen vom Regal. Stefan beobachtete ihn sehr aufmerksam. Roberts Hände hatten schon wieder aufgehört zu zittern. Das Glas, das er sich einschenkte, blieb so ruhig, daß sich auf der Flüssigkeit nicht die winzigste Erschütterung zeigte, als er sich wieder zu ihm herumdrehte und ihn ansah.

»Du hast es nie wirklich begriffen, nicht?« fragte er.

»Was?«

Robert nippte an seinem Drink – Cognac; ein ziemlich guter. Stefan trank selten Alkohol, aber er hatte das Aroma erkannt, kaum daß Robert die Flasche geöffnet hatte. Jetzt erfüllte der durchdringende Alkoholgeruch den Raum mit solcher Vehemenz, daß er ihn schon als störend empfand. Übermenschlich scharfe Sinne hatten nicht nur Vorteile. Robert trat einen Schritt auf ihn zu, blieb wieder stehen und deutete mit dem Glas auf die Couch neben dem Fenster. »Setz dich.«

Stefan gehorchte. Er spürte eine ganz banale, aber sehr große Erleichterung, sich endlich setzen zu können. Sein Bein hatte irgendwann im Laufe der letzten halben Stunde aufgehört zu schmerzen, aber sein Rücken fühlte sich mittlerweile an, als wollte er gleich in Stücke brechen. Was immer auch mit Rebecca und ihm geschah – es bewahrte ihn nicht vor ganz normaler Müdigkeit. Als er sich in das weiche Leder sinken ließ, wurde der Drang, die Augen zu schließen und sich einfach fallenzulassen, fast übermächtig.

Das Geräusch von Leder und raschelnder Seide erzählte

ihm, daß Robert in einem der schweren Sessel ihm gegenüber Platz genommen hatte. Es war unglaublich, aber er konnte sogar hören, wie der Cognac in Roberts Hand gegen das Glas schwappte.

Mit einer enormen Willensanstrengung öffnete er die Augen wieder und sah seinen Schwager an. Was er sah, verwirrte ihn. Vielleicht war es das erste Mal, daß er Robert tatsächlich sah; den echten Robert, nicht eine der zahllosen Masken, die er sich so oft übergestülpt hatte, daß er möglicherweise selbst nicht mehr wußte, wie das Gesicht darunter eigentlich aussah. Er sah einen verletzten, sehr müden Mann.

»Du weißt wirklich nicht, wovon ich rede, wie?« fragte Robert. »Du glaubst, es wäre nur ein Kind. Ein neues Spielzeug für Rebecca.«

»Quatsch!« sagte Stefan. »Ich weiß genau –«

»Du weißt *gar nichts*!« unterbrach ihn Robert. Er schrie nicht beinahe, er schrie wirklich; auch wenn seine Stimme dabei kaum lauter wurde.

Sein Zornesausbruch überraschte Stefan, aber er machte ihn nicht seinerseits wütend; vielleicht, weil er spürte, daß dieser Zorn nicht ihm galt. Nicht wirklich. Er richtete sich auf ihn, ganz einfach, weil er das Pech hatte, im Moment die einzige Zielscheibe im Raum zu sein, aber er galt nicht ihm persönlich. Wahrscheinlich galt er niemandem. Robert war einfach ein Mann, der mit dem Schicksal haderte, und das bestimmt nicht erst seit heute. Unglückseligerweise hatte das Schicksal weder ein Gesicht noch einen Namen, noch persönliche Schwächen, auf denen man herumhacken konnte.

Robert setzte das Glas an und leerte es mit einem einzigen Zug. »Du weißt gar nichts«, sagte er noch einmal, als wäre dies nun sein Mantra, das er nur lange genug wiederholen mußte, damit sich seine beruhigende Wirkung entfaltete. »Nichts.«

Stefan sagte nichts dazu. Alles, was er hätte sagen können, wäre falsch gewesen. Robert wollte nichts hören. Er wollte reden.

»Der Unfall damals«, fuhr Robert fort. »Ich glaube, du hast nicht verstanden, was er deiner Frau *wirklich* angetan hat, wie?«

Er sagte jetzt »deiner Frau«, nicht mehr »Rebecca« oder »meiner Schwester«, als versuche er, Stefan auf diese Weise einen größeren Teil der Verantwortung zuzuschanzen, als ihm zustand. War das vielleicht der Grund für die schwelende Feindseligkeit, die er eigentlich immer in Roberts Gegenwart verspürte, dachte Stefan erstaunt. Die Erklärung erschien ihm so simpel, daß sie vielleicht allein deshalb schon wahr sein konnte. Vielleicht war Robert einfach der Ansicht, daß er seinen Teil der Verantwortung nie *wirklich* übernommen hatte.

Trotzdem antwortete er in vorwurfsvollem Ton. »Du weißt, daß das nicht stimmt. Ich habe zwei Wochen an ihrem Krankenbett gesessen ...«

»Hast du ihr auch die Pistole weggenommen?« fragte Robert. Stefan starrte ihn an.

»Es ist ein Scheiß-Moment, um es dir zu sagen«, fuhr Robert nach einer Pause fort. Er lachte bitter. »Wahrscheinlich ist jeder Moment ein Scheiß-Moment. Ich wollte es dir nie sagen, aber wahrscheinlich war das ein Fehler.«

»Was wolltest du mir nie sagen?« fragte Stefan. Natürlich wußte er, was Robert meinte. Aber er *wollte* es nicht verstehen.

»Es war genau hier«, antwortete Robert. Er versuchte, einen Schluck aus seinem leeren Glas zu trinken, verzog flüchtig das Gesicht und deutete dann damit zur Decke hinauf. »Genau dort oben. In dem Zimmer, in dem sie jetzt schläft.«

»Sie hat –«

»– versucht, sich umzubringen«, fiel ihm Robert ins

Wort. »Ja. Mit einer meiner Pistolen. Die Waffe war nicht geladen, aber das war ein reiner Zufall. Wäre die Trommel voll gewesen, hätte ich es nicht verhindern können.« Er beugte sich so weit vor, daß er die Distanz zwischen sich und Stefan damit mehr als halbierte. »Damit du mich nicht falsch verstehst, Stefan: Sie hat abgedrückt. Sie wollte nicht damit drohen oder sich interessant machen oder sonst irgendein Scheiß. Sie hat es *getan*!«

»Davon wußte ich nichts«, murmelte Stefan. Er war schockiert, erschüttert bis auf den Grund seiner Seele.

»Natürlich wußtest du davon nichts!« schnaubte Robert. »Was weißt du denn überhaupt?« Er stand mit einem Ruck auf, stampfte regelrecht zur Bar zurück und goß sich gleich sein Glas wieder voll. Diesmal zitterte es so stark in seiner Hand, daß er Mühe hatte, nichts zu verschütten. Wäre Stefan von dem gerade Gehörten nicht so bestürzt gewesen, hätte ihn der Anblick alarmiert. Robert trank selten Alkohol, und wenn, dann nur in Maßen.

Er trank auch nicht an seinem frisch eingeschenkten Cognac, sondern stand einfach da, hielt das Glas in seiner Hand und starrte ins Leere. Eigentlich, dachte Stefan, hätte er seine helle Freude an dem Anblick haben sollen. Es war ihm endlich gelungen, Roberts verfluchte Großkotzigkeit ins Wanken zu bringen. Aber der Anblick bereitete ihm keine Befriedigung. O nein, nicht im geringsten.

»Dieses besoffene Schwein, das Rebecca angefahren hat«, fuhr Robert fort. Seine Stimme war ganz leise; ein Flüstern, das Stefan mit der normalen Schärfe seiner Sinne wahrscheinlich nicht einmal verstanden hätte. Trotzdem erschauerte er unter dem Schmerz, den er darin hörte. »Er hat mehr getan, als ihr ein paar Knochen zu brechen und ihr ungeborenes Kind zu töten. Hast du das eigentlich jemals begriffen?«

So ganz nebenbei war es auch *sein* Kind gewesen, aber Stefan sparte sich den Atem, seinen Schwager darauf hinzuweisen. Robert hätte ihm nicht zugehört; in diesem Moment noch viel weniger als sonst.

Robert fuhr mit einer so heftigen Bewegung herum, daß er nun tatsächlich einen Teil seines Getränks verschüttete. »Hast du es?«

»Ich verstehe nicht genau –«, begann Stefan.

»Natürlich nicht!« unterbrach ihn Robert. Stefan wußte, daß er das auf jeden Fall getan hätte, und wahrscheinlich sogar mit genau diesen Worten. Was immer er hätte antworten können, war irrelevant. Vermutlich hatte Robert schon lange auf eine Gelegenheit gewartet, ihm genau das zu sagen. »Er hat sie umgebracht, verstehst du das? Er hat sie nicht nur *verletzt*. Er hat einen Teil von ihr getötet! Du hast an ihrem Bett gesessen, als sie aus der Narkose erwacht ist, und danach auch, aber ich war bei ihr, als sie fest entschlossen war, sich umzubringen! Weißt du, wann das war? An dem Morgen, an dem sie aus der Klinik entlassen wurde und du sie hierhergebracht hast!«

Das war der Morgen gewesen, an dem der Arzt Rebecca und ihm eröffnet hatte, daß sie nie wieder Kinder bekommen konnte. Er hatte gespürt, wie sehr es sie getroffen hatte, natürlich hatte er das gespürt. Aber doch nicht *so*!

»Davon hatte ich keine Ahnung«, murmelte er.

»Natürlich nicht.« Robert machte ein abfälliges Geräusch. »Du hast sie hier abgeliefert und bist dann in deine verdammte Redaktion gefahren, um irgendeinen furchtbar wichtigen Termin wahrzunehmen. Dabei hätte dich deine Frau in diesem Moment so dringend gebraucht wie niemals zuvor!«

»Warum hast du mir das nie gesagt?« fragte Stefan.

»Weil Rebecca es nicht wollte«, antwortete Robert. »Sie wird mir die Kehle durchschneiden, wenn sie erfährt, daß ich es dir verraten habe.«

»Und warum tust du es dann jetzt?«

Die Frage war überflüssig. Er hatte es gewagt, sich

gegen den allmächtigen Übervater Robert aufzulehnen, und die Antwort bestand natürlich aus einem Tiefschlag. Vielleicht spürte Robert auch ganz instinktiv, daß dies nicht irgendein x-beliebiger Streit zwischen ihnen war. Stefan hatte ihren seit zehn Jahren schwelgenden Dauerzwist auf ein Niveau gehoben, der dieses Gespräch vielleicht zur Entscheidungsschlacht machte. Ganz gleich, wer gewann: Ihr Verhältnis zueinander würde nach dieser Nacht nie wieder dasselbe sein.

»Damit du keinen Unsinn machst«, antwortete Robert. Plötzlich wirkte er sehr erschöpft. »Ich will, daß du verstehst, was dieses Kind für Rebecca bedeutet. Es ist nicht einfach nur ein *Kind*. Es ist ihr *Leben*. Ich weiß, daß du das anders siehst. Vielleicht hast du sogar recht. Aber das spielt keine Rolle. Nicht für Rebecca, und nicht für mich.«

»Und was genau meinst du damit?« fragte Stefan.

»Wenn du Rebecca das Kind wegnimmst, dann tötest du sie«, antwortete Robert. »Nicht im übertragenen Sinne, sondern wortwörtlich. Sie würde es nicht überleben, noch einmal ein Kind zu verlieren. Ich werde das nicht zulassen.«

Große Worte, dachte Stefan, und sicherlich todernst gemeint. Aber vielleicht brachten sie Rebecca gerade dadurch in Lebensgefahr, *daß* sie Eva behielten.

»Also?« fragte Robert.

»Also was?«

»Was ist hier los? Sind es die Verwandten der Kleinen, die hinter euch her sind? Ich kann euch nicht helfen, wenn ich nicht weiß, worum es überhaupt geht. Rebecca hat mir von dieser ... Sonja – war das ihr Name?« Stefan nickte. »– erzählt.«

»Ja«, sagte Stefan. »Nein.«

»Was?«

»Ich meine, ja. Diese Sonja ist Evas Schwester – jedenfalls behauptet sie das. Aber ich glaube nicht, daß sie etwas mit dem Massaker im Krankenhaus zu tun hat. Wenigstens nicht mit dem oben in der Kinderklinik.«

»Das kann ich mir auch nicht vorstellen«, sagte Robert. »Aber man weiß es nicht. Die Leute auf dem Balkan gelten als ziemlich temperamentvoll.« Er stellte das Glas aus der Hand, überlegte. »Dann waren es Barkows Männer.«

»Ja«, antwortete Stefan. »Woher weißt du das?«

»Das ist nun wirklich nicht so schwer zu erraten«, sagte Robert. Vermutlich aus reiner Gewohnheit schlug er wieder einen leicht verächtlichen Ton an. »Die Auswahl ist nicht mehr besonders groß ... es sei denn, ihr seid noch ein paar Leuten auf die Zehen getreten, von denen ich nichts weiß.«

»Es *sind* Barkows Männer«, sagte Stefan. »Ich habe einen von ihnen wiedererkannt.«

»Wann?«

»Im Krankenhaus.« Es gab keinen Grund, Robert nicht auch noch den Rest der Geschichte zu erzählen. Spätestens wenn Rebecca wach wurde, würde er ihn sowieso erfahren. »Ich habe Dorn nicht die ganze Wahrheit gesagt, weißt du.«

»Was für eine Überraschung«, sagte Robert spöttisch. »Was ist wirklich passiert?«

»Sie haben den Arzt und die Krankenschwestern erschossen. Ich weiß nicht, warum. Und den Mann, den White zu Rebeccas Schutz abgestellt hat. Dann haben sie Becci und Eva entführt. Ich vermute, als Köder für mich.«

»Und wie seid ihr ihnen entkommen?« wollte Robert wissen.

Das ärgerte Stefan nun wirklich, obwohl – oder vielleicht gerade weil – er sicher war, daß Robert nicht die Absicht gehabt hatte, ihn zu verletzen. Die bloße *Möglichkeit*, daß Stefan Rebecca aus der Gewalt der Entführer befreit haben könnte, war für ihn so abwegig, daß sie ihm nicht einmal in den Sinn kam. Stefan hatte auch gar nicht vor, sie ihm in allen Einzelheiten zu erzählen. Falls Rebecca es für nötig hielt, sollte sie es tun.

»Wir hatten Glück?«, sagte er. »Und ich war nicht allein.«

»Whites Mann?« fragte Robert. Der Gedanke lag nahe.

»Ich sagte doch, er ist tot. Wahrscheinlich haben sie ihn als ersten umgebracht. Ich weiß nicht, wer uns geholfen hat. Jemand« – um ein Haar hätte er *Etwas* gesagt – »war noch da. Ich weiß nicht, wer. Vielleicht Sonja und ihre Brüder. Ich … ich bin mir nicht sicher.«

»Du meinst, es sind gleich zwei verschiedene Gruppen hinter euch her.« Seltsamerweise schien die Vorstellung Robert eher zu amüsieren. »Wer weiß – vielleicht streiten sie sich ja so darum, wer euch umbringen darf, daß am Ende keiner übrigbleibt.«

Damit kam er der Wahrheit ziemlich nahe, dachte Stefan. Er konnte an dem Gedanken allerdings nichts Amüsantes finden.

»Hat euch irgend jemand zusammen gesehen?« fragte Robert. »Euch und diese Söldner, meine ich?«

»Ich glaube nicht.«

»Gut. Dann solltet ihr auch bei der Version bleiben, die du Dorn gerade erzählt hast.«

»Ich weiß nicht, ob das sehr klug war«, erwiderte Stefan. »Er wird die Wahrheit früher oder später herausfinden. Der Mann ist nicht dumm.«

»Mach dir darum keine Sorgen«, antwortete Robert. »Ich halte ihn dir schon vom Hals. Wenigstens so lange, bis dieses andere … Problem erledigt ist. Hast du eine Vorstellung davon, wie viele es sind?«

»Im Krankenhaus waren es vier«, antwortete Stefan. »Aber sie sind tot.« Robert sah ihn zweifelnd an. Er lächelte für eine Sekunde, hob die Schulter und fügte, schlagartig wieder ernst werdend, hinzu: »Ich sagte dir doch, jemand hat uns geholfen.«

»Du willst mir erzählen, daß irgend jemand vier ausgebildete Soldaten umgebracht hat, ohne daß Dorn es gemerkt haben soll?«

»Ich weiß nicht, ob sie alle tot sind. Bei zwei oder dreien hin ich sicher. Aber ich habe angenommen, daß sie tot sind.« Er fragte sich vergeblich, warum er das sagte. Er wußte verdammt genau, daß keiner der Männer den Angriff dieses … *Dings* überlebt hatte. »Ich bin nicht dageblieben, um nachzusehen, weißt du.«

»Wahrscheinlich sind sie verschwunden und haben die Toten mitgenommen«, sagte Robert. »Söldner machen das so. Aber du hast natürlich recht. Dorn wird ziemlich schnell merken, was passiert ist. Er wird wiederkommen.« Er seufzte demonstrativ. »Aber nicht heute. Es ist spät. Laß uns Schluß machen. Ich werde morgen früh ein bißchen herumtelefonieren. Und mich vor allem einmal etwas intensiver um euren Freund White kümmern. Ich habe das Gefühle daß er eine Menge mehr weiß, als er bisher zugegeben hat.«

Stefan ging nach oben, aber er legte sich nicht ins Bett. Er hatte einen schlechten Geschmack auf der Zunge, und hinter seiner Stirn nahm ein dumpfer Druck Gestalt an, der noch kein wirklicher Schmerz war, aber bald dazu werden würde. Eben, unten im Wohnzimmer, war er so müde gewesen, daß er um ein Haar mitten in dem Gespräch mit Robert eingeschlafen wäre, und erschöpft war er noch immer. Trotzdem wußte er, daß er keinen Schlaf finden würde.

Es war alles zuviel. Sein Gespräch mit Robert hatte ihm nicht nur klargemacht, daß er sich in einer ausweglosen Situation befand. Das hätte ihn nicht einmal mehr wirklich erschreckt: Sie wurden von Männern gejagt, die keine anderen Absichten hatten, als sie zu töten, und die allerbesten Voraussetzungen, dieses Ziel auch zu erreichen. Aber dieser Gedanke machte ihm nicht angst. Ganz im Gegenteil erschien ihm dies als etwas ganz Natürliches; etwas, das zu dem von uralten Instinkten, animalischen Reflexen und angeborenen Verhaltensweisen bestimmten Leben gehörte, in das er mehr und mehr abglitt. Sie waren Beute, und die Jäger waren irgendwo dort draußen, und das war in Ordnung. Sie würden überleben, oder auch nicht, und auch das war in Ordnung.

Was *nicht* in Ordnung war, war das, was ihm Robert erzählt hatte. Er hatte gewußt, daß Rebecca unter dem Verlust des Kindes gelitten hatte; das war nur natürlich, ebenso, wie es ganz klar war, daß sie mehr darunter gelitten hatte als er. Aber er hatte nicht gewußt, *wie*viel mehr.

Er kam sich schuldig vor. Robert hatte recht. Ganz egal, aus welchem Grund er ihm all das gesagt hatte, im Kern hatte er recht: Er hatte Rebecca im Stich gelassen. In dem Moment ihres Lebens, in dem sie ihn am allerdringendsten gebraucht hätte, war er nicht dagewesen. Er wußte nicht, ob Rebecca ihm diesen Verrat verzeihen würde. Vielleicht war das der Grund, aus dem er plötzlich keine Angst mehr vor dem Tod zu haben schien. Kämpfen war leicht, trotz allem nicht mehr als ein Ritual, das nach uralten und im Grunde stets gleichen Regeln ablief. Aber was, wenn er diesen Kampf *überleben* würde?

Er hatte kein Licht eingeschaltet, als er hereingekommen war, aber es bereitete ihm trotzdem keine Mühe, gut zu sehen. Das Fenster war zwar geschlossen, die Gardinen aber zurückgezogen, und durch die Scheiben strömte in breiten, silbernen Bahnen Mondlicht herein. Eine Zeitlang stand er einfach da und sah dieses Licht an. Mondlicht. *Wolfslicht.* Es schien etwas Lebendiges in diesem Licht zu sein, nein, nichts Lebendiges: etwas Lebenspendendes. Verrückt.

Sein Blick folgte den Lichtstrahlen, die verwirrende, isometrisch verschobene Muster auf den Teppich und das Bett malten, glitt flüchtig über Rebeccas Gesicht und blieb schließlich an Eva hängen, die zusammengerollt neben ihr schlief. Er spürte wieder dieses seltsame, vollkommen unmotivierte, aber sehr heftige Gefühl von Zuneigung, aber er gestattete sich nicht, ihm nachzugeben. Es fiel ihm sehr schwer, aber es gelang ihm, wenigstens für den Moment eine gewisse Distanz aufrechtzuerhalten. Es war wichtig, daß er das tat. Vielleicht lebenswichtig.

Was stimmte nicht mit diesem Kind?

Stefan trat langsam näher an das Bett heran. Eva lag auf der Seite. Sie hatte die Decke weggestrampelt und die Knie an den Leib gezogen. Ihre Hände lagen flach aufeinander unter ihrem Gesicht. Sie schlief nie wie ein Kind, dachte er, sondern wie ein junger Hund, der sich in seinem Körbchen zusammengerollt hatte, und er mußte wieder daran denken, wie sie sie gefunden hatten. Und an das, was ihm Danuta erzählt hatte, und an die unheimliche Veränderung, die mit ihm selbst vorging, und an tausend andere Dinge. Das Bild, das all diese einzelnen Puzzleteile ergaben, war so klar, daß er nicht einmal mehr davor zurückschrak. Wie konnte ihn etwas überraschen, was er längst wußte? Er *wollte* es nicht sehen, das war alles. Nicht jetzt. Noch nicht. Vielleicht in einer Stunde, morgen, in ein paar Tagen ... alles, was er wollte, waren noch einige wenige kostbare Minuten, in denen er sich verzweifelt an das klammern konnte, woran er bisher geglaubt hatte.

So leise, wie es ihm möglich war, trat er wieder vom Bett zurück, ging auf die andere Seite und beugte sich über Rebecca. Sie schlief. Ein sonderbar friedlicher Ausdruck hatte sich auf ihren Zügen ausgebreitet, vielleicht zum erstenmal seit ihrer Rückkehr aus dem Wolfsherz. Sie sah entspannt aus, trotz der tiefen Spuren, welche die Müdigkeit in ihr Gesicht gegraben hatte, und auf eine schwer zu fassende Weise lebendig; viel lebendiger als seit langer, langer Zeit. Sie hatte im Schlaf den rechten Arm um Eva gelegt, ohne sie jedoch wirklich zu berühren, und Stefan fragte sich, ob sie vielleicht allein aus der Nähe des Kindes neue Kraft zog – nicht im übertragenen, sondern im wortwörtlichen Sinne.

Wieder sah er Eva an. Seltsam – allein die äußere Distanz schien ihm zu helfen, auch in seinen Gefühlen einen gewissen Abstand zu gewinnen. Es fiel ihm nicht leicht, aber es gelang ihm, wenigstens den *Versuch* zu einer logischen Analyse zu starten.

Er *empfand* etwas für dieses Kind, daran bestand gar kein Zweifel, und es war etwas sehr Starkes. Aber war es wirklich *Liebe*? Vielleicht war die Erklärung ja – obgleich in sich höchst kompliziert – viel simpler. Sie hatten alle drei gemeinsam um ihr Leben gekämpft. Sie waren gemeinsam geflohen, hatten sich gemeinsam ihrer Angst gestellt und sie gemeinsam überwunden. Möglicherweise sprach dieses hilflose, verwundbare Kleinkind einfach seine Beschützerinstinkte an: ein Teil der Sippe, den es zu verteidigen galt, ohne Wenn und Aber.

Und möglicherweise war die Erklärung sogar noch simpler. Robert hatte es ausgesprochen, aber er hatte es natürlich tief in sich drinnen längst gewußt. Dieses Kind und Rebecca waren eins. Wenn Eva etwas zustieß, dann würde auch Rebecca nicht überleben. Und die einfache Konsequenz aus diesem Gedanken war, daß er in Wahrheit niemals das Wolfskind verteidigt hatte, sondern immer nur seine Frau. Sie gehörten zusammen. Die Sippe war alles, und jeder einzelne Teil war so wichtig wie das Ganze.

Er beugte sich tiefer über Rebecca, hauchte ihr einen Kuß auf die Stirn und stellte fast erschrocken fest, wie sehr ihn schon diese flüchtige Berührung erregte – eindeutig *sexuell* erregte.

Der Gedanke kam ihm selbst absurd vor; schmutzig.

Doch nicht *jetzt*. Doch nicht in einer Situation wie *dieser*. Das war absurd.

Trotzdem wurde es immer schlimmer. Seine Erregung erreichte ein Maß, das echtem körperlichen Schmerz so nahe kam, wie es nur ging, ohne ihn wirklich zu erreichen. Er zitterte am ganzen Leib. Er richtete sich mit einem Ruck auf, wie um aus Rebeccas Nähe zu fliehen, aber er war nicht in der Lage, sich weiter als wenige Zentimeter zu bewegen. Seine Hormone liefen Amok.

Rebecca öffnete die Augen und sah ihn an. Sie sagte nichts, so wenig wie er.

Es war auch nicht nötig. *Etwas* in ihr kommunizierte mit *etwas* in ihm, und was immer es war, es ging viel tiefer, als Worte es jemals gekonnt hätten. Sie setzte sich auf eine sonderbar grazile, fließende Art auf, streifte das Nachthemd über den Kopf und sah zu ihm hoch. Das Wolfslicht, das über ihren Körper strömte, löschte alle Farben aus und verlieh ihrer Haut das Aussehen von geschmolzenem Silber. Sie sah unendlich schön aus, so unglaublich *lebendig*. Ihr Körper war makellos, so unvorstellbar sinnlich, wie er ihn nie zuvor gesehen hatte, und als er zu ihr auf das Bett glitt und sie sich liebten, da war auch das wie das allererste Mal, ein Erlebnis weit jenseits von allem, was er sich bisher auch nur hatte vorstellen können. Es war wie eine Explosion der Sinne, pure, kompromißlose Lust, ohne den mindesten Beigeschmack von Schuld oder plötzlich so bedeutungslos gewordenen Begriffen wie Moral oder Konventionen.

Erschöpft ließ sich Stefan schließlich zurücksinken und schloß die Augen. Den Sturm von Gefühlen, der für einen Moment jeden Ansatz von vernünftigen Denken hinweggefegt hatte, folgte eine ebenso totale Leere, die sich lautlos und schnell in ihm ausbreitete; schwarze Tinte in einem Glas mit kristallklarem Wasser. Er wollte sich fallenlassen; nichts erschien ihm verlockender, als die Augen zu schließen, einzuschlafen und am nächsten Morgen mit nichts anderem zu erwachen als der Erinnerung an einen vollkommen verrückten Alptraum. Aber er spürte, daß er es nicht konnte.

Er hörte an Rebeccas Atem, daß auch sie wach war, und sah zu ihr hin. Sie lag lang ausgestreckt im silbernen Mondlicht neben ihm, noch immer so schön wie eine Statue und trotz der Intensität, mit der sie sich gerade geliebt hatten, scheinbar unendlich weit entfernt. Es war unheimlich: Sie hatten sich niemals so intensiv und kompromißlos einander hingegeben wie eben, und trotzdem fühlte er sich, als hätte er sie betrogen.

»Was geschieht mit uns, Stefan?« fragte Rebecca in die Stille hinein. »Was … ist das?«

Stefan setzte sich – sehr leise, um Eva nicht zu wecken – neben Rebecca im Bett auf und ließ seinen Blick abermals über ihren Körper gleiten. Was er sah, war zugleich die Antwort auf ihre Frage. Rebeccas Körper war makellos. Ihre Haut wies nicht den winzigsten Kratzer auf. Selbst die zahllosen kleinen Schrammen, Prellungen und Hautabschürfungen, welche sie während ihrer Flucht aus dem Krankenhaus davongetragen hatte, waren verschwunden. Und sie sah eindeutig jünger aus; nicht, weil sie es wirklich war – der geheimnisvolle Zauber, der von ihnen Besitz ergriffen hatte, verlieh nicht nur ihren Sinnen eine übermenschliche Schärfe, sondern ihren Körpern offensichtlich auch eine phantastische Regenerationsfähigkeit, aber er schützte sie nicht vor dem Altern. Was Rebecca um so vieles jünger aussehen ließ, das war die ungeheure Lebendigkeit, die sie ausstrahlte. Er hatte sie noch niemals so *gesund* gesehen wie in diesem Moment. Ihr Körper schien Energie und Tatkraft zu verströmen wie etwas Materielles, das er tatsächlich spüren und aus dem er seinerseits neue Kraft ziehen konnte. Vielleicht, dachte er – keineswegs spöttisch, sondern mit großem Ernst –, waren sie längst dabei, sich in eine Art Vampire zu verwandeln, nur, daß sie nicht vom Blut, sondern der Lebensenergie anderer lebten.

Ohne Rebeccas Frage laut beantwortet zu haben, setzte er sich ganz auf, schwang die Beine vom Bett und schlüpfte in seine Kleider. Selbst diese durch und durch banale Handlung hatte sich verändert: Sie erschien ihm nicht mehr wie etwas Natürliches, etwas Selbstverständliches, sondern beinahe unangenehm. Die Kleider kamen ihm plötzlich wie ein Fremdkörper vor. Etwas, das nicht auf seine Haut gehörte.

Er stand auf und trat ans Fenster. Rebecca sah ihm nach. Er konnte hören, wie sich ihr Kopf auf dem Kissen bewegte, und er fragte sich, ob auch ihre Sinne bereits jene unheimliche Hypersensibilität erreicht hatten wie seine eigenen. Er hoffte beinahe, daß es nicht so war. Sein gesteigertes Hör- und Geruchsvermögen und vor allem seine neugewonnenen Reflexe hatten ihnen vorhin mit großer Wahrscheinlichkeit das Leben gerettet, aber Stefan war nicht sicher, ob er auf Dauer nicht unter der Flut all dieser neuen Empfindungen zerbrechen würde. Er war ein Mensch. Sein Bewußtsein war dafür konzipiert, mit *menschlichen* Sinneseindrücken umzugehen. Nicht mit denen eines Raubtiers.

Das Fenster führte auf den kunstvoll gepflasterten Platz vor der Garage hinaus. Er konnte die gesamte Zufahrt bis zum Tor hinab überblicken sowie einen Teil des Gartens. Die Beleuchtung, die Robert vorhin von der Straße aus eingeschaltet hatte, war jetzt zum Großteil wieder erloschen; Stefan vermutete, daß Robert sie ganz bewußt abgeschaltet hatte. Nach einem kurzen Augenblick sah er auch, warum: Eine dunkel gekleidete Gestalt trat für eine oder zwei Sekunden aus den Büschen neben dem Tor heraus, warf einen suchenden Blick auf die Straße und trat dann wieder in die Deckung zurück. Sie verschmolz allerdings nicht mehr ganz mit den Schatten. Jetzt, wo Stefan sie einmal fixiert hatte, konnte er ihre Umrisse noch immer erkennen, als hätte irgendeine Art von innerem Radar sie erfaßt, das sie nun nicht mehr loslassen würde. Für jeden anderen jedoch, der auf seine normalen menschlichen Sinne angewiesen war, mußte die Gestalt dort unten vollkommen unsichtbar bleiben. Vielleicht waren Roberts gemietete Bodyguards ihr Geld doch wert.

Trotzdem fühlte er sich kein bißchen sicherer. Der Feind, der dort draußen in der Dunkelheit lauerte, war nicht mit normalen Maßstäben zu messen.

»Warum antwortest du nicht?« fragte Rebecca. Sie hatte Geduld, das mußte er ihr lassen. Seit sie ihre Frage das erste Mal gestellt hatte, mußten mindestens drei oder vier Minuten vergangen sein.

»Weil du es nicht hören willst«, sagte er; ganz bewußt so leise, daß sie es eigentlich unmöglich hören konnte. Er war nicht einmal sicher, ob die Worte wirklich über seine Lippen kamen, oder ob er sie nur formulierte, ohne ihnen Gestalt zu verleihen. In dem Bruchteil einer Sekunde, die diesen Worten folgte, betete er mit aller Inbrunst, zu der er fähig war, daß sie nicht antworten würde.

»Doch«, sagte Rebecca. »Ich will es wissen. Wie kommst du darauf?«

Rebeccas Antwort war der letzte Beweis, der letzte, verdammte Beweis, daß er nicht wahnsinnig war, sondern diesen Alptraum tatsächlich erlebte.

Der Schatten unten neben dem Tor bewegte sich wieder. Für jemanden, der eigentlich darauf bedacht sein sollte, möglichst unauffällig zu bleiben, benahm er sich ziemlich ungeschickt, dachte Stefan. Aber natürlich mußte er ihm zugute halten, daß er nach anderen Maßstäben handelte und dachte als er. Außerdem war es dort draußen vermutlich bitterkalt, so daß er gar nicht länger als einige Augenblicke reglos auf der Stelle verharren *konnte*. Trotzdem war es besser, wenn er wachsam blieb. Auch das war etwas, das sich verändert hatte: Er war ohne Mühe in der Lage, einen Teil seiner Konzentration abzuspalten und auf das Geschehen dort draußen zu lenken, ohne daß seine Aufmerksamkeit Rebecca gegenüber darunter litt. Er mußte es, denn die Nacht war voller Feinde. Er konnte fast spüren, wie sie näher kamen.

»Ich weiß es nicht«, log er. »Aber irgend etwas ist in diesem Tal mit uns passiert.«

Rebecca stand auf. Stoff raschelte, als sie ihr Nachthemd überstreifte, aber sie kam nicht zu ihm ans Fenster. Trotzdem fiel es ihm nicht schwer, ihre genaue Position innerhalb des Zimmers hinter sich auszumachen. Im ersten Moment glaubte er sogar, ihr Parfüm zu riechen, aber dann begriff er, daß es ihr eigener Geruch war, den er mit nie gekannter Intensität wahrnahm.

»Aber du weißt nicht, was.« Rebecca seufzte. »Es ist meine Schuld. Ich hätte diesem verdammten White niemals trauen sollen.«

»Es hat nichts mit White zu tun.« sagte Stefan. Und auch nichts mit den Russen. Barkows Männer mochten im Moment die größte Gefahr darstellen, aber sie waren trotzdem nicht ihr wirkliches Problem.

»Natürlich nicht«, antwortete Rebecca spöttisch. »Und was ist es dann?«

Stefan warf noch einen letzten, sichernden Blick auf die Straße hinab – nichts rührte sich, aber der Mann unten am Tor schien immer mehr unter der Kälte zu leiden, denn er bewegte sich jetzt ununterbrochen –, dann drehte er sich zu Rebecca um, sah sie eine Sekunde lang an und deutete schließlich auf das Bett. Auf Eva.

»Sie«, sagte er.

Noch während er das Wort aussprach, spürte er, daß es ein Fehler war. Es spielte keine Rolle, daß es die Wahrheit war, und daß sie es ganz genau wußte. Rebeccas Miene verfinsterte sich. Aus der Mischung aus Angst und Verwirrung in ihren Augen wurde schlagartig Zorn; und etwas, das ihm sagte, wie vollkommen sinnlos jedes weitere Wort in dieser Richtung war. Er hätte auf Robert hören sollen.

»Wie meinst du das?« fragte sie leise.

Stefan sah auf das schlafende Mädchen herab. Schon ihr Anblick reichte aus, schon wieder etwas in ihm zum Klingen zu bringen, aber er gestattete dem Gefühl nicht, zu voller Stärke zu erwachen oder gar Gewalt über ihn zu erlangen.

»Wir hätten sie niemals von dort wegbringen dürfen«, sagte er. »Sie gehört nicht hierher.«

Rebecca fuhr auf »Du –«

»– weißt genau, daß ich recht habe«, unterbrach sie Stefan. »Sie gehört nicht hierher.«

Rebecca trat mit zwei schnellen Schritten zwischen ihn und das Bett, als müsse sie Eva selbst vor seinen Blicken schützen. »Ich werde sie nicht zurückgeben«, sagte sie feindselig. »Wenn du glaubst, daß ich sie diesem verrückten Mädchen und ihren Brüdern ausliefere, dann irrst du dich.«

Er wußte, daß es keinen Zweck hatte. Trotzdem antwortete er: »Sie werden sie sich holen, Becci.«

»Dann müssen sie mich vorher umbringen.«

»Das werden sie«, antwortete er ernst. »Du weißt, daß ich recht habe. Ich weiß nicht, wer dieses … ›verrückte Mädchen‹ ist, wie du sie nennst, aber ich habe eine ziemlich genaue Vorstellung davon, was sie und ihre Brüder *nicht* sind. Nämlich normale Menschen.«

Rebecca lachte unsicher. »Ach nein? Was sind sie dann? Vampire? Werwölfe? Gespenster? Was ist los mit dir? Spinnst du jetzt total?«

Sie wußte die Antwort darauf so gut wie er. Rebecca war weder blind noch dumm oder auch nur begriffsstutzig. Ganz im Gegenteil. Er hatte es nie ausgesprochen, aber Stefan hatte Rebecca immer für die Intelligentere von ihnen beiden gehalten. Und auch für die Stärkere. Trotz allem war sie das zweifellos noch immer; vor allem, wenn es um Eva ging. Er hatte einen gewissen Vorsprung vor ihr. Durch das, was er erlebt und vor allem getan hatte, sah er ihre Lage vielleicht ein wenig realistischer – falls dieses Wort noch irgendeine Bedeutung hatte –, und vielleicht konnte er ein wenig deutlicher sehen, was geschehen würde. Aber es würde ihm niemals gelingen, sie zu überzeugen.

Wortlos ging er an ihr vorbei, sah sich eine Sekunde lang suchend um und schraubte dann die Birne aus einer der Nachttischlampen. Rebecca sah ihm stirnrunzelnd zu, aber sie sagte nichts. Stefan zögerte noch einen Moment, dann drückte er entschlossen zu. Die Glühbirne zerbarst mit einem erstaunlich lautem Knall. Glasscherben und die Reste der Fassung regneten zu Boden, und er spürte einen scharfen, dann brennend pulsierenden Schmerz, der sich rasend schnell in seiner ganzen Hand ausbreitete; sehr viel schlimmer übrigens, als er erwartet hatte.

Stefan blieb einen Moment lang reglos stehen. Von seiner Hand tropfte Blut auf den Teppich, und der Schmerz wurde für einen Augenblick so schlimm, daß ihm übel wurde. Er verbiß sich jeden Laut, sondern ließ noch eine weitere Sekunde verstreichen, dann drehte er sich um und ging zum Fenster zurück. Rebecca folgte ihm. Sie sagte noch immer nichts, aber auf ihrem Gesicht lag ein erschrockener, schwer zu deutender Ausdruck.

Langsam hob er den Arm, drehte die Hand herum und hielt sie in das silberfarbene Licht, das durch das Fenster hereinströmte. In seiner Handfläche war ein tiefer, heftig blutender Schnitt, der sich vom Daumenansatz fast bis zum letzten Glied des kleinen Fingers hinaufzog. Er konnte die Hand nicht bewegen, ohne daß ihm der Schmerz buchstäblich die Tränen in die Augen trieb.

In der ersten Sekunde. Dann sank die hämmernde Pein

zu einem Brennen herab und verschwand dann ganz. Der dunkelrote, zähe Strom, der aus seiner Handfläche quoll, wurde heller und versiegte.

»Was … ist das?« hauchte Rebecca. Ihre Augen weiteten sich. Nicht, weil sie etwas sah, was sie nicht verstehen konnte, sondern weil sie sich etwas *eingestehen* mußte.

Von Stefans Handfläche tropfte immer noch Blut auf die Fensterbank und den Boden herab, aber die klaffende Wunde hatte sich bereits wieder geschlossen. Alles, was er noch fühlte, war eine leichte Spannung, und ein Gefühl flüchtiger, aber sehr intensiver Hitze, das kurz durch seine Hand flackerte und dann wieder erlosch.

Stefan ließ den Arm sinken, wischte das Blut am Hosenbein ab und hob die Hand dann wieder ins Licht. Seine Haut war unversehrt.

»Das … ist doch nicht … nicht möglich«, stammelte Rebecca.

»Nein«, bestätigte Stefan. »Ist es nicht.« Aber es geschah trotzdem. Mit ihm und mit ihr. Eine Entwicklung war in Gang gekommen, die immer schneller und schneller wurde, und an deren Ende möglicherweise etwas stand, das er sich nicht einmal *vorzustellen* wagte.

Das mußt du auch nicht, flüsterte eine dünne, boshafte Stimme in seinem Kopf Er hatte das Ding hinter der Tür *gesehen*, das zu einem Drittel Mensch, einem Drittel Tier und zu einem Drittel etwas war, das zu grotesk war, um auch nur eine Bezeichnung dafür zu finden. Wenn es das war, wozu sie sich entwickelten, dann waren sie vielleicht besser dran, wenn sie starben.

Er sah wieder auf seine Hand herab. Noch ein wenig eingetrocknetes Blut, mehr nicht. Die tiefe Schnittwunde war spurlos verschwunden. Wie viele Beweise brauchte er noch?

Der Mann unten am Tor bewegte sich wieder, und etwas an der Art, wie er es tat, erweckte Stefans Aufmerksamkeit.

Er beugte sich vor und erkannte nach ein paar Augenblicken, daß er seine Deckung halbwegs verlassen hatte und sich auf irgend etwas draußen auf der Straße konzentrierte. Einen Moment später hörte er das Geräusch eines näher kommenden Wagens.

»Was ist?« fragte Rebecca. Sie mußte seine Anspannung gespürt haben.

Das geisterhafte Licht eines Scheinwerferpaares näherte sich und enthob ihn einer Antwort. Der Wagen kam sehr schnell näher, bremste dann stark ab und bog mit leise quietschenden Reifen in die Auffahrt ein. Der Posten unten am Tor war wohl doch besser, als Stefan bisher angenommen hatte, denn er wich mit einer schnellen Bewegung in den Schutz des Gebüschs zurück und griff gleichzeitig in die Jacke; wahrscheinlich, um ein Funkgerät oder eine Waffe zu ziehen.

Der Wagen kam unmittelbar vor dem geschlossenem Tor zum Stehen. Die Scheinwerfer erloschen, und die beiden hinteren Türen flogen gleichzeitig auf. Trotz der Dunkelheit konnte Stefan die beiden Gestatten, die aus dem Wagen stiegen, deutlich erkennen. Eine davon war groß, so schlank, daß sie schon fast dünn wirkte, bewegte sich aber auf eine Art, die große Kraft und noch größere Eleganz verriet. Die andere war klein, untersetzt und hielt den rechten Arm in einer sonderbar unnatürlichen Haltung. White.

»Das ist White«, murmelte er. »Was, zum Teufel –?«

»White?« murmelte Rebecca. »Woher weiß er von diesem Haus?«

Stefan fuhr auf dem Absatz herum und eilte zur Tür. »Zieh dich an«, sagte er. »Und Eva auch. Irgendwas stimmt nicht.«

Er verließ das Zimmer, polterte die Treppe hinunter, wobei er immer zwei, manchmal sogar drei Stufen auf einmal nahm, und stieß unten um ein Haar mit Robert zusammen, Er kam aus dem Schlafzimmer und hatte offensichtlich bereits geschlafen; trotz des alarmierten Ausdrucks auf seinem Gesicht wirkte er benommen. Wahrscheinlich hatten sie ihn genau in der ersten Tiefschlafphase erwischt.

»Was ist los?« murmelte er verschlafen.

»White«, sagte Stefan knapp. »Frag mich nicht warum, aber er ist hier.«

Er wollte weitereilen, doch Robert überraschte ihn. Er wirkte noch immer so verschlafen, als hätte er alle Mühe, sich auf den Beinen zu halten, reagierte jedoch trotzdem blitzschnell und hielt Stefan am Arm zurück.

»Laß das«, sagte er. »Dafür bezahle ich die Männer schließlich.«

Um sich umbringen zu lassen? dachte Stefan. Was natürlich albern war. Wäre White in feindlicher Absicht gekommen, hätte er es anders angefangen. Davon abgesehen war es sowieso zu spät: Die Haustür wurde geöffnet, und einer der Leibwächter kam herein. Er hielt ein Funkgerät in der rechten und eine Pistole in der linken Hand. Hinter ihm drängten White und sein Begleiter herein.

Stefan erstarrte für eine Sekunde, als er ihn erkannte. Der Mann war ein gutes Stück größer als er selbst. Aber allerhöchstens zwanzig Jahre alt. Sein Haar war streichholzkurz geschnitten und so hellblond, daß es fast weiß wirkte. Als Stefan ihn das letzte Mal gesehen hatte, hatte er eine billige Lederjacke und zerschlissene Jeans getragen, aber er erkannte ihn trotzdem sofort wieder. Es war der Bursche aus dem Krankenhaus.

»Was –?« begann er.

White hob in einer so abrupten Geste die unverletzte Hand, daß Roberts Bodyguard erschrocken zusammenfuhr. »Jetzt nicht«, sagte er. »Sie müssen weg! Holen Sie Ihre Frau und das Mädchen.«

»Nicht so schnell«, sagte Robert. »Was hat das zu bedeuten? Woher wissen Sie überhaupt, daß wir hier sind und –«

White ignorierte ihn komplett, trat zwischen ihm und dem Sicherheitsmann hindurch und sprach, an Stefan gewandt, weiter: »Die Polizei ist auf dem Weg hierher. Dieser Dorn, oder wie er heißt.«

»Dorn?« fragte Robert. »Was will der schon wieder hier?«

White antwortete in Stefans Richtung. »Sie haben die Toten im Krankenhaus gefunden. Er ist mit einem Haftbefehl auf dem Weg hierher. Verdammt noch mal, beeilen Sie sich!«

Stefan hatte White noch niemals so nervös gesehen. Und außerdem spürte er, daß er log. Vielleicht nicht direkt log – er war nervös, geradezu in Panik, aber der Grund dafür hieß nicht Dorn.

White schien im gleichen Moment seinerseits zu begreifen, daß Stefan ihn durchschaut hatte; er warf ihm einen fast beschwörenden Blick zu, und Stefan verstand. Was immer hier auch wirklich vorging, war eine Sache zwischen ihnen, die Robert nichts anging. »Bitte beeilen Sie sich«, sagte er. »Ich weiß nicht, wieviel Zeit uns bleibt. Ich fürchte, nicht sehr viel, Mein Informant hat mich leider sehr spät in Kenntnis gesetzt.«

Stefan wollte sich herumdrehen und die Treppe hinauflaufen, aber es war nicht mehr nötig. Rebecca stand, wahrscheinlich schon seit einer ganzen Weile, auf dem obersten Treppenabsatz und hatte offensichtlich jedes Wort mitbekommen. Als Stefan sich zu ihr herumdrehte, nickte sie nur knapp und sagte: »Zwei Minuten. Ich ziehe Eva an.«

Sie verschwand, und Robert nutzte die winzige Pause, die eintrat, um sich wieder daran zu erinnern, daß dies hier eigentlich sein Haus war, und Rebecca *seine* Schwester.

»Nicht so hastig«, sagte er. Seine Benommenheit war überwunden. Seine Stimme war klar und herausfordernd, wie Stefan sie kannte. »Woher wollen Sie überhaupt wissen, daß er unterwegs hierher ist? Und selbst wenn, wäre es äußerst dumm, wegzulaufen.«

White bedachte ihn mit einem abschätzenden Blick; allerdings erst, nachdem er eine oder zwei Sekunden lang sichtlich darüber nachgedacht hatte, ob er es überhaupt wert war, eine Antwort zu bekommen. »Es wäre äußerst dumm, *hierzubleiben*«, antwortete er.

»Glauben Sie, ich würde nicht mit diesem Dorfpolizisten fertig?« fragte Robert.

»Mit ihm vielleicht«, antwortete White. »Aber nicht mit den Leuten, die ihn geschickt haben. Das hier ist eine Nummer zu groß für Sie, glauben Sie mir.«

Roberts Miene verdüsterte sich. »Das einzige, was ich glaube«, sagte er schneidend, »ist, daß Sie sich gehörig überschätzen, Mister White – oder wie immer Sie auch heißen mögen. Und, daß ich jetzt endlich dem Mann gegenüberstehe, der dafür verantwortlich ist, daß meine Schwester in diesem ganzen Schlamassel steckt.«

»Wie sie meinen«, sagte White gelassen. Er sah auf die Uhr. »Ich schlage trotzdem vor, daß wir uns später darüber streiten. Vielleicht haben sie recht und ich unrecht, aber ich glaube nicht, daß Ihnen Ihr Freund im Innenministerium in dieser Geschichte helfen kann. Wir reden hier nicht von einem Protokoll wegen Falschparkens oder einer roten Ampel. Man hat ein halbes Dutzend toter Russen auf dem Krankenhausgelände gefunden. Und soviel ich weiß, reagiert die Regierung Ihres Landes ziemlich allergisch auf alles, was auch nur nach Terrorismus *riecht*.«

Robert blickte schockiert, aber Stefan war nicht sicher, ob sein erschrockener Blick dem galt, was White über die Russen gesagt hatte, oder der Tatsache, daß der Amerikaner sich offensichtlich ganz genau über seine Beziehungen informiert hatte. Robert liebte es, um alles ein möglichst großes Geheimnis zu machen. Vor allem um seine Beziehungen.

»Was hat das zu bedeuten?« fragte er schließlich. »Terroristen?«

»Ich erkläre Ihnen alles«, sagte White. »Aber nicht jetzt. Wo bleibt Ihre Frau?«

Die letzte Frage galt Stefan. Er wollte sich herumdrehen und die Treppe hinaufgehen, aber Robert hielt ihn abermals am Arm fest und gab gleichzeitig dem Bodyguard einen entsprechenden Wink, ihm die Mühe abzunehmen. Während der Mann die Treppe hinaufeilte, fuhr er White an:

»Nein, das werden Sie *jetzt* tun. Oder niemand verläßt dieses Haus, das verspreche ich Ihnen.«

White seufzte. Sein Gesichtsausdruck war der, mit dem man mit einem störrischen Kind redet, das man gerne schlagen würde, es aber nicht darf. »Es ist Barkows Sohn«, sagte er. »Er war Leutnant in der Söldnertruppe seines Vaters. Barkow hat ihn einmal erwähnt; erinnern Sie sich? Ich hatte damit gerechnet, daß die Truppe ohne Führung auseinanderbrechen würde. Woher hätte ich ahnen sollen, daß er so schnell das Kommando übernimmt?«

»Ich verstehe.« Robert nickte grimmig. »Und jetzt ist er hier, um den Tod seines Vaters zu rächen. Aber wieso sucht er nicht nach Ihnen? Sie haben doch Barkow auf dem Gewissen, oder? Wie kommt er überhaupt dazu, meine Schwester zu verfolgen und ihren … Mann?« Er sprach das letzte Wort aus, als sei es ihm zuwider, auch nur den Namen in den Mund zu nehmen.

»Das haben wir uns wohl selber zuzuschreiben«, sagte Stefan, ehe White antworten konnte.

Robert starrte ihn an. »Wie?«

»Wir haben Barkow unsere Adresse gegeben«, erklärte Stefan. »Das mußten wir. Anderenfalls hätten wir niemals die Genehmigung für das Interview bekommen.«

Robert japste. »Seid … seid ihr komplett wahnsinnig?«

»Er hat ein komplettes Dossier verlangt und auch bekommen«, sagte White. »Das ist durchaus üblich in so einem Fall. Barkow war kein kleiner Taschendieb, vergessen Sie das nicht. Solche Leute sind vorsichtig.«

»Aber offenbar nicht vorsichtig genug«, grollte Robert. »Sonst hätte er *Sie* nicht eingeladen.«

»Stimmt«, antwortete White ungerührt. »Aber das spielt jetzt keine Rolle. Stefan und seine Frau müssen hier weg. Schnell.«

»Wieso?« fragte Robert. »Ich denke, die Polizei ist auf dem Weg hierher.«

»Weil ich nicht für ihre Sicherheit garantieren kann«, antwortete White ungeduldig. »Nicht hier, und schon gar nicht in irgendeiner Zelle im Untersuchungsgefängnis.«

»Sie?«

»Natürlich ich!« White schrie jetzt fast. Stefan hatte ihn noch nie so nervös gesehen. Nicht einmal vor zwei Wochen, als er Barkow erschossen hatte. »Verdammt, ich weiß sehr wohl, daß ich nicht ganz unschuldig an dieser Geschichte hin! Ich hole Ihre Schwester und ihren Mann da auch wieder raus – aber das kann ich nicht, wenn ein übereifriger … Polizist mir ins Handwerk pfuscht.«

Weder Stefan noch Robert war das spürbare Stocken in seinen Worten entgangen; so, als hätte er eigentlich etwas ganz anderes sagen wollen. Gleichzeitig warf White Stefan aber auch einen eindeutig fragenden Blick zu, den dieser allerdings nur mit einem angedeuteten Achselzucken beantworten konnte. Er wußte nicht, wieviel von Whites wirklicher Rolle in dieser Geschichte Rebecca Robert erzählt hatte.

»Wer sagt, daß wir Ihre Hilfe brauchen?« fragte Robert.

»Ich«, antwortete White. »Es tut mir wirklich leid. Aber ich konnte nicht ahnen, daß die Geschichte so eskaliert. Normalerweise lösen sich solche Söldnereinheiten in nichts auf, wenn man ihre Anführer erledigt. Niemand konnte ahnen, daß sein Sohn plötzlich ausrastet und einen Privatkrieg anfängt.«

»Scheint, als hätten Sie Ihre Hausaufgaben nicht gemacht, wie?« fragte Robert spöttisch.

Rebecca kam die Treppe heruntergepoltert, Eva auf dem linken Arm und eine hastig gepackte Reisetasche in der Rechten. White warf ihr einen flüchtigen Blick zu, ehe er antwortete. »Möglicherweise. Aber ich bringe die Sache auch wieder in Ordnung. Geben Sie mir ein paar Tage Zeit, und der Spuk ist vorbei.« Er drehte sich ganz zu Rebecca um. »Sind Sie soweit?«

»Wohin bringen Sie sie?« wollte Robert wissen.

White lächelte. »Sie erwarten doch nicht etwa im Ernst, daß ich Ihnen das sage?«

Draußen auf der Straße erscholl ein abgehacktes Hupen. Robert fuhr auf dem Absatz herum, war mit zwei Schritten bei der Tür und sah durch das schmale Fenster in der Wand daneben hinaus.

»Scheiße!«sagte er inbrünstig.

»Was ist passiert?« fragte Rebecca.

»Dorn«, antwortete Robert. Er drehte sich nicht zu ihnen um, sondern sah weiter konzentriert aus dem Fenster. Sein Kopf bewegte sich mit kleinen, vogelartigen Rucken hin und her. Er sah ziemlich albern aus. »Und dieser andere … Westermann, oder wie er heißt.«

»Gibt es einen Hinterausgang?« fragte White.

»Nein«, antwortete Robert, Dann verbesserte er sich. »Oder doch. Der Zaun um das Grundstück ist zwei Meter hoch, aber es gibt eine Stelle, an der man hinüberklettern kann. Rebecca kennt sie, Beeilt euch! Ich halte ihn schon irgendwie auf.«

Irgend etwas warnte Stefan, nicht auf Robert zu hören. Sie waren nur hier drinnen sicher. Draußen, außerhalb des Hauses, wartete die Dunkelheit auf sie – und mit ihr unzählige Gefahren, die sich darin verbargen.

Rebecca nahm ihm die Entscheidung ab, indem sie sich herumdrehte und mit weit ausgreifenden Schritten im Haus verschwand. Er mußte ihr folgen, ob er wollte oder nicht. Auf einen Wink Roberts hin schloß sich der junge Security-Mann ihnen an. Stefan war nicht wohl dabei, denn der Mann hatte zwar sein Funkgerät eingesteckt, behielt die Pistole aber in der Hand. Stefan hoffte nur, daß er nicht so dumm war, auf die Polizisten zu schießen; oder die Nerven verlor.

Er holte Rebecca ein, als sie die Küche durchquerte und auf die Tür zum Garten zuhielt. Die Vorstellung, die Sicherheit des Hauses zu verlassen und dort hinauszugehen, erfüllte ihn mittlerweile nicht mehr mit Unbehagen, sondern mit schierer Angst. Er wußte nicht einmal wovor, aber das Gefühl war verdammt real.

Stefan beschleunigte seine Schritte, holte Rebecca ein, als sie die Tür erreicht hatte, nahm ihr mit einer Hand die Reisetasche ab und hielt sie mit der anderen noch einmal zurück.

»Bist du sicher?« fragte er. Mehr war nicht nötig. Das war einer der wenigen Vorteile, die die unheimliche Veränderung mit sich brachte: Viele Worte – wenn nicht alle – waren überflüssig geworden. Sie verstand auch so, was er meinte.

Rebecca antwortete auch nicht, aber Stefan *spürte* ihre Antwort: Nein, sie war nicht sicher, daß sie dort hinausgehen sollten. Ganz und gar nicht. Sie spürte die Gefahr, die dort draußen auf sie lauerte, ebenso deutlich wie er. Trotzdem schob sie die Tür mit einer entschlossenen Bewegung auf und trat an ihm vorbei – oder wollte es jedenfalls.

Roberts Security-Mann kam ihr zuvor. Er vertrat ihr den Weg, machte eine abwehrende Geste mit der Hand, in der er die Waffe hielt, und verschwand mit schnellen Schritten in der Dunkelheit. Rebecca sagte nichts, aber Stefan konnte sehen, wie sie ganz sacht den Kopf schüttelte. Wenn ihre

Verwandlung schon so weit fortgeschritten war wie seine, dann konnte sie den Mann wahrscheinlich so deutlich wahrnehmen, als bewege er sich im hellen Sonnenlicht, und schlüge dabei noch ein Paar Schellen. Natürlich war das nicht sehr fair. Der Mann war gut. Für jeden normalen Beobachter mußte er so gut wie unsichtbar sein und praktisch lautlos. Das Schlimme war nur, daß Stefan nicht sicher war, ob sie es wirklich mit einem *normalen* Beobachter zu tun hatten.

Nach einigen Augenblicken kam der Mann zurück und nickte knapp. »Alles in Ordnung. Wo ist die Lücke im Zaun?«

Rebecca deutete nach links. Stefan erkannte in dieser Richtung nur Schatten. Robert hatte die Außenbeleuchtung nicht wieder eingeschaltet, und der Himmel hatte sich im Verlauf der letzten anderthalb Stunden zugezogen. Selbst für seine gesteigerten Sinne herrschte dort draußen fast vollkommene Dunkelheit.

»Gehen Sie voraus«, sagte er.

Der Mann gehorchte, und Rebecca und Stefan traten nebeneinander in die vollkommene Dunkelheit.

Nein, das war nicht richtig.

Sie traten *ins Mondlicht hinein*. Das war ein Unterschied. Die Wolkendecke über der Stadt war komplett geschlossen. Es roch nach Regen, der in spätestens fünf Minuten losbrechen würde. Die einzige sichtbare Helligkeit war ein wenig Streulicht, das sich irgendwie von der anderen Seite des Hauses herübergemogelt hatte; vermutlich hatte Robert die Außenbeleuchtung dort nun doch eingeschaltet, damit die Dunkelheit auf der anderen Seite noch totaler wurde.

Trotzdem, etwas, das von der bleichen Silberscheibe dort oben ausging, durchdrang die Wolkendecke und hüllte sie in eine Aura neuer Kraft und reinen, kompromißlosen Überlebenswillens, als hätten sie nicht nur einen

Schritt aus dem Haus, sondern zugleich hinein in eine andere Welt getan, die nach vollkommen anderen und zum größten Teil noch immer unverständlichen und erschreckenden Regeln funktionierte.

Plötzlich konnte er doch sehen. Die Dunkelheit blieb absolut, aber er konnte die Bäume und Sträucher vor sich spüren, so deutlich, als wären sie etwas Lebendiges, das elektromagnetische Signale auf einer unhörbaren tiefen Frequenz ausstrahlte. Auch die Bereiche dazwischen waren nicht leer: Er konnte das Gras spüren, das feuchte Laub, das der letzte Regen von den Ästen gewaschen hatte, und eine wahre Sinfonie von Leben, das sich dazwischen tummelte: Mäuse, Ameisen, Schnecken und Spinnen, etwas, das er nicht ganz identifizieren konnte, aber dicht an der Grenze zu lohnender Beute war – die Bewohner der geheimen Welt, die verborgen vor den menschlichen Wahrnehmungen existierte. Keine Jäger. Aber sie waren da. Jemand – etwas – beobachtete sie.

Rebecca gab einen sonderbaren Laut von sich; fast ein Stöhnen, aber nicht ganz. Vermutlich erlebte sie das gleiche wie er, nur daß es sie vollkommen unvorbereitet traf. Er sah, daß sie leicht schwankte, als hätte sie ein plötzlicher Windstoß getroffen. Aber sie fing sich sofort wieder, Mit einer Bewegung, die erstaunlich routiniert wirkte, rückte sie Eva in ihrer linken Armbeuge in eine bequemere Position und ging dann mit schnellen Schritten in die Richtung, in die sie gerade gedeutet hatte.

Während Stefan ihr folgte, warf er einen Blick über die Schulter zurück. Er konnte die Garage und einen Teil der Auffahrt jetzt deutlich überblicken. Robert hatte *alle* Lampen dort vorne eingeschaltet, so daß die Helligkeit seinen überempfindlich gewordenen Augen fast weh tat. Jemand hatte das Tor geöffnet. Dorns Wagen – ein Zivilwagen; wenigstens war er rücksichtsvoll gewesen, nicht mit Blaulicht und Sirene oder gleich einer Hundertschaft samt

Scharfschützen und Hunden anzurücken – stand auf halbem Wege zwischen dem Tor und der Garage. Näher hatte er nicht herangekonnt, weil Roberts gemietete Limousine den Weg versperrte. Von den Polizisten oder Roberts Männern war nichts zu sehen, aber Stefan spürte die Gegenwart einer Person vorne am Tor und mindestens einer weiteren draußen auf der Straße. Wahrscheinlich gehörte der Mann zu White.

Als sie den Garten halb durchquert hatten, hörten sie vor sich einen gedämpften, erschrockenen Ausruf, und dann einen hastigen Schritt; zuerst auf Beton, dann auf Gras. Sie beschleunigten ihre Schritte, dann bot sich ihnen ein fast grotesker Anblick: Roberts Sicherheitsmann, der stocksteif und leicht nach hinten gebeugt dastand, aber mit beiden Armen komisch-rudernden Bewegungen ausführte, um sein Gleichgewicht zu halten. Stefan begriff, was geschehen war: Natürlich gehörte zu Roberts Angebervilla auch ein standesgemäßer Swimmingpool; nicht ganz so groß wie ein Freibad, aber auch nicht sehr viel kleiner. Und im Moment und infolge der Jahreszeit ohne Wasser. Der hastige Schritt, den sie gehört hatten, hatte den Mann vor einem Zweimetersturz auf ziemlich harten Beton bewahrt.

Rebecca blieb gerade lange genug stehen, um sich davon zu überzeugen, daß er sein Gleichgewicht aus eigener Kraft zurückgewann, dann wandte sie sich nach links und balancierte mit traumwandlerischer Sicherheit am Rande des leeren Pools entlang. Stefan folgte ihr. Ein muffiger Geruch schlug ihnen aus dem leeren Becken entgegen; eine Mischung aus Fäulnis, abgestandenem Wasser und Chemikalien, die schon vor Monaten ihre Wirksamkeit verloren hatten. Das noch immer spürbare, ganz leichte Chlor-Aroma ließ einen harten Knoten aus Übelkeit in seinem Hals entstehen. Es war ein toter Geruch, voller Feindseligkeit und Zerstörung. Stefan atmete im realen und übertragenen Sinne auf, als sie den Pool umkreist hatten und sich der hinteren Begrenzung des Gartens näherten.

Genau wie Roberts Haus war auch der Garten riesig. Zwischen dem leeren Schwimmbecken und dem geschmiedeten Zaun lag noch einmal die gleiche Distanz wie die zum Haus, mindestens dreißig Meter. Der Sicherheitsmann schloß mit schnellen – und für Stefans Geschmack viel zu *lauten* – Schritten zu ihnen auf, und kurz bevor sie den Zaun erreicht hatten, blieb Rebecca plötzlich stehen und legte den Kopf schräg. Stefan sah, wie sich Eva auf ihrem Arm versteifte.

»Was hast du?« flüsterte er.

»Da ist jemand«, antwortete Rebecca. Keine Erklärung.

Auch Stefan lauschte, ohne allerdings irgend etwas Verdächtiges zu hören. Es dauert eine volle Sekunde, ehe er seinen Fehler begriff. Rebecca sprach nicht über irgend etwas, das sie hörte. Er schloß für einen Moment die Augen und lauschte in sich hinein, und er hörte fast sofort das Flüstern jener anderen, uralten Stimme. Es war das gleiche Gefühl wie früher an diesem Abend, im Krankenhaus. Etwas kam. Etwas, das keinen Namen und keine Gestalt hatte, sondern pure Gefahr war.

»Wo ist diese Lücke im Zaun?« fragte der Sicherheitsmann. »Ich kann –«

Stefan hob hastig die Hand und brachte ihn zum Schweigen. Der Mann hatte nichts gehört – wie konnte er? –, und auch Stefans Warnung war im Grunde überflüssig. Das, was da auf sie zukam, war nicht zu *hören*.

»Dort.« Rebecca deutete nach links. Der Zaun hatte dort keine Lücke, wie Stefan erwartet hatte, aber einer der uralten Bäume, die überall auf dem Grundstück wuchsen, streckte seine Äste weit genug hinüber, um eine bequeme Leiter zu bilden. Statt jedoch darauf zuzugehen, machte Rebecca einen Schritt zurück. Ihre Nasenflügel bebten. Als nähme sie Witterung auf.

Roberts Bodyguard erwies sich wieder einmal als guter Beobachter, zumindest für *seine* Verhältnisse. Stefan glaubte nicht, daß er die Gefahr spürte, die sich ihnen näherte, aber er registrierte sehr wohl Rebeccas Reaktion. Seine Haltung zeugte plötzlich von großer Anspannung. Er hob die rechte Hand mit der Waffe. Stefan hörte ein leises Klicken, als er sie entsicherte.

»Lassen sie den Unsinn«, flüsterte Stefan. »Zurück zum Haus.«

»Aber –«

»*Schnell!*«

Das wirkte. Vielleicht spürte der Mann auch einfach die Panik, die in seiner Stimme mitschwang; nicht die Panik eines übernervösen VIPs wie bei den Leuten, die er normalerweise bewachte, sondern die begründete Furcht eines gleichwertigen Partners. Er nickte, bewegte sich einige Schritte rückwärts gehend und blieb dann wieder stehen, damit sie ihm folgen konnten. Ganz egal, was Stefan von ihm hielt, der Mann nahm seinen Job ernst.

Leider würde es ihm nicht viel nützen.

»Gehen Sie zum Haus zurück!« sagte er noch einmal. »Los! Wir kommen schon klar!«

Der Mann zögerte noch einen Moment, aber dann deutete er ein Nicken an und fuhr auf dem Absatz herum. Sie konnten hören, wie sich seine Schritte im nassen Gras entfernten.

Auch Rebecca und Stefan begannen Schritt für Schritt wieder vom Zaun zurückzuweichen. Irgendwo auf der anderen Seite der geschmiedeten Barriere bewegte sich etwas. Schatten glitten durch die Dunkelheit. Das Tappen harter Pfoten im Gras. Vielleicht auch Krallen. Die Jagd hatte begonnen.

»Langsam«, murmelte er. »Beweg dich ganz vorsichtig.«

Rebecca antwortete nicht auf seine Worte, aber sie

gehorchte. Ohne den Zaun und die lebendig gewordene Dunkelheit dahinter auch nur eine Sekunde aus den Augen zu lassen, wich sie Schritt für Schritt weiter zurück. Eva begann auf ihrem Arm unruhig zu werden. Die Spannung, die in der Luft lag, war beinahe greifbar.

Als sie brach, spürte Stefan es einen Sekundenbruchteil vorher. Etwas am Rhythmus der ruhelosen Schatten hinter dem Zaun änderte sich, aus der Anspannung wurde Aggression, dann explodierte Gewalt. Ein unheimliches, langgezogenes Heulen erscholl, und dann explodierten zwei, drei langgestreckte Schatten aus der Nacht und setzten ohne die geringste Mühe über den Zaun hinweg.

Rebecca und Stefan wirbelten im gleichen Sekundenbruchteil herum und rannten los. Links von ihnen erscholl das Geräusch eines doppelten dumpfen Aufpralls, praktisch gleichzeitig beantwortet von einem dritten, gleichartigen Laut zur Rechten.

Stefan versuchte, schneller zu rennen, aber er wurde durch die Tasche behindert, die er noch immer in der Rechten trug. Er ließ sie trotzdem nicht fallen. Es hätte ihm nichts genützt, schneller zu laufen, denn Rebecca war durch das Gewicht des Mädchens auf ihren Armen mindestens ebensosehr gehandikapt. Eva wehrte sich mittlerweile mit aller Gewalt gegen ihren Griff, aber Rebecca hielt sie eisern fest.

Das Geräusch heftig trommelnder Pfoten folgte ihnen, während sie durch den Garten stürmten. Sie kamen nicht näher, sondern hielten stets den gleichen Abstand, aber das lag keineswegs an ihrer Schnelligkeit; die Jäger hetzten sie und warteten auf den richtigen Moment, um zuzuschlagen.

Er kam eher, als er gedacht hatte.

Der abgelassene Swimmingpool tauchte wie ein präzise in den Rasen gestanztes bodenloses Loch vor ihnen auf. Rebecca wollte nach links ausweichen, um ihn in sicherem

Abstand zu umgehen, aber plötzlich schoß etwas Riesiges, Struppiges auf sie zu, eine Chimäre aus Fell und Krallen, aus glühenden Augen und Zähnen, die sie mit einem wütenden Knurren ansprang. Rebecca schrie auf, taumelte einen Schritt zur Seite und duckte sich instinktiv, um den schnappenden Kiefern zu entgehen. Stefan konnte nicht genau erkennen, ob es ihr gelang, aber der Wolf selbst verfehlte sie. Statt sie von den Füßen zu reißen, streifte er sie nur mit den Hinterläufen und landete dann selbst im Gras.

Stefan war mit einem Satz zwischen ihm und Rebecca und beglückwünschte sich in Gedanken selbst dazu, die Reisetasche nicht fallen gelassen zu haben. Es war eine erbärmliche Waffe, aber gleichzeitig auch die einzige, die er hatte, und er setzte sie kompromißlos ein: Noch bevor der Wolf wieder in die Höhe kam, packte er die Tasche mit beiden Händen an den Griffen, drehte sich wie ein Hammerwerfer einmal um seine Achse und schlug mit aller Gewalt zu.

Es war ein 100-Punkte-Treffer. Die Reisetasche besaß weder genügend Masse noch die notwendige Härte, um das Tier ernsthaft zu verletzen, aber der Aufprall riß den Wolf hoch und von den Füßen, und seine Wucht reichte auch noch aus, ihn sich gut anderthalbmal in der Luft überschlagen zu lassen, ehe er ebenso ungeschickt wie kraß auf dem gemauerten Rand des Swimmingpools aufschlug.

Stefan ließ die Tasche fallen, setzte ihm nach und erreichte ihn im gleichen Moment, in dem der Wolf benommen den Kopf hob. Ein harter Tritt vor die Schnauze ließ das Tier vor Schmerz und Wut schrill aufheulen. Trotzdem versuchte es unverzüglich in die Höhe zu kommen.

Stefan verschwendete keine Energie mehr darauf, noch einmal nach dem Wolf zu treten. Auf diese Weise konnte er dem Tier *weh* tun, es aber nicht wirklich verletzen. Statt dessen beugte er sich blitzschnell vor, versuchte irgendwie, den schnappenden Kiefern zu entkommen und spürte einen brennenden Schmerz, als die Zähne des Wolfs wie kleine, stumpfe Messer über seinen Unterarm fuhren, Er ignorierte ihn, fiel vor dem Wolf auf ein Knie herab und grub beide Hände in das Fell unter seinem Kopf. Mit einer verzweifelten Anstrengung stemmte er sich in die Höhe und bog gleichzeitig den Kopf so weit zurück, wie er nur konnte, um den tödlichen Fängen zu entgehen.

Für eine endlose halbe Sekunde standen sie wie in einem grotesken Tanz da, Stefan weit nach hinten gebeugt und beide Hände in das Fell des Tieres gekrallt, der Wolf, hoch aufgerichtet auf den Hinterläufen fast so groß wie er und winselnd vor Wut und Überraschung, und für die gleiche, schier endlose Zeitspanne war Stefan klar, daß er einen verhängnisvollen Fehler begangen hatte: Für die lange Schnauze des Wolfs war das winzige Stück, das er den Kopf zurückgebogen hatte, kein Hindernis. Er hatte seine Kehle nicht aus der Reichweite des Tieres gebracht, sondern bot sie ihm regelrecht dar.

Aber aus irgendeinem Grund verzichtete der Wolf darauf, die Einladung anzunehmen. Stefan hingegen erfüllte das Entsetzen noch einmal mit zusätzlicher Kraft: Er versetzte dem Tier einen verzweifelten Stoß, der es ungeschickt auf den Hinterläufen taumelnd einen halben Meter zurückstolpern ließ – und über die Kante des Swimmingpools. Aus dem wütenden Geifern des Wolfs wurde ein erschrockenes Quietschen, dem einen Sekundenbruchteil später ein harter Aufprall folgte.

Stefan blieb jedoch keine Zeit, sich über diesen Sieg zu freuen. Er fuhr herum und sah, daß Rebecca mittlerweile wieder auf die Füße gekommen war, aber von einem zweiten Wolf bedrängt wurde, einem gewaltigen, pechschwarzen Tier, beinahe noch größer als der, gegen den er selbst gerade gekämpft hatte.

Er sah einen Schatten aus dem Augenwinkel, riß schützend die Arme in die Höhe und spürte noch während der Bewegung, daß sie zu spät kam. Der Wolf prallte mit voller Wucht gegen ihn, riß ihn nach hinten und fetzte noch im Fallen einen Maulvoll Fleisch aus seinem Oberarm. Stefan schrie vor Schmerz, kippte nach hinten und hatte plötzlich keinen Boden mehr unter den Füßen. Der Himmel vollführte einen blitzartigen halben Salto über ihm, und wo der Boden sein sollte, war plötzlich eine schnurgerade Kante, die rasend schnell über ihm wegsackte.

Obwohl es vollkommen sinnlos war, streckte er die Hände danach aus. Er bekam sie sogar zu fassen, wenn auch mit dem einzigen Ergebnis, sich drei oder vier Fingernägel einzureißen. Der Schmerz war schlimmer als der in seinem Arm. Stefan brüllte vor Qual, schlug zwei Meter tiefer auf hartem Beton auf und verlor beinahe das Bewußtsein.

Aber eben nur beinahe. Irgend etwas nahm seinem Sturz die allerschlimmste Wucht. Seine Beine explodierten in einem Feuerwerk von Schmerz, und vor seinen geschlossenen Augen loderte ein noch grelleres Feuerwerk vielfarbener, greller Sterne. Er hätte alles darum gegeben, tatsächlich das Bewußtsein zu verlieren, aber diese Gnade wurde ihm nicht zuteil.

Statt dessen hörte er Rebecca schreien.

Der Laut drang wie von weit, unendlich weit her an sein Bewußtsein, im ersten Moment fast bedeutungslos, und trotzdem vielleicht das einzige, was ihn *wirklich* vor der Ohnmacht bewahrte – die wahrscheinlich das Ende bedeutet hätte.

Stöhnend wälzte er sich auf den Rücken und versuchte die Augen zu öffnen. Im ersten Moment gelang es ihm nicht. Er spürte, daß er auf etwas Weichem lag, etwas Warmem und *Blutendem*; vielleicht der Wolf. Vielleicht hatte er dem verdammten Mistvieh endgültig das Genick gebrochen.

Rebecca schrie wieder. In dem Laut war kein Schmerz, aber ein abgrundtiefes Entsetzen, das schlimmer war, als jede körperlich Qual es je sein konnte. Er versuchte noch einmal, die Augen zu öffnen, schaffte es diesmal und wurde mit einem Anblick belohnt, der ihm schier das Blut in den Adern gerinnen ließ.

Rebecca stand am Rande des Swimmingpools, zwei Meter über ihm und doch unendlich weit entfernt. Der schwarze Wolf befand sich zwei oder drei Schritte neben ihr; ein zweites, fast ebenso gewaltiges Tier stand auf der anderen Seite. Keines der beiden Ungeheuer gab auch nur einen Laut von sich, aber sie hatten die Zähne gefletscht, und ihre Augen loderten vor Mordlust. Die Tiere bewegten sich ganz langsam auf Rebecca zu, geduckt, sprungbereit, zitternd vor Energie. Trotzdem hatte Stefan nicht das Gefühl, daß sie sich zum Angriff spannten. Vielleicht trieben sie Rebecca vor sich her; langsam, geduldig und in eine ganz bestimmte Richtung.

Ein drohendes Knurren nicht sehr weit hinter ihm ließ Stefan herumfahren. Auch er war nicht allein. Der Zweimetersturz hatte den Wolf keineswegs ausgeschaltet, ihn wahrscheinlich nicht einmal schwer verletzt. Die Bestie stand keine zwei Meter hinter ihm und fletschte die Zähne.

Erst jetzt wurde Stefan klar, daß das, worauf er gefallen war, unmöglich der Wolf gewesen sein konnte. Er sah nach unten, schrie entsetzt auf und prallte so heftig zurück, daß er nach zwei Schritten gegen die Betonwand stieß.

Es war der Sicherheitsmann. Es war nicht mehr zu erkennen, ob ihn der Sturz auf den Beton umgebracht hatte oder eine der Bestien. Der Ausdruck in seinen erloschenen Augen verriet nicht einmal Schmerz. Nur eine maßlose, unendlich tiefe Überraschung. Der Beton unter ihm hatte sich dunkel gefärbt, und die Lache wuchs noch immer in erschreckendem Tempo. Der Geruch nach warmem Blut machte Stefan fast wahnsinnig.

Der Wolf kam einen Schritt näher. Seine Flanken zitterten, und in seinem Knurren war ein leiser Unterton von Schmerz. Wahrscheinlich hatte er sich bei dem Sturz doch verletzt. Aber das machte ihn kein bißchen weniger gefährlich.

Stefan schob sich seitwärts an der Wand entlang. Der Wolf folgte ihm knurrend. Blutiger Schaum tropfte von seinen Lefzen – soviel zu der Frage, wer den Bodyguard getötet hatte –, und in seinen Augen flackerte etwas, das Stefan innerlich zu Eis erstarren ließ.

Eine Waffe, dachte er verzweifelt. Er brauchte eine Waffe! Er hatte diese Bestie einmal mit bloßen Händen besiegt, aber das war Zufall gewesen, pures Glück, und nichts anderes.

Stefan bewegte sich ein weiteres Stück zur Seite, blieb wieder stehen und sah sich verzweifelt um. Der Swimmingpool war mit verfaulendem Laub, Ästen und Unrat übersät; dazwischen schimmerten ölige Pfützen aus Regenwasser, in denen sich drei Monate alte Chemikalienreste gesammelt hatten. Der größte Ast, den er entdeckte, war kaum so lang wie seine Hand, und vermutlich so vermodert, daß er unter der ersten Berührung zerfallen würde.

Dann fiel sein Blick auf etwas Blinkendes. Die Waffe des Leibwächters! Der Mann hatte sie fallen lassen, als er in das Becken gestürzt war. Sie lag nun ein kleines Stück neben seiner Leiche, Stefan deutlich näher als dem Wolf, und Stefan erinnerte sich deutlich an das metallische Klicken, mit dem er sie entsichert hatte. Er wußte, wie schnell das Ungeheuer war, aber der Wolf war auch verletzt, und er selbst hatte nicht mehr viel zu verlieren. Daß die Bestie ihn bisher noch nicht angesprungen hatte, lag wahrscheinlich nur daran, daß sie eine günstige Position suchte, um zuzubeißen. Vielleicht hatte ihr Stefans unerwartet heftige Gegenwehr gerade doch so etwas wie Respekt eingeflößt.

Stefan stieß sich mit aller Kraft von der Wand ab, um mit einem verzweifelten Hechtsprung nach der Waffe zu greifen.

Es funktionierte nicht.

Seine mißhandelten Fußgelenke versagten ihm mit einer lodernden Explosion aus Schmerz den Dienst. Er sprang viel zu kurz, landete ungeschickt auf dem Bauch und pflügte eine breiter werdende Spur durch die Schlammschicht auf dem Boden. Seine ausgestreckten Hände griffen nach der Waffe.

Doch statt kaltem Stahl gruben sich seine Finger in drahtiges Fell.

Der Wolf war im gleichen Moment losgesprungen wie er, und trotz seiner verletzten Hinterläufe war er erheblich schneller. Seine Fänge schlossen sich mit einem mahlendem Geräusch um die Pistole, rissen sie hoch und schleuderten sie davon. Sie verschwand im hohen Bogen in der Dunkelheit und klapperte irgendwo, unerreichbar weit entfernt, auf harten Beton. In der gleichen Bewegung wirbelte der Wolf herum, schüttelte Stefans Hände ab und landete mit einem Satz auf seiner Brust.

Der Aufprall trieb Stefan die Luft aus den Lungen. Seine Rippen knirschten; der Wolf wog mindestens fünfzig Kilo, wenn nicht mehr, aber diesen zusätzlichen Schmerz registrierte er kaum noch. Der riesige Schädel des Ungeheuers stieß auf sein Gesicht herab. Seine Stirnplatte kollidierte mit der Wucht eines Faustschlages mit Stefans Kinn und schleuderte ihn abermals an den Rand einer Ohnmacht. Er wartete auf den reißenden, finalen Schmerz, mit dem die Bestie ihre Fänge in seine Kehle schlagen würde.

Er kam nicht. Der Wolf hockte weiter auf seiner Brust, ein Monstrum, das ungefähr so schwer wie ein Panzer war und ihm den Atem abschnürte. Stefan mußte jedes bißchen Willenskraft dafür aufwenden, überhaupt noch Luft zu bekommen, und er konnte den heißen Atem des Wolfs in seinem Gesicht spüren. Aber aus irgendeinem Grund verzichtete der Wolf darauf, ihn zu töten. Zum zweitenmal innerhalb weniger Augenblicke.

Stefan öffnete die Augen und blickte genau in die des Wolfs. Was er darin las, ließ ihn schaudern. Wildheit. Mordlust. Eine unvorstellbare, kompromißlose Entschlossenheit – aber auch noch mehr. Er konnte nicht sagen, was es war, nur, daß es in den Augen eines Tieres nichts zu suchen hatte. Und daß es ihn mit einem unendlichen Schrecken erfüllte; denn es war nichts Neues, nichts Unbekanntes, sondern die gleiche animalisch-wissende Kraft, die er auch in sich selbst fühlte.

Als hätte der Wolf nur darauf gewartet, daß er die Lider hob und ihm in die Augen sah, hob er knurrend den Kopf und kroch dann rückwärts von Stefan herunter. Er entfernte sich ein kleines Stück, und er ließ es sogar zu, daß sich Stefan in eine halbwegs sitzende Stellung hocharbeitete. Als er sich jedoch ganz aufsetzen wollte, stieß er ein drohendes Knurren aus. Stefan erstarrte wieder.

Sehr vorsichtig, um das Tier nicht durch eine unbedachte Bewegung doch noch zu einem Angriff zu provozieren, hob er den Kopf und sah sich nach Rebecca um. Im ersten Moment konnte er sie nicht sehen, gerade lange genug, um seine Angst wieder zu einer handfesten Panik werden zu lassen, dann sah er sie doch – allerdings fast am anderen Ende des Pools. Die beiden Wölfe hatten sie und das Mädchen auf die Metalltreppe zugetrieben, die hinunter in das Becken führte. Der Sinn dieser Aktion war sonnenklar: Die Tiere trieben sie zusammen; wie Schäferhunde, die perfekt ihre Arbeit taten.

Rebecca bewegte sich widerwillig auf die Treppe zu. Sie hatte immer noch alle Mühe, Eva zu halten. Das Kind gab keinen Laut von sich, aber es bäumte sich mit aller Gewalt auf, schlug und trat um sich und zerkratzte Rebeccas Gesicht. Selbst bei der schlechten Beleuchtung und über die Entfernung von fast zwanzig Metern hinweg, konnte er sehen, daß ihr Gesicht und ihre Bluse schon wieder blutüberströmt waren. Die Wölfe attackierten sie ununterbrochen. Ihre Kiefer schnappten immer wieder in Rebeccas Richtung. Sie trafen sie nicht, aber nur, weil Rebecca widerwillig Schritt für Schritt vor ihnen zurückwich. Die Warnung war eindeutig. Die Wunde an Stefans Unterarm hatte aufgehört zu bluten, aber sie tat noch immer furchtbar weh, und er war plötzlich gar nicht mehr sicher, daß ihre neugewonnene Regenerationskraft ausreichte, sie auch vor lebensgefährlichen Verletzungen zu schützen.

Schließlich gab Rebecca auf und kam rückwärts gehend die Treppe herab. Die verchromte Metallkonstruktion dröhnte unter ihren Schritten. Einer der beiden Wölfe – der Schwarze – folgte ihr in einem Meter Abstand. Der zweite wartete, bis sie die halbe Strecke hinter sich gebracht hatte, und sprang dann mit einem Satz in den Pool.

Rebecca stolperte weiter. Die Leiter ächzte immer stärker unter ihrem Gewicht. Sie war nicht für eine solche Belastung ohne den stützenden Auftrieb des Wassers gebaut. Als sie fast unten war, kippte die gesamte Konstruktion ein kleines Stück zur Seite. Rebecca schrie vor Schrecken, sprang den verbleibenden halben Meter mit einem einzigen Satz hinunter und landete in einer hoch aufspritzenden Pfütze. Eine Wolke von Chlor- und Fäulnisgestank wehte zu Stefan herüber und ließ ihn würgen. Auch Rebecca hustete, taumelte aber trotzdem herum und kam auf ihn zugewankt. Die beiden Wölfe folgten ihr; der Schwarze dichtauf, der andere in ein paar Schritten Abstand und ein Stück versetzt, um ihr den Weg abzuschneiden, sollte sie doch einen Fluchtversuch riskieren.

Stefan ignorierte das drohende Knurren des Wolfs und eilte ihr zwei oder drei Schritte entgegen – eigentlich, um sie zu stützen oder ihr Eva abzunehmen. Doch er hatte kaum die Kraft, sich selbst auf den Beinen zu halten. Und er war sicher, daß er Eva nicht würde bändigen können. Rebecca preßte sie mittlerweile so fest an sich, daß das Mädchen fast keine Luft mehr bekam. Trotzdem schlug und trat es weiter mit ungezügelter Wut um sich. Rebecca hatte sie mittlerweile in eine Lage bugsiert, in der ihr Gesicht nicht mehr von ihren Faustschlägen getroffen werden konnte, aber Evas Füße trommelten weiter gegen ihren Bauch. Rebecca würde ihm das Mädchen jedoch niemals geben. So beließ er es dabei, sie an der Schulter zu ergreifen und mit sich zurück an die Wand zu ziehen. Auf diese Weise konnten sie wenigstens nicht von hinten angegriffen werden. Ein erbärmlicher Schutz, aber der einzige, den sie hatten.

Rebecca preßte sich zitternd neben ihn an den rauhen Beton. Das Haar hing ihr wirr ins Gesicht. Ihre Wangen waren blutüberströmt, aber Stefan sah auch, daß die meisten Wunden, die Evas Fingernägel ihr zugefügt hatten, schon wieder verschwunden waren.

»Großer Gott, Stefan«, flüsterte sie. »Was ist das? Was … was wollen diese Bestien von uns? Werden sie uns töten?«

Stefan antwortete nicht. Die Wölfe hatten sie jetzt eingekreist. Der Schwarze, wahrscheinlich der Anführer, war bis auf zwei Schritte herangekommen, die beiden anderen standen rechts und links hinter ihm und machten jeden Gedanken an einen Fluchtversuch illusorisch. Es gab nichts mehr, worauf sie noch warten konnten.

Und trotzdem wußte er plötzlich, daß sie nicht angreifen würden, ebensowenig, wie sie gekommen waren, um sie zu töten. Jedenfalls nicht gleich.

Der schwarze Wolf kam noch einen Schritt näher. Er hatte die Lefzen drohend zurückgezogen, trotzdem aber aufgehört zu knurren. Der Blick seiner großen, beunruhigend *wissenden* Augen war starr auf Rebecca gerichtet. Jedenfalls glaubte Stefan das im ersten Moment. Dann sah er, daß das nicht stimmte. Das Tier starrte Eva an.

Zum erstenmal hatte er nun Gelegenheit, die Wölfe genauer in Augenschein zu nehmen. Das Tier, das vor ihm stand, war wahrhaft riesig – viel größer als jeder Schäferhund, den er jemals gesehen hatte, und mindestens doppelt so schwer. Sein Körper strahlte Kraft und Schnelligkeit aus wie etwas, das man beinahe sehen konnte, und er hatte nichts von jenen ausgemergelten Jammergestalten, die er zwei- oder dreimal hinter den Gitterstäben im Zoo gesehen hatte. Stefan war nicht einmal mehr sicher, ob es wirklich *Wölfe* waren. Wenn, dann war dieses schwarze, gewaltige Tier das Urbild eines Wolfs, das Original, von dem alle anderen nur blasse Kopien darstellten.

Der Wolf machte einen weiteren halben Schritt auf sie zu. Rebecca trat nach ihm. Natürlich traf sie ihn nicht, aber die abrupte Bewegung brachte sie fast aus dem Gleichgewicht; und sie gab Eva Gelegenheit, sich beinahe loszureißen.

Zum erstenmal gab das Kind einen Laut von sich: ein hohes, wimmerndes Jaulen, das nicht mehr im geringsten menschlich klang und Stefan einen Schauer über den Rücken jagte. Eva trat mit aller Kraft um sich, schrie immer lauter und schriller und streckte beide Arme nach dem Wolf aus. Das Tier knurrte, kam abermals näher, und Rebecca nutzte die Chance, noch einmal nach ihm zu treten.

Diesmal traf sie.

Ihr Fußtritt konnte dem riesigen Tier kaum ernsthaft schaden, aber er überraschte es vollkommen. Der Wolf jaulte, knickte in den Vorderläufen ein und brachte sich mit einem hastigen Satz in Sicherheit, als Rebecca sofort noch einmal nachtrat. Sofort sprangen die beiden anderen Wölfe auf sie zu und fletschten die Zähne, wichen aber schnell wieder zurück, als der Schwarze ein kleines, abgehacktes Bellen ausstieß.

Rebecca prallte zurück, umschlang Eva mit beiden

Armen und versuchte, sie irgendwie zu bändigen. Stefan glaubte nicht, daß es ihr gelingen würde, ohne dem Kind tatsächlich den Atem abzuschnüren oder ihm ein paar Knochen zu brechen.

»Verschwindet!« schrie sie. »Haut ab, ihr verfluchten Biester! Ihr bekommt sie nicht! Niemals! Ihr müßt mich schon umbringen!«

Der schwarze Wolf schoß auf sie zu, biß nach ihrem Bein und warf im letzten Moment den Kopf zur Seite, so daß seine zuschnappenden Kiefer ihren Unterschenkel um Haaresbreite verfehlten.

Dennoch reichte schon diese vorgetäuschte Attacke, Rebecca aus dem Gleichgewicht zu bringen. Sie strauchelte, fiel gegen die Wand und sackte wimmernd daran herab.

Der Wolf kam wieder näher. Er hatte aufgehört zu knurren und zeigte nicht einmal mehr die Zähne. Langsam, fast behutsam, wie es Stefan vorkam, näherte sich sein gewaltiger Schädel Rebeccas Gesicht. Etwas ... änderte sich in seinem Blick. Die unbezähmbare Wildheit darin erlosch, und etwas anderes trat an deren Stelle. Hätte Stefan nicht gewußt, daß es vollkommen unmöglich war, hätte er es für Mitleid gehalten.

Rebecca stieß den Wolf weg. »Verschwinde!« wimmerte sie. »Laß mich in Ruhe!«

»Gib ihm das Kind«, sagte Stefan. Er rührte sich nicht. Würde er auch nur einen Finger rühren, würden sich die beiden anderen Wölfe auf ihn stürzen und ihn in Stücke reißen, das wußte er.

Rebecca sah mit einem Ruck hoch. Ihre Augen waren voller Tränen, aber es war nur der körperliche Schmerz. »Was?«

»Gib ihm das Kind«, wiederholte Stefan. »Bitte! Es gehört zu ihnen. Nicht zu uns!«

Rebecca starrte ihn an. »Nein«, flüsterte sie. Dann schrie

sie dasselbe Wort noch einmal: »Nein! Niemals! Erst müßt ihr mich töten! Ihr bekommt sie nicht!«

Sie meinte diese Worte bitterernst. Stefan wußte, daß sie bis zum letzten Atemzug um Eva kämpfen würde, wenn es sein müßte, ganz egal, gegen wen. Selbst gegen ihn.

Die Wölfe spürten ihre Entschlossenheit ebenso wie er. Der schwarze Riese wich zwei oder drei Schritte weit in die Dunkelheit zurück, während die beiden anderen Tiere um die gleiche Distanz näher heranrückten. Stefan fragte sich, ob sie auf diese Weise Aufstellung für den letzten, entscheidenden Angriff nahmen. Sie hatten keine Gnade mehr zu erwarten. Die drei Wölfe hatten ihnen ungleich mehr Chancen gelassen als die Tiere, auf die sie damals im Wolfsherz gestoßen waren.

Der Angriff kam nicht, aber … *irgend etwas* geschah. Er spürte es, so deutlich, als bewege sich plötzlich etwas Großes und Machtvolles, etwas, das jenseits der Wirklichkeit existierte, sie aber durch sein bloßes Erwachen schon zum Erzittern brachte.

Der Schwarze war so weit in die Dunkelheit zurückgewichen, daß er fast mit der Nacht verschmolz. Stefan konnte ihn nur noch als vagen Schatten erkennen, ein Schemen gerade am Rande des Sichtbaren, das sich nur noch durch seine Bewegung manifestierte. Etwas … *geschah* mit dem Schatten des Wolfs. Stefan konnte nicht genau erkennen, was: Er schien seine Form zu verlieren, für einen Moment eins mit der Nacht zu werden, in die er sich zurückgezogen hatte, und sich dann neu zu bilden. Er hörte eine Reihe unheimlicher, schmerzerfüllter Geräusche, Laute, die an zerbrechende Knochen und zerreißendes Fleisch erinnerten, an Formen, die zerstört und neu gebildet wurden. Ein leises, unsagbar qualvolles Wimmern. Was immer dort vor ihnen geschah, es war ein Prozeß voller unvorstellbarem Schmerz.

Und es dauerte *lange*.

Stefans innere Uhr hatte schon vor einer Ewigkeit aufgehört zu funktionieren, aber er mußte wohl minutenlang dagestanden und in die Dunkelheit gestarrt haben. Schließlich hörten die furchtbaren Geräusche und das Zittern und Wogen der Schatten auf. Der Wolf stemmte sich wieder in die Höhe und trat ins Licht zurück.

Nur, daß es kein Wolf mehr war.

Es war Sonja.

Sie hatte sich verändert. Sie wirkte jetzt älter … nein, verbesserte er sich in Gedanken, nicht älter, sondern irgendwie reifer, viel mehr Frau als Kind, als hätte sie in den vergangenen Tagen gelernt, wie sie mit diesem Körper umzugehen hatte. Ihr Haar war noch immer ungekämmt und wild, wirkte aber trotzdem mehr wie eine Frisur als wie eine Mähne, und der immer ein wenig verwirrte Ausdruck, der beim erstenmal in ihren Augen gewesen war, war verschwunden. Sie war nackt; eine sehr schöne, fast perfekt geformte Frau. Trotzdem hatte er das Gefühl, daß mit ihrem Körper irgend etwas nicht stimmte. Er begriff auch fast sofort, was es war. So schön dieser Körper auch sein mochte, er gehörte nicht ihr, sondern war kaum mehr als ein wunderschönes, perfektes Kleidungsstück, das sie übergestreift hatte, um ihr wahres Ich zu verbergen.

Sonja kam langsam näher. Die beiden Wölfe flankierten sie, aber ihre Haltung hatte sich verändert. Sie musterten Rebecca und ihn mit der gleichen hellwachen Aufmerksamkeit wie bisher, wirkten trotzdem aber eindeutig demütig.

»Nein«, wimmerte Rebecca. »Stefan! Was … was ist das? Hilf mir!«

Stefan bewegte sich nicht. Diesmal jedoch nicht aus Furcht, sondern weil er es nicht konnte. Sein Part in dieser Geschichte war vorbei. Er hatte seine Chance gehabt – und vielleicht ergriffen –, und nun hatten die Dinge eine

Dimension angenommen, in der er sie nicht mehr beeinflussen konnte, ganz egal, was er tat.

Vielleicht hatte er das nie gekonnt.

Sonja trat mit langsamen Schritten auf ihn zu, sah ihn einen Moment durchdringend an und wandte sich dann ohne ein Wort zu Rebecca um. Sie streckte die Arme aus. Stefan sah, daß Eva die Bewegung zu erwidern versuchte und Rebecca sie daran hinderte.

Sonja seufzte. »Gib sie mir«, sagte sie. Stefan war überrascht, wie sanft ihre Stimme klang. Da war keine versteckte Drohung, kein Zorn, nicht einmal Groll. Sie klang fast wie ein Flehen. Um Verständnis?

»Nein!« wimmerte Rebecca. Sie krümmte sich in dem Winkel zwischen Wand und Boden des Pools, zog den Kopf zwischen die Schultern und begann am ganzen Leib zu zittern. Trotzdem preßte sie Eva weiter mit aller Kraft an sich.

»Du tust ihr weh«, sagte Sonja sanft.

Rebecca lockerte ihren Griff tatsächlich, wenn auch nur um eine Winzigkeit. Erstaunlicherweise nutzte Eva die Chance nicht, um sich sofort loszureißen, sondern drehte nur den Kopf und sah das schwarzhaarige Mädchen über sich an. Fast als spüre sie, daß nun alles gut werden würde.

»Du mußt sie mir geben«, sagte Sonja noch einmal. »Dein Mann hat recht, weißt du? Sie kann hier nicht leben. Nicht in eurer Welt. Nicht einmal in diesem Körper. Sie wird sterben, wenn ich sie nicht dorthin zurückbringe, wohin sie gehört.«

»Nein«, antwortete Rebecca. »Das ist … nicht wahr! Du lügst! Wer … wer bist du?«

»Aber das weißt du doch längst«, antwortete Sonja. Sie warf einen raschen Blick über die Schulter zurück in Stefans Gesicht, ehe sie sich vor Rebecca auf die Knie sinken ließ und die Arme ausstreckte. Rebecca schloß erschrocken die Arme wieder fester um Eva.

Die Bewegung galt jedoch gar nicht dem Kind. Sonjas Hände berührten ganz sacht Rebeccas Gesicht, hielten es für einen Moment und zogen sich dann ebenso sanft wieder zurück.

»Soviel Angst«, sagte sie. »So unendlich viel Furcht. Hast du denn wirklich geglaubt, daß wir dir etwas zuleide tun wollten?«

»Geh!« wimmerte Rebecca. Sie stieß kraftlos mit den Beinen nach Sonja, aber es war eine Bewegung ohne die geringste Kraft. Sonja machte sich nicht einmal die Mühe, sie abzuwehren. Das Mitleid, das Stefan in ihren Augen gesehen zu haben glaubte, war echt.

»Ich muß sie mit mir nehmen, Schwester«, sagte Sonja. »Sie ist noch zu jung. Sie hat noch nicht gelernt, in diesem Körper zu leben. Sie stirbt, wenn du sie hierbehältst.«

Stefan bezweifelte, daß Rebecca ihre Worte überhaupt hörte. Und ganz bestimmt begriff sie nicht, was sie bedeuteten. Wie konnte sie auch? Zweifellos spürte sie die Veränderung, die mit ihr vonstatten ging, ebenso deutlich wie er. Aber sie war von ihnen beiden nicht nur immer die Stärkere gewesen, sondern auch die mit Abstand *Rationalere*. Für sie mußte eine Welt zusammenbrechen. Und vielleicht riß sie ihren Verstand mit sich.

Er kniete halb neben Rebecca und Sonja nieder, streckte die Hand aus und wagte es dann doch nicht, sie zu berühren. Sonja drehte langsam den Kopf und sah ihn an. Ihre Augen waren schwarz, ohne Pupille oder Iris; ein Anblick, der eigentlich erschreckend sein sollte, es aber nicht war.

»Ich … habe das … nicht gewußt«, sagte er stockend.

Sonja lächelte milde. »O doch«, antwortete sie. »Du hast es dir nur nicht eingestehen wollen. Aber ich kann dich verstehen. Eure Welt ist so anders. So erschreckend. Aber auch so schön.«

»Dann bleibt hier«, sagte er impulsiv. Es war vollkommen widersinnig, aber einfach das erste, was ihm einfiel.

»Bleibt einfach bei uns. Bleibt einfach hier. Diese Welt bietet viel mehr als euer Tal!«

Er hatte etwas sehr Dummes gesagt. Selbst ohne das verzeihende Lächeln in Sonjas Augen hätte er das wohl schon im gleichen Moment begriffen, in dem er die Worte ausgesprochen hatte.

»Für euch vielleicht«, antwortete sie. »Nicht für uns.«

»Könnt ihr … in diesen Körpern überleben?« fragte er.

»Ja«, antwortete Sonja. »Aber es wäre …«, sie suchte einen Moment nach Worten, »… unangenehm. Und für sie wäre es tödlich.« Sie deutete auf Eva. »Sie hat noch nicht gelernt, mit der Kraft umzugehen, die in ihrem Blut ist. Es ist erst das erste Mal, daß sie die Verwandlung durchmacht.«

Sie schwieg einen Moment, dann wandte sie sich wieder an Rebecca und sprach mit großem Ernst weiter: »Selbst wenn ihr Körper überlebt, würde ihr Verstand zerbrechen. Sie gehört nicht in eure Welt. Sowenig wie wir.«

»Und wir?« fragte Stefan. »Was ist mit uns? Werden wir …«. Er stockte; es kostete ihn alle Kraft, die beiden Worte auszusprechen, »… auch so?«

Sonja schwieg, und nach einigen Sekunden flüsterte Stefan: »Also deshalb habt ihr uns niemals wirklich etwas getan. Ihr hättet uns ein dutzendmal töten können. Aber ihr würdet niemals einem Mitglied der Sippe etwas antun, nicht wahr?«

Irgendwo über ihnen war ein Geräusch. Nur ein winziger Laut, das Brechen eines Zweiges, vielleicht nur das Rascheln von nassem Laub – aber es war ein Laut, der nicht in die natürliche Geräuschkulisse des Gartens paßte. Seine Wolfsinstinkte erwachten schlagartig, Sonja fuhr mit einem Ruck herum und halb in die Höhe, und die beiden Wölfe reagierten mit einer Schnelligkeit, die alles übertraf, was Stefan jemals bei einem lebenden Wesen gesehen hatte.

Der Schatten, der plötzlich auf der anderen Seite des Pools erschien, war trotzdem schneller.

Der erste Schuß fiel, noch bevor Sonja ganz auf die Füße gekommen kommen war. Die Kugel traf sie dicht unterhalb der rechten Brust, schmetterte sie wie ein Faustschlag gegen die Wand und riß sie gleichzeitig herum. Sie schrie, schlug beide Hände vor die Brust und brach halb über Rebecca und dem Kind zusammen.

Noch in das Geräusch ihres Sturzes mischte sich ein zweiter peitschender Knall. Einer der beiden Wölfe wurde von den Füßen gerissen und überschlug sich zwei-, dreimal im Schlamm, ehe er jaulend liegenblieb, der dritte hetzte mit Riesensätzen auf die Gestalt zu, die am Schwimmbeckenrand erschienen war. Zwei Meter vor ihr stieß er sich mit einem gewaltigen Satz ab. Sein Körper schien sich in einen Schatten zu verwandeln, der auf den Mann zujagte wie ein lebendes Geschoß.

Die Gestalt oben am Beckenrand spreizte die Beine, ergriff ihre Waffe mit beiden Händen und visierte den Wolf mit unerschütterlicher Ruhe an. Ein Schuß fiel. Der Wolf wurde kaum einen Meter vor seinem Opfer zurückgeschleudert und stürzte leblos in das Becken herab. Zwischen dem ersten und dem dritten Schuß war nicht sehr viel mehr als eine Sekunde vergangen.

Erst jetzt erkannte Stefan den Mann, der so plötzlich hinter ihnen aufgetaucht war. Es war Whites hellhaariger Schatten. Der Bursche aus dem Krankenhaus.

»Verdammt, worauf warten Sie?« schrie er. »Daß sie wieder aufstehen?«

Das wirkte. Weder Sonja, noch die beiden Wölfe waren tödlich getroffen. Er war nicht einmal sicher, ob das überhaupt *möglich* war. Und er hatte ganz und gar keine Lust, herauszufinden, wie lange sie brauchten, um sich von den Schußverletzungen zu erholen.

Abrupt fuhr er zu Rebecca herum. Sie versuchte vergeblich, sich unter Sonja hervorzuarbeiten; ein Vorhaben, das fast unmöglich schien, weil sie immer noch beide Arme brauchte, um Eva zu halten. Stefan ergriff das reglose Wolfsmädchen an den Schultern und zerrte es von Rebecca herunter. Es war ein unheimliches, fast schon ekelerregendes Gefühl. Irgend etwas geschah mit Sonjas Körper. Abgesehen von der furchtbaren Wunde, welche die Kugel beim Austritt in ihren Körper gerissen hatte, schien er vollkommen unverändert. Aber er fühlte sich *falsch* an. Die unheimliche Metamorphose hatte bereits begonnen. Er würde nicht hierbleiben, um ihr Ende abzuwarten.

Fast schon brutal riß er Rebecca in die Höhe, wirbelte sie herum und stieß sie einfach vor sich her. Die Treppe war annähernd zwanzig Meter entfernt; eine schiere Ewigkeit. Auf halbem Wege kamen sie an dem niedergeschossenen Wolf vorbei. Er bewegte sich bereits wieder. Seine Flanke war eine einzige blutende Wunde. Trotzdem biß er wütend in ihre Richtung und versuchte, sich auf seine gelähmten Hinterläufe hochzustemmen. Noch gelang es ihm nicht, aber die Heilung vollzog sich mit unheimlicher Schnelligkeit.

Stefan versuchte, Rebecca noch rascher vor sich herzutreiben, begriff aber sofort, daß er sie damit nur aus dem Gleichgewicht bringen würde. Jeder Sekundenbruchteil zählte. Er wagte es nicht, auch nur einen Blick über die Schulter zurückzuwerfen, als sie die Treppe hinaufstürmten, aber er glaubte bereits wieder jene furchtbaren reißenden Laute zu hören, welche die Verwandlung begleiteten.

Whites Mann kam ihnen entgegen, wechselte die Waffe von der Rechten in die Linke und riß Rebecca mit der freigewordenen Hand brutal die beiden letzten Stufen hinauf, Stefan wollte protestieren, ließ es dann aber: Hinter ihnen erscholl ein zorniges Heulen, in dem bereits sehr viel mehr Zorn als Schmerz zu hören war.

Der Amerikaner gab einen weiteren Schuß in den Pool

ab, fuhr auf dem Absatz herum und versetzte Stefan einen derben Stoß in den Rücken. Stefan stolperte, kämpfte zwei, drei Schritte lang verzweifelt um sein Gleichgewicht und wäre wahrscheinlich trotzdem gestürzt, hätte der Amerikaner nicht blitzschnell zu ihm aufgeschlossen und ihn gleichzeitig in die Höhe und mit sich gerissen.

Wie von Furien gehetzt, rannten sie durch den Garten und auf das Haus zu. Auch die Rückseite war jetzt hell erleuchtet. Sämtliche Lichter brannten. Die Hintertür stand weit auf. Stefan konnte eine Anzahl Schatten erkennen, die sich davor und dahinter bewegten. Jemand schrie.

Doch es war auch hinter ihnen nicht still. Der Wolf hatte aufgehört zu heulen; statt dessen erklang hinter ihnen ein unheimliches Knurren und Geifern, und Stefan konnte regelrecht spüren, wie die Bestie heranraste; fast, als bewege sie sich so schnell, daß sie eine Welle aus heißer, komprimierter Luft vor sich herschob.

Sehr viel langsamer schien der Wolf auch tatsächlich nicht zu sein. Sie hatten das Haus fast erreicht, und er konnte erkennen, daß mit Ausnahme Westmanns tatsächlich alle zusammengelaufen waren: Robert, seine beiden noch lebenden Leibwächter, White und natürlich Dorn, der ebenfalls eine Waffe gezogen hatte. Rebecca stürmte zwischen White und dem Polizeibeamten hindurch und riß beinahe ihren Bruder von den Füßen, der sie in Empfang nehmen wollte, ihr Tempo aber eindeutig unterschätzt hatte. Stefan visierte die gleiche Lücke an und versuchte noch ein bißchen Kraft für einen Endspurt zu sammeln, aber plötzlich versetzte ihm Whites Mann einen Stoß, der ihn haltlos gegen die Tür taumeln ließ. Das Glas zerbrach klirrend. Eine Scherbe schnitt brennend in seine Wange. Er fiel, sah noch im Sturz, wie der blonde Amerikaner herumwirbelte und in der gleichen Bewegung seine Waffe hochriß.

Ein gigantischer Schemen flog aus der Dunkelheit auf

den Mann zu und riß ihn von den Füßen. Er schoß, aber das Mündungsfeuer stach harmlos an dem Wolf vorbei. Das Tier kam elegant hinter ihm auf, wirbelte auf der Stelle herum und schnappte geifernd nach seiner Kehle. Der Amerikaner riß gedankenschnell den Arm in die Höhe, so daß sich die Zähne der Bestie tief in seinen linken Unterarm gruben. Der Mann schrie vor Schmerz, aber er bewies trotzdem eine fast unglaubliche Kaltblütigkeit: Statt den Arm zurückzureißen, stieß er ihn im Gegenteil weiter vor, schob den Wolf auf diese Weise ein kleines Stück von sich fort und drängte die andere Hand zwischen sich und das Tier. Die Mündung seiner Pistole bohrte sich in den Unterkiefer des Wolfs.

Es ging zu schnell, als daß Stefan wirklich begriff, was er sah – geschweige denn, daß er es *glaubte*.

Der Blonde feuerte dreimal hintereinander. Die Kugeln durchschlugen den Unterkiefer des Wolfs, seinen eigenen Arm und dann den Schädel des Tieres. Der Hinterkopf des Wolfs flog in einer Explosion aus Knochensplittern, Fell und Blut auseinander, und das Tier brach wie vom Blitz getroffen zusammen.

Trotzdem ließen die gewaltigen Kiefer des Tieres den Mann nicht los. Erst als Dorn und einer der Bodyguards ihm zu Hilfe eilten, gelang es ihnen, die Fänge des toten Wolfs aus seinem Arm herauszuziehen. Der zweite Leibwächter trat mit gezückter Waffe neben sie und zielte in die Dunkelheit hinaus.

»Gehen Sie nicht weiter«, warnte Stefan. »Da draußen sind noch mehr.«

Dorn sah mit einem Ruck hoch. Er sah erschrocken aus, viel mehr aber noch irritiert. Er sagte nichts, sondern wandte sich wieder um und ließ sich neben dem Amerikaner in die Hocke sinken. Der Schrecken auf seinem Gesicht vertiefte sich, als er sah, wie schlimm der Wolf den Arm des Mannes zugerichtet hatte.

»O verdammt«, murmelte er. Dann, lauter: »Einen Krankenwagen. Westmann! Wo sind Sie? Wir brauchen –«

»Nein«, sagte White.

Nicht nur Dorn sah ungläubig zu White zurück. »Wie bitte?«

»Wir brauchen keinen Krankenwagen«, sagte White noch einmal. »Ich kümmere mich darum.«

»Sind Sie verrückt?« Dorn deutete heftig gestikulierend auf den blonden Amerikaner. »Der Mann verblutet, wenn er nicht sofort in ein Krankenhaus kommt.«

»Das wird er auch«, bestätigte White grimmig. »Aber in *unser* Krankenhaus.« Er griff in die Tasche, zog ein Handy heraus und begann mit dem Daumen eine Nummer einzutippen. »Bitte nehmen Sie es mir nicht übel, aber ich habe doch mehr Zutrauen zu unseren Ärzten.« Er drehte sich halb um und begann auf englisch in das Handy zu reden.

Stefan hatte sich mittlerweile zu Rebecca und Robert durchgearbeitet. Robert hatte seine Schwester nun doch in die Arme geschlossen – es sah irgendwie seltsam aus, fand Stefan; immerhin war Rebecca einen halben Kopf größer als ihr Bruder – und redete mit leiser Stimme auf sie ein, sah aber zwischendurch immer wieder nervös zur Tür. Ein flüchtiges Stirnrunzeln huschte über sein Gesicht, als er den blutenden Schnitt auf Stefans Wange erblickte, aber er verlor kein Wort darüber. Statt dessen fuhr er Stefan an: »Verdammt, kannst du eigentlich überhaupt nichts richtig machen?«

»Laß ihn«, sagte Rebecca. »Es war nicht seine Schuld.«

Roberts Blick machte deutlich, daß er ihr nicht glaubte. Trotzdem klang seine Stimme beherrschter, als er von neuem ansetzte: »Was ist passiert? Wo ist der Leibwächter, den ich euch mitgegeben habe?«

»Tot«, antwortete Rebecca an Stefans Stelle. Sie sprach schnell, mit ganz leicht erhobener Stimme. »Die Hunde haben ihn erwischt.«

Hunde? Ihre Geistesgegenwart hatte Rebecca jedenfalls nicht verloren, dachte Stefan. Er nickte und fügte mit angemessen betroffenem Gesicht hinzu: »Der arme Kerl hatte keine Chance. Sie haben ihn regelrecht in Stücke gerissen.«

»Wahrscheinlich, weil er eine Waffe hatte«, sagte Rebecca. »Ich nehme an, sie sind darauf trainiert, zuerst auf Bewaffnete loszugehen. Es ging unglaublich schnell. Wenn dieser andere Mann nicht gekommen wäre, dann wären wir jetzt auch tot.«

Was Stefan zu der Frage brachte, wo der Amerikaner so plötzlich hergekommen war. Er sah wieder zur Tür zurück. Dorn, der Bodyguard und White hatten dem Blonden mittlerweile auf die Füße geholfen. Sein Arm blutete immer noch heftig, aber er wirkte trotzdem erstaunlich gefaßt. Man sah es ihm nicht unbedingt an, aber er war wirklich ein harter Bursche. White schien sich seine Männer sehr gut auszusuchen.

»Der Wagen ist unterwegs«, sagte White. »Er muß in fünf Minuten hier sein. Haben Sie einen Verbandskasten im Haus?«

»Im Bad.« Robert gestikulierte hinter sich. »Kommen Sie, ich zeige es Ihnen.«

Er eilte voraus. Stefan wollte White und ihm folgen, aber Dorn hielt ihn zurück. »Sie bleiben hier«, sagte er. Jede Spur von Freundlichkeit war aus seiner Stimme verschwunden. Er klang auch nicht zornig, aber die kalte Entschlossenheit in seinen Worten war beinahe schlimmer. Die Liste derer, von denen sie keine Gnade mehr zu erwarten hatten, wurde allmählich länger.

Er versuchte nicht, sich irgendwie zu widersetzen, ging aber mit schnellen Schritten an Dorn vorbei zur Hintertür und schloß sie. Nicht, daß es etwas nützen würde. Die untere Hälfte der Glasscheibe war zerborsten, als er dagegengefallen war, und der verbleibende Rest würde die beiden anderen Ungeheuer wohl kaum aufhalten. Er konnte spüren, daß sie dort draußen waren und ihn anstarrten; ein Teil der Nacht, der jeder seiner Bewegungen aus unsichtbaren Augen folgte. Sie waren auch hier drinnen nicht sicher. Ganz und gar nicht. Er konnte nur hoffen, daß die Anwesenheit von drei oder vier bewaffneten Männern Sonja und ihren Bruder abschreckte. Immerhin hatte der letzte Angriff bewiesen, daß auch diesen halb mythischen Ungeheuern Grenzen gesetzt waren. Der Wolf dort draußen vor der Tür war eindeutig tot.

»Also?« fragte Dorn.

»Was – also?«

Dorns Mundwinkel zuckten. Für eine Sekunde blitzte Wut in seinen Augen auf, aber er beherrschte sich. Noch. »Stellen Sie meine Geduld nicht zu sehr auf die Probe«, sagte er. »Was ist dort draußen passiert? Woher kommt dieses … Vieh?«

»Ich habe nicht –«, begann Stefan.

Dorn unterbrach ihn mit einer wütenden Geste, warf aber trotzdem erst noch einmal einen nervösen Blick in die Dunkelheit hinaus, ehe er sprach. »Zum letztenmal: Übertreiben Sie es nicht! Wir haben ein halbes Dutzend Tote im Krankenhaus gefunden. Bewaffnete Männer. Männer mit – wie sagten Sie doch gleich? – slawischem Aussehen.«

»Und?« fragte Stefan. Er wußte, daß er den Bogen nicht überspannen durfte. Dorn war am Ende seiner Geduld. Und er zweifelte nicht daran, daß der Mann ziemlich unangenehm werden konnte. Aber er mußte Zeit gewinnen. Ihr Zusammentreffen mit Sonja hatte ihm endgültig klargemacht, daß sie weder von der Polizei noch von Roberts bezahlten Leibwächtern irgendwie Hilfe zu erwarten hatten. Seine letzte Chance war White. Er mußte einfach irgendwie Zeit gewinnen, bis der Amerikaner zurückkam.

»Fragen Sie White«, sagte er schließlich.

»Warum? Müssen Sie Ihre Antworten vorher mit ihm abstimmen?«

»Wenn Sie so wollen.« Stefan spürte, daß er damit nun *eindeutig* zu weit gegangen war, und fuhr in etwas versöhnlicherem Ton fort: »Die ganze Geschichte ist viel komplizierter, als Sie glauben. Es hat etwas mit Politik zu tun. Und Geheimhaltung. Ich weiß einfach nicht, wieviel ich Ihnen sagen *darf,* verstehen Sie doch.«

»Nein«, antwortete Dorn hart. »Das verstehe ich *nicht*. Bei Mord hört bei mir jegliches Verständnis auf. Ich habe einen Haftbefehl für Sie und Ihre Frau dabei, Herr Mewes. Und wenn Ihr amerikanischer Freund nicht ein paar verdammt gute Antworten für mich hat, dann stecke ich ihn gleich in die Nebenzelle.«

Er meinte das bitterernst, und ganz egal, was Robert oder auch White von Dorn halten mochten, er hatte durchaus die Möglichkeit, seine Drohung wahr zu machen.

Dorn fuhr plötzlich zusammen und sah mit konzentriertem Gesichtsausdruck nach draußen. Auch Stefan blickte einen Moment gebannt ins Dunkle. Er konnte fühlen, wie sich etwas darin bewegte, ein ruheloses Schleichen und Gleiten von einer Seite auf die andere und wieder zurück. Eine Woge von Zorn und Enttäuschung schlug ihm aus der wattigen Dunkelheit entgegen. Aber auch Respekt. Sonja und ihr Bruder mußten den Tod des Wolfs mit angesehen haben. Vielleicht waren sie einfach schockiert. Für ein Wesen, das so schwer umzubringen war wie dieses, mußte die Erkenntnis der eigenen Sterblichkeit ungleich schlimmer sein als für einen Menschen.

»Was ist dort draußen, Stefan?« fragte Dorn leise. Er deutete in die Nacht hinaus, dann auf den toten Wolf. Der Kadaver lag ganz in der Nähe der Tür, aber trotzdem so, daß man ihn nicht genau erkennen konnte. »So einen Hund habe ich noch nie gesehen. Wenn er nicht so groß wäre, würde ich sagen, es ist ein Wolf.«

»Seien Sie froh, daß Sie ihn nicht von nahem gesehen

haben«, antwortete Stefan. »Rebecca und ich hatten das Vergnügen.«

»Einige der Toten im Krankenhaus hatten Bißwunden«, sagte Dorn nachdenklich. »Ich habe sie nicht selbst gesehen, aber nach dem, was mir die ermittelnden Kollegen am Telefon erzählt haben, war es kein besonders schöner Anblick.« Er deutete auf den toten Wolf. »War es dieses ... Ding?«

Um ein Haar hätte Stefan sogar geantwortet. Dorn verstand seinen Job wirklich. Er brachte es fertig, ein Verhör zu führen, ohne einen zu verhören.

»Ich war nicht dabei«, antwortete er. »Aber ich nehme es an. Die Biester sind aufs Töten abgerichtet.« Er kam sich schlecht vor bei diesen Worten; als bezichtige er einen guten Freund eines Diebstahles, von dem er wußte, daß er ihn nicht begangen hatte.

»Ich habe von so etwas gehört«, sagte Dorn. »Aber ich habe es noch nie erlebt. Sind es diese Söldner?«

Stefan war nun wirklich überrascht. Er blieb vorsichtig – jedes Wort, das er Dorn *nicht* sagte, war wichtig –, aber er hatte zugleich das ungute Gefühl, daß er sich damit nur lächerlich machte. Er sagte nichts.

»Sie verschwenden nur Zeit, Stefan«, sagte Dorn kopfschüttelnd. Er wandte sich von der Tür ab, ging zur Anrichte und lehnte sich in einer vorgetäuscht lässigen Haltung dagegen. Allerdings ließ er weder die Tür dabei aus den Augen, noch steckte er seine Waffe ein, was ihm den erwünschten Effekt gründlich verdarb. Er seufzte. »Also gut. Zäumen wir den Gaul eben von hinten auf. Ich erzähle Ihnen, was ich weiß, und Sie hören einfach zu und überlegen sich dabei, ob es nicht vielleicht doch vernünftiger ist, wenn Sie mir den Rest der Geschichte verraten.«

Er löste seinen Blick von der Tür. Zum ersten Mal, seit sie das Haus betreten hatten, sah er bewußt Rebecca an;

und für einen noch kürzeren Moment ruhte sein Blick auf dem Gesicht des Kindes, das sie auf dem Arm hielt. Zu Roberts Überraschung verlor er jedoch kein Wort darüber.

»Sie und Ihre Frau waren irgendwo in Bosnien, um ein Interview mit einem international gesuchten Terroristen zu führen.«

»Söldner«, verbesserte ihn Rebecca. »Barkow war Kommandeur einer Söldnereinheit. Aber woher wissen *Sie* davon?«

»Ich habe ein bißchen herumgehorcht«, antwortete Dorn. »Journalisten sind ein schwatzhaftes Volk, wußten Sie das nicht? Vor allem, wenn sie sauer darüber sind, daß ihre Kollegen die Story des Jahres haben und ihnen kein Sterbenswörtchen verraten wollen.« Er lächelte knapp und wurde sofort wieder ernst. »Also – was ist passiert? Haben diesem ... Barkows Ihre Fragen nicht gefallen?«

»Barkow«, verbesserte ihn Rebecca. »Und es lag nicht an unseren Fragen. Er ist tot.«

»Tot?«

Rebecca antwortete mit einer Mischung aus Nicken und Achselzucken, die wohl verdeutlichen sollte, wie egal ihr das persönliche Schicksal des Söldnergenerals war. Dann sagte sie etwas, was Stefan buchstäblich den Atem verschlug. »White hat ihn erschossen.«

Dorn blinzelte. »Es ist wohl nicht so gelaufen, wie Sie gedacht haben, wie?«

»Es ist genau so gelaufen, wie White geplant hatte«, antwortete Rebecca.

»Becci!« keuchte Stefan. Er konnte einfach nicht glauben, was er hörte. »Bist du ... bist du wahnsinnig geworden?«

»White ist mit keiner anderen Absicht dorthin gereist als der, Barkow zu ermorden.« Rebecca fuhr vollkommen unbeeindruckt fort. Sie würdigte ihn nicht einmal eines Blickes. »Stefan und ich waren nur die Lockvögel. Die nützlichen Idioten, die sich geradezu darum gerissen haben, ihm behilflich zu sein.«

»Hör auf!« keuchte Stefan. »Bist du –«

»– endlich vernünftig geworden!« fiel ihm Rebecca ins Wort. »Ich weiß, was ich tue, keine Angst. Verdammt, das da draußen sind Barkows Leute! Sie sind hier, um uns umzubringen! Und ich habe keine Lust, für White den Kopf hinzuhalten!«

»Das ist das erste vernünftige Wort, das ich seit drei Tagen von einem von Ihnen höre«, sagte Dorn. Stefan konnte sich zwar nicht erklären warum, aber er klang ungeheuer erleichtert. »Hätte ich das gestern oder vorgestern gewußt, dann wäre Ihnen vielleicht viel erspart geblieben. Und eine Menge Leute wären wahrscheinlich noch am Leben.«

Stefan bezweifelte das; ebenso, wie er immer mehr an Rebeccas Verstand zweifelte. White war vielleicht ihre einzige Chance, lebendig aus diesem Haus herauszukommen – und sie hatte ihn gerade ans Messer geliefert!

»Barkows Männer sind also hier, um sich für den Mord zu rächen«, sagte Dorn. »Wissen Sie, wie viele es sind?«

»Zwölf.« Die Stimme kam von der Tür her, und sie gehörte weder Rebecca noch Stefan, sondern White. Stefan fragte sich mit einem an Entsetzen grenzenden Gefühl von Schrecken, wie lange er schon dastand und ihnen zuhörte. »Vier sind mit dem Flugzeug direkt aus Sarajewo gekommen, zwei über Wien, und die anderen wahrscheinlich mit dem Wagen über die grüne Grenze. Die Sicherheitsvorkehrungen Ihrer Landsleute lassen zu wünschen übrig, Herr Dorn. In den USA wäre es diesen Männern nicht so leichtgefallen, illegal einzureisen.«

Dorn lächelte. »Überrascht es Sie, wenn ich Ihnen verrate, daß ich Ihnen jetzt am liebsten die Fresse polieren würde, Mister White?«

»Kein bißchen.« White kam näher, ohne die Tür hinter

sich zu schließen. Einen Moment später betraten Robert und zu Stefans maßloser Überraschung auch Whites Leibwächter den Raum. Der Mann war bleich wie die berühmte Wand und bewegte sich mit kleinen, vorsichtigen Schritten. Sein linker Arm hing in einer improvisierten Schlinge. Für Stefan grenzte es fast an ein Wunder, daß er überhaupt in der Lage war, sich zu bewegen. Von Rechts wegen müßte der Mann tot sein. Mindestens bewußtlos.

»Da reisen zwölf … *Terroristen* in unser Land ein, und Sie halten es nicht einmal für nötig, uns zu informieren?« Dorn kämpfte sichtlich um seine Fassung.

»*Sie*«, verbesserte ihn White. »Die zuständigen Stellen sind selbstverständlich informiert. Wir haben jeden einzelnen von Barkows Männern rund um die Uhr beobachtet.«

Dorn lachte. »Und seelenruhig zugesehen, wie sie die halbe Stadt in die Luft gejagt und ein halbes Dutzend Leute umgebracht haben? Das glaube ich Ihnen nicht.«

»Ich gebe zu, daß es ein paar … unvorhergesehene Zwischenfälle gegeben hat«, sagte White. »Trotzdem haben wir die Situation im großen und ganzen im Griff. Meine Leute sind bereits auf dem Weg hierher. In einer Stunde ist der Spuk vorbei.«

»In einer Stunde«, prophezeite Dorn wütend, »sitzen Sie im Gefängnis. Und wenn ich Sie höchstpersönlich dorthin schleifen muß! Westmann! Verdammt noch mal. Wo sind Sie?« Er stieß sich mit einem Ruck von der Anrichte ab, steckte endlich seine Pistole ein und stürmte wütend aus dem Raum, wobei er immer wieder den Namen seines Assistenten schrie. White blickte ihm kopfschüttelnd nach, dann wandte er sich an Rebecca.

»Das war nicht besonders nett von Ihnen, meine Liebe«, sagte er. »Und auch nicht sehr klug.«

»Ich lege keinen Wert darauf, *nett* zu sein, antwortete Rebecca giftig. »Sie haben uns in diese Lage gebracht. Jetzt sehen Sie gefälligst auch zu, daß sie uns wieder herausholen!«

»Das versuche ich ja«, seufzte White, »Aber wenn Sie so weitermachen …« Er sprach nicht weiter, sondern sah Rebecca noch einen Moment vorwurfsvoll an, ehe er sich seufzend zu Stefan herumdrehte und gleichzeitig auf die Hintertür deutete. »Was war da los?«

Stefan zögerte mit der Antwort. White blickte ihn einen Moment lang nachdenklich an, dann drehte er sich auf dem Absatz um, ging zur Tür und schloß sie. »Sie können ganz offen reden«, sagte er. »Matt weiß über alles Bescheid. Er genießt mein volles Vertrauen.«

»So?« sagte Stefan. »Meins nicht.«

»Ich kann Sie verstehen, Stefan«, antwortete White. »Aber Sie täuschen sich. Matt war die ganze Zeit in Ihrer Nähe, weil ich es ihm befohlen habe. Um auf Sie aufzupassen.«

»Wie überaus großzügig«, sagte Rebecca böse. »Nachdem Sie uns diese Killer auf den Hals gehetzt haben, leihen Sie uns immerhin Ihren persönlichen Wachhund.«

»Ich sagte bereits, es tut mir leid!« White war nun doch kurz davor, die Beherrschung zu verlieren. »Die ganze Geschichte ist –«

»Ihnen über den Kopf gewachsen!« schlug Rebecca vor.

»– mir aus den Händen geglitten«, antwortete White. »Wollen Sie das hören? Gut, ich gebe es zu. Die Dinge haben sich anders entwickelt, als ich voraussehen konnte. Wollten Sie das hören? Gut! Jetzt haben Sie es gehört. Aber wenn wir schon einmal dabei sind: Sie sind nicht ganz unschuldig daran, meine Liebe.«

»Stimmt«, antwortete Rebecca. »Ich hätte Ihnen niemals vertrauen sollen.«

White nahm seinen rechten Arm aus der Schlinge und deutete mit der Handprothese auf Eva. »Nichts von alledem wäre passiert, wenn Sie sie nicht mitgenommen hätten. Ich war zwei Wochen ausgeschaltet, schon vergessen? Barkows Männer hätten Frankfurt nicht einmal *erreicht*, wenn ich nicht … anderweitig beschäftigt gewesen wäre.«

»Das reicht jetzt«, sagte Stefan. »Lassen Sie sie in Ruhe.«

White machte ein Gesicht, als wollte er tatsächlich sagen: »Aber ich habe nicht angefangen!« beließ es aber dann bei einem Schulterzucken und legte den rechten Arm wieder in die Schlinge. »Sie haben recht«, sagte er, »wir haben im Moment andere Probleme. Haben Sie noch saubere Kleider im Haus, oder war alles in der Tasche?«

»Wieso?« fragte Rebecca.

»Sie sehen ein bißchen mitgenommen aus«, antwortete White. »Ziehen Sie sich um, und machen Sie sich und das Kind ein wenig sauber. Wir wollen doch kein unnötiges Aufsehen erregen, oder?«

Rebecca schien gar nicht richtig zu verstehen, worauf er hinauswollte, aber Stefan sog ungläubig die Luft zwischen den Zähnen ein. »Sie glauben doch nicht im Ernst, daß wir hier herauskommen, oder?« fragte er. »Dorn hat wahrscheinlich schon eine Hundertschaft hierherbeordert. Was wollen Sie tun? Sich den Weg freischießen?«

»In gewissem Sinne habe ich das bereit getan«, antwortete White. Er klopfte auf die Jackentasche, aus der er das Handy geholt hatte. »Niemand wird hierherkommen, glauben Sie mir. Allerhöchstens, um diesen übereifrigen Polizisten zurückzupfeifen.« Er sah Rebecca an. »Bitte beeilen Sie sich. Der Wagen ist in ein paar Minuten hier.«

Rebecca funkelte ihn trotzig an, aber dann gewann ihre Vernunft doch die Oberhand. Mit einer wütenden Bewegung drehte sie sich um und stampfte aus dem Zimmer. Stefan und White folgten ihr bis in die Mischung aus ultramodernem Wohnzimmer und Büro, in der sie Robert, seinen Leibwächter und Dorn trafen. Dorn telefonierte – oder versuchte es zumindest. Der wütenden Art nach zu schließen, auf die er den Hörer auf die Gabel knallte, war es nicht sein erster Versuch.

»Haben Sie Schwierigkeiten, Herr Oberinspektor?« fragte White schadenfroh.

Dorn folgte Rebecca mit Blicken, bis sie am oberen Ende der Treppe verschwunden war, ehe er antwortete. »Die Leitung ist tot. Ich nehme nicht an, daß Sie etwas damit zu tun haben?«

»Natürlich nicht«, antwortete White. Er grinste immer noch, aber Stefan spürte, daß er unter diesem Grinsen beunruhigter war, als er zugeben wollte. Mit zwei schnellen Schritten war er neben Dorn, hob den Telefonhörer ab und lauschte einen Moment hinein.

»Glauben Sie, Sie können besser wählen als ich?« fragte Dorn.

»Das ist seltsam«, murmelte White. »Die Leitung scheint unterbrochen zu sein.« Er wirkte jetzt nicht mehr beunruhigt. Er hatte eindeutig Angst. Trotzdem grinste er plötzlich wieder. »Es scheint so, als hätte ich Glück.«

»Geben Sie mir Ihr Handy«, verlangte Dorn.

»Fällt mir nicht ein«, sagte White. Sein Blick irrte unstet durch den Raum, tastete über die Tür, die Treppe und für einen etwas längeren Moment über das Fenster. »Das Gerät ist Eigentum der US-Regierung. Ich darf es Ihnen gar nicht leihen.«

»Wenn Sie glauben, daß ich in der Stimmung für Ihre Albernheiten bin, täuschen Sie sich«, sagte Dorn. »Es ist mir egal, wer oder was Sie sind, Mister White. Betrachten Sie sich als vorläufig festgenommen.«

»Sehr witzig«, antwortete White. Er klang fast … abwesend, dachte Stefan. Irgend etwas beunruhigte ihn über die Maßen. Etwas, das seine volle Konzentration in Anspruch nahm. Sein Blick irrte immer nervöser durch den Raum. Er suchte etwas.

Stefan wandte verstohlen den Kopf und sah den zweiten Amerikaner an. Matt, wie White den Blonden genannt hatte, war noch immer totenbleich. Auf seiner Stirn und seiner Oberlippe perlte feiner Schweiß, und seine Augen blickten trüb. Trotzdem wirkte er ebenso konzentriert wie White und mindestens genauso angespannt. Irgend etwas stimmte hier nicht.

Stefan lauschte in sich hinein. Sofort empfing er Hunderte von unterschwelligen Informationen, die sein normales menschliches Bewußtsein bisher herausgefiltert hatte – von der fast unerträglichen Qual, die Matt im Moment ausstand, bis hin zu dem Wissen, was Robert am vergangenen Abend gegessen hatte. Aber mehr auch nicht. Wenn es hier irgendwie verborgene Gefahr gab, dann ließen ihn seine wölfischen Instinkte im Stich.

Aber das war unmöglich. Sonja und ihr Bruder waren nicht einmal in der Nähe. Er hätte es gespürt.

»Was muß ich tun, damit Sie mich ernst nehmen?« fragte Dorn spröde. »Sie mit der Waffe bedrohen?«

Er griff tatsächlich in die Manteltasche, als wollte er seine Waffe ziehen. Stefan sah aus den Augenwinkeln, wie sich Matt spannte, und auch Robert sog erschrocken die Luft ein. White versenkte von alledem unbeeindruckt die Hand in die Jackentasche, zog sein Handy hervor und klappte es auf.

»Es funktioniert nicht«, sagte er.

»Was soll das heißen?« Dorn riß ihm das Gerät praktisch aus der Hand, sah eine Sekunde stirnrunzelnd darauf und drückte anscheinend vollkommen wahllos auf die Knöpfe.

»Das ist sinnlos«, sagte White. »Es bekommt kein Signal.«

»Das kann doch kein Zufall sei«, murmelte Robert. »Was ist hier los?«

»Barkow«, sagte White leise.

Für ein paar Sekunden wurde es sehr still. Selbst Dorn starrte den Amerikaner nur an, und Stefan wußte plötzlich und mit unerschütterlicher Gewißheit, daß er recht hatte. Es war die einzige Erklärung, das einzige, was irgendwie Sinn machte.

Und es war letztendlich der Grund gewesen, aus dem Sonja und ihre Brüder hier aufgetaucht waren. Nicht, um das Kind zu holen – dieses Ziel hätten sie später und mit sehr viel weniger Risiko leichter erreichen können. Sie waren aus dem gleichen Grund hier, aus dem sie vorhin im Krankenhaus aufgetaucht waren: Nicht, um ihnen irgend etwas anzutun. Sondern um sie zu *beschützen*.

»Unsinn!« Dorn lachte. Es klang kein bißchen echt. »Das ist … Kinderkram. Und ich mache ihm jetzt ein Ende, verlassen Sie sich darauf.« Er legte das Handy auf den Tisch, ging an White vorbei und näherte sich der Tür. Er schüttelte unentwegt den Kopf und bemühte sich, ein möglichst abfälliges Gesicht zu machen, aber seine Körpersprache verriet ihn. Er war nicht einmal annähernd so davon überzeugt, daß Dorn Unsinn redete, wie er tat. Tief in sich zitterte er vor Angst.

»Ich würde das nicht tun«, sagte Stefan.

Dorn blieb stehen; entschieden zu schnell, wie Stefan fand. Das gekünstelte Lächeln auf seinen Zügen wurde noch breiter, aber er wirkte zugleich auch fast erleichtert. Letztendlich spielte er auch nur eine Rolle, und im Moment war er eindeutig ihr Gefangener. »Und warum?«

»Wo ist Ihr Assistent?« fragte Stefan. »Westmann?«

»Keine Ahnung«, antwortete Dorn.

»Er wollte nach draußen gehen«, sagte Robert. Er zuckte entschuldigend mit den Schultern. »Er wollte eine Zigarette, aber ich mag es nicht, wenn hier drinnen geraucht wird. Ich glaube, er ist vor der Tür.« Er runzelte die Stirn. »Aber das ist mindestens zehn Minuten her.«

Er sah zur Tür hin. Zwei, drei Sekunden lang rührte sich niemand, dann griff Roberts Bodyguard unter seine Jacke, zog seine Waffe und näherte sich der Haustür. Er bewegte sich sehr vorsichtig seitwärts und so, daß er nicht getroffen werden konnte, falls jemand durch die Tür schoß.

»Seien Sie vorsichtig«, sagte White.

Der Mann *war* vorsichtig. Er näherte sich der Tür weiter so, daß ihm das massive Mauerwerk daneben Deckung gab, streckte behutsam die linke Hand nach der Klinke aus, drückte sie herunter, zögerte noch einmal für die Dauer eines Atemzuges und riß die Tür dann mit einem Ruck auf.

Westmann stand mit verschränkten Armen gegen den Türrahmen gelehnt da. Er hatte tatsächlich geraucht. Zwischen seinen Lippen klebte noch der heruntergebrannte Stummel einer Filterzigarette. Sein Kopf war nach vorne gesunken, und Stefan konnte sogar erkennen, daß etwas von seiner Zigarettenasche auf das Revers seines Seidenanzuges gefallen war und ein Loch hineingebrannt hatte.

Stefan glaubte allerdings nicht, daß das seinen Anzug noch verderben würde. Er war rot und schwer von dem Blut, das aus seiner durchgeschnittenen Kehle gequollen war.

»Großer Gott!« flüsterte Robert. »Das kann doch … nicht sein!«

Er machte einen einzelnen stockenden Schritt an Stefan vorbei, blieb stehen und tat dann einen zweiten, entschlosseneren Schritt.

»*Zurück!*« brüllte Dorn.

Alles schien gleichzeitig zu geschehen. Der Leibwächter warf sich mit einem Satz auf die andere Seite der Tür und schmetterte sie zu. Dorn ergriff Robert mit beiden Händen an den Schultern und riß ihn mit solcher Gewalt zurück, daß er das Gleichgewicht verlor und hinfiel, und etwas wie ein sanfter Faustschlag traf die Tür, stanzte genau in Kopfhöhe ein Loch hinein und überschüttete Stefan und White mit einem Hagel mikroskopisch feiner, heißer Holzsplitter, ehe es einen Bilderrahmen auf der anderen Seite des Raumes zerschmetterte.

Stefan prallte entsetzt zurück, während White beinahe gelassen einen halben Schritt zur Seite trat. Er sah ein bißchen überrascht aus, fand Stefan, aber kein bißchen beunruhigt.

Dem ersten Schuß folgte kein zweiter, aber das Durcheinander, das für einen Moment ausbrach, hätte auch nicht größer sein können, wenn Barkows Leute mit einem Granatwerfer durch die offene Tür geschossen hätten. Robert wimmerte erschrocken; in hohen, fast hysterischen Tönen, als wäre er getroffen worden, und begann auf Händen und Knien von der Tür wegzukriechen. Der Leibwächter schob sich direkt an die Wand gepreßt vom Eingang fort, während Dorn immer wieder vor und zurück trat, wie eine kaputte Aufziehpuppe, die sich nicht entscheiden konnte, in welche Richtung sie gehen sollte. Und auch White verlor endlich einen Teil seiner schon fast unnatürlichen Gelassenheit, machte einen weiteren, etwas schnelleren Schritt zur Seite und drehte sich zu seinem Begleiter um.

»Matt! Nach hinten!«

Der Blonde verschwand, schnell und ohne ein Wort. Noch während er sich umdrehte, zog er seine Waffe aus der Manteltasche; mit der linken Hand, aber kein bißchen ungeschickt. Von Rechts wegen hätte er vor Schmerzen halb wahnsinnig sein müssen, aber er beherrschte sich auf eine Art, wie Stefan sie sonst nur von den Hauptdarstellern amerikanischer Action-Filme kannte. White suchte seine Leute offenbar wirklich sehr sorgfältig aus. Stefan bedauerte zutiefst, daß Robert bei der Auswahl seiner Leibwächter nicht ebenso gründlich gewesen war. Der Mann an der Tür war mutig, aber nicht besonders geschickt. Hätte es der Schütze draußen ernst gemeint, hätte er ihn spielend erwischen können – ebenso wie Robert übrigens, und auch ihn selbst. Sie hatten alle drei mehrere Sekunden lang vollkommen deckungslos dagestanden. Für einen Mann mit einem Zielfernrohr und einer ruhigen Hand geradezu eine Einladung, sich ein passendes Ziel auszusuchen. Der Schuß durch die Tür war eine Warnung gewesen; vielleicht nicht so drastisch wie das, was sie mit Westmann gemacht hatten, aber ebenso unmißverständlich.

Erst in diesem Moment wurde Stefan klar, wie absurd dieser Gedanke war. Er stand hier und philosophierte in aller Ruhe über die Qualität von Roberts und Whites Leibwächtern, während draußen vermutlich ein halbes Dutzend verrückter Russen durch das Gebüsch kroch und auf sie zielte, falls sie nicht gleich einen Mörser oder eine Panzerabwehrrakete in Stellung brachten!

Dorns Gedanken schienen sich in ähnlichen Bahnen zu bewegen, denn er hörte endlich auf, sich unentwegt vor und zurück zu bewegen und schrie ihn an: »Von der Tür weg, verdammt noch mal! Wollen Sie sich eine Kugel einfangen?«

Stefan trat gehorsam ein paar Schritte zur Seite, wodurch er zwar nicht mehr unmittelbar hinter der Tür stand, aber dafür nun halb vor dem großen Fenster, das auf dem Zwischenraum zwischen der Tür und dem Garagenanbau hinausführte. Als er seinen Fehler begriff, trat er ohne Hast zurück. Er erschrak nicht einmal. Irgend etwas sagte ihm, daß ihn die Männer dort draußen nicht töten wollten.

Noch nicht.

»Verdammte Scheiße!« sagte Dorn mit Nachdruck. »Was bilden sich diese Idioten da draußen ein, wo wir sind? In Kasachstan?« Er drehte sich mit einem Ruck zu Robert herum, der noch immer auf Händen und Knien dahockte und vor Schrecken wimmerte, und fuhr ihn an: »Verdammt noch mal, halten Sie endlich den Mund!«

Robert verstummte mit einem fast komisch klingenden Japsen und starrte abwechselnd ihn und Stefan an. Oben im ersten Stock fiel eine Tür ins Schloß, und Stefan hörte hastige Schritte, die die Treppe herunterpolterten.

»Bleib oben!« rief er. »Und geh vom Fenster weg!«

Rebeccas Schritte brachen ab und entfernten sich dann ebenso schnell wieder. Sie sagte kein Wort. Offenbar war Stefan nicht der einzige, der in einem Crashkurs gelernt hatte, mit lebensgefährlichen Situationen umzugehen. White zog überrascht die linke Augenbraue hoch, aber er sagte nichts dazu.

»Danke«, sagte Dorn. Er fuhr sich nervös mit der linken Hand über das Kinn. Seine Ruhe und Selbstbeherrschung war wie weggeblasen, und Stefan war nicht sicher, ob sie wieder zurückkehren würde. Vielleicht hatte er Dorn falsch eingeschätzt. Vielleicht hatte sich Dorn bisher *selbst* falsch eingeschätzt. »Verdammt, wo kommen die Kerle so plötzlich her?«

»Fragen Sie das im Ernst?« wollte White wissen. Dorn starrte ihn nur an, und White fuhr fast im Plauderton fort: »Sie haben sie hierhergeführt. Und das wissen Sie genau.«

»Unsinn«, fauchte Dorn.

»Sie waren ihre einzige Spur«, fuhr White gelassen fort. Stefan lauschte vergeblich auf irgendeinen Unterton von Vorwurf oder auch nur Häme in seiner Stimme. Er stellte einfach nur die Tatsachen fest. »Ich an Barkow juniors Stelle hätte es jedenfalls so gemacht. Sie mußten nur *Sie* beobachten. Früher oder später mußten Sie sie hierherführen.«

»Und wer sagt, daß sie nicht *Ihnen* gefolgt sind?« fragte Dorn.

»Dann hätten sie früher zugeschlagen«, erwiderte White ruhig. »Oder glauben Sie wirklich, sie hätten abgewartet, bis die halbe Frankfurter Polizei hier auftaucht, um die Sache spannender zu gestalten?«

»Hört auf!« sagte Stefan scharf.

White grinste ihn nur an, aber Dorn blickte eine

Sekunde lang ausdruckslos in seine Richtung, dann nickte er. »Sie haben recht«, sagte er. »Wir müssen irgendwo Hilfe rufen. Gibt es noch mehr Telefone im Haus?«

»Ein Dutzend«, antwortete Robert, und White fügte hinzu: »... die garantiert alle tot sind!« Er schüttelte heftig den Kopf. »Vergessen Sie's. Die Kerle haben sogar daran gedacht, die Frequenz meines Handys zu stören. Glauben Sie wirklich, sie haben nicht jede Leitung gekappt, die aus diesem Haus herausführt? Wir müssen schon sehen, wie wir allein klarkommen.«

Stefan wandte sich an Robert. Sein Schwager war mittlerweile wenigstens aufgestanden, aber er wirkte immer noch wie das sprichwörtliche Häufchen Elend. Stefan hatte sich seit zehn Jahren nichts sehnlicher gewünscht, als seinen Schwager am Boden zu sehen, aber jetzt empfand er nichts. Nicht einmal Verachtung. »Was ist mit deinem Handy?« fragte er. »Du sammelst die Dinger doch, oder?«

»Eins war im BMW«, antwortete Robert. »Das andere ist in meinem Aktenkoffer. Draußen im Wagen.« Er hob in einer hilflosen Geste die Hände. »Ich wußte ja nicht ...«

»Jetzt geratet nicht in Panik«, sagte White. »Noch sind sie nicht hier drinnen. Und in einem Punkt gebe ich Ihnen recht, Herr Dorn: Wir sind hier nicht in Kasachstan. Sie werden es nicht wagen, schwere Waffen einzusetzen oder das Haus mit großem Hurra zu stürmen. Das würde zuviel Aufsehen erregen.« Er sah auf die Uhr. »Was glauben Sie? Wann werden Ihre Kollegen im Präsidium merken, daß irgend etwas nicht stimmt?«

»Keine Ahnung«, antwortete Dorn. »Nicht vor einer Stunde. Und vielleicht nicht einmal dann.«

»Wunderbar!« sagte Robert schrill. »Das heißt, wir sind so gut wie tot! Wir können nur hier herumstehen und darauf warten, daß sie die Tür aufbrechen und uns die Kehlen durchschneiden!« Er fuhr mit einer plötzlichen Bewegung herum. Seine Stimme wurde noch schriller, als er sich an den Security-Mann wandte; noch eine Nuance davon entfernt, wirklich zu schreien. »Wieso, zum Teufel, stehen Sie da so herum? Tun Sie etwas für Ihr Geld, verdammt!«

»Und was?« fragte White ruhig. »Soll er hinausgehen und sich erschießen lassen?« Er brachte Roberts Protest schon im Ansatz zum Schweigen und wandte sich seinerseits an den Leibwächter: »Haben Sie Erfahrungen in solchen Situationen?«

Der Mann schüttelte den Kopf. »Nur theoretisch. Aber wir müssen uns alle dreißig Minuten in der Zentrale melden. Wenn der Kontrollruf ausbleibt, schicken sie einen Wagen.« Er sah auf die Uhr. »In ungefähr zwanzig Minuten, schätze ich.«

»So viel Zeit werden sie uns nicht lassen«, sagte White.

Stefan hatte mittlerweile beinahe Schwierigkeiten, dem Gespräch noch zu folgen. Das Benehmen Whites und der anderen kam ihm fast absurd vor – sie standen da und unterhielten sich, als hätten sie gerade die vorletzte Folge einer Soap-Opera gesehen und diskutierten das mögliche Ende, während ein paar Meter entfernt ein halbes Dutzend Berufskiller in genau diesem Moment ihr *wirkliches* Ende vorbereiteten!

Aber auch seine eigene Reaktion verwirrte ihn immer mehr. Er lauschte in sich hinein und spürte … nichts. Er hatte nicht die Spur von Angst. Tief in sich, vielleicht auf einer Ebene noch weit jenseits seines Unterbewußtseins, war etwas; etwas Düsteres, Altes und unvorstellbar Fremdes. Er gestattete ihm nicht, zu erwachen. Er hatte nichts mit dieser Situation zu tun. Die Bedrohung durch Barkows Männer war real und tödlich ernst, aber vielleicht hatte er sich von der Welt des Realen und Greifbaren einfach schon zu weit entfernt, um sich noch durch irgend etwas daraus wirklich beeindrucken zu lassen. Je mehr Robert und Dorn in Panik gerieten, desto ruhiger schien er selbst zu werden. Die Gefahr dort draußen interessierte ihn nicht. Nicht wirklich. »Ich sehe nach Rebecca und der Kleinen«, sagte er. »Ich bin gleich zurück.«

»Schon gut«, sagte White lächelnd. »Wir warten auf Sie.«

Dorn runzelte die Stirn, und Stefan zog es vor, seine Reaktion auf Whites Worte nicht abzuwarten, sondern sich umzudrehen und die Treppe hinaufzueilen.

Rebecca hatte seinen Rat natürlich nicht befolgt, sondern stand am Fenster und sah auf die Zufahrt hinaus. Sie drehte sich nicht einmal zu ihm um, als er hereinkam. Wahrscheinlich hatte sie schon gewußt, wer vor der Tür stand, bevor er sie geöffnet hatte.

»Siehst du sie?« fragte er.

»Dort drüben, im Wagen.« Rebecca deutete über die Straße, als er neben sie trat. Der Wagen parkte genau gegenüber des Tores, gerade ein Stück außerhalb des Lichtscheines, der von Roberts Grundstück herunterfiel. Selbst für seine schärfer gewordenen Augen waren die Gestalten darin nur als Schatten zu erkennen. Er zählte zwei, war aber nicht ganz sicher, ob sich noch mehr auf der hinteren Sitzbank befanden.

»Dort ist noch einer.« Rebecca wies auf die Schatten neben dem Tor. Als Stefans Blick ihrer Geste folgte, erkannte er im ersten Moment nichts; dann, als hätte es ihrer Geste bedurft, um seine Sinneswahrnehmungen noch einmal zu steigern, identifizierte er einen Umriß, der hinter den Büschen kauerte.

»Sie sind auf der Jagd«, murmelte Rebecca. Sie benutzte dieses Wort ganz automatisch, und Stefan fühlte es auch. Der Wagen, aber auch die Gestalt neben dem Tor, strahlten Gewalt aus wie eine summende elektrische Ladung. Sie hatten sie – sah man von Westmann ab – vielleicht noch nicht ausgeübt, aber sie waren bereit dazu. Sie gierten geradezu danach.

Während er dastand und in die Dunkelheit hinausblickte, machte er eine vollkommen neue Erfahrung. Auch vorhin, draußen, als er den Wölfen gegenübergestanden hatte, hatte er die Gewalt gespürt, aber es war eine Kraft von vollkommen anderer Qualität gewesen: Der kompromißlose Wille, zu überleben, immer und unter allen Umständen, und ganz egal, welche Opfer es kosten würde, aber trotzdem *defensiv*. Was er bei den Russen spürte – so deutlich wie ein übler Geruch, den sie verströmten –, das war etwas vollkommen anderes. Es war ... *böse*. Die gleiche, rücksichtslose Entschlossenheit, aber zu einem vollkommen anderen Zweck benutzt. *Mißbraucht*.

»Du weißt, daß Sonja recht hat«, sagte er nach einer Weile. Wie vorhin formulierte er die Worte im Grunde nur, ohne sie wirklich auszusprechen, und wie vorhin verstand Rebecca sie trotzdem. Stefan fragte sich, ob sie sich später vielleicht wirklich telepathisch verständigen würde. Später? Wenn *was* geschehen war?

Sie antwortete nicht, aber das allein war schon Antwort genug. Stefan warf noch einen letzten Blick zu den Schatten neben dem Tor und den Wagen auf der anderen Straßenseite – nichts rührte sich –, dann drehte er sich um und sah zu Eva hin. Er hatte gehofft, daß sie schlafen würde, aber sie saß stocksteif aufgerichtet auf dem Bett und blickte abwechselnd und sehr aufmerksam ihn und Rebecca an. Er wußte jetzt, daß sie jedes Wort verstand.

»Aber ich kann nicht ohne sie leben«, sagte Rebecca schließlich doch. »Ich ... ich *kann nicht*, Stefan, versteh das doch.«

Natürlich verstand er sie. Er *wußte*, daß es so war. Und sie wußte, daß es gleichzeitig so war, wie er gesagt hatte. Eva konnte nicht bei ihnen leben; nicht bei ihnen, und schon gar nicht in ihrer Weit. Es war eine ausweglose Situation. Um so mehr, als er auch zugleich ahnte, daß sie auch nicht in *ihrer* Welt leben konnten.

»Da kommt jemand«, sagte Rebecca plötzlich.

Stefan drehte sich wieder zum Fenster um. Die hintere Tür des Wagens war aufgegangen, und eine schlanke Gestalt stieg heraus. Die beiden Schemen auf den anderen Sitzen waren immer noch da.

Der Mann schloß die Wagentür hinter sich – vermutlich sehr leise, um keinen unnötigen Lärm zu machen, der irgendwelche Nachbarn alarmieren mochte –, drehte sich um und kam mit langsamen Schritten über die Straße.

»Du bleibst hier«, sagte er. »Ganz egal, was passiert, geh nicht aus dem Zimmer. Paß auf Eva auf.«

Er verließ das Zimmer, ohne ihre Antwort abzuwarten, und eilte die Treppe hinab. Unten schien keine Zeit vergangen zu sein. Dorn und White standen noch immer da und debattierten miteinander, und Robert schien noch blasser geworden zu sein.

»Jemand kommt«, sagte er. »Einer von Barkows Männern.«

Er deutete auf die Tür. Robert fuhr erschrocken zusammen, und auch Dorn hatte sich nicht gut genug in der Gewalt, um seine Waffe nicht ein wenig höher zu heben und damit auf die geschlossene Tür zu zielen. Einzig White reagierte so schnell und richtig, wie Stefan es erwartet hatte: Er wandte sich zur Tür um, dirigierte Roberts Leibwächter mit einer Geste so, daß er im toten Winkel dahinter stehen würde, wenn sie aufging, und machte gleichzeitig mit seiner künstlichen Hand eine Bewegung in Stefans Richtung. »Bleiben Sie dort!«

Stefan blieb auf der vorletzten Stufe stehen. Er war hellwach. Alle seine Sinne waren bis zu Zerreißen angespannt, aber er war äußerlich noch immer ganz ruhig.

White drehte den Türknauf, zog die Tür einen Spaltbreit auf und griff dann in die Manteltasche, um seine Waffe zu ziehen. Erst danach streckte er die künstliche Hand erneut nach der Tür aus und öffnete sie ganz. Stefan blieb gehorsam auf der vorletzten Stufe stehen; ganz instinktiv so, daß er sehen konnte, was im Bereich vor der Tür geschah, ohne sofort selbst gesehen werden zu können.

Der Mann, der draußen erschienen war, hatte ungefähr seine Größe und war von kräftiger Statur. Er hatte die Hände halb erhoben und nach vorne gestreckt, um zu zeigen, daß er unbewaffnet war. Stefan suchte vergeblich auf seinem Gesicht nach einer Spur von Furcht oder auch nur Nervosität. Er schien hundertprozentig sicher zu sein, daß ihm nichts passieren konnte.

White selbst redete ihn in russischer Sprache an. Eine halbe Sekunde lang wirkte der Mann überrascht und aus dem Konzept gebracht, dann antwortete er in derselben Sprache. Er machte eine heftige Geste mit der linken Hand, auf die White mit einem Kopfnicken reagierte. Dann drehte er sich halb herum und sagte: »Die Typen haben zu viele John-Wayne-Filme gesehen.«

»Und was genau soll das bedeuten?« fragte Dorn gepreßt.

White lachte leise und deutete mit seiner Handprothese auf Stefan. »Sie wollen ihn und seine Frau. Wenn die beiden innerhalb von fünf Minuten herauskommen, lassen sie uns am Leben.«

»Wie zuvorkommend«, sagte Dorn nervös. »Und die Kerle glauben wirklich, wir opfern zwei von uns und sehen in aller Ruhe zu, wie sie sie abknallen?«

»Darf ich das als ein Nein interpretieren?« fragte White. Seine Stimme klang fast amüsiert. Ohne Dorns Antwort abzuwarten, sah er zu Stefan hoch, lächelte kalt und drehte sich dann zu Robert um. »Was meinen Sie?«

»Sind Sie wahnsinnig geworden?« keuchte Robert. »Ich opfere doch nicht meine Schwester!«

»Das dachte ich mir«, seufzte White. Er sagte irgend etwas auf russisch zu dem Söldner, worauf dieser mit einem abfälligen Lächeln und einem Kopfschütteln reagierte.

»Was hat er gesagt?« wollte Robert wissen.

Dorn wies auf den Security-Mann, der im toten Winkel hinter der Tür stand. Er war nervös, strahlte aber kaum Furcht aus. Die einzigen im Raum, deren Angst Stefan spürte, waren Robert und Dom. »Ich habe ihn gebeten, Ihren Mann gehen zu lassen.«

»Wie?« keuchte Robert. »Sind Sie verrückt?«

White fuhr mit einer ärgerlichen Bewegung herum. »Nein – aber Sie anscheinend! Der Junge hat nichts damit zu tun! Verlangen Sie im Ernst, daß er sich für zwanzig Mark die Stunde erschießen läßt?!«

»Ich bleibe hier«, sagte der Bodyguard.

»Sie lassen Sie sowieso nicht gehen«, seufzte White. Er zuckte die Achseln. »Aber einen Versuch war es wert. Also, was soll ich ihm sagen?«

»Er soll sich zum Teufel scheren!« sagte Robert.

»Ganz wie Sie meinen.« White nickte, drehte sich ohne Hast zu dem Russen herum und schoß ihm eine Kugel in den Kopf. Fast gelassen trat er zurück, warf die Tür zu und machte einen Schritt zur Seite.

Robert keuchte, und Dorn stieß einen Laut aus, der fast wie ein geflüsterter Schrei klang. »Sind Sie wahnsinnig?« keuchte er. »Jetzt –«

»– sind es nur noch fünf«, unterbrach ihn White ruhig. »Sie würden uns sowieso nicht am Leben lassen. Oder glauben Sie wirklich, daß sich diese Killer an ihr Wort gebunden fühlen?« Er lachte. Eine Sekunde später und wie um seine Behauptung zu beweisen, erschienen drei weitere, schwarz ausgefranste Löcher in der Haustür. Die Kugeln fuhren mit dumpfem Klatschen in die gegenüberliegende Wand, und ein weiteres Geschoß zertrümmerte das schmale Fenster neben der Tür. Dann wurde das Feuer wieder eingestellt. Die Russen hatten nicht die Hoffnung, wirklich jemanden zu treffen. Die Salve war eine wütende Antwort auf den Mord an ihrem Kameraden, mehr nicht.

White trat ohne die mindeste Hast aus der Diele heraus, gab dem Security-Mann einen Wink, ihm zu folgen, und schloß die Tür. »Macht eins zu null für die Gastgeber«, sagte er fröhlich. »Aufschlag für das Team Barkow.«

Das riesige Panoramafenster implodierte und fiel in einem Scherbenregen in sich zusammen, und aus Roberts Bar ergoß sich ein zweiter Wasserfall aus zerschmetterten Gläsern, Flaschen und spritzendem Alkohol. Roberts Behauptung, was das schußsichere Glas in seinen Scheiben anging, hatte wohl nicht ganz der Wahrheit entsprochen.

Robert begann hysterisch zu keuchen und rannte in Panik im Zimmer hin und her, bis Dorn ihn packte und unsanft in den toten Winkel unter dem Fenster stieß. White dirigierte den Security-Mann mit einer knappen Geste an das andere Fenster, drehte sich zu Stefan herum und warf ihm seine Waffe zu. Noch während Stefan sie auffing, griff er in die Manteltasche und zog eine zweite, großkalibrige Waffe hervor. Dann lief er geduckt an dem zerborstenen Fenster vorbei, preßte sich an die Wand daneben und sah vorsichtig hinaus.

Funken stoben aus dem Metallrahmen neben seinem Gesicht. White zog den Kopf zurück und fluchte.

»Sie verdammter Idiot!« schrie Dorn. »Warum haben Sie das getan! Jetzt werden sie sofort angreifen! Wir hätten Zeit gewinnen können!«

»Fünf Minuten.« White lachte abfällig. »Es hätte nichts genutzt.«

»Wenn wir sie lange genug aufhalten, bis –«

»Blödsinn!« unterbrach ihn White. »Was erwarten Sie eigentlich? Ein stundenlanges Feuergefecht? So etwas geht ganz schnell, glauben Sie mir. In einer Minute ist der Spuk vorbei.«

Eine weitere Kugel schrammte am Fensterrahmen neben seinem Gesicht entlang und zertrümmerte eine Vase auf der anderen Seite des Zimmers. White zog eine Grimasse, aber seine Stimme klang fast anerkennend. »Sie schießen gut.«

»Wahrscheinlich haben sie Zielfernrohre«, stammelte Robert. »Wir … wir werden alle sterben!«

»Wie ich die Kerle kenne, haben sie Nachtsichtgeräte und Infrarot-Zieleinrichtungen auf ihren Gewehren«, antwortete White fröhlich. »Also schwitzen Sie ein bißchen weniger vor Angst, sonst bieten Sie ein verdammt gutes Ziel.« Er streckte blitzschnell den Kopf aus dem Fenster und gab einen ungezielten Schuß ab. Es klang, als hätte er eine Kanone hier drinnen abgefeuert.

»Stefan!« befahl White. »Nach oben! Aber sparen Sie Munition! Es sind nur noch acht Schuß im Magazin!«

Stefan fuhr herum und rannte die Treppe hinauf, während White seine Waffe ein zweites Mal abfeuerte. Unter ihm schrie Dorn irgend etwas, das er nicht mehr verstand, dann erreichte er Rebeccas Zimmer und stellte voller Entsetzen fest, daß sie vollkommen deckungslos am Fenster stand und heraussah, als betrachte sie einen Faschingsumzug, nicht den Aufmarsch einer kleinen Armee, die gekommen war, um sie zu töten.

Mit zwei schnellen Schritten war er bei ihr, riß sie vom Fenster weg und preßte sie an die Wand daneben. »Bist du verrückt?« keuchte er. »Sie haben Nachtsichtgeräte!«

»Sie sind dort draußen«, sagte Rebecca.

»Natürlich sind sie das! Sie –« Erst dann verstand er, was Rebecca überhaupt gemeint hatte. Vorsichtig und mit klopfendem Herzen beugte er sich zur Seite und sah hinaus. Der Garten schien vollkommen ausgestorben zu sein. Nichts rührte sich. Er sah nur ein Durcheinander verschieden tiefer Schatten und ineinanderfließender Umrisse. Aber er *spürte*, was Rebecca meinte. Irgend etwas *war* dort draußen. Etwas, das sich so lautlos und geschickt bewegte, daß es selbst für seine viel schärfer gewordenen Augen unsichtbar blieb. Etwas, das *jagte*.

»Vielleicht erledigen sie die Russen«, murmelte er. *Und dann uns.* Matt hatte ihnen einen Bärendienst erwiesen, als er auf Sonja schoß. Sie hatten keine Unterstützung von ihr und ihren Brüdern zu erwarten. Im Gegenteil. Er an ihrer Stelle würde jetzt in aller Ruhe abwarten, bis die Russen die Schmutzarbeit für sie erledigt hatten, und dann das Kind holen und mit ihm verschwinden.

Drei, vier Sekunden lang erwog er ernsthaft die Möglichkeit, einfach abzuwarten, bis der Tanz unten losging, und dann zusammen mit Rebecca und Eva zu fliehen. Ihre Chancen, in dem ausbrechenden Durcheinander davonzukommen, standen vielleicht nicht gut, aber auf jeden Fall besser, als wenn sie hierblieben.

Er verwarf den Gedanken wieder. Selbst wenn sie den Russen entkamen, würden sie Sonja und ihrem Bruder in die Arme laufen. Und selbst, wenn das nicht geschah …

Stefan löste seinen Blick für einen Moment von der Straße und sah nach oben, in den Himmel, und zum Mond hinauf. Er spürte das Fremde, die verlockende, flüsternde Kraft, die von ihm ausging, wie eine unhörbare Stimme, die mit etwas tief unten in seinem Bewußtsein kommunizierte und ihm düstere Geschichten aus einer anderen, vollkommen fremden Welt erzählte, es gleichsam damit nährte und seine Kraft steigerte. Er wußte nicht, wie lange er ihm noch standhalten würde. Aber sehr lange würde es nicht mehr sein.

Und dann?

Er gestattete sich nicht, über die Antwort auf diese Frage nachzudenken, sondern griff nach dem Fensterriegel und öffnete einen der Flügel. Kalte Nachtluft und eine wahre Sturmflut verwirrender Gerüche und Geräusche stürmten auf ihn ein. Er spürte, daß ihn etwas beobachtete. Etwas, das vor Zorn und Wut bebte, trotzdem aber abwartete, weil es genau wußte, daß die Zeit auf seiner Seite war.

Unten im Haus fiel ein Schuß. Der Knall war selbst hier

oben noch unglaublich laut, und diesmal schien White besser gezielt zu haben, denn er sah, wie Funken aus der Karosserie des Wagens drüben auf der anderen Straßenseite stoben. Zwei lautlose, orangegelbe Blitze aus dem Inneren des Wagens antworteten auf den Schuß. Die Russen hatten offensichtlich Schalldämpfer auf ihre Waffen geschraubt. Trotzdem hätte allein der Lärm von Whites Waffe längst die Nachbarn alarmieren müssen. Wahrscheinlich verschwendete er auch seine Munition aus keinem anderen Grund.

»Sie kommen«, sagte er. Zwei, vielleicht drei Schatten bewegten sich geduckt und sehr schnell durch den Garten.

Menschliche Schatten. Er war sicher, daß White und die anderen unten im Haus sie nicht sahen.

Stefan hob seine Pistole, zielte auf einen der herausschleichenden Schemen und ließ die Hand dann wieder sinken. Er hatte noch niemals zuvor mit einer Pistole geschossen. Die Wahrscheinlichkeit, daß er traf, war ungefähr eins zu einer Million.

Statt seine Munition zu verschwenden und Barkows Männern damit auch noch seine Position zu verraten, trat er vom Fenster zurück und reichte Rebecca die Pistole.

»Ich gehe nach unten«, sagte er. »Bleib hier. Wenn Sonja oder ihr Bruder auftauchen, schieß ihnen in den Kopf.«

»Wie in den alten Zombie-Filmen?« fragte Rebecca. Sie versuchte zu lachen, aber sie war zu nervös dazu.

Stefan nickte. »Ich schätze, eine Kugel im Gehirn ist selbst für sie zuviel.«

Schnell, bevor Rebecca noch etwas antworten konnte, drehte er sich um und verließ das Zimmer. Unten herrschte mittlerweile Totenstille, aber er konnte die Anspannung der Männer wie etwas Körperliches fühlen, das ihm entgegenschlug. White stand noch immer an der gleichen Stelle wie zuvor, aber Dorn und der Bodyguard hatten strategisch günstigere Positionen im Raum eingenommen.

Robert hatte sich hinter die Couch geduckt und zitterte vor Angst, aber wenigstens hatte er aufgehört zu wimmern. Stefan konnte seinen Schweiß riechen, der nur aus Panik und Furcht zu bestehen schien, und für einen Moment mußte er mit aller Gewalt gegen den Impuls ankämpfen, sich einfach auf ihn zu stürzen und die Zähne in seinen Hals zu schlagen, sein warmes Blut zu schmecken und –.

Stefan schloß für eine Sekunde die Augen, ballte die Hände zu Fäusten und kämpfte mit aller Gewalt gegen die unheimlichen Empfindungen und Gefühle an, die aus seinem Inneren emporstiegen wie rote Lava aus dem Schlund eines Vulkans, der unversehens ausbrach, ebenso heiß und fast genauso unaufhaltsam.

Es gelang ihm. Der Wolf in ihm zog sich noch einmal zurück. Aber er hatte nicht das Gefühl, den Kampf wirklich gewonnen zu haben. Das Ding in ihm hatte ihn nicht angenommen, weil es nicht nötig war. Es brauchte nur abzuwarten.

»Sie kommen«, sagte er. »Drei Mann.«

White nickte nur. Dorn ergriff seine Pistole mit beiden Händen, und praktisch in der gleichen Sekunde zerbarst auch das zweite Fenster, und zwei dunkel gekleidete Gestalten hechteten ins Zimmer.

Durch das *andere* Fenster.

Stefan begriff – wie alle anderen – zu spät, daß die Salve auf das Fenster ein Ablenkungsmanöver gewesen war. Noch während sie den fliegenden Scherben zusahen, sprang einer der beiden Söldner auf die Füße, riß seine Maschinenpistole hoch und bestrich den Raum mit einer lang anhaltenden, hämmernden Salve. Der zweite sprang blitzartig hoch, rammte White den Ellbogen in die Kehle und schlug ihm, als er sich krümmte, den Lauf seiner Waffe in den Nacken.

Alles geschah unglaublich schnell. Es war wie White gesagt hatte: Es würde kein minutenlanges Feuergefecht geben, sondern einen einzigen, unvorstellbaren Ausbruch der Gewalt, der wie ein Feuersturm durch das Haus toben und nichts Lebendes zurücklassen würde. Dorn schrie auf und kippte zur Seite, während der Bodyguard verzweifelt vor der MPi-Salve davonzurollen versuchte, die hinter ihm Löcher in den Boden stanzte. Robert brüllte, und Stefan hörte allein am Ton seiner Stimme, daß er getroffen worden war. Praktisch gleichzeitig erschien eine weitere, dunkle Gestalt im Rahmen das gerade zerschossenen Fensters und trat hindurch.

Der Wolf in Stefan heulte schrill auf, und diesmal kam sein Angriff zu überraschend, als daß er ihm noch Widerstand leisten konnte. Er wollte es auch nicht. Mit einer einzigen kraftvollen Bewegung flankte er über das Treppengeländer, kam mit einer Rolle auf die Füße und stürzte sich auf den Söldner.

Der Mann war nicht annähernd so überrascht, wie er es gehofft hatte, sondern riß sofort seine Waffe in die Höhe. Ihr Lauf bohrte sich mit grausamer Wucht in Stefans Magen, aber der Schmerz, der ihm unter normalen Umständen wahrscheinlich das Bewußtsein geraubt hätte, war jetzt seltsam unwirklich. Er nahm ihm keine Kraft, sondern schien im Gegenteil plötzlich zu etwas zu werden, das er nehmen und umdrehen und in eine Woge von Wut und Zorn verwandeln konnte, die ihm neue Energie *gab*, statt ihn zu schwächen. Noch bevor der Söldner abdrücken konnte, riß er ihm mit der puren Wucht seines Ansturmes von den Füßen, entrang ihm die Waffe und stieß ihm den Kolben ins Gesicht. Der Mann kippte lautlos nach hinten.

Ein dumpfer Schlag traf seine Seite. Stefan taumelte, ließ die erbeutete Waffe fallen und starrte eine Sekunde lang verwirrt auf das Blut, das sein Hemd dunkel färbte. Er spürte überhaupt keinen Schmerz, aber als er einen Schritt machen wollte, wich alle Kraft aus seinen Beinen. Er sah auf die Knie herab, streckte die Arme nach vorne, um seinen Sturz irgendwie aufzufangen, und spürte schon vorher, daß auch darin keine Kraft mehr war. Hilflos stürzte er auf das Gesicht. Es tat sehr viel mehr weh als die Kugel, die er abbekommen hatte.

Aber das spielte keine Rolle mehr. Es war vorbei. In ein paar Sekunden würde er keine Schmerzen mehr fühlen. Obwohl er immer schneller auf eine dunkle Bewußtlosigkeit zuglitt, registrierte er doch jedes noch so winzige Detail rings um sich herum mit phantastischer Klarheit. Die Söldner hatten gewonnen; wie White prophezeit hatte, in deutlich *weniger* als einer Minute. White lag am Boden, hatte beide Hände um den Hals gekrampft und versuchte verzweifelt zu atmen. Robert wälzte sich brüllend über den Teppich und umklammerte sein Knie, das von einer fehlgeleiteten Kugel in einen Brei aus Blut, rotem Fleisch und Knochensplittern verwandelt worden war, und Dorn hockte auf den Knien und starrte auf seine linke Hand. Eine Kugel hatte ein sauberes Loch von der Größe eines Fünfmarkstücks hineingestanzt. Roberts gemieteter Bodyguard war tot. Stefan konnte ihn nur aus den Augenwinkeln sehen, aber er wußte, daß in der reglosen Gestalt kein Leben mehr war.

Aus.

Stefan spürte, daß er nicht tödlich getroffen worden war. Sein veränderter Metabolismus begann die Wunde bereits zu heilen, und die Regeneration vollzog sich mit phantastischer Schnelligkeit. Er konnte tatsächlich *fühlen*, wie sich sein Fleisch rund um den Schußkanal und die eingedrungene Kugel zu zersetzen und praktisch im gleichen Moment neu und unversehrt zu bilden begann. Wahrscheinlich würde er nur Minuten brauchen, um vollkommen wiederhergestellt zu sein.

Minuten, die er nicht hatte. Nicht einmal annähernd.

Einer der beiden Söldner ging mit gemächlichen Schritten um die Couch herum und richtete seine Waffe auf Robert, um seine Schreie endgültig zum Verstummen zu bringen, der andere nahm das leergeschossene Magazin aus seiner MPi und schob ein neues hinein. Stefan dachte flüchtig an Matt, war aber fast froh, daß er nicht hier war. Er würde nichts mehr ändern. Nur ein weiteres Opfer für die Russen.

Er versuchte sich zu bewegen, und wurde mit einer Explosion rasender Schmerzen in seiner Brust belohnt.

Ein einzelner Schuß fiel. Die Kugel verfehlte Roberts Gesicht und hinterließ nur einen blutenden Kratzer auf seiner Wange, und der Söldner schüttelte den Kopf und trat noch einen Schritt näher heran – und durch das zerborstene Fenster flog ein gigantischer, schwarzer Schatten herein und prallte gegen den Söldner mit der MPi.

Dem Mann blieb nicht einmal mehr Zeit für einen Schrei. Die Fänge des Wolfs gruben sich in seine Kehle, noch während die beiden ineinandergekrallten Gestalten zu Boden fielen, und rissen sie heraus. Stefan konnte frisches pulsierendes Blut riechen, und eine Woge von Todesgewißheit, die der Sterbende verströmte, und beides drang in ihm ein und nährte das gestaltlose *Ding* tief in seiner Seele. Der Wolf in ihm rührte sich noch nicht, aber er spürte, wie er an Kraft gewann, sich spannte. Wenn er das nächste Mal erwachte, dann, um nie wieder zu gehen.

Dafür war der andere, reale Wolf um so schneller. Der Russe, der es auf Robert abgesehen hatte, ließ blitzartig von seinem Opfer ab und wirbelte herum. Er konnte unmöglich gesehen haben, was hinter ihm vorging, aber er registrierte mit den Instinkten eines Kriegers die neuerliche Bedrohung, fuhr herum und riß gleichzeitig seine Waffe in die Höhe.

White schleuderte seine Pistole. Sie traf den Russen an der Hüfte, wahrscheinlich, ohne ihm wirklich weh zu tun, oder ihn gar zu verletzen, aber der Schlag brachte ihn aus dem Gleichgewicht. Der kurze, abgehackte Feuerstoß aus seiner MPi verfehlte den Wolf und stanzte statt dessen eine Reihe unregelmäßiger Löcher in die Lehne der Couch; und dann war das Monster auch schon über ihm.

Der Anprall des Wolfs schleuderte den Mann nach hinten. Er fiel unmittelbar neben Robert zu Boden, versuchte seine Waffe herumzureißen und brüllte vor Schmerz, als sich die Fänge des Wolfs tief in seinen Ellbogen gruben. Stefan konnte hören, wie die Knochen splitterten, und die Woge von Todesangst und Pein, die über ihm zusammenschlug, trieb ihn fast in den Wahnsinn. Er stemmte sich hoch, und diesmal konnte er sich bewegen.

Aber der Wolf brauchte keine Hilfe. Er biß dem Russen nicht etwa in den Arm – er biß ihn dicht unter dem Ellbogengelenk *ab*; genau, wie es der andere am Abend im Krankenhaus getan hatte. Es kam ihm nicht aufs Töten an, sondern nur darauf, seinen Gegner zu entwaffnen.

Die Schreie des Mannes verstummten. Er lebte noch, aber sein Gesicht war plötzlich starr wie das eines Toten, und der Blick seiner weit aufgerissenen Augen irrte ins Leere. Das Schicksal war grausam genug gewesen, ihn am Leben zu lassen, aber zugleich auch so barmherzig, ihn in einen Schockzustand zu versetzen, in dem er nichts mehr spürte. Wenigstens hoffte Stefan das.

Der Wolf bewegte sich knurrend ein Stück nach hinten. Er verzichtete darauf, seinem Opfer die Kehle durchzubeißen – er war nicht auf der Jagd, sondern verteidigte seine Sippe –, sondern sah sich nur rasch und sehr aufmerksam im Zimmer um, dann kam er langsam, aber ohne äußere Anzeichen von Feindseligkeit, auf Stefan zu. Seine beunruhigend menschlich wirkenden Augen maßen ihn mit einem Blick, der Stefans Angst augenblicklich besänftigte. Er hatte ihm verziehen. Trotz allem gehörten sie zusammen, ganz gleich, was auch geschah.

Dorn schrie plötzlich auf, griff mit der unverletzten

Hand nach seiner Pistole, die er fallen gelassen hatte, und versuchte auf den Wolf zu zielen. Stefan wollte ihm die Waffe aus der Hand schlagen, aber er hatte sich verschätzt: Sein Hieb ging ins Leere, und der Schwung seiner eigenen Bewegung ließ ihn stürzen. Sofort rollte er herum, ignorierte den pochenden Schmerz in seiner Seite und stemmte sich auf Hände und Knie hoch. In der Sekunde, die er abgelenkt gewesen war, hatte sich die Situation dramatisch verändert, Dorn lag auf dem Rücken, und die Wölfin hockte wie eine schwarze Chimäre auf seiner Brust, Ihre Fänge waren geöffnet. Blut und Speichel tropften auf Dorns Gesicht herab.

»Nicht bewegen!« keuchte Stefan. »Um Gottes willen, bewegen Sie sich nicht!«

Er bezweifelte, daß Dorn seine Worte überhaupt hörte. Der Polizist starrte den Wolf an, aber in seinen Augen flackerte etwas, das verdächtig an Wahnsinn grenzte. Er war gar nicht in der Lage, sich zu rühren.

Stefan setzte sich ganz auf, blieb jedoch, wo er war, und gestikulierte nur mit der Hand, um die Aufmerksamkeit der Wölfin zu erwecken.

»Nicht!« sagte er. »Töte ihn nicht! Er hat nichts damit zu tun!«

Die Wölfin hob langsam den Kopf und starrte ihn an. Stefan konnte den inneren Kampf, der hinter ihrer Stirn tobte, regelrecht sehen; das Ringen zwischen uralten Instinkten und einer Kraft, die vielleicht keine menschliche Vernunft war, aber ihr gleichkam, wenn auch auf eine vollkommen andere Art. Er wußte nicht einmal, ob Sonja seine Worte in dieser Gestalt überhaupt verstand oder ob sie für sie nicht ebenso sinnlos blieben wie das leise Knurren und Grollen der Wölfin umgekehrt für ihn.

Aber Worte waren auch nicht wichtig.

Nach Sekunden, die sich zu Ewigkeiten dehnten, senkte

der Wolf den Kopf wieder, berührte Doms Kehle fast zärtlich mit den Zähnen und biß hinein.

Die Berührung war sehr sacht; gerade, daß sie seine Haut ritzte, so daß ein einzelner Blutstropfen herausquoll. Dann richtete sich der Wolf auf, trat zurück und verschwand mit einem einzigen Satz aus dem Fenster.

Irgendwo, noch ein gutes Stück entfernt, aber näher kommend, heulte eine Sirene, aber im Haus war es fast unheimlich still geworden. Nichts rührte sich. Die keuchenden Atemzüge des Söldners waren verstummt, und selbst Robert hatte aufgehört zu wimmern. Es gab eine Ruhe *nach* dem Sturm, begriff Stefan, nicht so unheilschwanger und voller Bedrohung wie die davor, aber dafür voller tödlicher Gewißheit.

Er konzentrierte sich einen Moment lang auf das obere Geschoß. Auch dort herrschte – diesmal allerdings beruhigende – Stille. Dann kroch er auf Händen und Knien zu Dorn herüber und half ihm, sich aufzusetzen.

»Alles in Ordnung?« fragte er.

Dorn deutete ein Nicken an, das aber bestimmt nur ein Reflex auf seine Worte war, und hob die unverletzte Hand an die Kehle. Auf seinem Gesicht erschien ein Ausdruck unendlicher Verwirrung, als er das hellrote Blut betrachtete, das an seinen Fingerspitzen klebte.

»Was … was war das?« stammelte er.

»Glauben Sie an Werwölfe?« Stefan lachte bitter. »Wenn nicht, wäre jetzt vielleicht der richtige Moment, damit anzufangen.«

Dorn starrte ihn eine geschlagene Sekunde lang an. Seine Verwirrung wurde zu etwas, das schlimmer war und seinen Verstand wahrscheinlich bis an die Grenzen des Wahnsinns belastete, aber dann mußte wohl irgendein Schutzmechanismus in Kraft treten. Sein Blick wurde wieder klar.

»Mir fehlt nichts«, sagte er; allerdings nur, um seine Worte fast schon selbst zu relativieren. »Jedenfalls lebe ich noch.«

»Und damit das so bleibt, solltet ihr beiden besser die Köpfe unten behalten«, meldete sich White von der anderen Seite des Zimmers zu Wort. Seine Stimme klang fremd. Er quälte sich jedes Wort ab. Aber eigentlich, dachte Stefan, war es schon fast ein Wunder, daß ihm der Hieb des Russen nicht den Kehlkopf zerschmettert hatte. »Es ist nämlich noch nicht vorbei.«

Wie, um seinen Worten noch mehr Gewicht zu verleihen, fiel draußen auf der Straße ein einzelner Schuß, gefolgt von einem schrillen Jaulen. Stefan machte sich jedoch keine Sorgen. Die Russen würden das an sich Richtige tun und auf die Körper der Wölfe zielen, die viel leichter zu treffen waren. Bis sie begriffen, wie wenig das nützte, war es zu spät.

Das Sirenengeheul war mittlerweile deutlich näher gekommen, und dahinter glaubte er bereits ein zweites und drittes Martinshorn zu hören. Offensichtlich hatten die Nachbarn endlich reagiert und die Polizei gerufen. Stefan schätzte, daß der Wagen in längstens zwei oder drei Minuten hier sein mußte. Nicht mehr genug Zeit für die Russen, um einen zweiten Sturmangriff zu riskieren. Wenn Barkow auch nur einen Funken Verstand hatte, dann nahm er das, was von seinem Stoßtrupp noch übrig war, und machte, daß er wegkam.

»Bleiben Sie unten«, sagte er zu Dorn, erhob sich selbst auf Hände und Knie und kroch zum Fenster. Der Mann, den er hinausgestoßen hatte, war nicht mehr da. Vielleicht hatten die Wölfe ihn erwischt, wahrscheinlicher aber war, daß er das Bewußtsein zurückerlangt und sich in Sicherheit gebracht hatte. Stefan hofft es fast. Es waren schon entschieden zu viele gestorben.

Er warf noch einen letzten, sichernden Blick in den Garten hinaus, dann drehte er sich in der Hocke herum und huschte zu Robert hinüber. Sein Schwager hatte sich in Deckung der zerschossenen Ledercouch aufgesetzt und das rechte Bein gerade ausgestreckt. Er zitterte am ganzen Leib, und Stefan hätte nicht die Sinne eines Raubtiers gebraucht, um zu riechen, daß er die Hosen voll hatte. Der Gedanke bereitete ihm jetzt sowenig Vergnügen wie vorhin. Robert war so unwichtig geworden, daß er nicht einmal mehr Verachtung für ihn empfand.

»Ich sehe nach Matt«, verkündete White. »Irgendwas stimmt nicht. Er hätte längst hiersein müssen.«

Stefan hatte eine ziemlich konkrete Vorstellung davon, was mit Whites Mann ›nicht stimmte‹. Die Wölfe hatten ihn verschont, weil er zur Sippe gehörte, aber das galt nicht für Matt. Außerdem spürte er, daß hinter der Tür, auf die White deutete, nichts Lebendes mehr war.

Trotzdem nickte er. Während White geduckt und im Zickzack durch das Zimmer lief, ließ er sich neben Robert vollends auf die Knie fallen, sah sich eine halbe Sekunde lang suchend um und öffnete schließlich Roberts Gürtelschnalle. Sein Schwager stöhnte vor Schmerz, versuchte aber trotzdem nicht, seine Hände abzuwehren, sondern half ihm im Gegenteil, den Gürtel herauszuziehen, was Stefan für einen Moment mit einem absurden Gefühl von Enttäuschung erfüllte.

Trotz allem wäre es ihm lieber gewesen, wenn sich Robert endgültig in einen wimmernden Feigling verwandelt hätte.

So gut es ging, band er Roberts Bein mit Hilfe des Gürtels ab. Die Wunde blutete weiter, aber nicht mehr annähernd so stark wie bisher. Robert würde wahrscheinlich das Bein verlieren, aber überleben.

»Keine Sorge«, sagte er. »Du kommst durch. Die Kavallerie ist schon unterwegs – hörst du?«

Das Sirenengeräusch war jetzt ganz nahe; vielleicht

noch eine Minute entfernt, vielleicht weniger. Stefan spähte behutsam über die Lehne und sah, daß der Wagen der Russen noch immer auf der anderen Straßenseite stand. Wahrscheinlich waren sie zu Fuß geflohen.

Robert wimmerte wieder, diesmal aber nicht vor Schmerz. In seinen Augen flackerte schwarze Panik, als er Stefan anstarrte. »Was … was ist das? Was ist mit dir passiert?«

»Ich bin in Ordnung«, antwortete Stefan, aber Robert schüttelte heftig den Kopf. Seine Stimme wurde mit jedem Wort schriller.

»Du … du bist getroffen worden!« stammelte er. »Ich habe es genau gesehen.«

»Das war nur ein Streifschuß, und –«

»Und dein Gesicht!« keuchte Robert. »Es war zerschnitten! Ich habe es genau gesehen! Du bist in das Glas gefallen!« So schnell, daß Stefan der Bewegung nicht mehr ausweichen konnte, hob er die Hand und knallte die Fingernägel schmerzhaft über Stefans Wangen. »Da ist nichts!« kreischte er. »Nichts! Wer bist du?!«

Stefan schlug seine Hand zur Seite. Natürlich war der Schnitt in seiner Wange verschwunden. Er hatte ihn längst vergessen.

Robert jedoch nicht. Er sabberte immer heftiger, und Stefan roch, daß er sich vor lauter Angst nun auch noch vollpinkelte. Sein Schwager war dabei, buchstäblich vor Angst verrückt zu werden.

»Was bist du?« wimmerte Robert immer wieder. »Was … was ist hier los? *Was bist du?*«

»Beruhige dich«, sagte Stefan. »Ich erkläre dir alles. Später. Jetzt sorgen wir erst einmal dafür, daß du am Leben bleibst.«

Es war eine Lüge. Es würde kein Später für sie geben; wenigstens nicht für Rebecca und ihn. Aber jetzt war nicht die Zeit, Robert etwas zu erklären, das er selbst noch nicht verstand. Und auch nicht verstehen *wollte*. Er beugte sich vor, um Roberts Bein in eine bequeme Position zu legen, aber Robert stieß seine Hände mit einem Schrei zur Seite und kroch ungeschickt ein kleines Stück zurück, obwohl ihm die Bewegung zweifellos große Schmerzen bereiten mußte.

»Rühr mich nicht an!« schrie er. *»Rühr mich nicht an, du Ungeheuer!«*

Stefan versuchte nicht noch einmal, ihn zu berühren. Er konnte seinen Schwager durchaus verstehen. Robert war auf dem Weg, den Verstand zu verlieren. Was immer er auch tun mochte, würde es nur schlimmer machen.

»Reiß dich zusammen«, sagte er nur. »Der Krankenwagen muß bald da sein.«

Robert stammelte irgend etwas, aber Stefan hörte gar nicht mehr hin, sondern hob vorsichtig den Kopf und spähte durch das zerborstene Fenster hinaus. Das Sirenengeheul erklang jetzt aus unmittelbarer Nähe. Blaue Lichtreflexe huschten über die nasse Straße, nur einen Moment später gefolgt vom grellen Licht eines Scheinwerferpaares, das sich auf den Wagen vor dem Tor richtete. Der Polizeiwagen hielt mit kreischenden Reifen zehn oder zwölf Meter vom Wagen der Söldner entfernt.

Im nächsten Sekundenbruchteil explodierte er.

Stefan glaubte einen rot-weißen Blitz zu sehen, der aus dem hinteren Fenster des Wagens der Russen stach, und im buchstäblich gleichen Augenblick verwandelte sich der Streifenwagen in eine sich öffnende Blüte aus weißer Glut und waberndem rotem Feuer. Brennende Trümmerstücke flogen in alle Richtungen. Die Druck- und Hitzewelle war selbst hier im Haus noch deutlich zu fühlen.

Stefan duckte sich mit einer halben Sekunde Verspätung hinter die Couch. Die Glasreste in den Fensterrahmen klirrten hörbar. Trümmerstücke prasselten wie brennender Hagel in den Garten und auf das Dach über ihren Köpfen, und draußen begannen mindestens drei oder vier Autoalarmanlagen zu randalieren.

»Um Gottes willen!« kreischte Robert. »Was ist da los?!«

Stefan konnte nicht antworten. Er war vollkommen schockiert. Er hatte mit allem gerechnet – aber nicht damit, daß Barkow und seine Männer so wahnsinnig sein könnten, hier einen regelrechten *Krieg* anzufangen. Und das bedeutete in letzter Konsequenz nichts anderes, als –.

Stefan weigerte sich, den Gedanken zu Ende zu denken, aber schon in der nächsten Sekunde stieß Dorn am Fenster ein entsetztes Keuchen aus, und er hob fast gegen seinen Willen den Kopf und sah ebenfalls nach draußen.

Das Bild, das sich ihm bot, ließ ihn für eine Sekunde erstarren.

Der Polizeiwagen brannte lichterloh und warf zuckende rote und weiße Lichtreflexe in die Nacht, die die Schatten zu bizarrem Leben erweckten und Stefan die Tränen in die Augen trieben. Der Wagen der Russen war zu einem flackernden Schemen dahinter geworden, dessen Umrisse sich in der Glut wie in leuchtender Säure aufzulösen schienen. Trotzdem konnte er erkennen, daß die Tür auf der Beifahrerseite offenstand. Eine schlanke Gestalt war aus dem Wagen gestiegen, die nun mit langsamen Schritten um das Feuer herumging; so nahe, daß er sich fragte, wie sie die ungeheure Hitze aushalten konnte. Wie der Wagen war auch sie nur als Schemen zu erkennen. Dennoch sah Stefan, daß sie ein klobiges, gut meterlanges Rohr über der Schulter trug.

Die Erkenntnis dessen, was er da sah, und das grelle Aufblitzen tief im Inneren des Rohres kamen praktisch gleichzeitig; und im Bruchteil einer Sekunde, bevor Dorn mit überschnappender Stimme: *»Hinlegen!«* schrie und sich gleichzeitig zur Seite fallen ließ.

Auch Stefan warf sich zu Boden, rollte herum und sah

einen verschwommenen Schatten auf einem Feuerstrahl über sich dahinrasen.

Die Rakete heulte durch das Zimmer, schlug glatt durch die Rückwand und detonierte in dem Zimmer dahinter.

Die Wirkung war verheerend.

Ein ungeheurer Donnerschlag erschütterte das Haus bis in seine Grundfesten. Die gesamte Wand brach auseinander und überschüttete das Zimmer mit einem Regen aus Trümmern, Flammen, brennendem Papier und purer Hitze. Jedes einzelne Glas im Raum zerbarst. Die Druckwelle warf die Möbel durcheinander und ließ Stefan, Robert und den toten Söldner haltlos über den Boden schlittern. Lärm und Hitze waren unbeschreiblich. Stefan schrie vor Schmerz, riß schützend die Hände über das Gesicht und verlor beinahe das Bewußtsein, als er mit brutaler Wucht gegen die Wand unter dem Fenster geschmettert wurde. Glühend heiße Steintrümmer trafen ihn an Kopf und Brustkorb, und er sah, daß auch Robert mehrmals getroffen wurde und sich seine Lippen bewegten, aber der Schrei selbst ging im Tosen der Explosion unter, das immer noch weiter anhielt.

Eine Gestalt in einem brennenden Mantel taumelte aus dem Qualm hervor. White. Er schrie gellend, besaß aber trotzdem noch genügend Geistesgegenwart, um wenigstens zu versuchen, sich aus dem brennenden Kleidungsstück zu schälen. Seine Verletzung behinderte ihn jedoch zu sehr. Die Flammen, die anfangs nur aus dem Rücken seines Mantels geschlagen hatten, ergriffen jetzt seinen linken Arm und züngelten bereits an der Schulter hinauf und nach seinem Gesicht.

Stefan taumelte auf die Füße, sprang auf White zu und griff mit beiden Händen nach seinem Mantel. Der Stoff zerriß wie Papier. Stefan fühlte nicht einmal wirklichen Widerstand, sondern riß das Kleidungsstück einfach herunter, schleuderte die brennenden Fetzen zur Seite und zerrte White dann hastig in Deckung.

»Was ist passiert?« stieß er hervor. »Sind Sie schwer verletzt? Wo ist Matt?«

White schüttelte den Kopf, was wahrscheinlich zugleich Antwort auf alle drei Fragen war: Er wußte es nicht, er war nicht schwer verletzt, und sein Begleiter war mit Sicherheit nicht mehr am Leben. Die Antwort, die er Stefan einen Augenblick später laut gab, wurde vom Hämmern einer MPi-Salve verschluckt. Die Geschosse prasselten wie Regen auf die Trümmer und die brennenden Möbelstücke ringsum, aber keines kam ihnen auch nur nahe.

»Eines muß man den Kerlen lassen.« White fuhr sich mit dem Handrücken über das Gesicht, um das Blut fortzuwischen. Seine linke Wange war übel verbrannt. »Sie sind verdammt hartnäckig.«

Wieder wurde ein kurzer, abgehackter Feuerstoß aus einer automatischen Waffe abgegeben, und diesmal hämmerten die Geschosse direkt über ihnen in die Wand und den Fensterrahmen. White zog den Kopf ein.

»Sie schießen sich ein«, sagte er und zog eine Grimasse. »Wo ist meine Waffe?« Er griff nach unten; erst dann schien er sich daran zu erinnern, daß sein Mantel in Stücke gerissen und über das halbe Zimmer verteilt war. Er warf sogar einen sehnsüchtigen Blick in die entsprechende Richtung, aber Stefan schüttelte den Kopf.

»Versuchen Sie es lieber nicht«, sagte er. »Die perforieren Sie.«

White lachte. »Der Arzt hat mir viel frische Luft verschrieben. Aber ich glaube nicht, daß er es so gemeint hat.«

Stefan warf einen besorgten Blick in die Runde. Aus dem Raum hinter der zerborstenen Wand fiel flackernder Feuerschein, und auch rings um sie herum brannte es; meist nur kleine, flackernde Feuernester, die sich aber rasch ausbreiten würden, wenn man sie nicht löschte.

»Wo bleiben Ihre Freunde?« fragte White.

»Die Polizei?« Stefan schüttelte den Kopf. »Wozu? Die Kerle würden sie auch umbringen.«

»Die meine ich auch nicht«, antwortete White.

Stefan starrte ihn wütend an. »Das sind nicht meine *Freunde*!« sagte er scharf. »Und Sie sollten lieber hoffen, daß Sie sie nicht noch einmal wiedersehen. Haben Sie immer noch nicht begriffen, was hier passiert?«

»Doch«, antwortete White, plötzlich wieder sehr ernst. »Aber ich weigere mich einfach, es zu kapieren.«

Eine weitere MPi-Salve unterbrach ihr Gespräch, Stefan hatte das sichere Gefühl, daß der Schütze sehr viel näher gekommen war. Sie brauchten eine Waffe!

»Wieviel Munition haben Sie noch?« fragte er, an Dorn gewandt.

»Zuwenig«, antwortete der Polizist. »Ich –«

Ein einzelner Schuß fiel. Zwei Zentimeter neben Dorns Gesicht flog der Fensterrahmen in Stücke und spickte seine Wange mit Splittern, und Dorn zog hastig den Kopf ein und duckte sich.

Oben im Haus zerbrach Glas, und einen Augenblick später hörte er Rebecca schreien.

Alles andere wurde unwichtig. Stefan sprang auf die Füße, wirbelte herum und raste mit Riesensätzen auf die Treppe zu. White schrie irgend etwas, und die Maschinenpistole hämmerte wieder los. Kugeln pfiffen an ihm vorbei, bohrten sich in den Fußboden zu seinen Füßen und fuhren in die Wand hinter ihm; irgend etwas zupfte an seinem Arm. Vielleicht wurde er sogar getroffen. Es spielte keine Rolle. Im Zickzack näherte er sich der Treppe, hetzte, immer drei Stufen zugleich überspringend, hinauf und raste auf das Gästezimmer zu. Rebecca schrie nicht mehr, aber durch die geschlossene Tür drangen jetzt die Geräusche eines wütenden Kampfes.

Stefan rannte noch schneller, sprengte die Tür mit der Schulter auf und stürmte hindurch.

Der Schwung seiner eigenen Bewegung riß ihn vorwärts, Er taumelte, halb in die Trümmer der zerborstenen Tür verheddert, gegen das Bett, fing den begonnenen Sturz ungeschickt ab und wirbelte herum.

Und die Welt wurde zu einem Alptraum.

Eva lag auf dem breiten Bett. Sie sah unendlich klein und verloren aus. Ihre Augen waren weit geöffnet, aber sie war trotzdem nicht wach. Ihr Genick war gebrochen.

Im allerersten Moment konnte er Rebecca nirgendwo entdecken. Aber der Kampflärm hielt an: ein wütendes Knurren und Geifern, das Bersten von Glas und dumpfe Schläge und Hiebe und ein fürchterliches Reißen und Gurgeln, das durch die offene Badezimmertür drang. Stefan stolperte in diese Richtung, prallte gegen den Türrahmen und sah ein unentwirrbares Toben von Schatten vor sich. Klebriger Blutgeruch schlug ihm wie eine nasse, warme Hand entgegen. Er tastete blind um sich, brauchte eine endlose, quälende Sekunde, um den Lichtschalter zu finden, und betätigte ihn. Weißes Neonlicht flackerte zweimal unter der Decke und erfüllte den Raum dann mit schattenloser Helligkeit. Aus dem Alptraum wurde etwas anderes, namenlos Schlimmeres.

Rebecca war halbwegs in die Duschkabine gestürzt. Die gläserne Trennwand war zerborsten, und das weiße Porzellan war voller Blut.

Ein riesiger, schneeweißer Wolf stand über ihr, hatte seine Zähne in ihre Schulter gegraben und schüttelte sie so wild, daß ihre Glieder hin und her flogen. Wenn sie sich überhaupt gewehrt hatte, so hatte sie ihren Widerstand längst aufgegeben. Trotzdem ließ der Wolf nicht von ihr ab. Rebecca blutete aus mehr als einem halben Dutzend furchtbaren Wunden, aber das weiße Ungeheuer biß immer und immer wieder zu.

Unten im Haus fielen Schüsse, dann gellten Schreie auf, drei, vier Stimmen, die durcheinanderbrüllten. Irgend etwas explodierte, und der Lärm riß Stefan endlich aus seiner Erstarrung. Mit einem gewaltigen Satz warf er sich vor, riß den Wolf von seinem Opfer herunter. Das Tier jaulte schrill, zweifellos mehr vor Überraschung als vor Schmerz, und Stefan riß es mit noch größerer Kraft in die Höhe und herum und schmetterte es mit furchtbarer Gewalt gegen die geflieste Wand neben der Tür. Der Wolf sank winselnd in sich zusammen, und Stefan fuhr auf der Stelle wieder herum und beugte sich über Rebecca.

Sie war herumgerollt, als er den Wolf von ihr heruntergezerrt hatte, und lag mit dem Gesicht nach unten in der Duschtasse, in der sich hellrotgefärbtes Wasser angesammelt hatte. Nicht viel; vielleicht drei oder vier Zentimeter, aber mehr als genug zum Ertrinken, wenn man bewußtlos war und versuchte, Wasser zu atmen.

Stefan ergriff sie bei den Schultern und zerrte sie so hastig herum, daß sie mit dem Kopf gegen die Metallkante der Duschabtrennung stieß und das Glas einen weiteren Sprung bekam.

Sie gab keinen Laut von sich, auch nicht, als Stefan sie erneut bei den Schultern ergriff und so heftig schüttelte, daß ihr Kopf hin und her rollte.

Sie war tot.

Der Wolf hatte ihr die Kehle durchgebissen.

Stefan schrie gellend auf, riß sie an den Schultern in die Höhe und preßte sie mit aller Kraft an sich, so fest, daß es ihr den Atem abgeschnürt hätte – hätte sie noch geatmet. Immer wieder schrie er ihren Namen. Er wußte, daß sie nicht mehr antworten konnte, nie mehr. Die Unsterblichkeit hatte nicht sehr lange gewährt. Rebeccas Blut lief klebrig und warm an seiner Brust herab, aber der Körper, den er in den Armen hielt, begann bereits zu erkalten. Trotzdem konnte er nicht aufhören, ihren Namen zu rufen, immer und immer und immer wieder, und er wartete darauf, daß sie im nächsten Moment die Augen öffnen und einen ersten, schweren Atemzug tun würde.

Aber das geschah nicht. Ihr Tod war endgültig.

Statt dessen hörte Stefan plötzlich ein drohendes Knurren, und als er sich umdrehte, blickte er genau ins Gesicht des weißen Wolfs. Sein Fell war besudelt mit Rebeccas Blut, und in seinen Augen glitzerte eine spöttische Herausforderung.

Der Wolf sprang ihn an. In der Enge des kleinen Badezimmers hatte er nicht die Möglichkeit, richtig Schwung zu holen, so daß er Stefan mehr umschubste, als er ihn stieß, aber andererseits hatte Stefan auch kaum den Platz, sich zu wehren. Er prallte gegen den Badewannenrand, brachte es irgendwie fertig, nicht hinzufallen – was wohl sein sicherer Tod gewesen wäre – und stolperte, rückwärts gehend, vor dem Wolf davon. Es war ihm gelungen, einen Arm zwischen sich und die Bestie zu schieben. Die andere Hand krallte er, so fest er konnte, in das weiße Fell des Wolfs und versuchte so, die schnappenden Kiefer von sich fernzuhalten.

Seine Kräfte reichten nicht. Die Zähne der Bestie näherten sich seiner Kehle, langsam, mit kleinen, fast mechanisch wirkenden Rucken, aber auch unaufhaltsam. Beinahe – nicht ganz, aber eben doch *beinahe* – war er sogar sicher, daß der Wolf längst nicht seine ganzen Kräfte entfesselte, sondern nur einen Bruchteil, genug, um immer ein ganz kleines bißchen stärker zu sein als er, ganz egal, wie verzweifelt er sich auch gegen ihn wehrte, und aus keinem anderen Grund als dem, das grausame Spiel noch weiter in die Länge zu ziehen, ihn immer wieder mit der verzweifelten Hoffnung auf einen Sieg zu erfüllen, um ihn dann um so härter zu treffen.

Die Zähne der Bestie schnappten einen Zentimeter vor seinem Gesicht zusammen; dann so dicht, daß er spüren konnte, wie sie über seine Haut schrammten und blutige

Kratzer hinterließen. Der Schmerz war nichts, ein Witz gegen das, was er vorher erlitten hatte, und doch wirkte er ungleich stärker.

Etwas in ihm schrie auf. Der Wolf in ihm erwachte endgültig, stemmte sich gegen seine von der Säure des Kummers zerfressenen Ketten und sprengte sie mit einem einzigen, wütenden Aufbäumen. Er war frei. Das Ding von der anderen Seite hatte die Drehtür endgültig durchschritten und erhob sein häßliches Haupt zu einem triumphierenden Gebrüll, und Stefan wußte mit unerschütterlicher Sicherheit, daß es nie wieder gehen würde. Er hatte nicht die Spur einer Chance, es wieder in die dunklen Abgründe seiner Seele zu verbannen, aus denen es hervorgekrochen war, denn es war mit einem Mal stärker als er.

Es spielte keine Rolle, denn das Monster, das ihn vernichten würde, erfüllte ihn zugleich auch mit Kraft, dem kompromißlosen, brutalen Willen zu siegen, ganz egal um welchen Preis, und das allein zählte. Was danach kam, war egal. Sein Leben war vorbei. Nach seiner Menschlichkeit hatten sie ihm nun auch noch die Frau genommen, die er liebte, und sein Kind. Wahrscheinlich würde er sterben, oder zumindest zu etwas werden, das nicht mehr viel mit dem gemein hatte, was er bisher gewesen war; aber wenn er sein Ziel erreichte, dann war ihm das diesen Preis wert.

Rache.

Sie hatten ihn belogen. Sie hatten ihm alles genommen, was er besaß, bis hin zu seiner Menschlichkeit, und dafür würden sie bezahlen!

Mit einem einzigen, zornigen Ruck stieß er den Wolf von seiner Kehle weg, riß ihn gleichzeitig in die Höhe und auf die Hinterläufe, und drehte ihn herum. Der Wolf stieß ein überraschtes Jaulen aus; für eine oder zwei Sekunden war er verwirrt; und als er begriff, was mit seinem vermeintlich hilflosen Opfer geschehen war, war es zu spät. Stefan stand plötzlich hinter ihm, hatte die Arme um seinen Hals geschlungen und zerrte seinen Kopf mit aller Kraft zurück.

Der Wolf heulte. Selbst in dieser ungünstigen Stellung, auf die Hinterläufe aufgerichtet und mit seinem Gegner hinter sich, war er noch stärker als Stefan. Er begann zu toben, warf sich wie wild hin und her und versuchte, den Kopf so weit zu drehen, daß er Stefan ins Gesicht beißen konnte.

Stefan verdoppelte seine Anstrengungen, die tobende Bestie zu halten. Er ergriff sein linkes Handgelenk mit der rechten und drückte mit aller Gewalt zu, aber seine Kraft reichte einfach nicht, um den Wolf zu erwürgen, oder ihm gar das Genick zu brechen.

Dafür wehrte sich der weiße Wolf immer verbissener. Seine schnappenden Kiefer kamen Stefans Gesicht immer näher. Er konnte den Kopf nicht weit genug drehen, um Stefans Kehle zu erreichen, aber das war auch nicht nötig. Ganz egal wo, wenn er ihn erwischte, war es aus.

Als hätte er seine Gedanken gelesen, verstärkte der Wolf seine Anstrengungen noch. Stefan wurde nach hinten getrieben und prallte so schmerzhaft mit den Nieren gegen die Kante des Waschbeckens, daß ihm vor Schmerz übel wurde. Für den Bruchteil einer Sekunde lockerte sich sein Griff, und der Wolf nutzte diese Chance gnadenlos. Er bäumte sich abermals auf, warf sich herum und drehte den Kopf in einem unmöglich erscheinenden Winkel nach hinten. Seine Zähne schnappten zu und rissen Stefans Wange auf. Sein linkes Auge erlosch, und der Geruch seines eigenen Blutes trieb ihn fast in den Wahnsinn

Trotzdem lockerte er seinen Griff nicht. Er sackte hilflos an der Kante des Waschbeckens entlang zu Boden, spürte, wie sie schmerzhaft an seinen Rippen entlangschrammte, klammerte sich aber trotzdem weiter mit aller Gewalt an die weiße Bestie. Zugleich stemmte er das rechte Knie gegen das Rückgrat des Wolfs, um es zu brechen.

Es gelang ihm nicht, aber er hatte wenigstens die Befriedigung, das Ungeheuer vor Schmerz heulen zu hören. Er brach weiter in die Knie. Auch sein rechtes Auge sah jetzt fast nichts mehr. Sein eigenes Blut floß in Strömen über sein Gesicht und machte ihn fast blind. Aber er ließ immer noch nicht los. Wenn er seinen Würgegriff um den Hals des Wolfs auch nur für eine Sekunde lockerte, war er verloren. Die Bestie wehrte sich noch immer mit aller Kraft, und wenn es ihr gelang, sich loszureißen, war es aus. In dieser Gestalt war der Wolf einfach viel stärker als er.

Wieder biß der Wolf zu. Diesmal erwischten seine Fänge Stefans Hals. Es tat nicht einmal besonders weh, aber er spürte, wie sich der warme Strom verstärkte, der über seine Schulter und seine Brust floß. Er betete, daß der Wolf nicht die Schlagader erwischt hatte. Die Wunde mochte heilen, aber seine phantastische Regenerationsfähigkeit nützte ihm nichts, wenn er verblutete. Und der Wolf würde kaum abwarten, bis er sich weit genug erholt hatte, um zu kämpfen. Er mußte den Kampf entscheiden. Jetzt.

Abermals bäumte sich der Wolf in seinem Griff auf. Stefans rechte Hand verlor den Halt und rutschte ab. Der Wolf war frei, und Stefan griff in einem Akt purer Verzweiflung mit beiden Händen in sein Fell, warf sich herum und schmetterte ihm den Schädel mit aller Gewalt gegen die Kante des Waschbeckens.

Die Zähne des Ungeheuers splitterten. Der Wolf heulte schrill, und aus seinem wütenden Toben und Aufbegehren wurde plötzlich ein hilfloses Zucken. Seine Hinterläufe traten aus und trafen Stefan mit der Kraft von Fausthieben gegen Brust und Unterleib, aber das spürte er kaum. Er schlug den Schädel des Wolfs ein zweites Mal gegen das Waschbecken und dann noch einmal und noch einmal, immer und immer wieder, bis die Bewegungen des Tieres endlich erlahmten und dann ganz aufhörten. Es war in einer Art Raserei, einem Blutrausch, der dem des Wolfs in nichts nachstand und der gar nicht aufhören *konnte*, bevor er gestillt war. Selbst, als die Beine des Wolfs längst aufgehört hatten zu zucken und sein jämmerliches Winseln endgültig verstummte, schmetterte er seinen Schädel noch drei-, vier-, fünfmal gegen die Kante des Waschbeckens, bis der Ausbruch jäher Wut so schnell verrauchte, wie er gekommen war, und mit ihm die Kraft, die ihn für einen Moment erfüllt hatte.

Vollkommen erschöpft brach er zusammen. Er hatte nicht einmal mehr die Kraft, seine Hände aus dem Fell des Wolfs zu lösen, so daß ihn das zusammenbrechende Tier mit sich riß und er mit der Stirn gegen die gleiche Porzellankante schlug, an der er gerade den Schädel des Tieres zerschmettert hatte.

Er verlor das Bewußtsein nicht ganz, aber doch so gut wie. Lange Zeit – in Wahrheit wahrscheinlich nur Minuten, für ihn aber eine subjektive Ewigkeit, in der er durch ein schwarzes Universum voller Pein und körperloser Qual glitt – war er nicht mehr ganz wach, aber auch nicht bewußtlos, sondern Gast in einer angsterfüllten Dimension des Zwielichts, in der sich der menschliche Teil seines Geistes aufzulösen drohte. Stefan kämpfte nicht einmal dagegen an. Vielleicht war es gut so. Vielleicht war das der bequemste Weg, und der mit am wenigsten Leiden verbundene: sich einfach in dieses graue Dämmerlicht hineinfallen zu lassen und darauf zu warten, daß sein Bewußtsein verging, wie Tau in den ersten Strahlen der Morgensonne. Er war so oder so verloren. Das Ding von der anderen Seite der Drehtür war frei, und es würde siegen, wenn er sich ihm zum Kampf stellte. Vielleicht war es gut so: allen Widerstand einfach aufgeben und darauf warten, daß es zu Ende ging, möglichst schnell und möglichst schmerzlos.

Doch plötzlich glaubte er, ein Geräusch zu hören. Nicht

den Lärm des Kampfes, der unten im Haus noch immer anhielt, sondern ein Laut, der in seiner unmittelbaren Nähe entstand. Wahrscheinlich war es der Wolf, der sich bereits von den Verletzungen erholte, die er ihm zugefügt hatte, aber es gab eine winzige, verzweifelte Chance, daß es nicht das Ungeheuer war, sondern Rebecca, daß sie doch nicht tot war, sondern sich zu erholen begann, und diese winzige, vollkommen unrealistische und aus nichts anderem als Verzweiflung geborene Hoffnung gab ihm noch einmal die Kraft, sich aus dem Sog der Bewußtlosigkeit zu befreien. Mühsam wälzte er sich vom Körper des toten Wolfs herunter. Alles drehte sich um ihn. Er fühlte sich unendlich schwach. Die Wunde an seinem Hals begann sich bereits zu schließen, aber das Leben pulsierte trotzdem noch immer in einem warmen Strom aus ihm heraus. Er mußte zu Rebecca. Wenn sie noch lebte – wenn sie *wieder* lebte –, brauchte sie seine Hilfe.

Mit einer unvorstellbaren, verzweifelten Anstrengung stemmte er sich auf Hände und Knie hoch, blinzelte das Blut aus seinem sehenden rechten Auge und kroch auf Rebecca zu.

White kam gute drei oder vier Minuten später nach oben gestürzt. Stefan hörte seine polternden Schritte schon, als er auf halber Höhe der Treppe war, aber er drehte sich nicht einmal zur Tür. Er wußte, wer kam. Whites Kennung eilte ihm voraus wie in roten Neonlettern geschrieben. Ebenso zweifelsfrei hätte er auch jeden anderen erkannt.

White stolperte ins Gästezimmer, blieb einen Moment stehen und sah sich wild um. Stefan spürte sein jähes Entsetzen, als er Eva auf dem Bett liegen sah, und die noch viel tiefere, bohrende Angst, die darunter heranwuchs. White spielte nur den Starken. Er spielte diese Rolle so perfekt und schon so lange, daß er selbst daran glaubte, aber tief in sich hatte er ebenso große Angst wie Robert, oder auch Dorn, und wahrscheinlich sogar mehr, denn er wußte ungleich besser, wie viele Grausamkeiten und Schrecken das Schicksal bereithalten konnte.

All das und noch viel, viel mehr, das zu beschreiben sein noch immer menschliches Vokabular einfach nicht ausreichte, spürte er im gleichen Augenblick, in dem White hereinkam. Er war nicht mehr auf Augen und Ohren angewiesen. Menschliche Sinne waren so arm. Er hätte blind und taub sein können und hätte trotzdem hundertmal mehr von seiner Umgebung wahrgenommen als noch vor einem Tag. Er machte sich noch immer nicht die Mühe, sich zu White umzudrehen, aber er wußte trotzdem über jeden seiner Schritte Bescheid, jede Bewegung, ja, selbst über den Ausdruck auf seinem Gesicht.

White stolperte ins Badezimmer, prallte ungeschickt gegen den Türrahmen und schrie: »*Stefan! Raus hier. Das Haus* … brennt.«

Die ersten Worte hatte er geschrien; das letzte nur noch geflüstert, in einem heiseren, entsetzten Ton, als hätte ihm seine Stimme einfach den Dienst versagt. Stefan drehte sich nun doch zu ihm um.

White war unter der Tür stehengeblieben. Er zitterte. Sein Blick irrte unstet zwischen Rebecca und dem toten Wolf hin und her, und für einen unendlichen Moment flackerte etwas darin, das Stefan an den beginnenden Wahnsinn in Roberts Augen erinnerte. Er wußte, daß White diesen Kampf gewinnen würde, aber der Gedanke beruhigte ihn auf eine sonderbare Art. Zeigte er doch, daß sich selbst White noch einen Rest von Menschlichkeit bewahrt hatte.

»Großer Gott!« flüsterte White. »Was …?«

Er kam näher, wozu er über den toten Wolf hinwegsteigen mußte. Er tat dies mit einem völlig übertrieben großen

Schritt, als hätte er Angst, sich zu besudeln, oder selbst Opfer des unheimlichen Fluches zu werden, wenn er den Kadaver berührte. Unsicher sah er immer wieder von dem toten Wolf zu Stefan und zurück.

»Haben … Sie das getan?« murmelte er.

Stefan nickte.

»Mit bloßen Händen?« White klang zutiefst erschüttert. Dann ging er neben Stefan in die Hocke und sah auf Rebecca herab, und der Ausdruck auf seinen Zügen wandelte sich in Betroffenheit. »Es tut mir leid«, flüsterte er. »Das wollte ich nicht, bitte glauben Sie mir.«

Er atmete hörbar ein, sah Stefan an und wartete offensichtlich darauf, eine Antwort zu bekommen. Aber Stefan schwieg. Nach einigen Sekunden löste er den Blick von Whites Gesicht und sah auf Rebecca herab. Er hatte ihre Augen geschlossen und sie halb auf die Seite gedreht. Er wollte nicht, daß White ihre Kehle sah.

»Wahrscheinlich ist es zuviel verlangt, wenn ich jetzt erwarte, daß Sie mir die Absolution erteilen«, sagte White nach einer Weile. »Ich kann verstehen, wenn Sie mich jetzt hassen.«

»Das tue ich nicht«, sagte Stefan. Er war weit jenseits davon, so etwas wie Haß überhaupt noch empfinden zu können. Haß war ein Gefühl, das in die Welt der Menschen gehörte, und von diesen entfernte er sich in jedem Moment weiter.

»Vielleicht sollten Sie es«, sagte White leise. »Meistens hilft es, wenn es jemanden gibt, dem man die Schuld geben kann. Es macht es nicht besser, aber es hilft, mit dem Schmerz fertig zu werden.« Er seufzte. »Wir müssen hier raus, Stefan. Das Haus brennt.

»Nein«, sagte Stefan.

White gab sich Mühe, seine Stimme so mitfühlend wie nur möglich klingen zu lassen, als er antwortete. »Das macht Ihre Frau nicht wieder lebendig«, sagte er. »Und das

Kind auch nicht. Glauben Sie mir, niemand hat etwas davon, wenn Sie auch noch sterben, Stefan.«

»Wer sagt, daß ich das will?« antwortete Stefan.

»Dann kommen Sie mit mir«, sagte White. »In zehn Minuten steht das gesamte Haus in Flammen.«

»So lange brauche ich nicht.« Stefan deutete auf den Wolf. Er war noch weit davon entfernt, genau zu verstehen, was mit und in ihm geschah, und vielleicht würde er das sogar niemals, aber er konnte bereits recht gut abschätzen, wie lange es dauerte. White hätte nicht mehr allzulange auf sich warten lassen dürfen.

»Wie meinen –« Whites Blick folgte seiner Geste. Seine Augen wurden groß, und seine Worte gingen in einem erstickten Keuchen unter. Der Wolf ... *bewegte sich*! Seine Tatzen zuckten, und sein zerschmetterter Schädel schien sich von innen heraus zu regen, als zerflössen die zerbrochenen Knochen zu etwas Weichem, Ungeformten, das sich neu bilden konnte.

»Aber das ... das kann doch nicht ...«, stammelte White. Dann fuhr er mit einem Ruck herum und starrte Stefan an. Seine Augen quollen ein Stück aus den Höhlen. »Es ist wahr!« flüsterte er. »Die Geschichten, die die Leute dort erzählt haben, sind –«

»Tun Sie nicht so!« unterbrach ihn Stefan kalt. »Sie haben es genau gewußt.«

»Aber das sind doch nur Legenden!« Whites Stimme wurde schrill. »Ein dummer Aberglaube! Es gibt keine Werwölfe, so wenig wie Geister oder Vampire!«

Stefan war nicht einmal sicher, daß es die beiden Letztgenannten nicht auch gab. Nein, er war sicher, *daß* es sie gab, in irgendeiner Weise. Er deutete auf den Wolf. »Sagen Sie ihm das.«

Der Wolf bewegte sich stärker. Seine Hinterläufe kratzten über den gefliesten Boden und verursachten ein Geräusch wie Messerklingen auf Glas, und sein zerschmetterter Schädel begann sich vor ihren Augen neu zu formen. Er atmete, ein hektisches, qualvolles Hecheln. Die Heilung verlief schnell, aber nicht schmerzlos.

White griff unter seine Jacke und zog seine Pistole. Beinahe schneller, als Stefan reagieren konnte, fuhr er herum und setzte die Waffe an den Hinterkopf des Wolfs.

Im buchstäblich allerletzten Moment schlug Stefan seinen Arm beiseite.

Der Schuß löste sich trotzdem, aber statt den Schädel des Wolfs zu zerschmettern, zertrümmerte er nur den Spiegel und stanzte ein faustgroßes Loch in die Wand dahinter.

»Nein!« sagte Stefan.

»Sind Sie verrückt!« keuchte White. »Dieses … dieses Ding hat Ihre Frau getötet!«

»Und er wird dafür bezahlen!« Stefan streckte fordernd die Hand aus. »Geben Sie mir Ihre Waffe.«

White zögerte einen Moment. Dann drehte er die Magnum herum und reichte sie ihm mit dem Griff voran. Stefan nahm die Waffe entgegen und kontrollierte die Trommel. White hatte nachgeladen. Nur eine einzige Patrone fehlte. Stefan klappte die Trommel zu, richtete den Lauf der Magnum auf White und fügte hinzu: »So wie alle anderen auch.«

White starrte die Waffe an. Stefan zweifelte nicht daran, daß er sie ihm spielend entreißen und ihn überwältigen konnte – oder zumindest glauben mußte, dazu in der Lage zu sein –, aber White rührte keinen Finger. Er blickte nur die Waffe an, dann ihn. Er wirkte ein bißchen enttäuscht, aber Stefan fühlte keine Angst. »Jetzt werden Sie mich also erschießen«, sagte er. Er zuckte mit den Schultern. »Irgendwann mußte es wohl einmal soweit kommen.«

»Das liegt ganz bei Ihnen«, sagte Stefan. Er stand auf, ging, ohne den Lauf der Magnum auch nur einen Millimeter von Whites Stirn wegzubewegen, um den Amerikaner herum und stellte sich breitbeinig über den Wolf.

Das Tier öffnete die Augen und starrte ihn an. In seinem Blick loderten Wut und Zorn, aber auch noch etwas; als wisse es, was nun kam.

»Sie haben mich belogen«, murmelte Stefan. Er war nicht einmal ganz sicher, wem die Worte galten. »Sie haben alles zerstört, was mir etwas bedeutet hat. Sie werden dafür bezahlen.«

Wie zur Antwort zog der Wolf die Lefzen zurück und knurrte. Er bewegte die Hinterläufe. Stefan sah auf White hinab. »Werden Sie mir dabei helfen, oder ziehen Sie es vor zu sterben?«

»Sie können mich nicht bedrohen, Stefan«, sagte White ernst. »Aber ich helfe Ihnen.«

»Gut.« Stefan beugte sich vor, setzte die Magnum dicht unterhalb des Schädels auf dem Rückgrat des Wolfs auf und drückte ab. Das Tier heulte schrill auf und lag dann still.

White keuchte. »Großer Gott! Warum … haben Sie das getan?« Er sprang halb auf die Füße und erstarrte dann auf halber Höhe in einer fast grotesken Haltung.

»Es wird ihn nicht umbringen«, antwortete Stefan. »Aber er wird eine Weile damit zu tun haben.«

»Aber … aber warum …?« White schüttelte ununterbrochen den Kopf und streckte den linken Arm aus, um sich am Rand der Duschabtrennung festzuhalten, als reiche seine Kraft nicht mehr, um allein in die Höhe zu kommen.

Stefan trat auf ihn zu. »Sie bleiben hier«, sagte er, während er White die Pistole reichte. »Wenn er zu sich kommt, wissen Sie, was Sie zu tun haben. Ich bin bald zurück.«

White antwortete nicht, sondern starrte weiter aus aufgerissenen Augen abwechselnd auf den reglosen Wolf und die Waffe in seiner Hand, als versuche er sich vergeblich daran zu erinnern, was er damit anfangen sollte. Stefan ging an ihm vorbei, ließ sich neben Rebecca auf die Knie sinken und nahm sie auf die Arme. Sie war ihm noch niemals so leicht vorgekommen wie jetzt.

Als er wieder das Gästezimmer betrat, fiel sein Blick auf das Bett. Eva lag immer noch dort; ihr Gesicht wirkte entspannt, als schliefe sie nur. Fast ohne zu wissen, was er tat, beugte er sich über das Bett und legte sich den kleinen, schlaffen Körper über die Schulter.

Hitze und flackerndes rotes Licht schlugen ihm entgegen, als er auf die Treppe hinaustrat. Die Luft war so voller Rauch, daß er kaum atmen konnte. Unter ihm schien Bewegung zu sein, aber er war nicht sicher, ob dort noch jemand war oder ihm das Feuer etwas vorgaukelte. Er hoffte, daß Dorn und Robert entkommen waren.

Das Wohnzimmer war bereits zur Hälfte ein Raub der Flammen geworden. Die ersten gierigen roten Finger griffen bereits nach der Treppe, aber Stefan trat einfach hindurch, ignorierte den kurzen, flüchtigen Schmerz und war mit zwei oder drei schnellen Schritten beim Fenster. Die Flammen folgten ihm, hieben wütend nach seinem Rücken und Rebeccas ungeschütztem Gesicht und schienen zu brüllen wie ein enttäuschtes Raubtier, das sich um seine Beute betrogen sah. So oder so, er wußte, daß sie ihm nichts anhaben konnten.

Trotzdem beschleunigte er seine Schritte, sprang durch das zerborstene Fenster in den Garten hinaus und huschte in die Deckung der Schatten draußen. Er lief so weit, bis er Gewißheit haben konnte, daß Rebecca sicher vor brennenden Trümmerstücken und Flammen aus dem Haus war, dann ließ er sie behutsam ins Gras gleiten und sank neben ihr auf die Knie. Unendlich sanft strich er mit den Fingerspitzen über ihr Gesicht, wie um ein letztes Mal Abschied zu nehmen. Dann legte er ihr das tote Kind in die Arme.

Er richtete sich auf, schloß die Augen und drehte sich

zur Straße herum. Der Wolf in ihm begann unruhig zu werden. Sie hatten ein Abkommen getroffen, vorhin, als er neben Rebecca gekniet und auf White gewartet hatte, und bisher hatte sich das *Ding* daran gehalten; es war ein Teil von ihm, etwas, das nicht nur seine innersten Geheimnisse kannte, sondern sein düsterstes Geheimnis *war*, und er konnte es nicht belügen. Aber nun wurde es ungeduldig. Es spürte die Gewalt, die diesen Ort beherrschte, und wollte töten.

Sollte es.

Der Gedanke war nicht *wie*, er *war* das Signal, auf das die Kreatur gewartet hatte. Etwas in Stefans Bewußtsein rastete spürbar ein, wie eine uralte, mechanische Verbindung, die noch niemals benutzt, aber voll funktionstüchtig war, und alles – änderte sich.

Stefan hatte sich gefragt, wie es sein würde, und er hatte mit seiner Vorstellung so sehr danebengelegen, wie es nur ging. Es war nicht etwa so, daß sein Bewußtsein erlosch oder er nicht mehr Herr seiner Sinne oder seines freien Willens wäre. Im Gegenteil, sein Bewußtsein und seine Wahrnehmungen erweiterten sich, schlagartig und in schier unvorstellbarem Maße, noch weit, unendlich weit über das hinaus, was er in den letzten Tagen erlebt hatte. Sinneswahrnehmungen und Eindrücke in niemals vorstellbarer Vielfalt strömten aus allen Richtungen zugleich auf ihn ein, aber er hatte jetzt keine Mühe mehr, sie zu deuten, oder zu entscheiden, was er damit anfangen sollte, körperlich war er noch immer ein Mensch, aber unter dieser so bedeutungslosen Hülle war er endgültig zum Wolf geworden.

Stefan bewegte sich ein paar Schritte in Richtung Straße, blieb wieder stehen und sah sich um. Das Heulen von sieben – nein, acht – verschiedenen Sirenen erfüllte die Luft, aber er wußte auch, daß selbst die allernächste noch mindestens fünf Minuten brauchen würde, um heranzukommen. Der Polizeiwagen brannte noch immer, doch die Glut tobte nicht mehr mit solcher Wut wie vorhin, so daß er den Wagen der Söldner dahinter mit Leichtigkeit ausmachen konnte. Zwei Männer saßen darin, nicht zu sehen, aber deutlich zu spüren. Die Anwesenheit eines dritten fühlte er nur ein halbes Dutzend Schritte links von sich. Es war keine Telepathie, aber eine so komplexe Vielfalt anderer, bisher zum Teil vollkommen unbekannter Wahrnehmungen und Gefühle, daß es ihr beinahe gleichkam. Der Mann war zutiefst verwirrt, aber auch alarmiert. Er hatte gesehen, wie Stefan mit Rebecca auf den Armen aus den Flammen getreten war, und nur aus purer Überraschung nicht geschossen. Jetzt fragte er sich, wohin sie verschwunden waren, und hielt aufmerksam nach ihnen Ausschau, den Finger am Abzug.

Stefan bewegte sich lautlos nach links, umging den Söldner in sieben oder acht Metern Abstand und näherte sich ihm von hinten. Der Söldner saß auf einem Knie hinter einem Busch, visierte das Haus an und blickte dabei durch ein Zielfernrohr, das beinahe größer als sein ganzes Gewehr war; wahrscheinlich eines der Nachtsichtgeräte, von denen White gesprochen hatte. Stefan näherte sich ihm vollkommen lautlos. Trotzdem mußte der Mann seine Anwesenheit irgendwie spüren, denn als er noch einen Meter entfernt war, fuhr er plötzlich herum und versuchte, seine Waffe in die Höhe zu reißen. Er war unglaublich schnell.

Aber erbärmlich langsam gegen das, was aus Stefan geworden war.

Stefan trat ihm das Gewehr aus der Hand, schleuderte ihn mit einem Hieb zu Boden und war über und auf ihm, noch ehe er wirklich begriff, wie ihm geschah. Es wäre ihm ein leichtes gewesen, ihn im Bruchteil einer Sekunde zu töten. Aber das hätte ihn nicht befriedigt. So ließ er dem Mann ausreichend Zeit, aus seinem Erschrecken Furcht und aus der Furcht Panik werden zu lassen, bevor er ihm mit einer einzigen, fast mühelosen Bewegung das Genick brach.

Sein Atem hatte sich nicht einmal beschleunigt, als er sich aufrichtete und sich wieder dem Umriß hinter dem brennenden Polizeiwagen zuwandte. Er spürte die beiden Männer darin so deutlich, als hätte er sie vor Augen. Wenn White die Wahrheit gesagt hatte, waren sie alles, was von Barkows Leuten geblieben war.

Er fragte sich, wieso die Russen nicht längst die Flucht ergriffen hatten. In wenigen Minuten bereits mußte es hier von Polizei nur so wimmeln. Barkows Chancen, mit halbwegs heiler Haut aus dieser Geschichte herauszukommen, sanken buchstäblich mit jeder Sekunde, die er blieb. Die einzig denkbare Erklärung war die, daß der Sohn des Söldnergenerals vor Haß so blind war, daß er nur noch seine Rache wollte und keine Rücksicht mehr auf sein eigenes oder das Leben seiner Männer nahm.

Stefan war es gleich; so gleich, wie es ihm auch gewesen wäre, wäre Barkow nicht mehr hier. Er hätte ihn gefunden, und wenn er sich am anderen Ende der Welt versteckt hätte.

Er wollte losgehen, überlegte es sich aber dann anders und bückte sich noch einmal, um die Waffe des toten Russen aufzuheben. Sie war schwer, und das aufgesetzte Nachtsichtgerät ließ sie noch klobiger und unhandlicher werden. Stefan versuchte zwei, drei Sekunden lang vergeblich, den Mechanismus zu ergründen, mit dem es an den Karabiner befestigt war, dann riß er es kurzerhand ab und lief los.

Daß er den simplen Mechanismus nicht durchschaut hatte, gefiel ihm nicht. Es schien, als müsse er für seine neugewonnenen Fähigkeiten bezahlen. Er war unglaublich stark, und er hatte die Reflexe und Schnelligkeit eines Raubtiers, aber dafür schien ihm das Verständnis für mechanische Zusammenhänge abhanden gekommen zu sein; und vielleicht auch noch für andere, wichtigere Dinge.

Im Moment waren seine wölfischen Instinkte aber auch alles, was er brauchte.

Er hatte die Umzäunung erreicht und blieb einen Moment stehen, um zu überlegen. Er hätte über den Zaun springen und direkt durch das brennende Wrack des Streifenwagens hindurchsprinten können, um über Barkow und seinen Begleiter herzufallen. Die Flammen konnten ihm nichts anhaben, wenn er schnell genug war, und die Überraschung wäre so total, daß wahrscheinlich sie allein ihm schon den Sieg garantierte. Trotzdem entschied er sich dagegen. Barkow durfte nicht erfahren, mit wem er es zu tun hatte. Noch nicht.

Stefan lief einige Schritte weit parallel am Zaun entlang, bis er aus dem Bereich heraus war, den die Flammen erhellten. Selbst kaum mehr als ein Schatten, überquerte er die Straße und näherte sich dem Wagen der Russen im Schutze der Dunkelheit und von der Rückseite. Wenn Barkow und sein Begleiter ebenfalls über Nachtsichtgeräte verfügten, würde ihm das kaum etwas nützen, aber er hoffte, daß sich ihre Aufmerksamkeit auf das brennende Haus und die andere Seite der Straße konzentrierte; die Richtung, aus der sich das Sirenengeheul näherte. Außerdem hätte er es gespürt, wenn sie ihn entdeckt hätten.

Bisher zumindest war dies noch nicht der Fall. Er fühlte die Anspannung der beiden Männer, und er konnte das Adrenalin in ihren Adern regelrecht schmecken, aber er war auch sicher, daß sie nichts von seiner Annäherung wußten.

Die Schatten reichten bis auf drei Meter an den Wagen heran. Den Rest zu überwinden war eine Kleinigkeit.

Stefan sprintete los, drehte im Laufen seine Waffe herum und schmetterte sie dem Mann auf dem Beifahrersitz durch die Scheibe hindurch ins Gesicht. Er schlug nicht mit ganzer Kraft zu, denn er wollte ihn nicht töten, aber der Hieb reichte trotzdem aus, den Mann halb besinnungslos in sich zusammensacken zu lassen. Stefan riß die Tür auf, zerrte den Mann mit einer Hand aus dem Wagen und schleuderte ihn so wuchtig weg, daß er drei oder vier Meter weit stolperte, ehe er hilflos zu Boden sank. Stefan hatte sich indessen bereits auf den Beifahrersitz geworfen und war mit Barkow beschäftigt.

Der Russe mußte vollkommen überrascht gewesen sein, aber er war trotzdem *schnell*. Seine Reaktionen und Bewegungen waren allerdings die eines Menschen, und somit wieder lächerlich langsam. Er versuchte nicht, das Gewehr herumzureißen, was ihm in der Enge des Wagens ohnehin kaum gelungen wäre, sondern ließ die Waffe einfach fallen und griff statt dessen nach der Pistole, die er im Gürtel trug. Er hatte die Bewegung nicht einmal halb zu Ende gebracht, als Stefan ihm den Lauf des Karabiners in das weiche Fleisch unter dem Kinn stieß.

Barkow erstarrte. Stefan fühlte keine Angst. Der Tod gehörte so sehr zum Leben dieser Männer, daß er seinen Schrecken für sie vielleicht schon verloren hatte. Vielleicht hatte Barkow ihn bei diesem Unternehmen nicht nur als mögliche Größe einkalkuliert, sondern sogar als *Gewißheit*; ein Selbstmordunternehmen, bei dem nur das Gelingen zählte, nicht das Überleben. Alles, was er von dem Russen empfing, war ein heftiges Gefühl von Enttäuschung.

»Sie sind Barkow«, sagte er. Es war keine Frage, sondern eine Feststellung. Er hatte diesen Mann schon einmal gesehen: in einer primitiven Blockhütte im Herzen von Bosnien-Herzegowina, verkleidet als verdreckten, zerlumpten, nach Knoblauch stinkenden Partisanen. Und obwohl der Mann nun in einem sauberen Anzug steckte, gewaschen und rasiert war, war sich Stefan sicher, daß es sich um dieselbe Person handelte.

Und auch die Verwandtschaft zu Barkow war für ihn unübersehbar. Damals, am Rande des Wolfsherzens, hatte er den übergewichtigen russischen Offizier, den sie getroffen hatten, nicht mit jener abgerissenen Gestalt in Verbindung gebracht. Doch er hatte damals bereits eine Vielzahl von Informationen und Identifikationsmerkmalen registriert und gespeichert, die er erst jetzt begriff. Die menschlichen Sinne waren viel schärfer, als ihre Besitzer auch nur ahnten, nur wußten sie mit den wenigsten Informationen, die sie ihnen vermittelten, etwas anzufangen. Es gab keinen Zweifel: Er saß neben Barkows Sohn.

Trotzdem stieß er den Gewehrlauf noch einmal und heftiger unter das Kinn des Mannes und sagte: »Antworten Sie! Sie sind Barkow!«

»*Da*«, stöhnte der Russe. Seine Stimme klang gepreßt, aber das mochte daran liegen, daß er den Kopf so weit in den Nacken gelegt hatte, wie er nur konnte, um vor dem Gewehrlauf zurückzuweichen. Stefan lockerte den Druck der Waffe ein wenig.

»Sprechen Sie Deutsch?« fragte er.

»Etwas«, keuchte Barkow. »Nicht … viel.«

»Dann hören Sie mir jetzt ganz genau zu«, sagte Stefan. »Ich werde das, was ich jetzt sage, nur ein einziges Mal sagen. Und wenn Sie irgendwelche Tricks versuchen, verteile ich Ihr Gehirn an der Wagendecke. Haben Sie das verstanden?«

Barkow deutete ein Nicken an.

»Gut«, sagte Stefan. »Ich weiß, warum Sie gekommen sind. Sie glauben, daß meine Frau und ich die Verantwortung für den Mord an Ihrem Vater tragen, und Sie sind hier, um uns zu töten.«

Barkows Hand bewegte sich millimeterweise an seinem Gürtel hinab, und tastete nach der Pistole. Stefan stieß ihm den Gewehrlauf so hart unter das Kinn, daß Barkow nicht nur hastig die Hand zurückzog, sondern auch verzweifelt nach Luft rang, und fuhr mit unveränderter Stimme fort: »Ich kann das verstehen. Ich an Ihrer Stelle würde wahrscheinlich nichts anderes tun.« Er legte eine kurze, genau berechnete Pause ein, dann sagte er: »Aber Sie haben die Falschen.«

Barkow rang sich ein ersticktes Lachen ab. »Sie müssen sein verrückt, wenn Sie denken, daß ich glaube das.«

»Aber es ist die Wahrheit«, sagte Stefan. »Ich kann das beweisen.«

»Sie sind verrückt«, sagte Barkow. »Erschießen Sie mich. Wenn nicht, dann Sie tot.«

»Nein«, sagte Stefan. »Das glaube ich nicht.« Und dann tat er etwas, was Barkow vollkommen überraschen mußte: Er nahm die Waffe herunter, drehte sie um und drückte sie dem völlig perplexen Russen in die Hand.

Barkow starrte die Waffe, dann Stefan und dann wieder den Karabiner in seinen Händen verständnislos an. Stefan konnte regelrecht sehen, wie es hinter seiner Stirn arbeitete. Der gefährliche Moment kam und ging. Barkow hob die Waffe, richtete den Lauf direkt auf Stefans Herz und legte den Finger auf den Abzug.

Aber er schoß nicht. Er sah Stefan nur an, und Stefan hatte noch nie eine solch abgrundtiefe Verwirrung im Blick eines Menschen gesehen.

»Drücken Sie ab«, sagte er, »und Sie werden nie erfahren, wer Ihren Vater wirklich auf dem Gewissen hat.«

»Ich habe Sie *gesehen*!« behauptete Barkow. »Sie und Ihre Frau und … und den Amerikaner. Und ich habe gehört …«

»Aber Sie waren nicht dabei!« sagte Stefan betont. »Sie haben genau zwei Möglichkeiten, Barkow. Sie können abdrücken und dann gehen und Sie werden für den Rest Ihres Leben niemals ganz sicher sein, was passiert ist. Oder Sie können mich begleiten, und ich zeige Ihnen, wer Ihren Vater *wirklich* getötet hat.«

Er las die Antwort in Barkows Augen, ohne daß er sie aussprechen mußte. Langsam öffnete Stefan die Tür, stieg aus dem Wagen und wandte sich dem brennenden Haus zu.

Er wußte, daß Barkow ihm folgen würde.

Das Feuer hatte weiter um sich gegriffen, als sie das Haus erreichten. Eine Woge fast unerträglicher Hitze schlug ihnen entgegen. Die Luft war stickig und so dick, daß man sie kaum atmen konnte, und die Flammen hatten nun fast das gesamte Wohnzimmer überrannt. Das Treppengeländer und die ersten drei oder vier Stufen brannten bereits. Er hatte weit länger gebraucht, um Barkow zu holen, als er kalkuliert hatte; das, oder das Feuer hatte sich schneller ausgebreitet als geschätzt. Aber die Zeit würde reichen. Trotz des Lärms und des erstickenden Brandgeruchs spürte er, daß White und der Wolf noch dort waren, wo er sie zurückgelassen hatte.

Er deutete nach oben. Barkow sah ihn erschrocken an, zögerte aber keine Sekunde, ihm im Zickzack durch das brennende Zimmer zu folgen. Die Treppe hinaufzukommen erwies sich als schwierig; wenn das Feuer weiter mit solcher Schnelligkeit um sich griff, würde der Rückweg unmöglich sein. Das Treppengeländer brannte und überschüttete sie mit einem Schwarm winziger, glühender Feuerkäfer, die sich auf ihre Kleider und Haare senkten und in ihre ungeschützten Gesichter und Hände bissen, und auch die drei unteren Treppenstufen standen in hellen Flammen. Stefan setzte mit einem beherzten Sprung hindurch. Er fühlte nichts, verzog aber trotzdem das Gesicht, als hätte er Schmerzen – nur für den Fall, daß Barkow ihn beobachtete. Er hustete. Barkow rang keuchend nach Luft, wurde aber nicht langsamer, sondern griff im Gegenteil noch schneller aus.

Oben war es noch heißer als unten, aber die Luft war nicht so voller Qualm, daß sie nicht atmen konnten. Stefan wankte dicht vor Barkow ins Gästezimmer, drehte sich nach rechts und begriff im gleichen Moment, in dem er durch die Badezimmertür sah, daß sie zu spät gekommen waren.

White lag am Boden und versuchte verzweifelt, seine Waffe zwischen sich und den riesigen weißen Wolf zu schieben, der halbwegs auf seiner Brust lag und nach seiner Kehle schnappte. Der einzige Grund, aus dem er überhaupt noch lebte, war seine künstliche Hand: Er hatte sie kurzerhand in den Rachen des Ungeheuers geschoben. Die gewaltigen Fänge des Wolfs rissen scharfkantige Stücke aus dem Plastikmaterial der Prothese, hatten es bisher aber noch nicht geschafft, sie ganz zu zerbeißen. Und White war trotz allem geistesgegenwärtig genug, die Hand nicht zurückzuziehen, sondern sie im Gegenteil mit aller Kraft tiefer in den Rachen der Bestie zu schieben. Trotzdem konnte es nur noch Augenblicke dauern, bis der bizarre Kampf vorüber war.

Barkow beendete ihn auf seine eigene Weise. Er zog seine Pistole und gab zwei Schüsse aus der Hüfte ab, kurz hintereinander und praktisch ohne zu zielen, aber trotzdem mit phantastischer Treffsicherheit. Beide Kugeln trafen den Wolf ins Herz und schleuderten ihn von seinem Opfer herunter.

White wälzte sich mit einem keuchenden Laut herum, erhob sich auf Hände und Knie und kroch hastig aus dem Bad heraus. »Danke«, keuchte er. »Mein Gott, wenn Sie nicht gekommen wären ...«

»Was ist passiert?« unterbrach ihn Stefan wütend. White, dieser Dummkopf, hätte um ein Haar alles verdorben! Wären sie auch nur einen Augenblick später gekommen, wäre alles, was sie vorgefunden hätten, Whites Leichnam gewesen.

»Ich weiß es nicht«, stammelte White. »Er … er muß sich totgestellt haben! In einem Moment lag er vollkommen ruhig da. Er hat nicht einmal geatmet, das schwöre ich! Und im nächsten Augenblick hat er mich angesprungen und –«

Er verstummte. Seine Augen wurden groß, als er die Gestalt erblickte, die neben Stefan stand. Offensichtlich hatte er Barkows Anwesenheit bisher nicht einmal bemerkt. Dafür reagierte er jetzt um so schneller: Er richtete sich blitzartig auf die Knie auf und hob die linke Hand, in der er noch immer die Magnum hielt. Auch Barkow legte umgehend auf ihn an.

Stefan hatte keine Wahl: In einer einzigen Bewegung trat er White die Magnum aus der Hand, drehte sich gleichzeitig halb herum und schlug Barkows Arm zur Seite. Aus der Waffe des Russen löste sich ein einzelner Schuß, aber die Kugel pfiff einen Meter an White vorbei und fuhr in die Wand.

Barkows Gesicht verzerrte sich vor Wut. Er schlug nach Stefan, aber der duckte sich blitzschnell unter dem Hieb weg, ergriff Barkows Arm und drehte ihn mit einem Ruck auf den Rücken des Russen. Barkow sank keuchend in die Knie – aber er dachte nicht daran, aufzugeben. Mit einer Bewegung, die Stefan noch vor einer Sekunde für schlichtweg unmöglich gehalten hätte, wand er sich aus seinem Griff, wirbelte in der Hocke herum, wie ein Eiskunstläufer, der eine gekauerte Pirouette zum Besten gab, und streckte gleichzeitig das rechte Bein aus, um Stefan von den Füßen zu fegen. Stefan verlagerte sein ganzes Körpergewicht auf das linke Bein und spannte alle Muskeln darin bis zum Zerreißen an, und Barkows Kreiselbewegung wurde so abrupt abgebremst, daß der Russe vollends das Gleichgewicht verlor und auf die Seite fiel.

Bevor er Gelegenheit fand, sich von seiner Überraschung zu erholen, packte ihn Stefan am Kragen, riß ihn in die Höhe und schmetterte ihn mit solcher Kraft gegen die Wand, daß ihm die Luft aus den Lungen getrieben wurde. Barkow versuchte instinktiv sich zu wehren, aber seine Bewegungen waren schwach und nicht zielgerichtet genug, um Schaden anzurichten. Stefan warf Barkow ein zweites Mal und noch kräftiger gegen die Wand, und seine Bewegungen erschlafften.

»Hören Sie auf!« schrie er. »Verdammt noch mal, sind Sie verrückt geworden? Ich habe Sie nicht hierher gebracht, damit ihr euch gegenseitig umbringt!«

Barkow versuchte nicht mehr, sich gegen seinen Griff zu wehren, aber er funkelte ihn haßerfüllt an. »Nein«, zischte er. »Ich weiß, Sie haben mich hierhergebracht, damit der Amerikaner mich –«

»Ich weiß, was Sie jetzt denken«, unterbrach ihn Stefan. »Aber es ist falsch.«

»Was?« fragte Barkow höhnisch. »Daß der Amerikaner meinen Vater erschossen hat? Meine Männer … meine Genossen, sie haben gesehen, mit eigenen Augen!«

»Sie *glauben*, etwas gesehen zu haben.« Stefan lockerte behutsam seinen Griff, blieb aber bereit, sofort erneut zuzupacken, sollte Barkow auf die Idee kommen, diese Chance vielleicht auszunutzen. Als der Russe sich nicht rührte, fuhr er fort: »Wenn Sie mir Ihr Wort geben, keine Dummheiten zu machen, zeige ich ihnen, was sie *wirklich* gesehen haben.«

Barkow antwortete nicht gleich. Drei, vier Sekunden lang starrte er White über Stefans Schulter hinweg an. Seine Augen loderten vor Zorn. Aber dann nickte er; eine abgehackte, kaum sichtbare Bewegung, die trotzdem seine ganze Kraft in Anspruch zu nehmen schien.

»Gut.« Stefan atmete hörbar auf, ließ Barkow los und trat einen Schritt zurück, ehe er erneut die Hand hob. »Geben Sie mir Ihre Pistole.«

Barkow zögerte eine Sekunde, dann händigte er ihm die

Waffe aus. Stefan nahm sie entgegen, drehte sich um und warf White einen fast beschwörenden Blick zu, ehe er sich weiterdrehte und den Wolf ansah. Das Tier lag auf der Seite und atmete nicht mehr, und für einen Moment machte sich eine nagende Sorge in Stefan breit. Er hatte mehr als einmal erlebt – zum Teil am eigenen Leib –, wie schwer diese Geschöpfe umzubringen waren. Andererseits hatte dieser Wolf in der letzten halben Stunde wirklich *verdammt viel* abbekommen, und die Theorie von seiner Unsterblichkeit war letzten Endes nicht mehr als eben das: eine – noch dazu von Stefan selbst – aufgestellte Theorie. Was, wenn sie den Wolf aus Versehen *wirklich* getötet hatten?

Es gab nur eine einzige Möglichkeit, eine Antwort auf diese Frage zu bekommen.

Stefan hob die Pistole und zielte auf den Wolf – nicht auf sein Herz oder gar den Kopf. Er wollte das Tier nicht töten oder es auch nur schwer verletzen, sondern ihm nur ein möglichst großes Maß an Schmerz zufügen, um es zu irgendeiner Reaktion zu zwingen – und der Wolf sprang mit einer fließenden Bewegung auf die Füße. Wie gerade bei White hatte er sich nur totgestellt, um das Ende seines unheimlichen Heilungsprozesses abzuwarten.

Barkow keuchte. »Aber wie –? Er … er muß doch tot sein!«

»So schnell sind diese Kreaturen nicht umzubringen, glauben Sie mir«, sagte Stefan grimmig. Er ergriff die Pistole mit beiden Händen, ließ sich auf ein Knie sinken und zielte auf den Wolf. Das Tier zog die Lefzen zurück und knurrte. Seine Augen funkelten drohend. Stefan zielte auf seine Brust, aber er hatte Mühe, die Waffe ruhig zu halten. Es wäre klüger gewesen, die Pistole Barkow zu geben, aber der Russe war in einer Verfassung, in der seine Reaktionen nicht mehr vorherzusagen waren.

Der Wolf knurrte, machte einen einzelnen Schritt, der ihn direkt unter die Badezimmertür brachte, und blieb wieder stehen. Sein Blick irrte von Stefan zu White und Barkow und wieder zurück. Er taxierte seine Gegner und suchte wahrscheinlich nach der schwächsten Stelle in ihrer Front. Die Waffen, die Stefan und der Amerikaner auf ihn richteten, flößten ihm durchaus Respekt ein. Sie vermochten ihn vielleicht nicht zu töten, aber sie konnten ihm Schmerzen zufügen, und der Werwolf wußte das. In dem Raubtierkörper, den er bewohnte, lauerte noch immer ein messerscharfer menschlicher Verstand – und die Instinkte von etwas, das viel älter und viel, viel gefährlicher war.

Den Bruchteil einer Sekunde bevor sich das Tier abstieß, spürte Stefan seine Absicht und zog den Abzug der Pistole durch. Der Knall, mit dem sich die Waffe entlud, und das langgezogene Heulen des Wolfs vermischten sich zu einem einzigen, widerhallenden Laut. Der Rückstoß warf Stefans Arme nach oben und riß ihm beinahe die Waffe aus den Händen, und die Kugel verfehlte die Brust des springenden Wolfs und riß nur eine lange, blutige Furche in seine Flanke. Das Tier flog fast einen Meter über Stefan hinweg, prallte gegen Barkow und riß ihn von den Füßen. Seine Kiefer schnappten nach Barkows Kehle und verfehlten sie um Millimeter, dann prallten sie beide auf den Boden und rollten in verschiedenen Richtungen auseinander.

Barkow und der Wolf kamen praktisch gleichzeitig wieder auf die Füße. Der Wolf heulte vor Mordlust und fletschte die Zähne, aber auch Barkow war nicht wehrlos. In seiner Hand blitzte plötzlich ein Messer mit einer fast zwanzig Zentimeter langen, einseitig gezahnten Klinge. Als der Wolf ihn ansprang, spreizte er die Beine, drehte blitzschnell den Oberkörper und ließ die Bestie an sich vorüberfliegen. Sein Arm stieß gleichzeitig vor. Das Messer schlitzte den Leib des Wolfs von der Brust bis zu den Hinterläufen auf. Die Bestie stürzte in einem Durcheinander aus spritzendem Blut und hervorquellenden Eingeweiden zu Boden und blieb heulend und in wilder Wut mit den Beinen zuckend liegen.

Der Heilungsprozeß setzte fast augenblicklich ein.

Vor den ungläubig aufgerissenen Augen Whites und des Russen begann sich das zerstörte Gewebe des Wolfs aufzulösen und zu einem brodelnden, kochenden Protobrei zu werden, etwas, das selbst von eigenständigem, zielbewußtem Leben erfüllt zu sein schien und sich neu und unversehrt zu bilden begann.

White schrie auf, hob seine Waffe und schoß. Der Schädel des Wolfs explodierte regelrecht. Der Körper des weißen Giganten erschlaffte und fiel zurück, um endgültig liegenzubleiben. Das Kochen und Brodeln des Protofleisches hörte auf.

»Sie verdammter Idiot!« brüllte Stefan. »Was haben Sie getan?! Wir hätten ihn lebend gebraucht!« Für eine endlose, schreckliche Sekunde war er nahe daran, sich auf White zu stürzen. Er wollte nichts mehr, als ihn zu packen, seinen zerbrechlichen Körper in Stücke zu reißen und die Zähne in seine Kehle zu graben, um sein warmes, rotes Blut zu trinken, und …

Er drängte die furchtbare Gier mit aller Gewalt zurück. Die Anstrengung überstieg fast seine Kräfte, aber irgendwie schaffte er es, das Ding in sich noch einmal zu besänftigen. Vielleicht zum letzten Mal. Schwer atmend drehte er sich zu Barkow um und fragte: »Hat er Sie verletzt?«

Der Russe reagierte erst nach mehreren Sekunden und auch dann nur mit einem Nicken, das Stefan mehr erriet, als er es wirklich sah.

»Gut«, sagte er, was die Tiefe seiner Erleichterung nicht einmal annähernd zum Ausdruck brachte. Alles wäre verloren gewesen, wäre Barkow gebissen worden.

Sein Plan, der ihm noch vor wenigen Augenblicken so genial und ausgeklügelt erschienen war, hatte in Wahrheit mehr Löcher als ein Fischernetz Maschen. Sein Gelingen hing von zu vielen Unwägbarkeiten ab, und der Zufall spielte eine allzu große Rolle darin. Er war im Grunde bereits gescheitert. White hatte alles zunichte gemacht. Aber wahrscheinlich, dachte Stefan, hätte er an seiner Stelle genauso gehandelt. Es gab eine Grenze dessen, was ein Mensch stillschweigend erdulden konnte, und White hatte diese Grenze ganz eindeutig erreicht.

Barkow starrte noch immer auf den toten Wolf hinab. Obwohl nur wenige Augenblicke vergangen waren, bevor White der Sache ein Ende bereitet hatte, war die furchtbare Verletzung zu einem Gutteil schon wieder verschwunden. Barkow stammelte zwei Sätze auf russisch; Stefan verstand sie nicht, aber es waren immer und immer wieder die gleichen Worte. Dann hob er mit einem Ruck den Kopf, starrte Stefan an und wiederholte auf deutsch: »Das ist vollkommen unmöglich! Das ist das Werk des Teufels!«

Wenn es nur das wäre, dachte Stefan, *dann hätte ich ein kleineres Problem.* Laut sagte er: »Nein, Barkow. Das ist genau das, was ich Ihnen zu erklären versuche«, sagte er. »Ich weiß nicht, was das für Kreaturen sind. Niemand weiß es. Nennen Sie sie Werwölfe, wenn Sie wollen, oder auch Dämonen. Ein Wort ist so gut wie das andere. Sie leben in diesem Tal in Bosnien, und sie können jede beliebige Gestalt annehmen.«

»Unmöglich«, stammelte Barkow. »Das ist unmöglich. Sie lügen.«

Stefan sah kurz zu White hin. Der Amerikaner starrte ihn aus aufgerissenen Augen an. Vielleicht begriff er allmählich, was Stefan vorhatte.

»Aber es ist wahr«, fuhr er unbeeindruckt fort. »White, meine Frau und ich waren da, aber wir wollten wirklich nichts anderes, als Ihren Vater zu interviewen. Wir waren unten im Tal, während sie Ihren Vater getötet haben. Ich weiß nicht, warum. Vielleicht fühlten sie sich durch Ihre Anwesenheit bedroht. Sie glauben, uns gesehen zu haben, aber in Wirklichkeit war es«, er deutete auf den toten Wolf, »das da.«

Barkow starrte den reglosen Kadaver an. Stefan konnte regelrecht sehen, wie verzweifelt er nach einer Antwort suchte, nach irgendeiner nur halbwegs rationalen Erklärung für das Unerklärliche. Er sah es mit eigenen Augen, aber er weigerte sich einfach, es zu glauben.

Was Stefan nicht gelungen war, tat Sonja selbst.

Es geschah vollkommen warnungslos:

Hinter dem Russen erschien ein Schatten, so jäh und warnungslos, als wäre er direkt im Türrahmen *materialisiert*, statt auf irgendeinem anderen Wege zu erscheinen. Selbst Stefans Supersinne hatten ihn nicht gewarnt. Sonja war einfach *da*, von einem Sekundenbruchteil zum anderen. Und sie handelte so präzise und erbarmungslos wie eine Maschine.

Barkow sah wohl den Schrecken auf seinem Gesicht und reagierte so schnell, wie Stefan es von ihm gewohnt war – nicht schnell genug, um Sonjas Angriff vollkommen zu entgehen, aber immerhin rechtzeitig, um ihn zu überleben. Er wirbelte herum und riß sein Messer in die Höhe. Die Klinge riß Sonjas Unterarm von der Handwurzel bis zum Ellbogen auf und flog dann im hohen Bogen davon, und im gleichen Moment traf Sonjas Faust seine Schulter. Stefan konnte *hören*, wie Barkows Schlüsselbein brach. Der Russe stieß einen grunzenden Schmerz, laut aus und taumelte zurück, und Sonja schleuderte ihn mit einem Schlag der flachen Hand vollends zu Boden.

Im gleichen Moment feuerte White seine Waffe ab. Wäre Barkow einen Sekundenbruchteil später gestürzt, hätte die Kugel ihn erwischt, aber Stefan war sicher, daß das White vollkommen egal war. Offenbar vertraute er darauf, daß das großkalibrige Geschoß seinen Körper einfach durchschlagen würde, ehe es Sonja traf. Barkow entging diesem Schicksal jedoch, und Sonja wurde zurückgeschleudert und kämpfte eine Sekunde mit wild rudernden Armen um ihr Gleichgewicht. Hinter ihr fetzten Holzsplitter und Funken aus dem Türrahmen.

Offenbar hatte Whites Kugel jedoch kein lebenswichtiges Organ getroffen; das, oder Sonja beherrschte die Kunst der Regeneration sehr viel perfekter als ihre beiden Brüder, die sie erledigt hatten. Sie stürzte nicht einmal, sondern stand nur einen kurzen Moment lang reglos da. Ihre Augen wurden glasig, und auf ihrem Gesicht erschien ein Ausdruck höchster Konzentration. Und diese eine Sekunde reichte, um selbst Stefan, der wußte, welcher Kreatur er gegenüberstand, einen eisigen Schauer über den Rücken laufen zu lassen.

Sonja hatte sich verändert. Sie war nicht zum Wolf geworden, aber sie war auch nicht mehr ganz menschlich. Ihre Gestalt war verkümmert, nach vorne gebeugt und sprungbereit, als hätten ihre Muskeln mehr Spannung, als ihr menschliches Skelett auszugleichen imstande war. Ihre Finger hatten sich zu Klauen geformt, an denen fürchterliche Krallen blitzten wie fünf Zentimeter lange, gekrümmte Messer, und ihre Handrücken und die Unterarme waren von dichtem schwarzem Fell bedeckt. Ihre Ohren waren jetzt tatsächlich die eines Wolfs, spitz und lauschend aufgestellt und in ständiger Bewegung, wie kleine, unabhängig voneinander agierende Radarantennen, und in ihren Augen, die vollkommen schwarz geworden waren, loderte etwas Böses, Mordlustiges und unglaublich Altes. Hinter ihren zurückgezogenen Lippen blitzten mörderische Reißzähne. Ihr Gesicht selbst hatte sich – noch? – nicht verändert, und trotzdem war sein Anblick vielleicht der schlimmste. Es … *bewegte* sich, als kröche dicht unter ihrer Haut etwas Dunkles, Formloses herum, das heraus und Gestalt annehmen wollte.

White schoß erneut, aber er war durch den Anblick offensichtlich so schockiert, daß er sein Ziel verfehlte. Die

Kugel stanzte direkt neben Sonjas Kopf ein faustgroßes Loch in die Wand, und bevor er ein drittes Mal feuern konnte, war Barkow wieder auf den Füßen.

Er hatte aus seinem ersten Zusammenstoß mit Sonja gelernt. Sie war zwei Köpfe kleiner als er und wog allerhöchstens die Hälfte, aber er versuchte nicht, sie zu packen oder nach ihr zu schlagen, was sein sicheres Todesurteil gewesen wäre. Statt dessen sprang er auf sie zu, knickte plötzlich in der Hüfte ein und versetzte ihr einen perfekten, schräg nach oben auf ihr Gesicht gezielten Karate-Tritt.

Sein schwerer Armeestiefel hätte jedem Menschen das Genick gebrochen. Dem nur noch halb menschlichen Wesen, dem sie gegenüberstanden, vermochte er wahrscheinlich nicht einmal Schmerzen zuzufügen. Aber die pure Wucht des Fußtrittes schleuderte Sonja zurück und ließ sie hilflos rücklings aus dem Zimmer und gegen das Treppengeländer draußen stolpern. Barkow stieß einen gellenden Kampflaut aus, stieß sich ansatzlos ab und schien sich plötzlich in ein menschliches Geschoß zu verwandeln. Sein Körper flog nahezu waagerecht durch die Luft, und seine ausgestreckten Beine trafen Sonja mit vernichtender Wucht vor die Brust.

Der Körper der Werwölfin hielt auch diesem Angriff stand.

Das Geländer, an dem sie lehnte, nicht.

Es zerbrach. Barkow fiel schwer zu Boden, schrie wimmernd auf und griff sich an die Schulter, und Sonja kippte wie in Zeitlupe nach hinten, ruderte so wild mit den Armen, daß es fast schon komisch aussah, und suchte nach irgendeinem Halt. Sie fand keinen. Lautlos und mit einem Ausdruck maßloser Überraschung im Gesicht stürzte sie weiter nach hinten und fiel in das brennende Wohnzimmer hinab.

Nur einen Sekundenbruchteil nachdem das dumpfe

Geräusch ihres Aufpralls zu ihnen heraufgeweht war, waren Stefan und White auf den Beinen und stürmten aus dem Zimmer.

Die Hitze, die ihnen entgegenschlug, war unvorstellbar, und das Licht, das von unten heraufstrahlte, schien Stefans Netzhäute verbrennen zu wollen. Neben ihm stieß White einen Laut zwischen einem Keuchen und einem Schmerzensschrei aus, als hätte die glühende Luft seine Kehle verbrannt, als er sie einzuatmen versuchte, und auch Barkow wimmerte noch immer vor Schmerz. Trotzdem beugten sie sich alle drei über die Galerie und sahen nach unten.

Es war ein Anblick wie aus Dantes Inferno.

Das Wohnzimmer stand in Flammen. Die Hitze war so gewaltig, daß das Metall der Fensterrahmen zu schmelzen begonnen hatte, und Stefan spürte, wie die Haut auf seinem Gesicht Blasen schlug und sich seine Augenbrauen und das Haar auf seiner Stirn kräuselten. Barkow und White hatten schützend die Hände vor die Gesichter gehoben und keuchten vor Pein, starrten aber weiter unverwandt nach unten. Inmitten der höllischen Glut tobte ein Schatten.

Die Werwölfin brannte. Ihr Körper war in einen Mantel lodernder, weißglühender Flammen gehüllt, die ihr immer furchtbarere Verletzungen zufügten. Sie schrie, in hohen, unmenschlich spitzen Tönen, warf sich in schierer Agonie hin und her und versuchte vergeblich, einen Ausweg aus der Flammenhölle zu finden, in der sie gefangen war. Dabei befand sich ihr Körper in ununterbrochener, grauenerregender Verwandlung. Mal schien sich ein Mensch dort unten zu winden, mal ein großes, vierbeiniges Tier mit schlankem Schädel, mal etwas beinahe Formloses, in einem Zustand zwischen Werden und Vergehen Gefangenes, und für einen Moment ähnelte sie tatsächlich dem klassischen Bild eines Werwolfes: eine gedrungene, haarige Kreatur mit Klauen und Schweif, einem massigen

Schädel und einer langgezogenen Schnauze voller furchtbarer Reißzähne. Doch auch die Form hielt nur Sekunden. Ihr Fleisch begann in der Hitze zu schmelzen. Sein Kochen und Brodeln nutzte nichts mehr, die Flammen verzehrten das Protogewebe schneller, als es sich neu bilden konnte. In ihren letzten Sekunden schließlich hörte Sonja auf, sich zu wehren. Sie sank auf die Knie, legte den Kopf in den Nacken und stieß ein langgezogenes Heulen aus, einen Laut so voller Qual und Pein, daß sich auch in Stefan etwas zu krümmen schien. Todfeinde oder nicht, keine Kreatur hatte es verdient, solch unvorstellbare Schmerzen zu erleiden.

»White!« sagte er.

Der Amerikaner verstand. Er blinzelte immer hektischer in die blendende Helligkeit, zog aber trotzdem seine Pistole, zielte sorgfältig und drückte ab.

Die Kugel traf die sterbende Werwölfin in die Stirn und warf sie in die Flammen zurück.

Epilog

Nichts hatte sich in den vergangenen dreieinhalb Wochen hier verändert, als existierte das Haus, das wie ein ins gigantische vergrößertes Schwalbennest in das Tal hineinragte, in einer Dimension außerhalb der Zeit. In gewissem Sinne stimmte das sogar, dachte Stefan. Dieses Gebäude hoch über den Wipfeln des Wolfsherzens war zwar von Menschen erbaut worden, aber nicht *für* sie. Er konnte die frühere Anwesenheit Whites, Rebeccas und seiner selbst hier spüren und natürlich die der Russen. Der gewaltsame Tod Barkows hing noch immer wie etwas Greifbares in der Luft, als wäre er erst Minuten her, nicht fast eine ganze Mondphase, aber er spürte auch ebenso deutlich, daß seither kein anderer Mensch das Haus betreten hatte; so wenig wie seit dem Tag, an dem dieses Gebäude fertiggestellt worden war. Es war ein Mahnmal für die Bewohner des Tales, die in menschlicher Gestalt kamen, aber keine Menschen waren.

Nichts hatte sich seit ihrem letzten Hiersein verändert. Selbst die dunklen Flecken auf dem Tisch waren noch da: Barkows Blut, das angetrocknet und niemals weggewischt worden war.

Stefan hörte die Schritte mehrerer Personen, die sich dem Haus näherten. Er drehte sich herum, trat mit einem großen Schritt an dem Loch im Bretterboden vorbei, das sie damals hineingebrochen hatten, und ging zum Fenster.

Dieser Anblick hatte sich verändert. Während der letzten dreieinhalb Wochen war der Großteil des Schnees geschmolzen. Nur hier und da gewahrte er noch ein weißes Schimmern auf dem Boden, das Glitzern von Eis in einer Felsspalte oder einen weißen Tupfer auf den Baumwipfeln. Das Wolfsherz bot einen phantastischen, majestätischen Anblick. Der Mond überschüttete die Baumwipfel mit silbernem Licht, das alle Farben auslöschte, aber etwas anderes, Unbekanntes und Verlockendes mit sich brachte.

Stefan schloß die Augen und konzentrierte sich mit aller Macht. Es fiel ihm unendlich schwer, der Verlockung des Mondlichts zu widerstehen. Der Wolf in ihm erinnerte ihn immer nachdrücklicher an die Abmachung, die sie getroffen hatten.

Bald, dachte er. *Bald.*

Die Schritte kamen näher. Stefan trat vom Fenster zurück, warf aber noch einmal einen Blick zu dem felsigen Grat über der Hütte hinauf, ehe er sich endgültig der Tür zuwandte. Die drei gepanzerten Fahrzeuge der Russen standen mit ausgeschalteten Scheinwerfern dort oben. Die Dunkelheit und ihre Tarnbemalung ließ sie für menschliche Augen unsichtbar werden; allenfalls Schatten, die sie kaum von den Umrissen des Kliffs unterschieden, über das sie hinausragten. Aber er war schon lange nicht mehr auf diese unzulänglichen Krücken angewiesen. Er sah die Panzerwagen fast so deutlich wie am hellichten Tag. Die Läufe ihrer Kanonen und Maschinengewehre waren drohend auf die Baumwipfel unter ihm gerichtet. Und er spürte überdeutlich die Konzentration der Männer, die in den gepanzerten Kolossen saßen und auf ihre Infrarot-Scanner starrten, bereit, beim geringsten Anzeichen von Leben das Feuer zu eröffnen.

Barkows Söldnerarmee war empfindlich zusammengeschmolzen, seit sie das letzte Mal hiergewesen waren. In diesem Punkt hatte White recht behalten: Ihrer Führung beraubt, war die Truppe rasch auseinandergefallen. Barkows Sohn war nur ein kleiner Haufen Männer geblieben. Die, die seinem Vater persönlich verpflichtet gewesen waren, und die, die einfach nicht wußten, wohin sie sonst gehen sollten. Trotzdem war die Schlagkraft der Truppe kaum beeinträchtigt, denn die Deserteure hatten den Großteil ihrer Waffen und natürlich alles schwere Gerät hiergelassen.

Er ging zur Tür. Zwei Schritte bevor er sie erreichte,

wurde sie geöffnet, und White, Barkow und Matt betraten den Raum. Alle drei trugen gefleckte Tarnkleidung und Stiefel, Barkow zusätzlich einen Helm mit eingebautem Funkgerät, dessen Mikrofon an einem dünnen Draht vor seinen Lippen hing. Zugleich boten sie einen fast komischen Anblick, denn alle drei trugen einen Arm in der Schlinge.

Barkow trat einen Schritt an Stefan vorbei und sah für eine Sekunde mit steinernem Gesicht auf das dunkel eingetrocknete Blut seines Vaters auf der Tischplatte hinab. Dann gab er sich einen Ruck, trat ans Fenster und starrte in das Tal hinunter.

»Wir sind soweit«, sagte er.

Stefan schüttelte den Kopf, obwohl Barkow gar nicht in seine Richtung blickte und die Bewegung somit nicht sehen konnte. »Es ist noch zu früh«, sagte er. »Warten Sie, bis die Sonne aufgegangen ist. Bei Dunkelheit haben Ihre Leute keine Chance, glauben Sie mir.«

Barkow lachte; ein Laut ohne die allermindeste Spur von Humor. Er drehte sich nicht um, warf Stefan aber durch die Spiegelung in der Fensterscheibe einen fast mitleidigen Blick zu.

»Sie unterschätzen uns, Stefan«, sagte er mit seinem schweren russischen Akzent »Begehen Sie nicht gleichen Fehler wie die Bestien da draußen.«

White macht ein abfälliges Geräusch. »Wenn ich mich richtig erinnere«, sagte er, »dann haben diese *Bestien* dort draußen die letzte Runde klar für sich entschieden.«

Barkow reagierte zwei oder drei Sekunden gar nicht, so daß sich Stefan schon zu fragen begann, ob er die Worte des Amerikaners überhaupt gehört hatte. Dann drehte er sich ganz langsam um und sah White an, und ein einziger Blick in seine Augen reichte, um aus dem, was Stefan schon seit der ersten Minute geargwöhnt hatte, Gewißheit werden zu lassen: Barkow würde White töten, ebenso wie seinen Begleiter und auch ihn, Stefan. Er hatte niemals vorgehabt, sie am Leben zu lassen.

»Damals wußten wir nicht, womit wir es zu tun haben«, antwortete er kalt. »Jetzt wissen wir es.« Er sah auf die Uhr. »Es wird Zeit. Ihr dürft das Haus nicht verlassen, bevor wir zurück sind. Die Männer an den Geschützen haben Befehl, auf alles zu schießen, was sich bewegt. Sie treffen fast immer.«

»Wir bleiben hier«, versprach Stefan. »Und denken Sie daran: Schießen Sie auf ihre Köpfe. Oder verbrennen Sie sie.«

»Wir werden beides tun«, antwortete Barkow. Er schlug mit der flachen Hand auf den Flammenwerfer, den er anstelle eines Gewehres über der Schulter trug. Dann schaltete er das Funkgerät in seinem Helm ein, sprach ein paar Worte auf russisch in das Mikrofon und verließ ohne weiteren Kommentar das Haus. Er ließ die Tür hinter sich offen.

Stefan trat wieder ans Fenster und sah nach unten. Es vergingen nur wenige Augenblicke, bis der erste von Barkows Männern in seinem Blickfeld erschien.

Stefan sah der Gruppe in gefleckte Tarnanzüge gekleideter, mit Infrarot- und Nachtsichtbrillen, Flammenwerfer und Maschinenpistolen ausgerüsteter Männer nach, bis sie unter ihm im Wald verschwunden waren. Barkow eingeschlossen, waren es achtzehn. Zusammen mit den sechs Mann in den Panzerwagen und den dreien, die im Lager der Söldner zurückgeblieben waren, Barkows gesamte verbliebene Streitmacht. Die drei im Lager waren jetzt vermutlich schon tot, und die in den Fahrzeugen würden gleich sterben. Stefan konnte spüren, wie sich der Tod an sie heranschlich.

Um keinen von ihnen tat es ihm leid. Jeder einzelne dieser Männer war ein Mörder, der zahllose Menschenleben auf dem Gewissen hatte. Und selbst, wenn es anders gewesen wäre: Wenn Stefan irgend etwas aus alledem hier gelernt hatte, dann, wie wenig ein Menschenleben zählte – oder überhaupt *irgendein* Leben. Wichtig war der Fortbestand der Sippe, sonst nichts.

Als unten im Tal der erste Schuß fiel, sah er in der spiegelnden Fensterscheibe vor sich, wie Matt eine Pistole zog und auf ihn anlegte. Ohne sich umzudrehen und sehr ruhig sagte er: »Bevor Matt mich erschießt, beantworten Sie mir noch eine Frage, White – nein. Zwei.«

Er drehte sich langsam um. Matt sah ein bißchen überrascht aus, aber White hatte die unverletzte Hand gehoben und gestikulierte damit, noch zu warten.

»Wie lange wissen Sie es schon?« fragte er.

»Daß Sie mich töten werden?« Stefan hob die Schultern. »Noch nicht sehr lange. Seit dem Abend in Roberts Haus. Matt wußte ein bißchen zu genau, wie man die Biester erledigt. Und er hätte Eva nicht umbringen dürfen ... ich nehme an, er hat es getan, damit Sonja und ihr Bruder ein bißchen nachdrücklicher auf uns losgehen?«

White nickte. »Sie haben mich erschreckt, Stefan. Sie waren nahe daran, sich mit ihnen zu verbrüdern. Das durfte ich nicht zulassen.«

»Wer sagt Ihnen, daß ich es nicht trotzdem getan habe?«

»Nachdem sie Ihre Frau umgebracht haben?« White lachte. »Niemals. War das Ihre Frage?«

»Nein.« Stefan deutete auf Matt. »Warum die Frau im Krankenhaus? Diese Beamtin vom Jugendamt? Sie hatte mit alledem nichts zu tun.«

»Ein bedauernswerter Unfall«, sagte White kalt. »Ich habe nicht gelogen, als ich Ihnen gesagt habe, daß Matt auf Sie und Rebecca aufpassen sollte. Ich wollte Ihnen helfen, Stefan. Matt hatte nur den Befehl, sie ein wenig einzuschüchtern. Leider hat sie sich gewehrt, und er hat ein wenig zu heftig zugeschlagen. Wie gesagt, ein bedauernswerter Unfall. Andererseits ist es nicht sehr schade um sie.

Menschen wie diese Frau sind im höchsten Maße überflüssig. Sie richten mehr Schaden als Nutzen an.«

»Und Sie bereinigen das dann, wie?« fragte Stefan.

White hob die Schultern. »Jemand muß die Schmutzarbeit erledigen, oder?«

»So wie hier?« Stefan deutete nach draußen. »Sie haben das von Anfang an geplant, habe ich recht?«

»Ich war schon einmal hier«, antwortete White. Sein Gesicht verdüsterte sich, als die Worte einen uralten, aber nie verheilten Schmerz aus seiner Erinnerung heraufbeschworen. »Es ist fast zwanzig Jahre her. Ich war damals fast wie Sie, Stefan – jung, naiv, voller Träume und fest davon überzeugt, die Welt aus den Angeln heben zu können. Ich war frisch verheiratet. Meine Frau und ich haben unsere Hochzeitsreise durch Europa und den Balkan gemacht. Wir fanden das komisch, verstehen Sie? Wir haben das Schloß von Dracula besichtigt, eine Kutschfahrt durch Transsylvanien unternommen und uns abends von den Einheimischen Geschichten über Werwölfe und Vampire erzählen lassen. Es war ungeheuer witzig. Ein Riesenspaß!« Seine Stimme wurde leiser. »Und dann kamen wir hierher.«

Stefan verspürte beinahe so etwas wie Mitleid mit dem Amerikaner. Er konnte verstehen, was White empfunden haben mußte. Vielleicht noch empfand. Haß und Liebe waren Gefühle, die sich durchaus die Waage halten konnten. Aber er vermutete, daß Haß länger anhielt, denn er war ein Feuer, das seine eigene Nahrung erzeugte.

»Sie haben sie getötet«, vermutete er.

»Sie und alle, die bei uns waren«, bestätigte White. »Neun Menschen. Ich war der einzige, der überlebte. Aber ich habe geschworen, zurückzukommen und diese Brut auszutilgen.«

»Warum?« fragte Stefan. »Sie tun niemandem etwas zuleide, White. Sie wollen einfach nur ihr Leben leben.

Wir sind in *ihre* Welt eingedrungen, haben Sie das schon vergessen? *Wir* haben mit dem Töten angefangen, nicht sie.«

Das Aufblitzen in Whites Augen machte ihm klar, daß es damals, vor zwanzig Jahren, nicht anders gewesen war. »Weil es nicht richtig ist!« schrie White. »Weil … weil diese Bestien kein Recht auf Leben haben! Nicht in dieser Welt!« Er nahm den Arm aus der Binde und gestikulierte mit seiner künstlichen Hand. »Sie sind grausam! Sie töten und verstümmeln, weil es ihnen Freude bereitet! Sie … sie sind unnatürlich!«

»Und deshalb haben Sie ihnen den Krieg erklärt«, seufzte Stefan. »Sie sind wahnsinnig, White, wissen Sie das?«

Aus dem Tal hallten Schüsse herauf, und das rote Lodern von Feuer und ein gepeinigtes Heulen machten deutlich, daß die Flammenwerfer ihr erster Opfer gefunden hatten. Nur einen Moment später schrie ein Mensch in Todesqual, und White lachte schrill.

»Für einen Wahnsinnigen funktioniert mein Plan ganz gut, nicht?« fragte er. »Hören Sie es? Sie bringen sich gegenseitig um! Es tut mir leid, daß Sie und Ihre Frau mit in die Sache hineingezogen worden sind. Das wollte ich nicht. Ich dachte, ich könnte Barkows Söldnertruppe auf eine andere Weise dazu bewegen, mit diesen Monstern aufzuräumen.«

»Ein CIA-Mann, der eine Armee russischer Söldner befehligt?« Stefan schüttelte den Kopf. »Das ist absurd.«

»Sollte ich meine Vorgesetzten darum bitten, mir eine Kompanie SEALs zur Verfügung zu stellen, um Werwölfe zu jagen?« schnaubte White. »Was wollen Sie? Es hat funktioniert! War dies Ihre zweite Frage?«

»Nein«, sagte Stefan. Matt hatte mittlerweile die Waffe sinken lassen, behielt ihn aber aufmerksam im Auge. Von draußen hallten immer mehr Schüsse und Schreie herein, und immer öfter durchbrach flackerndes Rot die heraufziehende Dämmerung.

»Wieso haben *Sie* sich nicht verändert, White? Sie sind von uns allen am schlimmsten verletzt worden.«

»Ich habe mich seit zwanzig Jahren mit ihnen beschäftigt«, antwortete White. »Ich habe Hunderte von ihnen getötet, an hundert Orten auf der Welt. Und ich weiß mehr über sie, als Sie sich jemals werden vorstellen können. Es dauert eine Weile, bis die Veränderung einsetzt. Es ist wie Wundbrand, wissen Sie? Wenn man die Wunde schnell genug abbindet und verhindert, daß das Gift in den Körper gelangt, verliert es seine Wirkung. Ich habe den Sanitätern im Helikopter genaue Anweisungen gegeben.«

»Das heißt, Sie hätten auch Rebecca und mich retten können«, sagte Stefan.

White schwieg.

»Aber dann hätten Sie keine Köder mehr gehabt«, fuhr Stefan fort. »Und *Sie* wagen es, sie ›Ungeheuer‹ zu nennen?«

»Die Geschichte ist so alt wie die Welt«, sagte White kalt. »Am Ende gewinnt immer der Stärkere. Und ich *habe* gewonnen.«

»Dann bleibt ja nur noch eins zu tun«, murmelte Stefan.

»Stimmt.« Matt grinste, hob die Pistole und zielte auf seine Stirn. »Bye bye, Wolfboy.«

Ein Schuß krachte. Matt grinste unverändert weiter, aber auf seiner Stirn erschien plötzlich ein drittes rotes Auge, aus dem eine einzelne blutige Träne über sein Gesicht lief. Als sie seinen Mundwinkel erreicht hatte, erlosch das Grinsen des Amerikaners. Er ließ die Pistole fallen, machte einen halben Schritt nach vorne und brach dann wie vom Blitz getroffen zusammen. Hinter ihm trat Dorn in den Raum und richtete die Pistole, mit der er Matt erschossen hatte, auf Whites Gesicht.

White erstarrte. Er blickte Dorn an, und Stefan konnte

genau sehen, wie eine furchtbare Erkenntnis in seinen Augen aufglomm, die Erinnerung an etwas, das er gesehen und wieder vergessen hatte, und von dem ihm erst jetzt klar wurde, wie ungeheuer wichtig es gewesen war: Dorn, der in Roberts verwüstetem Wohnzimmer auf dem Rücken lag, während sich der riesige schwarze Wolf über ihn beugte und fast zärtlich seine Kehle berührte.

Das Tappen weicher Pfoten erklang, und zwei Wölfe betraten das Haus: ein riesiges, braungestromtes Weibchen und ein pechschwarzes Jungtier, die langsam auf Stefan zukamen und rechts und links von ihm Aufstellung nahmen.

»Sie hatten recht«, sagte Stefan. »Ihr Plan ist aufgegangen. Barkow und die Wölfe werden sich gegenseitig umbringen. Es spielt keine Rolle, welche Seite gewinnt. Die eine wird ausgelöscht, und von der anderen werden nur wenige übrigbleiben.«

»Und die, die überleben, werden keine Chance gegen Sie haben«, sagte White.

Stefan nickte. »Ja. Wir hätten niemals mit ihnen zusammen leben können. Das Wolfsherz bietet nur Platz für *ein* Rudel.«

Er gab Rebecca und dem Jungen einen Wink. Während die beiden Wölfe White in Stücke rissen, hörte er Dorn stöhnen. Die Pistole polterte zu Boden, und Dorns Wimmern wurde lauter. Die Verwandlung war nicht schmerzlos, und er hatte große Angst; denn für ihn war all dies noch viel neuer und unbekannter.

Dann setzte die Veränderung auch bei Stefan ein.

Der Schmerz war entsetzlich, aber er verspürte keine Angst. Wozu auch? Vor ihnen lag eine vollkommen neue, unbekannte Welt, eine Zukunft voller nie gekannter Freuden und unentdeckter Abenteuer.

Unter ihnen, im Tal, starben die Wölfe, aber noch während die erbitterte Schlacht tobte, entstand hier oben, in dem Haus an der Klippe, die Keimzelle einer neuen, unverbrauchten Sippe. Zwei weibliche und zwei männliche Wölfe. Wenige, aber genug für ein neues Volk.

Die Zukunft war gesichert. Der Wolf, der einmal Stefan gewesen war, legte den Kopf in den Nacken und stieß ein langgezogenes Heulen aus. Es wurde Zeit, auf die Jagd zu gehen.

ENDE

Der Krieg zwischen Himmel, Hölle und Erde ist noch lange nicht zu Ende

Catherine Webb
SATAN -
RETTER DER WELT
Roman
320 Seiten
ISBN 978-3-404-20574-5

Er nennt sich Sam. Kurz für: Sebastian. Oder auch Satan. Das jedenfalls war der Name, den ihm Jehova einst gab, damals, als Sam das Eden-Projekt verhinderte. Nun haben sich Jehova, Odin und Seth zusammengetan, um Uranos zu befreien, den ihr Vater in grauer Vorzeit jenseits des Universums gefangen setzte. Seine Wiederkehr würde das Ende der Zeit bedeuten und damit ein Ende der Welt, wie wir sie kennen. Nur einer könnte das Unheil noch abwenden: ihr verstoßener Bruder Satan, der Träger des Lichts. Doch um überhaupt eine Chance zu haben, braucht Sam mehr als nur ein bisschen Sympathie für den Teufel.

Bastei Lübbe Taschenbuch